Knaur.

W0389500

Knaur.

Über den Autor:
Chandler McGrew ist in Texas geboren und aufgewachsen und lebte mehrere Jahre in Alaska. Heute wohnt er gemeinsam mit seiner Frau Irene, den Töchtern Amanda und Charlie sowie einem Hund und einer Katze in den Bergen von Maine.

Chandler McGrew

Totenstill

Thriller

Aus dem Amerikanischen
von Sigrid Langhaeuser

Knaur Taschenbuch Verlag

Die amerikanische Originalausgabe erschien
unter dem Titel »Night Terror« bei Dell Publishing,
a division of Random House, Inc. New York, New York

Besuchen Sie uns im Internet:
www.knaur.de

Deutsche Erstausgabe November 2005
Copyright © 2003 by Chandler McGrew
This translation is published by arrangement with
The Bantam Dell Publishing Group,
a division of Random House, Inc.
Copyright © 2005 für die deutschsprachige Ausgabe by
Knaur Taschenbuch
Ein Unternehmen der Droemerschen Verlagsanstalt
Th. Knaur Nachf. GmbH & Co.KG, München
Alle Rechte vorbehalten. Das Werk darf – auch teilweise –
nur mit Genehmigung des Verlags wiedergegeben werden.
Redaktion: Marie-Luise Bezzenberger
Umschlaggestaltung: ZERO Werbeagentur, München
Umschlagabbildung: Getty Images / Jana Leon
Satz: Ventura Publisher im Verlag
Druck und Bindung: Clausen & Bosse, Leck
Printed in Germany
ISBN-13: 978-3-426-63175-1
ISBN-10: 3-426-63175-X

5 4 3

Für Charli

Nachtängste sind nur Träume,
und ich werde immer da sein,
wenn du mich brauchst.
Das verspreche ich dir.

Daddy

Nacht

Pavor Nocturnus (Nachtangst):
Plötzliches Erwachen aus dem Schlaf, nächtliche, anhaltende Angst- oder Schreckzustände, Schreien, Schwitzen, Verwirrung, beschleunigter Herzschlag, Unfähigkeit zu erklären, was geschehen ist, gewöhnlich keine Erinnerung an »schlechte Träume« oder Albträume, vielleicht ein vages Gefühl, erschreckende Bilder gesehen zu haben. Viele Menschen sehen Spinnen, Schlangen, Tiere oder Menschen im Zimmer, können nicht richtig wach werden, sind schwer zu trösten und können sich beim Aufwachen am nächsten Tag nicht an das Ereignis erinnern.

David W. Richards
www.nightterrors.org

I

Stille lag über dem dunklen Haus wie ein Leichentuch. Vor dem Fenster sickerte trübes Mondlicht durch die skelettartigen Zweige der Kiefern. Grauschwarze Wolken huschten über den Himmel wie Ratten, die ein sinkendes Schiff verlassen.

Audrey Bock schrie auf.

Ihr Schrei wurde von den Wänden des Schlafzimmers zurückgeworfen und hallte dann den Flur hinunter, wie das Jaulen eines Zuges auf dem Weg zur Hölle. Ihr Mann Richard fuhr hoch und tastete nach der Lampe. Der Wecker fiel klappernd zu Boden.

Wieder schrie Audrey auf. Durch das Entsetzen über ihren markerschütternden Schrei drangen andere Geräusche nur langsam an die Oberfläche von Richards Bewusstsein. Seine Fingernägel, die über die Tischplatte kratzten. Ein leichter Wind, der die Vorhänge flattern ließ.

Als das Licht endlich aufflammte, schrie Audrey zum dritten Mal.

Den Rücken fest gegen das Kopfteil des Bettes gepresst, die Knie an die Brust gezogen, starrte sie mit blicklosen blauen Augen geradeaus. Ihr kurz geschnittenes, blondes Haar war zerzaust. Ihre Hände flatterten wild vor ihrem Gesicht herum, als wollte sie eine unsichtbare Bedrohung abwehren.

Richard zog sie an sich. Seine Augen folgten ihrem Blick durch die harten Schatten des Schlafzimmers in den leeren Flur, der durch das Nachtlicht im Badezimmer nur schwach erleuchtet war.

»Lass ihn los!«, schrie sie.

Richard schüttelte sie sanft. »Liebling, hier ist niemand. Es ist nur ein böser Traum. Wach auf.«

»Sie hat ihn geholt!« Audrey schrie so laut, dass Richard zusammenzuckte. »Sie hat ihn!«

»Liebling, es ist ein Albtraum. Wach auf!«

»Lass ihn in Ruhe! Lass meinen Kleinen in Ruhe!«

Richard ließ sie nicht los. Sie wand sich kraftlos in seinen Armen. »Audrey!«

»Sie hat ihn geholt!« Plötzlich war ihre Stimme viel zu ruhig. Es war, als habe sie sich einen Schritt weit von dem entfernt, was sie vor sich sah, als sei ihr hämmerndes Herz plötzlich still geworden, nicht, weil der Schrecken vorbei war, sondern weil er unerträglich geworden war.

»Du schläfst. Du musst aufwachen.«

»Sie wird ihn umbringen«, flüsterte sie, und ihre Worte schnitten ihm ins Herz. »Sie hat meinen Kleinen.«

Richard verstand nicht, wie es möglich war, dass sie die Augen weit geöffnet hatte und dennoch fest schlief. Das hier war nicht mit den Albträumen zu vergleichen, die sie seit Zachs Verschwinden gequält hatten. Dies war etwas anderes, Unheimlicheres. Er konnte sie durch die Mauer ihres Schlafs nicht erreichen, sofern sie überhaupt schlief.

Ohne jede Vorwarnung geriet sie wieder in Panik. »Ich muss weg!« Diesmal wehrte sie sich mit mehr Kraft gegen ihn, ohne sich jedoch aus seinen Armen befreien zu können.

Er konnte es nicht ertragen, sie so zu sehen. Ihr Anblick weckte längst begrabene Gefühle von Unzulänglichkeit und Schuld. Er starrte an die Decke und hoffte inständig, dort eine Erleuchtung zu finden, aber sie stellte sich nicht ein. »Liebling, wenn du nicht aufwachst, stelle ich dich unter die Dusche.« Er war sich nicht sicher, ob das eine gute Idee war. Dunkel erinnerte er sich, dass man jemanden, der gerade einen Albtraum hatte, nicht erschrecken sollte – oder galt das für Schlafwandler? –, aber er wusste nicht, was er sonst tun sollte. Vielleicht half ja schon die Drohung.

»Rühr ihn nicht an!«, brüllte sie. Diesmal entwand sie sich seinem Griff. Schwankend stand sie neben dem Bett und deutete auf die Schatten im Flur.

Richard glitt über das Bett, sprang auf und schloss sie wieder in die Arme. Mühelos hob er sie hoch und trug sie hinaus in den Flur.

Audrey schlug mit den Händen in die leere Luft. Ihre schreckliche Vision folgte ihr durch das Haus. Richard setzte sie sanft in die Badewanne, und sie drückte sich zitternd in die entfernteste Ecke, als hätte er das eisige Wasser bereits aufgedreht.

»Audrey, bitte wach auf«, flehte er. Wie er befürchtet hatte, gab sie durch nichts zu erkennen, dass sie ihn hörte. Er drehte den Wasserhahn auf und erwartete, dass sie wieder aufschreien würde, als das kalte Wasser sie traf, doch ihr Schweigen war noch schlimmer. Sie kauerte in der Ecke der Badewanne, das nasse Haar klebte an ihrem Kopf. Sie hatte das Kinn auf die Knie gelegt und zitterte so heftig, dass ihre Zähne aufeinander schlugen,

aber sie starrte weiter geradeaus auf die Schreckensbilder, die nur sie sehen konnte.
Richard kniete neben der Badewanne. Das Wasser spritzte auf seinen Schlafanzug, während er ihr das nasse Haar aus dem Gesicht strich. »Audrey, es ist nur ein Traum. Es ist nur ein böser Traum. Du musst aufwachen.«
»Es ist kein Traum.« Ihre Stimme klang auf einmal flach und mechanisch.
Er versetzte ihr einen leichten Schlag auf die Wange. »Doch, es ist ein Traum.«
Sie wandte sich um und starrte ihm in die Augen, und zum ersten Mal glaubte er, dass sie ihn sah, aber der entsetzte Ausdruck, der langsam über ihr Gesicht glitt, sagte ihm, dass sie immer noch nicht ins Hier und Jetzt zurückgekehrt war.
»Sie ist hier!«, schrie sie auf.
Er fasste sie bei den Schultern und schüttelte sie. Das eisige Wasser, das über seinen Rücken lief, spürte er kaum. »Niemand ist hier, Audrey.«
»Sie hat ihn geholt!« Ihre Stimme klang wieder zögernd, verwirrt. Die Achterbahnfahrt ihrer Gefühle erschreckte ihn ebenso sehr wie ihr verrückter Traum und seine Unfähigkeit, sie zu erreichen. Was in aller Welt mochte in ihrem Kopf vorgehen? Es war, als ob ein irrsinniger Wissenschaftler ihr abwechselnd aufputschende und beruhigende Medikamente spritzte, um auszuprobieren, wie sie darauf reagierte. Doch an ihren Augen und an der Art, wie sie zusammenzuckte, als er sich bewegte und das Wasser ihr Gesicht traf, erkannte er, dass sie ihre Umgebung wieder wahrzunehmen begann.

»Wach auf, Liebling«, drängte er. »Du bist ja schon fast wach. Komm. Steh auf.«
»Ich stehe doch.«
»Nein, du stehst nicht. Los, komm.«
Er zog sie auf die Füße. Sie schlang die Arme um ihn und ließ sich in seine nasse Umarmung sinken. Minutenlang klammerten sie sich unter der kalten Dusche aneinander, bis sie leichter zu atmen begann und ihr Herzschlag sich beruhigte. Sie zitterte an seiner Brust und presste schluchzend das Gesicht gegen seine Schulter.
»Ich will ihn wiederhaben«, wimmerte sie.
»Ich will ihn auch wiederhaben, Audrey.«
Er hielt sie auf Armeslänge und sah ihr in die Augen.
»Bist du wieder da?«
Sie sah ihn seltsam an.
»Bist du wach?«, fragte er.
»Ja.«
»Gut. Dann wollen wir dich mal abtrocknen.«
Sie stand gehorsam da, ließ sich das tropfende Nachthemd ausziehen und sich abtrocknen. Dann zerrte er sich seinen eigenen durchnässten Schlafanzug herunter, trocknete sich ab und warf Handtücher, Nachthemd und Schlafanzug auf einen feuchten Haufen in die Ecke.
»Lass uns wieder ins Bett gehen«, sagte er erschöpft.
Doch sie stand so still wie ein Zombie. Wo immer sie auch gewesen sein mochte, sie war immer noch nicht ganz zurückgekehrt. Wieder hob er sie hoch – wie ein Kind, denn viel größer war sie nicht – und trug sie ganz sanft ins Bett zurück, während er ununterbrochen beruhigend auf sie einredete.

2

Vor dem einzigen erleuchteten Fenster des alten, aus rotem Backstein erbauten Gerichtsgebäudes verschlief die Stadt Arcos im Bundesstaat Maine den Freitagabend. Ein leichter, erfrischender Wind strich durch die Ahornbäume, Eichen, Birken und Balsamfichten und trug den Mistgeruch von den umliegenden Farmen in die Stadt, wo das fruchtbare, schwarze Erdreich für den Frühling gedüngt wurde. Die östlichsten Ausläufer der White Mountains verdeckten den Mond, und nur das Licht der Sterne schimmerte in den Seen und Teichen, die die Gegend zu einem Mekka für Sommertouristen machten. Arcos, Sitz der Bezirksverwaltung von Ouachita, lag am Fuß der Berghänge, als sei es im Begriff, in das Wasser des Lake Arcos hinunterzurutschen, der, versteckt hinter einem niedrigen Grat, gleich hinter dem Gebäude lag. Leute aus dem Flachland pflegten zu fragen: »Wo ist denn der See?« Dann deuteten die Einheimischen auf ihre hinter den Häusern liegenden Gärten und antworteten: »Gleich dahinter.«
Im Gerichtsgebäude fuhr sich Sheriff Virgil Milche mit den Fingern durch die Haare und nagte an seiner allmonatlichen Zigarre, bis er den dicken Stummel schließlich in einem makellos sauberen Aschenbecher auf dem Fensterbrett ausdrückte. Virgils Augen hatten die gleiche Farbe wie sein volles, aschgraues Haar, und sein sonnengebräuntes Gesicht war von Fältchen durchzogen. Obwohl er kleiner war als alle Deputys seiner Poli-

zeitruppe, war er kräftig gebaut, mit muskulösen Armen und breiten Schultern.
Seine Schreibtischlampe gab dem ganzen Büro mit ihrem bernsteinfarbenen Schirm eine behagliche Atmosphäre, die durch das klappernde Heizgerät in der Ecke noch verstärkt wurde. Aber trotz der fortgeschrittenen Jahreszeit und der einschläfernden Wärme, die von dem alten Heizkörper ausging, konnte er ein Frösteln nicht unterdrücken. Während er die beiden Aktenordner auf seinem sonst leeren Schreibtisch anstarrte, hörte er, wie die Tür geöffnet wurde, doch er machte sich nicht die Mühe aufzublicken. Deputy Birch war der einzige Beamte, der außer ihm heute Abend in Arcos Dienst hatte.
»Soll ich Ihnen etwas zu essen holen, Sheriff?«
Virgil schüttelte den Kopf und kratzte einen kleinen braunen Flecken von einem der Aktenordner, das Überbleibsel einer längst vergessenen Fliege, die er totgeschlagen hatte. Auf die Vorderseite der beiden Ordner waren Plastikschildchen mit Namen geklebt.
Timothy Merrill.
Zachary Bock.
Um die Namen herum war der Aktendeckel mit Zeichnungen von Messern und Pistolen voll gekritzelt. Virgil griff nach seinem Füllfederhalter und füllte eine winzige leere Fläche unter dem zweiten a in Zachary aus.
»Virgil?« Meistens war Birch unfehlbar korrekt, und er gehörte zu den Polizisten, die Virgil niemals zurechtweisen musste. Nicht ein einziges Mal. Spätabends und alleine im Büro jedoch bestand Virgil nicht auf dem Pro-

tokoll, und außerdem war Birch für ihn mehr als nur ein Deputy. Obwohl er dem Rang nach ziemlich weit unten in der Polizeitruppe stand und dreißig Jahre jünger war als Virgil, war er ihm ein Freund geworden.

Birch trat näher an den Schreibtisch heran. Virgil konzentrierte sich darauf, beim Ausmalen seiner Zeichnung nicht über den Strich hinauszumalen.

»Virg, ist alles in Ordnung mit Ihnen?«

Virgil sah auf und fragte sich, warum Birch niemals etwas wegen seiner Haare unternommen hatte. Sie waren kurz genug geschnitten, um den Vorschriften zu genügen, aber es sah immer so aus, als hätte er beim Baden aus Versehen einen Föhn ins Wasser fallenlassen.

»Wie bitte?«

»Alles okay?«

»Ja, bestens.«

»Geht es Doris heute einigermaßen?«

Virgil senkte den Blick wieder auf die Akten. »Ja, es geht so.«

»Warum gehen Sie nicht nach Hause?«

»Später. Was wollten Sie, Birch?«

»Nichts, Virg. Sie sahen nur so aus, als ob es Ihnen nicht besonders gut ginge.«

»Es geht mir ausgezeichnet.«

»Also gut. Wenn Sie möchten, räume ich die Akten da für Sie weg.«

Aus den Augenwinkeln sah Virgil, dass Birch den Arm ausstreckte, und er schlug mit der Hand etwas fester auf die Ordner, als er es beabsichtigt hatte. Als er aufblickte, sah er Überraschung in den Augen des Deputys.

»Tut mir Leid«, murmelte Virgil und holte tief Luft. »Ich räume die Akten selber auf.«

Birch sah die Ordner an. »Der kleine Merrill ist verschwunden, bevor ich hier angefangen habe, aber als Zach Bock entführt wurde, war ich schon da.«

Virgil nickte.

»Ich weiß, dass die Geschichte Sie immer noch sehr beschäftigt, Virg.«

»Ja, Birch, sie beschäftigt mich sehr.« Er starrte ins Leere und hoffte, dass Birch den Wink verstehen würde, was dieser nach ungewohnt langer Zeit auch tat.

»Ich lauf noch schnell rüber zum Big Apple und hol mir ein Eis. Sie sollten nach Hause gehen.«

»Ich gehe gleich.«

»Grüßen Sie Doris von mir.«

»Mach ich.«

Virgil sah durch die Glaswand seines Büros zu, wie der Deputy die Polizeistation verließ. Doris mochte den Jungen fast genauso gern wie er selbst. Birch war besonnen und intelligent, er arbeitete hart und wusste, wann er zu verschwinden hatte. Jedenfalls meistens.

Virgil schloss die Augen und rieb sich heftig die Schläfen, aber der Schmerz, der ihm jetzt zu schaffen machte, konnte nicht einfach wegmassiert werden. Er öffnete die Augen und begann, Timmy Merrills Akte durchzublättern. Schwarzweiße Fotographien rutschten über den Schreibtisch, und er schob sie zusammen wie ein Kartenspiel. Der Wald gegenüber vom Haus der Merrills. Fahrradspuren in der Erde neben der Straße. Timmys Mütze, von einem Straßenarbeiter aufs Revier gebracht,

der sie anderthalb Kilometer vom Haus der Merrills entfernt gefunden hatte.
Virgil legte die Fotos zur Seite und blätterte die Seiten mit den Zeugenaussagen durch. Niemand hatte irgendetwas gesehen. Das war eines der drei Dinge, die die beiden Entführungsfälle, zwischen denen vier Jahre lagen, miteinander verband.
Niemand hatte irgendetwas gesehen.
Viele Leute hielten Virgil für verrückt, als Zach Bock verschwand und er Timmy Merrills Akte wieder ausgrub. Timmy war anderthalb Kilometer von seinem Haus entfernt verschwunden, wo er mit seinem Fahrrad unterwegs gewesen war. Er hatte etwa drei Kilometer von Arcos entfernt in einer ländlichen Wohngegend gewohnt. Zach Bock war direkt aus dem Vorgarten seines Hauses entführt worden. Er hatte mit seinen Eltern fünfundzwanzig Kilometer vor der Stadt auf einem zwei Hektar großen, bewaldeten Grundstück gelebt. Der nächste Nachbar war vierhundert Meter weit entfernt. Timmy war ein ganz normaler Junge gewesen, nicht übermäßig intelligent, aber auch nicht dumm. Zach wurde allgemein als Wunderkind beschrieben. Mit vier Jahren konnte er bereits lesen und schreiben. Timmy war groß für sein Alter, mit blonden Haaren und blauen Augen. Zach war klein und hatte dunkles Haar und dunkelbraune Augen wie sein Vater. Timmy war sieben Jahre alt, als er verschwand, Zach war neun. Zwischen den beiden Entführungsfällen lagen vier Jahre und fünfundzwanzig Kilometer. In den Jahren, die dazwischen lagen, waren keine anderen Kinder in der Gegend

verschwunden, und im ganzen Bezirk hatten sich keine ähnlichen Entführungen ereignet. Dennoch war Virgil immer noch fest davon überzeugt, dass es eine Verbindung zwischen den beiden Ereignissen gab.

Beide Opfer waren kleine Jungen gewesen. Beide waren von jemandem mit einem Auto entführt worden, denn die Hunde hatten keine Spur von ihnen in den Wäldern gefunden, nicht einmal ihre Witterung aufgenommen. Und niemand hatte irgendetwas gesehen.

Virgil schob die Fotos wieder in die Akte, klappte sie zu und legte die beiden Ordner aufeinander. Die verschlungenen Muster auf den Aktendeckeln tanzten vor seinen Augen. Er weigerte sich zu glauben, dass *zwei* Ungeheuer in seinem Bezirk lebten.

Er hob die Aktenordner auf und legte sie wieder in die oberste Schublade. Als er die Schreibtischlampe ausknipste, versank die ganze Polizeistation in Dunkelheit. Draußen hörte er Birchs Auto anspringen, und dort, wo die 26. Straße auf die Main Street traf, war das Geräusch eines Pickup Trucks zu hören. Aber im Geist hörte er das Lachen eines Irren. Ein abscheuliches Gackern – du erwischst mich ja doch nicht, du dämlicher Bulle –, das an ihm nagte und ihm gleichzeitig einen kalten Schauer über den Rücken jagte.

Ungeheuer gab es überall, und Virgil hatte sein Leben damit verbracht, dafür zu sorgen, dass keines davon sich im Bezirk Ouachita niederließ. Doch seit dem ersten Entführungsfall waren fünf Jahre vergangen, ohne dass es auch nur einen einzigen neuen Hinweis gegeben hätte, und jetzt wusste er, dass es höchst unwahrscheinlich

war, dass er dieses Monster noch seiner gerechten Strafe zuführen würde.
Er hatte andere Probleme.

3

Am nächsten Morgen erwachte Audrey vom Duft nach gebratenem Speck. Sie streckte sich wohlig, erschrak jedoch, als sie die Bettwäsche auf ihrer bloßen Haut spürte. Verblüfft hob sie die Decke und starrte ihren nackten Körper an. Sie war mit einem Nachthemd zu Bett gegangen, daran gab es keinen Zweifel. Doch das war das Letzte, woran sie sich erinnern konnte, und es beunruhigte sie, etwas vergessen zu haben, das sie nicht hätte vergessen dürfen. Sie holte ihren Morgenmantel aus dem Schrank und folgte dem Frühstücksgeruch in die Küche. Richard war ein ausgezeichneter Koch. Besser als sie.
Als sie hereinkam, sah er von der Bratpfanne auf.
»Wie fühlst du dich?«, fragte er.
»Verschlafen. Wie spät ist es?«
Er warf einen Blick auf seine Uhr. »Halb elf.«
»Warum hast du mich so lange schlafen lassen?«
»Es ist Samstag. Außerdem habe ich gedacht, nach der letzten Nacht würdest du Schlaf brauchen.«
Sie nahm den Kaffee, den er ihr anbot, und ließ sich mit gerunzelter Stirn in einen Stuhl sinken. »Ich habe ge-

schlafen wie ein Stein. Aber als ich aufgewacht bin, hatte ich nichts an.«

»Erinnerst du dich nicht?«

»Woran soll ich mich erinnern? Hatten wir eine wilde Nacht?«

»Du hattest den schlimmsten Albtraum, den du je gehabt hast.«

»Wirklich?«

Er stellte seine Kaffeetasse neben die Bratpfanne. »Ich musste dich ins Badezimmer tragen und dich unter die Dusche setzen, um dich aufzuwecken. Deshalb hast du nackt geschlafen.«

»Du machst Witze.«

»Das ist kein Witz. Es war furchtbar. Ich konnte einfach nicht an dich herankommen. Du hast immer weiter ins Leere gestarrt und geschrien.«

»Geschrien?« Audrey konnte es nicht glauben. Sie war tatsächlich müde – so, als hätte sie nicht wirklich geschlafen – aber sie konnte sich nicht daran erinnern, während der Nacht aufgewacht zu sein, und ganz bestimmt konnte sie sich nicht an eine Dusche erinnern.

»Du hast immer wieder geschrien, *sie* sollte ihn loslassen.«

Keiner von ihnen hatte Zweifel daran, wer *er* war. Keiner von ihnen brauchte zu erwähnen, dass heute der erste Jahrestag von Zachs Verschwinden war. Plötzlich roch der Speck nicht mehr so köstlich.

Sie schüttelte den Kopf und starrte in den schwarzen Spiegel in ihrer Kaffeetasse. »Ich fasse es nicht, dass ich unter der Dusche nicht aufgewacht bin.«

»Nach einiger Zeit warst du annähernd wach. Du hast mit mir geredet, aber es war, als würdest du durch eine Wand sprechen. Ich habe dich ins Bett zurückgetragen, und schließlich bist du wieder eingeschlafen.«

»Ich glaub's nicht. Ich erinnere mich an nichts.«

»Du hast mich noch ein paar Mal aufgeweckt, und ich dachte, es würde wieder von vorne anfangen. Ich habe mit dir geredet, und du bist wieder eingeschlafen. Aber du warst die ganze Nacht lang steif wie ein Brett.«

»Es tut mir Leid.«

»Dazu hast du keinen Grund. Ich wünschte, ich hätte etwas tun können.«

»Du hast etwas getan, indem du bei mir warst.«

Er stellte einen Teller mit Speck und Eiern vor ihr auf den Tisch, und sie begann, darin herumzustochern.

»Vielleicht solltest du Tara anrufen«, schlug er vor.

»Nein.« Nur wegen eines einzigen schlechten Traums brauchte sie Tara nicht. Obwohl sie wusste, dass Tara ihr vermutlich würde helfen können, brachte sie es nicht fertig, sie anzurufen. Mit Tara zusammen zu sein oder mit ihr zu reden, erinnerte Audrey daran, wie viel sie verloren hatte. Erinnerte sie daran, warum sie sich davor fürchtete, etwas zu vergessen. Tara hatte ihr einmal geholfen. Aber sie konnte nicht helfen, nachdem Zach entführt worden war. Audrey konnte nicht zulassen, dass sie ihr auf die Art und Weise half, wie sie es tun wollte. Sie konnte einfach nicht.

»Dann sollten wir vielleicht Doktor Burton anrufen.«

»Ich brauche keinen Arzt. Es war doch nur ein schlechter Traum.«

»Es war verdammt viel mehr als nur ein Traum.«
»Können wir über etwas anderes reden?«
»Worüber denn? Ich bin auf deiner Seite, Audrey. Ich möchte nur, dass dir geholfen wird, das ist alles.«
»Und was ist mit dir?«
»Ich bin okay.« Er trug die Pfanne zum Spülbecken und wandte ihr mit gesenktem Kopf den Rücken zu.
»Es wird doch besser«, flüsterte sie. Sie weinte nicht mehr täglich, stand nicht mehr vor dem Fenster und starrte hinaus auf den Rasen. Sie war nicht mehr mitten in der Nacht aufgewacht und aufgestanden, um Zach zuzudecken – wie lange schon nicht mehr? Seit sechs Monaten?
Sie sah, wie Richard tief Luft holte und sich dazu durchzuringen versuchte, etwas zu sagen, und sie wusste, was es sein würde. Sie wusste nur nicht, wie er es diesmal formulieren würde.
»Ich will kein neues Baby«, stieß sie hervor.
Sein Nacken lief rot an.
»Du kannst meinen Sohn nicht ersetzen«, sagte sie leise.
Richard wandte sich langsam zu ihr um. »Audrey, noch ein Kind zu bekommen, bedeutete doch nicht, dass wir Zach ersetzen.«
»Was zum Teufel bedeutet es dann?«
»Wir können nicht so weitermachen, Audrey. Dabei gehen wir vor die Hunde. Ich gehe vor die Hunde. Er ist fort. Wir beide müssen uns damit abfinden.«
Audrey schob Stücke von ihrem Ei auf dem Teller herum und starrte auf das kreisende Muster auf dem Eigelb. Die Gabel fühlte sich in ihrer Hand seltsam an.

Weich. Ihr ganzer Körper fühlte sich seltsam an. Was kündigte sich da an, ein Panikanfall? Sie zwang sich, ruhig zu atmen und konzentrierte sich auf ihren Puls. Versuchte ihn zu kontrollieren und sich zu entspannen.
Richard setzte sich neben sie. Seine dunklen Augen und hohen Wangenknochen erinnerten sie an Zach. Es gab jetzt Momente, wo sie ihn wegen dieser Ähnlichkeit kaum ansehen konnte. Und sie hasste sich selbst dafür.
»Ich habe Zach doch genauso geliebt wie du«, flüsterte er.
An seinem erschrockenen Gesicht erkannte sie, dass ihm sein Fehler augenblicklich bewusst wurde. Ihre Stimme war wie ein schwerer Stein, der über ihnen schwebte und sie beide zu zerschmettern drohte. »Ich liebe ihn *immer noch*.«
»Ich auch, Audrey.«
»Warum hast du das dann nicht gesagt?«
»Ich habe doch nur gemeint, dass wir irgendwie weiterleben müssen.«
»Ich lebe. Du lebst.«
»Nein, wir leben nicht. Wir sind nur in der Zeit festgefroren und warten. Audrey, wir haben alles getan, was wir konnten.«
»Er ist irgendwo da draußen«, flüsterte sie, kaum fähig zu atmen. »Er braucht mich, und ich kann ihn nicht finden. Jemand hat meinen Sohn entführt.«
»Unseren Sohn.«
»Ich will ihn wiederhaben.«
»Ich auch, aber wir müssen der Tatsache ins Auge sehen, dass wir Zach vielleicht nie wiederbekommen. Niemand

hat sich gemeldet. Niemand hat gesehen, wie er entführt wurde. Er könnte überall sein.«

Sie ließ die Gabel auf den Teller fallen. Der Griff war verbogen. »Warum hat sich niemand gemeldet? Warum haben wir keine Lösegeldforderung bekommen?«

»Du weißt, warum, Audrey. Die Polizei hat es dir gesagt. Zach ist nicht wegen eines Lösegelds gekidnappt worden.«

»Sag das nicht!«

»Liebling, beruhige dich.«

Sie starrte durch die offene Hintertür ins Freie. »Dieser Dreckskerl hat meinen Sohn direkt hier gestohlen. Aus unserem Haus.«

Das tat weh. Die Tatsache, dass Zach an dem Ort entführt worden war, an dem er sicherer hätte sein sollen als irgendwo sonst in der Welt. Während sie und Richard beide zu Hause gewesen waren. Das ließ ihre Schuldgefühle und ihre Wut noch größer werden, aber es ärgerte sie auch, dass Richard Recht hatte. Sie hatten alles getan, was man tun konnte.

Sie hatten sich augenblicklich mit dem Sheriff des Bezirks Ouachita in Verbindung gesetzt. Die Forstverwaltung hatte die Suche koordiniert. Ranger, Polizisten und sogar Männer der freiwilligen Feuerwehr hatten die Gegend tagelang mit Hunden abgesucht. Das Haus war von den tiefen Wäldern Maines umschlossen. Die Berge waren mit einem Spinnennetz von Wirtschaftswegen überzogen, die die Farmen mit den Märkten verbanden. Sie und Richard waren mit den Suchmannschaften durch die Wälder gerannt, hatten Zachs Namen gerufen

und unter jeder gefallenen Kiefer und in jedem Graben nach ihm gesucht. Aber eigentlich hatte es keine Hoffnung gegeben. Die Hunde hatten keine Witterung von ihm aufgenommen.
Der Sheriff hatte über Fernschreiber eine Vermisstenmeldung an alle zuständigen Behörden geschickt, einschließlich des NCIC, des National Crime Information Center. Audrey und Richard hatten Anzeigen in die Lokalzeitungen gesetzt, hatten für Suchmeldungen im Radio bezahlt, hatten eigens gedruckte Plakate in Läden und Tankstellen aufgehängt. Und sie hätten fast ihre gesamten Ersparnisse für einen Privatdetektiv aus Lewiston ausgegeben. Doch der Mann hatte sich geweigert, ein Honorar anzunehmen, nachdem er ihnen mitgeteilt hatte, dass es keinerlei Hinweise gab. Zach war zum Spielen in den Vorgarten gegangen, während Audrey hinten im Garten gearbeitet hatte, und fünf Minuten später war er verschwunden.
Heute vor einem Jahr. Wie konnte Richard es wagen, an ein neues Kind zu denken?
»Er lebt«, sagte sie.
Richard antwortete nicht.
»Er lebt«, beharrte sie.

4

Audrey starrte durch die Hintertür in ihren Garten hinaus. Seit dem Tag, an dem Zach verschwunden war, hatte sie keinen Fuß mehr dorthin gesetzt. Ihre Stauden hatten überlebt, trieben jedoch wild aus, und die Flächen, die unter normalen Umständen frisch bepflanzt worden wären, füllten sich langsam mit Unkraut. Alles in ihrem Leben schien zu verunkrauten, auseinander zu fallen.

Seit Zachs Verschwinden hatten Richard und sie ihre Liebe zueinander getragen wie einen alten Mantel, der bei einem schweren Unfall zerfetzt und zerrissen worden war.

Der Stoff konnte repariert werden, aber Audrey war sich nicht sicher, ob er ihnen jemals wieder so passen würde wie vorher. Nach ihrer Auseinandersetzung hatte Richard seine Aktentasche gepackt und war nach Arcos gefahren, um die Unterlagen irgendwelcher Klienten zu bearbeiten – ein Wirtschaftsprüfer hatte immer etwas zu tun. Jedes Mal, wenn sie sich wegen Zach stritten, ging Richard zur Arbeit, und Audrey brütete vor sich hin. Jetzt war es an der Zeit, mit dem Brüten aufzuhören und ihr Leben wieder in die Hand zu nehmen. Das bedeutete, sich um ihren Garten zu kümmern.

Ihre Tante Tara hatte Audrey die Grundlagen des Gärtnerns erklärt, als sie noch ein Teenager gewesen war, hatte ihr Gartenbücher gekauft und gemeinsam mit ihr gearbeitet, bis ihrer beider Hände voller Schwielen waren. Schließlich hatte Audrey ihre Lehrerin übertroffen und hatte ihrerseits begonnen, Tara Ratschläge zu geben. Die Gartenarbeit war für Audrey immer mehr als nur ein Hobby gewesen, mit dem sie sich von ihren Problemen ablenken konnte; sie hatte Trost und Erneuerung darin gefunden. Sie wurde zu einer so ausgezeichneten Gärtnerin, dass sie drei Jahre nach ihrer Heirat mit Richard ein Buch über Blumenpflege veröffentlichte. *I Never Promised You a Rose Garden* wurde ein Bestseller. Es war gerade zum siebten Mal aufgelegt worden, und Audrey war immer stolz darauf gewesen, dass sie nicht nur Hausfrau war, sondern mehr als ihren Teil zum Einkommen der Familie beitrug.

Jetzt lockte der Garten wieder. Sie sehnte sich danach, die fruchtbare Erde zu riechen, zu spüren, wie ihre Finger den feuchten Humus bearbeiteten, das Zirpen der Grillen und den Gesang der Vögel zu hören. Doch als sie ihre Hand auf den Türknauf legte, fühlte sich das Metall eiskalt und feindselig an, als ob das Haus sich davor fürchtete, sie hinausgehen zu lassen. Aber was sollte sie sonst tun, den Rest ihres Lebens im Haus verbringen? In einem alten Hausmantel von Zimmer zu Zimmer wandern wie eine alte Frau aus einem Roman von Dickens?

Dennoch wollte die Tür sich nicht öffnen. Ein seltsames Gefühl regte sich in ihrem Unterbewusstsein, das erste, winzige Anzeichen von Angst. Aber warum sollte sie sich vor ihrem eigenen Garten fürchten?

Dann wurde ihr klar, dass es nicht der Garten war, vor dem sie Angst hatte. Es war die Tür. Es war nicht der Ort selbst, sondern der Übergang dorthin. Es war der

unwiderrufliche Schritt vom vergangenen Jahr mit Zach in dieses neue ohne ihn. Das Öffnen einer Tür und das Schließen einer anderen.
Sie sah sich in der Küche um. Sonnenlicht schimmerte auf den blauen Arbeitsflächen und dem weißen Vinylboden. Das Geschirr war gespült und weggeräumt. Die Wäsche war getrocknet und lag wieder in den Schränken. Das Haus war makellos sauber. Sie könnte zu dem Manuskript ihres neuen Buches zurückkehren und vorgeben zu schreiben, doch sie wusste, dass das nur ein Vorwand sein würde. Sie musste das Manuskript *dort draußen* schreiben, wo es gelebt wurde. Hier drinnen gab es nichts mehr zu tun, kein Leben mehr zu bewältigen. Wenn sie im Haus blieb, dann nicht um zu leben, sondern um zu sterben.
Sie schloss die Finger fest um den Knauf und stieß die Tür auf. Ohne auf der Veranda zu zögern, schritt sie hinaus in den Garten. Der Tag war warm und golden, die Luft duftete nach Balsamfichten und Flieder, der gerade zu blühen begann. Ein Rotkehlchenpaar führte neben ihrem Werkzeugschuppen einen Hochzeitstanz auf dem Rasen auf. Vor einem Jahr hatte sie genau dort auf dem Boden gekniet. Eine plötzliche, unerklärliche schreckliche Vorahnung hatte sie überkommen, sie war aufgesprungen, zur Vorderseite des Hauses gerannt und hatte nach Zach gerufen. Im Gras am Rand des Rasens, wo der Boden in den Straßengraben abfiel, lag sein Baseballschläger. Sein Ball war niemals gefunden worden.
Mit gespielt forschen Schritten ging sie zu ihrem Schuppen hinüber und fand den Eimer mit ihrem Werkzeug

direkt hinter der Tür. Sie trug ihn in die Mitte des Gartens, streifte die Knieschoner über und ließ sich auf die Knie nieder. Die vertraute Körperhaltung und der Geruch der feuchten Erde belebten sie. Sie nahm den Kratzer aus dem Eimer und begann dem Unkraut zu Leibe zu rücken, das sich um ihre sorgfältig gepflanzten Stauden breit machte. Sie starrte die Zinken des Werkzeugs an, das Fingerspuren durch die dunkle Erde zog, als würde es von einer fremden Hand geführt.

Was tue ich hier? Wie konnte ich nur hierher zurückkommen?

Sie packte das Werkzeug fester, grub es tief in die Erde, zerrte es durch das Unkraut. Das knirschende Geräusch schmerzte in ihren Ohren. Sie war hier, weil sie hier sein *musste*. Denn wenn sie *nicht* hier herauskam, um das hier zu tun, dann hätte Zachs Kidnapper gewonnen. Dann hätte er ihr nicht nur ihren Sohn, sondern auch ihr Leben genommen. Versuchte nicht auch Richard, Zachs Entführer zu besiegen? Ihn zu besiegen, indem er sich täglich in seiner Arbeit vergrub? Ihn durch ein neues Kind zu besiegen?

Diesen Gedanken konnte Audrey nicht ertragen.

Selbst wenn ein neues Baby kein Betrug an Zach wäre, wie sollte sie auch nur daran denken, ein zweites Kind zu bekommen? Wie sollte sie für seine Sicherheit sorgen? Sie und Zach hatten sich unglaublich nahe gestanden, selbst für Mutter und Sohn. Sie hatte es immer gespürt, wenn er sie brauchte, wenn er nachts aufgewacht war. Er hatte nie nach ihr rufen müssen – sie war immer für ihn da gewesen.

Nur jenes eine Mal war sie zu spät gekommen.
Sie sah es vor sich, als wäre es erst gestern gewesen: Zach, der um sie herumsprang, viel zu lebhaft für einen Neunjährigen, der johlend und auf dem Gras herumgekugelt war, das T-Shirt voller Grasflecken. Sonnenlicht hatte in seinen Augen gefunkelt. Der Garten hatte seine Lebensfreude kaum fassen können. Heute vor einem Jahr. Der Gedanke durchfuhr sie wie ein Messer, das sich in ihr Herz bohrte. Zach wäre jetzt zehn Jahre alt.
Sie versuchte sich vorzustellen, dass ein neues Leben in ihr wuchs. Versuchte sich zu erinnern, wie es sich anfühlte, wenn ein winziges Herz im gleichen Rhythmus wie ihr eigenes schlug. Plötzlich blitzte die Erinnerung an ein anderes Kind in ihrem Kopf auf, und sie kniff verblüfft die Augen zu.
Das Bild war so schnell verschwunden, wie es gekommen war, doch sein Schatten war immer noch da, ein Bild von ihr selbst im Alter von neun oder zehn Jahren. Strahlend blaue Augen und ein schiefes Lächeln. Sie hielt eine kleine Puppe in den Händen, wie ein Geschenk. Nur dass sie sich nicht an die Puppe erinnern konnte.
Ebenso plötzlich tauchte eine weitere unvertraute Vision vor ihrem geistigen Auge auf und wirbelte wie im Zeitraffer vorbei. Menschen und Orte, an die sie sich nicht erinnern konnte, aber trotzdem Menschen, die heftige Gefühle in ihr auslösten. Die Bilder weckten Trauer, Angst und Wut in ihr, und mit diesen Emotionen kam die Qual.
Ein heftiger Schmerz zerriss ihren Unterleib und strahl-

te mit Fingern aus goldenem Feuer nach außen. Mit klappernden Zähnen umklammerte sie ihren Bauch. Ihre zitternden Hände verkrampften sich in ihrer leichten Baumwollbluse. Sie versuchte, auf die Füße zu kommen, aber ihre Knieschoner gruben sich nur noch tiefer in den weichen Boden. Der höllische Schmerz elektrisierte jedes Nervenende in ihrem Körper, entzündete ihre Synapsen wie eine Kette flackernder Lichter an einem Christbaum. Minuten später, als der Schmerz endlich abebbte, kniete sie kraftlos im Garten, die Arme fest um den Körper geschlungen. Noch nie in ihrem Leben hatte sie solche Schmerzen verspürt, nicht einmal bei der Geburt ihres Sohnes. Und er hatte sie so plötzlich erfasst, so völlig unerwartet. Als sie ihre Umgebung wieder wahrzunehmen begann, stellte sie fest, dass sie immer noch nicht richtig sehen konnte. Der Tag erschien ihr trüber, verschwommen.

Gerade als ihre Muskeln sich zu entspannen begannen, schlug eine neue Feuerwelle über ihr zusammen. Der höllische Schmerz war wie eine chemische Explosion im Inneren ihres Körpers, die sich bis nach außen durch ihre Haut brannte. In Panik starrte sie die unbepflanzte Erde an und überlegte, ob sie sich hinlegen und hoffen sollte, dass diese entsetzlichen Anfälle vorübergingen.

Aber vielleicht passierte in ihrem Inneren gerade irgendetwas Schreckliches. Vielleicht hatte sie eine innere Blutung, oder ein fürchterlicher Tumor hatte sich gerade bemerkbar gemacht. Sie brauchte Hilfe. Sie dachte an die Geburtstechniken, die sie vor Jahren eingeübt hatte, atmete in kurzen, flachen Zügen und versuchte sich zu entspannen. Nach einiger Zeit, die ihr wie eine Ewigkeit vorkam, ging der zweite Anfall vorbei. Sie kämpfte sich auf die Beine und taumelte über den Rasen auf die Tür zu, in der Hoffnung, ins Haus zu gelangen, bevor die nächste Schmerzattacke über sie hereinbrach.

Sie hatte die Stufen zur Veranda zur Hälfte erklommen, als der Schmerz sie erneut packte. Schlimmer als die ersten beiden Male. Viel schlimmer. Ihre Fingernägel gruben sich in das hölzerne Treppengeländer, und ihre Armmuskeln verkrampften sich zu stählernen Bändern. Sie krümmte sich zusammen, bis ihre Wange auf dem rauen Treppengeländer lag. Mit einem Fuß stand sie auf dem Treppenabsatz, mit dem anderen auf der obersten Stufe. Sie starrte die Tür an, die nur zwei Schritte entfernt war.

Ihr Körper zitterte so heftig, dass Audrey fürchtete, sie würde gleich zu einer knochenlosen Masse zusammensinken, doch der Schmerz ließ nach, und sie stolperte ins Haus. Sie zog einen Küchenstuhl zu der Wand, an der das Telefon hing, weil sie nicht aufrecht stehen wollte, wenn der nächste Anfall kam. Sie wusste, dass weitere Schmerzattacken kommen würden. Vor ihrem geistigen Auge sah sie sie in der Ferne aufgereiht wie schwarze Reiter, wie Tolkiens Ringgeister. Sie griff nach dem Telefon und drückte auf den Kurzwahlknopf für Richards Büro. Er meldete sich beim dritten Klingelton.

»Hilf mir! O Gott! Es tut so entsetzlich weh!«, war alles, was sie hervorbrachte, bevor die nächste Schmerzwelle über ihr zusammenschlug, so dass sie nur noch in den Hörer stöhnen konnte. Wie aus weiter Ferne hörte sie

Richard sagen, dass er schon unterwegs sei, dass er das Krankenhaus anrufen würde.
Das Telefon fiel krachend zu Boden.
Der Schmerz stieg in ihrem Inneren auf wie flüssige Lava, die sich durch ihre Eingeweide brannte. Als die Welle ihren Höhepunkt erreichte, zog sie sich tief in sich selbst zurück. Die Wirklichkeit löste sich in das dünne Echo von Tönen, Sonnenlicht und dem wie Meeresbrandung an- und abschwellenden Schlagen ihres Herzens auf. Einen kurzen Augenblick lang glaubte sie, die angsterfüllte Stimme eines Kindes und das Geräusch rennender Kinderfüße zu hören.
Sie öffnete die Augen, aber natürlich war sie allein. Sie wusste nicht, ob sie minuten- oder stundenlang weggetreten gewesen war, doch die Sonne hatte sich nicht weiterbewegt, und weder Richard noch die Rettungssanitäter waren gekommen. Und der Schmerz schien nicht allzu sehr nachgelassen zu haben. Sie schloss die Augen und presste beide Hände gegen den Bauch. Dann zog sie die Knie an die Brust und stützte die Füße auf der Stuhlkante ab.
Als sie die Augen schloss, hörte sie das Trappeln von Füßen, dann wurde es still.

Als Richard und der große Rettungshelfer sie auf die Rolltrage hoben, sah sich Audrey benommen in der Küche um. Der Schmerz hatte nachgelassen, dafür hatte eine große Traurigkeit sie erfasst. Zusammen mit dem Schmerz war etwas in ihr erkaltet, das sie nicht beschreiben konnte.

Sie fühlte sich leer.
Als die Rolltrage über die ungepflasterte Einfahrt knirschte, ließ Audrey sich auf das dünne weiße Kopfkissen sinken. Richard ging neben ihr und hielt ihre Hand. Sie musste unbedingt die Stimme des Kindes noch einmal hören. Sie musste sich daran erinnern. Sie wusste, dass sie diese Stimme schon einmal gehört hatte. Doch sie war fort.
Der Schmerz kam wieder, aber er war fern und dumpf. Die Anfälle kamen in größeren Abständen und waren leichter zu beherrschen. Richard kletterte zu ihr in den Krankenwagen, ohne ihre Hand loszulassen, doch sie konnte ihn nicht ansehen. Er wischte ihre Wange ab, aber die Stelle brannte immer noch, so als sei es nicht eine Träne gewesen, die er abgewischt hatte, sondern Säure. Er flüsterte ihr tröstende Worte ins Ohr, doch alles, was sie hörte, war das dumpfe Dröhnen des Motors. Und über all dem das verzweifelte Trappeln von Kinderfüßen.

5

Zwei Stunden vor Anbruch des trüben Montagmorgens fuhr ein einsamer Lieferwagen vor dem Cartland Memorial Krankenhaus im Stadtzentrum von Arcos vorbei. Die Reifen zischten auf dem Straßenpflaster, das noch nass war vom Regen der vergangenen

Nacht. In der Ferne jaulte ein Güterzug auf seiner Fahrt nach Montreal. Eine Zigarette erlosch zischend in einer schimmernden Pfütze, und ein hoch gewachsener Pfleger mit vorstehenden Zähnen wandte sich um und ging durch die Schiebetür in den Notaufnahmeraum zurück.

Zwei Stockwerke höher lag Audrey in ihrem Bett; sie schlief fest, war jedoch mit kaltem Schweiß bedeckt. Richard war in seinem Sessel eingeschlafen. Sein leises Schnarchen war das einzige Geräusch, das im Zimmer zu hören war. Dann bauschte sich der Vorhang gegen den Fensterrahmen, als eine leichte Brise von den Bergen herunterwehte. Die Seiten eines aufgeschlagenen Buches auf dem Nachttisch flatterten zur Antwort. Draußen auf dem Korridor wurden die leisen Schritte einer Krankenschwester erst lauter, dann erstarben sie wieder.

Audreys plötzlicher Schrei zerriss die Stille des Krankenhauses wie ein Schuss in einer Kirche. Sie umklammerte das schweißnasse Laken, das sie wie eine Schlinge festhielt, und fuhr hoch.

»Der Geruch!«, keuchte sie und rang nach Luft. »Der Geruch!«

Mit fliegenden Fingern griff sie sich an Kopf und Gesicht und versuchte, sich die Haut vom Schädel zu reißen.

Richard fuhr in seinem Stuhl hoch, kämpfte sich aus der Tiefe des Schlafs empor. Er rieb sich die Augen und blinzelte, dann stürzte er an Audreys Seite und packte ihre Hände. Das Geräusch der Gummisohlen der Schwester kam wieder näher.

Das Lampenlicht tat sein Bestes, die Dämonen der Dunkelheit zu verscheuchen, doch sie hingen im Krankenzimmer wie Rauch. Seltsame Schatten zuckten – kantig und hart. Audrey wand sich zitternd auf dem Bett. Richard zog sie an sich, aber sie stieß ihn fort.
»Nein!«, schrie sie. »Lass mich los!«
Er gab sie frei und sie drückte sich gegen das metallene Kopfteil ihres Bettes. Die Krankenschwester streckte den Kopf durch die Tür.
»Holen Sie Doktor Burton!«, rief Richard ihr zu, und die Schwester verschwand.
Audrey griff wieder nach ihrem Gesicht. Er schob sich auf das Bett, hielt sie fest und fesselte ihre Arme mit den seinen. »Es ist alles in Ordnung, Liebling«, keuchte er. »Es gibt nichts, wovor du dich fürchten musst.«
»Nein!«, schrie sie wieder. Sie warf sich so heftig vor und zurück, dass das Kopfteil gegen die Wand schlug.
»Audrey«, rief Richard. Er packte sie bei den Schultern und schüttelte sie. »Audrey, wach auf! Es ist ein böser Traum!«
Er konnte es nicht ertragen, sie so verstört zu sehen. Sie schien sich vor seiner Umarmung ebenso zu fürchten wie vor den Dämonen in ihrem Kopf. Als sie ihn wieder von sich stieß, ließ er zu, dass sie aus dem Bett sprang. Dann lief er um sie herum und verstellte ihr den Weg. Die Tür öffnete sich, und Doktor Burton drängte sich an der Schwester vorbei ins Zimmer. Die Ärztin war nicht viel größer als Audrey, aber sie war zwanzig Jahre älter, mit grauem Haar und tief liegenden grünen Augen. Sie musterte Audrey über ihre dicke Gleitsichtbrille

hinweg und bedeutete Richard mit ausgestreckter Hand, stehen zu bleiben.
»Audrey«, sagte sie ruhig. »Ich bin's, Doktor Burton. Hören Sie mich?«
Die Schwester streckte den Kopf an Richard vorbei. »Wollen Sie ihr ein Beruhigungsmittel verschreiben?«
Die Ärztin schüttelte den Kopf, ohne ihre Aufmerksamkeit von Audrey abzuwenden. »Ich bin es, Doktor Burton, Audrey. Können Sie mich hören?« Sie streckte beide Hände aus und legte sie auf Audreys Schultern.
»Ich höre Sie!«, brüllte Audrey. »Sie hat ihn geholt! Ich muss zu ihm! Sie wird ihn umbringen!«
»Wer hat ihn geholt, Audrey? Wer hat wen?«
»Sie! Sie hat Zach!«
Die Ärztin hielt ihr Gesicht ganz nah an Audreys. »Ganz ruhig, Audrey. Ich möchte, dass Sie tief einatmen. Tun Sie das für mich? Atmen Sie tief ein.«
Audrey gehorchte widerwillig.
»Noch einmal«, befahl Doktor Burton.
Audrey atmete wieder tief durch, stampfte dabei jedoch mit dem Fuß auf wie ein kleines Kind. Ihr Gesicht war angespannt, die Augen immer noch glasig.
»Gut so«, sagte die Ärztin und strich ihr übers Haar. »Können Sie mich sehen?«
»Ich sehe Sie«, schrie Audrey. Sie stampfte wieder mit dem Fuß auf und versuchte, die Ärztin abzuschütteln, die sie mit sanftem, aber festem Griff an den Schultern festhielt. »Ich muss zu ihm! Er braucht mich!«
»Sie müssen nirgendwohin«, widersprach die Ärztin mit ruhiger Stimme. »Sie sind hier im Krankenhaus,

Audrey. Zusammen mit Richard und mir. Sehen Sie Richard? Schauen Sie Richard an.«
Sie drehte Audrey um, so dass sie Richard ansehen musste, und wartete, bis sie nickte.
»Wir sind in einem schönen Zimmer, und außer uns ist niemand hier. Ich möchte, dass Sie jetzt wieder ins Bett gehen. Gehen Sie jetzt ins Bett?«
Audrey schien verwirrt, doch als die Ärztin sie noch einmal fragte, nickte sie, und Doktor Burton führte sie langsam zum Bett zurück, wobei sie ihr leise zuredete, dass alles in Ordnung sei. Sie packte Audrey Glied für Glied ins Bett zurück, als wäre sie eine Schaufensterpuppe. Dann zog sie das Seitengitter hoch.
»Warum ist sie so?«, fragte Richard und eilte auf die andere Seite des Bettes. »Warum hört sie auf Sie und nicht auf mich?«
Die Ärztin zuckte die Achseln und strich über Audreys Haar. »So etwas nennt man Nachtangst. *Pavor Nocturnus*. Wir haben ehrlich gesagt keine Ahnung, was dort vorgeht.« Sie deutete mit dem Kopf auf Audreys Schläfen, die sie sanft massierte. »Das nächste Mal hört sie vielleicht auf Sie und nicht auf mich, oder auf überhaupt niemanden.« Sie untersuchte die tiefroten Spuren, die Audreys Fingernägel auf ihrer Haut hinterlassen hatten. Richard erklärte, wie es dazu gekommen war, und Doktor Burton schüttelte wieder den Kopf. »Wir können nicht wissen, was sie in dem Moment zu tun geglaubt hat«, erklärte sie.
Audrey schaukelte von einer Seite zur anderen und starrte nach wie vor ins Leere.

»Ich verstehe das nicht«, sagte Richard. »Ihre Augen sind weit offen.«

»Vermutlich wird sie sich an nichts erinnern, wenn sie aufwacht.«

»Das hier ist genau so wie das, was sie gestern hatte«, erklärte Richard. Er wollte Antworten hören, aber er fürchtete, dass es keine gab. Während der letzten vierundzwanzig Stunden hatte Doktor Burton mit Audrey doch bestimmt genügend Tests durchgeführt, um etwas herauszufinden, doch sie machte Richard wenig Hoffnung.

»Ehrlich gesagt wissen wir nicht viel über Nachtängste, Richard. Alles, was man tun kann, ist, sie festzuhalten. Mit ihr zu reden. Zu versuchen, sie zu trösten.«

»Mit ihr zu reden, wenn sie so ist, ist, als ob man mit zwei verschiedenen Personen sprechen würde.«

»Physisch ist alles in Ordnung mit ihr. Ich vermute, ihre Schmerzepisode ist auf traumatisch begründeten Stress zurückzuführen. Ich möchte, dass Audrey einen Kollegen von mir konsultiert, Doktor Cates.«

»Einen Psychologen?«

»Einen Psychiater.«

»Audrey wird nicht hingehen. Am Samstagmorgen habe ich versucht, sie dazu zu bewegen, zu Ihnen zu kommen, aber sie hat sich geweigert.«

»Sie müssen sie überreden, zu ihm zu gehen, Richard. Ohne professionelle Hilfe wird ihr Zustand sich nicht bessern, und ich kann nichts mehr für sie tun. Morgen früh entlasse ich sie.«

»Können Sie ihr nicht irgendwas geben?«

Die Ärztin schüttelte den Kopf. »Ich bin kein Psychiater, Richard. Vielleicht richte ich mehr Schaden an, als ich ihr nütze.«

»Audrey hat bereits einen Psychiater.«

Die Ärztin hob die Augenbrauen. »Oh? Davon hat sie nie etwas gesagt.«

»Ihre Tante Tara. Aber sie hat Audrey schon seit Jahren nicht mehr behandelt. Audrey hatte eine furchtbare Kindheit. Sie hat sehr viel Therapie gebraucht, um damit fertig zu werden.«

Doktor Burton nickte langsam. Dann sagte sie: »Ich bin keine Spezialistin. Aber vielleicht ist das die Ursache von allem. Ich glaube wirklich, dass es am besten wäre, wenn Audrey zu Doktor Cates gehen würde. Von einem Mitglied der eigenen Familie behandelt zu werden, ist völlig unkonventionell.«

»Ich rede mit ihr.«

Audrey griff erneut nach ihrem Gesicht, aber Richard hielt ihre Hand fest. Als sie auch wieder zu keuchen begann, sah Richard die Ärztin an.

»Also gut«, sagte Doktor Burton und drückte auf die Klingel. »Ich gebe ihr etwas, damit sie heute Nacht schlafen kann.«

6

Virgil hatte einen Assistenz-Sheriff, einen Captain und zwölf Deputys unter sich, die über den ganzen Bezirk verteilt waren, doch er hatte gleich zu Beginn seiner ersten Amtszeit klar gemacht, dass er ein *aktiver* Polizeibeamter war. Im Gegensatz zu seinen Vorgängern übertrug Virgil den größten Teil der Verwaltungsarbeit und der politischen Aufgaben seinem Stab und zog es vor, eng mit den Deputys zusammenzuarbeiten und sich überall in seinem Zuständigkeitsbereich sehen zu lassen. Er kannte jeden Quadratzentimeter des Bezirks Ouachita, jede Nebenstraße, jeden Forstweg, jeden versteckten Feldweg. Die Tage gingen für Virgil niemals so schnell vorbei, wie wenn er sie damit verbrachte, im Land herumzufahren. Seit Neuestem jedoch fand er ständig Vorwände, um noch häufiger Streife zu fahren und noch länger unterwegs zu sein.

An diesem Morgen, während sein erster Kaffee noch in seinem Magen schwappte, lenkte er den Streifenwagen an den Rand einer verlassenen Landstraße. Er zog seinen Gürtel mit dem Pistolenhalfter hoch und kletterte den steilen Hang zu einem rostigen, gusseisernen Zaun hinauf, der sich durch den Wald um eine Ansammlung von Grabsteinen herumwand. Der kleine Familienfriedhof war weit genug von der Straße entfernt, um ungestörte Ruhe zu garantieren, und der Blick auf die Berggipfel über den Bäumen war weit und friedlich. Viele der Grabsteine waren so alt, dass die eingravierten Namen von der Zeit ausgelöscht worden waren, aber nicht der von Rosie Merrill. Für Virgils Augen sah er so frisch aus wie ein Autounfall. Er schritt zum Fußende ihres Grabes und senkte den Kopf.

Der Morgen war kühl, dünne Nebelschleier filterten das Licht, und die umliegenden Wälder wirkten undeutlich und wie ein Traum. Doch das, was seinen Blick durch die Bäume auf den alten Friedhof gelenkt hatte, war etwas anderes als das allgegenwärtige Schuldgefühl, das ihn jedes Mal überfiel, wenn er hier vorbeikam. Er hätte schwören können, dass er eine Bewegung im Wald gesehen hatte.

Sein erster Gedanke war, dass es Tom Merrill war, der gekommen war, um Rosies Grab zu besuchen. Aber am Straßenrand war kein anderes Auto geparkt, und Virgil überlegte, ob er vielleicht jemanden überrascht hatte, der dabei war, die Gräber zu schänden.

Er durchsuchte den ganzen, etwa sechzig mal hundert Quadratmeter großen Friedhof, doch abgesehen von einem einzelnen Pickup Truck, der auf der Straße unter ihm vorbeifuhr, war alles totenstill. Und obwohl im Laufe der Zeit etliche Grabsteine umgefallen oder umgestürzt worden waren, gab es kein Anzeichen von neuerer Zerstörung. Auf dem taufeuchten Gras waren außer seinen eigenen keine Fußspuren zu sehen.

Je intensiver er den Friedhof und die wallenden Nebelschwaden betrachtete, desto mehr fiel ihm auf, wie ungewöhnlich ruhig es hier war, selbst für einen Friedhof. Virgil war seit seiner Kindheit auf die Jagd gegangen. Die Wälder waren nur selten vollkommen still. Es hätten zumindest Vögel rufen und Insekten summen müssen. Es war, als ob der Wald selbst lauschen würde. Langsam drehte er sich um die eigene Achse und musterte die Bäume. Wahrscheinlich wurde er im Alter ganz einfach überempfindlich. Das musste es sein. Nur seine Nerven. Es hatte ihn noch nie nervös gemacht, allein im Wald zu sein. Er wandte sich wieder den Grabsteinen zu und lachte über sich selbst. Er benahm sich wie ein Kind, das auf dem Friedhof stand, um eine Mutprobe abzulegen. Entschlossen schüttelte er das Gefühl ab und ging zwischen den Gräbern hindurch den Hügel hinunter. Doch er konnte nicht umhin, vor Rosies Grab stehen zu bleiben, konnte nicht grußlos vorbeigehen, als wäre sie eine Fremde. Und als er mit gesenktem Kopf und ineinander gelegten Händen dastand, schlug eine Welle von Kummer und Schuldgefühlen über ihm zusammen, wie er es im Voraus gewusst hatte und wie es ihm in der Einsamkeit dieses Ortes stets geschah, wo Rosie nun die Ewigkeit verbrachte. Dies war nun für immer Rosies Welt, ein stiller, nebeliger Ort, der für Virgil von unbeantworteten Fragen und unausgesprochenen Anklagen erfüllt war.

»Es tut mir Leid, Rosie. Es tut mir wirklich Leid.«

Virgil begann zu weinen. Er lehnte sich gegen eine vom Wind zerzauste Eiche und fragte sich, wie Tränen so wohltuend sein und doch so höllisch brennen konnten. Bei seinen früheren Besuchen hatte er nicht geweint, aber er hatte es sich von Anfang an zur Gewohnheit gemacht, zu Rosie zu sprechen. Er wollte gerne glauben, dass sie ihn hörte, aber in erster Linie sprach er mit sich selbst, weil dies heiliger Grund und Boden war und weil er schon seit langem einen Pakt mit dem geschlossen hatte, das ihn bewohnte, was immer es auch war. Es war ihm gleichgültig, ob es nun die Geister der Verstorbenen waren, oder nur die Erinnerungen der Lebenden. Für Virgil war dies ein geweihter Ort, den er mit niemandem teilte. Nicht einmal Doris wusste etwas davon, dass er regelmäßig hierher kam, obwohl er sicher war, dass sie sein Bedürfnis, dies zu tun, besser verstanden hätte als irgendein anderer.

»Ich wollte ihn für dich finden, Rosie. Ihn und den Mann, der das getan hat. Ich habe alles getan, was ich konnte. Und jetzt muss ich mir um Doris Sorgen machen. Ich glaube, es wird einfach zu viel für mich. Und seit ich zum letzten Mal mit dir geredet habe, hat es keine neuen Hinweise gegeben.« Er bohrte die Stiefelspitze in das Gras neben dem Grab. »Und jetzt habe ich andere Probleme.«

Er wandte sich um und hastete zu seinem Streifenwagen zurück, ohne sich noch einmal umzusehen, froh, den vorwurfsvollen Gesichtern entkommen zu sein, die er im Schatten der Bäume zu erkennen glaubte. Im Wagen tröstete ihn das kehlige Brummen des großen Motors, der ihn weit forttrug, ins Sonnenlicht, in die Wärme. Ein paar Kilometer weiter lenkte er den Wagen um einen Traktor herum und winkte geistesabwesend dem Bauern zu, der ihn fuhr. Doch obwohl er sich lebhaft an das Gesicht des Mannes erinnerte, wollte ihm sein Name nicht einfallen.

Früher einmal hatte er ein Gedächtnis wie eine stählerne

Falle gehabt. Er hatte die Hälfte der Leute in seinem Bezirk gekannt, hatte jedes Bundesgesetz auswendig gewusst, jede Verordnung des Bezirks und der Stadt im Kopf gehabt. Früher einmal hatte er einen Gesetzesbrecher fast schon entlarven können, bevor dieser das Vergehen begangen hatte. Früher einmal war er an fast allen größeren Razzien in seinem Bezirk beteiligt gewesen, in den letzten sechs Monaten jedoch hatte Virgil nicht einmal eine Verwarnung erteilt.

Doris lag im Sterben.

Doktor Burton hatte sie zu einem Spezialisten geschickt, der sie seinerseits an andere Spezialisten in Boston überwiesen hatte. Aus irgendeinem Grund hatten die Ärzte ihren Krebs zu spät diagnostiziert. Dann hatten sie Chemotherapie und Bestrahlungen empfohlen, um ihren Fehler wieder gutzumachen. Aber zu diesem Zeitpunkt konnten die Onkologen nicht mehr versprechen, als dass diese Behandlung Doris' Leben vielleicht um ein paar Monate verlängern würde. Ein paar höllische Monate der Schwäche, Übelkeit und des Schmerzes. Abwechselnd im Krankenhaus und dann wieder draußen, und meistens bettlägerig. Doris wollte nichts davon wissen. Sie wollte die Dinge auf ihre Weise angehen. Das hatte sie schon immer gewollt. Und Virgil war nicht in der Lage, ihr zu widersprechen.

Aber wenigstens waren die Quacksalber anständig genug gewesen, sie an ein Schmerzzentrum in New Jersey zu überweisen. Die Ärzte dort hatten sie mit neuen, stärkeren Medikamenten behandelt, und die Wirkung war ebenso wunderbar wie schrecklich gewesen. Wunderbar, weil die Medikamente die Realität ihrer Krankheit zunächst kaschiert hatten. Sie konnte wieder begrenzt normal leben, jedenfalls am Anfang, und auch jetzt waren die Schmerzen, die sie veranlasst hatten, schreiend das Krankenhaus aufzusuchen, meistens kontrollierbar. Der Anblick von Doris, die sich wimmernd im Bett zusammenkrümmte, war mehr gewesen, als er glaubte ertragen zu können. Doch seither hatte er eine Menge darüber gelernt, was er alles ertragen konnte.

Doris hatte sich inzwischen durch die Phase der Verleugnung hindurchgearbeitet. Sie schrie Virgil nicht mehr an und brach auch nicht mehr heulend auf dem Kopfkissen neben ihm zusammen. Sie lächelte nur und nickte stoisch und sagte ihm, alles würde gut werden, dass sie ihren Frieden gemacht hatte. Und sie erlaubte ihm auch nicht, es ihren Kindern zu sagen.

Burt und Carole hatten ihr eigenes, ausgefülltes Leben auf der anderen Seite des Kontinents. Sie riefen regelmäßig an und kamen jedes Jahr einmal nach Hause. Es war ein schwerer Entschluss gewesen, sie nicht noch ein letztes Mal zu sehen. Aber zu dem Zeitpunkt, als Doris ihr Schicksal akzeptiert hatte, wollte sie nicht mehr, dass eines der Kinder zu sehen bekam, was die Krankheit aus ihr gemacht hatte. Virgil war sich nicht sicher, ob dies die richtige Lösung war, doch Doris war überzeugt, dass sie ihre Entscheidung am Ende akzeptieren würden und alles gut werden würde. Nur dass gar nichts gut werden würde, weil Virgil seinen Frieden eben nicht gemacht hatte. So etwas war in seinen Plänen nicht vorgekommen. Er konnte weder essen noch schlafen.

Achtunddreißig Jahre lang hatte er Doris innig geliebt. Nicht ein einziges Mal hatte er in ihrer Gegenwart die Stimme erhoben. Er brachte es nicht einmal fertig, ihr zu widersprechen. Und dabei hatte er immer gewusst, dass sie eines Tages voneinander getrennt werden würden. Denn im Gegensatz zu Doris glaubte er nicht wirklich an ein Leben nach dem Tod. Virgil hielt alles, was er nicht sehen und berühren konnte, für Humbug. Natürlich hatte er das Doris gegenüber niemals ausgesprochen. Das heißt, bis auf ein einziges Mal, und das war gleich nach ihrer Hochzeit gewesen. Doris hatte ihm einen hochmütigen, herablassenden Blick zugeworfen, hatte ihn in die Kirche geschleppt und neben sich auf die Kirchenbank gedrückt. Und sein Hintern hatte eben diese Kirchenbank während der vergangenen achtunddreißig Jahre jeden Sonntag gewärmt, bis Doris zu krank geworden war, um zum Gottesdienst zu gehen. Obwohl ihm seine Zugehörigkeit zur Kirche im Laufe der Jahre zweifellos viele Wählerstimmen eingebracht hatte, war es ihm immer unangenehm gewesen, ein solcher Heuchler zu sein. Aber der Gedanke, Doris zu verlieren, war ihm noch viel unerträglicher.
Deshalb hatte Virgil immer einen Plan gehabt. Das heißt, ein Plan war es eigentlich nicht, sondern mehr ein Gedanke, eine Hoffnung. Man hätte es vielleicht auch ein Gebet nennen können. Virgil hatte immer damit gerechnet, vor Doris abzutreten. Weil es für ihn vollkommen unmöglich war, ohne sie zu leben.
Jetzt hatte er höllische Angst, dass sie vor ihm sterben würde.

Doris hatte versucht, mit ihm über ihr Ableben zu sprechen, aber immer, wenn ihr Gespräch diese Richtung einschlug, hatte er mit erhobener Stimme über irgendetwas anderes geredet. Er sprach lauter und lauter, ging im Zimmer hin und her und gestikulierte mit den Händen, bis Doris nicht mehr die geringste Chance hatte, auch nur ein einziges Wort zu sagen. Dann warf sie ihm einen ihrer *Um Himmels willen, Virgil*-Blicke zu und wartete, bis er sich genügend abgeregt hatte, um endlich den Mund zu halten.

»Also gut, Virgil«, sagte sie dann. »Also gut. Wir reden jetzt nicht darüber, Schatz.«

Dann ließ er sich neben sie auf das Bett fallen, schloss sie in die Arme und gab vor, dass alles gut werden würde. Doch es wurde gar nichts gut. Sie wurde von Tag zu Tag schwächer. Sie hatte stark abgenommen, ihre Augen waren tief in ihren Schädel gesunken, und die Schmerzen begannen stärker als die Medikamente zu werden.

Fast täglich kamen Leute bei ihnen vorbei und brachten Suppe und allerlei Hausmittel. *Ihnen* pflegte Doris zu sagen, sie würde die Krankheit überwinden. Aber Virgil sah die Sorgen in den Augen ihrer Freunde, sah den Vorwurf. Warum tust du nicht mehr?, dachten sie. Er konnte nur die Zähne zusammenbeißen und sich abwenden. Warum tat er tatsächlich nicht mehr? Er war schließlich der gottverdammte Sheriff.

Er hatte sich hundert verschiedene Arten ausgemalt, wie er sich umbringen könnte, aber immer wieder war der Gedanke an seine Kinder dazwischengekommen. Er sah sie an seinem und Doris' Grab stehen und sich die

Augen ausweinen, und er hasste sich nur noch mehr für das, was er ihnen antun würde. Doch er wusste auch, dass es darauf am Ende nicht ankommen würde. Alles, was zählte, war die Tatsache, dass er sich dem leeren Haus nicht würde stellen müssen. Lieber wollte er sich das Gehirn aus dem Kopf blasen.

Aber noch nicht jetzt.

Nicht solange Doris ihn noch brauchte. Er musste für sie stark sein. Sie hatten fast vierzig Jahre zusammen bewältigt. Das war der Grund, warum er sie morgens nicht alleine lassen wollte und sich am Abend davor fürchtete, nach Hause zu kommen. Er fürchtete sich vor dem, was er vorfinden würde. Darum saß er noch lange nach Mitternacht da und starrte zwei Akten an, Fälle, von denen er wusste, dass er sie nicht mehr lösen würde.

Mit großer Anstrengung kämpfte er sich aus der Dunkelheit in seinem Gemüt heraus. Dieser Teil des Bezirks war immer eine seiner Lieblingsgegenden gewesen. Das Ackerland ging in die Vorberge über, und nur gelegentlich tauchte ein Wohnhaus am Straßenrand auf. Auf beiden Seiten der Straße ragten dichte Gruppen von Ahornbäumen aus undurchdringlichem Unterholz hervor. Obwohl die Sonne die letzten Wolken vom Himmel vertrieben hatte, verwandelten die üppigen Bäume die Helligkeit des Tages in ein sanftes Zwielicht, und die Zweige warfen ein Netz aus Schattenfingern auf die Straße. Virgil blickte nach rechts, als ein Hirsch den Kopf aus dem Gebüsch streckte, und hätte um ein Haar Cooder Reese überfahren.

»Scheiße.« Virgil riss das Lenkrad herum und trat mit

aller Kraft auf die Bremse. Reifen quietschten und Kieselsteine flogen. Erst nach etwa hundert Metern konnte er den Streifenwagen wenden und mit heftig klopfendem Herzen den Hügel wieder hinauffahren. Unterdessen stand Cooder wie erstarrt da, einen Fuß im Gras, den anderen auf der Straße.

Virgil fuhr an den Straßenrand. Es dauerte einen Augenblick, bis er den Motor ausschalten konnte, weil er warten musste, bis seine Hände aufhörten, zu zittern. Er warf Cooder einen wütenden Blick zu, doch er wusste, dass das vollkommen wirkungslos sein würde. Cooder sah Virgil mit dem gleichen schiefen, höhnischen Lächeln an, mit dem er jedermann bedachte, aber Virgil wusste, dass dieses Lächeln frei von Gemeinheit war, frei von Verachtung. So war Cooder nicht. Er war überhaupt wie niemand sonst, außer wie Cooder.

Virgil stieg aus dem Wagen und ging mit entschlossenen Schritten über die Straße. Weder von rechts noch von links näherte sich ein anderes Fahrzeug. Die einzigen Tageszeiten, zu denen vielleicht jemand diese Straße benützte, waren der frühe Morgen oder der späte Nachmittag, wenn die Leute zur Fabrik fuhren oder von dort kamen. Vielleicht fuhr auch einmal eine Hausfrau auf dieser hübschen Strecke zum Einkaufen nach Arcos.

»Wo willst du hin, Cooder?« Virgil verschränkte die Arme und stellte die Füße fest auf den Boden. Er wusste, dass es einen Moment dauern würde, bis Cooder antwortete. Die Dinge gingen in seinen Kopf hinein, und dann kamen sie irgendwie auch wieder heraus. Es dauerte nur eine Weile.

Cooders T-Shirt war voller Ölflecken. Seine Jeans sahen aus, als seien sie mit Schlamm oder etwas noch Schlimmerem beschmiert. Doch sein blondes Haar wirkte frisch gewaschen und gekämmt, und obwohl sein Gesichtsausdruck konzentriert war, waren seine Augen trübe und auf einen meilenweit entfernten Punkt gerichtet.

»Rumlaufen«, sagte Cooder.

»Ja«, antwortete Virgil und spuckte auf das Straßenpflaster. »Warum gehen wir beide nicht ein bisschen von der Straße runter?« Virgil ging zur Seite und stellte sich ins Gras, und nach einer Minute folgte ihm Cooder.

»Ist lange her«, sagte Cooder. Er wandte seine stillen, dunkelbraunen Augen mit ihrem abwesenden Blick nicht von Virgil ab. Jemand, der lange genug in Cooders Augen sah, konnte sich darin verlieren. In den sechziger Jahren war das vielen Mädchen passiert, bevor das LSD und weiß der Himmel was noch Cooder in etwas verwandelt hatten, das nicht ganz anwesend war.

Cooder war vor langer Zeit Stammgast der mittlerweile geschlossenen Perkins Nervenheilanstalt gewesen. Viele Jahre lang war er so oft in die staatliche Anstalt eingewiesen und wieder entlassen worden, dass Virgil vermutete, man müsste dort eine offene Akte über ihn geführt haben. Aber als die staatlichen Gelder für psychiatrische Einrichtungen versiegten und private Krankenversicherungen für alle, außer die Reichen, unerschwinglich wurden, wurden immer mehr Patienten zur Seite geschoben und ihrem Schicksal überlassen. Cooder war einer der Ersten gewesen, die dran glauben mussten.

Virgil hatte nie verstanden, wer auf die Idee gekommen war, dass Cooder alleine zurechtkommen könnte. Alle paar Jahre tat der Mann irgendetwas, das den Staat zwang, ihn wieder einzusperren. Nichts Schlimmes, meistens so etwas wie damals, als er auf den Wasserturm geklettert und zwei Tage lang dort geblieben war und hinuntergeschaut hatte. Bis vier Mann von der freiwilligen Feuerwehr Leib und Leben riskierten, hinaufkletterten und ihn herunterholten. Nach einem oder zwei Monaten jedoch tauchte er immer wieder auf der Straße auf, und Virgil hatte es aufgegeben, sich mit den Arschlöchern vom Staat herumzustreiten.

»Ist lange her«, pflichtet Virgil bei. »Wo willst du hin, Cooder?«

Wieder musste er warten.

»Rumlaufen«, sagte Cooder endlich.

Der Wind drehte sich. Eine Dunstwolke schlug Virgil entgegen, und er trat schleunigst einen Schritt zurück. Cooder roch wie das Innere eines mobilen Toilettenhäuschens.

»Rumlaufen? Wohin denn?«, fragte Virgil, obwohl er wusste, dass es zwecklos war. Cooder hatte vermutlich keine Ahnung, wo er hinwollte. Oder vielleicht wollte er es auch ganz einfach nicht sagen. Es war unmöglich, das zu ergründen.

»Rumlaufen.«

Virgil starrte auf die Straße, die hinter dem Streifenwagen lag. Cooder wohnte an dem Highway am Ortsrand von Crowley. Zwischen ihm und seiner Behausung lagen viele Kilometer einer stillen Landstraße. Er besaß ein kleines Haus, das seine Mutter ihm hinterlassen hatte, und er lebte von der Sozialhilfe und staatlichen Hilfsgeldern.

Virgil fragte sich zum tausendsten Mal, ob in seinem Kopf *überhaupt* irgendetwas vor sich ging.

»Du musst vorsichtig sein, Cooder. Du kannst nicht einfach so mitten auf der Straße laufen, sonst wird dir der Arsch abgefahren. Verstehst du?«

Wieder verging einige Zeit.

Dann ein Nicken.

Virgil sah auf seine Uhr. Fast halb elf. Wo zum Teufel war der Morgen geblieben? »Hast du heute schon was gegessen, Cooder?«

Cooder runzelte langsam die Stirn, als sei er tief in Gedanken. »Nein.«

»Na gut«, murmelte Virgil und trottete zurück zum Streifenwagen. Er beugte sich über den Fahrersitz, angelte ein Sandwich aus der braunen Papiertüte, das er sich heute Morgen gemacht hatte, und brachte es Cooder. Dieser nahm es entgegen, als stünde es ihm zu, und begann lautstark zu kauen.

»Gern geschehen«, sagte Virgil

Cooder nickte dankend.

Virgil starrte ihn nachdenklich an. Er konnte diesem armen Kerl nicht helfen. Er konnte Rosie nicht helfen. Wie zum Teufel sollte er Doris und sich selbst helfen können?

»Bleib am Straßenrand, Cooder«, mahnte Virgil, kletterte in den Streifenwagen und ließ den Motor an. Als er die Hand nach dem Schalthebel ausstreckt, bemerkte er,

dass der Mann ihm mit dem Rest des Sandwichs zuwinkte. Er kurbelte das Fenster hinunter.
Als Cooder zu sprechen begann, war seine Stimme tief und volltönend wie die eines Predigers, der einen alten Freund zur letzten Ruhe bettet.
»Schlimme Sachen, Virg.«
Virgil spürte ein Prickeln auf der Haut, als ob in der Nähe ein Blitz eingeschlagen hätte.
Es waren nicht so sehr Cooders Worte, sondern die Art, wie er sie ausgesprochen hatte. Wie eine Botschaft von Gott. Wie eine Offenbarung. »Was für schlimme Sachen, Cooder?«
Cooder biss kräftig von seinem Sandwich ab und kaute, bis er alles hinuntergeschluckt hatte. Doch er hörte keinen Augenblick auf, Virgil in die Augen zu starren, und dieser konnte den Blick nicht abwenden.
Cooder leckte sich die Krümel von den Lippen.
»Hab schlimme Sachen gesehen, Virg.«
»Mein Gott«, murmelte Virgil. Er kannte niemanden, der in den letzten zwanzig Jahren ein sinnvolles Gespräch mit Cooder Reese geführt hatte, aber seine Worte und seine Stimme ließen ihn nicht los.
»Was für schlimme Sachen?«, fragte er noch einmal.
»Rumlaufen«, antwortete Cooder.
»Rumlaufen«, wiederholte Virgil.
Cooder stopfte sich das letzte Stück Sandwich in den Mund, und Virgil beschloss, wenigstens noch so lange in seiner Nähe zu bleiben, bis er wusste, ob er den Spinner würde vorm Ersticken bewahren müssen oder nicht. Cooder kaute wie eine träge, alte Milchkuh, doch in

seinen Augen stand keine Freude. Sie erschienen Virgil sogar noch abwesender als gewöhnlich.

»Sag mir, wovon zur Hölle du redest, Cooder, oder ich fahre weg«, drohte Virgil. »Und dann halt dich am Straßenrand, oder ich schick einen von den Jungs, um dich ins Revier zu bringen.« Er würde das unter keinen Umständen selbst tun. Sollte doch einer von den jungen Hüpfern die dreißig Kilometer mit dem stinkenden Cooder auf dem Rücksitz fahren. Cooder starrte unentwegt mit zusammengekniffenen Augen auf die Straße hinter dem Streifenwagen. Dabei bewegte sich sein Unterkiefer langsam von einer Seite zur anderen, kaute auf einem imaginären Sandwich herum.

»Schlimme Sachen«, murmelte er noch einmal. Dann machte er ohne ein weiteres Wort auf dem Absatz kehrt und trat, immer einen ausgelatschten Stiefel vor den anderen setzend, erneut seinen endlosen Weg in die Richtung an, in die auch der Kühler von Virgils Streifenwagen zeigte.

Virgil blieb noch eine Weile sitzen und starrte seinen Rücken an. Cooders blondes Haar leuchtete jedes Mal auf, wenn er aus dem Schatten in die Sonne trat.

»Wie kommt es, dass du keine grauen Haare hast?«, fragte sich Virgil und fuhr mit den Fingern durch seinen eigenen Schopf. »Weil du nichts hast, worüber du dir Sorgen machen müsstest?«

Schlimme Sachen, Virgil.

Hab schlimme Sachen gesehen.

»Scheiße«, knurrte Virgil und legte den Gang ein.

7

Audrey und Richard begannen zu streiten, bevor sie noch den Krankenhausparkplatz verlassen hatten, und sie hörten auch nicht damit auf, als Richard ins Wohnzimmer stapfte und den Fernseher einschaltete. Doch bis dahin hatten sie wenigstens das Stadium schweigender Uneinigkeit erreicht, das alle Ehepaare verstehen. Sie waren weniger wütend aufeinander als auf sich selbst, weil keiner von ihnen es über sich brachte, nachzugeben.

Richard hatte darauf bestanden, dass sie entweder Tara oder den Psychiater konsultierte, den Doktor Burton empfohlen hatte. Audrey war eisern entschlossen, weder das eine noch das andere zu tun. Die vagen Erinnerungen an ihre endlosen Sitzungen mit Tara waren ihr verhasst. Ebenso jedoch fürchtete sie sich davor, dass ein anderer Arzt die Türen wieder öffnen könnte, die sie und Tara mit solcher Mühe geschlossen hatten. Und das Letzte, was sie wollte, war, dass Tara erfuhr, dass sie Visionen oder Nachtängste hatte, oder was auch immer das war. Tara würde wollen, dass sie wieder zu ihr kam, bei ihr wohnte und sich der qualvollen Prozedur unterzog, die Türen ihrer Erinnerung wieder zu verschließen. Schon der Gedanke an die langen Sitzungen mit Tara waren Audrey zuwider, obwohl sie Richard nicht erklären konnte, warum. Tatsächlich konnte sie sich an den Grund auch nicht mehr richtig *erinnern*. Tara hatte ihr niemals wehgetan, dessen war sie sich ganz sicher. Sie hatte sie niemals gezwungen, etwas zu tun, was sie nicht wollte. Es war nur der Gedanke, die Kontrolle aufzugeben – und sei es auch nur für ganz kurze Zeit – der einen empfindlichen Nerv in Audrey traf.

Alles, was von ihrer Kindheit noch übrig war, war das Aufblitzen undeutlicher, schrecklicher Bilder, gesichtslose Ungeheuer, von denen sie *spürte*, dass sie entsetzliche Dinge getan hatten, an die sie sich nicht mehr richtig erinnern konnte. Unter Taras Obhut waren diese alten Visionen allmählich seltener und weniger intensiv geworden. Während ihres zwölften Lebensjahres hatte es Monate gegeben, in denen Audrey geglaubt hatte, sie sei für immer von ihnen befreit. Doch dann waren sie ohne Vorwarnung zurückgekehrt, hatten ihr die Nächte zur Hölle gemacht und die eingebildete Sicherheit ihrer Tage zerstört. Dann mussten sie und Tara wieder mit den endlosen Sitzungen anfangen. Als Audrey Richard kennen lernte und sich in ihn verliebte, glaubte sie, dass sie und Tara die Türen für immer verschlossen hätten, dass sie ihren Verstand unter Kontrolle hätte. Die abscheulichen Bilder waren nicht vollständig verschwunden, aber sie wachte nachts nicht mehr schweißgebadet auf. Und wenn sie bei Tageslicht kamen, konnte sie in die Ferne blicken und warten, bis sie vorübergingen, ohne schreiend zu Tara zu laufen. Tara hatte ihr Selbsthypnose beigebracht, so dass sie eine eigene Waffe gegen ihre geistigen Dämonen hatte, selbst wenn diese Waffe in letzter Zeit ihre Macht zu verlieren schien.

Aus dem Wohnzimmer drang der Lärm eines Baseballspiels in die Küche. Richard war ein begeisterter Fan, der Mittelschul-, Highschool- und Collegespiele verfolgte und, falls nötig, sogar anhalten, Kindern auf der Straße beim Spielen zuschauen und sie aus dem Auto anfeuern konnte. Audrey beugte sich über das Spülbecken und ließ die Augen über ihren Garten schweifen. Die Sonne stand bereits etwas tiefer und spiegelte sich im Fenster vor ihr. Der helle Fleck verdeckte ihr den Blick in den Garten, und sie blinzelte. Ein verirrter Schatten fiel auf die Fensterscheibe, und mit ihm kam das entsetzliche Gefühl der Verzweiflung zurück, gegen das sie angekämpft hatte, seit ihr Anfall sich mit voller Kraft wiederholt hatte.

Sie legte den Kopf zur Seite, damit die Reflektion verschwand, doch wie auch immer sie ihn drehte, das Bild blieb. Es wurde sogar immer deutlicher, bis es so klar war wie ein Bild auf einer Filmleinwand. Sie rang nach Luft und stieß beide Fäuste ins Spülwasser.

Zach blickte durch die Fensterscheibe, als versuche er, mit den Augen eine Dunkelheit zu durchdringen, die sie nicht sehen konnte. Liebevoll starrte sie seine braunen Haare und dunklen Augen an, aber seine Züge waren angstverzerrt. Seine Lippen formten Worte, aber sie hörte keinen Laut. Audrey hörte nur das Hämmern ihres eigenen Herzens in ihrer Brust.

Sein Gesicht war voller, weniger kindlich gerundet, und seine Augen leuchteten stärker und bewegten sich schneller, als sie es in Erinnerung hatte. Auch sein Haar war kürzer geschnitten. Er war in den vergangenen Monaten gewachsen, und die Vision machte ihr Mut. Würde sie in einer Halluzination einen älteren Zach sehen?

Liebevoll strich sie mit seifigen Fingern über die Umrisse seines Gesichts, und er neigte den Kopf, als spüre er ihre Liebkosung. Es war, als würde sie eine zarte Blüte berühren. Sie sehnte sich danach, seine Haut zu fühlen, menschliche Wärme zu spüren, um das Bild Wirklichkeit werden zu lassen, aber sie hatte entsetzliche Angst, dass sie die Vision mit ihrer zärtlichen Berührung vertreiben könnte.

Sie beugte sich so dicht ans Fenster, dass ihr Bauch schmerzhaft gegen den Rand des Spülbeckens gedrückt wurde. Ihre Nase berührte das Glas. Ihre Augen trafen sich, und der Junge richtete den Blick fest auf sie. Schock zeichnete sich in seinem und ihrem Gesicht ab. Er keuchte, als ob er gerannt sei, und Schweiß glänzte auf seiner Stirn.

»Wo bist du?«, flüsterte Audrey und malte die Umrisse seines Gesichts immer wieder mit Spülwasser auf die Fensterscheibe.

Doch noch während sie sprach, verblasste das Bild und entfernte sich von ihr. Zuerst war noch ein Schatten auf dem Glas, dann nur noch ein Hauch, dann wieder nichts als Tageslicht, das ihren Garten erwärmte. Sie erinnerte sich an Tara, die ihr jahrelang immer wieder zugeredet hatte: »Es ist nicht wirklich, Audrey. Es ist alles nur ein Traum.«

»Liebling«, sagte Richard. Sein plötzliches Auftauchen so dicht hinter ihr erschreckte sie. Sie wurde steif, als er sie bei den Hüften fasste und vom Fenster wegzog. »Ich dachte, ich hätte dich reden gehört. Ist alles in Ordnung?«

Auf der nassen Fensterscheibe war nichts mehr zu sehen als ein warmer, goldener Nachmittag und ein dünnes Rinnsal von Seifenblasen. Richard schlang die Arme um sie und zog sie fest an sich.
»Was ist los, Schatz?«, flüsterte er ihr ins Ohr.
Sie schloss die Augen und betete, dass sie nicht verrückt wurde.
»Ich träume nur so vor mich hin«, murmelte sie.

8

Früher hatte Virgil gerne gelegentlich für Doris und sich selbst gekocht. Jetzt war es eine Pflicht, und es befriedigte ihn nur wenig, weil das Ritual ihn zwang, sich auf das Essen zu konzentrieren, und das wiederum bewirkte, dass er bemerkte, wie wenig sie aß. Er rührte in der Schale mit Hühnersuppe mit Nudeln und hielt sich den Löffel an die Lippen. Genau richtig – Doris hasste es, wenn das Essen zu heiß war. Er stellte die Suppenschale und ein Glas kalte Milch auf ein hölzernes Tablett, legte ein paar Cracker, eine Serviette und die Wochenzeitung dazu und betrachtete sein Werk.
So dürftig die Mahlzeit auch war, das Ganze sah außerordentlich appetitlich aus. Aber er machte sich nichts vor. Er konnte sich schon glücklich schätzen, wenn er Doris dazu bringen könnte, die Hälfte der Suppe zu essen und vielleicht ein paar Schlucke Milch zu trinken.

Und wenn er Glück hatte, konnte er sie vielleicht dazu bewegen, ein bisschen an dem Salzgebäck zu knabbern.

Er trug das Tablett ins Schlafzimmer und machte sich zum tausendsten Mal auf den Geruch nach Krankheit gefasst, der wie eine Wand gleich hinter der Tür auf ihn wartete. Er konnte niemals wirklich feststellen, woraus der Geruch eigentlich bestand. Es roch nicht richtig nach Desinfektionsmitteln, obwohl Doris darauf bestand, immer eine Dose Fichtennadelspray auf ihrem Nachttisch zu haben, um ihre Papiertaschentücher damit zu besprühen, bevor sie sie in den Mülleimer warf. Und es war auch kein Körpergeruch. Das hätte Doris niemals zugelassen. Es war ganz einfach der Geruch eines Menschen, der zu lange in einem Zimmer gehaust hatte, ohne richtig zu leben. Irgendwie waren das Haus und ihre Krankheit miteinander verschmolzen, und Virgil wusste, dass man diesen Geruch nie mehr würde vertreiben können, egal wie viel Raumspray die neuen Besitzer versprühten, wenn er und Doris nicht mehr da waren.

Das Schlafzimmer selbst rebellierte gegen das Sterben, das es beherbergte. Warmer Sonnenschein leuchtete durch die Fenster, spiegelte sich in dem dunklen Holzfußboden und warf ein gelbliches Licht auf die Vorhänge und die alte, geblümte Tapete. Die frischen Blumen in einer großen Vase neben der Verandatür brauchten Wasser, und Virgil nahm sich vor, einen Krug voll aus der Küche mitzubringen.

Doris saß gegen dicke Kissen gelehnt im Bett. Ihr altes

Baumwollnachthemd schien ihr zwei Nummern zu groß geworden zu sein. Ihr Gesicht war wie ausgetrocknet, die Augen tief in die Höhlen gesunken, wie schwarze Murmeln in zwei Porzellantassen. Ihr immer tadellos frisiertes Haar war zu einem festen weißen Knoten zurückgesteckt, aber es war dünn und glanzlos. Die knochigen Hände lagen zu beiden Seiten neben ihr wie zwei langbeinige Spinnen. Sie sah aus, als sei sie achtzig und nicht neunundfünfzig.

»Mittagessen«, verkündete Virgil. Er stellte das Tablett auf den Nachttisch und griff nach der Fernbedienung für den Fernseher. Aber Doris hielt seine Hand fest.

»Ich möchte das sehen«, sagte sie, ohne den Blick vom Bildschirm abzuwenden.

Virgil runzelte die Stirn.

Eine schwarze Frau in leuchtend orangefarbenem Gewand saß vor der Kamera. Sie legte Tarotkarten vor sich auf den Tisch und sagte daraus in nachgemachtem karibischem Akzent jemandem sein Schicksal voraus. Ein Mann, der sich außerhalb des Bildes befand, schien verblüfft über die Dinge zu sein, die die Karten über ihn aussagten. Am unteren Rand des Bildschirms leuchteten eine Telefonnummer und ein Hinweis in winzigen Buchstaben, wonach das Ganze ausschließlich zu Unterhaltungszwecken dienen sollte.

»Warum schaust du dir diesen Blödsinn an?«, knurrte Virgil.

Doris antwortete mit einem hochnäsigen Kopfschütteln. Ihr Hals sah so dünn aus, als könnte er jederzeit abbrechen. Virgil hatte das dringende Bedürfnis, wegzusehen, aber Schuldgefühle zwangen ihn, den Blick fest auf sie zu richten.

»Du solltest dir das ansehen, Virgil«, sagte Doris. »Madame Zola hat ein paar echte Einsichten.«

»Du hast denen doch nicht etwa wieder deine Kreditkartenummer gegeben?«

»Nicht, seit du deinen kleinen Wutanfall hattest.«

Virgil hatte seiner Meinung nach keineswegs einen Wutanfall gehabt. Er hatte nur darauf hingewiesen, dass sie Rechnungen zu begleichen hatten und dass es ihm ein bisschen töricht erschien, Geld für eine Fernsehwahrsagerin auszugeben, als ob es kein Morgen gäbe. Doris hatte dafür gesorgt, dass er sich scheußlich fühlte, indem sie sich zerknirscht gab. Es war schließlich nicht so, als ob sie irgendwelche Hobbys hätte, und die meisten ihrer Freundinnen waren berufstätig. Also saß sie den ganzen Tag alleine vor dem verdammten Fernseher. Doch der Gedanke, dass irgendein Schwindler sie übers Ohr hauen könnte, erbitterte Virgil.

»Wenn du Geld für einen Wahrsager ausgeben möchtest, dann tu das«, erklärte er. »Du weißt, ich hatte nie die Absicht, deine Gefühle zu verletzen.«

»Du hast meine Gefühle nicht verletzt. Du hattest ja Recht. Es war dumm von mir, Geld für eine Fernseh-Kartenleserin zu verschwenden.«

Er starrte sie an und wartete auf den Haken.

»Babs kommt am Dienstagabend«, verkündete sie.

Der Haken.

Er steckte die Serviette im Ausschnitt ihres Nachthemds fest und legte zwei Kissen auf beide Seiten ihrer Oberschenkel, um das Tablett darauf abzustellen. Dann fütterte er sie mit der Suppe, bis sie sich die Hände vor den Mund hielt, damit er aufhörte. Sie zitterte bei jedem Atemzug und erschien ihm so zerbrechlich, als könnte sie jeden Augenblick auseinander fallen. Plötzlich stellte Virgil sich vor, wie er alleine in diesem Bett sitzen würde, mit seiner Pistole im Schoß.

»Am Dienstag«, sagte sie.

»Das ist morgen«, erinnerte er sie.

»Wir werden eine Séance abhalten.«

»Eine was?«

»Du weißt schon. Eine Séance. Wir werden eine Verbindung mit der anderen Seite herstellen.«

Fast hätte er gefragt, mit der anderen Seite von was, aber neuerdings fürchtete er sich noch mehr davor, mit Doris zu streiten als früher. Jetzt käme ihm ein Streit mit ihr weniger wie der Bruch eines unausgesprochenen Versprechens vor, sondern mehr wie eine potentielle Mordwaffe.

»Gut«, sagte er

»Es ist wichtig.«

»Warum?«

»Weil ich ziemlich bald da drüben sein werde.«

»Heute habe ich Cooder getroffen.«

»Virgil, ich werde wirklich da drüben sein. Wir müssen darüber reden.«

»Ich hätte ihn verdammt noch mal fast über den Haufen gefahren.«

»Ich möchte wissen, wie es wirklich ist.«

»Er hat mich nervös gemacht.«

Doris starrte ihn eine Weile an, dann seufzte sie. »Warum in aller Welt sollte Cooder Reese irgendjemanden erschrecken? Er ist noch nie für jemanden eine Gefahr gewesen, außer für sich selbst, oder?«

»Nicht dass ich wüsste.«

»Warum bist du dann nervös?«

Er starrte das alte Kopfbrett ihres Bettes mit den Einlegearbeiten an und versuchte, aus dem Muster aus hellem und dunklem Holz etwas herauszulesen. Doris' Mutter hatte ihnen die Schlafzimmergarnitur zur Hochzeit geschenkt. In diesem Zimmer hatte sehr viel Leben stattgefunden. Zwei Kinder waren in diesem Bett gezeugt worden. In stürmischen Gewitternächten hatte sich die ganze Familie darin zusammengedrängt, und Virgil erinnerte sich an unzählige Gelegenheiten, bei denen er eines der Kinder fest schlafend in sein eigenes Bett getragen hatte, wenn er spät in der Nacht von einer Streife zurückgekehrt war. Hochzeits- und Beerdigungsanzüge waren aus dem alten Schrank an der Wand genommen und wieder hineingehängt worden, und er hatte im Spiegel der dazu passenden Frisierkommode zugesehen, wie Doris von einem jungen Mädchen erst zu einer selbstbewussten Frau und dann zu einer schönen, älteren Dame geworden war.

Jetzt tat es weh, ihr in die Augen zu sehen.

»Ich weiß nicht. Er hat gesagt, er hätte schlimme Sachen gesehen.«

»Das will ich gerne glauben.«

»Es war nicht so sehr das, was er erzählt hat, sondern die Art, wie er es gesagt hat.«

»Was meinst du damit?«

»Nichts«, erwiderte er und presste die Lippen zusammen. »Es war nur eines von diesen komischen Dingen, von denen man eine Gänsehaut bekommt. Du weißt schon, was ich meine.«

»Ich möchte, dass du zu der Séance kommst.«

»Ich werde vermutlich auf Streife sein.«

»Virgil, ich möchte, dass du kommst.«

Er nickte, hob das Tablett auf und wischte ihr das Kinn mit der Serviette ab.

»Um acht Uhr morgen Abend«, fuhr sie fort und bewegte den Mund auf der Serviette hin und her. »Wir halten sie hier im Schlafzimmer ab. Mach ein paar Sandwichs.«

»Mach ich.«

Er trug das Tablett in die Küche, spülte Suppenschale und Löffel ab und legte sie auf das Abtropfgitter. Was für Sandwichs machte man wohl für eine Séance? Er stellte sich eine Ansammlung von alten Weibern mit zotteligen Haaren vor, die um einen brodelnden Kessel herumsaßen und mit ihren Zauberstäben fuchtelten, doch er war sich ziemlich sicher, dass diese Vorstellung aus dem Englischunterricht in der Highschool stammte. Aber wenn Babs die Sache in die Hand nahm, wusste man wirklich nicht, was dabei herauskommen würde.

Das Telefon klingelte, und er griff danach, bevor es zum zweiten Mal klingeln konnte.

»Virgil«, sagte er.

»Hi, Virg.«

Er erkannte Margs Stimme und lächelte. Er hatte sie seit

mindestens zwei Wochen nicht gesehen, und er wusste, dass sie sich fragte, warum. Marg war seine Cousine ersten Grades und seine beste Freundin. Seit fünfzig Jahren hatten sie es fast täglich fertig gebracht, sich ein bisschen Zeit für einander zu nehmen.

»Hi, Marg. Wie steht's?«

»In letzter Zeit habe ich dich sehr vermisst.«

»Ich war ziemlich beschäftigt.«

»Ja, das glaube ich. Bist du okay?«

»Mir geht's so gut, wie man es erwarten kann.«

»Genau das habe ich befürchtet. Wie hält sich Doris?«

»Nicht so gut.«

»Schmerzen?«

»Die Schmerzen sind nicht so schlimm. Aber sie hat noch sehr viel abgenommen.«

»Du hast gewusst, dass das passieren würde.« Marg war die Leiterin des Pflegepersonals im Cartland Memorial Krankenhaus gleich um die Ecke. Virgil hatte sich gezwungen gesehen, sie wegen Doris' Krankheit auszufragen, nachdem ihm klar geworden war, dass er das meiste von dem, was die Spezialisten ihm gesagt hatten, verdrängt hatte. Sie hatte ihn nicht geschont.

»Es zu wissen ist eine Sache, aber es zu sehen, ist etwas anderes«, antwortete er.

»Gibt es irgendetwas, das ich tun könnte?«

»Nichts, was mir gerade einfällt.«

»Du solltest bei deinen Runden mal im Krankenhaus vorbeikommen. Dann lade ich dich zu einem Kaffee ein.«

»Bald.«

»Am Wochenende war Mrs. Bock hier.«
Marg kannte seine Gefühle bezüglich des Bock-Falles. Aber warum sollte sie ihn über die Gesundheit der Mutter auf dem Laufenden halten?
»Weswegen war sie da?« Ihm war klar, dass Marg ihm das eigentlich nicht sagen durfte, doch er wusste auch, dass sie es trotzdem tun würde.
»Sie hat Albträume.«
»Das überrascht mich nicht. Kommt sie wieder in Ordnung?«
»Doktor Burton möchte, dass sie zu einem Psychiater geht.«
»Natürlich.« Von Nervenärzten hielt Virgil nicht viel mehr als von Leuten, die Séancen abhielten. Er war überzeugt, dass beide nicht wirklich wussten, was sie taten.
»Was glaubst du, was mit dem Bock-Jungen passiert ist?«, fragte Marg.
Virgil starrte durch das Küchenfenster in den Nachbargarten. Zufällig fuhr gerade der fünfjährige Sohn der Coglins auf seinem Spielzeugtraktor über den Rasen. Virgil fragte sich, warum der Coglin-Junge heil und gesund zu Hause und das Kind der Bocks ... irgendwo anders war.
»Virgil?«
»Ich weiß es nicht.«
»Aber du kannst es dir vorstellen.«
»Du doch auch. Muss ich es erst laut aussprechen?«
»Ist wirklich niemals irgendwas herausgekommen? Absolut nichts?«

»Nichts. Das Einzige, was ich wirklich weiß, ist, dass der Junge nicht einfach in den Wald gelaufen ist.«

»Der Sohn der Merrills auch nicht.«

»Du glaubst doch nicht, dass Audrey Bock sich etwas antun könnte, so wie Rosie Merrill?«

»Wenn Doktor Burton sie für selbstmordgefährdet hielte, stünde sie immer noch unter Beobachtung.«

»Rosie hat nie unter Beobachtung gestanden.«

»Rosie hat sich in ihr Auto gesetzt und ist von der Brücke in den Fluss gefahren. Sie hat sich nicht einmal die Zeit genommen, einen Abschiedsbrief zu schreiben.«

»Ich möchte nicht, dass Zach Bocks Mutter so etwas passiert.«

»Du kannst nicht alle Fälle lösen, Virg.«

»Aber diese beiden würde ich wirklich gerne lösen.«

»Ich weiß. Vielleicht kommt demnächst ja irgendetwas heraus. Man kann nie wissen.«

»Was weißt du über Séancen?«

»Fragst du mich das im Ernst?«

»Weißt du etwas darüber?«

»Ich weiß, dass du bei einer Séance nicht herausfinden wirst, was mit den Jungen der Bocks und der Merrills passiert ist.«

»Doris wird morgen Abend eine veranstalten.«

»Macht Babs das?«

»Woher weißt du das?«

»Ach komm. Babs St. Clair ist die Stadtirre, Virg. Wer sonst sollte es denn tun?«

»Wir haben auch noch andere Verrückte«, sagte er und dachte an Cooder.

»Keine wie Babs.«
»Glaubst du, das geht alles glatt?«
»Du meinst, ob ich befürchte, dass sie einen Dämonen wecken könnte, der in dich oder Doris hineinfährt? Oder ob ich Angst habe, es könnte sich rumsprechen, dass mein Vetter Umgang mit Verrückten hat?«
»Beides«, erwiderte Virgil und lächelte.
»Nummer eins kann ich verneinen. Was Nummer zwei betrifft, so ist mir das egal. Aber wie steht's mit dir? Von einem Sheriff, der Séancen abhält, könnten einige Leute hier vielleicht nicht sehr viel halten. Hast du mit Pastor Donnelly darüber gesprochen?«
»Nein.«
»Ist vielleicht keine gute Idee, wenn du wieder gewählt werden willst.«
»Darüber mache ich mir keine Gedanken.«
»Dann gibt es ja keinen Grund zur Sorge.«
»Ich komme bald auf eine Tasse Kaffee vorbei.«
»Tu das.«
Er streckte die Hand aus, um den Telefonhörer aufzulegen.
»Marg?«, sagte er im letzten Augenblick.
»Ja?«
»Ist Cooder mal wieder im Krankenhaus gewesen?«
»Nicht dass ich wüsste. Warum?«
»Heute Morgen habe ich ihn am hinteren Ende von South Eden fast überfahren. Er ging mitten auf der Straße.«
»Das ist bei Cooder nichts Neues.«
»Ich weiß. Aber er hat was wirklich Seltsames gesagt. Er

hat gesagt ‚hab schlimme Sachen gesehen.' Es war mehr die Art, wie er es gesagt hat, als das, was er gesagt hat. Du verstehst, was ich meine?«

»Hat er dir nicht gesagt, was er gesehen hat?«

»Du weißt doch, wie Cooder ist.«

»Vermutlich ist es nichts weiter, Virg. Nach den psychedelischen Drogen, die er eingeworfen hat, und den Beruhigungsmitteln und Antidepressiva, mit denen die Ärzte ihn voll gestopft haben, und dann noch ein bisschen Elektroschocktherapie, kann man sich wirklich nicht mehr vorstellen, was in seinem Kopf vorgeht.«

»Ich weiß. Nur die Art, wie er es gesagt hat, war ein bisschen unheimlich.«

»Das klingt so, als hättest du ein bisschen Urlaub nötig, lieber Vetter.«

»Bis dann, Marg.«

»Vergiss den Kaffee nicht.«

Er legte auf und sah dabei immer noch dem Coglin-Jungen zu.

9

Audrey stand auf der Veranda hinter ihrem Haus und sah in den Garten hinaus. Richard hielt einen Nachmittagsschlaf. Sie hatte halbherzig versucht, ihn zu überreden, zur Arbeit zu gehen, doch er wollte sie noch nicht alleine lassen, und, um die Wahrheit zu sagen, sie

war auch noch nicht so weit, dass sie alleine hätte bleiben können.
Doktor Burton schien sich ganz sicher zu sein, dass die Schmerzen, die Audrey überfallen hatten, keine physischen Ursachen hatten, aber die Erinnerung an die unerträglichen Qualen machte ihr Angst, und sie waren für sie mit ihrem Garten verbunden. Die Erinnerung schreckte sie ebenso sehr ab wie der Kummer, an dessen Stelle sie getreten war. Doch irgendwie musste sie sich ihrer Angst stellen. Sie konnte sich nicht für den Rest ihres Lebens davor fürchten, durch ihren eigenen Garten zu gehen.
Sie riss sich zusammen und machte zwei vorsichtige Schritte auf den Rasen. Ihre Werkzeuge lagen immer noch neben dem umgestürzten Eimer. Sie musste sie wegräumen, wenn sie schon nichts anderes tat. Dieser Gedanke gab ihr ein Ziel, und sie ging hinüber und hob ihren Kratzer und ihre Hacke auf. Dann drehte sie sich im hellen Sonnenlicht einmal um sich selbst und holte tief Luft. Der Fliederduft beruhigte sie ein wenig. Kein Schmerz durchfuhr sie wie ein Messer, und allmählich begann der Druck in ihrer Brust nachzulassen.
Der Tag war so klar, wie die Sonne einen Tag nur machen kann. Ein Käfer kroch langsam über die Blätter eines kleinen Rhododendronbusches, und hoch über ihr vollführte ein Rabenpaar einen Hochzeitstanz. Es gab nichts, wovor sie sich hätte fürchten müssen. Die Ringgeister waren verschwunden. Keine Dämonen lauerten in den Eschen. Nur der uralte Schrecken, den sie mit sich trug wie eine zweite Haut, war gegenwärtig.

Ein Spritzen erregte ihre Aufmerksamkeit.
Ein Frosch musste in den kleinen Springbrunnen geraten sein, der das Herzstück des hinteren Gartens darstellte. Richard hatte das kleine Zementbecken vor zwei Jahren für sie gebaut. Er hatte ein unterirdisches Kabel dorthin verlegt, und sie konnten mit einem Schalter in der Küche Licht und Pumpen einschalten. Irgendwann sollte der Brunnen einen von Steinen gesäumten künstlichen Bach speisen, der quer durch den Garten fließen würde, aber die Ereignisse hatten den Bau vereitelt.
Sie stellte den Eimer auf den Boden und kniete neben dem Springbrunnen nieder, der kaum breiter als eine Badewanne war. Ein ringförmiges Muster aus winzigen Wellen verlief sich auf der dunklen Oberfläche. Wenn das Platschen von einem Frosch verursacht worden war, hatte das Tier sich einen schlechten Wohnort ausgesucht. Das Becken war voller Algen, und in seinem Wasser lebte ganz bestimmt nichts Essbares. Audrey betrachtete das ölige Spiegelbild der Ahornbäume. Die Blätter tanzten verführerisch über die Wasserfläche, die sich langsam glättete.
Das Wasser schien immer tiefer zu werden, bis Audrey nicht in ein flaches Becken, sondern in bodenlose Dunkelheit starrte. Sie hatte das Gefühl, langsam in eine düstere, immer kälter werdende Tiefe zu versinken. In der Finsternis lag tödliche Stille, und ein entsetzliches Gefühl der Einsamkeit und Verlassenheit herrschte in dem Raum, den sie betreten hatte. Plötzlich tauchte Zachs Gesicht vor ihr auf, und sie bildete sich ein, dass sie seinen Namen schrie. Doch sie hörte ihre eigene Stimme

nicht. Die Dunkelheit, von der sie umgeben war, schien nicht nur das Licht, sondern auch jedes Geräusch zu verschlucken. Zachs Rehaugen flehten sie an, zu ihm zu kommen, ihn zu finden.

Ihn nach Hause zu holen.

Sie streckte die Arme nach ihm aus, aber ihre Hände tauchten ins Wasser und glitten durch ihn hindurch, als ob sie selbst die Erscheinung sei. Und ebenso wie es bei ihrer Vision im Fenster gewesen war, brachte es sie fast um den Verstand, ihn so deutlich zu sehen, ihm so nah zu sein, und doch unfähig, ihn zu berühren, ihn festzuhalten und ihn liebevoll in ihren Armen an einen sicheren Ort zu tragen.

Vor ihren Augen senkten sich zwei große, männliche Hände auf Zachs Schultern herab und zogen ihn fort, so dass er in der tintenschwarzen Finsternis verschwand. Sie spürte, wie das dunkle Wasser um sie herum sie erstickend fest umschloss und versuchte, sich aus der Tiefe ihrer Vision herauszukämpfen, doch sie war darin gefangen und konnte die Oberfläche nicht durchbrechen. Sie wünschte sich verzweifelt, aus der furchtbaren Dunkelheit auszubrechen, gleichzeitig aber sehnte sie sich danach, Zach nahe zu sein, wenn auch nur in einer Vision.

»Wo bist du?«, stöhnte sie.

Endlich kämpfte sie sich, immer noch halb in der eingebildeten Tiefe gefangen, auf die Füße und stolperte blind ins Haus zurück.

10

Richard erwachte von einem kaum hörbaren Wimmern. Benommen kletterte er aus dem Bett und sah auf die Uhr. Fünf Uhr nachmittags. Er stolperte den Flur hinunter zur Küche, immer dem klagenden, quäkenden Geräusch nach. Es hörte sich so an, als ob Audrey nach Luft rang und weinte und dabei versuchte, so leise wie möglich zu sein. Der Ton schien aus dem Schrank im Flur zu kommen.

Mit zitternder Hand öffnete er die Tür. Sie hatte sich in der hintersten Ecke des Schrankes vergraben, die Hände fest auf ihre Brüste gepresst. Die Beine hatte sie unter sich gezogen, und sie hatte einen Turnschuh verloren. Sie zitterte wie Espenlaub. Richard fiel auf dem Haufen verstreuter Kleidungsstücke auf die Knie und berührte sanft ihre Schulter.

Sie erschauerte, als hätte er sie geschlagen, hörte auf zu wimmern und stieß stattdessen einen unterdrückten Schrei aus.

»Audrey«, krächzte er. »Audrey, Liebling, was ist los? Was ist denn?«

Sie drückte sich in ihre Höhle wie ein Kaninchen, das von einem Fuchs verfolgt wird. Er zerrte sie aus der Ecke heraus und zog sie an sich, bis sie sich an seine Brust sinken ließ. Ihr Herz hämmerte unter seiner Handfläche, als ob ihr ganzer Körper damit ausgefüllt wäre, eine riesige Pumpe, die wild und unkontrolliert arbeitete. Er zog sie behutsam aus dem Schrank und hielt sie fest, während er gleichzeitig das Krankenhaus anrief. Es dauerte endlos, bis Doktor Burtons Sekretärin zurückrief, aber wenigstens war es ihm inzwischen gelungen, Audrey ins Bett zu bringen. Sie starrte ihn über die Bettdecke hinweg mit seltsamen, weit aufgerissenen Augen an, als sähe sie ihn gar nicht. Anscheinend hatte sie wieder einen Anfall von Nachtangst, aber er verstand nicht, wie das möglich war, sofern sie nicht im Schrank eingeschlafen war.

»Ruf die Polizei an«, forderte sie ihn auf.

»Du brauchst einen Arzt, Liebling«, erwiderte Richard, ging zum Bett zurück und setzte sich neben sie. Er strich ihr das Haar aus dem Gesicht und versuchte, sie auf die Wange zu küssen, doch sie fuhr zurück.

»Ruf die Polizei an!«, schrie sie ihn so laut an, dass ihre Stimme im Flur widerhallte.

»Liebling ...«

»Die Polizei!«, jammerte sie. »Ruf die verdammte Polizei an.«

Er eilte zum Telefon zurück. Ihre Stimme beruhigte sich ein wenig, als sie sah, dass er den Hörer aufhob, aber sie schien ihn nicht wirklich anzusehen. »Er hat Zach«, sagte sie in entsetzlich traurigem Ton.

»Wer, Liebling?«

»Ich weiß es nicht«, antwortete sie und starrte durch ihn hindurch. Sie fuhr mit den Fingern über ihr Gesicht. Er dachte an die Nacht im Krankenhaus und beobachtete sie genau, für den Fall, dass er das Telefon fallenlassen und wieder zu ihr eilen musste. »Er ist in einem kleinen Raum unter der Erde. Es ist so dunkel.«

»Das ist doch verrückt, Audrey.«

Sie machte ein Gesicht, als ob sie versuchen würde, mit den Augen eine Nebelwand zu durchdringen. »Er hat Angst. Er ist doch nur ein kleiner Junge, und er hat Angst und ist einsam. Er braucht seine Mutter!«
»Vielleicht hast du nur geträumt. Einer von deinen Anfällen von Nachtangst. Das war alles.«
»Ich weiß, was ich gesehen habe, Richard.«
»Audrey«, sagte er so sanft wie möglich. »Was hast du gesehen?«
Sie schüttelte den Kopf und schloss die Augen. »Meinen Kleinen«, wimmerte sie. »Sie haben meinen Kleinen geholt.« Sie sank im Bett in sich zusammen, rollte sich in fötaler Stellung zusammen und zog sich die Decke über den Kopf.
Richard legte leise den Telefonhörer auf.

11

Richard lehnte am Kühlschrank und starrte Doktor Burtons Rücken an. Als sie auf dem Tisch mit etwas herumfummelte, das sie in ihre Tasche zu stopfen versuchte, beugte er sich vor und knipste das Licht an.
»Ich habe ihr eine Spritze gegeben, damit sie schlafen kann«, erklärte Doktor Burton. Sie zog den Reißverschluss ihrer Arzttasche zu und packte den Griff. »In drei Minuten schläft sie wie ein Murmeltier, und sie dürfte die ganze Nacht nicht aufwachen.«

»Danke, dass Sie gekommen sind«, antwortete Richard. »Ich kann mir nicht vorstellen, was passiert ist. Ich habe ein bisschen geschlafen, und dann habe ich Audrey weinen gehört ... Sie muss eingeschlafen sein, ich meine, sie muss doch geschlafen haben, um einen Anfall von Nachtangst zu bekommen, oder?«
Die Ärztin zuckte die Achseln. »Wenn es nur Nachtängste sind, Richard. Aber das wissen wir nicht. Ich habe Doktor Cates zu Hause angerufen. Er schiebt Audrey morgen Vormittag um zehn Uhr ein. Hier, nehmen Sie das.«
Richard starrte die Visitenkarte an, als wäre es eine Sterbeurkunde.
»Sie muss unbedingt hingehen, Richard«, drängte die Ärztin. »Sie müssen um Ihrer beider willen dafür sorgen, dass sie hingeht.«
Er schob die Karte in die Brusttasche seines Hemdes. »Und was ist, wenn er ihr nicht helfen kann?«
»*Ich* kann ihr nicht helfen, so viel steht fest. Aber Doktor Cates ist der Beste. Sie und Audrey können mit dieser Geschichte fertig werden, aber Audrey muss zu einem Spezialisten.«
»Ich sorge dafür, dass sie hingeht.«
»Gut.«
Er öffnete ihr die Tür. Sie stand vor dem Hintergrund des letzten Abendlichts im Türrahmen und wandte sich zu ihm um.
»Ich habe Ihnen nie gesagt, wie Leid mir das mit Zach tut«, sagte sie.
Richard starrte auf den Fußboden.

»Ich bin keine Psychotherapeutin, Richard«, fuhr sie fort. »Aber ich weiß, dass Trauer ein wichtiger Bestandteil des Lebens ist. Wir können sie nicht begraben oder vergessen, sonst dringt sie wieder an die Oberfläche und verletzt uns nur noch schlimmer. Audrey muss lernen, mit dem Verlust ihres Kindes fertig zu werden. Und Sie müssen es auch lernen. Doktor Cates kann Ihnen dabei helfen.«

»Ich werde sie hinbringen.«

Die Ärztin nickte und ging.

Richard holte sich ein Glas Wasser vom Spülbecken, als sein Blick plötzlich auf ein Licht vor dem Küchenfenster fiel.

Er hatte es vorher nicht bemerkt, aber Audrey musste den Schalter für den Springbrunnen betätigt haben. Die Fontäne tanzte, und ein unheimliches gelbes und grünes Licht beleuchtete die Bäume von unten. Sie sahen wie riesige Trolle aus, die mit ausgestreckten, gierigen Händen drohend über Audreys Garten standen. Einen Augenblick lang blieb er stehen, gefesselt von dem Anblick, und fragte sich, wie es möglich war, dass seine Phantasie eine so normale Umgebung in etwas so Makabres verwandelte. Die Bäume wurden immer bedrohlicher. Jetzt waren sie keine Trolle mehr, sondern unheimliche Kreaturen mit dünnen, vertrockneten Gliedmaßen und knotigen Fingern, aus denen unzählige Eiszapfen wie Krallen herauswuchsen.

Er riss sich von dem Anblick los, und in ihm dämmerte die Erkenntnis, dass dies genau das Gleiche war, das auch Audrey passierte. Genau so waren ihre Nachtängste. Er stolperte ins Schlafzimmer zurück, fester denn je entschlossen, eine Möglichkeit zu finden, ihr zu helfen.

12

Hundertdreißig Kilometer entfernt legte Tara Bells den Hörer des Telefons auf und ließ den Blick über die kleinen Buckel am Stadtrand von Augusta schweifen, die man hier in Maine als Hügel bezeichnete. Die Fensterkreuze ihrer Bürofenster schnitten den weiten Horizont in saubere Rechtecke, und die Sonne verwandelte die Wolken in Zuckerwatte. Adler, ihr Dobermann, saß gehorsam neben ihr und gab vor, die Aussicht zu genießen. Tara streichelte ihn geistesabwesend.

»Richard sagt, sie braucht mich, will es aber nicht zugeben«, murmelte sie und wälzte den Anruf, den sie an diesem Morgen erhalten hatte, in ihrem Kopf herum. Es hatte den Anschein, dass Richard ihr zurzeit mehr vertraute als Audrey. Er war ein guter Mann, gut für Audrey, und Tara war sehr glücklich, als sie heirateten. Jetzt jedoch stellte er sich gemeinsam mit Audrey gegen sie, und Tara fürchtete, dass die ganze Arbeit, die sie und Audrey geleistet hatten, zunichte gemacht würde. Der menschliche Geist war ein furchtbar empfindlicher Mechanismus, und niemand wusste das besser als Tara.

Mit ihren hohen Wangenknochen und ihren dunkelbraunen Augen unter den kurz geschnittenen Haaren war Tara vor zwanzig Jahren umwerfend schön gewesen. Jetzt war sie nur noch beunruhigend schön. Sie war ein Meter siebenundsechzig groß, wog kaum mehr als sechzig Kilo und besaß damit genau jene perfekte Harmonie aus Gesicht und Figur, die Männer unwiderstehlich fanden. Dies und ihr Verstand, wegen dem Universitätsprofessoren völlig aus dem Häuschen geraten waren, machten sie zu einer bemerkenswerten Frau.

»Sie wird es sich anders überlegen, Adler«, flüsterte sie und kraulte den Hund zerstreut hinter den Ohren.

Tara ließ die Augen über das Grundstück gleiten, das früher einmal perfekt gepflegt gewesen war, jetzt aber vernachlässigt und verwildert aussah. Manchmal hatte sie das Gefühl, als geschähe mit ihr selbst das Gleiche.

Sie öffnete einen großen Aktenordner und las sorgfältig Seite für Seite des dicken Papierstoßes durch. Als die Sonne hinter einer Wolke verschwand, knipste sie die Schreibtischlampe an und begann, die Berichte durchzublättern. Als sie auf der letzten Seite angekommen war, schloss sie den Ordner und starrte in den dunklen Flur vor ihrem Büro hinaus.

Sie wusste, dass Audrey die Sitzungen immer gehasst hatte, obwohl Tara alles getan hatte, um sicherzustellen, dass sie sich nur an *gute* Dinge erinnerte. Sie wusste auch, dass es nichts nützen würde, Audrey anzurufen – sie hatten sich im Streit getrennt. Wenn sie Audrey helfen sollte, brauchte sie unbedingt Richard auf ihrer Seite. Audrey musste *zu ihr* kommen. Sie musste selbst den Entschluss fassen, dass es an der Zeit sei.

Ruf mich an, Audrey.
Um Gottes willen, ruf mich an.

Virgil überquerte die alte Betonbrücke, die über den No Name Creek führte, und fuhr langsam an der Stelle vorbei, an der er um ein Haar Cooder überfahren hätte. Die Morgensonne warf lange Schatten und verwandelte den Asphalt in einen schwarzen Fluss, der ebenso finster war wie Virgils Gedanken.

Hab schlimme Sachen gesehen, Virg.

Was zum Teufel hatte das zu bedeuten? Virgil sagte sich, dass es verrückt war, sich überhaupt Gedanken darum zu machen. Cooder war so ausgebrannt, dass in seinem Kopf nichts mehr übrig war, was wieder aufflammen konnte. Und trotzdem konnte Virgil nicht umhin, sich zu fragen, ob an Cooders Äußerungen nicht vielleicht *doch* etwas dran war. Was, wenn er tatsächlich etwas gesehen hatte und nur so kaputt war, dass er es nicht erklären konnte? Er trieb sich überall herum, und das in mehr als nur einem Sinn.

Cooder schien eher für eine Séance in Frage zu kommen als Doris.

Als Virgil sich an die bevorstehende Séance erinnerte, zuckte er zusammen. Ein Bild von Babs St. Clair, aufgemacht wie die Tarotfrau im Fernsehen, tauchte vor seinem geistigen Auge auf und weckte seinen Sinn für Humor. Das würde ein sehenswerter Anblick sein, und es war keineswegs unmöglich. Babs' modischer Geschmack war in ganz Arcos und Umgebung berühmt.

Ich wünschte wirklich, ich könnte glauben, dass es nach

diesem Leben noch etwas gibt, Doris. Ehrlich, ich wünschte, ich könnte es.

Aber so sehr er sich auch bemühte, er bekam diese Vorstellung nicht an der Mauer in seinem Hinterkopf vorbei. All die Jahre hindurch hatte er mit Doris auf der Kirchenbank gesessen wie ein guter Christ. Jedenfalls hatte er sich wirklich Mühe gegeben, sich wie ein guter Christ zu betragen. Daran wenigstens konnte er glauben. Aber bei seiner beruflichen Arbeit hatte er zu viele Tote gesehen. Er glaubte nicht, dass aus den Dutzenden von Leichen, die er in seiner Laufbahn zu Gesicht bekommen hatte, Seelen aufgestiegen waren. Und darum erwartete er auch nicht, nach seinem Rendezvous mit seiner Dienstpistole Doris oder seine kleine Schwester oder sonst jemanden aus seiner Familie wiederzusehen. Seit Doris' Erkrankung hatte er ständig an den Tod seiner kleinen Schwester denken müssen, die schon im Babyalter gestorben war. Er wusste nicht, warum ihr Tod ihn so hart getroffen hatte. Es war einfach so gewesen. Vielleicht hatte es daran gelegen, dass er damals zum ersten Mal erlebt hatte, dass ein Kind starb. Doch sie war für immer fort, wie alle anderen auch.

Er schluckte einen großen Klumpen herunter und starrte direkt in die Sonne, als könne er so etwas Glauben in sich hineinbrennen. Die Vorstellung, dass er plötzlich irgendwie verändert werden könnte, erinnerte ihn an die Geschichte von Saulus von Tarsus, der auf der Straße erblindet war. Aber keine Offenbarung stellte sich ein. Kein Engel stand mitten auf dem Highway.

13

Audrey verschränkte die Arme und starrte Richard wortlos an. Er stand steif wie ein Besenstiel mitten in der Küche, hatte die Fäuste in die Seiten gestemmt und jenen entschlossenen Gesichtsausdruck aufgesetzt, über den Audrey früher schon tausendmal hatte lachen müssen. Diesmal lachte sie nicht.

»Du kommst jetzt mit zu Doktor Cates«, befahl Richard. »Er nimmt sich heute Morgen extra Zeit für dich, und wir kommen noch zu spät.«

Keine Antwort.

»Doktor Burton hat ihn empfohlen.«

Immer noch nichts.

»Du kommst jetzt mit.«

»So?«

Richard atmete aus und sank in sich zusammen. »Liebling, bitte komm mit. Du hast heute Nacht kaum geschlafen, obwohl Doktor Burton dir ein Beruhigungsmittel gegeben hat. Bitte ...«

Auch Audrey wurde ein bisschen weicher. Sie hörte auf, die Lippen zusammenzupressen, und ihre Nasenflügel blähten sich nicht mehr wie die Nüstern eines wütenden Stieres. Sie setzte sich an den Tisch und spielte mit einer Serviette herum.

Richard ließ sich auf den Stuhl neben ihr fallen.

»Audrey, bitte. Geh entweder zu Doktor Cates oder ruf Tara an. Sie macht sich Sorgen um dich.«

Audrey starrte ihn an. »Du hast sie angerufen?«

Richard zuckte die Achseln. »Ich hatte Angst. Ich habe ihr nur von deinen Nachtängsten erzählt. Audrey, sie möchte dir helfen.«

Audrey schüttelte den Kopf. »Ich bin noch nicht bereit, Tara wiederzusehen.«

»Sie liebt dich. Ihr beide solltet euch versöhnen.«

»Ich weiß.«

»Dann gehst du also zu ihr?«

»Nein.«

»Dann also zu Cates.«

Sie wandte sich wieder der Tischplatte zu und drückte die Serviette in den Fäusten zusammen, bis ihre Fingerknöchel weiß wurden. »Kannst du nicht einfach damit aufhören? Bitte.«

Richard legte die Hand sanft auf ihren Arm. »Nein, Audrey, das kann ich nicht. Du weißt nicht, wie das für mich ist, wenn du einen dieser Anfälle hast. Ich habe Angst, dass du dich irgendwie verletzt. Liebling, du hast dich vor mir im Schrank versteckt.«

Er warf ihr einen Blick zu, der alles sagte. So hatten die Leute sie früher angesehen, als sie jünger gewesen war, bevor Tara ihr beigebracht hatte, die Bilder unter Kontrolle zu halten, als sie geschrien und sich ohne erkennbaren Grund versteckt hatte. Es war furchtbar, den gleichen Ausdruck auf Richards Gesicht zu sehen. Sie musste sich abwenden.

»Vielleicht später ...«

»Nicht später, Liebling. Du hast einen Termin bei Doktor Cates.«

»Aber nicht heute. Ich bin noch nicht so weit.«

»Audrey«, sagte er leise. »Audrey, sieh mich an.«
Sie warf ihm einen scheuen Blick zu.
»Audrey, ich kann so nicht weitermachen. Das können wir beide nicht. Ich bitte dich. Ich flehe dich an. Komm mit zu Doktor Cates.«
Sie biss sich auf die Lippen. Ihre Finger trommelten ruhelos auf der Tischplatte herum. Als sie zu sprechen begann, wandte sie sich ab und starrte in den Garten hinaus. »Ich habe Angst, Richard.«
Er legte einen Arm um ihre Schultern und zog sie an sich. Sie ließ den Kopf an seine Brust sinken. »Das weiß ich. Ich habe auch Angst. Aber Doktor Cates will uns doch nur helfen.«
»Und was ist, wenn er uns nicht helfen kann?«
Sie spürte, dass er tief Luft holte. Seine Stimme klang fest und entschlossen. »Dann gibt es immer noch Tara.«
Audrey schüttelte ebenso entschlossen den Kopf.
»Warum nicht Tara?«, fragte Richard. »Ich verstehe nicht, warum ihr beide so oft aneinander geraten seid, als sie hier war. Früher hattet ihr nie Streit.«
Audrey seufzte laut. Sie und Richard hatten sich gestritten, als sie Tara eine Woche nach Zachs Verschwinden gebeten hatte, zu gehen. Es hatte eine hässliche Szene gegeben; Richard hatte versucht zu vermitteln, während zwei von Sheriff Milches Deputys in der Ecke gestanden und so ausgesehen hatten, als wären sie lieber überall, nur nicht in Audreys Wohnzimmer. Richard hatte nicht verstanden, warum Audrey das Gefühl gehabt hatte, in Taras Gegenwart zu ersticken, warum sie sich vor dem Trost, den Tara ihr anbot, so sehr fürchtete, und sie

wusste auch jetzt nicht, wie sie es ihm erklären sollte. Sie hatte selbst Mühe, es zu verstehen.
»Ich kann in Taras Nähe nicht atmen«, sagte sie. »Du warst in all den Jahren bei unseren Sitzungen nicht dabei. Du weißt nicht, wie das für mich ist. Ich kann das jetzt nicht. Ich kann einfach nicht.«
Richard schüttelte den Kopf. »Sie hat doch nie etwas anderes gewollt, als dir zu helfen.«
»Das weiß ich«, antwortete sie und versuchte, ihren wachsenden Zorn zu unterdrücken. »Aber sie tut es, indem sie mich kontrolliert. Sie kontrolliert, was ich denke, woran ich mich erinnere. Du verstehst das nicht!«
»Ich versuche, es zu verstehen. Ich will ja auch nichts anderes als dir helfen. Schließ mich nicht aus.«
»Ich schließe dich nicht aus. Aber bitte, versuch nicht, mich dazu zu bewegen, jetzt zu Tara zu gehen.«
Tara war ihrem Schmerz zu nahe, ihrer Vergangenheit zu nahe. In Audreys Vorstellung war das fast so, als sei sie ein Teil davon. Doktor Cates war wenigstens ein Fremder, ein Niemand.
»Dann musst du zu Doktor Cates gehen. Wir können so nicht weitermachen.«
Sie schloss die Augen und gab auf. »Also gut.«
»Dann kommst du mit? Heute?«
Sie nickte.
Er küsste sie sanft auf die Stirn. »Es wird alles gut, das verspreche ich.«
Aber sie schüttelte den Kopf. »Selbst wenn er das Problem mit den Nachtängsten löst«, flüsterte sie, »wird gar nichts gut.«

14

Doktor Cates' Praxis lag in einem neuen Geschäftsviertel in South Portland zwischen hohen Ahornbäumen und leuchtend grünen Rasenflächen. Audrey musterte den Park prüfend. Viele winterharte Stauden – Rittersporn und Astern – und Büsche, die mit Rindenmulch angeschüttet waren. Hier und da wurde die Monotonie durch eine Eberesche unterbrochen. Es war nicht ihr Stil, aber es sah hübsch aus, und für eine Firma war es leicht zu pflegen.

Sie betrachtete die zweistöckige Glasfassade, dann wandte sie sich zu Richard um. Er versuchte zu lächeln, doch sein Gesicht war angespannt. Während der anderthalbstündigen Fahrt hatten sie wenig gesprochen, sondern nur geradeaus gestarrt, und ihr unbehagliches Schweigen hielt auch noch an, als Richard die Firmenliste in der Lobby studierte und sie durch einen breiten, luftigen Gang zu Doktor Cates' Tür führte. Audrey musste ihren ganzen Mut zusammennehmen, um ihm in die Praxis zu folgen, ruhig in ihrem Sessel zu warten, während Richard sie am Empfang anmeldete, und zu lächeln, als die junge Arzthelferin erschien, sich vorstellte und sie von Richard fortführte wie ein Lamm zur Schlachtbank.

Doktor Cates erwies sich als großer, vogelartiger Mann. Sein grau meliertes Haar umkränzte eine glänzende Glatze, und freundliche Augen leuchteten durch dicke Brillengläser. Die dunkel getäfelten Wände waren mit

Aber irgendwie kann ich mir kein klares Bild von ihr machen. Irgendwas an ihr ist entsetzlich.«

»Inwiefern entsetzlich?«

»Ich glaube, dass ihr etwas Furchtbares passiert ist.«

»Aber Sie wissen nicht, was?«

Sie schüttelte den Kopf.

»Sind sie und Zach zusammen?«

Sie schloss einen Augenblick lang die Augen, um sich zu konzentrieren, sich zu erinnern. »Nein, ich glaube nicht. Ein Teil davon scheint Erinnerung zu sein, und ein Teil davon passiert jetzt.«

»Während Sie zusehen?«

»Ja.«

»Und Sie glauben, dass Sie tatsächliche Ereignisse mit ansehen, wenn das passiert?«

»Ich weiß, wie sich das anhört.«

»Machen Sie sich keine Sorgen darüber, wie sich das anhört. Ich bin nicht hier, um Sie zu beurteilen. Ich bin hier, um Ihnen zu helfen.«

»Wenn es passiert, dann habe ich manchmal Schmerzen. Große Schmerzen. Ich sehe Zach, und er ist an einem furchtbaren, dunklen Ort, den ich nicht richtig sehen kann. Aber ich kann ihn mir vorstellen. Ich weiß, dass er unter der Erde ist, wie ein Keller oder eine Höhle.«

»Und wie fühlen Sie sich hinterher? Wenn Sie wieder aufgewacht sind?«

»Ich schlafe nicht jedes Mal«, erinnerte sie ihn. Sie erzählte ihm von den Visionen im Fenster und im Springbrunnen, und er runzelte die Stirn. »An die, bei denen ich schlafe, erinnere ich mich nicht einmal. Die würde ich auch nicht *Visionen* nennen. Ich weiß nicht, was dann passiert.«

»Halluzinationen können sehr überzeugend sein, Audrey.«

Sie schüttelte den Kopf. »Es waren keine Halluzinationen.«

»Waren sie denn überhaupt nicht wie Träume? Verschwommen? Waren Sie nicht desorientiert?«

Sie wollte nicht zugeben, dass es so war. Das zuzugeben wäre, als würde sie Zach verleugnen. »Nein, ich konnte Zachs Angst spüren. Ich konnte die Feuchtigkeit um ihn herum riechen.«

»Riechen?«

»Ja. Ich konnte den Modergeruch um ihn herum riechen, und seinen eigenen Geruch. Eine Mutter kennt diesen Geruch.«

Er nickte. »Geruchshalluzinationen sind ungewöhnlich, aber sie sind nicht vollkommen unbekannt. Was glauben Sie, was sie bedeuten?«

Audrey sah sich im Zimmer um. Selbst hier, genau in diesem Augenblick, drohte die Vision von Zach in seinem Gefängnis über sie zu kommen. Doktor Cates' Augen verengten sich hinter den flaschenbodendicken Gläsern.

»Sie wollen, dass ich Ihnen sage, dass ich glaube, mein Sohn lebt.«

»Glauben Sie das?«

Sie starrte in die schweren Brillengläser und sah darin sowohl seine klaren Augen als auch das Spiegelbild der Bücher hinter ihr. Es war wie eine Art Botschaft: Hier bin ich, der berühmte Arzt mit meiner wissenden Miene

und meinen vielen Studienjahren. Ich kann dir helfen!
Nur dass er ihr eben nicht helfen konnte. Ebenso wenig wie Tara.

»Was hatten Sie sich gewünscht?« Doktor Cates unterbrach ihren Gedankenfluss.

»Was?«

»Einen Jungen oder ein Mädchen?«, fragte er und lächelte wieder.

»Das war mir egal.«

»Und Richard?«

»Einen Jungen, glaube ich.«

»Glauben Sie?«

»Ich kann mich nicht erinnern, jemals gehört zu haben, dass er das eine oder das andere gesagt hätte. Er und Zach waren so gerne zusammen. Sie waren in mancher Hinsicht so unterschiedlich, und in anderen Dingen so ähnlich.«

»Hatten Sie vor Zachs Verschwinden jemals solche Träume oder … Visionen?«

Sie runzelte die Stirn. »Nein«, sagte sie. »Nicht so wie diese.«

»Erzählen Sie mir ein paar von diesen Träumen.«

»Darin ging es um meine Kindheit.«

Cates schlang die Finger ineinander. »Was ist mit Ihrer Kindheit?«

»Ich hatte keine glückliche Kindheit.«

»Stammen Sie aus einer schwierigen Familie?«

Sie lachte trocken.

»Sie finden die Frage amüsant?«, fragte Cates.

»Ich finde den Ausdruck unzutreffend.«

Cates nickte, und seine Augen verengten sich wie die einer Katze. »Erzählen Sie mir von Ihrer Mutter.«
»Ich kann mich nicht an sie erinnern.« Aber die Frage nach ihrer Mutter setzte ihr mehr zu als alle anderen.
»Sie haben überhaupt keine Erinnerungen?«
»Nein.«
»Wie ist das möglich?«
»Sie wurden ausgelöscht.«
»Ausgelöscht?«
»Meine Tante hat mir geholfen, alles zu vergessen.«
»Ihre Tante? Wie hat sie das gemacht?«
»Hypnosetherapie.«
»Hypnosetherapie wird gewöhnlich angewendet, um jemandem zu helfen, sich an etwas zu erinnern. Ist Ihre Tante Psychologin?«
»Psychiaterin.«
»Warum lassen Sie sich nicht von ihr helfen?«
»Sie ist im Ruhestand«, erwiderte Audrey. Sie war nicht gekommen, um über ihre Beziehung zu Tara zu reden.
Cates runzelte die Stirn. »Erinnern Sie sich an irgendetwas aus Ihrer Kindheit? Irgendwas muss doch noch da sein?«
»Blitzartige Bilder, die vermutlich nichts mit der Wirklichkeit zu tun haben. Ich weiß noch, dass ich mich im Dunkeln versteckt habe.«
Cates nickte vor sich hin. Seine Brillengläser waren auf einmal wie Prismen – reflektierten das Licht der Tiffany-Lampen in Regenbogenfarben – verliehen ihm ein käferartiges Aussehen. »Wovor haben Sie sich versteckt?«

»Ich habe noch nie mit jemandem über meine Kindheit geredet.« Audrey schüttelte den Kopf. »Aus der Zeit, bevor ich zu Tara gezogen bin, kann ich mich sonst wirklich an so gut wie nichts mehr erinnern.«
»Zu Ihrer Tante?«
Audrey nickte.
»Wie kam es, dass Sie bei Ihrer Tante gelandet sind?«
»Sie hat mich geholt.«
»Geholt?«
»Ich war zehn, als sie gekommen ist und mich abgeholt hat.«
»Hatte sie einen Gerichtsbeschluss?«
»Ich glaube nicht.«
»Den muss sie aber gehabt haben.«
»Wirklich?«
»Der Staat lässt nicht zu, dass jemand ein Kind einfach seinen Eltern wegnimmt.«
»Sie hat es jedenfalls getan.«
»Ihre Tante hat gewusst, dass Sie in Gefahr waren, und sie ist gekommen, um Sie zu holen?«
Audrey nickte wieder und zog die Augenbrauen zusammen. Da rumorte noch etwas anderes in ihrem Verstand, etwas, das ihr fehlte. Es fehlte so vieles. Jahrelang war es ihr wie ein Segen erschienen, sich nur noch mit den undeutlichen Überresten ihrer Vergangenheit auseinander setzen zu müssen, mit gelegentlichen Albträumen, mit fließenden Bildern und Geräuschen, die unbekannte Schrecknisse weckten, ihr einen kurzen Schauer über den Rücken jagten und wieder verschwanden. Tara hatte ihr immer wieder erklärt, dass die Träume *wirklich*

schrecklich seien, dass es ihr aber zunehmend besser ginge und dass sie, wenn sie nur wüsste, wie entsetzlich es *früher* gewesen war, erkennen würde, wie viel besser es ihr jetzt ging. Und im Laufe der Jahre waren die Träume verblasst, bis sie nur noch einfache Albträume waren, mit denen Audrey umzugehen gelernt hatte.
»Warum hat Ihre Tante sich nicht mit den Behörden in Verbindung gesetzt, als sie kam, um Sie zu holen?«
»Das weiß ich nicht.«
»Hatten Sie ihr erzählt, was mit Ihnen passiert war?«
Audrey runzelte die Stirn. »Ich glaube nicht.«
»Aber wenn Sie es ihr nicht erzählt haben, wie konnte sie dann wissen, dass Sie in Gefahr waren?«
Audreys Stimme zitterte. »Ich möchte nicht mehr darüber reden, okay?«
Cates ignorierte ihre Worte. »Erzählen Sie mir von dem Abend, als sie gekommen ist, um Sie zu holen.«
Von allen Orten, von denen Audrey befürchtet hatte, dass Cates sie dorthin bringen könnte, war dies derjenige, an den sie am wenigsten zurückkehren wollte. Doch nachdem er die Erinnerung heraufbeschworen hatte, konnte sie den Strom der Bilder nicht mehr aufhalten. Sie stürzten auf sie ein und überfluteten ihre Sinne mit flimmernden Eindrücken jener längst vergangenen Nacht.
»Ich war gerade ins Bett gegangen«, flüsterte sie. »Aber ich habe gewusst, dass sie kommen würde …«
»Ihre Tante? Woher wussten Sie das?«
»Ich wusste es einfach. Ich habe ständig ihre Stimme in meinem Kopf gehört. Sie hat gesagt, ich soll mich bereit-

halten. Dass sie kommen würde, um mich zu holen. Es klang so, als würde sie mit sich selbst sprechen, nur, dass ich sie hören konnte. Ich hatte Angst, weil ich wusste, dass es sehr schlimm sein würde, wenn ich erwischt werden würde.«

»Hat sie Sie oft besucht?«

Audrey versuchte, sich zu erinnern. Sie konnte sich an keinen Besuch erinnern. An keinen einzigen.

Wie konnte ich dann ihre Stimme erkennen? Woher habe ich gewusst, wer da in meinem Kopf geredet hat?

Audrey hatte das Gefühl, hilflos dahinzutreiben und tief in jene längst vergangene Nacht hineinzusinken. Das Gefühl war den Empfindungen, die sie gehabt hatte, als sie in die dunkle Tiefe in ihrem Springbrunnen geglitten war, so ähnlich, dass sie die Hände zwischen ihre Oberschenkel klemmte, um sie zu wärmen.

»Ich habe gehört, wie weit entfernt eine Autotür zugeschlagen wurde. Aber ich wusste, dass sie es war. Ich konnte sie fühlen.«

»Sie fühlen?«

Audrey achtete nicht auf die Frage. »Ich habe mit geschlossenen Augen dagelegen und sie im Mondlicht über den Rasen schleichen sehen. Sie hatte Jeans und ein T-Shirt an, und weiße Tennisschuhe, und sie hatte sich eine Baseballmütze bis tief über die Augen gezogen.«

»Wenigstens *daran* müssen Sie sich erinnert haben. Mit geschlossenen Augen konnten Sie sie doch nicht sehen.«

Audrey zog die Augenbrauen zusammen. »Die Erinnerung ist seltsam. An dieser Stelle hört sie einfach auf, wie ein Film, der mitten in einer Szene abbricht.«

»Und das ist alles, woran Sie sich erinnern? Ihre Tante ist gekommen, um Sie zu retten, und Sie wissen nicht mehr, wovor?«

Die Erinnerung verblasste, und Audrey war froh, wieder in Cates' hellem Büro zu sein. »Es ist lange her. Ich möchte nicht mehr darüber reden.«

Doch etwas Unbekanntes kratzte weiterhin an ihrem Bewusstsein.

Diese Erinnerung war nicht ganz richtig. Ein Teil des heilenden Vergessens, das sie und Tara herbeigeführt hatten, hatte etwas in dieser schrecklichen Nacht ausgelöscht – etwas, das unbedingt wollte, dass sie sich daran erinnerte.

Cates versuchte es auf verschiedene Weise, aber Audrey öffnete sich ihm nicht noch einmal. Schließlich sah er auf seine Uhr und seufzte.

»Mrs. Bock«, sagte er. »Sie leiden an stressbedingten Angstzuständen und Depressionen. Die Gründe? Das Verschwinden Ihres Sohnes. Misshandlungen während Ihrer Kindheit. Dinge, die Sie niemals richtig aufgearbeitet haben und die nun an die Oberfläche kommen und Sie verfolgen. Es ist auch möglich, dass Sie entweder an einer leichten Form einer bipolaren Störung leiden, oder sogar an einer sehr leichten Form von Schizophrenie, aber das können wir nicht feststellen, ohne noch weiter miteinander zu arbeiten. Fürs Erste empfehle ich Ruhe, und ich werde Ihnen ein Beruhigungsmittel verschreiben, um Ihnen dazu zu verhelfen. Ich würde gerne eine Zeit lang regelmäßige Termine mit Ihnen vereinbaren, um zu versuchen, diese Dinge ans Tageslicht zu bringen, damit Sie sich damit auseinander setzen können. Was meinen Sie?«

Was sollte sie dazu sagen? Dass sie nicht wollte, dass *er* sich mit diesen Dingen beschäftigte? Dass sie und Tara Jahre damit zugebracht hatten, sie zu begraben, damit sie sich eben nicht damit auseinander setzen musste? Aber sie wollten einfach nicht verschwinden, und sie hatte das wachsende Bedürfnis, etwas zu tun, *irgendwas*. Es war mehr als das Bedürfnis, sich selbst zu helfen, bevor es für Richard und sie zu spät war. Eine winzige Stimme in ihrem Kopf bestand darauf, dass sie nicht verrückt war. Dass Zach am Leben war. Und wenn auch nur die geringste Chance bestand, dass das stimmte, wusste sie instinktiv, dass sie die Antwort in ihrem eigenen Kopf finden musste, wenn sie ihm helfen wollte. Sie brauchte Doktor Cates.

Sie nickte. Doktor Cates nahm lächelnd ihre Hand und führte sie ins Wartezimmer, wo Richard unruhig auf sie wartete.

»Würde es Ihnen etwas ausmachen, wenn ich alleine mit Ihrem Mann spreche, Mrs. Bock?«, fragte Cates und fasste Richard am Arm. Audrey runzelte die Stirn, schüttelte jedoch den Kopf und setzte sich.

Cates schloss die Tür, und Richard ließ sich von ihm zu einem Stuhl dirigieren. Er setzte sich hin, die Unterarme auf die Schenkel gelegt, wartete darauf, dass Doktor Cates zu sprechen begann, und kam sich vor wie ein kleines Kind, das auf das Urteil seines Vaters oder seiner Mutter wartet.

»Wird Audrey wieder gesund?«, fragte er.

Cates nannte Richard die gleiche Diagnose, die er auch Audrey genannt hatte.
»Was werden Sie tun?« fragte Richard.
»Vor allem habe ich den Verdacht, dass ihre Tante Audrey einen sehr schlechten Dienst erwiesen hat, indem sie ihre Vergangenheit unterdrückt hat. Audrey hat nie die Möglichkeit gehabt, sich ihren traumatischen Erlebnissen zu stellen und auf ihre eigene Weise damit fertig zu werden.«
»Tara liebt Audrey wie ihr eigenes Kind.«
»Das ist sicher richtig, Mr. Bock, aber ich glaube, dass der Stress durch den Verlust Ihres Sohnes und der Jahrestag dieses Verlustes in Audreys Unterbewusstsein eingedrungen sind. Das und die Erinnerungen, die niemals an die Oberfläche dringen konnten, sind für ihre Nachtängste und Visionen verantwortlich.«
»Was kann ich tun?«
»Unterstützen Sie sie. Aber nicht so weit, dass Sie zulassen, dass sie sich selbst einredet, ihre Halluzinationen wären Wirklichkeit. Ich verschreibe ihr Halcion, ein mildes Beruhigungsmittel, das in solchen Fällen sehr gut wirkt. Sorgen Sie dafür, dass sie es einnimmt, und vereinbaren Sie mit meiner Assistentin einen Termin für nächste Woche.«
»Gut.«
Richard nahm an, dass die Unterredung damit beendet sei; er stand auf und schüttelte die ausgestreckte Hand des Arztes.
»Audrey glaubt, dass sie telepathisch mit Ihrer Tante kommunizieren konnte. Oder dass sie sie zumindest

durch die Wände eines Hauses hindurch in der Ferne sehen und hören konnte. Wussten Sie das?«, fragte Cates.
Richard runzelte die Stirn. »Das hat sie mir nie erzählt. Ist das schlimm?«
Cates schüttelte den Kopf. »Nicht unbedingt. Ihre Erinnerungen sind entstellt. Sie weiß nicht wirklich, an *was* sie sich eigentlich erinnert. Es ist mehr als wahrscheinlich, dass das nur ihre Art ist, mit dem Chaos fertig zu werden und die Reste, die von ihrer Vergangenheit übrig geblieben sind, zu verstehen. Audreys Probleme haben nicht erst mit dem Verschwinden Ihres Sohnes angefangen, Mr. Bock.«
»Das weiß ich«, versicherte Richard. »Ich sorge dafür, dass sie das Medikament einnimmt.«

15

Die Heimfahrt von Cates' Praxis verlief ebenso schweigsam wie die Hinfahrt, und Audrey kämpfte die ganze Zeit mit einer tiefen Niedergeschlagenheit. Dinge, die jahrelang geschlummert hatten, regten sich in den entlegensten Bereichen ihres Bewusstseins wie ein Sturm, der sich am Horizont zusammenbraut und sich mit einer fernen, schwarzen Gewitterwolke ankündigt. Einerseits war sie sich sicher, dass Richard Recht hatte. Sie brauchte Cates, sie brauchte *irgendjemanden*, der ihr half, diese schreckliche Zeit durchzustehen. Andererseits war ihre

Angst, alte, vergessene Wunden wieder aufzureißen, so groß, dass sie kaum atmen konnte.
Sie waren fast zu Hause. Audrey stellte sich vor, dort zu sein, und versuchte, sich mit dieser Vorstellung zu beruhigen, aber jeder Stoß der Autoräder auf dem schadhaften Asphalt vergrößerte ihre Verzweiflung. Sie rückte ihre Sonnenbrille zurecht und lehnte sich im Sitz des Camry zurück. Richard lenkte den Wagen um eine scharfe Kurve. Plötzlich wurde ihre Kehle eng und ihre Beinmuskeln verkrampften sich. Sie rieb die Hände aneinander, als müsse sie sich von der Realität ihres eigenen Körpers überzeugen. Ihre Handflächen waren schweißnass.
Zwischen ihnen und ihrer Einfahrt lagen nur noch ein Hügel und eine scharfe Kurve. Zu beiden Seiten der Straße öffnete sich der Blick auf niedrige Bergweiden, die mit rostigem Stacheldraht eingezäunt waren. Rechts von Audrey verschwand eine Steinmauer neben einem namenlosen Bach zwischen den Bäumen. Der Wald war voll von solchen steinernen Relikten, den Überbleibseln aus der Zeit, als der ganze Nordosten baumloses Ackerland war.
Es gab keinen Grund für die Furcht, die sie erfasst hatte. Nichts als ihren Verlust. Und doch wusste sie, dass es nicht daran lag. Sie hatte das Gefühl, sich an zwei Orten gleichzeitig zu befinden, in dem geräumigen, hellen Innenraum des fahrenden Autos, und dennoch eingesperrt an einem dunklen, feuchten Ort, der sie frösteln ließ und Wellen von Abscheu durch ihren Körper jagte.

Es ist dunkel.
Ich kann nicht raus.
Ich will nach Hause.
Ich hasse es, alleine zu sein.
Ich habe Angst.
Angst vor der Dunkelheit und davor,
hier unten begraben zu sein.
Ich will zu meiner Mutter …

Audrey schob die Sonnenbrille hoch und fuhr mit zitternden Fingern durch ihre Haare. Verzweifelt versuchte sie zu verstehen, was mit ihr passierte. Richard sah zu ihr herüber, mit einem Gesichtsausdruck wie ein Vater, der ein kleines Kind beruhigt.

»Es ist gut, Liebling«, versicherte er. »Wir stehen das durch.«

Sie zwang sich zu einem halben Lächeln, verbarg ihre Angst.

»Ich liebe dich. Und darauf kommt es an«, sagte er.

Er drückte sanft ihren Oberschenkel; sie legte ihre Hand über die seine und betete, dass sie ihr Halt geben möge.

»Ich will unseren Kleinen wiederhaben.« Sie tat was sie konnte, um die seltsamen Gedanken auszuschalten und das Entsetzen zu besiegen, das sie gepackt hatte. Das Gefühl der Desorientiertheit verursachte ihr Übelkeit. Nur mit Mühe schaffte sie es, das Gespräch weiterzuführen.

»Ich auch«, sagte Richard. »Wir haben alles getan, was wir tun konnten. Also müssen wir uns damit abfinden.«

»Ich kann mich nicht damit abfinden«, keuchte sie. Gegen ihren Willen wurde sie fortgetragen. Sie hörte das Surren der Autoreifen und das Brummen des Motors nicht mehr. Ihre Ohren waren auf ein seltsames, summendes Geräusch konzentriert, das sich anhörte wie ein riesiger Ventilator, fern und bedrohlich. Der Blick durch die Windschutzscheibe wurde von Dunkelheit überlagert wie von einem Nebel, der über ein Fensterbrett kroch.

Frösteln.
Ich habe solche Angst.
Luft strömt durch eine schmale Öffnung.
Ein Lichtstreifen unter einer unsichtbaren Tür.
Etwas an diesem dunklen Ort
ist entsetzlich vertraut.
Etwas in der Stille.

Sie konnte kaum atmen. Mit großer Willensanstrengung heftete sie den Blick auf das Armaturenbrett, das aus einer nebulösen grauen Masse zu einem verschwommen sichtbaren Plastikgegenstand wurde, nach dem sie die Hand ausstreckte, um ihn zu berühren. Es fühlte sich unter ihren Fingerspitzen wunderbar fest an. Sie wagte einen Blick aus dem Fenster. Sie hatten den Hügel fast erreicht. Noch achthundert Meter, und sie würden zu Hause sein. Auf der rechten Seite lag ein dichter Wald. Ein verfallenes Farmhaus mit einer Scheune rottete auf der linken Seite zwischen brachliegenden Äckern vor sich hin. Obwohl sie diese Straße schon tausendmal ent-

langgefahren sein mussten, hatte Audrey die beiden Gebäude noch nie richtig betrachtet.
Das Haus hatte holzverschalte Wände und steile Giebel. An den schwarzen Schalbrettern klebten Farbreste in seltsamen Schattierungen. Der Anstrich war verwittert, und wo er abgeblättert war, waren ein halbes Dutzend verschiedene Farbschichten erkennbar. Ein Pfosten der Veranda auf der einen Seite des Hauses reichte nicht mehr bis zum Dach, so dass der Eingang zahnlückig zu lächeln schien wie eine Kürbislaterne. Der alte Anbau wand sich auf eine Länge von etwa dreißig Metern von der Straße weg wie eine rechteckige, aus Kisten zusammengesetzte Schlange. Er hing an der verwitterten Scheune wie die Kette an einem Anker.
Die Scheune selbst war mit ungestrichenen Zedernholzbrettern verschalt, die so verschimmelt waren, dass sie die Farbe von Gewitterwolken angenommen hatten. Vom zweiten Stockwerk der Scheune schauten zerbrochene Fenster herunter wie schwarze Augen, und das Dach war von einer neuen Satellitenschüssel gekrönt, die in dieser Umgebung vollkommen fehl am Platz zu sein schien.
Die Fensteraugen des Wohnhauses waren zwar nicht zerbrochen, wirkten jedoch ebenso schäbig, staubig und verlassen. Hier und da hing ein altes, grünes Rollo bedrohlich herab, als wäre es von jemandem aus seiner Halterung gerissen worden. Das gesamte Grundstück war mit hohem Gras überwuchert, unterbrochen nur von der leeren, ungepflasterten Auffahrt, die an der Veranda vorbei zur Scheune führte. Ohne die Satelliten-

schüssel hätte das ganze Anwesen vollkommen verlassen ausgesehen, doch es war nicht verlassen.

Audrey erinnerte sich, einen großen Sattelschlepper gesehen zu haben, der dort abgestellt gewesen war, als sie und Richard das letzte Mal auf dem Weg nach Arcos vorbeikommen waren, und plötzlich war sie sich ganz sicher, dass jemand sie beobachtete.

Sie ließ sich tief in die Sitzpolster zurücksinken und versteckte sich hinter dem niedrigen Armaturenbrett. Ihr ganzer Körper verkrampfte sich, so dass ihre Zehen flach gegen die Sohlen ihrer Turnschuhe gepresst waren. Ihre Fingernägel gruben sich schmerzhaft in die Handflächen. Sie konnte nicht atmen, ohne dabei zu wimmern.

»Was zum …?«, stieß Richard hervor und trat auf die Bremse.

Audrey schlug nach ihm. Sie griff nach dem Lenkrad und versuchte gleichzeitig, mit dem linken Fuß den Gashebel zu erreichen.

»Weg hier«, krächzte sie mit trockenem Mund und deutete mit dem Kopf auf den vor ihnen liegenden Hügel. Zur Einfahrt zu ihrem Haus, wo sie in Sicherheit sein würden.

»Fahr schon!«, schrie sie.

Richard gab Gas. Der Kühler hob sich, und der Camry schoss davon wie ein Rennpferd aus der Startbox. Als das Haus hinter ihnen verschwand, begann Audreys Entsetzen sich langsam zu legen. Der Krampf in ihren Armen und ihrem Leib löste sich, und schließlich lockerten sich auch ihre Beine und Füße.

Doch das Wissen, dass das verfallene alte Gebäude jetzt hinter ihr lag, war beängstigend.

Richard und Audrey starrten die weiße Plastikflasche an, die einsam und bedrohlich mitten auf dem Küchentisch stand.

Halcion.

»Ich brauche kein Medikament«, erklärte sie.

»Irgendetwas brauchst du«, murmelte Richard. »Du hättest dich eben im Auto sehen sollen.«

Sie wusste, er glaubte, dass sie langsam den Verstand verlor, und sie musste zugeben, dass sie vielleicht schon übergeschnappt war. Sie wollte von ganzem Herzen glauben, dass Zach noch am Leben war. Aber hing das hier überhaupt mit Zach zusammen? Oder war es etwas so Furchtbares aus ihrer eigenen Vergangenheit, dass Tara gezwungen gewesen war, die Erinnerung daran zu begraben, um zu verhindern, dass sie vollkommen wahnsinnig wurde?

»Es tut mir Leid«, sagte sie.

»Es gibt nichts, das dir Leid tun müsste«, versicherte er. Er setzte sich neben sie und legte ihr seinen Arm um die Schultern. »Ich möchte doch nur, dass es dir besser geht.«

»Ich bin nicht verrückt, Richard«, flüsterte sie.

»Das hat auch niemand behauptet. Und das wird auch niemals jemand behaupten.«

»Aber du glaubst, dass ich mir das alles nur einbilde.«

Richard versteifte sich. »Doktor Cates sagt, es ist nur Stress. Das Medikament wird dir helfen.«

Sie seufzte, und es war, als ob sie physisch geschrumpft wäre, als sei mit der Luft zugleich auch ihr Selbstbewusstsein aus ihr herausgepresst worden.
»Was ist, wenn ich mir das alles nicht nur einbilde?«
»Audrey, solche Dinge, wie du sie siehst, kann man nicht sehen, nicht in der wirklichen Welt. Es ist nur Stress. Du hat die ganze Zeit unter ungeheurem Druck gestanden.«
»Und was ist, wenn es nicht nur Stress ist?«, schrie sie. Er fuhr zurück, und sie starrte ihn mit verängstigten Augen an. »Was ist, wenn es doch wirklich ist? Wenn Zach in irgendeinem dunklen Keller eingesperrt ist?«
»Glaubst du das wirklich? War das der Grund für das da eben im Auto? Liebling, die Polizei hat alle Nachbarn befragt. Der alte Mann, dem dieses Haus gehört, war damals gar nicht in der Stadt, erinnerst du dich nicht?«
Sie nickte. Sie und Richard hatten jede Vernehmung verfolgt und jeden Bericht gelesen, hatten zugehört, wenn die Polizisten darüber redeten, was *ihrer* Meinung nach passiert war, wenn sie glaubten, dass Richard und sie außer Hörweite waren. Die allgemeine Auffassung war, dass Zach längst fort war, weit fort. Ganz bestimmt nicht eingesperrt in einem Keller in nächster Nähe. Und sie wusste, dass es stimmte. Was sie dachte, war verrückt. Sie musste sich wieder in den Griff bekommen, oder Richard würde als nächsten Schritt vielleicht mehr vorschlagen als nur einen Arztbesuch. Die nächste Diagnose könnte vielleicht mehr erfordern als nur ein Medikament. Sie mochte nicht einmal daran denken, weggesperrt zu werden, in irgendeinen kleinen Raum.

»Liebling«, sagte er beruhigend, »es ist nicht wirklich. Du musst eine von diesen Tabletten nehmen und ausprobieren, ob es hilft.«
Die Hände fest auf den Tisch gepresst, nickte sie. Sie zitterte, und in seinen Augen sah sie nicht nur die Sorge um sie, sondern Angst.
»Ich will, dass das aufhört«, schluchzte sie.
Richard eilte zum Spülbecken und kam mit einem Glas Wasser zurück. Er öffnete die Pillenflasche und ließ eine Tablette in seine Handfläche rollen. Sie sah, dass er überlegte, ob er noch eine zweite herausholen sollte, doch er schloss den Deckel und streckte ihr beide Hände entgegen.
»Das hier sorgt dafür, dass es aufhört«, versicherte er.
Sie starrte erst die Tablette und dann das Glas an. »Und wenn nicht?«
»Wenn es nicht aufhört, werden wir etwas anderes unternehmen. Wir kriegen das hin. Koste es was es wolle, Audrey. Und so lange es auch dauert, ich werde da sein.«
»Versprochen?«
Er nickte, und sie sah die Entschlossenheit in seinen Augen.
Sie nahm die Tablette und kippte das ganze Glas Wasser hinterher.

16

Das Haus von Virgil und Doris war ein wohnliches, 1940 erbautes, zweistöckiges Gebäude mit hohen Giebeln und einem Balkon über der vorderen Veranda. An Sommerabenden pflegten Doris und er dort zu sitzen, den Grillen zu lauschen und den Nachbarn zuzuwinken, die auf dem Bürgersteig vorbeigingen. Das Haus war einen Block weit von der Hauptstraße und damit auch weiter vom See entfernt, aber manchmal wehte nach Sonnenuntergang eine kühle Brise vom Wasser bis zu ihnen herüber. Die meisten Häuser in diesem Teil der Stadt waren durch große Ahornbäume und hohe Hecken voneinander getrennt, aber viele der hinter den Häusern gelegenen Gärten waren nicht abgeteilt, so dass ein Ehepaar, das am anderen Ende der Straße grillte, manchmal unerwartete Gäste bekommen konnte.

Virgil steuerte seinen Wagen um einen Honda Civic und einen Pickup Truck herum, die in der Einfahrt geparkt waren. Kerzenlicht flackerte im Schlafzimmerfenster, und er blickte in die Runde, um zu sehen, ob außer ihm sonst noch jemand darauf aufmerksam geworden war. Ein paar Autos fuhren die Straße hinauf und hinunter, aber keine neugierige Menschenmenge hatte sich versammelt.

Er streckte die Hand aus und nahm eine Tüte mit Sandwichs vom Beifahrersitz, die er in Patty's Bake Shop gekauft hatte. Durch das offene Fenster hörte er aufgeregte Frauenstimmen, und er hoffte inständig, dass niemand

zufällig hier vorbeikäme, während sie mit ihrem verdammten Hokuspokus beschäftigt waren.
Er hatte wirklich das Bedürfnis, diesmal ein Machtwort zu sprechen. Auf der Liste der Leute, die er nicht in seinem Haus haben wollte, stand Babs ganz oben. Virgil kannte sie, seit sie vor zehn Jahren in die Stadt gezogen war. Es war vollkommen unmöglich, Babs nicht zu kennen. Sie lief ständig in ihren wallenden Gewändern oder Kopftüchern oder sonstigen lächerlichen Verkleidungen auf der Straße herum und beglückte jeden, der ihr zuhörte, mit ihren unausgegorenen Ideen zur Rettung der Welt. Babs war eine überzeugte Anhängerin von Multivitaminen, Pyramiden, Kristallen, Aromatherapie, Buddhismus und weiß der Himmel was noch. Es hätte Virgil nicht überrascht, wenn er erfahren hätte, dass sie in ihrem Keller Hühner schlachtete, und er wollte nicht, dass Doris zu ihren Opfern zählte.
Doris war immer schon leichtgläubig gewesen. Pastor Donelly hatte sie im Laufe der Jahre mehrfach zur Rede gestellt, weil sie sich auf, wie er es nannte, »heidnische Umtriebe« einließ. Aber Doris hatte sich meistens mit harmlosen Beschäftigungen begnügt, wie dem Kauf von Horoskopbüchern und der Lektüre von Shirley MacLaine. Erst seit Neuestem, seit ihrer Erkrankung, hatte sie angefangen, Ernst zu machen.
Virgil hatte den Verdacht, dass Doris fürchtete, Pastor Donnelly könnte womöglich nicht für alles die richtige Antwort haben, und dass sie ihre Eier auf verschiedene Körbe verteilte.
»Soll sie doch verdammt noch mal machen, was sie

will«, murmelte er vor sich hin und schloss leise die Haustür hinter sich.
Er öffnete die Tüte, nahm eine Platte aus dem Schrank und richtete die Thunfisch- und Hühnersalatsandwichs möglichst hübsch darauf an. Dann entleerte er eine große Tüte Chips in eine Schale, stellte die Sandwichs und die Schale auf ein Tablett und trug es die Treppe hinauf. Er hoffte, die Besucherinnen würden Doris dazu überreden, ein bisschen zu essen. Vielleicht kam bei der Abendunternehmung wenigstens irgendetwas Gutes heraus.
Im unteren Flur standen Kerzen auf dem Boden, und auf allen Treppenstufen ebenfalls. Er folgte ihren zuckenden Schatten zum Schlafzimmer hinauf. Die Frauen saßen um das Bett herum wie Matronen bei einem Nähkränzchen. Sie starrten Doris besorgt an und redeten alle gleichzeitig auf sie ein. Babs hatte etwas an, das wie ein Bettlaken aussah. Um den Kopf hatte sie sich ein Handtuch geschlungen wie einen Turban. Virgil stellte das Tablett auf den Nachttisch.
»Setzen Sie sich hin«, befahl Babs und zog Virgil neben sich auf einen Stuhl am Kopfende des Bettes. Er sah sich um und betrachtete die Kerzen – es mussten mindestens hundert sein, in allen Formen und Größen. Sie standen auf den Fensterbrettern, der Kommode, auf dem Nachttisch neben dem Tablett mit dem Essen und auf der Schwelle der offenen Tür, die auf die seitliche Veranda hinausführte. Eine oder mehrere davon mussten Duftkerzen sein, denn der kleine Raum war von Jasminduft erfüllt.
»Wir essen später«, flüsterte Babs und beugte sich unan-

genehm nah an Virgils Ohr. »Doris brennt darauf, mit der anderen Seite zu sprechen. Sie möchte die Sitzung fortsetzen.«

»Die was?«

Babs lächelte Virgil nachsichtig an. »Die Sitzung, mein Lieber. Seit hundert Jahren sagt niemand außer Doris mehr Séance dazu.«

Doris kicherte.

»Willst du das hier wirklich?«

»Ja«, sagte Doris.

»Also gut«, sagte Virgil und sah sich verlegen um. Er kannte alle anwesenden Frauen, kannte ihre Ehemänner und Familien. Vermutlich hatten die meisten von ihnen ihn gewählt, wenn nicht sogar alle. »Was soll ich tun?«

Babs stand auf und schaltete die Deckenlampe und die beiden Nachttischlampen aus. Dann setzte sie sich im warmen Licht der Kerzen wieder neben Virgil und schob ihre Hand in die seine. »Nimm Doris' Hand«, befahl sie.

Virgil gehorchte, und alle im Kreis reichten sich die Hände. Lange geschah nichts. Er sah sich erwartungsvoll um und stellte fest, dass alle anderen ebenso gespannt auf Babs blickten. Diese starrte geradeaus auf eine Wand mit einem gerahmten Bild von Doris am Strand von Salisbury. Virgil hatte das Foto während ihrer Flitterwochen gemacht, an dem einzigen Tag, an dem es nicht geregnet hatte. Es war ein verblichenes Schwarzweißfoto, und obwohl für ihn viele Erinnerungen damit verbunden waren, konnte er sich nicht vorstellen, dass Babs irgendein Interesse daran haben könnte.

Nach zehn Minuten, in denen er ständig warnende Blicke von Doris ertragen musste, wollte Virgil gerade fragen, ob man das Ganze nicht ein bisschen beschleunigen könnte, als Babs' Finger sich so fest um seine Hand krampften, dass ein scharfer Schmerz seinen Arm hinauffuhr. Er wandte sich zu ihr um und war schockiert von dem, was er sah.

Babs' Wangen waren straff gespannt, ihre Augen waren verdreht, und die Venen an ihrem Hals standen hervor wie Efeuranken an einem Eichenstamm. Ihre Hand zitterte in der seinen. Sie atmete rasselnd und keuchend mit fest zusammengepressten Lippen. Als Almira Couvineau sich über das Bett zu ihr hinüberbeugte, stieg Virgil ein Geruch nach Eau de Cologne und Branntwein in die Nase.

»Geist?«, fragte sie mit ihrer heiseren Zigarettenstimme. »Bist du da?«

»Wer ruft mich?«

Zu Virgils Entsetzen kam eine tiefe Männerstimme aus Babs' Mund.

»Wir rufen dich im Namen unserer Freundin Doris Milche«, sagte Almira.

Babs' Brust arbeitete. »Warum habt ihr mich gerufen?«

Natürlich bildete er sich das nur ein, aber das Kerzenlicht schien schwächer geworden zu sein.

»Ich möchte wissen, ob ich … auf eurer Seite willkommen bin«, sagte Doris.

Babs schien zusammenzuzucken, und alle anderen Frauen warfen Doris einen seltsamen Blick zu, als hätte sie gegen eine Spielregel verstoßen.

»Es gibt kein Willkommen«, knurrte die tiefe Stimme aus Babs' Kehle. »Wenn du kommst, dann kommst du.«
Virgil warf Babs einen wütenden Blick zu. Eine wunderbare Art, Doris zu trösten. Warum konnte sie nicht mit Sally-Field-Stimme von elysischen Feldern und Harfen und dem Thron Gottes reden, statt ihr eine Todesangst einzujagen?
»Aber was ist mit dem Himmelreich?«, wollte Doris wissen.
Schweigen. Die Frauen warfen sich nervöse Blicke zu und warteten.
»Das hier ist nicht das Himmelreich«, grollte die Stimme.
»Das sind verlorene Seelen, Doris!«, zischte Almira. »Herrgott noch mal, diese Geister sind noch nicht auf der anderen Seite.«
Virgil war der Meinung, dass Babs ihre Zöglinge vor der ersten Sitzung besser hätte vorbereiten können. Er fragte sich, was zum Teufel Doris erwartet hatte.
»Also, dann weiß ich nicht, was ich fragen soll«, sagte Doris und runzelte die Stirn.
»Geist«, fragte Beckie Rossig, »kannst du mir sagen, ob mein Mann mich betrügt?«
Von irgendwoher ertönte ein Keuchen. Virgil sah Beckie an, doch sie wich seinem Blick aus. Zumindest war der Unterhaltungswert der Veranstaltung beträchtlich gestiegen.
Virgil war drauf und dran, Beckie zu sagen, dass *er* diese Frage beantworten könne, doch dann besann er sich doch eines Besseren.
»So was kannst du doch nicht fragen!«, zischte Almira.

»Ich sehe nicht ein, warum nicht«, verteidigte sich Beckie. »Niemand sonst hat etwas gefragt.«

»Weil wir wegen Doris hier sind«, belehrte sie Claudia Hermann. »Mach weiter, Doris.«

Babs' Handfläche wurde allmählich feucht. Virgil hatte das dringende Bedürfnis, ihr seine Hand zu entziehen und an seiner Hose abzuwischen, aber er wagte nicht, den Kreis zu unterbrechen, während Doris und die anderen zusahen.

»Jetzt weiß ich nicht mehr, ob das hier eine gute Idee war oder nicht«, bemerkte Doris, die Virgils Blick aufgefangen hatte.

Er lächelte und versuchte, ein aufmunterndes Gesicht zu machen.

Die Kerzen flackerten. Ein Luftzug, der für die Jahreszeit viel zu kalt war, ließ die Vorhänge flattern. Ein leises Rumpeln begann in Babs' Brust, stieg ihre Kehle hinauf und kam schließlich grollend aus ihrem Mund. »Hier ist ein anderer, der sprechen möchte.«

»Sprich, Geist«, sagte Almira.

»Wer ist da?«

Virgil sah Babs an und fragte sich zum zweiten Mal, wie sie das mit den Stimmen machte. Es klang, als hätte sie sich urplötzlich aus einem Berufsringer in einen Halbwüchsigen verwandelt.

»Antwortet«, befahl Almira und nickte fieberhaft allen im Kreis zu. Alle Frauen außer Babs nannten hastig ihre Namen. Dann sah Almira Virgil erwartungsvoll an.

»Hier ist Sheriff Milche«, sagte Virgil und kam sich noch dümmer vor als bisher.

»Ich bin Timmy Merrill.«
Das Blut erstarrte in Virgils Adern. Er wusste nicht, ob er Babs eine Ohrfeige versetzen oder einfach aufstehen und gehen sollte. Einen geschmackloseren Witz konnte er sich nicht vorstellen, doch die Frauen starrten Babs gebannt an, und irgendetwas an der Stimme packte auch ihn.
Er wusste nicht, was er tun oder sagen sollte.
»Ich habe Angst«, sagte die Stimme. Einen Augenblick lang hing Schweigen wie eine Axt über ihren Köpfen. Alle Frauen starrten Virgil an.
»Wovor hast du Angst?«, fragte er schließlich. Wovor zum Teufel konnten Geister sich fürchten? Virgil schüttelte den Kopf und fragte sich, ob Geister den Menschen Märchen erzählten.
»Ich vermisse meine Familie«, sagte die Stimme.
»Sie vermissen dich auch«, versicherte Virgil, der das Spiel Doris zuliebe mitmachte. Doch er wollte diesen Auftritt schleunigst beenden. Das Ganze widerte ihn an. Er hatte noch nie viel von Babs gehalten. Aber *das hier!* Das war einfach zu viel.
»Es ist kalt hier. Und dunkel.«
Das war schon wieder genau das, was Doris hören sollte.
»Mein Fahrrad ist in den Bach geworfen worden.«
Virgils Haut war plötzlich kälter als der Wind, und er war sich ganz sicher, dass die Kerzen weniger hell leuchteten.
Niemand hatte jemals Timmy Merrills Fahrrad gefunden. Man nahm an, dass der Kidnapper es behalten hatte. Er streckte den Kopf vor und versuchte, Babs in

die Augen zu sehen, um festzustellen, was für ein Spiel sie hier spielte, aber ihre Augen waren immer noch verdreht, so dass man nur das Weiße sah.

»Wo, Timmy?«, fragte Virgil. »Wo bist du gewesen?«

Schweigen.

Babs' Brust arbeitete heftig, und Virgil hätte schwören können, dass die Kerzen immer trüber wurden. Es war, als hätte Babs einen Teil des Lichts eingesogen.

»An der alten Brücke. Hinter Hayland Mills.«

Virgil konnte kaum fassen, was er da hörte. Hatte jemals irgendjemand dort gesucht? Vermutlich nicht. Es war meilenweit vom Haus der Merrills entfernt. Wie in aller Welt war Babs auf diesen Ort verfallen? Und wie machte sie das mit den verdammten Stimmen? Er sah die Frauen nacheinander an und wusste, dass sie von ihm erwarteten, dass er bis zum bitteren Ende mitspielte, selbst wenn er dabei allmählich eine Gänsehaut bekam. »Wo bist du, Junge? Was ist dir passiert?«

»Es hat wehgetan«, sagte die Stimme. »Es hat furchtbar wehgetan.«

Aus der Stimme war echter Schmerz herauszuhören, und das Gefühl, betrogen worden zu sein. Es klang genauso, wie ein Junge empfinden würde, der sich in der Lage befand, in die Timmy Merrill vermutlich gebracht worden war. Babs fing langsam an, ihn ebenso nervös wie wütend zu machen.

»Was hat dir wehgetan, mein Junge? Wer hat dir wehgetan«

Wieder Schweigen.

Babs fuhr fort, zu keuchen. Sie sah nicht allzu gut aus.

Ihre Wangen waren nicht mehr gerötet, sondern wurden ziemlich blass.

»Ich weiß es nicht«, sagte die Stimme. »Es ist dunkel hier. Und ich habe Angst.«

Alle Frauen machten entsetzte Gesichter, doch Virgil wusste nicht, wie er diese Farce beenden sollte. Er konnte dem Geist schließlich nicht sagen, er solle den Mund halten. Die Frauen hätten in der ganzen Stadt herumerzählt, dass er die Chance vermasselt hatte, ein furchtbares Verbrechen aufzuklären.

»Erzähl mir, was passiert ist«, sagte Virgil und runzelte die Stirn.

»Ich bin auf meinem Fahrrad gefahren. Plötzlich habe ich einen Schlag bekommen. Als ich wieder aufgewacht bin, war ich in einem Auto und mit Klebeband gefesselt.«

»Mit Klebeband?«

»Ja. Es ist furchtbar dunkel hier.«

»Hast du gesehen, wer es war?«

»Nein. Meine Augen waren mit zugeklebt. Es war dunkel. Es ist immer dunkel.«

»Wo haben sie dich hingebracht? Kannst du dich daran erinnern?«

»Ich glaube, es ist ein Keller.«

Im Geist hörte Virgil Cooder immer wieder sagen, *Schlimme Sachen, Virgil. Hab schlimme Sachen gesehen.* Bestand auch nur im Entferntesten die Möglichkeit, dass Cooders Geschwätz etwas hiermit zu tun hatte? Und wie sollte das möglich sein? Virgil glaubte nicht, dass Cooders Haus einen Keller hatte, und niemand, der

seine fünf Sinne beieinander hatte, würde Cooder in seinen Keller lassen.
Er schüttelte den Kopf. Der Stress mit den beiden Fällen, Doris und jetzt das hier, brachten ihn noch um den Verstand.
»Ich kann ihn kaum noch halten«, sagte Babs mit ihrer eigenen Stimme. Ihre Hand zitterte in der von Virgil. Sie schien so schwach zu sein wie ein kleines Kätzchen. »Komm zurück, Timmy. Wir sind für dich da. Hab keine Angst. Wir sind hier.«
Virgil war hin und her gerissen. Einerseits glaubte er kein Wort von dem ganzen Theater. Jedermann in der Stadt wusste, dass Timmy mitsamt seinem Fahrrad verschwunden war. Andererseits erschreckten ihn die Stimmen, die aus Babs' Mund kamen. Er konnte sich beim besten Willen nicht vorstellen, wie sie das machte.
»Es ist kalt hier«, sagte die Stimme, doch diesmal klang sie wie aus weiter Ferne. »Und wir sind so viele.«
»Wer sind die anderen?«, fragte Doris.
Schweigen.
»Kennst du die anderen?«, fragte Babs.
»Ich kann sie nicht sehen. Ich spüre sie nur.«
Die Angst in der Stimme ließ Virgil kalte Schauer über den Rücken laufen. Er stellte sich vor, wie es wäre, in vollkommener Dunkelheit zwischen lauter Unbekannten an einem kalten, engen Ort zu sein.
»Ich kann nicht länger bleiben«, sagte die Stimme aus noch weiterer Entfernung.
»Timmy«, rief Babs. »Wir sind hier. Gibt es sonst noch etwas, das du uns sagen möchtest?«

»Hier sind böse Menschen.«
Beim letzten Wort erstarb die Stimme vollständig.
Babs versuchte, noch einmal Kontakt mit dem Jungen aufzunehmen. Sie kniff die Augen zu und rief seinen Namen. Als das ohne Erfolg blieb, versuchte sie, noch einmal Kontakt mit der ersten Stimme aufzunehmen. Aber wieder erhielt sie keine Antwort, und die Sitzung begann, sich aufzulösen. Die Damen verabschiedeten sich eine nach der anderen, gaben ihren Sorgen um Doris Ausdruck, versicherten, dass es auf der anderen Seite gar nicht so schlimm sei und dass Doris sowieso nicht dorthin kommen würde, und beschworen Virgil, nach dem Fahrrad zu suchen. Babs blieb noch eine Weile, um Doris das Missverständnis zu erklären. Sie hätte nicht behauptet, dass sie mit dem Himmel oder der Hölle sprechen könne, und ihr sei auch kein *authentisches* Medium bekannt, das so etwas fertig brächte. Sie könne nur mit den Seelen Kontakt aufnehmen, die sich noch auf dieser Ebene befänden und noch nicht in die Ewigkeit eingegangen seien. Als alle gegangen waren, setzte sich Virgil auf die Bettkante und hielt Doris' Hand. Er war erschüttert, doch er wollte es nicht zeigen.
»Das hat ja hervorragend geklappt«, meinte er.
»Es war nicht das, was ich erwartet hatte«, antwortete Doris. »Babs hätte es mir sagen sollen.«
Doris sah erschöpft aus, doch als sie weitersprach, leuchtete ein Abglanz des alten Feuers in ihren Augen. »Du musst sofort losgehen und nach diesem Fahrrad suchen.«
»Ist das dein Ernst?«
»Wie könntest du das nicht tun?«

Zum einen würde er sich ziemlich blöd vorkommen, wenn er auf das Wort eines Geistes hin, der durch den Mund von Babs St. Clair gesprochen hatte, bei der alten Brücke in der Dunkelheit herumtappen würde. »Es ist schon spät. Ich gehe morgen.«

»Du gehst noch heute Abend, oder du wirst nicht zum Schlafen kommen.«

»Du meinst, du wirst mich nicht schlafen lassen?«

»Genau.«

»Was soll ich denn tun? Den Bach alleine absuchen?« Er dachte an die durchnässten Wälder und die tobenden Bäche des Jahres, in dem Timmy verschwunden war.

»In diesem Frühling hat es kaum geregnet. Vermutlich ist das alte Bachbett knochentrocken.«

»Vielleicht.«

»Du hast den Jungen doch gehört, Virgil. Seine Seele kann nicht zur Ruhe kommen, bis du seinen Mörder gefunden hast.«

»Das ist doch dummes Zeug, Doris.«

»Du kannst es nicht wissen, bevor du nicht nachsiehst.«

Er seufzte so laut, dass sie blinzelte. »Warum streite ich mich eigentlich mit dir?«

Er trug das Tablett mit den Sandwiches fort, dann ging er herum und löschte sämtliche Kerzen, die der Wind nicht schon ausgeblasen hatte. Die Lampen schaltete er nicht mehr an, denn als er wieder ans Bett trat, schnarchte Doris leise vor sich hin.

Er küsste sie auf die Stirn und ging.

17

Virgil fragte sich, was für einem Zufall es wohl zuzuschreiben war, dass die Straße, die zu der alten Brücke führte, dieselbe war, auf der er um ein Haar Cooder totgefahren hätte. Als er an der Stelle vorbeikam, wo es beinah zu dem Unfall gekommen wäre, brach das Mondlicht durch die Bäume, und einen Augenblick lang bildete Virgil sich ein, dass der schmale Lichtstrahl auf der rechten Straßenseite Cooder sei, der zurückgekommen war und hier auf ihn wartete.

Was, wenn Timmys Fahrrad tatsächlich hier war?

Nein, das war zu verrückt, um es auch nur in Betracht zu ziehen. Aber wenigstens war er auf diese Weise aus dem Haus gekommen. Sonst hätte er die nächsten Stunden damit zugebracht, in dem Raum neben dem Schlafzimmer hin und herzuwandern und vorzugeben, er würde fernsehen, während er in Wirklichkeit darauf wartete, dass Doris nach ihm rief, wenn ihre Schmerzen die nächste Dosis Medikamente erforderlich machten. In letzter Zeit schlief Virgil meistens in seinem Sessel, sofern er überhaupt schlief. Dennoch konnte er nicht umhin, auf die Straße zu starren und sich Cooder dort vorzustellen, der seine geheimnisvolle Erklärung abgab.

Verrückt.

Seine Scheinwerfer bohrten sich vor ihm in die Dunkelheit, Bäume flogen vorbei wie Trauergäste, die mit hängenden Schultern den Weg eines Leichenzugs säumten. Er erblickte die Umrisse der Brücke vor sich und fuhr

direkt vor dem brüchigen, zerkerbten Betongeländer an den Straßenrand. Als er die Autotür zuschlug, hallte das Echo wie ein Gewehrschuss über den Bach. Er richtete seine Taschenlampe auf die Brücke.
Das alte Bauwerk maß etwa vier Autolängen und war während der Zeit der Depression von Regierungsarbeitern erbaut worden. Virgil ging durch hohes Gras die Böschung hinunter und achtete sorgfältig darauf, wohin er trat. Ein verrosteter Auspuff rutschte durch den Uferbewuchs wie eine gezackte braune Schlange. Weiter unten am Bach klammerte sich ein Autoreifen hartnäckig an die Hinterachse eines längst vergessenen Fahrzeugs. Virgil ließ den Lichtstrahl durch das Bachbett gleiten. Doris hatte Recht. Es war weitgehend ausgetrocknet. Nur ein schmales Rinnsal bahnte sich seinen Weg um Felsbrocken herum, die in großen Abständen im Bachbett lagen. Virgil rutschte das kiesige Ufer hinunter. Während der Schneeschmelze im Vorfrühling musste hier ein reißender Strom geflossen sein. Er klopfte sich die Pflanzenreste von den Hosenbeinen und lenkte den Strahl seiner Taschenlampe unter die Brücke.
Die Zeit hatte zackige Sprünge über die Betonoberfläche gezogen und sich mit den Elementen verbündet, um die alte Stahlarmierung freizulegen, wo Stücke des Betons in den Bach gestürzt waren. Aber angesichts der Tatsache, dass die Brücke jahrzehntelang allein und ungewartet die Winter und Sommer von Maine überstanden hatte, war sie im Großen und Ganzen in gutem Zustand. Sie war ein Betondenkmal für einen Menschenschlag, den es nicht mehr gab.

Auf der anderen Straßenseite wuchsen die Bäume dichter und reichten näher an den Bach heran. Der Brückenbogen schien sich endlos den dunklen Bach entlang fortzusetzen und bildete eine bedrohlich aussehende Höhle. Virgils alte Abneigung gegen düstere, enge Orte ließ eine Welle von Unbehagen in ihm aufsteigen. Das war doch albern. Wenn er diesen verdammten Bach schon durchsuchen wollte, sollte er es wenigstens bei Tageslicht tun. Wie konnte Doris erwarten, dass er im Dunkeln etwas entdeckte?

Er blickte über die Schulter zurück und überlegte, ob er gehen oder bleiben sollte. Es war leicht gewesen, zum Bach herunterzurutschen, aber der Rückweg zu seinem Streifenwagen würde eine mühsame Kletterpartie werden. Zum Teufel, wo er nun schon einmal hier war, konnte er sich auch umsehen.

Er ging auf die Brücke zu und beleuchtete jede Stelle, die auch nur im Entferntesten als Versteck für ein Fahrrad in Frage kam. Unter dem Brückenbogen lag eine Menge Müll herum. Selbst ein Teil eines Motorradrahmens war an die Stelle hinaufgetragen worden, wo der Betonbogen auf dem Bachufer aufstand. Doch ein Fahrrad fand er nicht, und er war froh, als er auf der anderen Seite der Brücke auftauchte, wo wenigstens die Sterne zu sehen waren. Das Gefühl, dass der dunkle Brückenkörper über ihm hing, hatte ihm ganz und gar nicht behagt. Er war auf der anderen Seite der Brücke bereits zwanzig Meter weit den Bach hinaufgegangen, als es ihm dämmerte, dass es Zeitverschwendung war, noch weiterzugehen. Der Bach floss in die andere Richtung. Wenn jemand etwas hineingeworfen hatte, musste es stromabwärts getragen worden sein. Deshalb fand er immer weniger Müll, je weiter er von der Brücke aus stromaufwärts ging. Er watete durch das knöcheltiefe Wasser und ging auf der anderen Bachseite zurück, wobei er das Licht der Taschenlampe den Hang hinauf und hinunter gleiten ließ. Natürlich konnte das Fahrrad überall im hohen Gras liegen. Die einzige Hoffnung, es zu finden, bestand in einer gründlichen Suche bei Tageslicht. Er blieb stehen und lauschte auf die Nachtgeräusche.

In der Ferne schrie eine Eule im Wald. Rechts von ihm raschelte etwas im Unterholz. Wahrscheinlich ein Waschbär oder ein Stachelschwein. Und dann war natürlich das Gluckern des kleinen Rinnsals zu hören. Er blickte nach oben, aber die Sterne beobachteten ihn schweigend bei seinem törichten Tun.

Er sah zur Straße hinauf, doch auf dieser Seite der Brücke war das Ufer sehr viel steiler und mit großen Granitblöcken gesprenkelt. Er zog die Schultern hoch und marschierte zurück unter die Brücke. Wieder hatte er das seltsame Gefühl, *gefangen* zu sein, dass die Brücke sich auf ihn heruntersenkte. Rasch leuchtete er mit der Taschenlampe unter den Brückenbogen, um die düstere Stimmung zu vertreiben, und wieder war er froh, als er auf der anderen Seite unter dem alten Bauwerk hervortrat.

Virgil wandte sich um und wollte gerade das kiesige Ufer wieder hinaufzuklettern, als er den Strahl der Taschenlampe ungewollt zur Seite lenkte. Er lehnte sich gegen den Hang und erstarrte. Durch die am Ufer wachsenden Bäume hindurch sah er, dass etwa sechs Meter stromabwärts ein verrosteter Maschendraht vom Hochwasser in eine dichte Schonung mit jungen Kiefern getragen worden war. Er hing dort wie ein altes, zum Trocknen ausgelegtes Fischernetz. Verheddert in den Maschen war die Rundung eines schwarzen Fahrradreifens zu erkennen.

»Oh Scheiße«, flüsterte er.

Als er sich vom Ufer abstieß, verlor er den Maschendraht aus den Augen, aber er hielt den Blick fest auf die Stelle gerichtet, wo er ihn gesehen hatte. Angespannt wie ein Jäger, der sich der Höhle eines verwundeten Tieres nähert und sich davor fürchtet, dass es ihn aus der Dunkelheit anspringen könnte, ging er auf die Stelle zu. Als er eine durcheinander wuchernde Masse von Pflanzen zurückzog, leuchtete seine Taschenlampe in einen Hohlraum hinein wie in ein Bratrohr.

Im Farnkraut verborgen lag ein Jungenfahrrad. Virgil kämpfte sich durch das Unterholz, bis er direkt über dem Fahrrad stand und darauf hinunterstarrte, als sähe er so etwas zum ersten Mal.

»Verdammt.«

Das Fahrrad war in erstaunlich gutem Zustand. Es war nur ein bisschen verrostet, und in beiden Reifen war keine Luft mehr. Offensichtlich hatte es sich in jenem ersten Frühling, als alle Flüsse und Bäche Hochwasser führten, an dieser hochgelegenen Stelle im Maschendraht verfangen und hatte geschützt unter den Bäumen gelegen. Nicht einmal die Schutzbleche waren verbeult. Die Plastikgriffe an der Lenkstange glänzten schwarz im

Licht der Taschenlampe. Niemand hatte dieses Fahrrad weggeworfen, weil es nicht mehr zu gebrauchen war. Jemand hatte es in den Bach geschmissen, damit keiner es finden sollte, genau wie Babs gesagt hatte.

Genau wie *irgendjemand* gesagt hatte.

Er trabte zum Streifenwagen und rief die Polizeistation an. Birch meldete sich.

»Was ist los, Sheriff.«

»Ich habe Timmy Merrills Fahrrad gefunden«, keuchte er und versuchte, wieder zu Atem zu kommen.

»Das gibt's doch nicht.«

»Doch. Ich bin auf der Old High Road bei der Brücke über den No Name Creek. Ich werde die Gegend absperren. Ich möchte, dass Sie bis morgen früh einen Suchtrupp zusammenstellen. Wenden Sie sich an Martin bei Fish and Game und stellen Sie fest, ob wir Bill Keens Hunde kriegen können.«

»Sind Sie okay? Sie klingen ziemlich aufgelöst.«

»Nur aufgeregt. Finden Sie das mit den Hunden raus.«

»Glauben Sie, die Leiche ist dort irgendwo?«

Virgil verneinte. »Aber wir müssen trotzdem suchen. Vielleicht finden wir noch weitere Beweisstücke.«

»Stimmt.«

Virgil holte das Absperrband aus dem Kofferraum und ging zu dem Fahrrad zurück. Er überlegte, ob er das Band vom oberen Rand der Brücke zur Baumlinie spannen sollte, fand jedoch, dass er damit zu viel Aufmerksamkeit erregen würde. Schließlich wollte er den Fundort schützen und keine Gaffer anlocken, bevor er überhaupt feststellen konnte, was er da gefunden hatte. Er brach durch

das Unterholz und beschrieb einen großen Kreis um den Maschendraht und das Fahrrad, wobei er das Band um Baumstämme und Äste schlang, bis er einen vollständigen Kreis um die Stelle gezogen hatte.
Dann blieb er mit geschlossenen Augen stehen und lauschte auf die Geräusche des Waldes.
»Bist du hier, Junge?«, fragte er flüsternd.
Aus irgendeinem Grund war er sich ganz sicher, dass er es wissen würde, wenn Timmys Leiche hier in der Nähe lag, doch er fühlte nichts. Nichts als eine wachsende Hitze in der Brust, die ihn jedes Mal bedrängte, wenn er das verlassene Fahrrad ansah. Es kam ihm vor wie ein verlassenes Haustier, das auf seinen Herren wartete, der nie wiederkommen würde.
Virgil kletterte zu seinem Streifenwagen zurück, legte das Absperrband in den Kofferraum und knallte den Deckel zu. Dann starrte er die Straße hinunter in die Dunkelheit und fragte sich, welches seiner Versprechen er wohl halten würde, sein Versprechen an Doris, sein Versprechen an Rosie Merrill oder das an sich selbst.

18

Als die Nacht fortschritt und die Morgendämmerung näher rückte, begann Tau auf dem hohen Gras zu glitzern und das blaue Sternenlicht zu reflektieren. Wolken mit silbernen Rändern flogen vor dem

Mond vorbei und warfen bedrohliche Schatten über die Wälder. Eine einsame Grille zirpte im Unterholz. Eine Frau schlüpfte zwischen den Eschen hindurch wie ein Windhauch. Nicht ein Zweig knackte unter ihren bloßen Füßen, kein Ast streifte raschelnd ihren Baumwollrock. Jeder Schritt war gemessen und sicher. Anmutig wie eine Hirschkuh oder eine Wölfin. Aber verstohlen wie ein Wiesel auf der Pirsch.

Sie erreichte den Sattel zwischen den Hügeln und betrachtete das Haus der Bocks, das still unter ihr lag. Im Küchenfenster war ein dünner Lichtstreifen zu sehen, das Schlafzimmer war dunkel.

Die Frau sah sich um. Die Straße vor dem Haus war leer, wie sie es zu allen Tages- und Nachtzeiten fast immer war. Im Garten rührte sich nichts. Sie sah niemanden zwischen den Bäumen. Dennoch war sie unsicher und zögerte. Sie rechnete nicht damit, dass um diese Zeit jemand wach war, doch sie war von Natur aus misstrauisch.

In der Ferne schrie eine Eule, ein einsamer Laut voller düsterer Vorbedeutung. Die Frau schlich vorsichtig den steilen Hang hinunter, wand sich durch die Büsche und blieb am Rand des Gartens stehen. Sie warf einen Blick auf den Springbrunnen, dessen Oberfläche nun still da lag und das flimmernde Sternenlicht widerspiegelte.

Dann glitt sie leise über den Rasen wie eine Maus über einen Küchenboden. Auf der offenen Fläche fühlte sie sich unwohl. Sie kniete unterhalb des Schlafzimmerfensters nieder und wartete darauf, dass ihre Augen sich an die tiefere Dunkelheit gewöhnten. Ihre Knie bohrten sich in das feuchte Gras. Dann hob sie langsam den Kopf zum Fensterbrett und blickte in das dämmerige Innere des Hauses.

Richard hatte den Arm um Audrey geschlungen. Sie schlief ruhig unter ihrer Bettdecke, den Rücken fest an ihn geschmiegt, das Gesicht dem Fenster zugewandt. Ein schwacher Lichtstrahl aus dem Flur beleuchtete ihre Züge und ließ die Konturen scharf hervortreten, wie in einem Gemälde von Rembrandt. Ihr Haar war zurückgestrichen, und eingehüllt in tiefen Schlaf wirkte sie kindlich und sorglos. Die Frau konnte die Augen nicht von ihr abwenden. Sie musste sich jeden Schatten, jede Kontur, jede Pore einprägen. Ihre Finger umklammerten das Fensterbrett, als wolle sie sich durch die Wand hindurchgraben.

Der Mond blinzelte hinter einer Wolke hervor, beleuchtete das Gesicht der Frau in einem sanften Winkel und löschte die Falten auf ihrer Stirn aus. Wenn jemand sie in diesem Augenblick im Garten entdeckt hätte, hätte er sie für Audrey halten können. Dann verschwand der Mond, das Alter der Frau wurde wieder sichtbar und mit ihm der Kummer in ihrem Gesicht. Rasch sah sie sich im Schlafzimmer um.

Durch das Glas hörte sie ein Keuchen, sprang auf die Füße, hastete durch den Garten und duckte sich ins Gebüsch. Audreys Schreie ließen die Rückenmuskeln der Frau erstarren, als sie durch das Farnkraut zum Gipfel des Hügels rannte, wo sie sich umwandte, gerade als das Licht im Schlafzimmer anging.

Sie hätte nicht herkommen dürfen. Sie hätte es wissen

müssen, doch sie schaffte es nicht, sich fernzuhalten. Es brachte sie um den Verstand, so nahe zu sein, sie *fast* berühren zu können. Sie stellte sich, unsichtbar im Zwielicht, neben eine hohe Fichte und sah zu, wie erst ein Gesicht und dann ein zweites im Fenster erschienen. Beide blickten in ihre Richtung, doch sie bewegte sich nicht, und die suchenden Augen glitten über sie hinweg. Dann leuchtete das Licht auf der hinteren Veranda auf und sandte lange Schatten über den Rasen in ihre Richtung. Als Richard im Bademantel auf die Schwelle trat, verschwand die Frau im Wald.

Das Gras fühlte sich unter Richards nackten Füßen kühl an. Rasch sah er sich um, aber natürlich war niemand im Garten. Er war wie betäubt vom Schlafmangel und der Anstrengung, seinen Zorn auf Audrey zu unterdrücken, die sie beide um den Schlaf einer weiteren Nacht gebracht hatte. Er wusste nicht, wie viel er noch aushalten würde, doch als er an das Fenster trat, sah er die Angst in Audreys Gesicht, und seine Gereiztheit schmolz dahin. Er winkte ihr zu, lächelte, spähte um sich und bemühte sich, eine komische Parodie eines Wachpostens aufzuführen.

Sie schob das Fenster hoch und beugte sich heraus.

»Ich habe ein Gesicht gesehen«, beteuerte sie.

Er nickte.

»Ich habe es wirklich gesehen«, beharrte sie. »Ich bin aufgewacht, und sie hat mir direkt ins Gesicht geschaut.«

»Sie?«

»Ja.«

»Wie hat sie ausgesehen?«, wollte Richard wissen.
Audrey biss sich auf die Lippen.
»Audrey?«
»Helles Haar. Vielleicht grau. Sie war dort, und dann war sie auf einmal weg.«
»Und sie hat in unser Schlafzimmerfenster geschaut?« Richard bemühte sich verzweifelt, nicht herablassend zu wirken. Audrey schien verwirrt zu sein, als ob sie noch etwas sagen wollte, sich aber nicht traute.
»Ich habe gesehen, was ich gesehen habe, Richard.«
Er kam ein Stück näher ans Fenster, sah sich noch einmal um, schaute über den Garten und den dahinter liegenden Wald. »Jetzt ist jedenfalls niemand hier, Audrey. Ich gehe mal ums Haus herum, um mich zu vergewissern.«
»Sei vorsichtig«, bat sie, zog das Fenster herunter und schloss den Riegel.
Natürlich. Ich werde mich vor einer grauhaarigen Verrückten in Acht nehmen, die im Schatten auf mich lauert. Aber er nickte Audrey zu und marschierte gehorsam um das Haus herum. Als er im Vorgarten ankam, blieb er stehen. Seine Augen wanderten über den Rasen zum Briefkasten. Plötzlich gab es ihm einen Stich ins Herz. Vor einem Jahr hatte er an genau derselben Stelle gestanden.
Damals war er aus dem Haus gerannt, als er Audrey aufschreien hörte, und war genau hier stehen geblieben. Er hatte gehört, wie ihre Schreie zwischen den Bäumen verklangen, hatte versucht, sich zu erklären, was los war und was zum Teufel sie da machte. Instinktiv wusste er,

dass es etwas mit Zach zu tun haben musste. Nur Zach konnte der Grund für solches Entsetzen in ihrer Stimme sein. Schließlich hatte er sie gefunden, als sie wieder aus dem Wald brach und auf dem Feldweg hin und her rannte. Sie drückte Zachs Baseballschläger gegen ihre Brust, war völlig außer Atem und brüllte immer noch den Namen des Jungen. Er war zu ihr gelaufen, hatte sie festgehalten und versucht, aus ihr herauszubekommen, was los war. Was hatte sie gesehen? Wo war Zach? Als er zu begreifen begann, dass sie gar nichts *gesehen* und nur den Baseballschläger auf dem vorderen Rasen gefunden hatte, hatte sich seine Panik ein wenig gelegt, und er hatte sich ein bisschen Hoffnung gestattet. Vielleicht war Zach in den Wald gelaufen. Er war ein Junge, und Jungen machten solche Sachen. Aber warum antwortete er nicht?

Doch Audreys erste Reaktion hatte sich als richtig erwiesen. Jemand hatte ihren Sohn entführt. Und Zach würde nicht mehr wiederkommen. Richard hatte diese Tatsache endlich akzeptiert.

Er riss sich von der dunklen Ecke in seinem Gemüt los und setzte seine halbherzige Suche fort. Wenn sich eine Frau am Haus herumgetrieben hatte, musste sie zu Fuß gekommen sein. Weder auf der Straße, noch in der Einfahrt war ein Auto zu sehen. Als er seinen Rundgang beendet hatte und über die Veranda zur offenen Küchentür ging, entdeckte er etwas auf dem Rasen, das ihn erstarren ließ.

Es musste eine optische Täuschung sein, aber aus diesem Blickwinkel leuchteten Fußspuren wie Quecksilber, wo

das Mondlicht auf das niedergetretene Gras fiel. Richard legte den Kopf zur Seite, um einen besseren Winkel zu bekommen. Er konnte vier oder fünf deutliche Fußabdrücke erkennen, die über den Rasen direkt auf ihr Schlafzimmer zuführten.
Langsam stieg er wieder auf den Rasen hinunter, ohne den Blick von den geheimnisvollen Spuren zu wenden. Je näher er herankam, desto schwächer erschienen sie ihm. Er kniete neben dem deutlichsten Abdruck nieder und berührte das niedergetretene Gras mit den Fingerspitzen. Er konnte es kaum glauben. Es war *tatsächlich* jemand über den Rasen gegangen. Jemand mit kleinen Füßen, wie eine Frau.
Er stand auf und starrte blinzelnd zum dunklen Wald hinüber. Je länger er die regungslosen Bäume ansah, desto unsicherer wurde er. Er schaute wieder auf das niedergedrückte Gras und fragte sich, ob seine Phantasie nicht mit ihm durchging.
Nach allem, was er wusste, hatte Audrey die Spuren an dem Tag hinterlassen, an dem sie ihren letzten Anfall im Garten gehabt hatte. Weiß der Himmel, wie sie auf dem Rasen herumgerannt war. Er wünschte sich *wirklich*, das glauben zu können.
Aber warum waren dann keine anderen Spuren zu sehen? Warum war nicht der ganze Rasen mit Fußabdrücken bedeckt? Als er die Abdrücke noch einmal ansah, bemerkte er, dass der Tau auf den aufrechten Grashalmen glitzerte, während die Fußspuren trocken zu sein schienen. War es möglich, dass *er* anfing, sich etwas einzubilden? Die Fußspuren sahen so wirklich aus.

Er drehte sich wieder zum Fenster um.
Audrey starrte ihn gebannt an, und er lächelte ihr zu. Dann verwischte er die Spuren mit dem Fuß und ging ins Haus zurück.

19

Als Virgil die Treppen zum Schlafzimmer hinaufstieg, war er zu erschöpft, um die Augen offen zu halten. Er wusste, dass der Schlafmangel und die Tatsache, dass er nicht richtig aß, an ihm zehrten. Mit etwas Glück würde seine Lebensweise ihm den Rest geben, lange bevor er sich über eine andere Möglichkeit Gedanken machen musste.
Er legte sein Pistolenhalfter auf die Ablage im Flur neben dem Telefon, wo es seit dreißig Jahren die Nächte verbracht hatte, und ging auf Zehenspitzen ins Schlafzimmer. Zu seiner Überraschung war Doris hellwach und sah fern. Ein Erweckungsgottesdienst wurde gezeigt, und ein Prediger mit einem unglaublich welligen roten Haarschopf beschwor seine Zuschauer, Geld zu schicken, damit er seine Mission fortsetzen konnte. Virgil setzte sich müde auf den Bettrand, lehnte den Kopf gegen das Kopfbrett und griff nach Doris' dünner Hand. Er schloss die Augen und wünschte sich zwanzig Jahre in die Vergangenheit zurück. Dann beugte er sich vor und küsste ihre Wange.

»Du hast Timmy Merrills Fahrrad gefunden, nicht wahr?«, sagte sie.
»Woher weißt du das?«
Sie brachte ein Kichern hervor, das so dünn war wie ihre Hand. »Ich kenne dich jetzt seit achtunddreißig Jahren, Virgil Milche. Glaubst du, du kannst mir irgendetwas verheimlichen?«
Er lächelte. »Das habe ich nie versucht.«
»Das stimmt.«
»Es war da. Hinten im Gebüsch. Morgen lasse ich den Wald absuchen.«
»Du wirst sonst nichts finden.«
»Warum bist du da so sicher?«
»Hast du denn nicht zugehört? Timmy hat gesagt, dass nur sein Fahrrad dorthin geworfen worden ist. Er selbst ist nicht dort. Er ist in irgendeinem alten Keller.« Sie erschauerte. »Armer, armer Junge.«
»Ich habe gehört, was Babs gesagt hat.«
»Was Timmy gesagt hat.«
»Wer auch immer.«
»Aber du glaubst es nicht. Wie in aller Welt kannst du es nicht glauben? Niemand ist so blind wie die, die nicht sehen wollen, Virgil.«
»Wahrscheinlich.«
Sie seufzte und wandte sich wieder dem Bildschirm zu. Schon nach einer Minute wurde ihr Gesicht wieder weich. Sie hatte nicht einmal die Kraft, länger als eine oder zwei Sekunden lang wütend auf ihn zu sein. »Erinnerst du dich an die Woche nach unserer Hochzeit?«
Er runzelte die Stirn. Es hatte so geregnet, dass er schon

geglaubt hatte, es käme eine zweite Sintflut. Das konnte er niemals vergessen. Sie hatten die Reise seit über einem Jahr geplant und dafür gespart wie die Hamster. Und dann hatte der Himmel an dem Tag, an dem sie angekommen waren, seine Schleusen geöffnet.

»Ich habe hier gelegen und über diese Zeit nachgedacht.«

»Über den Regen?«

»Über unsere ersten gemeinsamen Nächte. Ich hatte solche Angst, dass ich dich nicht glücklich machen würde. Ich war ja noch nie mit einem Mann zusammen gewesen.«

Er drückte sanft ihre Hand. »Du hast mich immer glücklich gemacht.«

Sie lächelte, und ein kleiner Lichtfunke leuchtete in ihren trüben Augen. »Dann hat dir der Regen wohl gar nichts ausgemacht.«

Er lachte leise vor sich hin. »Soweit ich mich erinnere, habe ich um etwas zusätzlichen Urlaub gebeten, als wir nach Hause kamen, und habe ihn auch bekommen.«

»Natürlich. Aber ich habe nicht frei bekommen.«

Sie lachten miteinander.

»Manche Dinge weiß ich einfach«, sagte sie leise.

»Ich wünschte, *ich* wüsste sie auch.«

»Das tust du doch. Du weißt nur nicht, dass du sie weißt.«

»Dieses Gespräch wird langsam komisch.«

»Ach, komm. Du wirst den Jungen da draußen im Wald nicht finden, und das weißt du auch.«

»Weil Babs es gesagt hat.«

»Ich habe vorhin mit ihr telefoniert. Sie war ziemlich außer sich.«
»Weshalb?«
»Das weiß ich nicht so genau. Sie sagt, Timmy Merrill lässt sie nicht mehr los, seit sie von hier fortgegangen ist. Aber das war es nicht alleine. Ich glaube, ihr geht's irgendwie schlecht.«
»Ich möchte nicht, dass Babs St. Clair dich anruft und mit ihren persönlichen Albträumen belästigt.«
»Es hat sich angehört, als ob sie Angst hätte, Virgil.«
»Und darum hat sie dich angerufen? Was hat sie denn gedacht, was du für sie tun könntest?«
»Sie moralisch unterstützen vielleicht. Sie davon überzeugen, dass mein Mann sich nicht hinlegen und sterben wird, nur weil ich sterbe. Eine Menge Leute sind auf dich angewiesen, Virgil. Sie werden dich auch noch brauchen, wenn ich nicht mehr da bin.«
»Sag das nicht!«
»Versprich mir, dass du den Fall weiter verfolgen wirst.«
Er seufzte laut. »Das tue ich doch.«
»Gut.«
»Was erwartest du, was ich jetzt tun soll?«
»Diese Jungen finden.«
»Großer Gott.«
»Missbrauche den Namen des Herren nicht, Virgil.«
»Ich komme jetzt ins Bett«, antwortete er und begann, seine Uniform aufzuknöpfen. »Ich muss mal wieder eine Nacht lang richtig schlafen.«
»Gut. Ich bin auch müde.«
Er stand auf, half ihr, sich in einer besseren Schlafposi-

tion zurechtzulegen, und küsste sie noch einmal auf die Stirn. »Wenn du während der Nacht etwas brauchst, stoß mich einfach an.«
Doch sie war schon eingeschlafen.

20

Richard legte den Arm ins Autofenster und genoss die kühle, feuchte Morgenluft. Das Tageslicht stieg gerade über den fernen Bergen auf und wärmte den Himmel, aber nicht die schwarzgrüne Hügellandschaft. Der Wind duftete nach Immergrün, und hin und wieder trug er den Geruch von Holzrauch zu Richard herüber. Holzrauch Anfang Juni. Das gab es nur in Maine.
Im Vorbeifahren starrte er das heruntergekommene Farmhaus an und dachte an Audreys Anfall im Auto, an ihre plötzliche Angst vor dem baufälligen alten Gebäude. Aber keine böse Macht ging von ihm aus, keine Dunkelheit senkte sich auf ihn herab, kein plötzlicher Anfall von Entsetzen.
Es sah allerdings wirklich feucht und unheimlich aus. Wenn er die Absicht hätte, eine moderne Geistergeschichte zu schreiben, könnte er das Haus gut darin verwenden. Ein verrosteter Sattelschlepper stand neben dem Bauwerk wie ein armseliger alter Wachhund, und er verlangsamte seine Fahrt, um die Aufschrift auf der Seitenwand zu lesen.

Merle Coonts, Transporte.

Darunter stand in kleineren Buchstaben neben einer Zeichnung eines lächelnden Lastwagens:

Wir transportieren alles!

Es war seltsam, dass man solche Einzelheiten niemals wahrnahm. Bis zu diesem Augenblick hatte er keine Ahnung gehabt, wie sein Nachbar hieß, obwohl er hundert Mal an dem Lastwagen vorbeigefahren sein musste. Als er darüber nachdachte, wurde ihm klar, dass er überhaupt keinen seiner Nachbarn kannte. Das nächste Haus befand sich fast zweihundert Meter von ihnen entfernt in der anderen Richtung.

Als er auf die Route 26 nach Arcos einbog, hupte er Bill McDab zu, der vor den Gewächshäusern stand, die seinen Namen trugen. Nach ein paar weiteren hundert Metern fuhr er auf den Parkplatz des Arcos Steak House und blickte lächelnd zum Namensschild des Hauses hinauf. Das Restaurant war Richards größte Erfolgsgeschichte. Er hatte Sam, den Besitzer, dazu überredet, die Haute Cuisine, die ihn langsam in den Ruin getrieben hatte, aufzugeben und stattdessen eine familiengerechtere Speisekarte anzubieten. Das Steakhaus hatte sich über Nacht zu einer lokalen Institution entwickelt. Sam war Richards bester Freund geworden, und Richard hatte sich angewöhnt, jeden Morgen zum Frühstück bei ihm vorbeizuschauen.

Er ließ sich in die Nische sinken, die Sam für ihn freihielt, und ließ den Blick über die schwatzenden Gäste schweifen. Das Klirren von Tassen und Tellern in der Küche und die herumeilenden Kellnerinnen gaben dem Raum eine effiziente Atmosphäre, die sich ein wenig entspannen würde, wenn die weniger eiligen Mittagsgäste eintrafen.

Sam watschelte durch die mit einem Plastikvorhang verschlossene Küchentür, ließ sich auf der anderen Seite der Nische auf die Bank fallen und reichte Richard eine Tasse Kaffee. Er war in den Siebzigern, und sein wachsender Erfolg manifestierte sich von Jahr zu Jahr deutlicher in seinem Leibesumfang.

»Wie geht's, Kumpel?«, fragte Sam mit heiserer Stimme.

»Gut.«

»Und Audrey?«

»Auch gut«, behauptete Richard, doch er wusste, dass Sam sein leichtes Zögern bemerkt hatte. Sie kannten sich einfach schon viel zu lange.

»Was ist los?«

»Vermutlich gar nichts. Sie hat nur schlechte Träume.«

»Kann man ihr nicht verübeln.«

»Wir machen eine schwere Zeit durch. Das ist alles.«

Sam nickte. »Ich habe mich immer so gefreut, wenn ihr drei zusammen hergekommen seid.«

Das Wort *drei* ließ vor Richards innerem Auge Bilder aufsteigen, an die er sich gerade jetzt nicht erinnern wollte. »Audrey sitzt nur im Haus herum. Sie arbeitet nicht im Garten. Sie liest nicht mehr so viel wie früher. Sie hatte sogar an einem neuen Buch gearbeitet. Jetzt weiß ich nicht mal, was sie mit dem Manuskript gemacht hat.«

»Sie hat so viel davon geredet, ich hab gedacht, es sei schon fertig.«
»Durchaus möglich, keine Ahnung. Wenn ich sie danach frage, sagt sie jedes Mal, sie arbeitet noch daran, aber ich weiß, dass sie das nicht tut.«
»Vielleicht musst du sie einfach mal aus dem Haus locken. Warum fahrt ihr beiden nicht mal in Urlaub?«
»Das habe ich ihr schon vorgeschlagen, aber sie will nicht. Sie möchte einfach nicht weg, nur für den Fall, dass ...«
»Und wie ist es mit dir? Wartest du auch immer noch auf den Anruf?«
»Ich glaube, ein bisschen schon.«
»Du siehst besser aus als noch vor einem halben Jahr.«
»Es geht mir einigermaßen, Sam. Über so etwas kommt man nicht so ohne weiteres hinweg.«
»Nein. Hab ich dir je von meinem Jungen erzählt?«
»Ich wusste gar nicht, dass du einen Sohn hast.«
»Ich rede nicht mehr viel über Tony. Tut einfach immer noch zu weh.«
»Tut mir Leid.«
»Er wäre jetzt fünfzig.«
Richard wusste nicht, was er sagen sollte.
»Er ist in Vietnam gefallen«, fuhr Sam fort. »Ich hatte immer ein paar Fotos von ihm auf dem Fernseher stehen. Aber als wir dann erfuhren, was passiert war, hab ich angefangen, ein bisschen durchzudrehen. Und meine Frau auch. Wir haben diese Fotos regelrecht angebetet. Du weißt schon, was ich meine.«
Richard wandte den Blick ab und nickte.
»Ich hab angefangen, stundenlang in seinem Zimmer

herumzusitzen«, berichtete Sam. »Manchmal wusste ich nicht mal, dass ich reingegangen war, und hatte keine Ahnung, wie lange ich da drin geblieben war. Meine Frau und ich haben uns immer mehr auseinander gelebt, und wir hatten uns doch so nahe gestanden.«

»Was hast du getan?«

Sam holte tief Luft und rieb sich das Kinn. »Eines Tages, als Aggie beim Einkaufen war, habe ich alle Fotos genommen, sie in einen Koffer gestopft und sie auf den Speicher geschleppt. Dann habe ich alle seine Sachen eingepackt – seine Schallplatten, seine Bücher, seine Kleider, alles – und sie an Verwandte mit Kindern verschenkt. Als Aggie nach Hause kam, dachte ich, sie würde einen Nervenzusammenbruch kriegen. Ich mach dir nichts vor, es war schlimm. Wirklich schlimm. Sie hat tagelang nicht mit mir gesprochen. Aber dann wurde es allmählich etwas besser, und dann noch ein bisschen besser, und schließlich waren wir okay.«

»So wie vorher?«

»Nein. Das kann ich nicht behaupten. Es ist nie wieder so geworden wie früher. Aber wir haben uns immer noch geliebt. Wir haben uns bis zu ihrem Tod geliebt.«

Sie tranken schweigend ihren Kaffee.

»Weißt du«, sagte Sam schließlich, »manchmal sehe ich Tonys Sachen immer noch vor mir. Es ist, als hätte ich einen Schrein im Kopf. Ich versuche, nicht dorthin zu gehen, sonst bin ich verloren. Das ist verrückt, nicht wahr?«

»Ja«, flüsterte Richard.

»Kein Frühstück?«, fragte Sam und musterte den leeren Tisch.

»Ich hab keinen Hunger.« Richard stand auf.
Sam legte seine feiste Hand auf die von Richard. »Ihr beiden seid zu gut füreinander. Lasst nicht zu, dass diese Sache dich und Audrey fertig macht.«
»Ich versuch's.«
»Egal was für Hilfe sie braucht, du musst sie ihr verschaffen, hörst du?«
»Mach ich.«
»Und wenn du irgendwas brauchst, Geld oder was auch immer, ruf mich einfach an. Verstanden?«
»Danke, Sam. Wir kommen schon zurecht.«
Sam nickte und schlurfte zur Tür. »Audrey ist zu sensibel. Sie spürt Dinge, die du und ich nicht spüren. Das ist was, das typisch für Mütter ist. Es kann eine wunderbare Gabe sein, aber manchmal ist es auch die schlimmste Hölle. Kann eine Frau in den Wahnsinn treiben. Ich weiß das. Ich habe zugesehen, wie es an Aggie gezehrt hat.«
»Da hast du Recht«, pflichtete Richard ihm bei und trat hinaus in das Sonnenlicht, das keine Wärme spendete.

21

Das dröhnende Gebell des Hundes riss Virgil aus seinen Gedanken. Er sah über das Brückengeländer hinunter auf den Bach. Das große, schwarzbraune Tier sprang am Ende seiner dicken Lederleine herum wie ein

Welpe, aber Bill Keens, der Trainer des Hundes, sah zu Virgil hinauf und schüttelte den Kopf.

»Er ist nur aufgeregt«, erklärte er. »Es frustriert ihn, wenn er nichts findet.«

»Nichts?«

»Wenn der Junge hier wäre, würde Sentry irgendwas riechen, selbst nach so langer Zeit«, versicherte Bill. »Dieser Hund hat eine Nase wie Jimmy Durante. Ich glaube, das Schwein hat hier nur das Fahrrad weggeschmissen.«

»Machen Sie noch ein bisschen weiter«, bat Virgil.

»Okay«, antwortete Bill und wandte sich widerwillig noch einmal dem Wald zu. »Aber ich versichere Ihnen, es ist Zeitverschwendung.«

Virgil sah Bill und den Hund zwischen den Bäumen verschwinden. Er hatte Tom Merrill noch nichts von dem Fahrrad gesagt, und wenn selbst Sentry nichts finden konnte, würde er keine Suchaktion veranlassen.

Das Fahrrad gehörte tatsächlich Timmy Merrill. Der Name des Jungen stand auf einem Metallschild unter dem Sattel. Doch der Fund bewirkte lediglich, dass er der Stimme, die aus Babs St. Clairs Mund gekommen war, Glaubwürdigkeit verlieh, und Virgil hatte vor, noch an diesem Tag mit ihr darüber zu reden. Er war sich nicht im Klaren darüber, ob Babs irgendein Spiel mit ihm spielte oder ob sie alle zu Opfern eines verrückten Zufalls geworden waren. Aber irgendjemand musste ihm erklären, wie es möglich war, dass er das Fahrrad des Jungen genau dort gefunden hatte, wo es laut Babs sein würde.

Virgil hatte die ganze Nacht lang immer wieder aufstehen müssen; er hatte Doris Wasser gebracht, ihre Bettpfanne ausgewaschen und ihr ihre Tabletten gegeben. Als er gegangen war, hatte sie etwas leichter geatmet, doch er selbst war noch erschöpfter als sonst, und der Tag hatte gerade erst angefangen. Das Einzige, das ihn aufrecht hielt, war sein Wunsch, den Kidnapper von Timmy Merrill und Zach Bock seiner gerechten Strafe zuzuführen, bevor er starb.

Es war beide Male derselbe Dreckskerl gewesen. Das spürte er in den Eingeweiden. Es waren nicht zwei verschiedene Arschlöcher in seinen Bezirk gekommen und hatten im Abstand von vier Jahren das gleiche Verbrechen begangen. Wenn Babs etwas wusste, dann würde sie es ihm sagen, bei Gott.

Auf einem Umweg, der ihn am Haus der Bocks vorbeiführte, fuhr er in die Stadt zurück, weil er ausprobieren wollte, ob sich in seinem Kopf etwas regte. Manchmal passierte das. Dann war es, als höre er ein Klicken, und die Teile des Puzzles fügten sich auf einmal zusammen. Wenn er am Tatort *dieses* Verbrechens vorbeifuhr, würde das vielleicht eine Erinnerung in ihm wecken, oder zwei Informationsstränge würden sich auf neue Weise miteinander verbinden.

Er lenkte seinen Wagen um eine scharfe Kurve und wollte gerade einen geparkten Buick umfahren, als er Dan McNeil am Straßenrand entdeckte, der mit einem kleinen Vorschlaghammer ein Schild seines Immobilienbüros in den felsigen Untergrund trieb. Dan winkte, und Virgil fuhr vor seinem Wagen an den Straßenrand.

Lächelnd sprang er über den flachen Straßengraben. Dan war einer von Virgils verlässlichsten Befürwortern im Wahlmännergremium, und Virgil hielt ihn für den vertrauenswürdigsten Immobilienmakler in der ganzen Gegend. Gleich nachdem er seine Lizenz erhalten hatte, hatten Doris und Virgil ihr Haus bei ihm gekauft.

»Na, irgendwelche Schurken gefangen?«, fragte Dan, versetzte dem Schild einen letzten Schlag und ließ den Hammer zu Boden fallen. Dann wischte er sich mit einem hellblauen Taschentuch, das farblich mit seinem Hemd abgestimmt war, den Schweiß von der Glatze.

»In letzter Zeit nicht.«

»Wie geht's Doris?«

»Ziemlich unverändert. Du weißt schon.«

»Ja. Kommst du einigermaßen zurecht?«

Virgil ließ den Blick über die dicht bewaldete Gegend schweifen. »Ja, ganz gut. Ich packe einen Tag nach dem anderen an. Was verkaufst du hier, Bäume?«

»Ein zwei Hektar großes, wunderbares Grundstück. Dicht bewaldet und mit Blick aufs Wasser.«

»Aufs Wasser?«

»Da hinten fließt ein kleiner Bach durch den Wald«, erklärte Dan augenzwinkernd. »Du siehst ziemlich fertig aus, Virg.«

»War eine schlimme Nacht.«

»Sag Doris, wir schließen sie in unsere Gebete ein.«

»Danke. Das bedeutet ihr sicher sehr viel.«

»Was machst du hier draußen?«

»Bin nur auf Kontrollfahrt. Sag mal, du hast nicht zufällig Cooder hier irgendwo gesehen?«

Dan runzelte die Stirn. »Nein, ich habe nicht nach ihm gesucht. Suchst du ihn?«

»Eigentlich nicht. Ich wollte es nur wissen.«

»Warum?«

»Er hat neulich etwas Komisches gesagt. Du kennst ihn ja. Wahrscheinlich hat es nichts zu bedeuten, aber ich würde trotzdem gern mit ihm reden.«

»Mit Cooder zu reden ist reine Zeitverschwendung.«

»Ich weiß. Aber wenn du ihn siehst, ruf mich an. Okay?«

»Natürlich, Virgil. Soll ich ihn verhaften?« Dan warf ihm einen verschwörerischen Blick zu, und Virgil grinste zurück.

»Ein Anruf genügt.«

»Das hat doch nicht etwa irgendwas mit dem Bock-Jungen zu tun?«

Virgil versteifte sich. »Wie kommst du denn darauf?«

Dan zuckte die Achseln. Er rüttelte an dem Schild, um sich zu überzeugen, dass es fest saß, dann wandte er sich wieder Virgil zu. »Du bist in der Gegend, das ist alles. Und ich weiß, dass dieser Fall dir keine Ruhe lässt.«

»Was meinst du damit?«

»Virg, jeder, der dich kennt, weiß das. Diese Jungen haben dich gequält, seit sie verschwunden sind. Du bist der Einzige, dem noch nicht aufgefallen ist, wie besessen du bist.«

Virgils Stimme wurde ein wenig lauter. »Besessen?«

Dan hob die Hände und schüttelte den Kopf. »Versteh mich nicht falsch, Virg. Die Leute sind froh, einen Sheriff zu haben, von dem sie annehmen, dass sie ihm wirklich wichtig sind. Aber einige von uns machen sich Sorgen, dass du dabei auf der Strecke bleibst. Verstehst du?«

»Nicht, dass ich deine Besorgnis nicht zu schätzen wüsste, aber ich mache nur meinen Job.«

»Natürlich, Virgil. Ich hab's auch nicht böse gemeint. Verdammt noch mal, diese beiden Entführungsfälle haben allen in der Gemeinde zugesetzt. Meine Frau hat einen Monat lang jede Nacht geweint, nachdem Rosie sich umgebracht hatte.«

Virgil nickte.

»Um die Wahrheit zu sagen, ich kriege selber jedes Mal eine Gänsehaut, wenn ich in diese Gegend komme«, gestand Dan. »Ich verstehe nicht, warum jemand hier wohnen will.« Er warf einen Blick auf sein Schild und fuhr in verändertem Tonfall fort: »Nicht dass es eine schlechte Gegend wäre. Ich habe nur laut gedacht.«

»Die meisten Leute haben ihr ganzes Leben lang hier gewohnt. Manche seit Generationen.«

»Alle außer den Bocks und Merle Coonts.«

»Der Nachbar der Bocks?«

»Ja. Die alte Farm auf dieser Seite von Richards und Audreys Haus. Du kennst sie doch. Merles Lastwagen steht immer davor. Er hat das Haus vor zwei Jahren gekauft.«

»Ich habe nicht gewusst, dass Merle das Haus gekauft hat. Ich habe gedacht, er muss zur Familie gehören und es übernommen haben.«

»Merle hat mich beauftragt, die Besitzer ausfindig zu machen. Ich war als Agent des Käufers tätig«, sagte Dan.

»Als Agent des Käufers?«

»Ja. Manchmal wollen die Leute ein bestimmtes Grundstück haben, das vielleicht nicht auf dem Markt ist. Dann beauftragen sie einen Makler, so etwas für sie zu suchen, und machen ein Angebot. Diese alte Farm hatte jahrelang leer gestanden. Die Besitzer hatten sie geerbt, und sie wohnten in Florida. Sie wollten sie nicht renovieren und sie hatten es satt, die Steuern dafür zu zahlen. Trotzdem haben sie uns ewig hingehalten.«

»Warum hast du dann nicht nach etwas anderem gesucht? Das ganze Land ist doch voll von heruntergekommenen alten Häusern.«

»Merle wollte kein anderes. Er wollte unbedingt dieses Haus haben.«

»Warum?«

»Keine Ahnung. Ich hab ihm genau das Gleiche gesagt. Mein Gott noch mal, für das Geld, das er für das Ding gezahlt hat, hätte ich ihm ein neues Haus auf einem Grundstück in bester Lage verschaffen können.«

»Das ergibt doch keinen Sinn.«

»Mach dir selber einen Vers drauf. Ich streite mich nicht mit meinen Kunden. Ich hab das Geschäft abgeschlossen, und es war schnell und sauber. Schwuppdiwupp, und schon hatte ich meine Maklergebühr.«

»Wo kommt dieser Coonts her?«

Dan zog die Augenbrauen zusammen. »Ich glaube, aus dem Westen.«

»Und er ist von so weit her in die hintersten Wälder von Maine gezogen und konnte nicht ohne diese alte Farm leben?«

»Offensichtlich.«

»Wer hat das Haus finanziert?«

»Er hat bar bezahlt.«
»Wie kommt ein Lastwagenfahrer zu so viel Geld?«
»Ich hab ihn nicht gefragt, Virg. Das geht mich nun wirklich nichts an.«
»Aber du musst doch neugierig gewesen sein.«
»Neugierig natürlich, aber nicht aufdringlich. Ich bin Geschäftsmann. In meinem Beruf kann eine falsche Frage ein Geschäft zunichte machen.«
Virgil kletterte wieder in seinen Streifenwagen. Dan warf den Vorschlaghammer in den Kofferraum seines Buick und trat an Virgils Wagenfenster.
»Merle Coonts ist ein netter alter Knabe, Virg. Du solltest nicht zu viel in ihn hineingeheimnissen, weil er dieses Haus gekauft hat. Ich meine, wo war er denn an dem Tag, an dem Zach Bock verschwunden ist? Du hast ihn doch sicher vernommen, oder?«
»Natürlich.«
»Und?«
»An dem Tag, an dem es passiert ist, war er nicht in Maine Er hatte eine Fuhre zur Westküste.«
»Dann ist er also sauber.«
»Ja«, bestätigte Virgil. Coonts hatte seine Fahrtenbücher vorgelegt, und die hatten seine Geschichte bestätigt. Virgil war sogar so weit gegangen, bei einer seiner Lieferadressen anzurufen. Merle war genau zu dem Zeitpunkt dort gewesen, den er angegeben hatte.
Tief in Gedanken versunken, fuhr Virgil weiter. Als er um die nächste Kurve kam, musterte er Coonts' Haus. Wieso gab jemand so viel Geld für dieses Gebäude aus, wie Coonts es getan hatte, und ließ es dann in einem der-

art baufälligen Zustand? Alle Ecken waren krumm, Bretter fielen von den Wänden, und das Ganze sah so aus, als würde es beim nächsten Sturm in sich zusammenfallen.

Er beobachtete im Rückspiegel, wie die Farm verschwand, und wartete auf das Klicken, aber nichts geschah. Also hielt er am Ende der Einfahrt der Bocks und starrte ihr unauffälliges kleines Landhaus an. Audrey hatte es mit sorgfältig geschnittenen Hecken und Büschen umgeben. In Virgils Augen erinnerten die zwischen die Beete eingestreuten Büsche und die Steineinfassungen der Bäume an Hollywood, aber er verstand nicht viel von Gartengestaltung. Richard würde allerdings bald den Rasenmäher hervorholen müssen, oder er hatte nach dem nächsten Platzregen einen wirklich harten Job vor sich.

Virgil fuhr seinen Wagen neben die seitliche Veranda und hoffte fast, dass niemand zu Hause sein würde. Doch als Audreys Gesicht im Fenster auftauchte, lächelte er. Sie öffnete hastig die Tür, und Virgil schüttelte den Kopf und hielt die Hand hoch. Er hätte wissen müssen, was sie denken würde. Ihr jähes Stirnrunzeln verdüsterte ein Gesicht, das eigentlich hätte strahlen sollen. Das machte Virgil traurig. Was zum Teufel wollte er hier überhaupt?

»Hallo, Sheriff«, begrüßte sie ihn und trat zurück in die Küche, während er die Stufen der Veranda hinaufkletterte. »Kann ich Ihnen eine Tasse Kaffee anbieten?«

»Danke.«

»Setzen Sie sich doch«, forderte sie ihn auf und stellte

eine Kanne und Tassen auf den Tisch. »Richard ist zur Arbeit gefahren.«

Virgil ließ sich von Audrey eine Tasse reichen und hielt sie verlegen in seinen großen Händen. Er und Audrey beäugten einander, keiner von beiden wusste, was er sagen sollte. Schließlich beschloss Virgil, dass die Wahrheit ein guter Anfang wäre.

»Genau genommen habe ich keine Neuigkeiten, Mrs. Bock«, sagte er. »Ich weiß nicht einmal, warum ich eigentlich hier bin.«

»Das ist schon in Ordnung.« Audrey nickte. »Ich freue mich, dass sie gekommen sind.«

Ihre Ruhe wirkte künstlich auf Virgil. Ihr Lächeln war wie aufgeklebt.

»Wie ist es Ihnen ergangen?« erkundigte er sich.

»Ich komme zurecht. Es ist jetzt etwas länger als ein Jahr her.«

»Ja, ich weiß.«

»Ich war im Krankenhaus.«

»Das habe ich gehört.«

»Sie haben mir ein Medikament gegeben.«

Er folgte ihrem Blick mit den Augen zu der Flasche, die neben den Salz- und Pfeffergefäßen stand. »Hilft es?«

»Ich fühle mich etwas besser damit. Ich habe nicht so viele … Albträume.«

»Dann tut es Ihnen wohl gut.«

»Ich habe mir eingebildet, Zach zu sehen, wissen Sie«, fuhr sie fort und starrte durch ihn hindurch.

Sie wirkte irgendwie ausgehöhlt, und Virgil musste an Doris denken, die vor seinen Augen dahinschwand.

Aber Doris und er hatten erwachsene Kinder, hatten Enkel. Doris und er hatten ein Leben gehabt. Das Leben von Richard und Audrey Bock war zerstört worden, noch ehe es richtig begonnen hatte.
»In diesem Fenster«, sagte sie und deutete mit dem Finger über die Spüle.
Virgil starrte das Sonnenlicht an, das in der Glasscheibe funkelte, und einen Augenblick lang glaubte auch er, etwas zu sehen, das sich dort spiegelte. »Aber jetzt, wo Sie das Mittel nehmen, sehen Sie ihn nicht mehr?«
Sie schüttelte den Kopf. »Ich habe mir auch eingebildet, ihn in dem Springbrunnen da draußen zu sehen. Aber das war, bevor ich angefangen habe, diese Pillen zu nehmen.«
»Wie geht es Richard?«
»Es geht ihm gut. Er ist gerade bei der Arbeit.«
Anscheinend wusste sie nicht mehr, dass sie ihm das schon einmal gesagt hatte.
»Ich wünschte, ich könnte Ihnen mehr sagen, Audrey. Ich wünschte mir von ganzem Herzen, ich hätte mehr tun können.«
»Sie haben getan, was sie konnten, nehme ich an. Es war nicht Ihre Schuld, sondern meine.«
Er runzelte die Stirn. »Sie haben nichts falsch gemacht, Audrey. Denken Sie nur das nicht. Diese Geschichte musste passieren, und also ist sie eben passiert. Sie hätten nichts dagegen tun können. Sie konnten doch nicht die ganze Zeit neben Zach stehen.«
»Es war meine Schuld«, flüsterte sie. »Ich habe es getan. Wir haben die Tür nicht zugemacht.«

»Welche Tür, Audrey?«
»Wir haben sie nicht richtig zugemacht, und sie hat sich wieder geöffnet, und jetzt ist Zach weg. Es ist meine Schuld. Ich hätte dafür sorgen müssen, dass sie zu war.«
Ihre Stimme war ebenso künstlich ruhig wie ihre Augen. Doch ihre Worte waren die einer Mutter, die alleine in der Dunkelheit weinte und nach ihrem Sohn rief und sich Vorwürfe machte, weil es niemand anderen gab, dem sie die Schuld geben konnte.
»Welche Tür?«
»Die Tür zum Keller. Wo das kleine Mädchen war.«
»Welches kleine Mädchen?«
»Das andere kleine Mädchen.«
»Welches *andere* kleine Mädchen?«
Audrey vergrub das Gesicht in den Händen und schüttelte den Kopf. »Ich weiß es nicht!«
Sie schien die Grenze zu einem Ort überschritten zu haben, an dem Virgil sie nicht erreichen konnte. Aber irgendwie erinnerte das Gespräch ihn an den verrückten Dialog, den er mit Babs gehabt hatte. Auch jetzt war es, als spräche er mit mehr als nur einer Person. Er hatte das Gefühl, dass er hier ein paar *wirkliche* Antworten finden könnte, wenn er nur wüsste, auf welchen Knopf er drücken müsste.
»Wer ist das Mädchen, Audrey?«
Sie blinzelte, als versuche sie, durch einen langen, dunklen Tunnel zu sehen. »Ich weiß nicht, wer sie ist.«
Sie biss sich so fest auf die Lippen, dass Virgil fürchtete, sie könnte sich verletzen. Er warf einen Blick auf die Medizinflasche und fragte sich, ob Audrey noch eine

Tablette brauchte, oder ob sie eine zu viel genommen hatte.

»Sie ist im Keller eingeschlossen«, flüsterte sie. »Sie kann nicht raus.«

»Wer, Audrey?« Es klang alles so verrückt, und Virgil fragte sich, ob er das Gespräch fortsetzen sollte. War es möglich, dass er ihr wehtat, sie in den Wahnsinn trieb? Mit dem Verstand eines Menschen herumzuspielen war etwas, wofür ein Psychiater die Verantwortung übernehmen konnte. Virgil wollte das nicht, doch jetzt war Audrey nicht mehr zu bremsen.

»Sie lässt das kleine Mädchen nicht gehen.«

»Wer hat das kleine Mädchen?«

»Meine Mutter.«

Das klang nicht wie eine Halluzination, sondern wie eine Gewissheit. Aber der Ausdruck in ihren Augen sagte ihm, dass sie gerade erst darauf gekommen war. Sie starrte ihn an, als warte sie auf eine Bestätigung von ihm.

»Ihre Mutter hat ein Kind in ihrem Keller eingesperrt?«

Als sie weiterredete, wusste er, dass er ihre Reaktion richtig gedeutet hatte. Sie hatte *tatsächlich* gerade erst begriffen, was geschehen war. Oder sich daran erinnert. Sofern es wirklich passiert *war*. »Ja«, sagte sie.

Er sah ihr ins Gesicht und versuchte, sich zu erinnern, wie sie während der Suche nach Zach ausgesehen hatte. Natürlich war sie verzweifelt gewesen und hatte wild um sich geschaut, jetzt jedoch hatte er das Gefühl, dass sie durch eine Wand blickte, die er nicht einmal wahrnehmen konnte. Sie sah ebenso erschöpft aus wie an jenem Tag vor einem Jahr.

Hatte Audrey die Wahrheit gesagt? War ihre Mutter jemand, der Kinder irgendwie misshandelte? Oder war Audrey selbst wahnsinnig? Und wenn sie verrückt war, bestand dann auch nur die entfernteste Möglichkeit, dass sie selbst etwas mit Zachs Verschwinden zu tun hatte? Er wollte das wirklich nicht glauben, doch er wusste, dass Mütter manchmal aus irgendwelchen Gründen ihre eigenen Kinder umbringen.

»Warum sollte Ihre Mutter das tun?«, fragte er und beugte sich zu Audrey vor.

»Ich weiß es nicht. Ich bin ihr in den Keller nachgegangen. Es war dunkel und kalt. Ich habe das kleine Mädchen weinen gehört. Der Hund hat gebellt, und ich bin den Stimmen nachgegangen.«

»Wohin sind Sie ihnen nachgegangen?«

»In das Zimmer. In das kleine Zimmer im Keller.«

Virgil warf einen Blick zum Fenster und bemerkte, dass das Sonnenlicht nicht mehr in der Glasscheibe funkelte. In den Wäldern da draußen wurden die Schatten tiefer, und die Küche war düster und unangenehm kühl.

»Was ist dort passiert, Audrey? Was ist in dem kleinen Zimmer passiert?«

Ihre Augen blitzten, und ihr Gesicht wurde hart. »Ich weiß es nicht.« Sie ballte die Fäuste und trommelte damit auf ihre Oberschenkel, bis er ihre Handgelenke packte und sie zwang, ihm in die Augen zu sehen. Als sie ihn endlich ansah, wurde ihr Gesicht allmählich wieder weich. »Ich weiß es nicht«, wiederholte sie. Er ließ ihre Hände los. Die Intimität der Berührung machte beide verlegen.

Sie schien wieder in die Gegenwart zurückgekehrt zu sein, aber er hatte keine Ahnung, wo sie gewesen war. War es möglich, dass ihre Mutter getan hatte, was Audrey behauptete? Oder sprach nur das Medikament aus ihr? War es möglich, dass Audrey schon immer verwirrt gewesen war?

»Was hat Ihre Mutter Ihnen angetan, Audrey?«

»Nichts!« Sie starrte ihn an, als wäre auch dies für sie eine ebenso neue Erkenntnis wie für ihn. »*Mir* hat sie nichts getan.«

»Aber sie hat ein kleines Mädchen in ihrem Keller eingesperrt?«

Audrey zog die Augenbrauen zusammen. »Ich glaube schon.«

»Hat sie gewusst, dass Sie davon wussten?«

»Sie hat es in dieser Nacht herausgefunden. Sie hat mich gesehen.«

»Was hat sie gemacht?«

»Ich kann mich nicht erinnern.«

»Audrey … Glauben Sie, dass das etwas mit Zachs Verschwinden zu tun hat?«

»Ja«, sagte sie langsam.

»Wie wäre das möglich?« Er wagte sich auf vollkommen unbekanntes Gebiet vor.

»Sie hat ihn geholt«, flüsterte sie. »Ich glaube, sie wird dafür sorgen, dass er verschwindet.«

»Wen hat sie geholt?«

»Zach. Sie wird dafür sorgen, dass er verschwindet. Und dann wird sie behaupten, er sei tot.« Die letzten Worte schien sie aus ihrer Lunge herauszupressen.

»Dass er verschwindet?«
Sie schüttelte in wachsender Erregung den Kopf. »Nachdem sie das kleine Mädchen in den Keller gebracht hatte, ist das kleine Mädchen fortgegangen.«
»Wohin ist sie gegangen?«
»Ich kann mich nicht erinnern!«, schrie sie. »Es ist alles weg!« Sie trommelte mit den Fäusten gegen ihre Schläfen. Virgil streckte die Arme aus und nahm ihre winzigen Hände in seine großen Pranken.
»Beruhigen Sie sich, Audrey. Erzählen Sie mir einfach, woran Sie sich erinnern.«
Sie brauchte eine Weile, um sich wieder zu sammeln. »Tara kam, und ich bin weggegangen.«
»Wohin sind Sie gegangen?«
»Nach Hause. Mit Tara.«
»Mit Ihrer Tante Tara? Die bei Ihnen gewohnt hat, nachdem Zach entführt worden war?« Virgil erinnerte sich an sie. Sie war die Art Mensch gewesen, die in einer Krisensituation stillschweigend die Führung übernimmt, dafür sorgt, dass die Rechnungen bezahlt werden, dass das Licht angemacht wird, wenn es dunkel wird, und dass alle etwas zu Essen bekommen. Sie war eine umwerfende Frau, eine grauhaarige, ältere Ausgabe von Audrey. Aber die Deputys hatten ihm erzählt, dass es später einen Streit gegeben hätte und die Tante abgereist war. Virgil konnte sich vorstellen, dass sich in dem kleinen Haus ziemlich heftige Spannungen aufgebaut hatten. Kein Wunder.
»Ja. Meine Tante.«
»Die hat Sie von Ihrer Mutter weggeholt?«

»Ich habe es Doktor Cates erzählt.«

»Ihrem Psychiater?«

Sie nickte.

»Erzählen Sie mir davon«, sagte Virgil sanft.

»Ich bin ihnen in den Keller nachgegangen, und ich habe das kleine Mädchen gesehen. Es ist alles durcheinander.«

»Wie alt war das kleine Mädchen?«

Wieder ein verwirrter Blick, der in die Vergangenheit vorzudringen versuchte.

»So alt wie ich.«

»Wie sah sie aus?«

»Ich kann mich nicht erinnern. Ich sehe sie nicht richtig.«

»Warum sollte irgendjemand so etwas tun?«

»Das kleine Mädchen hat sich gewehrt. Sie hat geschrien und um sich getreten, und meine Mutter hat ihr immer wieder gesagt, sie soll still sein, und dass alles gut werden würde. Die Knie des kleinen Mädchens waren blutig vom Zementboden. Meine Mutter hat mit dem kleinen Mädchen gestritten. Meine Mutter hat aufgeschaut und mich gesehen. Sie hat mich angebrüllt.«

»Was hat sie gesagt?«

»Sie hat mich angeschrien, ich solle weggehen.«

»Sie hat nicht versucht, Sie zu packen?«

Audrey schüttelte den Kopf. »Nein. Ich glaube nicht.«

»Sie hat Ihnen nur gesagt, Sie sollten weggehen?«

Sie nickte.

»Was haben Sie gemacht?«

»Ich bin weggerannt …«

»Und dann ist *Tara* gekommen und hat Sie abgeholt?«
Audrey runzelte die Stirn. Virgil wartete geduldig.
»Nein«, sagte sie schließlich. »An dem Abend ist sie nicht gekommen. Vielleicht später. Ich kann mich nicht erinnern.«
Audrey war wie hypnotisiert – und gleichzeitig weit entfernt.
»Wie heißt Ihre Tante mit vollem Namen, Audrey?«
»Tara Beals.«
»Buchstabieren Sie den Namen.«
Audrey tat es.
Virgil nahm einen kleinen Block aus seiner Hemdtasche und schrieb sich den Namen auf. »Wo wohnt sie?«
»Im Norden von Augusta.«
Er sah sie an. Sie nannte ihm die Adresse und sah zu, wie er sie notierte.
»Was ist mit Ihrer Mutter? Wo ist sie jetzt?«
»Sie ist fort.«
»Sie haben niemals versucht, Verbindung mit ihr aufzunehmen, nachdem Tara Sie abgeholt hatte?«
»Ich habe geglaubt, ich hätte ihn in der Glasscheibe gesehen.« Audrey sah bekümmert über die Schulter zum Fenster hinüber.
»Was ist mit Ihren Erinnerungen, Audrey?«, fragte er, ohne auf ihre Antwort auf die vorherige Frage zu achten.
Sie starrte die Flasche an. »Ich habe ihn nicht mehr so oft gesehen, seit ich die Pillen nehme.«
»Nun ja, das ist gut.«
»Wirklich?«
»Haben Ihre Erinnerungen irgendwas mit Zachs Ver-

schwinden zu tun?« Er versuchte wieder, sie dazu zu bringen, ihm in die Augen zu sehen.

»Neulich hatte ich einen schlimmen Anfall bei der alten Farm da drüben an der Straße.«

»Beim Haus von Coonts?«, fragte Virgil. Ein Nerv am unteren Ende seiner Wirbelsäule zuckte.

»Bei der Farm mit dem Lastwagen.«

»Was ist passiert?«

»Ich habe geglaubt, Zach wäre im Keller dieses Hauses eingesperrt ...«

Sie sah ihm in die Augen, als warte sie darauf, dass er ihr sagte, das sei unmöglich.

»Ich habe Mr. Coonts vernommen, als er von seiner Fahrt zurückkam, Audrey. Ich habe Ihnen ja gesagt, was dabei herausgekommen ist.«

Sie nickte. »Von den Pillen wird es besser. Aber hin und wieder sehe ich Zach noch ganz kurz. Er ist immer noch in einem Keller. Ich kann den Keller um mich herum fühlen. Dunkel und düster und ohne Fenster.«

»Haben Sie irgendwas gesehen, als sie an dem Haus vorbeigefahren sind? Ich meine, wirklich gesehen?«

Er hatte das Gefühl, dass Audrey jedes Wort glaubte, das sie ihm erzählte, selbst wenn sie sich nur noch an zerstreute Reste ihrer Vergangenheit erinnern konnte. Er glaubte auch, dass sie, gleichgültig was sie ihm sagte, auf einer bestimmten Ebene immer noch davon überzeugt war, dass Zach im Keller von Coonts Farm festgehalten wurde und sie nichts dagegen tun konnte. Doch es war genauso denkbar, dass Audrey zum Opfer irgendwelcher entsetzlicher Erlebnisse in ihrer Kindheit geworden war, die ihre Psyche zerstört und sie zur Kindsmörderin gemacht hatten, und dass sie infolge eben dieser entarteten Psyche das Verbrechen nun dadurch verdecken wollte, dass sie den Verdacht auf einen unschuldigen Nachbarn lenkte.

Das glaubst du doch selber nicht. Sieh sie dir doch an. Sie könnte keiner Fliege etwas zu Leide tun, geschweige denn ihrem eigenen Sohn.

Aber es waren schon verrücktere Dinge passiert. Was würde dadurch aus seiner Theorie werden, dass es nur ein Ungeheuer gab? Es war ausgeschlossen, dass Audrey Timmy Merrill gekidnappt hatte. Aber sie hatte Virgil aufgefordert, ins Haus zu kommen. Und sie hörte nicht auf, von einem Keller zu reden.

»Audrey«, sagte er so ruhig wie möglich, »warum schauen wir beide uns nicht einmal *Ihren* Keller an?«

Sie sah ihn schief an. »Warum?«

Wenn er irgendetwas fand, würde ein gerissener Verteidiger ihm vermutlich vorhalten, dass sie ihm die Erlaubnis für die Suche unter dem Einfluss von Medikamenten gegeben hätte, doch das war eine Schlacht, die der Staatsanwalt ausfechten musste. Plötzlich hatte Virgil den dringenden Wunsch, einen Rundgang durch den Keller der Bocks zu machen. Er erwartete nicht wirklich, dass er dort etwas entdecken würde. Er betete sogar darum, dass er nichts finden würde. Aber jetzt war es eines der Dinge auf seiner Checkliste, die er ausschließen musste. »Ich würde mich nur gerne mal dort umsehen, wenn es Ihnen Recht ist.«

Audrey zuckte die Achseln. Virgil folgte ihr zur Kellertür, die neben der Speisekammer lag. Als sie das Licht anknipste und über die Schulter zu Virgil zurückschaute, wirkte sie nervös.

»Ich möchte nicht da runtergehen«, sagte sie und trat zur Seite.

Virgil sah die kahle Holztreppe hinunter zum Heizkessel und dann zurück zu Audrey. »Was ist los?«

»Ich gehe nie da hinunter.«

»Niemals?«

»Nein. Ich mag keine Keller.«

Nun ja, er auch nicht. Virgil stieß die Tür weit auf und sah in den gut beleuchteten Keller hinunter. »Sieht ziemlich luftig aus«, meinte er ermutigend.

Audrey schüttelte den Kopf und wich zurück, womit sie Virgil in seinem Entschluss, den Keller zu sehen, noch bestärkte. Aber wenn *tatsächlich* etwas dort unten war, wollte er Audrey ganz bestimmt nicht hier oben lassen, wo er sie nicht sehen konnte. Wenn sie instabil war, konnte niemand wissen, was sie tun würde.

»Audrey«, sagte er. »Wir *müssen* das tun. Ich verspreche Ihnen, dass ich bei jedem Schritt an Ihrer Seite sein werde.« Er sagte es in so offiziellem Ton wie möglich, doch er hielt ihr beruhigend die Hand hin.

»Bitte zwingen Sie mich nicht, da runterzugehen«, flüsterte sie.

Virgil baute sich direkt vor ihr auf. »Ich bin doch bei Ihnen, Audrey.«

Er nahm sie bei der Hand, und sie folgte ihm, doch er bemerkte, dass sie keuchte und sich unruhig in der Küche umsah.

Dann fiel ihm etwas ein und er blieb stehen. »Würden Sie gerne eine von Ihren Tabletten nehmen?«
Audrey schüttelte den Kopf. »Ich habe gerade eine genommen.«
Großartig.
»Also kommen Sie«, sagte er. Er ging rückwärts die Treppe hinunter und zog sie sanft hinter sich her, bis sie beide in der Mitte des Kellers standen.
Die Decke bestand aus rohen Balken. Weiße elektrische Kabel führten zu Porzellanfassungen, in denen nackte Birnen steckten. Wände und Fußböden waren aus unverputztem Beton. Ein großer, grüner Heizkessel nahm die Mitte des Raumes ein. Zu dieser Jahreszeit stand er still da, wie ein schlafender Wächter. An der hinteren Wand waren vom Fußboden bis zur Decke Pappkartons mit Akten aufgestapelt. Einige Kartons waren so angeordnet, dass sie eine Trennwand bildeten, die den Blick in die hintere Ecke verstellte.
Er sah sich in dem sichtbaren Bereich um. Man hätte höchstens sagen können, dass der Keller zu sauber war, zu aufgeräumt, aber ein Wirtschaftsprüfer hatte vielleicht ein eingebautes Ordnungsgen. Andererseits sammelte sich bei allen Leuten im Laufe der Zeit Gerümpel an. Das war bei jedermann so. Wo war das Gerümpel der Bocks?
»Unheimlich aufgeräumt«, bemerkte er.
»Richard mag keine Unordnung«, antwortete Audrey. »Einmal im Jahr räumt er den ganzen Keller aus.« Ihre Stimme klang unsicher, und Virgil fühlte, dass ihre Hand zitterte.

»Was ist los, Audrey? Was ist denn?«
»Bitte«, flüsterte sie und versuchte, sich zur Treppe umzudrehen, doch sie starrte die Wand aus Pappkartons an, und Zweifel überkamen Virgil.
»Kommen Sie schon«, drängte er und zog sie durch den Keller. »Nur ein schneller Rundblick, dann verschwinden wir wieder.«
Sie wehrte sich nicht. Es war mehr, als würde er einen Sandsack hinter sich herziehen. Er hatte die Aktenbarriere mit Audrey im Schlepptau bereits umrundet, als er erkannte, worauf er da gestoßen war. Als er die säuberlich aufgestapelten Kleider und Spielsachen anstarrte, zogen ihm Schuldgefühle die Kehle zusammen.
Hier war kein verborgener Kerker. Kein Kind war gegen seinen Willen hier festgehalten worden, und auf dem Fußboden befand sich kein frisch mit Zement ausgefülltes Rechteck, wo jemand eine Leiche hatte verschwinden lassen. Stattdessen stand da ein Fahrrad, dem anzusehen war, dass es regelmäßig poliert wurde. Regale mit sauberen Jeans und T-Shirts und ordentlich zusammengerollten Socken, die zu einer Pyramide aufgetürmt waren. Auf einem großen Stapel von Brettspielen lag zuoberst ein Damespiel. Ein Teleskop stand auf einem Dreifuß und war auf das Kellerfenster gerichtet, das sich hoch oben an der Wand befand. Auf einer Kommode, die an der Aktenwand stand, lagen Reihen von Baseball-Karten und verschiedene Andenken. Ein Bücherregal war mit Büchern und Comic-Heften gefüllt. Virgil fuhr mit dem Finger über die Oberfläche der Kommode. Nicht ein Stäubchen.

»Es tut mir Leid«, sagte er und drehte sich zu Audrey um.
Sie wandte sich ab und starrte durch den Keller. »Das hier gehört Richard. Er geht hier hinunter, wenn er glaubt, dass ich es nicht merke. Manchmal bleibt er stundenlang hier.« Sie sah das Fahrrad an und wandte dann schnell den Blick ab.
»Kommen Sie«, sagte Virgil und nahm ihren Arm. Sie riss sich los, folgte ihm jedoch.
»Warum waren wir hier?«, wollte sie wissen.
»Es war ein Irrtum, Audrey. Es tut mir Leid.«
»Sie halten mich für verrückt.«
»Nein, das tue ich nicht. Ich glaube, dass Sie eine entsetzlich schwere Zeit hinter sich haben. Aber ich halte Sie nicht für verrückt.«
»Doch. Sie werden Zach nicht helfen, weil Sie mir nicht glauben. Niemand glaubt mir. Darum hat man mir die Pillen verschrieben. Nicht, damit ich meine Albträume loswerde. Die Tabletten machen es für alle leichter, mit mir zusammenzuleben.«
»Kommen Sie, Audrey.« Er versuchte, sie zur Treppe zu dirigieren. Erst hatte er sie kaum dazu bewegen können, mit ihm in den Keller zu gehen, und jetzt bekam er sie nicht mehr hinaus.
Sie ging um ihn herum in die Mitte des Schreins, betastete erst das Teleskop und dann das Damespiel. Sie öffnete die oberste Schublade, hob ein weißes T-Shirt an ihr Gesicht, roch an der weichen Baumwolle und streichelte sie, als stecke ein lebendiges, atmendes Kind darin.
»Ich kann ihn riechen«, flüsterte sie. »Doktor Cates hat

gesagt, dass Mütter so etwas können. Haben Sie das gewusst?«

»Vielleicht sollte ich jetzt gehen«, sagte Virgil, doch sie achtete nicht auf ihn.

»Ich habe es Richard nicht richtig angesehen.«

»Was?«

»Den Schmerz«, erklärte sie. »Manchmal ist der Schmerz nicht sichtbar … Ich habe gewusst, dass er litt. Aber er hat es nicht so gezeigt wie ich. Wenn er hier hinunterging, habe ich nur geglaubt, dass er von mir weg sein wollte. Alleine.«

»Was haben Sie denn geglaubt, wo all diese Sachen waren?«

»Ich dachte, sie wären fort.«

»Fort?«

Sie nickte. »Das sind alles *alte* Sachen. Zachs neues Fahrrad ist in meinem Werkzeugschuppen. Und seine Kleider sind in seinem Zimmer.« Sie hob ein T-Shirt hoch, und Virgil sah, dass es dem Jungen viel zu klein sein musste. »Er muss all diese Sachen aufgehoben haben, *bevor* Zach entführt wurde.«

»Warum gehen wir nicht nach oben, Audrey.«

»Sie wollten doch in den Keller.«

»Es war ein Irrtum«, gab Virgil zu.

»Nein. Es war gut, dass ich es gesehen habe«, widersprach sie. Sie legte das T-Shirt wieder auf seinen Platz und schloss sanft die Schublade. »Es ist gut, dass ich es gesehen habe.« Sie betastete noch einmal die Spielsachen. »Als er noch kleiner war, hat er ständig mit diesem Teleskop gespielt. Er kannte alle Planeten. Dann wurde es ihm langweilig und er hat die Mathematik entdeckt. Zach hatte eine Begabung für Muster. Er konnte sie sich merken und Schlüsse daraus ziehen.«

»Er war ein intelligentes Kind«, bestätigte Virgil.

»Richard hat ihm dies hier gekauft, weil er sich als Kind selbst für Astronomie interessierte.« Sie streichelte das Teleskop und hinterließ fettige Fingerabdrücke auf der glänzenden schwarzen Oberfläche. »Oh, Richard«, flüsterte sie und biss sich auf die Lippen.«

»Es tut mir Leid.« Virgil fiel nichts anderes ein, das er hätte sagen können. Er blieb am Fuß der Treppe stehen und drehte sich noch einmal um. »Wenn Sie irgendwas erfahren, mit dem ich etwas anfangen könnte, rufen Sie mich einfach an.« Aber Audrey antwortete nicht.

22

Virgil hatte den Rückweg zur Stadt zur Hälfte zurückgelegt und grübelte immer noch über seine Begegnung mit Audrey nach, als Birchs Stimme aus der Sprechfunkanlage tönte und ihn aus seinen Gedanken riss.

»Wir haben hier eine Krisensituation, Sheriff.«

Virgil erkannte Birchs Stimme sofort und griff hastig nach dem Mikrophon. »Was ist los?«

»Evan Johnson hat seine Schrotflinte auf Babs St. Clair gerichtet, und er sieht so aus, als ob er abdrücken würde.«

»Wo sind Sie?«

»Direkt vor Babs' Haus. Sie sitzt auf der Treppe vor ihrer Tür.«

Virgil trat das Gaspedal durch. Es waren nur fünf Minuten bis zur Innenstadt, aber fünf Minuten konnten lang sein. »Sie sitzt?«

»Ja. Sie ist cool wie ein Karpfen. Aber mir gefällt der Ausdruck in Evans Augen nicht.«

»Wer redet mit ihm?«

»Steve.« Steve Meyers war einer von den älteren Deputys und arbeitete seit über zwanzig Jahren mit Virgil zusammen. In punkto Geiselsituationen und Verhandlungen mit Bewaffneten hatte Steve ebenso viel Training wie alle anderen in der Polizeitruppe auch, nämlich so gut wie gar keines.

»Was macht er?«

»Er erklärt Evan, dass bisher niemand verletzt worden ist und dass vielleicht niemand ins Gefängnis muss, wenn alle ruhig bleiben.«

»Das ist gut. Versichern Sie Evan, dass wir nicht auf ihn losgehen werden oder sonst was.«

»Das tut Steve gerade.«

»Glauben Sie wirklich, dass Evan es ernst meint?«

»Er ist wütender als ich ihn je gesehen habe.«

Das war schlimm. Evan geriet öfter in Schlägereien als irgendein anderer Vierzigjähriger, den Virgil kannte. Er hatte sich schon immer gefragt, ob dem Mann nicht eines Tages die Sicherung durchbrennen und er etwas *wirklich* Schlimmes anstellen würde. Und Virgil wollte ganz bestimmt nicht, dass das in einen *wirklichen* Mord mitten auf der Main Street ausartete.

»Ich bin in zwei Minuten da. Sagen Sie Steve, er soll weitermachen, und dass alle ruhig bleiben sollen.«
»Okay.«
Virgil steckte das Mikrophon auf seinen Platz zurück und brauste mit blinkendem Rotlicht, aber ohne Sirene über die Kreuzung in die Route 26, ohne das Vorfahrtsschild zu beachten. Von dort aus führte die Straße geradeaus in die Stadt hinein. Er legte die letzten anderthalb Kilometer in Schlangenlinien um die anderen Fahrzeuge zurück und verlangsamte sein Tempo erst, als er sich dem Hügel näherte, der zur Main Street hinaufführte.
Es war ein geschäftiger Mittwochvormittag. Auf beiden Seiten der Straße waren sämtliche Parkplätze belegt, und die Leute drängten sich vor den Läden. Direkt vor ihm machten die Läden dem Wohnviertel zwischen der Innenstadt und dem Krankenhaus Platz. Einige Leute hatten die Blinklichter auf Birchs und Steves Streifenwagen bemerkt und gafften oder drängten in die entsprechende Richtung. Andere blieben vollkommen gleichgültig und erledigten ihre Einkäufe. Das war eine typische Reaktion in Maine. So zu tun, als ob einen das Ganze nichts anging. Doch Virgil wusste, dass diese Leute die Ersten sein würden, die sich hinterher auf den Klatsch stürzten.
Er fuhr langsam zwischen einem der Streifenwagen und einem Pickup Truck hindurch und parkte auf Babs' Rasen. Babs gab ihm mit einem Blick zu verstehen, dass sie das für überflüssig hielt, dann jedoch wandte sie sich wieder Evan zu. Virgil dachte bei sich, dass er den Mann etwas besser im Auge behalten würde, wenn er ein Gewehr auf ihn gerichtet hätte.

Von hinten sah Evan aus wie ein Bär in Jeans. Aber er war nicht fett, sondern breit und muskulös. Das Einzige an ihm, was schwabbelig war, war sein Bierbauch. Als Virgil um die Ecke kam und ein oder zwei Meter von Steve entfernt stehen blieb, sah er, dass die Schrotflinte tatsächlich auf Evans Bauch ruhte und direkt auf Babs zielte, die lässig auf ihrer Veranda saß.

»Versuchen Sie keine Tricks, Sheriff«, sagte Evan. Er hörte sich an wie ein Mann, der einen Entschluss gefasst hatte und fest entschlossen war, diesen Entschluss auch durchzuführen. »Ein Druck von zwei Pfund auf diesen Abzug genügt, und die alte Hure da ist Ketchup.«

Virgil warf einen Blick auf Babs. Sie war ruhiger und gefasster als alle anderen Anwesenden. Die ganze verdammte Geschichte war wirklich zu verrückt. Sie kam ihm mehr wie eine Szene aus einer Komödie vor als wie eine echte Krisensituation. Doch das Gewehr war kein Witz.

»Evan, wie wär's, wenn wir das hier miteinander bereden würden?«

»Die Zeit zum Reden ist vorbei.« Evans Finger zuckte, und er spannte sich, doch es war ausgeschlossen, dass Virgil oder Steve das Gewehr erreichen konnten, bevor er Babs damit in die Ewigkeit pusten würde.

»Warum, Evan?« Mit dem Kopf gab Virgil Steve ein Zeichen, sich nicht von der Stelle zu rühren, während er selbst sich vorsichtig einen Schritt näher an Evan heranschob. Er warf einen Blick zur Straße hinüber und sah, dass Birch in Feuerstellung dastand und seine Pistole auf Evans Rücken gerichtet hatte. Wenn Evan schoss, würde er tot sein, ehe er dazu kam, ein zweites Mal auf den Abzug zu drücken. Nicht dass das noch eine Rolle spielen würde. Ein Schuss aus Evans Gewehr würde genügen, um Babs den Garaus zu machen. »Warum wollen Sie so etwas tun, Evan. Denken Sie doch mal darüber nach, was Sie damit Ihrer Familie antun würden, was Sie Janie antun würden.«

Evan presste die Lippen zusammen, und seine Hände zitterten. Seine Gesichtsmuskeln sahen so straff aus wie Fassreifen. »Dazu ist es jetzt zu spät.«

»Ist es nicht. Es ist nie zu spät, solange Sie einfach das Gewehr auf den Boden legen.«

Irgendwo in der Ferne heulte eine Sirene auf. Evan riss den Kopf herum und sah Virgil an. »Wer ist das?«, fragte er und deutete mit dem Kopf über die Schulter auf den sich nähernden Wagen.

Virgil warf Birch einen vernichtenden Blick zu. Dieser trat winkend auf die Straße hinaus. Die Sirene verstummte augenblicklich, und Birch eilte auf seinen Platz zurück.

»Nur einer von unseren Jungs, Evan. Keine Panik.«

»Ich bin nicht in Panik.«

»Nein, Sie sehen nicht so aus, als ob Sie in Panik wären, und das ist gut. Wir können diese Angelegenheit vernünftig regeln und nach Hause gehen.«

»Das glaube ich nicht.«

»Warum nicht?«

»Weil ich diese Hure umbringen werde.«

»Das wollen Sie doch nicht wirklich tun. Ihrer Mutter würde das Herz brechen. Sie hat ein schwaches Herz.«

Evan nickte schniefend. »Ich will Mama nicht wehtun.

So viel ist sicher. Aber ich hab die Schnauze voll von ihr.« Er deutete mit dem Kinn auf Babs und spuckte Tabaksaft ins Gras.
»Du willst einfach nicht auf mich hören«, warf Babs ein.
»Ich hab genug von deinem Scheiß gehört!«, brüllte Evan. Die Schrotflinte zitterte in seinen Händen, so dass sein ganzer Bauch mitzitterte. Er warf Virgil einen wütenden Blick zu, doch dieser war sich sicher, dass für ihn selbst keine Gefahr bestand. »Bringen Sie mich um, Sheriff«, schrie Evan. »Bringen Sie mich doch einfach um.«
»Hier wird gar niemand umgebracht. Wir werden das hier bereden und uns was einfallen lassen. Dann können alle heil und gesund nach Hause gehen.«
»Dazu ist es zu spät.« Evan spielte mit dem Finger am Abzug herum. »Jetzt, wo Janie nicht mehr da ist, kann ich nicht mehr nach Hause.«
Das war es also, was diese Situation heraufbeschworen hatte. Evan verprügelte seine Frau, aber wie die meisten Männer, die ihre Frauen misshandelten, glaubte er, sie zu lieben. Wenn Janie ihn verlassen hatte und er überzeugt war, dass Babs daran schuld war, dann würde es Ärger geben. In diesem Augenblick war Virgil fest davon überzeugt, dass Evan im Begriff war, abzudrücken.
»Evan!«, rief er. »Warten Sie einen Moment! Holen Sie doch erst mal Luft. Sie müssen es doch nicht jetzt gleich tun.«
Evan schien darüber nachzudenken. Seine Brust hob und senkte sich und seine Nasenflügel bebten. Er drehte den Kopf von einer Seite zur anderen und streckte seinen Hals, doch sein Finger war immer noch am Abzug.

Virgil wartete, bis Evan wieder den Kopf drehte, und rückte noch einen Schritt näher.

»Was will Babs Ihnen denn erzählen?« Virgil griff nach jedem Strohhalm.

»Sie redet Blödsinn. Und sie erzählt's andauernd meiner Alten, bis die es auch glaubt. Sie sagt ihr, sie muss mich verlassen, weil ihr sonst was passiert. Jetzt frage ich Sie, muss ich mir so einen Scheiß gefallen lassen?«

»Na ja, nein, Evan. Sie müssen es sich nicht gefallen lassen, dass jemand sich einmischt«, versicherte Virgil. »Und natürlich haben Sie genau so ein Recht auf Ihre Privatsphäre wie jeder andere auch. Aber Sie sollten zu mir kommen und mich die Sache regeln lassen. Dazu bin ich nämlich da.«

»Als ob Sie was tun würden.«

»Natürlich würde ich was tun. Jetzt legen Sie das Gewehr hin und lassen Sie uns wie friedliche Leute darüber reden. Es ist bringt doch nichts, wenn jemandem was passiert.«

»*Sie* muss sterben!«

Virgil nickte. »Ich möchte nicht, dass jemand im Gefängnis landet. Ich will das hier ganz einfach in Ordnung bringen. Jetzt legen Sie das Gewehr hin, bevor noch was passiert und es allen Leid tut.« Virgil glaubte, einen Funken von Vernunft in Evans Augen aufleuchten zu sehen. Er war ein Arschloch, doch er liebte seine alte Mutter abgöttisch, und Virgil wusste, dass er es nicht ausstehen konnte, eingesperrt zu sein.

»Janie wird sterben, wenn sie bei dir bleibt«, verkündete Babs.

»Du Dreckstück!« Die Schrotflinte bebte erneut.
Als Evan den Lauf mit zitternden Händen von seinem Bauch hob, glitt Virgil drei Schritte weit auf ihn zu. »Tun Sie's nicht, Evan!«
»Ich bring sie um. Ich mach die alte Hure kalt.«
Babs schien endlich zu begreifen, in was für einer Lage sie sich befand. Ihre Augen weiteten sich, und sie rutschte rückwärts die Treppe zur Veranda hinauf, aber ihr Rocksaum blieb an den Stufen hängen, und sie kippte mit hochgestreckten Beinen rückwärts auf die Ellenbogen.
»Ich puste dich weg, du Hure«, brüllte Evan. Er ging auf sie zu und fuchtelte mit dem Gewehr.
»Evan!«, schrie Virgil, der verzweifelt versuchte, die Aufmerksamkeit des Mannes auf sich zu lenken. Er wusste, dass er jetzt oder nie handeln musste. Mit wild hämmerndem Herzen sprang er vorwärts. In dem Augenblick, in dem Evan auf den Abzug drückte, stieß Virgil die Schrotflinte hoch. Der Schuss krachte nur wenige Zentimeter von seinem Ohr entfernt. Er warf sich mit seinem ganzen Gewicht auf den wesentlich größeren Mann und hoffte, dass Steve direkt hinter ihm war, weil er wusste, dass er in einem Handgemenge alleine gegen Evan keine Chance hatte.
Doch zu seiner Überraschung gab der Mann sofort auf. Er brach unter Virgil zusammen, ließ das Gewehr neben sich fallen und blieb liegen. Es dauerte einen Augenblick, bis Virgil merkte, dass er schluchzte. Der Sheriff schob die Schrotflinte zur Seite, und Steve nahm sie weg.

»Kommen Sie, Evan«, sagte Virgil, erhob sich und streckte ihm die Hand entgegen, um ihm aufzuhelfen. Dieser wischte sich die Nase mit dem Ärmel ab und griff nach Virgils Hand. Birch legte ihm Handschellen an und führte ihn zu Steves Streifenwagen.

»Vielleicht sollten Sie ihm auch noch Fußketten anlegen«, schlug Babs vor und stand auf.

Virgil seufzte. »Sie werden alles Nötige tun, um ihn unter Kontrolle zu halten.«

»Den hätten Sie schon lange unter Kontrolle halten sollen.«

»Janie hat nie Anzeige erstattet«, erwiderte Virgil. »Niemals.«

Babs nickte. »Also verprügelt er sie immer weiter. Bis er sie eines Tages totschlägt. Aber das wird früher passieren, als Sie glauben.«

»Das können Sie nicht wissen, Babs.«

»Und ob ich das weiß. Es steht in den Karten. Ich glaube, dass er sie noch heute umbringen wird.«

Virgil schüttelte den Kopf und sah zu, wie Birch Evans Kopf mit der Hand schützte, als er ihn auf den Rücksitz des Streifenwagens drückte. »Heute bringt er niemanden mehr um. Und vermutlich noch eine ganze Weile nicht.«

»Die Karten sagen etwas anderes.«

»Dann sagen die Karten etwas Falsches. Alles okay?«

»Ja, mir geht's gut.«

Virgil drehte sich zu seinem Wagen um. »Wir werden Ihre Aussage brauchen.«

»Wie geht es Doris heute?«, fragte Babs.

Virgil blieb stehen und blickte über die Schulter zurück.
»So gut, wie man es erwarten kann.«
»Ich bete jeden Tag für sie.«
»Das wissen wir zu schätzen.«
Sie war unglaublich ruhig. Nicht einmal die Menschenmenge, die sich auf ihrem Rasen drängte, schien sie zu irritieren.
»Er kommt heute ganz bestimmt nicht mehr raus? Kann er wirklich nicht auf Kaution entlassen werden?«
Virgil schüttelte den Kopf. »Bis wir alles aufgenommen haben, ist es vermutlich zu spät, um noch einen Richter zu erwischen. Und es ist mehr als wahrscheinlich, dass die Kaution nach dieser Szene höher sein wird, als alles, was seine Mutter aufbringen kann. Es wird eine Weile dauern, bis sie das Geld zusammenkriegen.«
»Wir sollten am besten sofort nach Janie sehen«, meinte Babs.
»Ich schicke einen von meinen Deputys vorbei.«
»Nein. Wir müssen das machen.«
Virgil seufzte und sah sie mit gerunzelter Stirn an. »Also gut, Babs. Wenn Ihnen so viel daran liegt.«
»Wir müssen uns davon überzeugen, dass Janie okay ist.« Sie sagte es in einem Tonfall, aus dem Virgil schloss, dass sie nicht glaubte, Janie wohlbehalten anzutreffen.
»Kommen Sie«, sagte er müde und dirigierte sie zu seinem Streifenwagen.

23

Virgil bog in die Mason Street ein, wo die gepflegten Rasenflächen der Innenstadt in ungemähtes Gras übergingen. Die Häuser hier waren nicht älter als die in der Innenstadt, doch sie waren weniger gepflegt, und Arnys Quick Mart schien die Grenze zu sein, hinter der jedes Verantwortungsgefühl für die eigenen vier Wände zum Fenster hinausflog. Die Straße endete als ungeteerte Sackgasse, in der zwanzig Jahre alte Wohnwagen aufgereiht standen. Virgil versuchte sich zu erinnern, welcher davon Evan und Janie gehörte.

Er sah zum Beifahrersitz hinüber. Babs' starr geradeaus gerichteter Blick erinnerte ihn an einen Jugendlichen unter Drogeneinfluss.

»Sie werden Anzeige erstatten müssen«, bemerkte Virgil.

Sie schüttelte den Kopf. »Das kann ich nicht machen.«

»Warum nicht?«

»Ich möchte die karmatische Schuld nicht auf mich nehmen.«

Virgil blinzelte.

»Der da ist es«, sagte Babs und deutete auf einen besonders schäbigen, breiten Wohnwagen mit zerbrochenen Fensterscheiben und zwei überquellenden Mülltonnen. Die verrostete Karosserie eines Kombiwagens aus den Sechzigerjahren sah ihnen zornig vom hinteren Ende der Einfahrt entgegen. Virgil parkte neben der baufälligen Veranda und stieg aus.

»Bleiben Sie im Wagen«, befahl er, doch es war bereits

zu spät. Sie war schneller, als sie aussah. Bevor Virgil um den Kühler herum war, strebte Babs bereits auf die vordere Treppe zu. An der Tür holte er sie ein. »Ich werde klopfen, wenn es Ihnen nichts ausmacht«, sagte er. Babs nickte und wartete.

Sein Klopfen klang metallisch, und die Tür fühlte sich dünn an. Wohnwagen waren so ein Schrott. Er dankte seinem Schicksal, dass Doris und er niemals in so einem Ding hatten wohnen müssen. Nicht dass er auf die Leute herabgesehen hätte, die es taten. Jedenfalls nicht auf alle.

»Sie macht nicht auf«, sagte Babs und biss sich auf die Lippe.

Virgil versuchte, die Tür zu öffnen, aber sie war verschlossen. Er schaute zum hinteren Ende des Wohnwagens hinüber. »Das sehe ich.«

»Was machen wir jetzt?«

Virgil runzelte die Stirn. »*Wir* machen gar nichts. Sie werden hier warten, während ich mir mal die Fenster anschaue. Vielleicht ist sie nur spazieren gegangen.«

»Ich habe ein schlechtes Gefühl bei dieser Geschichte. Das stand alles in den Karten.«

»Behalten Sie Ihre Gefühle für sich.«

Die Fenster waren die alten Modelle, die man nach außen kurbeln konnte, und sie waren alle offen, jedoch nicht weit genug, dass Virgil den Kopf hineinstecken konnte. Also musste er die Augen mit den Händen gegen die Sonne abschirmen und durch die schmutzigen, schräg gestellten Scheiben und verrosteten Jalousien in die Dunkelheit spähen. »Janie? Sind Sie da?«

Er schaute zurück und vergewisserte sich, dass Babs ihm

ausnahmsweise gehorchte, aber ihr sorgenvolles Gesicht irritierte ihn umso mehr. Noch gab es keinen Grund anzunehmen, dass etwas nicht in Ordnung war. Außer dass Evan mit einer Schrotflinte in der Stadt herumgelaufen war und gedroht hatte, jemanden zu erschießen, dass Janie nicht auf sein Klopfen reagierte und Babs sich wegen ihres karmatischen Dingsbums Sorgen machte, was auch immer das bedeuten mochte.

Das letzte Fenster lag ein bisschen höher als die übrigen, und er musste sich auf die Zehenspitzen stellen, um hineinzusehen. Als seine Augen sich an die Dunkelheit gewöhnten, stellte er fest, dass es das Schlafzimmerfenster war. Er konnte ein zerwühltes Doppelbett ausmachen, eine Kommode, die mit Zeitungen und Bierflaschen bedeckt war, einen Schrank mit offenen Türen, in dem Kleider hingen, und schließlich Segmente seines eigenen Gesichts in rautenförmigen Mustern. Er starrte eine Weile auf das Phänomen und versuchte zu begreifen, was er da sah.

Es war ein Spiegel, der in tausend Stücke zersprungen war. Auf dem Glas waren seltsame Muster, flüssige Flecken, die von der Schwerkraft nach unten verlängert wurden. Es fiel ihm schwer, den Blick von dem zerstörten Möbelstück abzuwenden, aber als er es tat, konnte er mehr von dem Raum erkennen. Als sein Gesichtsfeld größer wurde, sah er noch mehr nasse Flecken: an den Wänden, und einen großen, roten Fleck auf der Bettdecke.

Er drehte sich auf dem Absatz um, rannte zum Eingang und schob Babs unsanft zur Seite. Ein Adrenalinstoss fuhr durch seinen Körper, und er fühlte die Arthritis in seinen Knien kaum, als er zweimal gegen die Tür trat und sie aus den Angeln sprengte.

Als er in den Wohnwagen rannte, bemerkte er ein Telefon, das auf der rechten Seite an der Wand hing. »Rufen Sie die Notrufzentrale an«, rief er Babs zu. »Sie sollen sofort einen Krankenwagen herschicken!«

Er eilte durch den Gang zur offenen Schlafzimmertür. Auf dem Fußboden konnte er bereits einen nackten Arm erkennen. Als er an der Tür ankam, legte er eine Hand auf den Rahmen, holte tief Luft und wappnete sich.

Janie lag mit dem Gesicht nach unten auf dem hellgrünen, blutdurchtränkten Teppich. Sie war von vorne erschossen worden, denn die Überreste ihres Nachthemds waren nach außen gerissen worden, ebenso wie das Fleisch um das Loch herum, das zwischen ihren Schulterblättern klaffte. Virgil fiel auf die Knie und tastete automatisch nach dem Puls an ihrem Hals, doch natürlich fand er kein Lebenszeichen. Ihr Körper fühlte sich schon ein wenig kühl an.

»Sagen Sie den Rettungshelfern, dass sie sich nicht zu beeilen brauchen«, rief er Babs zu. »Sie sollen stattdessen den Gerichtsmediziner schicken.«

Er kniete neben Janie und versuchte sich zu erinnern, wann er zum letzten Mal mit ihr gesprochen hatte. Doris und er hatten das Mädchen ihr ganzes Leben lang gekannt. Sie hatte gleichzeitig mit ihrem Sohn die Schule beendet. Doch das Leben war nicht freundlich zu Janie gewesen. Als ihre erste Ehe schief gegangen war, hatte sie angefangen zu trinken. Dann hatte sie sich mit Evan zusammengetan und war vom Regen in die Traufe geraten. Virgil hatte sich immer gewünscht, er könnte mehr für sie tun, als Evan nur zu drohen. Er biss die Zähne zusammen. Der Geruch, der in dem Zimmer hing, war ihm zuwider. Es war derselbe Geruch, den er schon an tausend verschiedenen Orten hatte ertragen müssen. Der salzig-süße Geruch des Todes. Nein, Janie hatte niemals Anzeige erstatten wollen, und nun war es zu spät. Verdammt noch mal, es war ganz einfach zu spät, und daran war nichts mehr zu ändern.

Aber jetzt musste er sich um die Lebenden kümmern. Babs stand keuchend hinter ihm, und er kämpfte sich mit weichen Knien auf die Füße. Als er zu ihr trat, biss sie sich in die Faust und starrte mit weit aufgerissenen, rot geränderten Augen an ihm vorbei.

»Ich habe Ihnen doch gesagt, Sie sollten bleiben, wo Sie waren.«

»Ist sie …?«

Er nickte.

»Ich habe es gewusst«, schluchzte sie. »Ich habe versucht, sie dazu zu bringen, ihn zu verlassen. Ich habe es in den Karten kommen sehen. Aber sie wollte nicht auf mich hören. Ich wusste, dass er ihr heute etwas antun würde.«

»Sie hätten nichts tun können, Babs.« Er fasste sie bei den Schultern und drehte sie zum Flur um. »Kommen Sie. Sie sollten nicht hier drinnen sein.«

Er führte sie zum Streifenwagen, dann rief er über Funk Birch an. Dieser schien nicht allzu überrascht zu sein. Virgil nahm an, er selbst hätte es auch kommen sehen sollen. Doch im Laufe seines Lebens hatte es viele Dinge gegeben, die er hätte kommen sehen sollen.

»Ich war heute hier, um sie zu warnen«, berichtete Babs. »Evan hat gerade geschlafen, aber er ist aufgewacht und hat mich bedroht.«

»Mit dem Gewehr?«

Babs nickte. »Ich habe mich nicht vor ihm gefürchtet. Meine Zeit ist noch nicht gekommen, und das habe ich ihm auch gesagt. Daran kann er nichts ändern. Janie hatte Angst, aber ich glaube, sie hatte mehr Angst um mich. Sie kam auf die Veranda raus und hat mich gebeten zu gehen.«

»Warum haben Sie uns nicht verständigt?«

»Das habe ich doch getan.«

»Sie haben im Büro des Sheriffs angerufen und gesagt, dass Evan Sie mit einem Gewehr bedroht hat?«

Babs runzelte die Stirn. »Das habe ich, glaube ich, nicht erwähnt.«

Virgil hörte Polizeisirenen, die in der Ferne aufjaulten. Schon jetzt waren mehr Sirenen in der Stadt zu hören gewesen, als Arcos es je an einem Vormittag erlebt hatte.

»Was *haben* Sie denn erwähnt?«

»Ich habe gesagt, Janie sei in furchtbarer Gefahr, und dass jemand herkommen müsste, bevor ihr etwas passiert.«

»Mit wem haben Sie geredet?«

»Mit Birch.«

Virgil nickte. Er würde die wahre Geschichte aus Birch herauskriegen. Babs hatte Mühe, zu Atem zu kommen, und ihr Kinn zitterte.

»Solche Sachen passieren nun mal, Babs. Es ist nicht recht, aber sie passieren eben.«

»Es hat sie fortgetragen wie ein Blatt.«

»Was?«

»Vom Winde verweht. Es stand alles in den Karten, und ich konnte nichts machen. Wozu sind sie dann gut?«

Das Bild von Janie, die von dem Schuss der Schrotflinte hochgeschleudert wurde wie von einem Hurrikan, blitzte vor Virgils geistigem Auge auf. Er starrte Babs an. Aber jedermann wusste schließlich, dass eine Schrotflinte eine solche Wirkung haben konnte.

Die Sirenen kamen näher. Jeden Augenblick musste auch das Quietschen der Reifen zu hören sein. »Wir alle tun, was wir können, Babs. Schreckliche Dinge geschehen, dann wird es auch wieder für eine Weile besser.« Aber wer war er, dass er eine solche Philosophie predigte? Er glaubte selbst nicht daran. Die Dinge schienen immer nur schlimmer zu werden.

Ein zweiter Streifenwagen hielt neben dem von Virgil. Tod Smith, sein Untersheriff, kletterte heraus, strich sich eine braune Haarlocke aus dem Gesicht und setzte seinen Hut auf.

»Was ist passiert, Sheriff?«

Virgil gab ihm die nötigen Informationen. »Ich überlasse das hier Ihnen, Tod. Der Gerichtsmediziner sollte gleich hier sein. Sie wissen ja, was Sie zu tun haben.«

Tod nickte und ging zu seinem Wagen zurück, um die Ausrüstung zur Tatortsicherung zu holen.

Babs starrte das grimmige Gesicht des alten Kombiwagens an, doch sie schien Virgils Gedanken zu lesen.

»Ich glaube, es wird alles noch viel schlimmer werden. Sie sollten sich von mir die Karten legen lassen.«
Virgil zwang sich zu einem Lächeln, das mehr wie ein höhnisches Grinsen aussah.
»Vielleicht werde ich das irgendwann tun.«

24

Auf der Polizeistation nahm Virgil sich Evan vor. Der große Kerl brach völlig zusammen, weinte wie ein Baby und schwor, dass er Janie mehr geliebt hätte als alles andere auf der Welt. Er hätte niemals die Absicht gehabt, ihr oder sonst jemandem wehzutun. Er gab alles zu und verzichtete auf einen Rechtsanwalt. Birch stand kopfschüttelnd vor der Tür des Vernehmungszimmers.
»Bringen Sie ihn in seine Zelle zurück«, knurrte Virgil. »Und behalten Sie ihn im Auge.«
»Birch nickte. »Sie glauben, dass er sich etwas antun könnte?«
Virgil warf einen Blick über die Schulter zurück, sah Evan und dachte an Janie. »So viel Glück haben wir nicht, aber behalten Sie ihn trotzdem im Auge.«
»In Ordnung«, sagte Birch. »Wissen Sie, dass Mac Douglass hier ist?«
»Mac? Was will er?«
»Er hat Seth LeClerc abgeliefert.«
»Ist nicht wahr.« Seth hatte sich einer Haftstrafe wegen

Fahrens ohne Führerschein entzogen und war seit über einem Jahr verschwunden gewesen. Er war so oft ohne Fahrerlaubnis erwischt worden und war legendär genug, dass der Richter ihm ein paar Jahre in Togus aufgebrummt hatte. Jetzt sah es aus, als ob er sie auch wirklich absitzen würde.

»Sagen Sie Mac, dass ich gleich unten bin.«

Birch nickte und ging.

Mac Douglass war ein alter Freund, der als Privatdetektiv in Lewiston lebte. In einer größeren Stadt hätte er es vielleicht zu etwas mehr Wohlstand bringen können. Aus seinen Jahren bei der Polizei hatte er überall in den Vereinigten Staaten gute Kontakte. Doch Mac war zufrieden damit, im Verborgenen zu blühen. Er hatte ein relativ gutes Auskommen mit seiner Pension als Polizeibeamter des Staates Maine und damit, als Teilzeitbeschäftigung Väter aufzuspüren, die ihre Alimente nicht zahlten, und Leute zu beschatten, die den Staat um ihre Arbeitslosenunterstützung betrogen. Im Laufe der Jahre hatten er und Virgil einander unzählige Gefallen erwiesen.

Virgil lächelte, als er Mac sah.

»Sieht so aus, als hättest du einen interessanten Tag gehabt«, meinte Mac.

»Auf interessante Tage könnte ich verzichten.«

»Amen. Die Frau von dem Kerl hat niemals Anzeige erstattet, nicht wahr?«

Virgil nickte, und Mac schüttelte den Kopf.

»Vielleicht bringt er sich ja um.« Macs Lächeln sah mehr wie eine Grimasse aus. »Wie geht es Doris?«

»Nicht gut.«

»Das tut mir Leid.«
Macs Augen glitzerten, und Virgil folgte seinem Blick zu den beiden Akten, die auf seinem Schreibtisch lagen. Mac las die Namen laut vor.
»Du arbeitest immer noch an den beiden Fällen?«, fragte er mit gerunzelter Stirn.
»Bis ich sterbe.«
Mac schüttelte wieder den Kopf. »Irgendwelche neuen Erkenntnisse?«
»Nicht wirklich«, erwiderte Virgil. Sie hatten das Fahrrad, doch das sagte nichts über den Verbleib des Jungen aus.
»Warum hörst du dann nicht auf, mit dem Kopf gegen die Wand zu rennen?«
Virgil zuckte die Achseln. »Die beiden Fälle sind mein Hobby.« Er sah Mac eine Weile forschend an. »Würdest du mir einen Gefallen tun?«
»Raus damit.«
»Benutz deine Kontakte und beschaff mir ein paar Hintergrundinformationen über Audrey Bock.«
»Die Mutter von dem Bock-Jungen?«
»Ja.«
»Warum?«
»Nur so ein Gefühl.«
Er öffnete Zachs Akte, suchte alle Informationen heraus, die er über Audrey hatte – Adresse, Telefonnummer, Sozialversicherungsnummer – und kopierte sie für Mac.
Dieser las sie kopfschüttelnd durch. »Ich wünschte, du würdest das nicht tun, Virg.«

»Was meinst du damit?«
Mac hielt ihm die Papiere hin. »Stell dir vor, ich wäre ein Staatsanwalt. Sag mir, warum ich das tun soll.«
Virgil setzte sich an seinen Schreibtisch und starrte zum Fenster hinaus. »Ich möchte wissen, wo sie herkommt und wie sie hierher gekommen ist. Vor allem möchte ich wissen, ob sie jemals aus irgendeinem Grund eingesperrt worden ist.«
»Eingesperrt?«
»Ob sie wegen psychologischer Probleme behandelt worden ist.«
»Und wenn das zutrifft?«
»Ich weiß es nicht.«
»Du glaubst, sie hat den Kindern vielleicht etwas angetan?«
»Ich habe keine Beweise dafür, dass sie es getan hat. Ich glaube auch nicht, dass sie etwas mit Timmy Merrills Verschwinden zu tun haben könnte.«
Mac nickte. »Aber du hast auch keinen Beweis, dass sie nichts damit zu tun hat. Ist es so?«
»Ja.«
»Als Staatsanwalt müsste ich dir sagen, dass du meine Zeit verschwendest.«
»Dann wirst du es also nicht tun?«
»Ich möchte nur einen etwas besseren Grund haben, warum ich es tun soll. Die beiden Fälle sind Schnee von gestern, Virgil. Jeder hier weiß das.«
»Zach Bock ist erst vor einem Jahr und ein paar Tagen verschwunden«, sagte Virgil und starrte wütend auf seinen Tisch. »Das ist nicht lange für eine Ermittlung.«

»Nicht wenn du irgendwelche Beweise hast, mit denen du weitermachen kannst. Hast du so etwas?«
»Na ja, wir haben das Fahrrad des Merrill-Jungen gefunden.«
»Was?« Mac klang völlig verblüfft, und Virgil war froh, dass er wenigstens *etwas* vorweisen konnte, einen winzigen Informationsschnipsel als Entschuldigung für sein anhaltendes Interesse an den Fällen. Mac war nicht dumm. Er wusste, dass Virgil nur zu raten versuchte und sich an jeden Strohhalm klammerte. Und er hoffte, dass Mac um ihrer alten Freundschaft willen sein Bestes tun würde, ohne allzu viel nach dem Grund zu fragen. Keinesfalls wollte er ihm von Babs St. Clair und von Audreys Halluzinationen bezüglich des Kellers von Merle Coonts erzählen.
»Ich habe es im No Name Creek gefunden, es ist ans Ufer gespült worden. Es war in so gutem Zustand, dass man die Reifen hätte aufpumpen und damit in die Stadt fahren können.«
»Wie bist du darauf gekommen, dort zu suchen?«
Virgil nahm die Akten und legte sie an ihren Lieblingsplatz in seinem Schrank zurück. »Ich habe einen Hinweis bekommen.«
»Von wem?«
»Was macht das für einen Unterschied?«
»Ich spiele wieder den Staatsanwalt. Du willst, dass ich für dich arbeite. Also zeig mir, was du hast.«
Virgil seufzte.
»Eine Frau namens Babs St. Claire hat mir gesagt, ich sollte dort suchen.«

»Woher wusste sie, dass es dort sein würde.«
»Ich weiß es nicht.«
»Du weißt es nicht? Was zum Teufel soll das heißen? Was hat sie denn gesagt?«
»Wenn du es schon unbedingt wissen willst, die Information ist bei einer Séance herausgekommen. Überprüfst du nun Audrey Bocks Hintergrund oder nicht?«
»Bei einer Séance? Was hattest du denn bei einer Séance zu suchen?«
Virgil seufzte. »Doris wollte das.« Er lehnte sich in seinem Stuhl zurück und rieb sich heftig den Nasenrücken.
»Das klingt ziemlich verrückt, Virg.«
»Ich weiß, wie das klingt. Überprüfst du's?«
Mac nickte. »Hast du irgendeine Vorstellung, wo ich anfangen soll?«
»Fang mit einer Frau namens Tara Beals an.«
Mac starrte ihn an, als ob er zwei Köpfe hätte.
»Was ist los?«, fragte Virgil. »Kennst du sie?«
Es dauerte eine Weile, bis Mac antwortete. »Ich habe von ihr gehört. Sie ist Seelenklempnerin, nicht wahr?«
»Ja. Audrey Bock ist ihre Nichte. Offensichtlich hat Tara sie ihrer Mutter weggenommen. Wahrscheinlich ist sie also als Kind misshandelt worden. Ich möchte wissen, ob so etwas Audrey dazu bringen könnte, du weißt schon, etwas Verrücktes zu tun.«
»Ich weiß nicht recht«, meinte Mac. »Ich muss sehr vorsichtig sein, Virgil, sonst entziehen sie mir meine Lizenz.«
»Ich weiß. Geh kein Risiko ein. Sieh einfach zu, was du herausfinden kannst. Okay?«
»Ich schau mal, was ich tun kann.« Macs Gesicht hellte

sich wieder auf. »Soll ich deinen Killer umlegen, bevor ich gehe?«
Virgil lächelte. »Nein, danke. Der Staat findet das vielleicht nicht so gut.«
Mac zuckte die Achseln und ging, ohne auf Wiedersehen zu sagen. Das tat er immer. Manchmal schienen ihn die Dinge kaum zu berühren, aber er konnte sich in einen Fall verbeißen wie eine Bulldogge. Virgil hoffte, dass jetzt so etwas passieren würde. Er brauchte dringend jemanden, der sich an etwas festbiss.
Durch das Fenster sah er zu, wie Mac in seinen dunkelblauen Wagen stieg und davonfuhr. Dann legte er die Füße auf den Schreibtisch und überlegte, ob er in den vergangenen fünf Jahren irgendetwas übersehen hatte. Er wünschte sich so sehr, die Fälle lösen zu können, dass er es körperlich fühlte. Er betete darum, dass Mac die Dinge würde beschleunigen können, dass er einen neuen Hinweis finden würde, irgendwas, um diese ganze verdammte Geschichte wieder in Bewegung zu bringen, bevor ihm die Zeit ausging. Doch je länger er darüber nachgrübelte, umso weniger konnte er glauben, dass er lange genug leben würde, um das Ende mitzuerleben.
Er stand von seinem Schreibtisch auf wie ein alter Hund nach einem langen Schlaf, streckte jeden Muskel in seinem Körper und versuchte, das verdammte Ding dazu zu bewegen, wieder zu funktionieren, wie es vor zwanzig Jahren funktioniert hatte. Schließlich rief er Birch durch den Korridor zu, dass er noch etwas zu erledigen hätte.
Am No Name Creek würde er nichts mehr finden. Vir-

gil wusste das, und trotzdem zog es ihn dorthin. Er fuhr an den Straßenrand, parkte im Schatten einer hohen Eiche, rutschte die Uferböschung hinunter und folgte dem Trampelpfad im Gras, den die Deputys bei ihrer Suche hinterlassen hatten.

Das Fahrrad war fort und befand sich sicher in der verschlossenen Asservatenkammer. Es war von einem Spezialisten aus Augusta untersucht worden, der Virgil genau das mitgeteilt hatte, was dieser erwartet hatte, nämlich, dass es zu spät war, um noch irgendetwas von Bedeutung zu finden. Doch als Virgil in der Mitte des trockenen Bachbetts auf die Stelle zutrottete, an der das Fahrrad fünf lange Jahre lang gelegen hatte, konnte er den Gedanken nicht loswerden, dass dieser *Ort* versuchte, ihm etwas zu sagen. Er rief auf eine Weise nach ihm, auf die er noch vor einer Woche nicht reagiert hätte. Jetzt war er nicht mehr so schnell bereit, eine Intuition zu ignorieren, sofern es denn eine Intuition war. Nur dass es sich nicht wie eine Intuition anfühlte. Er hatte eher das Gefühl, als ob er hier sein *sollte*. Als ob er und der Bach und der Wald und der Himmel alle darauf warteten, dass etwas geschah.

Timmy Merrill war hier gewesen. Jedenfalls war er auf der Brücke gewesen, und sein Fahrrad war da drüben angespült worden. Es war, als hätte der Junge etwas von sich selbst hinterlassen, und Virgil stieß immer wieder auf diese Spur.

Du versteifst dich schon wieder zu sehr auf diese Geschichte. Du musst Abstand gewinnen. Du musst loslassen.

Nur dass er das nicht konnte. Einmal, weil die Sache schon zu lange an ihm gezehrt hatte, zweitens wegen der Art der beiden Fälle, von denen er wusste, dass ein Zusammenhang zwischen ihnen bestand, und drittens, weil sie für ihn der einzige Grund waren weiterzuatmen, wenn er nicht zu Hause war. Wenn er sich nicht auf diese Fälle konzentrierte, konzentrierte er sich auf Doris, und genau das wollte er im Augenblick möglichst vermeiden.

Er ging an dem Absperrungsband vorbei, folgte den Kurven des Baches durch den tiefen Laubwald und lauschte auf ein Rascheln auf seiner rechten Seite. An der Art, wie das Geräusch sich langsam durch das Unterholz bewegte, erkannte er, dass es eines von diesen verdammten Stachelschweinen sein musste. Stachelschweine fürchteten sich vor nichts, weil sie wenig Grund dazu hatten. Ein Glück, dass das Tier nicht hier gewesen war, als die Hunde vorbeigekommen waren. Sie hätten ein Maul voll Stacheln für ihre Mühe bekommen.

Das Rinnsal, das sich neben ihm herschlängelte, war so klein, dass sein Gluckern von den leisen Tiergeräuschen übertönt wurde, aber die staubige Trockenheit der umgebenden Erde war überlagert vom Geruch nach der sauberen Nässe des Baches. Es tat ihm gut, ein bisschen aus dem Streifenwagen herauszukommen, auch wenn seine Suche vollkommen sinnlos war, und er wanderte langsam ein paar hundert Meter weiter das Bachbett hinunter.

Als hinter ihm ein Zweig knackte, schaute er über die Schulter zurück. Stachelschweine waren nicht groß ge-

nug, um ein solches Geräusch zu verursachen. Wahrscheinlich war es ein Hirsch. Er blieb stehen und wartete, ob das Tier aus den Büschen herauskommen würde, um zu trinken.
Aber warum sollte ein Hirsch mitten am Tag hier herumlaufen? Meistens lagen sie um diese Tageszeit in irgendeinem Versteck und begannen erst in der Abenddämmerung mit der Futtersuche. Und wenn er recht darüber nachdachte, war das Stachelschwein ebenfalls reichlich früh unterwegs. Er wandte sich um und versuchte mit geneigtem Kopf um einen überhängenden Ast herum bachaufwärts zu schauen, als das Geräusch von Kies, der über Kies rutschte, zu ihm herüber getragen wurde. Hirsche machten keine solchen Fehler, es sei denn, sie hatten es höllisch eilig.
»Ist da jemand?«, rief er.
Noch mehr Kies rutschte das Ufer hinunter, aber er bekam keine Antwort. Er fuhr mit der Hand über den Griff seiner Pistole und löste den Verschluss des Halfters. Er glaubte, weiter oben am Bach Schritte zu hören, doch das Geräusch war schwach, und es konnte auch ein Irrtum sein.
»Hallo!«, rief er.
Wieder keine Antwort. Seine Phantasie musste ihm einen Streich gespielt haben. Aber für alle Fälle nahm er seine Pistole in die Hand und entsicherte sie. Dann begann er, leise einen Fuß vor den anderen setzend, den Weg zurückzuschleichen, den er gekommen war. Er spähte den Bach hinauf, sah aber auch immer wieder nach rechts und links. Auf dem Hinweg hatte er wenig

auf seine Umgebung geachtet und war unbefangen das trockene Bachbett entlanggegangen. Jetzt erschien ihm der Bach wie eine offene Rinne, die keinerlei Deckung bot. Er kam sich vor wie ein einsamer Kegel am Ende der Kegelbahn.
Warum sollte irgendjemand heute hier draußen sein? Die Untersuchung des Fundorts war offiziell abgeschlossen. Keine Ausrüstungsgegenstände waren zurückgelassen worden, die vielleicht jemand holen könnte. Es konnte ein Schaulustiger sein, der wissen wollte, worum es bei der ganzen Aufregung gegangen war, und der nicht erwartet hatte, auf ihn zu stoßen. Aber warum sollte er dann herkommen, während der Streifenwagen unübersehbar auf der Straße stand? Der Gedanke, dass jemand vielleicht genau aus diesem Grund gekommen war, veranlasste ihn, die Pistole fester zu fassen.
Virgil war nicht töricht genug, zu glauben, dass er keine Feinde hätte. Im Laufe der Jahre hatte er eine ganze Reihe von Leuten hinter Gitter gebracht. Einige saßen noch, viele waren auf freiem Fuß. Aber das hatte ihm niemals schlaflose Nächte bereitet, jedenfalls nicht mehr als anderen Polizisten auch. Nur wenige Verbrecher waren dumm genug, sich an einem Polizisten zu rächen, und diejenigen, die ihm einfielen, waren sicher hinter Gefängnismauern untergebracht. Als er um einen hervorspringenden Felsen herumging, hörte er Schritte, die ein Stück weit bachaufwärts verklangen.
»Halt!«, rief er und rannte los.
Obwohl der Bach an dieser Stelle nicht steil war, ging es dennoch bergauf, und der lose Kies gab den Füßen

wenig Halt. Als er um die nächste Kurve kam, stellte er zu allem Übel auch noch zum tausendsten Mal fest, wie schlecht er in Form war. Er war kaum fünfzig Meter weit gelaufen, und sein Gesicht war bereits schweißüberströmt und seine Kehle brannte. Er hörte auf zu rennen und ging weiter, die freie Hand auf die stechende Seite gepresst. Er hatte fast die Fundstelle erreicht, als eine Autotür zugeworfen wurde und oben auf der Straße ein starker Motor aufheulte. Er überlegte, ob er es schaffen könnte, aus dem Bachbett herauszukommen, bevor der Wagen verschwunden war, aber er wusste, dass es hoffnungslos war. Also drehte er sich um und suchte die Umgebung nach Fußspuren ab.

Er ging die ganze Strecke zurück, die er vorher gegangen war, doch der trockene Kies verriet nichts. Als er wieder aus dem Bachbett geklettert war, blieb er vor dem Streifenwagen stehen, starrte in die Richtung, in der Arcos lag und in die der Wagen gefahren war, und fragte sich, was zum Teufel gerade passiert war.

An diesem Tag war er ausnahmsweise schon vor fünf zu Hause und verließ sein Haus vier Tage lang nicht mehr. Aber er hatte nicht viel Zeit, über die verschwundenen Jungen oder seinen geheimnisvollen Besucher am Bach nachzudenken. Doris' Medikamente linderten ihre Schmerzen nicht mehr so wie zuvor, und sie erbrach mehr, als sie bei sich behalten konnte. Irgendwann während der ersten Nacht kam Doktor Burton mit einem Rezept, einem Kopfschütteln und einer Umarmung für Virgil vorbei, dann verschwand sie, und er war wieder allein mit Doris.

Endlich war der Bann gebrochen wie ein Fieber, und sie schien sich ein kleines bisschen zu erholen. Jedenfalls genug, dass sie darauf bestand, dass er hinausging und ein wenig Luft schnappte. Wie immer mochte er nicht mit ihr streiten, aber er versteckte sich zwei Stunden lang im unteren Stockwerk und wartete, ob sie nach ihm rufen würde, ehe er schließlich hinausschlüpfte.

Birch hatte montags frei, und Stan, abgesehen von Virgil der Älteste im Departement, hielt die Stellung. Stan sah unter struppigen grauen Augenbrauen zu ihm auf, als Virgil hereinkam. »Wie geht's Ihnen, Virg? Ist Doris okay?«

Virgil nickte. »Ja, Stan, sie fühlt sich ein bisschen besser. Was machen unsere Gefangenen?«

Stan lachte leise vor sich hin. »Unser Autofahrer ohne Führerschein schläft.« Dann zog er die Brauen zusammen. »Unser Frauenmörder hat nach einer Bibel verlangt. Ich hab nicht mal gewusst, dass er lesen kann.«

Virgil grinste. »Das hab ich auch nicht gewusst. Haben Sie ihm eine gegeben?«

»Ja. Eine von den Gideon-Bibeln aus dem Hinterzimmer.« Sie konnten die Bibeln nicht in den Zellen lassen, wie die Vertreter der Gideons International es gewollt hatten, sonst hätten die Gefangenen die hauchdünnen Seiten dazu benutzt, sich Zigaretten damit zu drehen. Tatsächlich befand sich keine einzige vollständige Bibel mehr in dem ganzen Stapel.

»Hat Mac angerufen, während ich nicht da war?«, erkundigte sich Virgil.

»Mac Douglass?«

Virgil nickte. Stan warf einen Blick auf seinen Notizblock und schüttelte den Kopf.
»Ich bin in meinem Büro«, erklärte Virgil.
Er ließ sich in seinen Stuhl fallen und griff nach dem Telefon. Die Sekretärin, die sich meldete, sagte ihm, Mac sei den Tag über außer Haus, aber sie würde dafür sorgen, dass er zurückrief, sowie sie von ihm hörte. Virgil trommelte mit den Fingerspitzen auf der Glasplatte auf seinem Schreibtisch herum. Dann griff er noch einmal nach dem Telefon, wählte die Nummer der Staatspolizei in Augusta und ließ sich zu Charlie Southern durchstellen.
»Wann brauchst du die Information, Virg?«, fragte Charlie, nachdem Virgil ihm erklärt hatte, worum es ging. »Vermutlich gestern?«
»Wenn das möglich ist?«
»Wir sind zurzeit ziemlich beschäftigt.«
»Ich brauche nur ihren Mädchennamen, und ich möchte wissen, wo sie gelebt hat, bevor sie nach Ouachita gekommen ist. Alle anderen Informationen, die du mir geben kannst, wären natürlich auch willkommen.«
»Sicher. Was für welche denn?«
»Ich wüsste gerne, ob bei ihr jemals irgendwelche psychischen Probleme diagnostiziert wurden, und ob sie vielleicht in eine Heilanstalt eingeliefert worden ist. Ich habe Mac gebeten, das für mich festzustellen, aber ich habe noch nichts von ihm gehört.«
Charlie schwieg eine Weile. »Mac Douglass?«
»Ja. Was ist mit ihm?«
»Nichts. Nur, dass es Mac in letzter Zeit nicht so richtig

gut ging. Früher hatte ich ständig mit ihm zu tun. Jetzt kommt er nicht mehr oft vorbei.«

»Was ist los?«

»Du weißt, dass er und ich in den achtziger Jahren Partner waren?«

»Nein, das habe ich nicht gewusst.«

»Mmm. Ich habe es nie jemandem erzählt, aber Mac ist in den Ruhestand getreten, weil er Probleme hatte.«

»Was für Probleme?«

Schweigen.

Virgil verstand. Polizisten konnten Eheprobleme haben. Sie konnten finanzielle Probleme haben. Sie konnten sogar Probleme mit Glücksspielen haben. Aber über psychische Probleme sprachen sie nicht, weil sie keine hatten.

»Was ist passiert?«

»Er fing an, auf Leute loszugehen. Er konnte sich überhaupt nicht mehr beherrschen. Und dann kam es ein paar Mal vor, dass er sich einfach völlig abgeschottet hat. Als ob nichts mehr zu ihm durchdringen würde. Ich habe ihn einmal so gesehen, und es war wirklich erschreckend. Ich dachte, er hätte einen Schlaganfall. Und dann machte es plötzlich Klick, und er war wieder der alte Mac. Er war bei irgendjemandem in Behandlung, aber es hat nichts geholfen. Er musste eine Weile ins Krankenhaus. Nicht in ein normales Krankenhaus, du weißt schon. Danach schien er okay zu sein, und dann wurde es wieder schlimmer.«

»Inwiefern schlimmer?«

»Er konnte nicht schlafen, hatte Albträume. Ich weiß

nicht, was noch. Er wollte weder mit mir noch mit sonst jemandem reden, und er wollte sich auch nicht mehr behandeln lassen. Schließlich musste er gehen. Es blieb ihm nichts anderes übrig. Aber ich habe mich immer gefragt, ob es gut für ihn war, aufzuhören.«

»Mac hat mir einmal gesagt, es sei das Beste gewesen, was ihm je passiert sei, dass er aus der Polizei ausgeschieden ist.«

»Vielleicht irre ich mich. Warte mal, ich pack dich in die Warteschleife. Einer von unseren Computerfreaks ist gerade reingekommen. Vermutlich kann ich von ihm ein paar Antworten für dich bekommen.«

Virgil hörte ein dumpfes Summen in der Leitung. Offensichtlich konnte sich die Staatspolizei kein Tonband mit Musik leisten.

Als Charlie sich wieder meldete, hatte er eine Nummer und einen Namen.

»Audrey Remont. Sie hat bei ihrer Tante Tara Beals in der Nähe von Augusta gewohnt.«

»Was ist mit ihren Eltern?«

»Hmm. Hier steht, dass ihre Tante im Jahr 1971 das Sorgerecht für sie bekommen hat. Die Mutter hieß Martha Remont. Vater verstorben. Die Mutter hat in Audesto gewohnt, in Kalifornien. Einundsechzig Pine Crest Drive. Möchtest du die Telefonnummer?«

»Nein. Die muss inzwischen durch ein Dutzend Hände gegangen sein. Danke. Hast du irgendetwas über Anzeigen gegen Audrey Remont oder Audrey Bock?«

Es dauerte eine Weile, bis Charlie sich wieder meldete.

»Hier haben wir nichts.«

»Noch mal vielen Dank.«
»Wenn du Mac siehst, sag ihm, dass ich ihn grüßen lasse.«
Virgil legte auf und suchte sich die Nummer des Generalstaatsanwalts von Kalifornien heraus. Nachdem er durch ein Dutzend verschiedener Büros weitergeleitet worden war, hatte er endlich einen Unterstaatsanwalt am Telefon, der ihm sagte, dass die Informationen, die er haben wollte, vertraulich seien und nicht einmal an einen Richter weitergegeben werden dürften.
»Selbst wenn ich etwas über die Krankengeschichte der Frau herausfinden könnte, dürfte ich es Ihnen nicht sagen.«
Virgil hatte das vermutet, aber hin und wieder waren die Kollegen bereit, die Vorschriften ein bisschen großzügig auszulegen. Jedenfalls hatte er noch ein weiteres Eisen im Feuer. »Dann können Sie mir vielleicht sagen, ob in ihrem Bundesstaat gegen diese Frau jemals wegen irgendeines Vergehens Anklage erhoben worden ist.«
»Da kann ich Ihnen behilflich sein.«
»Großartig«, sagte Virgil, doch dann stellte er fest, dass er schon wieder in ein anderes Büro durchgestellt wurde. Die Frau, auf die er dort traf, brauchte einige Zeit, um seine Identität zu überprüfen, dann erklärte sie ihm, er sei mit dem falschen Büro verbunden worden und leitete ihn noch einmal weiter. Endlich meldete sich jemand mit junger Stimme – Virgil konnte nicht sagen, ob es ein Mann oder eine Frau war –, ließ sich Audreys Personalien geben und meldete sich innerhalb weniger Minuten mit der Auskunft zurück, dass weder gegen

Audrey noch gegen Martha Remont jemals wegen irgendetwas Anzeige erstattet worden war.

Virgil hatte eine plötzliche Eingebung. »Und wie ist es mit Tara Beals?«

»Mit wem?«

»Ich habe ihre Sozialversicherungsnummer nicht. Aber könnten Sie vielleicht einfach mit dem Namen eine Suche starten?«

»Hat sie irgendwas mit der Psychiaterin zu tun?«

Virgil starrte das Telefon an. »Sie *ist* die Psychiaterin.«

»Cool.«

»Sie wissen, wer sie ist?«

»Klar, Mann. Tara Beals hat das Buch über Selbsthypnose geschrieben. Mann, das ist echt das Beste auf dem Gebiet. Wissen Sie wirklich nicht, wer sie ist?«

»Nicht so recht. Könnten Sie für mich nachsehen?«

»Nach Anzeigen? Gegen Tara Beals? Ist das Ihr Ernst, Mann? War Martha Remont eine Patientin von ihr?«

»Ihre Schwester. Schauen Sie nach?«

»Okay. Augenblick.«

Diesmal hörte er Musik. Als das männlich-weibliche Geschöpf sich wieder meldete, schien es überrascht zu sein. »Sie ist wegen Hausfriedensbruch angezeigt worden, aber später hat die Klägerin die Anzeige wieder zurückgezogen.«

»Und wer war das?«

»Echt irre.«

»Wer?«

»Martha Remont. Ihre Schwester.«

Das hörte sich an, als ob Martha versucht hätte, Tara von

Audrey fernzuhalten. Warum? Weil sie verhindern wollte, dass die Kindsmisshandlung entdeckt wurde? Hatte sie Anzeige erstattet, um Audreys Vater oder einen unbekannten Liebhaber zu schützen, der das Mädchen missbrauchte?

»Erzählen Sie mir mehr von Tara Beals«, bat Virgil.

»Ein Freund von mir hat mich vor zwei Jahren auf ihre Bücher aufmerksam gemacht«, sagte die Stimme. »Sie haben mein Leben verändert. Sie sollten sie mal lesen.«

»Aber was ist mit Tara selbst?«

»Das weiß ich nicht. Sie ist eine von den Leuten, die sich im Hintergrund halten. Sie wissen schon, kein Foto auf dem Umschlag, kein Lebenslauf, außer ihren Qualifikationen.«

»Und wie sehen die aus?«

»Ich hab sie nicht alle im Kopf. Sie hat anscheinend Diplome von sämtlichen Elite-Unis im Osten.«

Virgil dankte *der Person* und legte auf. Als er feststellte, dass Taras Telefonnummer nicht im Telefonbuch stand, rief er noch einmal Charlie an.

»Du machst heute anscheinend Überstunden«, meinte Charlie.

»Sagst du mir die Nummer?«

Charlie gab sie ihm. Er wählte die Nummer, doch noch vor dem zweiten Klingelton legte er auf und rief das Verzeichnis der angewählten Nummern auf. Tara Beals, Old Route 137, Augusta. Er rief einen alten Freund im Postamt an, der ein paar Telefongespräche führte und ihm eine Wegbeschreibung zu dem Haus lieferte. Es war eine zweistündige Fahrt, aber er fand die Einfahrt ohne

Schwierigkeiten, obwohl der Name auf dem alten Briefkasten so verwittert war, dass er kaum noch zu entziffern war. Auf dem schmiedeeisernen Tor prangte der Name *Beals* in Messingbuchstaben. Er war nicht allzu überrascht, als er eine Gegensprechanlage in dem steinernen Torpfosten entdeckte. Tara meldete sich nach dem dritten Klingelton mit ihrem Namen anstelle von »Hallo«, und Virgil stellte sich vor.

»Was kann ich für Sie tun, Sheriff?« Ihre Stimme klang wie warmer Honig. Er hatte sie noch von den ersten Tagen nach Zachs Verschwinden her in Erinnerung. Sie war eine beeindruckende Frau.

»Wenn es Ihnen nichts ausmacht, würde ich gern hereinkommen und mit Ihnen reden. Ich dachte, Sie könnten mir vielleicht etwas über Audreys Vergangenheit erzählen.«

»Dazu kann ich Ihnen nichts sagen.«

»Warum nicht?«

»Ich würde meinen, dass Ihnen das klar sein müsste. Audrey war meine Patientin.«

Virgil kam sich wie ein Trottel vor, während er die Sprechanlage ein- und ausschaltete wie ein Funkgerät. »Es wird nicht lange dauern. Ich möchte nichts über die Zeit wissen, in der Sie sie behandelt haben. Ich wüsste nur gerne, was sie für eine Kindheit hatte.«

»Sie wollen mehr wissen als das.«

»So? Was denn?«

»Sie wollen wissen, ob Audrey vielleicht für das Verschwinden ihres eigenen Sohnes verantwortlich sein könnte.«

Virgil sagte nichts.
»Sie hat nichts damit zu tun, Sheriff.«
Ein Pickup Truck fuhr vorbei, und zwei Halbwüchsige musterten Virgil von Kopf bis Fuß, aber er ignorierte sie. »Wie können Sie da so sicher sein?«
»Weil ich Audrey schon ihr ganzes Leben lang kenne *und* ihre Ärztin gewesen bin. Sie ist nicht gewalttätig, und sie hat weder die Symptome noch den Hintergrund, die sie veranlassen könnten, ihrem eigenen Kind etwas anzutun.«
»Kann ich bitte raufkommen?«
Das Geräusch, mit dem das Tor in seinen Gummischarnieren aufschwang, klang wie ein Seufzer.
Virgil fuhr die gewundene, ungepflasterte Auffahrt hinauf und musterte die dichten Gruppen von Eichen, Ahornbäumen und Büschen, die das Grundstück umschlossen wie eine Hecke. Das Haus war modern und gepflegt, aber die Umgebung war verwildert und wirkte mehr wie ein Stück freie Natur als wie ein Garten. Er klopfte an die Tür, und Tara öffnete sie weit, um ihn in das Foyer eintreten zu lassen. Sie war etwas kleiner, als er sie in Erinnerung hatte, aber deshalb nicht weniger umwerfend in ihren Jeans und ihrem Cowboyhemd.
»Was kann ich tun, um Ihnen zu helfen?«, fragte sie. Es war offensichtlich, dass sie ihn nicht auffordern würde, weiter ins Haus hineinzukommen.
»Wissen Sie, dass Audrey jetzt von einem anderen Arzt behandelt wird und dass sie Halcion nimmt?«
Taras Stimme war kalt. »Ja, das habe ich gewusst. Mir war nicht klar, dass Sie es wissen.«

»Das ist ein Medikament gegen Depressionen, nicht wahr?«

»Unter anderem wird es auch dagegen verschrieben.«

»Gegen andere Dinge, von denen ich wissen sollte?«

»Sie sind unverschämt, Sheriff. Lassen Sie Audrey in Ruhe.«

»Ich habe keine bösen Absichten gegen Audrey. Ich mache nur meinen Job.«

»Und ich versuche, meinen zu machen.«

»Sie haben einen Fan in Kalifornien.«

»Wie bitte?«

Virgil erzählte ihr von dem männlich-weiblichen Geschöpf, und Tara lachte. »Es freut mich zu hören, dass mein Buch seinen Zweck erfüllt.«

»Haben Sie Audrey hypnotisiert, als Sie sie behandelt haben?«

»Auch diese Information ist vertraulich.«

Aber natürlich hatte sie das getan. Tara hatte Bücher über dieses Thema geschrieben. »Wenn Sie Audrey hypnotisiert haben, hat sie Ihnen dann jemals etwas von einem anderen kleinen Mädchen erzählt?«

»Was meinen Sie damit?«

»Audrey hat mir gesagt, dass sie immer wieder ein anderes kleines Mädchen sieht. Ihre Mutter – Ihre Schwester – hat ein anderes kleines Mädchen im Keller gefangen gehalten und ihr etwas Furchtbares angetan.«

»Audrey hat alle möglichen schrecklichen Erinnerungen, Sheriff. Manche sind echt, andere sind Produkte ihrer Phantasie.«

»Und diese Erinnerung?«

»Ich würde sagen, die ist ein Phantasieprodukt.«
»Aber Ihre Schwester muss Audrey etwas Furchtbares angetan haben, sonst hätten Sie das Sorgerecht nicht bekommen.«
»Das ist lange her und geht Sie wirklich nichts an.«
»Es interessiert mich aber.«
»Ich bitte Sie, jetzt zu gehen, Sheriff.«
»Aber Sie *haben* sie hypnotisiert, nicht wahr?«
»Ich habe während unserer Sitzungen eine Menge getan. Audreys Vergangenheit war besonders traumatisch. Es hat Jahre gedauert, die Wände aufzubauen, die sie jetzt schützen. Ich bitte Sie darum, nichts zu tun, das diese Wände zum Einsturz bringen könnte. Und jetzt fordere ich Sie auf zu gehen. Tun Sie es freiwillig oder muss ich Ihren Vorgesetzten anrufen?«
Virgil ging. Er war nicht näher daran, den Entführer der Jungen zu finden als vorher, und Doris lag im Sterben. Es war, als ob eine tickende Uhr über seinen Ermittlungen hing.
Das ergab alles keinen Sinn. Er glaubte nicht wirklich, dass Audrey Bock etwas mit Zachs Verschwinden zu tun haben könnte. Vielleicht konnte eine Mutter ihrem Kind etwas antun. Aber Virgil konnte nicht glauben, dass sie eine solche Verzweiflung, wie er sie an Audrey beobachtete, *spielen* konnte. Sie war fast wahnsinnig vor Sorge und Kummer. Und wenn Audrey es *doch* gewesen sein sollte, dann würde das außerdem seine Theorie, dass es nur ein Ungeheuer gab, über den Haufen werfen. Er konnte sich einfach nicht vorstellen, dass sie, klein wie sie war, Timmys Fahrrad über das hohe Brücken-

geländer und weit genug in den Bach hinausgeschleudert haben könnte, dass es dort angespült werden konnte, wo es gelegen hatte. Er konnte sich nicht einmal vorstellen, dass ein Mensch von Audreys Größe ein Kind in Timmy Merrills Alter überwältigen konnte.
Aber irgendjemand hatte die beiden Jungen getötet, und dieser Jemand würde dafür bezahlen.

25

Das Wohnzimmer von Babs St. Clair hätte Martha Stewart Albträume verursacht. Ein Perlenvorhang verschloss eine Öffnung, hinter der Virgil die Küche vermutete. Geflochtene Strohmatten bedeckten den größten Teil des Fußbodens, und die Fenstervorhänge, die von außen ganz normal aussahen, waren innen vom Fußboden bis zur Decke mit einer wilden Sammlung von Federn, Blättern, getrockneten Blumen und noch etwas besetzt, dass Virgil für Haare hielt.
Ein großes Rundsofa mit einem Bezug aus falschem Leopardenfell nahm einen Großteil des Zimmers ein und bildete einen hellen Kontrast zu dem leuchtend roten Perserteppich. Anstelle eines Couchtisches stand ein antiker, eichener Esstisch mit gekürzten Beinen in der Mitte des Raumes, der mit brennenden, halbgeschmolzenen Kerzen in allen Größen und Formen vollgestellt war. Ein aus einem Wagenrad gefertigter Kerzenhalter,

ebenfalls mit brennenden Kerzen, hing direkt über dem Tisch, und die Wände waren mit tiefgrünem Stoff behängt, von dem Virgil annahm, dass es Seide war. Zwischen zwei Fenstern stand ein großes Bücherregal, das bis zum Bersten mit ledergebundenen Bänden angefüllt war. Die Bücher hatten seltsam klingende Titel wie *Necronomicon* und *Das Buch der Veränderungen*.

»Möchten Sie sich nicht setzen?« Babs deutete mit einer Hand, die mit falschen Juwelen beladen war, auf das wartende Leopardenfell. Er setzte sich unbehaglich auf die Kante des riesigen Sofas und stützte die Ellenbogen auf die Knie. »Kann ich Ihnen etwas anbieten? Tee vielleicht? Ich habe grünen Tee und Kamillentee. Sie sehen aus, als hätten sie eine Tasse nötig. Es dauert nur eine Minute.«

»Nein, ist schon in Ordnung«, versicherte Virgil, doch seine ausgestreckte Hand kam zu spät. Sie war bereits in einer Wolke von Moschus und Jasmin hinter den klappernden, bunten Perlen verschwunden. Zum Glück hatte er gewartet, bis die Zeit für das Abendessen vorbei war. So konnte er wenigstens hoffen, dass sie ihm nicht auch noch etwas zu essen anbieten würde.

Das ganze Haus roch nach irgendetwas, aber die Mixtur von Gerüchen war so überwältigend, dass sie die Sinne mit ihrer erstickenden Süße betäubte und mit durchdringendem Blumenduft ertränkte. Virgil fragte sich, ob er jemals wieder etwas riechen würde. Misstrauisch betastete er das Polster und überzeugte sich, dass das Leopardenfell nicht echt war.

Babs kam klappernd ins Wohnzimmer zurückgesegelt, in

jeder Hand einen großen, dampfenden Teebecher. Einen davon reichte sie Virgil, und er nahm ihn höflich in Empfang. »Ohne Milch und Zucker, nicht wahr«, sagte Babs.
Virgil zog die Brauen zusammen. »Woher wissen Sie das?«
Babs lachte leise vor sich hin. Es hörte sich an wie das Lachen eines Holzfällers und nicht wie das einer Frau, die nur zwei Zentimeter größer war als Virgil, aber er stellte mit Erstaunen fest, dass es ehrlich klang und dass ihm das gefiel. »Keine Zauberei, Virg. Ich habe Sie oft genug in der Stadt gesehen, um zu wissen, dass Sie Ihren Kaffee schwarz trinken. Die meisten Leute, die den Kaffee ohne was trinken, mögen ihren Tee genau so. Regen Sie sich ab.«
Virgil lächelte unsicher und schlürfte das seltsame Gebräu. Es schmeckte wie gekochtes Heftpflaster. Aber es gab ihm eine Beschäftigung für seine Hände, eine Möglichkeit, seine Gedanken zu ordnen. Er erwartete, dass Babs ihn fragen würde, warum er gekommen sei, doch sie trank nur zufrieden ihren Tee und lächelte ihn seelenruhig an, bis er sich endlich aufraffte, das Gespräch zu eröffnen.
»Babs«, begann er und stellte die Tasse auf seinem Knie auf. »Sagen Sie mir, was bei der Sitzung passiert ist.«
Babs entblößte ihre Zähne zu einem breiten Lächeln, und ihre Augen leuchteten vor Eifer. »Ein neuer Anhänger?«
Virgil schüttelte nachdrücklich den Kopf. »Nichts dergleichen. Ich will wissen, was da wirklich vorgegangen ist.«

Babs' Lächeln erlosch, und ihre Augen sahen ihn fragend an. »Ich weiß nicht, was Sie meinen.«
»Ich meine, wie haben Sie das gemacht? Wie haben Sie das mit den Stimmen fertig gebracht? Woher wussten Sie, wo Timmy Merrills Fahrrad war?«
»Es war da! Ich habe gehört, dass Sie es gefunden haben.«
»Ja, ich habe es gefunden. Aber jetzt will ich wissen, woher Sie wussten, dass es dort sein würde.«
»Ich habe es nicht gewusst. Die Geister haben es gewusst. Natürlich wusste Timmy Merrill, wo sein eigenes Fahrrad war.«
»Kommen Sie, das ist doch lächerlich, und das wissen Sie auch.«
»Was soll ich wissen.«
»Es gibt keine Geister. Wenn man tot ist, ist man tot. Man steht nicht auf, hängt sich ein Laken um und spricht zu den Lebenden. Ich glaube nicht, dass *Sie* das tatsächlich glauben.«
»Sie sollten es aber glauben. Außer das mit dem Laken, meine ich. Ich glaube es wortwörtlich. Sind Sie allen Ernstes der Meinung, dass ich in Ihr Haus gekommen bin und mich mit der armen Doris hingesetzt habe *und alles nur Theater war*?«
»Ich weiß nicht, was Sie gemacht haben. Deshalb bin ich hier. Um das herauszufinden.«
»Nein, das ist nicht wahr.«
»Was?«
»Sie sind nicht hier, um herauszufinden, was passiert ist. Sie sind hier, damit ich Ihnen sagen kann, was Sie *hören wollen*.«

Virgil seufzte in seine Tasse und nahm einen langen Schluck von dem inzwischen vollkommen geschmacklosen Tee.

»Ich kann mit den Geistern sprechen, Virgil, ob Sie es nun glauben wollen oder nicht. Das ist egal. Sie sprechen durch mich, und sie nehmen Kontakt mit unserer Seite auf. Es ist eine Gabe. Und manchmal ist es auch ein Fluch. Aber ich kann nichts daran ändern. Sie haben dasselbe gehört wie alle anderen, die im Raum waren. Und alle haben geglaubt, dass sie die Stimmen der Toten gehört haben. Nur Sie nicht. Und Sie haben einen stärkeren Beweis als alle anderen.«

»Das klingt, als ob Sie tatsächlich glauben, was Sie sagen …«

»Natürlich glaube ich es!«

»Aber es gibt auch andere Erklärungen.«

»Und die wären?«

»Was mir Sorgen macht, ist, dass Sie vielleicht irgendwann irgendwo etwas gehört haben, woraus Sie etwas über Timmy Merrills Verschwinden schließen konnten. Dieses Wissen hat in Ihrem Kopf vor sich hingekocht, bis es bei der Sitzung herauskam.«

»Blödsinn, Virg! Was haben Sie sonst noch für Erklärungen?«

Virgil runzelte die Stirn. »Eine davon wäre, dass Sie sogar noch mehr wissen.«

»Dass ich etwas damit zu tun habe?«

»Das glaube ich nicht, Babs.«

»Das will ich auch hoffen.«

»Ich bin Polizeibeamter. Ich versuche, zwei Fälle zu

lösen, die das Schlimmste sind, was ich je erlebt habe. Ich bitte nur um ein bisschen Hilfe. Das ist alles.«

Babs' Augen wurden weich. Sie fuhr mit den Fingern durch ihr dickes Haar. »Ich weiß, Virgil. Aber Sie schließen eine ganze Welt von Hilfe aus, indem Sie sich weigern zu glauben.«

Virgil wandte sich wieder seinem Tee zu. »Man glaubt eben, was man glaubt.« Er fühlte eine weiche Hand auf seiner Schulter, blickte jedoch nicht auf.

»Es ist schwer für Sie«, sagte Babs. »Ich meine das mit Doris.«

Virgil nickte, und die Kehle wurde ihm eng.

»Ich habe Sie bei der Sitzung erschreckt, nicht wahr? Das wollte ich nicht. Dass ich gekommen bin, war ein Fehler. Doris hatte mir gesagt, dass sie mit der anderen Seite Kontakt aufnehmen wollte. Ich dachte, sie meinte, dass sie mit jemandem sprechen wollte, den sie kannte, und der noch nicht ganz hinübergegangen ist.«

»Nein, Sie haben mich nicht erschreckt.« Virgil warf ihr einen Blick zu und sah wieder weg.

»Doch, das habe ich. Es hat Sie erschreckt, dass Doris in der Dunkelheit bei jenen verlorenen Seelen landen könnte.«

»Ich glaube nicht an diesen Blödsinn. Es hat mich geärgert, dass Sie Doris mit diesem Hokuspokus erschreckt haben.«

»Sie glauben eben doch, mehr als Sie selbst wissen. Ich sehe es an Ihren Augen. Sie glauben gerade genug daran, um sich davor zu fürchten. Aber das brauchen Sie nicht.«

»Und warum nicht? Muss nicht jeder zu Tode erschrecken, wenn er Ihnen zuhört? Glauben Sie wirklich, dass es das ist, was auf uns wartet, wenn wir sterben? Eine Ewigkeit in Dunkelheit und Angst? Nein, danke.«

»Aber das ist nicht das, was auf uns wartet, Virg! Haben Sie denn nicht zugehört? Ich kann nicht mit dem Himmel sprechen! Das habe ich nie behauptet. Und ich kenne kein einziges authentisches Medium, dass so etwas je behaupten würde. Ich kann nur Kontakt mit Seelen aufnehmen, die noch auf dieser Ebene sind. Seelen, die noch nicht hinübergegangen sind. *Das* tut ein echtes Medium. Wir versuchen, diesen Seelen auf ihrem Weg weiterzuhelfen. Ich habe gesagt, es sei eine Gabe und ein Fluch. Es ist eine Gabe, wenn ich jemandem helfen kann, einem Lebenden hier oder einem Toten dort. Wenn ich es nicht kann, ist es ein Fluch. Ich versuche nur zu helfen.«

Virgil zweifelte immer noch. Aber er zweifelte nicht mehr an ihrer Aufrichtigkeit. Babs glaubte jedes Wort, das sie sagte. Was also bedeutete das für ihn?

»Ich habe das Fahrrad gefunden, Babs. Aber das hilft mir nicht viel. Es bestätigt nur, dass Timmy sich vermutlich nicht im Wald verirrt hat, aber das wussten wir bereits.«

»Und was wollen Sie von mir? Wollen Sie, dass ich versuche, noch einmal Kontakt mit ihm aufzunehmen? Bei manchen gelingt mir das, bei anderen nicht. Es ist nicht so, als bräuchte man nur eine Telefonnummer zu wählen. Sie müssen es sich eher so vorstellen, als sollte ich dieselbe Elritze in einem Fass fangen, mit bloßen Händen und im Dunklen. Es kommt vor, aber es gibt keine Möglichkeit, es zu kontrollieren. Aber wenn Sie trotzdem möchten, dass ich es jetzt sofort versuche, tue ich das gerne.«

»Nein, nein, das will ich nicht.« Das Letzte, was er wollte, war, noch einmal jene Stimmen aus Babs' Mund kommen zu hören. »Ich habe mir nur gedacht, wenn Sie irgendeine Möglichkeit hätten, mir noch ein paar Informationen zu verschaffen, wäre das sehr hilfreich. Immerhin haben Sie mir geholfen, das Fahrrad zu finden.«

»Ich weiß, und ich habe sehr viel darüber nachgedacht, seit Timmy sich gemeldet hat. Ich wünschte, er hätte uns mehr gesagt, womit wir weitermachen könnten. Aber die Geister drücken sich oft sehr vorsichtig aus. Ehrlich gesagt war es erstaunlich, wie direkt er war. Aber ich möchte diesem Jungen Frieden geben. Das wünsche ich mir von ganzem Herzen, ebenso sehr wie Sie es sich wünschen müssen.«

»Ihm, und dem Bock-Jungen auch.«

Babs schüttelte den Kopf. »Mit dem anderen Jungen kann ich Ihnen noch nicht helfen.«

»Wieso *noch* nicht?«

Sie starrte die Karten an, die vor ihnen lagen. »Ich glaube, seine Mutter wird mich besuchen. Dann werde ich mehr wissen.«

Virgil seufzte so laut, dass Babs es nicht überhören konnte. »Sie kennen Audrey?«

Babs schüttelte den Kopf. »Nein.«

»Warum sollte Audrey Bock Sie dann besuchen? Sie haben sie doch nicht angerufen, oder?«

»Natürlich nicht. Glauben Sie, ich hätte es nötig, Kunden anzuwerben?«

»Um ehrlich zu sein, ich weiß nicht viel über Ihre Geschäfte.«

»Nun, ich habe so etwas nicht nötig.«

»Aber warum sollte Audrey dann zu Ihnen kommen?«

»Ich habe keine Ahnung. Aber ich hatte Recht mit Evan und Janie, und hiermit habe ich auch Recht. Ich habe geträumt, dass wir uns begegnet wären, also weiß ich, dass wir uns kennen lernen werden.«

Virgil schüttelte den Kopf. »Babs, ich habe von einem dreißigpfündigen Barsch geträumt, hinter dem ich seit meiner Kindheit her bin. So sind Träume nun mal. Nichts als Träume.«

»Für Sie vielleicht«, knurrte Babs und griff nach dem Kartenstapel, der auf dem Tisch lag. Mit gerunzelter Stirn murmelte sie etwas vor sich hin.

»Was haben Sie gesagt?«, wollte Virgil wissen.

Babs schüttelte den Kopf. »An Träumen ist mehr dran als Sie glauben. Und in letzter Zeit hatte ich richtige Albträume. Und was noch schlimmer ist, ich hatte Visionen. Das ist mir noch nie passiert.«

Audrey Bocks Worte hallten in Virgils Kopf wider. Er hatte das Gefühl, in einem Wäschetrockner zu stecken, sich hinter dem Fenster zu drehen und dabei immer in denselben Raum hinauszuschauen, bei jeder Umdrehung jedoch aus einem anderen Blickwinkel. »Was sehen Sie in Ihren Albträumen und Visionen?«

Babs seufzte. »Einfach nur schlimme Bilder. Entsetzliche Bilder. Ich renne und renne, aber ich kann nicht entkommen.«

»Vor was rennen Sie weg?«

»Ich weiß es nicht. Ich kann nie sehen, was es ist. Aber ich weiß, wenn es mich einholt, tötet es mich.«

»Solche Träume hat doch jeder, Babs.«

»Aber ich habe sie andauernd. Es ist so schlimm geworden, dass ich gar nicht mehr schlafen will, und dann passiert es, während ich wach bin.«

»Vielleicht sollten Sie zum Arzt gehen.«

»Nein!«, stieß sie mit blitzenden Augen hervor.

»Ich habe das nicht böse gemeint.«

»Das weiß ich.« Sie schien über ihren eigenen Ausbruch überrascht zu sein. »Ich glaube an ganzheitliche Heilung. Nicht daran, dass irgendein Scharlatan mit meinem Verstand herumspielt. Ich weiß, was *das* für Leute sind.«

»Was haben Sie vor?«, fragte Virgil, der sah, dass sie die Karten mischte.

»Ich lege die Karten für Sie.«

»Das will ich nicht.«

»Sie müssen ja nicht bleiben.«

Doch irgendwie konnte er sich nicht losreißen.

»Stellen Sie mir eine Frage«, forderte Babs ihn auf.

»Worüber?«

Sie zuckte die Achseln. »Darüber, was Ihnen Sorgen macht.«

Was machte ihm keine Sorgen? Er wusste, dass es ihm nicht gelingen würde, mit Anstand zu entkommen, aber er hatte nicht die geringste Lust, Babs irgendwelche Einblicke zu gewähren. »Meine Gesundheit«, sagte er schließlich.

Sie starrte ihn an, als frage sie sich, ob das ein Witz sein sollte, dann jedoch fing sie an, leise vor sich hinmurmelnd die Karten umzudrehen. Virgil hatte keine Ahnung, was die Symbole bedeuteten, und er konnte das auf dem Kopf stehende Kleingedruckte nicht lesen, aber als Babs die letzte Karte umdrehte, war an dem Ausdruck in ihren Augen zu erkennen, dass sie nicht glücklich über das war, was sie da sah. Eine Ewigkeit lang sah sie mit gerunzelter Stirn von Karte zu Karte, wobei sie die Zunge immer wieder nervös zwischen den Zähnen hindurchstieß.

»Jetzt sagen Sie mir schon, was in den Karten steht, damit ich wieder an die Arbeit gehen kann«, verlangte Virgil schließlich. »Wenn ich bald sterbe, sagen Sie's mir einfach.«

Babs schüttelte den Kopf. »Ich sehe nicht, dass Sie sterben werden«, erklärte sie.

In diesem Augenblick wusste Virgil, dass Babs und ihre Karten einen Scheiß wert waren.

»Gut, das genügt«, sagte er und stand auf.

Sie brachte ihn mit einem Blick dazu, sich wieder zu setzen.

»Ich habe gesagt, ich sehe nicht, dass *Sie* sterben werden. Virgil, was die Karten sagen, ist schlimm. Wirklich schlimm. Ich sehe Menschen in Ihrer Umgebung sterben.«

Virgil zog die Brauen zusammen. »Mein Gott, Babs, man braucht kein Hellseher zu sein, um das zu wissen.«

»Nicht Doris«, widersprach sie. »Oder nicht nur Doris … es ist mehr als eine Person.«

»Da wäre Janie …«

»Hier steht nicht, was schon passiert ist, sondern was passieren wird.«
»Und wer ist es?«
»Das kann ich nicht sagen.«
»Wann wird es passieren?«
»Ich weiß es nicht. Bald.«
»Das ist wirklich keine sehr hilfreiche Information, Babs.«
»Ich weiß. Es tut mir Leid. Es macht mir keinen Spaß, solche Auskünfte zu geben, aber manchmal geht es nicht anders.«
»Nun ja, wenn das alles ist, was Sie tun können, dann ist es eben so.« Virgil stand auf und ging zur Tür. »Ich interessiere mich eigentlich mehr für alles, was Sie über Timmy Merrill in Erfahrung bringen können.«
»Ich werde sehen, was ich machen kann, Virg.«
Sie ging mit ihm bis auf die vordere Veranda.
»Ein ruhiger Abend«, bemerkte Babs und sah die Straße hinunter. Virgil folgte ihrem Blick mit den Augen und suchte nach dem Anlass für ihre Bemerkung. Beide Krankenwagen standen einsam auf dem Parkplatz des Krankenhauses.
»Das ist gut«, meinte Virgil.
»Gute Dinge haben es so an sich, dass ihnen schlechte Dinge folgen«, sagte Babs.

Marg steckte gerade eine Patientenkarte in das Regal hinter dem Tresen, als sich die automatische Glastür vor Virgil öffnete. Er stand in der kühlen Nachtluft, und eine Wolke medizinischer Gerüche schlug ihm entgegen, die einen Achtjährigen in katatonische Starre versetzt hätte. Er fragte sich, wie viel seine arme Nase wohl noch aushalten würde.

»Virgil! Alter Gauner! Komm her und lass dich umarmen.«

Irgendwie zwängte sie ihren umfangreichen Körper durch die Halbtür am Tresen in die Wartehalle der Notaufnahme hinaus. Virgil konnte es kaum glauben, doch es sah aus, als hätte sie noch einmal zwanzig Pfund zugenommen, seit er sie zuletzt gesehen hatte. Er verstand nicht, wieso das Krankenhaus sie behielt. Sie musste ein schwerer Brocken für die Gemeinschaftsversicherung sein. Aber sie war eine ausgezeichnete Krankenschwester und eine großartige Managerin, und sie konnte wunderbar mit Menschen umgehen. Sie schlang die Arme um ihn, und er küsste sie auf die Wange.

»Ich habe dich vermisst, du Schuft«, sagte sie schließlich und ließ ihn los.

»Ich dich auch.« Virgil ließ sich auf einen Plastikstuhl fallen.

»Warte kurz, ich hole uns Kaffee.«

»Das wäre wunderbar.«

Als sie durch die Halle wieder auf ihn zugewatschelt kam, hielt sie zwei Tassen mit sehr schwarzem Kaffee in den Händen, und Virgil überlegte, was wohl passieren würde, wenn dieser Kaffee auf die Mischung aus Unkraut und Wurzeln traf, die Babs ihm vorgesetzt hatte. Dankbar schlürfte er das bittere Gebräu.

»Du siehst nicht besonders gut aus, Vetter«, bemerkte Marg.

»Oh, danke, dass du mir das sagst.«

»Ich meine es ernst. Du siehst aus, als ob du dringend mehr Schlaf bräuchtest.«
»Das ist schwierig.«
»Ich weiß. Habt ihr noch mal darüber nachgedacht, ob ihr nicht vielleicht doch eine Krankenschwester einstellen wollt?«
»Doris will keine haben. Sie will nicht, dass eine andere Frau in ihrem Haus herumläuft. Du weißt ja, wie sie ist. Ihr Haus ist ihr Reich.«
»Wie wäre es mit einem Pfleger?«
»Bist du verrückt geworden?«
Marg lachte. »Du hast Recht. Das wäre vermutlich noch schlimmer.«
»Wie ist es dir ergangen, Marg?«
»Immer dasselbe, immer dasselbe. Mein Liebesleben könnte besser sein. Ich weiß nicht, glaubst du, es könnte an meinen Haaren liegen?« Sie hielt den Kopf schief und legte eine Hand auf das wirre schwarze Haar an ihrem Hinterkopf.
»Könnte sein. Denkst du an eine neue Frisur?«
»Ja, ich hab überlegt, ob ich sie grün färben und mir so einen Stachellook zulegen soll. Mal die Szene in Boston abgrasen.«
»Viel Glück.«
»Nein. Du weißt doch, ich könnte diese Stadt niemals verlassen. Ich habe zu viele tote Angehörige, die hier begraben sind. Irgendwie kann ich mir nicht vorstellen, von ihnen wegzugehen und anderswo zu leben.«
»Ich verstehe.«
»Wo soll Doris begraben werden?«

Virgil schnappte nach Luft, als ob sie ihm einen Baseballschläger in den Bauch gestoßen hätte.

»Entschuldige.«

»Schon gut.«

»Gut und auch wieder nicht gut, nehme ich an. Manchmal ist mein Mund schneller als mein Gehirn. Ich war einfach nur neugierig.«

»Wir haben eine Grabstelle an der High Street. Auf dem Friedhof an der alten Kirche.«

»Deine Eltern liegen dort, nicht wahr?«

»Und Doris' Mutter auch.«

»Ihr Vater nicht?«

»Sie waren geschieden.«

»Das habe ich nicht gewusst.«

»Doris redet nie darüber.«

Marg berührte seinen Styroporbecher mit dem ihren. »Fährst du heute Abend nur so durch die Gegend?«

»Ja. Ich habe kurz bei Babs vorbeigeschaut.«

»Wozu denn das?«

»Das weiß ich jetzt nicht mehr so genau.« Er erzählte ihr von der Séance, und wie er Timmy Merrills Fahrrad gefunden hatte.

»Mann, das ist allerdings ziemlich seltsam.«

»Wie erklärst du dir das?«

»Ich? Ich weiß es nicht, Virg. Ich bin wie du. Ich glaube Dinge erst, wenn ich sie sehe. Allerdings hast du das Fahrrad gesehen. Die Frage ist, wie erklärst *du* dir das?«

»Ich kann mir absolut keinen Vers darauf machen. Aber ich komme immer wieder auf den Gedanken zurück, dass Babs irgendwas gehört oder gesehen hat, etwas, das sie zu dem Zeitpunkt gar nicht richtig registriert hat, das dann aber in ihrem Kopf herumgegeistert und mit Timmy Merrills Stimme in meinem Schlafzimmer herausgekommen ist.«

Marg nickte. »Ich glaube, an den übernatürlichen Dingen ist sehr oft nicht mehr dran. Du glaubst nicht, dass Babs Theater spielt?«

»Wenn es so wäre, wäre sie die beste Schauspielerin, die ich je erlebt habe. Nein, ich glaube, sie sagt die Wahrheit. Sie glaubt es wirklich, wenn diese Trancezustände über sie kommen.«

»Was hat Doris von der Séance gehalten?«

»Zum Glück hat es sie nicht allzu sehr beeindruckt, glaube ich. Ich möchte nicht, dass ihr jemand allen möglichen Blödsinn in den Kopf setzt, der sie nachts nicht schlafen lässt. Sie ist auch so schon oft genug wach.«

»Wenn es so weit kommt, dass du nicht mehr alleine fertig wirst, ruf mich an. Ich kenne da ein paar Damen, die wirklich gut sind. Wenn ich ihnen die Situation erklären würde, wären sie so diskret wie Küchenmäuse.«

»Danke, Marg. Aber ich bin okay.«

»Kein Problem. Everybody needs somebody sometime.«

»Darüber wollte ich schon mal ein Lied schreiben.«

Margs Lächeln war so breit wie ihre Hüften. »Ich auch! So ein Zufall!«

»Neulich hast du von Audrey Bock gesprochen.«

Das Lächeln verblasste. »Sie war nicht wieder hier, aber ich glaube, das liegt daran, dass sie jetzt von einem Psychiater behandelt wird.«

»Ich weiß. Ich war bei ihr.«

»Fleißig wie eine Ameise.«
»Der Arzt hat ihr Halcion verschrieben.«
»Das ist ein Standardmedikament bei Depressionen.«
»Kann es Halluzinationen hervorrufen?«
»Wahrscheinlich soll es verhindern, dass sie Halluzinationen hat.«
»Das hat sie auch gesagt.«
»Hat sie trotzdem welche?«
»Sie sagt, es wird besser. Aber ich bin mir da nicht so sicher. Könntest du herausfinden, wer ihr Psychiater ist?«
»Ich weiß nicht. Wahrscheinlich schon, wenn es wichtig genug ist. Ist es wichtig genug?«
»Vielleicht. Ich weiß es nicht.«
»Er wird dir nichts sagen, selbst wenn ich herausfinde, wer es ist.«
»Du meinst, er *darf* mir nichts sagen. Manchmal können einem Ärzte mit dem helfen, was sie *nicht* sagen.«
Marg lachte wieder. »Okay. Ich finde es raus. Du kannst mir fünf Dollar rüberschieben, wenn du das nächste Mal kommst, alter Knabe.«
Virgil starrte sie an und sah nicht die feisten Hängebacken und das Doppelkinn, sondern das Mädchen mit dem hübschen Gesicht, dem er schon seit der Grundschule seine Geheimnisse anvertraut hatte. »Wo möchtest du begraben werden?«
»Bitte?«
»Du hast mich schon richtig verstanden.«
»Ich habe noch nicht darüber nachgedacht. Neben meinen Eltern, nehme ich an.«

»Du hast sehr wohl darüber nachgedacht, sonst hättest du *mich* nicht gefragt.«
»Vielleicht ein bisschen.«
»Ich habe mir immer gedacht, du und ich sollten nahe beieinander liegen. In unserer Grabstelle ist noch Platz.«
»Ist das dein Ernst? Was würde Doris dazu sagen?«
»Ich habe schon vor Jahren mit ihr darüber geredet. Sie hat gesagt: ›Schätzchen, ich habe mir schon immer gedacht, dass deine Cousine und du in der Ewigkeit zusammen sein solltet. Solange du in der Mitte zwischen uns liegst, ist es mir recht.‹«
»Also, ich fasse es nicht.«
»Und?«
Margs Augen waren feucht und sie schniefte. »Ich kann mir keinen Ort vorstellen, wo ich lieber wäre. Irgendwann in ferner Zukunft, meine ich.«
»Dann nimm es in dein Testament auf, und vergiss es nicht. Solche Dinge geraten schnell in Vergessenheit, und dann bekommt irgendein Trottel das Verfügungsrecht, und sie äschern dich ein und verstreuen deine Asche über der Autobahn.«
»Das wäre gar nicht so schlimm. Ich kenne eine Menge Typen vom Straßenbau.«
»Lass uns lieber damit aufhören.«
Sie alberten noch ein paar Minuten herum, bis Margs Augen wieder trocken waren und der Klumpen in Virgils Kehle sich aufgelöst hatte. Marg landete einen Volltreffer mit ihrem Kaffeebecher im Mülleimer neben dem Sodaautomaten.
»Ich muss los«, sagte Virgil und stand auf.

»Warum so eilig?«
Er sah auf seine Uhr. »Ich muss das Abendessen für Doris machen.«
»Das habe ich ganz vergessen. Ich habe einfach gedacht, Doris würde zu Hause das Essen kochen. Ist das nicht blöd?«
»Das passiert mir auch«, sagte er, und dann brach er trotz aller Vorsätze ohne jede Vorwarnung zusammen. Marg zog ihn in ihre Arme und wiegte ihn hin und her wie ein Baby. Er lehnte sich schluchzend an sie, und sie streichelte seinen Rücken und murmelte tröstende Worte in sein Ohr. Marg war außer Doris der einzige Mensch auf der ganzen Welt, dem Virgil sich öffnen konnte, und dies war das erste Mal, dass er dem Druck nachgab, der sich aufgebaut hatte, seit die Ärzte ihm ihre Diagnose mitgeteilt hatten.
»Heul dich richtig aus, Großer«, flüsterte Marg ihm ins Ohr. »Das musste ja kommen.«
Ein Vulkan des Schmerzes brach in seinem Inneren aus. Seine Kehle war wie zugeschnürt und sein Magen krampfte sich zusammen. Tränenströme rannen über seine Wangen. Je mehr er dagegen ankämpfte, umso schwächer wurde er, bis er sich seinem Kummer aus vollem Herzen ergab und ihm in einem letzten, alles umfassenden Schmerzenslaut Luft machte, den er in Margs weicher Schulter begrub. Sie hörte die ganze Zeit über nicht auf, ihn zu streicheln, und als er sich endlich von ihr löste, nickte sie, lächelte zärtlich und wischte ihm das Gesicht mit einem Papiertaschentuch ab, das sie aus der Tasche zog.

»Bist du froh, dass du das endlich losgeworden bist?«
»Tut mir Leid, Marg.«
»Was tut dir Leid?«
»Ich wollte nicht so zusammenklappen.«
»Du bist nicht zusammengeklappt. Zusammenklappen tut man, wenn man seinen Kummer in sich hineinfrisst. Man kann nicht immer nur herumlaufen und das alles mit sich herumschleppen. Davon wird man verrückt.« Er warf das Papiertaschentuch nach dem Mülleimer.
»Knapp daneben«, kommentierte Marg. »Aber ich gebe dir zwei Punkte.«
»Die Entfernung war dieselbe.«
»Keinen Streit mit dem Schiedsrichter.«
»Besorg mir diese Information, ja?« Virgil stand auf.
»Hältst du das für wichtig?«
»Jetzt noch mehr als vorher«, erwiderte Virgil als sich die automatische Tür mit einem zischenden Geräusch öffnete.

26

Die Krähe hüpfte schnarrend über Cooders steinigen Rasen. Cooder saß in seinem wackeligen Schaukelstuhl, der nur noch eine Armlehne hatte, und sah unverwandt in die schwarzen Augen des Tieres. Der Vogel hatte laut krächzend auf der Spitze der höchsten Fichte gesessen, als Cooder seine hintere Veranda betreten hatte.

Das war jetzt sechs Stunden her.
Währen der ganzen Zeit hatte Cooder kaum einmal geblinzelt.
Der Vogel führte einen Tanz auf, bei dem er langsam immer näher kam. Er hüpfte nervös und kam dann wieder zur Ruhe, und jedes Mal, wenn er sich niederließ, fand er Cooders Augen immer noch fest auf sich gerichtet. Es war ein Spiel, das Cooder mit großem Vergnügen spielte.
Von allen lebenden Tieren, die Cooder kannte, waren Krähen am schwierigsten. Sie waren schlauer als alle anderen, und wilder. Und ordinär. Krähen und Raben übertrafen alle anderen mit ihrer Dickköpfigkeit. Es war erheblich leichter, wenn man ihnen in die Augen sehen konnte. Doch es gehörte sehr viel mehr dazu als nur die Augen. Man musste selbst richtig dasitzen. Das Tier musste *wissen*, dass dieses große Menschending ihm nichts Böses antun wollte. Cooder hatte die Hände in den Schoß gelegt, sein Kopf war zur Seite geneigt, die Beine waren an den Knöcheln gekreuzt. Aber es gehörte sehr viel mehr dazu, als nur die Augen und richtig dazusitzen. Gott, ja. Der Vogel musste ihn *hören*.
In seinem Kopf.
Sechs Stunden lang hatte er die scheue Krähe schweigend immer näher herangelockt, wie ein Kind, das mit der Zunge schnalzt, um ein Kätzchen anzulocken.
Komm, kleiner Vogel. Komm, kleiner Vogel, kleiner Vogel.
Er spürte die Angst des Tieres. Er sah sich selbst durch seine Augen. Das gefiel ihm. Es war ein Trick, den er vor Jahren gelernt hatte. In Perkins, in der Psychiatrie. Als

er tagelang dagesessen hatte und durch die hohen, vergitterten Fenster zum Himmel hinaufgeschaut hatte. Spatzen hatten sich auf die alten Fenstersimse aus Granit gesetzt und um Brotkrumen gebettelt.
Zuerst hatte er sich die Zeit damit vertrieben, die kleinen Kreaturen handzahm zu machen. Die Pfleger und das übrige Personal waren gelangweilt und unterbezahlt. Sie hatten Spaß an dem Schauspiel. Es war ihnen vollkommen egal, ob er wilde Tiere fütterte. Von ihnen aus hätte er sie auch roh fressen können.
Doch als die Zeit verging, begannen manchmal seltsame Vorstellungen in ihm aufzublitzen. Es gab Momente, in denen er glaubte, er wäre selbst der Vogel, Zeiten, in denen er das Gefühl hatte, alles durch die Augen des Tieres zu sehen. Als ihm das zum ersten Mal passierte, musste er aufhören, weil er in seinem Zimmer hinfiel. Es war schwierig, an zwei Orten gleichzeitig das Gleichgewicht zu halten.
Es erschreckte ihn jedoch niemals wirklich. Cooder war an Flashbacks und Blackouts und Leerstellen in seinem Kopf gewöhnt. Er fürchtete sich nicht vor den Dingen, die sein Gehirn tat. Er versuchte, sie zu *genießen*, so wie alles andere. Als er das nächste Mal das Gelände außerhalb von Perkins aus der Luft sah, lehnte er sich einfach in seinem Bett zurück, schloss die Augen und genoss den Flug. Er wurde so geübt darin, dass er die Spatzen auch ohne Brotkrümel ans Fenster locken konnte. Und zuletzt war es nicht einmal mehr nötig, dass die Vögel in seine Nähe kamen. Er konnte sich zurücklehnen, die Augen schließen und direkt in ihre Köpfe schlüpfen.

Es war seltsam, sich im Kopf eines Tieres zu befinden, aber Cooders Verstand arbeitete ohnehin nicht so wie der von anderen Menschen, und sein ganzes Leben war seltsam gewesen. Meistens sah er Bilder hinter seinen Augen. In den meisten Fällen konnte er die Bedeutung eines Satzes begreifen, jedenfalls, wenn sie nicht zu kompliziert war. Doch dann musste er herausbekommen, inwieweit die Worte mit den Bildern in seinem Kopf übereinstimmten. Manchmal vergaß er den Satz, bevor er damit fertig war. Aber er kam ganz gut zurecht. Er sah, wo er hinwollte, und ging dorthin, und er sah, was er essen wollte, und aß es.

Natürlich erzählte er keiner Menschenseele von seinen Ausflügen in die Umgebung des Instituts. Einmal hatte er den Fehler gemacht, zu viel zu reden, und hatte das sehr bereut. Er konnte sich nicht mehr richtig erinnern, wie er bestraft worden war, doch er konnte immer noch das Grauen spüren, das damit verbunden gewesen war.

Die Krähe hüpfte die Stufen hinauf und hopste neugierig am Rand der Veranda entlang. Ihr Kopf schaukelte wie der eines Boxers. Cooder stellte sich vor, dass der Vogel auf seinem Knie saß und übertrug dieses Bild auf das Tier.

Die Krähe drehte den Kopf nervös von einer Seite zur anderen und musterte Cooder erst mit dem einen und dann mit dem anderen glänzend schwarzen Auge.

Komm, kleiner Vogel. Komm, kleiner Vogel.

Cooder wusste, dass er das Tier zwingen konnte, auf sein Bein zu hüpfen, wenn er wollte. Doch er mochte das Gefühl der Angst nicht, das die Tiere ausstrahlten, wenn er so etwas versuchte. Ihr Entsetzen übertrug sich direkt in seinen eigenen Kopf und brachte ihn durcheinander. Und je größer die Tiere waren, umso schwerer waren sie zu kontrollieren. Dies hier war ein sehr großer, alter schwarzer Vogel.

Hierher, kleiner Vogel.

Die Krähe kam mit zwei schnellen Sprüngen nah genug heran, dass sie den Kopf ausstrecken und probehalber an Cooders Arbeitsstiefel picken konnte.

Cooder bewegte sich nicht. Er konzentrierte sich auf das, was der Vogel sah. Er sah sein eigenes Gesicht, breit und sonnengebräunt, sein blondes, zurückgekämmtes Haar. Er sah die dicken Haare auf der Oberseite seiner Finger, die zwischen seinen Knien lagen. In den Augen des Vogels sah er wie ein Riese aus, und beinahe hätte er laut aufgelacht.

Komm, kleiner Vogel.

Die Krähe duckte sich, spannte die Muskeln und breitete die Flügel aus. Ihre Beine zuckten, und Cooders dunkle Augen leuchteten auf.

Hierher, kleiner Vogel.

Virgil brachte seinen Wagen am Ende von Cooders Einfahrt zum Stehen und betrachtete den Namen, der mit Leuchtfarben auf den Briefkasten gepinselt war. Er war mit phantasievoll fließenden Buchstaben geschrieben. Virgil staunte über das Talent und die sichere Hand, die dazu nötig gewesen sein mussten, und versuchte, beides mit seiner Vorstellung von Cooder in Einklang zu bringen. Hatte er das geschrieben? Es würde ihn über-

raschen, wenn er seinen Namen noch buchstabieren konnte.
Haus und Grundstück passten besser zu dem Bild, das er von dem Mann hatte. Das Haus war klein, nicht mehr als zwei Zimmer. Zwei Fenster flankierten den Eingang, doch das Gras war nicht gemäht, und niemand hatte den Weg zur Tür vom Unkraut befreit. Die Asbestplatten, mit denen das Haus verkleidet war, hatten angeschlagene Kanten und zahlreiche Risse. Alle Fensterrahmen waren mit unterschiedlichen Farben gestrichen, als wäre demjenigen, der sie angepinselt hatte, die Farbe ausgegangen, oder als ob er sich mitten in der Arbeit für einen anderen Anstrich entschieden hätte. Ein elektrisches Kabel senkte sich im Bogen tief über den Vorgarten, und Virgil fragte sich, ob es wohl Strom führte. Es wäre typisch für Cooder gewesen, wenn er irgendwann vergessen hätte, die Stromrechnung zu bezahlen, und der Strom nie wieder angestellt worden wäre. Für heiße Bäder brauchte er jedenfalls keine Elektrizität.
Virgil hielt vor dem Haus und hatte das Gefühl, eine unsichtbare Grenze überschritten zu haben. Während der Vorgarten mit hohem Gras bewachsen und völlig überwuchert war, sah der hintere Teil des Grundstücks mehr wie eine Kiesgrube aus. Die Karosserien zweier verrosteter Autos standen sich gegenüber wie zwei Kontrahenten, die ausprobierten, wer von ihnen zuerst wegschauen würde. Ein eiserner Ofen lag halb vergraben am Hang auf der rechten Seite, und so weit das Auge reichte, ragten verstreute Metallteile aus dem Boden.
Ohne Vorwarnung flatterte eine zornige Krähe an Virgil

vorbei in Richtung Wald und schreckte ihn aus seinen Träumereien auf. Er brauchte einen Augenblick, um sich zu fassen, nachdem sie so plötzlich aufgetaucht war.
»Cooder?«, rief er.
»Hier hinten.« Cooders Stimme hallte durch die Bäume. Er ging um die Ecke und fand ihn in einem wackeligen Schaukelstuhl auf der Veranda vor. Virgil schlenderte zu ihm hinüber und lehnte sich auf das halb verrottete Treppengeländer. Cooder schien dieselben Kleidungsstücke zu tragen, in denen er ihn schon letzte Woche gesehen hatte. Virgil wusste nicht, ob er sie niemals auszog, ob er mehrere Garnituren besaß oder ob er immer wieder die gleichen Sachen wusch und wieder anzog. Jede dieser Möglichkeiten schien ihm problematisch. Aber Cooder stank nicht mehr so wie bei ihrer letzten Begegnung, und Virgil vermutete, dass er ihn zu einem günstigen Zeitpunkt erwischt hatte.
»Hast du die Krähe gesehen?«, fragte er.
Cooder nickte und lächelte.
»Komisch«, sagte Virgil. »Das verdammte Ding hat mich fast gerammt.«
Cooder sagte nichts. Sein Lächeln schien festzustecken.
»Weißt du noch, wie ich dich neulich fast überfahren hätte, Cooder?«, fragte Virgil. Er hatte keine Ahnung, woran Cooder sich erinnern würde und woran nicht. Vielleicht war das, was ihn neulich so aufgeregt hatte, inzwischen verschwunden wie Nebel.
Cooder starrte vor sich hin und lächelte. »Er hat dich gesehen«, sagte er.
»Wer?«

»Die Krähe.«
Jetzt war Virgil derjenige, der schweigend vor sich hinstarrte. Mit Cooder zu reden war so, als ob man versuchte, durch ein Megaphon mit jemandem auf einem weit entfernten Berggipfel zu sprechen. Man hatte immer das Gefühl, als Antwort das Echo einer Frage zu bekommen, die man schon vor einiger Zeit gestellt hatte.
»Tja, fast hätte sie mich nicht rechtzeitig gesehen. Ich habe schon gedacht, ich hätte eine neue Verzierung für meine Kühlerhaube.«
Cooder schüttelte den Kopf. »Er hat gehört, wie du hergefahren bist.«
Es klang, als wäre Cooder überzeugt, dass er wusste, was der verdammte Vogel dachte. »Warum kam er dann so um die Ecke gefegt?«
Cooder zuckte die Achseln. »Ist lange her, Virg.«
»So lange auch wieder nicht, Cooder«, widersprach Virgil. »Ich hab dich neulich fast überfahren. Erinnerst du dich nicht an unser kleines Gespräch?«
Cooder runzelte die Stirn, und Virgil sah, dass er nichts mehr davon wusste.
»Drüben auf der Rückseite von South Eden. Du bist auf der Straße gegangen, und ich habe dir ein Sandwich gegeben.«
Cooder lächelte. »Mit Schinken und Salat und Tomate.«
»Ja, Cooder. Weißt du noch, dass ich dir gesagt habe, du sollst von der Straße wegbleiben?«
Wieder runzelte er die Stirn. »Schlimme Sachen.«
Endlich kam er dahin, wo er hinwollte. »Richtig, das hast du gesagt. Erinnerst du dich?«

Cooder nickte.
»Was hast du gemeint, als du gesagt hast, du hättest schlimme Sachen gesehen?«
»Hab schlimme Sachen gesehen, Virgil.«
»Ja«, sagte Virgil und versuchte, sich seine Ungeduld nicht anmerken zu lassen. »Das weiß ich, Cooder. Aber du musst mir sagen, was du gesehen hast. Hat es etwas mit dem No Name Creek zu tun?«
Cooders Stirnrunzeln breitete sich über sein ganzes Gesicht aus. Es war fast schmerzhaft, ihm beim Denken zuzusehen. »Wo ist das?«
»Die alte Betonbrücke. Gleich da, wo ich dich fast überfahren hätte. Hast du da was Schlimmes gesehen?«
Schweigen.
Virgil sah sich im Garten um und fragte sich, ob Cooder jemals mit einem der toten Fahrzeuge tatsächlich *gefahren* war. Er hatte einmal einen Führerschein besessen. Damals, als er auch noch ein bisschen Grips gehabt hatte.
»Weiß nichts von keiner Brücke, Virg.«
Scheiße. Damit ging wieder eine seiner verrückten Ideen den Bach runter.
»Schlimme Sachen«, sagte Cooder und nickte vor sich hin.
»Aber nicht an der Brücke?«
»Nein.«
Cooders Hände zitterten und er ballte sie zu Fäusten, aber in seinem Gesicht war keine Spur von Gewalttätigkeit zu sehen. Nur Beklommenheit, und vielleicht Angst.
»Sag mir, was du gesehen hast, Cooder. Was waren das für schlimme Dinge?«

»Dunkel.«
»Was ist dunkel?«
»In dem dunklen Loch.«
Virgil dachte an Audreys bruchstückhafte Geschichte von einem Keller, und an Babs' immer wiederkehrende Albträume.
Cooder schien von ihm fortzutreiben, ohne sich von der Stelle zu rühren. Seine Augen waren leer, und sein Körper sank in sich zusammen. »Es ist furchtbar dunkel. Ich will da nicht wieder hin, Virgil.«
»Wohin, Cooder?«
Wieder ein langes Schweigen.
»In den Keller. Es ist dunkel. Es ist *wirklich* dunkel. Zwing mich nicht, wieder dahin zu gehen. Ich war schon mal da.«
Bei dem Wort *Keller* krampfte sich Virgils Magen zusammen.
Warum zum Teufel redeten alle ständig von Kellern, unterirdischen Räumen und dunklen Orten? Zufälle waren eine Sache, das hier jedoch war mehr, als Virgils Vorstellung von Zufällen aushalten konnte.
»Du bist in diesem Keller gewesen? Ist das ein Ort, den du wirklich gesehen hast?«
Cooder nickte.
»War der Bock-Junge in dem Keller? Oder der Kleine von den Merrills?«
Diese Fragen brachten Cooder wieder etwas näher an die Oberfläche, oder an das, was Virgil dafür hielt. »Wer?«
»Zach Bock«, sagte Virgil. »Der Junge, der voriges Jahr verschwunden ist.«

Cooder sah Virgil an, als sähe er ihn zum ersten Mal. »Nur ich und die Maschine.«
»Was für eine Maschine?«
»Ich glaube, er lebt vielleicht noch, Virg«, sagte Cooder.
»Was? Wer?«
»Der kleine Junge. Manchmal fühle ich ihn.«
»Welcher kleine Junge, Cooder?«
Cooder schüttelte den Kopf. Dann schlug er mit den Fäusten gegen seine Schläfen, als wollte er eine verirrte Erinnerung lösen, die an seinem zerstörten Gehirn haftete.
»Es ist dunkel«, wiederholte er.
Ein kleiner Junge in einem dunklen Keller. Geister, die Fahrräder finden. Und eine Maschine? Was für eine Maschine? Was zum Teufel hatte das zu bedeuten?
»Wo ist er, Cooder? Wo ist der kleine Junge?«
Cooder runzelte die Stirn und schien wieder davonzutreiben. Als er erneut zu sprechen begann, klang selbst seine Stimme wie aus weiter Ferne. Virgil musste an die Séance denken und erschauerte trotz der warmen Nachmittagssonne, die ihm auf den Rücken schien.
Ein elektrischer Schlag schien Cooder zu treffen, und als er diesmal zu sprechen begann, war seine Stimme hart und rau. »Sie wird ihm die Maske überziehen.«
»Was für eine Maske?« fragte Virgil, obwohl ihm vor der Antwort graute. »Warum zieht sie ihm eine Maske über?«
»Schwer.«
Was für Masken gab es, die schwer waren? »Hilf mir auf die Sprünge, Cooder. Sag mir, wo der kleine Junge ist.«

Cooder schüttelte den Kopf. »Ich weiß es nicht, Virg.« Er richtete den Blick wieder auf Virgil, und dieser suchte in den unglaublich dunklen Augen nach Antworten, doch es waren keine zu finden. Er sah nur, dass Cooder sich ebenso sehr wie Audrey Bock danach sehnte, die Visionen loszuwerden.

»Meine Medizin hat immer gemacht, dass das alles weggeht«, sagte Cooder und starrte in die Bäume. »Aber jetzt hilft sie nicht mehr richtig.«

Wieder sagte er das Gleiche wie Audrey.

»Glaubst du, dass das wirklich ist, Cooder? Der kleine Junge? Verstehst du, was ich meine, wenn ich wirklich sage?«

»Ja, Virgil. Ich weiß, was wirklich ist.«

»Und ist er wirklich?«

Pause.

»Ja, ich glaube, er ist wirklich.«

»Aber du weißt nicht, wo er ist?«

»Nein.«

»Cooder, weißt du noch, dass ich hierher gekommen bin, nachdem der Kleine von den Bocks verschwunden war?«

Cooder zog die Augenbrauen zusammen.

»Vor einem Jahr, Cooder. Erinnerst du dich, dass ich dir Fragen gestellt habe?«

»Nein.«

»Du hast gesagt, du weißt nichts. Dass du schon eine ganze Weile nicht mehr beim Haus der Bocks gewesen wärst.«

»Ich weiß es nicht, Virg.«

»Cooder, erinnerst du dich an Zach Bock? Weißt du, wie er ausgesehen hat?«
Langsam schüttelte Cooder den Kopf.
»Cooder, ich muss dich etwas fragen.«
»Okay, Virg.«
»Du hast dem Jungen doch nichts getan, oder?«
Cooder starrte durch ihn hindurch.
»Cooder?«
»Ich glaube nicht.«
»Du glaubst nicht?«
»Nein, Virgil. Ich tue nie jemandem etwas Böses. Das weißt du doch.«
»Ja, Cooder, das weiß ich.«
»Ich hab's doch nicht getan, oder?«
Der flehende Ausdruck in Cooders Augen sagte Virgil alles, was er wissen musste. Es würde Cooder umbringen, wenn er herausfände, dass er jemals einem Menschen etwas angetan hätte. Er war ebenso wenig in der Lage, Zach Bock oder Timmy Merrill etwas anzutun wie Virgil selbst. Und selbst wenn seine Vorstellungskraft vielleicht noch dazu ausreichte, Cooder als *zufälligen* Mörder zu sehen, konnte er sich beim besten Willen nicht vorstellen, dass er das bis zum Ende durchgehalten hätte. Er wäre zum nächstbesten Passanten gelaufen und hätte alles gestanden.
»Du glaubst doch nicht, dass ich ihm was getan habe, oder, Virg?«
»Nein, Cooder. Nein, das glaube ich ganz bestimmt nicht.«
»Okay.«

»Kennst du Merle Coonts?«
Cooder zögerte.
»Nein.«
»Hast du noch nie von ihm gehört?«
Er zögerte wieder. »Nein.«
Virgil erklärte ihm so gut er konnte, wo Coonts' Haus lag, bis er sich einigermaßen sicher war, dass Cooder eine klare Vorstellung des Ortes in seinem Kopf hatte.
»Du musst hundertmal dort vorbeigekommen sein.«
Cooder nickte.
»Glaubst du, der Junge ist vielleicht dort?«, fragte Virgil. »Irgendwo im Keller dieses Hauses?«
Cooder zuckte die Achseln.
»Hast du dort noch nie ein schlechtes Gefühl gehabt?«
Cooder runzelte die Stirn. »Ich weiß nicht, Virg. Hab schlimme Sachen gesehen.«
»Ja«, sagte Virgil und kämpfte wieder seine Frustration nieder. »Ich weiß.«
»In der Maske sind keine Augen.« Diese Offenbarung schien ihn aufrichtig zu verwirren.
»Wie lange siehst du diese schlimmen Sachen schon, Cooder?«
Cooder zuckte die Achseln. Virgil hatte nicht wirklich erwartet, auf diese Frage eine Antwort zu bekommen. Cooders Vorstellungen von Zeit waren vollkommen anders als die gewöhnlicher Leute. Doch er musste es versuchen. Er musste wissen, mit was für einem Zeitrahmen er es zu tun hatte. Vielleicht war das, was Cooder und Audrey und Babs passierte, wirklich irgendeine Art von Kommunikation, die er nicht verstehen konnte.

Vielleicht gab es wirklich einen kleinen Jungen, der in irgendeinem Keller eingesperrt war. Und wenn es einen kleinen Jungen gab, selbst wenn es nicht Zach Bock war, wie viel Zeit blieb ihm dann, ihn zu finden?

»Du hast doch ein Telefon, Cooder?«, fragte Virgil.

Cooder nickte.

»Gut«, fuhr Virgil fort und sah ihm in die Augen. »Wenn du wieder irgendwelche schlimmen Sachen siehst, ruf mich an, okay? Du brauchst nur 911 zu wählen, den Notruf. Du weißt, was 911 ist?«

»Ja, Virg. Ich kenne 911.«

»Gut«, sagte Virgil und ging zu seinem Wagen zurück. »Wenn dir irgendwas einfällt, rufst du an, hörst du?«

Cooder folgte Virgil zum Streifenwagen wie ein neugieriger Bär.

»Natürlich, Virgil. Ich rufe an.«

»Gut«, sagte Virgil noch einmal und lehnte sich auf das Wagendach.

»Ich rufe von Zekes Laden aus an.«

Virgil runzelte die Stirn. Zekes Laden lag fast fünf Kilometer entfernt die Straße hinauf. »Ruf einfach von deinem eigenen Telefon aus an.«

»Funktioniert nicht.«

Virgil seufzte, schüttelte den Kopf und stieg in seinen Wagen. Als er in die Schnellstraße einbog, entdeckte er im Rückspiegel einen dunklen Ford, der etwa achthundert Meter hinter ihm fuhr. Doch er fuhr ziemlich langsam, und der Sheriff verlor ihn bald aus den Augen.

Virgil fuhr die längere Strecke von Crowley zurück zur Stadt, die, auf der er am Haus der Bocks vorbeikommen würde. Er rollte langsam an ihrer Einfahrt vorbei, den Blick auf den vor ihm liegenden Hügel gerichtet, wo Coonts' Scheune auftauchte wie eine Schlange, die aus einem Loch im Boden kriecht. Als er an dem Haus vorbeifuhr, stieg Merle gerade die Stufen der seitlichen Veranda hinunter und ging auf seinen Lastwagen zu. Ohne nachzudenken bog Virgil in die Einfahrt ein und schnitt ihm den Weg ab. Merle blieb wie angewurzelt stehen und sah aus wie eine große, ungelenke Puppe. Seine hängende Unterlippe erinnerte Virgil an Cooder. Aber Merle war schlau genug, einen Immobilienmakler als Käuferagenten anzuheuern. Schlau genug, das nötige Geld zu haben, um eine Farm zu kaufen, die nicht einmal auf dem Markt war.

Virgil stieg aus dem Streifenwagen und schlenderte um den Wagen herum zu Merle hinüber. Dieser machte ein Gesicht wie ein Kind, das zum ersten Mal mit einem Polizisten zu tun hat. Nicht so, als ob er Angst hätte, aber vielleicht doch ein bisschen.

»Hallo, Mr. Coonts«, begrüßte ihn Virgil, beide Fäuste am Gürtel.

Merle nickte. Er war in den Fünfzigern, fünfzehn Zentimeter größer als Virgil und erheblich schwerer. Seine Arbeitsstiefel sahen wie riesige Keulen aus. Er war mit einem abgetragenen Baumwollhemd und alten, aber sauberen Khakihosen bekleidet. In einer Menschenmenge an einer Raststätte wäre er Virgil vermutlich nicht aufgefallen, aber wie er so in der Mitte der ungepflasterten

Einfahrt neben dem Streifenwagen stand, wirkte er irgendwie fehl am Platz.

»Ich habe vor einem Jahr mit Ihnen geredet«, sagte Virgil und suchte nach einem Zeichen des Wiedererkennens in den Augen des Mannes. Merle runzelte die Stirn, dann nickte er.

»Wegen dem Bock-Jungen«, sagte er. »Ja, Sheriff, ich erinnere mich.« Seine Stimme war tief und volltönend, klang jedoch zögernd.

»Ja. Der Bock-Junge. Ich habe mich gefragt, ob Ihnen vielleicht noch irgendetwas dazu eingefallen ist.« Virgil glaubte nicht wirklich, dass Merle noch etwas zu dem Thema zu sagen hatte. Doch nach dem Fiasko in Audreys Keller glaubte er, dass er es ihr schuldig war, wenigstens vorbeizuschauen und zu fragen. Die Sonne wurde von einer Glasscheibe zurückgeworfen. Er sah in die Scheune und bemerkte dort einen relativ neuen Chevrolet. Er wirkte ebenso fehl am Platz wie die Satellitenschüssel auf dem Scheunendach.

Eine tiefe Traurigkeit stand in Merles stumpfen, braunen Augen. »Ich weiß gar nichts.«

Virgil versuchte, irgendetwas Auffälliges in seiner Körpersprache zu entdecken, aber der große Mann bewegte sich nicht. Keine zuckenden Finger, keine eigenartige Kopfhaltung. »Würde es Ihnen etwas ausmachen, wenn ich mich in Ihrem Haus ein bisschen umsehe?«

»Warum?«, wollte Merle wissen. Jetzt waren seine muskulösen Arme vor der Brust verschränkt.

»Nur um mal einen Blick in Ihr Haus zu werfen, und vielleicht in Ihren Keller.«

»Haben Sie einen Durchsuchungsbefehl?«
»Brauche ich denn einen?«, bluffte Virgil.
Merle starrte ihn an. Auf einmal wirkte er gar nicht mehr so träge. Seine Augen waren flinker, wachsamer. Als er die Arme sinken ließ, fielen seine großen Hände auf beiden Seiten herunter wie zwei Baseballschläger, und Virgil straffte sich. In diesem Augenblick war er sich sicher gewesen, dass Merle nahe daran war, ihn zu schlagen. Doch dann zuckte der andere die Achseln und ging zum Haus zurück, und das Gefühl verschwand. Merle stapfte die Stufen hinauf und in den winzigen Vorraum, dann blieb er stehen, um Virgil vorbeigehen zu lassen. Dieser beobachtete ihn wie ein Habicht, aber Merle machte keine Bewegung, die er als offene Drohung hätte betrachten können, sondern führte ihn einfach von einem Zimmer ins andere.
Virgil hatte schon unzählige alte Neuengland-Farmhäuser gesehen. Sie waren alle verschieden und doch irgendwie gleich. Ursprünglich waren sie mit einem oder zwei Schlafzimmern und einem gemauerten Kamin gebaut worden. Dann waren die Kinder gekommen, und die Besitzer hatten angefangen, das Haus zu vergrößern. Im Laufe eines knappen Jahrhunderts konnte so ein Bauwerk von wenig mehr als sechzig Quadratmetern auf eine Grundfläche von über dreihundert Quadratmetern anwachsen. Dabei durchliefen die Gehöfte alle Stadien von funktionierenden Farmen, die durch mehrere Generationen hindurch in der Hand einer Familie blieben, über baufällige, verlassene, mitten im Wald gelegene Ruinen zu elegant renovierten Sommerresidenzen, die

die Menschen aus dem Flachland dazu benutzten, den Städten zu entfliehen.
Merles Haus jedoch wirkte wie ein Gebäude, das immer nur vorübergehend benutzt worden war. Die schmutzige Küche und ein Schlafzimmer waren die einzigen Räume, die irgendwie bewohnt wirkten. Ein Schrank enthielt drei Hosen, ein paar Arbeitshemden und ein weiteres Paar Stiefel. Ein Fernseher stand auf der Kommode. Nicht ein einziges Foto hing an den Wänden. Warum sollte ein allein stehender Mann, der so lebte wie Merle, unbedingt ein so großes, altes Haus besitzen wollen?
»Kommen Sie weiter«, knurrte Merle und schritt von einem Raum in den anderen, während Virgil in leere Schränke und unter staubige Matratzen spähte. »Bringen wir's hinter uns.«
Virgil zuckte die Achseln. Seine Hand lag so lässig wie möglich auf dem Griff seiner Pistole, und er achtete sorgfältig darauf, dass Merle niemals hinter ihm war.
Aber das Haus selbst saß ihm im Nacken. Die Wände waren wie ein dunkles Lebewesen, das ihn umschloss und beobachtete. Auf etwas wartete. Aber worauf? Als er und Merle um eine Ecke bogen und die Kellertreppe vor sich sahen, blieb Virgil stehen und legte die Hand auf das breite Geländer.
»Nur zu«, sagte Merle. »Sie wollen doch den Keller sehen, oder? Ist das nicht der Grund, warum Sie hier sind? Sie glauben, ich hätte Zach Bock gekidnappt und ihn im Keller oder sonst wo eingesperrt.«
»Ich lege Ihnen nichts zur Last, Mr. Coonts«, antwor-

tete Virgil, dem auffiel, dass Merle der Vorname des Jungen geläufig war.
»Klar doch. Also machen Sie schon und untersuchen Sie den verdammten Keller.«
»Also gut.« Virgil öffnete die Tür und bedeutete Merle, vor ihm in den dunklen, mit Gerümpel angefüllten Keller zu steigen, der nicht die geringste Ähnlichkeit mit dem von Audrey und Richard hatte.
Der schmale Raum hatte steinerne Wände und war niedrig und höhlenartig. Der Fußboden bestand aus kaltem Zement, und der ganze Raum war bis zu den Deckenbalken mit alten Kartons und Kisten voll gestellt, die viel zu betagt aussahen, als dass Merle sie hierher mitgebracht haben konnte. Vermutlich waren sie von den Vorbesitzern zurückgelassen worden, die nur einen schmalen, gewundenen Gang freigelassen hatten. Virgil spürte, wie seine Angst vor engen, voll gestopften Räumen sich meldete. Seine Hände wurden feucht, und sein Mund war trocken. Doch er hatte nicht die Absicht, Merle sein Unbehagen zu zeigen.
Das Licht, das durch dicke Schmutzschichten durch ein einziges, winziges Fenster fiel, reichte bei weitem nicht aus, um den Keller zu erhellen. Virgil wünschte, er hätte seine Taschenlampe mitgenommen. Sie hätte nicht nur Licht gespendet, sondern gleichzeitig eine gute zusätzliche Verteidigungswaffe abgegeben. Er hielt die Augen fest auf Merles Rücken gerichtet.
»Machen Sie Licht an«, befahl Virgil. Seine Worte flatterten wie Motten durch den Keller.
Merle schüttelte den Kopf, ohne sich umzudrehen.

»Durchgebrannt«, murmelte er und ging weiter. »Kommen Sie.«
Virgil versuchte, ihn einzuholen, doch Merle kannte den Keller besser als er. Als der Mann hinter einem Stapel Kartons verschwand, schrillte eine Alarmglocke in Virgils Kopf, und er verlangsamte seine Schritte. Seine Finger fassten die Pistole fester. Mit der freien Hand berührte er hier eine Kiste und schob dort mit der Stiefelspitze eine Palette zur Seite.
Leer. Sie waren alle leer. Warum sollte jemand so viele Schachteln aufheben? Ein verirrter Lichtstrahl vom Fenster gestattete es Virgil, die Aufschrift auf einer der Kisten zu lesen. Viehfutter. Jetzt roch er es auch. Nach all den vielen Jahren haftete der süße Geruch von Hirse immer noch an der alten Pappe. Irgendwann mussten diese Kartons mit Jutesäcken mit Futter gefüllt gewesen sein. Sie hatten also den ursprünglichen Besitzern gehört. Merle war nur zu faul, sie auf den Müll zu schaffen.
»Kommen Sie jetzt oder was?« Merles Stimme tönte durch das Labyrinth, und Virgil war gleichzeitig froh, zu wissen, dass der riesige Kerl nicht hinter der nächsten Ecke lauerte, aber auch irritiert, dass er so weit vorausgegangen war. Eine Ratte streckte direkt neben seiner linken Hand den Kopf zwischen zwei Kisten hervor, und er schlug danach.
Großartig.
Endlich erweiterte sich der klaustrophobisch enge Keller zu einem größeren, ebenso düsteren Raum, und Virgil betrat ihn mit unendlicher Erleichterung. Aber die Ausmaße dieses dunklen Gelasses bargen ihre eigenen

Gefahren. Hier konnte er absolut nichts erkennen, und das hallende Geräusch von Merles Stiefeln auf dem Zement sagte ihm, dass dieser Teil des Kellers wirklich sehr groß war. Mit angespanntem Rücken und steifen Fingern suchte er mit den Augen nach Merle. Gleichzeitig wurde ihm klar, dass er vor dem Hintergrund der Türöffnung, so dunkel sie auch war, ein hervorragendes Ziel abgab, und er trat hastig einen Schritt zur Seite.
Als seine Augen sich an die Dunkelheit gewöhnten, erkannte er die Umrisse von baufälligen Viehständen. Das bedeutete, dass der Keller irgendwo aus dem umgebenden Hang herausragen musste. Es musste noch eine weitere Tür geben, durch die der Bauer sein Vieh hatte hereinbringen können. Doch Virgil konnte die Wände am anderen Ende des Raumes nicht erkennen.
»Also«, sagte Merle, und Virgil fuhr zusammen.
Der Mann saß etwa drei Meter links von Virgil auf einem Gegenstand, der an einer Wand stand und wie ein alter Schiffskoffer aussah. Er hatte die Beine gekreuzt und deutete mit einer weit ausladenden Handbewegung auf den riesigen Scheunenkeller. Es sah aus, als wolle er auf einen dünnen Lichtstrahl aufmerksam machen, der durch die nur schwach sichtbare hintere Wand zu dringen schien. Als ob Virgil die Absicht haben könnte, *den* zu untersuchen.
»Tun Sie sich keinen Zwang an«, sagte Merle.
Als seine Augen sich noch mehr an die Dunkelheit gewöhnten, ergriff Viril die Gelegenheit beim Schopf, den ganzen Raum zu durchsuchen. Er blieb stehen, um an dem alten Scheunentor zu rütteln, sah sich jeden einzel-

nen Viehstand genau an, schnüffelte herum, fand jedoch nichts. Und doch war er sich auf seltsame Weise sicher, dass etwas da sein musste, dass Merle irgendetwas verbarg. Eine unsichtbare Präsenz, die so tief hier verwurzelt war, dass sie ein Teil des Bodens unter seinen Füßen zu sein schien. Es war, als stöhnten der Zementboden, die Grundmauern, die rissigen Balken über seinem Kopf und versuchten, ihm in einer Sprache, die er nicht verstand, etwas mitzuteilen. Die Haare an seinen Armen richteten sich auf. Er beendete seine Suche bei Merle, der immer noch wie ein artiges Schulmädchen auf dem alten Koffer saß. Virgil fand es erstaunlich, dass das Ding nicht unter seinem Gewicht zusammenbrach. Er fragte sich auch, ob der Mann immer so dasaß, mit fest zusammengepressten Beinen.

»Genug gesehen?«, erkundigte sich Merle.

»Was ist in dem Koffer?«, wollte Virgil wissen.

»Alte Kleider.«

Alte Kleider? Der einzige Gegenstand in diesem großen leeren Raum sollte alte Kleider enthalten? Virgil begann, sich zu fragen, ob es wirklich die ursprünglichen Besitzer gewesen waren, die die Kartons in den Keller unter dem Haus gebracht hatten. Oder hatte Merle einen Grund, weshalb er diese riesige leere Fläche brauchte? Wozu könnte er sie verwenden?

»Machen Sie ihn auf.«

»Sie haben keinen Durchsuchungsbefehl.«

»Den kann ich mir schnell genug beschaffen«, behauptete Virgil.

Merle warf ihm einen wütenden Blick zu, aber dann

stand er widerstrebend auf und griff nach dem glänzenden Zahlenschloss.
Warum sollte er ein paar alte Kleider mit einem Schloss sichern?
Merle drehte den Zahlenzylinder, wobei er sich zwischen Virgil und den Koffer stellte. Als das Schloss sich öffnete, schlug er den Kofferdeckel zurück und trat zur Seite. Drinnen befand sich ein Haufen zerschlissener alter Kleider, genau wie Merle gesagt hatte. Virgil wühlte sich bis zum Boden des Koffers durch, aber es war wirklich nichts anderes darin. Warum in aller Welt schloss jemand einen Koffer mit alten Kleidern ab? Vielleicht ging ja lediglich seine Phantasie mit ihm durch, und Merle war nur ein harmloser Trottel.
»Haben Sie Angst, dass jemand Ihre Hemden stehlen könnte?«
Merle sah ihn wütend an. »Wollen Sie sonst noch was sehen?«
»Danke für die Führung«, erwiderte Virgil und fragte sich, was er übersehen haben könnte.
»Sie finden ja selbst wieder raus«, erklärte Merle und deutete mit dem Kopf auf die Kellertür.
Virgil sah über die Schulter zurück, und ein Schauer lief über seinen Rücken. Er würde auf keinen Fall noch einmal durch dieses lange Labyrinth gehen. Blinzelnd spähte er durch die Scheune.
»Was ist da draußen?«, fragte er und deutete mit dem Kinn auf das Scheunentor am anderen Ende des Raumes.
Merle zuckte die Achseln. »*Da* geht's raus.« Er zeigte auf den schmalen Durchgang durch den Keller.

Virgil schüttelte den Kopf. »Ich gehe durch die Hintertür.«
Merles Gesicht nahm einen hässlichen Ausdruck an, aber er macht sich auf den Weg durch den Kellerraum. »Ganz wie Sie wollen.«
Virgil ging hinter ihm her. Das Geräusch ihrer Schritte, das durch die Dunkelheit hallte, war ihm zuwider. Der Scheunenkeller war wirklich groß genug, aber die Dunkelheit ließ ihn trotzdem eng erscheinen. Merle stellte sich neben die Tür, wo er im Schatten verborgen war, und Virgil griff nach der verrosteten Türklinke, drückte sie nieder und zog. Die Tür klapperte, bewegte sich jedoch nicht, und Virgil entdeckte ein zweites Schloss, diesmal ein schweres Ding aus Messing, das mit einem Schlüssel geöffnet und geschlossen werden musste.
»Aufmachen.« Virgil hatte mehr denn je das Bedürfnis, endlich aus diesem Keller herauszukommen. Das Schloss schien die Dunkelheit noch dichter zu machen.
»Ich weiß nicht, wo der Schlüssel ist«, sagte Merle gereizt, und sein schmollend verzogener Mund ließ ihn aussehen wie ein fettes, verwöhntes Kind.
Virgil hätte den Mistkerl am liebsten geohrfeigt, und er dachte bei sich, dass er dann vielleicht einfach weglaufen und nach seiner Mutter schreien würde. Er machte Anstalten seine Pistole zu ziehen. Merle wich einen Schritt zurück.
»Hey!«, rief er und hob beide Hände.
»Ich schieße das Schloss weg«, kündigte Virgil an. Er zog die Pistole aus dem Halfter und wartete ab, ob Merle einen Schlüssel hervorzaubern würde.

»Sie können mich mal«, knurrte Merle, trat zur Seite und verschränkte die Arme.

Virgil hielt den Lauf der Pistole an das Schloss und drückte auf den Abzug. Der Schuss fuhr durch das Messing und trieb das Schloss beinahe durch die verrotteten Bretter des Scheunentors. Das Krachen erschütterte die Decke über ihnen. Eine Staubwolke, die nach hundert Jahre altem Heu roch, senkte sich auf sie herunter wie Schnee.

Virgil riss das Schloss los und schob das große Tor so weit auf, dass er hindurchschlüpfen konnte. Warmes Sonnenlicht ergoss sich über ihn, und er atmete tief durch. »Danke für die Führung«, sagte er noch einmal und warf Merle einen Blick zu, der ihm sagte, dass er wiederkommen würde.

Merle folgte ihm bis zu seinem Wagen, und Virgil fragte sich wieder, was er wohl übersehen hatte. Der Mann war ohne Zweifel ein sonderbarer Kauz, aber in seinem Haus war kein Kind versteckt, und Virgil hatte nicht mehr in der Hand, das ihn mit dem Verschwinden von Zach Bock in Verbindung bringen konnte als vor einem Jahr.

Aber warum hatte Merle sich wie ein Arschloch benommen, wenn er nichts zu verbergen hatte? Warum reizte jemand einen Polizisten so weit, dass er ein Schloss von seiner Haustür schoss? Noch eine ungelöste Frage, die zu den anderen hinzukam. Als er in den Streifenwagen kletterte, sah er Merle fest in die Augen und versuchte, ihn zu zwingen, wegzuschauen. Doch Merle wandte den Blick nicht ab. Schließlich legte Virgil den Gang ein, fuhr die Auffahrt hinunter und benutzte das als Ausrede dafür, dass er den Kampf verloren hatte.

Als er noch einmal zurückschaute, war Merle im Haus verschwunden.

Virgil hatte den Weg zur Stadt zur Hälfte zurückgelegt, als er im Rückspiegel erneut den dunklen Ford entdeckte. Sein erster Gedanke war, dass das ein Zufall sein musste, dass der Wagen, ebenso wie er selbst, irgendwo gehalten hatte und zur gleichen Zeit wieder losgefahren war. Nach einigen Kilometern jedoch wurde er neugierig, in welcher Entfernung er sich wohl halten würde. Er fuhr an den Straßenrand und schaute in den Rückspiegel.

Der Wagen hielt ebenfalls. Zu weit entfernt, als das Virgil die Nummer hätte lesen können, aber es schien ein Nummerschild des Staates Maine zu sein. Jetzt blieb ihm nichts anderes übrig, als kehrt zu machen und nachzusehen, was der Fahrer vorhatte. Er wendete, nur um festzustellen, dass der Ford schneller gewesen war. Er war um die nächste Kurve verschwunden, ehe Virgil wieder geradeaus fuhr und auf den Gashebel treten konnte. Er schaltete Sirene und Blinklicht ein und griff nach dem Sprechfunkgerät. Birch meldete sich, und Virgil gab seine Position und Marke und Farbe des Wagens durch. Der nächste Deputy war fünfzehn Kilometer weit entfernt auf einer Parallelstraße unterwegs, aber vielleicht konnte er dem Mann weiter vorne den Weg abschneiden. Sofern Virgil ihn wieder zu sehen bekam, bevor er in irgendeine Seitenstraße verschwand.

Das Problem war, dass das Land von unzähligen Forstwegen, Nebenstraßen und Waldwegen durchzogen war, die man nicht einmal mehr als Straßen bezeichnen konnte. Virgil verlangsamte seine Fahrt, als er an der Kreuzung mit einem schmalen Feldweg vorbeikam, der aufwärts führte und hinter einer baumbestandenen Kurve verschwand. Es blieb ihm nichts anderes übrig, als zu raten, und er *riet*, dass der Mann an dieser Stelle nicht abgebogen war. Also gab er wieder Gas und raste den Hügel hinunter. Dabei blieb er ständig mit Birch in Verbindung, teilte ihm genau mit, wo er gerade war und was er tat, damit dieser eine Straßensperre organisieren konnte, für den Fall, dass es ihnen gelang, den Fahrer in die entsprechende Richtung zu treiben.

Virgil hatte keine Ahnung, warum der Kerl flüchtete. Es konnte tausend verschiedene Gründe haben. Vielleicht wurde wegen irgendetwas nach ihm gefahndet. Vielleicht war sein Führerschein eingezogen worden. Doch vielleicht hatte er auch gar kein Problem. Virgil hatte die Erfahrung gemacht, dass unschuldige Menschen beim Anblick eines Polizisten in Panik geraten konnten. Aber eine leise Stimme in seinem Hinterkopf sagte ihm, dass keine dieser Erklärungen zutraf.

Er kam um eine Kurve geschossen und sah das Heck des dunklen Wagens gerade erneut verschwinden. Er trat den Gashebel durch, lauschte auf das Röhren des großen Motors und fühlte, wie die Federn des Autositzes sich in seinen Rücken drückten.

»Jetzt hab ich dich, du Drecksack.«

Vor ihm führte die Straße nun wieder durch offenes Farmland, und eine lange, gerade Strecke lag vor ihm.

Der Bastard würde ihn in keiner Kurve mehr abschütteln, und zwischen ihm und der Schnellstraße gab es nur noch eine Handvoll Seitenstraßen. Er raste mit hundertachtzig Stundenkilometern auf den Gipfel eines Hügels zu und betete, dass auf der anderen Seite keine alte Dame in einem Honda Civic herumkroch.

Stattdessen stand dort der dunkle Ford quer auf der Straße und blockierte beide Fahrbahnen. Virgil reagierte instinktiv, tippte mehrfach auf die Bremse und versuchte sich auf dem unbefestigten Seitenstreifen vorbeizuquetschen, während sich seine Geschwindigkeit auf hundertvierzig verlangsamte, dann auf hundertdreißig. Er verfehlte das Heck des Wagens um Haaresbreite und schoss so schnell vorbei, dass er den Fahrer – der lässig hinter dem Steuer saß – nur verschwommen sah und nicht einmal erkennen konnte, ob es ein Mann oder eine Frau war. Die Hinterräder des Streifenwagens rutschten auf dem lockeren Kies, das Heck schwang herum, bis ein Rad ins Gras geriet und der Wagen sich beinah überschlug. Virgil versuchte verzweifelt gegenzulenken und das schwere Fahrzeug aus dem Graben herauszubekommen, aber ohne Erfolg. Der große Streifenwagen schoss das Bankett hinunter, brach durch einen Stacheldrahtzaun und kam grollend zum Stehen, die Räder tief in der weichen Erde eines frisch angesäten Maisfeldes vergraben.

Virgil stieß die Tür auf, fummelte an seinem Sitzgurt herum, kämpfte sich fluchend auf die Füße und zog seine Pistole. Doch der dunkle Ford war nur noch eine Erinnerung.

27

Richard erwachte am nächsten Morgen wie ein Troll, der unter einer Brücke hervorkriecht. Er streckte die Arme über den Kopf, stemmte sie gegen das Kopfende des Bettes und versuchte, die Verspannungen in seinem Rücken zu lösen. Als er zu Audrey hinüberschaute, die fest schlafend neben ihm lag, stellte er wieder einmal fest, dass sie wie ein Engel aussah. Seit sie das Halcion nahm, hatte sie nachts nicht mehr geschrien, hatte weder unter Albträumen noch unter Nachtängsten gelitten. Aber letzte Nacht hatte sie kurz nach Mitternacht zu stöhnen begonnen. Er hatte neben ihr gelegen und nicht gewagt, sie zu berühren oder sich zu bewegen, um sie nicht noch tiefer in ihren Traum hineinzutreiben. Endlich war sie wieder in ruhigen Schlaf gesunken, und irgendwann in der Morgendämmerung war auch er wieder eingenickt.

Jetzt, auf der Fahrt nach Arcos, sah er immer wieder zu ihr hinüber. Sie saß zurückgelehnt neben ihm auf dem Beifahrersitz. Er hatte nicht zur Arbeit gehen wollen, doch es war Freitag, die unerledigten Aufträge türmten sich und er konnte sie nicht länger aufschieben, wenn er seine treuen Kunden nicht verlieren wollte. Und dann hatte Audrey zu seiner Überraschung vorgeschlagen mitzufahren. Er war überrascht und erfreut. Dennoch sah er sie immer wieder prüfend an. Sie schien zerstreut, sogar noch mehr als sie es durch das Halcion gewöhnlich war.

Er hatte einen fünfzehn Kilometer weiten Umweg gemacht, um nicht an Coonts' Farm vorbeifahren zu müssen, doch sie hatte es nicht einmal gemerkt – oder wenn doch, so hatte sie nichts dazu gesagt. Er versuchte, ein Gespräch mit ihr in Gang zu bringen, aber ihre Antworten waren einsilbig. Als er auf den Parkplatz vor seinem Büro einbog, hatte er deshalb immer noch keine Ahnung, was sie vorhatte. Er hoffte, dass es keinen Streit darüber geben würde, ob sie den Wagen nehmen könnte. Er hatte die Warnung auf dem Tablettenetikett gelesen, und wenn das noch nicht genügte, um ihn in seinem Entschluss zu bestärken, dann tat es ihr Verhalten. Als er den Motor abstellte, sah sie sich um, als merke sie erst in diesem Augenblick, wo sie waren. Sie lächelte ihn an.
»Wir sind da«, sagte er, steckte die Autoschlüssel in die Tasche und stieg aus dem Wagen.
Richards Büro lag einen Block weit von der Main Street entfernt in einer Ansammlung von Häusern, die zu Bürogebäuden umgebaut worden waren. Zwei Zahnärzte hatten ihre Praxen in einem weißen Cottage auf der linken Seite. Mehrere Anwälte – alles Kunden von Richard – teilten sich rechts eine viktorianische Villa. An der Straße standen die Schilder von Physiotherapeuten, mehreren Immobilienmaklern und Shay Martin, seinem freundlichen Konkurrenten auf dem Gebiet der Zahlen. Mr. und Mrs. Reblett waren die einzigen Privatpersonen, die in der Straße ausgeharrt hatten, ein nettes altes Ehepaar, das sich durch seine Einmaligkeit und das Fehlen normaler Nachbarn nicht im Geringsten irritieren ließ.

Richard wartete auf dem Bürgersteig auf Audrey. »Was hast du vor?«
Sie blinzelte in die Sonne, ließ den schönen Tag auf sich wirken und schüttelte den Kopf.
»Dann komm rein«, schlug Richard vor. »Ich mache uns eine Kanne Kaffee, und dann kannst du im hinteren Büroraum fernsehen, während ich arbeite.«
»Ich gehe ein bisschen spazieren.«
»Wirklich?« Er sah sie prüfend an.
Sie lächelte. »Ich bin okay«, versicherte sie und berührte leicht seinen Arm. Anscheinend wollte sie, dass er sie küsste, doch er scheute sich, den ersten Schritt zu tun, wie ein Teenager bei einem Blind Date.
»Ich komme schon zurecht«, versicherte sie.
»Natürlich.« Er beugte sich vor, und sie küssten sich unbeholfen auf die Wange. Sie klopfte ihm auf die Schulter und machte sich auf den Weg in Richtung Main Street.
»Gehen wir zusammen Mittagessen?«, rief er ihr nach.
»Klar«, rief sie zurück, und winkte ihm über die Schulter zu, ohne sich umzudrehen.
Er sah ihr nach, bis sie um die Ecke verschwand. Dann ging er hinein und hoffte, dass dies ein neuer Anfang war, dass Doktor Cates und seine Tabletten ihm seine alte Audrey zurückgeben würden.

Audrey war seit Zachs Verschwinden nicht mehr alleine in der Stadt gewesen, und sie kam sich fast wie eine Touristin vor. Es war erstaunlich, wie viel sich verändert hatte, seit sie zuletzt durch diese Straßen spaziert war. Wenn man zu Fuß ging, bemerkte man Dinge, die einem

nicht auffielen, wenn man nur vorbeifuhr. Aber vielleicht hatte sie während des vergangenen Jahres auch einfach *gar nichts* bemerkt. Das Restaurant hatte eine neue Leuchtreklame bekommen – ein mit einer Gabel gekreuztes Messer. Nicht besonders stilvoll, fand sie, aber effektiv. An der Stelle, wo früher ein Supermarkt gewesen war, befand sich zu ihrer Überraschung jetzt eine Tierhandlung. Eine Weile blieb sie stehen, hingerissen von den dunklen, feuchten Augen eines Labradorwelpen, der an der Fensterscheibe hochsprang und mit nasser Babyzunge durch das Glas an ihr zu lecken versuchte. Sie hatte Mühe, sich von ihm loszureißen.
Das Metallwarengeschäft hatte alle Waren für Frühling und Sommer hinausgestellt. Auf dem Bürgersteig standen leuchtend rote Rasenmäher und alle möglichen Grillgeräte und Gartenwerkzeuge aufgereiht. Sie blieb stehen, um die Inhaltsstoffe eines fünfundzwanzig Kilo Sacks mit Rasendünger zu studieren, und schüttelte den Kopf. Zu viel Stickstoff für diese Höhe und das hiesige Klima, aber vom Inhaber eines Metallwarengeschäfts konnte man nicht erwarten, dass er so etwas wusste. Sie kaufte ihre Gartenchemikalien lieber bei der Farmergenossenschaft.
Der Verkehr erschien ihr sehr dicht für einen Wochentag. Die meisten der schräg zum Bürgersteig angeordneten Parkplätze waren besetzt, und sie grüßte ein paar Leute, die ihren Namen wussten, deren Gesichter sie jedoch nicht richtig einordnen konnte. Zum Glück blieb keiner von ihnen stehen, um mit ihr zu reden oder sie mit dem zu belasten, was sie am allermeisten fürchtete –

ihrem Mitleid. Vielleicht waren sie der Meinung, dass sie inzwischen genug Zeit gehabt habe, um sich ihrem Kummer zu überlassen. Aber vielleicht waren sie auch einfach zu höflich, um zu riskieren, schmerzhafte Erinnerungen zu wecken.

Die Läden machten einer weiteren Wohngegend Platz, bevor die Main Street ein paar Blocks weiter vorne endete und vor dem Krankenhaus wieder in die Route 26 einmündete. Sie hatte nicht die Absicht, so weit zu gehen, weil sie fürchtete, jemand könnte sie erkennen und in ein Gespräch verwickeln. Sie unternahm diesen Spaziergang nicht, um wieder Kontakt mit Menschen aufzunehmen, sondern um ihre Verbindung mit der Außenwelt wiederherzustellen. Aber nur in kleinen Schritten. Sie war nahe daran gewesen zu ertrinken und wagte jetzt ihre ersten vorsichtigen Schritte zurück in die winzigen Wellen am Strand. Sie konnte die Brecher sehen, doch sie war noch nicht bereit, sich hineinzustürzen.

Als sie an der Ecke ankam, blieb sie stehen und musterte den sorgfältig gemähten Rasen im Vorgarten des Hauses, vor dem sie stand. Das Gras war so kurz geschnitten wie auf einem Golfplatz, aber es war gesund und grün. Die Besitzer hatten ihren Rasendünger offensichtlich nicht im Metallwarenladen gekauft. Der Rand des Fußwegs war perfekt abgestochen, und die breite vordere Veranda war von dichten Lilien umgeben. Die schweren, geblümten Vorhänge sahen nach einer älteren Frau aus, und Audrey stellte sich vor, dass das Haus einem Ehepaar im Ruhestand gehörte, das das Grundstück vermutlich gekauft hatte, bevor sie geboren worden war. Der Mann war vielleicht beim Militär gewesen oder hatte in einer Fabrik gearbeitet, und sie war ihr Leben lang Hausfrau gewesen. Sicher hatten sie ein Dutzend Kinder und genügend Enkelkinder, um während der Ferien und bei anderen Besuchen den Rasen zu überschwemmen.

Der Gedanke an Kinder, die über den Rasen rannten, zerriss ihr fast das Herz, und sie brauchte eine Minute, um sich wieder zu fassen. Als sie die Veranda anstarrte, bemerkte sie ein kleines Holzschild neben der verzierten Glastür und stellte fest, dass sie sich geirrt hatte. Anscheinend war dies doch kein Wohnhaus. Wahrscheinlich stand auf dem Schild ein Name mit der Bezeichnung Esquire dahinter. Ein alter Rechtsanwalt, der nur noch Fälle bearbeitete, die ihn interessierten, für Leute, die er kannte. Sie versuchte, sich zu erinnern, ob ihr außer Richards Nachbarn noch irgendwelche anderen Rechtsanwälte bekannt waren. Mit gerunzelter Stirn ging sie ein Stück weit den Fußweg hinauf, um das Schild zu lesen.

In diesem Augenblick öffnete sich die Haustür, und eine Frau mittleren Alters, mit einem leuchtend blauen Schal um den Kopf, leerte, halb im Haus und halb auf der Veranda stehend, den Briefkasten. Audrey stand wie erstarrt da und hoffte, die Frau würde ins Haus zurückkehren und die Tür schließen, ohne die Fremde zu bemerken, die unerlaubt ihren Vorgarten betreten hatte. Stattdessen blätterte sie die Umschläge durch, blickte auf und sah Audrey direkt in die Augen. Als die Frau lächelte, war Audrey entwaffnet.

»Es tut mir Leid«, sagte sie und lächelte zurück. »Ich habe gerade versucht, Ihr Schild zu lesen.«

»Was ist daran verkehrt? Dafür habe ich es schließlich aufgehängt«, antwortete die Frau, warf die Post ins Haus und trat auf die Veranda, um Audrey zu begrüßen. »Kommen Sie doch herauf.«

Außer dem Schal trug die Frau einen dicken, knielangen Wollrock mit Söckchen und Tennisschuhen. Sie sah aus wie eine Obdachlose in neuen Kleidern, aber sie schien freundlich zu sein, und Audrey beschloss, dass es vielleicht gerade der richtige Zeitpunkt sei, sich ein bisschen weiter in die Wellen hinauszuwagen. Nicht bis zu den Knien, aber bis zu den Waden vielleicht. Sie ging die Stufen zur Veranda hinauf und gab der Frau die Hand.

»Ich bin Audrey Bock«, stellte sie sich vor.

»Babs St. Clair«, antwortete die Frau. Sie legte den Kopf zur Seite, um Audreys Gesicht zu studieren. Dieser fiel auf, wie raubvogelartig ihre Augen waren, die von ihrer Nase zu ihrem Mund und dann zu ihrem Körper hinunterflogen. Die Frau kam ihr vertraut vor, aber Audrey konnte sie nicht richtig einordnen. »Sind wir uns schon einmal begegnet?«

»Nicht in diesem Leben«, erwiderte Babs. »Aber Sie wollten zu mir, nicht wahr?«

Audrey betrachtete das Schild und hoffte, dass ihr Schock nicht allzu sichtbar war. Die Buchstaben waren künstlerisch verschlungen und vergoldet.

Babs St. Clair
Hellseherin, Heilerin
Das Universum ist groß,
ich bin klein.

»Nein«, sagte Audrey und versuchte, Babs direkt in die Augen zu sehen, um nicht wieder das Schild anschauen zu müssen. »Ich bin nur vorbeigekommen.«

Babs lachte und klopfte auf das Schild. »Manchen Leuten gefällt es. Andere finden es ein bisschen zu verrückt. Glauben Sie?«

»Woran?«

»An irgendwas. Was schlagen Sie vor? Es gibt keine richtige oder falsche Art zu glauben.« Dieser Gedanke veranlasste Babs, ein grimmiges Gesicht zu machen, das bei ihr völlig fehl am Platz wirkte. »Das stimmt wohl nicht so ganz. Man kann auf falsche Weise glauben, oder vielleicht eher, dem falschen Weg folgen. Aber Sie tun das nicht.«

»Wie bitte?«

»Dem falschen Weg folgen. Das trifft für Sie nicht zu. Sie gehen in die richtige Richtung.«

»Woher wollen Sie das wissen?«

Babs lachte wieder und schlug Audrey so kräftig auf die Schulter, dass sie fast hintenüber kippte. Doch irgendwie brachte sie es fertig, ihr dabei nicht weh zu tun. Sie benahm sich wie ein vergnügter kleiner Bruder oder ein freundlicher Bär. »Weil Sie hier sind! Kommen Sie herein.« Bevor Audrey antworten konnte, verschwand sie durch die Tür.

»Nein! Wirklich, ich bin nur zufällig vorbeigekommen.«

»Kommen Sie schon«, sagte Babs und stieß die Tür weit auf. Erst jetzt sah Audrey, dass das Glas der Haustür zu Kreuzen, Davidsternen, zunehmenden Monden und anderen Zeichen geschnitten war, von denen sie annahm,

dass sie eine spirituelle Bedeutung hatten, die ihr aber nichts sagten.
»Ich tue Ihnen nichts«, versicherte Babs. »Und für die erste Konsultation verlange ich nie ein Honorar. Was haben Sie zu verlieren? Haben Sie irgendeinen Termin?«
Audrey schüttelte den Kopf. Es war ihr unmöglich, die Frau anzulügen.
»Dann kommen Sie rein. Sie können so tun, als ob nichts, was ich sage, irgendeine Bedeutung hat und das alles nur Hokuspokus ist. Virgil tut das auch.«
»Virgil?«
»Virgil Milche, der Sheriff. Er ist einer von denen, die schwer zu überzeugen sind. Aber er kommt schon noch zur Einsicht. Ich habe ihm gesagt, dass Sie kommen und mich besuchen würden. Warten Sie nur, bis er hört, dass Sie tatsächlich aufgetaucht sind.«
»Nein!«, bat Audrey und trat von einem Fuß auf den anderen. »Bitte sagen Sie ihm nicht, dass ich da war.«
»Warum nicht?«, fragte Babs. »Sie brauchen sich doch deswegen nicht zu schämen.«
»Wie konnten Sie wissen, dass ich kommen würde?«
Diese Frage beunruhigte Audrey ebenso sehr wie die Möglichkeit, dass ihr Besuch allgemein bekannt werden könnte.
Babs zuckte die Achseln. »Solche Sachen weiß ich eben. Kommen Sie, ich lege Ihnen schnell die Karten.«
»Nein, wirklich. Das möchte ich lieber nicht.«
Doch Babs war nicht willens, ihre Ablehnung gelten zu lassen, das konnte Audrey an ihren Augen sehen.
»Jetzt kommen Sie schon. Haben Sie keine Angst. Und

wenn schon sonst nichts dabei rauskommt, dann bringen Sie so die Zeit rum, und ich komme nicht aus der Übung.«

»Womit kommen Sie nicht aus der Übung?«, fragte Audrey und ließ zu, dass Babs die Tür schloss und sie in ihr Zimmer dirigierte. Sie schnüffelte, als sie den Kerzenrauch roch, und betrachtete die wilde Einrichtung. Es war seltsam, dass jemand, der seinen Garten so perfekt pflegte, in einem solchen … Chaos lebte.

»Im Kartenlesen!«, erwiderte Babs und schubste sie spielerisch in einen Lehnstuhl auf der anderen Seite des Tisches.

Audrey starrte den Stapel Karten an, und Alarmglocken schrillten in ihrem Kopf. Plötzlich glühte ihr Gesicht, und sie rutschte unruhig in ihrem Stuhl herum.

»Was ist denn los?«, fragte Babs. Sie runzelte die Stirn, aber ihre Augen lächelten weiter. »Sie haben doch sicher Fragen, nicht wahr? Jeder Mensch hat Fragen.«

Audrey verzog grimmig das Gesicht und nickte. Natürlich hatte sie Fragen, aber diese Frau würde sie nicht beantworten können. Vielleicht würde sie niemals eine Antwort darauf bekommen, doch sie weigerte sich, das zu glauben.

»Sie sind sehr verletzt worden«, sagte Babs. »Ich habe den Eindruck, dass Sie überzeugt sind, Sie seien mehr verletzt worden als irgendein anderer Mensch auf der Welt.«

»Woher wissen Sie das?« Audrey schnappte nach Luft. »Sie kennen mich doch gar nicht. Sie wissen nichts über mich.«

Babs zuckte die Achseln. »Ein paar Dinge erkenne ich auch ohne Karten. Ich fühle sie. Ich erkenne Schmerz, wenn ich darauf stoße. Lassen Sie mich die Karten für Sie legen. Das kann doch nicht wehtun, nicht wahr?«
Audrey nickte langsam, warf einen Blick auf die Karten, die mit dem Gesicht nach unten auf dem Tisch lagen, und fragte sich, ob es nicht vielleicht doch wehtun könnte. Doch selbst die kleinste Möglichkeit, eine Antwort zu bekommen, genügte, um sie in Versuchung zu führen. »Also gut«, flüsterte sie.
Babs setzte sich ihr gegenüber an den Tisch, mischte die Karten sorgfältig und legte drei mit dem Gesicht nach unten in einer Reihe von ihr selbst zu Audrey. Dann legte sie eine vierte Karte über die mittlere, dann eine auf jede Seite und zuletzt eine weitere Reihe von vier Karten von Audrey aus gesehen auf die linke Seite.
»Dann wollen wir doch mal sehen«, sagte Babs und lehnte sich in ihrem Stuhl zurück. »Was möchten Sie fragen?«
»Was sollte ich denn fragen?« Audrey richtete sich steif auf.
»Gewöhnlich haben die Leute irgendeine Frage, auf die sie sich eine Antwort wünschen«, erklärte Babs. »Ich sehe nach, was in den Karten steht, und versuche ihnen diese Antwort zu geben. Verstehen Sie mich nicht falsch. Ich kann Ihnen nicht die Rennergebnisse oder die Aktienkurse von morgen vorhersagen. Aber ich kann Ihnen sagen, ob Sie eine Reise nach Florida planen sollten oder ob ein neuer Mann für Sie der Richtige ist. Sie verstehen?«

Audrey nickte. »Solche Fragen habe ich nicht. Was ich wissen möchte, ist sehr speziell.«

»Ich möchte Sie nicht enttäuschen.«

»Ich bin schon seit langem immer nur enttäuscht worden.«

Babs lächelte ihr aufmunternd zu und drehte die mittlere untere Karte um. Dann nickte sie vor sich hin und legte sie mit dem Gesicht nach oben wieder auf den Tisch. »Dann werde ich die Karten für Sie mit offenem Ergebnis lesen und schauen, was sich herausstellt.«

Auf der Karte stand *Gerechtigkeit*, und das handgemalte Bild stellte eine Waage dar. Audrey sah auf und bemerkte zu ihrer Überraschung, dass Babs erneut die Augenbrauen zusammenzog.

»Was ist los?«, wollte sie wissen.

»Nichts«, sagte Babs und drehte die Karte um, so dass sie von ihr aus gesehen nicht mehr auf dem Kopf stand. »Wenn eine Karte für denjenigen, der sie liest, auf dem Kopf steht, ist ihre Bedeutung umgekehrt. Aber meistens sind dann die Karten nur schlecht gemischt.«

»Bedeutet das, dass es für mich keine Gerechtigkeit gibt?« Audrey glaubte nicht an übernatürliche Dinge. Aber dass die Karte so gefallen war, war kein Zufall, denn *das* glaubte sie. Für Richard und sie hatte es keine Gerechtigkeit gegeben. Und für Zach am allerwenigsten.

»Sie können nicht alles aus einer einzigen Karte herauslesen«, erklärte Babs. »Zwei verschiedene Tarotkartenleger können die gleichen Karten sehen und sie völlig unterschiedlich interpretieren. Wir müssen abwarten.

Die erste Karte beschreibt Ihre gegenwärtige Situation. Aber *Gerechtigkeit* kann auch *inneres Gleichgewicht* oder *Frieden* bedeuten.«

Audrey zuckte die Achseln. Wenn keine zwei Leute sich über die Bedeutung einigen konnten, wozu war das Ganze dann gut? Aber was auch immer man hineinlesen wollte, sie fand, dass die Karte in jedem Fall richtig gefallen war. Sie hatte auch nicht viel inneres Gleichgewicht und keinen Frieden.

Babs drehte die zweite Karte um und legte sie seitwärts über die erste. Es war die Abbildung eines Betrunkenen, der eine Straße entlangtaumelte. Die Überschrift lautete *Der Narr*. Babs warf Audrey einen Blick zu, und diese war überzeugt, dass sie eine Frage hatte und es nicht wagte, sie zu stellen.

»Was ist?« fragte Audrey.

»Trinkt irgendjemand in Ihrer Familie?«

Audrey schüttelte den Kopf. »Richard und ich trinken gelegentlich ein Glas Wein. Aber nicht allzu oft.«

Babs biss sich auf die Lippen.

»Nimmt irgendjemand Drogen oder sind jemandem irgendwelche Medikamente verschrieben worden?«

Audrey hatte Mühe, ihre Überraschung nicht zu zeigen. Sie schüttelte den Kopf.

Das war keine Lüge. Sie hatte es Richard noch nicht gesagt. Aber seit heute Morgen nahm niemand in ihrer Familie mehr Medikamente ein.

Babs zuckte die Achseln und drehte die mittlere Karte um, die Audrey am nächsten lag.

»Was ist das?« wollte Audrey wissen. Sie beugte sich

vor, um die Abbildung zu sehen. Es war eine alte Frau, die offenbar im Eingang einer Höhle saß.
»Der Eremit«, erklärte Babs. »Diese Karte repräsentiert Ihr Ziel oder Schicksal. Etwas, das Ihnen entweder vorherbestimmt ist, oder das Sie finden wollen. Es kann auch jemand oder etwas sein, das Sie führen wird.«
»Wohin soll es mich führen?«
»Zu einer höheren Ebene. Oder vielleicht auch nur zum Lebensmittelgeschäft.« Babs lachte, und Audrey schüttelte den Kopf.
Babs drehte die Karte zwischen den beiden Reihen um. Es war eine schöne aber irgendwie auch bedrohliche Frau in einem langen, fließenden Gewand.
»*Die Hohepriesterin*«, sagte Babs.
»Was bedeutet das?«
»Sie repräsentiert Ihre ferne Vergangenheit. Sie könnte die Grundlage der Dinge sein, die sich jetzt ereignen oder sich in Ihrer jüngsten Vergangenheit ereignet haben oder sich in der Zukunft ereignen werden. Sie ist eine Sucherin. Das kann gut oder schlecht sein. Wenn sie nach Erleuchtung sucht, ist es gut. Wenn sie nach Geld oder Ruhm oder dergleichen strebt, ist es schlecht.«
Babs drehte die ihr zunächst gelegene Karte um und runzelte die Stirn. Audrey reckte den Hals und sah einen leuchtend roten Teufel mit glühender Gabel. Sie sah Babs in die Augen.
»Das repräsentiert Ihre jüngste Vergangenheit. Darüber haben wir ja wohl schon geredet, oder?«
Babs drehte die Karte um, die ganz alleine rechts von Audrey lag. Ein Mann mit spitzem Hut beschrieb mit

einem Zauberstab einen Kreis über seinem Kopf, in dem sich Sterne bewegten.

»*Der Magier*«, sagte Babs. »Diese Karte repräsentiert die zukünftigen Einflüsse.«

»Magie?«

Babs schüttelte den Kopf. »Das kann so etwas wie Geldmittel bedeuten. Oder auch einen Menschen, der wie durch Magie in Ihrem Leben auftaucht. Oder, wer weiß, vielleicht *ist* es auch Magie. Man muss für alles offen sein.«

Einerseits wollte Audrey das Spiel gerne entspannt genießen. Babs war so unterhaltsam wie eine Karnevalsshow. Doch auf der anderen Seite hatte sie das Gefühl, auf der Hut sein zu müssen, dass nicht alles so war, wie es schien. Sie fühlte sich auf seltsame Weise mit Babs verbunden – obwohl sie sich ganz sicher war, dass sie ihr noch nie in ihrem Leben begegnet war –, und auch die Karten übten eine eigenartige Anziehungskraft auf sie aus. Obwohl ihr die Bilder und Namen vollkommen neu waren, berührten sie etwas, das tief in ihrer Erinnerung verborgen war. Es schien irgendwie mit den Karten selbst zusammenzuhängen, mit der Art, wie Babs sie mischte und ineinander schob wie ein Taschenspieler.

Nun war nur noch die Viererreihe links von Audrey übrig. Babs drehte die Karte um, die ihr selbst am nächsten lag. Das Bild auf der Karte verblüffte Audrey. Babs bemerkte es und neigte den Kopf, um ihr in die Augen zu sehen.

»Was hat das zu bedeuten?«, flüsterte Audrey und starrte die Abbildung einer knienden Frau an, die in ein

Wasserbecken hineinsah. Sie schien ihr eigenes Spiegelbild zu betrachten, aber die Wasserfläche war unruhig oder das Spiegelbild war verkehrt, nicht richtig erkennbar. Obwohl das in keiner Weise zu der Abbildung passte, lautete die Überschrift *Der Gehenkte*.
Babs zog die Augenbrauen zusammen und schüttelte den Kopf. »Diese Sorte Karten nennen wir ein New Age-Spiel. Wie Sie sehen, ist da kein aufgehängter Mann. Das liegt daran, dass bei den alten Karten die Bedeutung und das Bild niemals zusammenpassten. Aber die Namen hat man beibehalten, weil sie seit dem Mittelalter überliefert sind. Diese Karte repräsentiert Visionen, Dinge, die für Sie in diesem Augenblick real und zugleich unwirklich sind. Sie steht dafür, *wer Sie in diesem Augenblick sind.* Was sehen Sie darin?«
Audrey konnte den Blick nicht von der Karte abwenden. Selbst das hohe Gras hinter der Frau erinnerte sie an ihren eigenen überwucherten Garten. Das kleine Wasserbecken könnte ihr Springbrunnen sein. Das Bild im Wasser zog sie unablässig abwärts.
»Audrey«, rief Babs, streckte die Hand über den Tisch und berührte sie am Arm.
Audrey schüttelte den Kopf. Endlich riss sie sich von dem Bild los und sah Babs eindringlich an. »Ich möchte jetzt meine Frage stellen.«
»So funktioniert das nicht. Wenn Sie möchten, können wir noch einmal von vorne anfangen.«
Babs sagte dies auf eine Weise, an der Audrey erkannte, dass sie die Karten wirklich am liebsten neu gemischt hätte. Die Art, wie sie gefallen waren, hatte sie mindes-

tens ebenso sehr erschreckt wie Audrey selbst. »Nein«, beharrte sie. »Ich möchte meine Frage jetzt stellen.« Wieder starrte sie die Frau auf der Karte an, aber diesmal wehrte sie sich dagegen, ins Wasser gezogen zu werden.
»Also gut«, sagte Babs schließlich. »Fragen Sie.«
Audrey nickte vor sich hin und biss sich auf die Lippen. »Wo ist mein Sohn?«
Als Babs keine Anstalten machte, eine weitere Karte umzudrehen oder zu antworten, sah Audrey zu ihr auf. Ihr Gesicht hatte sich verändert, sie schien fast in Trance zu sein, aber Audrey sah, dass ihr Verstand hinter ihren glänzenden Augen arbeitete. »Audrey, wie ich Ihnen gesagt habe, die Karten können keine so speziellen Antworten geben. Ich wollte Sie nicht aus der Fassung bringen.«
»Sie haben mich nicht aus der Fassung gebracht«, log Audrey. »Ich möchte, dass Sie meine Frage beantworten.«
Ihre Augen trafen sich, aber Babs wandte den Blick als Erste ab und drehte die nächste Karte um. Sie zeigte einen hohen, steinernen Turm mit Zinnen, über dem drohend ein Blitz hing. Die Überschrift lautete *Der Turm*. Audrey sah Babs an.
»Das sind Dinge, die Sie jetzt betreffen. Die Art, wie Ihr Leben verläuft. Der Turm bedeutet Revolution. Drastische Veränderung.«
»Wo ist mein Sohn?«, flüsterte Audrey.
Babs wendete seufzend die nächste Karte um. Darauf war ein altertümlicher Krieger in einem Kampfwagen abgebildet, der zwei Speere schwang. Darüber stand *Der Wagen*.

»Das sind Ihre inneren Gefühle«, erklärte Babs.
Audrey starrte das Bild an, die bedrohlichen Speerspitzen und den entschlossenen Gesichtsausdruck des Kriegers. Sie nickte und sah Babs in die Augen. In ihrem Blick stand noch immer ihre Frage.
Babs drehte die letzte Karte um.
Audrey wusste, was sie darstellte, ohne dass man es ihr hätte sagen müssen. Die Gestalt war so alt wie die Zeit. Babs wandte sich von dem gesichtslosen Mönch mit seinen Skeletthänden und seiner Sense ab, doch Audrey fing ihren Blick erneut auf. Die Luft im Zimmer war tödlich still geworden. Audrey glaubte, die Kerzen flackern zu hören, aber sie schienen nicht mehr so viel Licht zu verbreiten wie zuvor.
»Was repräsentiert das?«, zischte Audrey, die kaum atmen konnte.
Babs schüttelte den Kopf. »Sie müssen mich die Gesamtheit der Karten erfühlen lassen. Ich brauche etwas Zeit, um mit den Karten zu kommunizieren …«
»Was repräsentiert diese Karte?«
Babs seufzte. »Die letzte Karte soll eigentlich das endgültige Ergebnis repräsentieren. Aber Sie haben mich noch nicht daran arbeiten lassen. Man kann nicht einfach nur eine Karte nach der anderen deuten.«
Audrey sah Babs an und wartete. Diese weigerte sich, etwas zu sagen und gab vor, die Karten zu studieren.
»Sie repräsentiert den Tod«, sagte Audrey.
Babs nickte langsam.
»Mein Sohn wird sterben«, flüsterte Audrey.
»Wie bitte?«

»Ich kann ihn fühlen. Er ist so nah. Ich kann sein Gesicht sehen, ihn fast berühren. Ich will nur wissen, wo er ist.«

»Aber Ihr Sohn wurde doch vor über einem Jahr entführt.«

Audrey warf Babs einen zornigen Blick zu. »Ja, und?«

Babs schüttelte den Kopf. »Ich meinte ja nur ...«

»Was haben Sie gemeint?«

»Sie haben bestimmt Recht. Ich bin sicher, dass er okay ist.«

»Ich habe nicht gesagt, dass er okay ist«, berichtigte Audrey. »Ich habe nur gesagt, dass er noch lebt. Und jetzt sagen Sie mir, dass er sterben wird. Ich glaube es nicht.«

»Die Karten haben nicht gesagt, dass Ihr Sohn sterben wird.«

»Was?« Audrey stürzte sich auf jede andere Erklärung.

»Es ist wahr, dass diese Karte den Tod symbolisiert. Aber das kann unter anderem auch den Tod einer Beziehung bedeuten. Oder vielleicht ist es auch irgendein anderer, der stirbt. Ich brauche mehr Zeit mit den Karten, und ich muss Sie noch einmal berühren.«

»Mich berühren?«

»Ich muss Sie spüren, damit ich herausfinden kann, was die Karten uns sagen wollen.«

Audrey streckte die Hand aus. Babs drehte sie sanft um und legte ihre Handfläche auf die Oberseite von Audreys Handgelenk. Audrey hätte schwören können, dass sie fühlte, wie etwas von ihr zu Babs übersprang wie ein elektrischer Schlag. Als die Hellseherin die Augen öffnete, studierte sie die Karten mit neuer Intensität.

Doch Audrey beobachtete erschrocken, wie ihre Augen nervös von Karte zu Karte flogen.
»Was hat es zu bedeuten?«, fragte sie.
Wieder schüttelte Babs den Kopf. »Es ist, wie ich vermutet habe«, sagte sie schließlich. »Man muss die Gesamtheit der ausgelegten Karten betrachten. Ich sehe, dass Sie wiedergeboren werden, Audrey. Sie werden aus dieser entsetzlichen Zeit, in der Sie so lange gefangen waren, hervorgehen und die Kraft in sich finden, wieder zu leben.«
»Und die Todeskarte?«
»Wir alle sterben.«
»Und das soll alles sein, was das bedeutet?«
Babs schien länger mit ihrer Antwort zu zögern, als sie sollte. »Das ist alles, was es bedeutet.«
Doch Audrey wusste, dass sie log. Sie und Babs hatten beide an diesem Tag eine tiefere Wahrheit entdeckt, aber die beiden Wahrheiten mussten nicht notwendigerweise das Gleiche bedeuten, und keine wollte mit der anderen darüber sprechen. Audrey stand langsam auf und sah Babs eindringlich ins Gesicht. Die Frau schien an ihrem eigenen inneren Schmerz zu leiden, den Audrey vorher nicht gespürt hatte.
Endlich kam Babs um den Tisch herum, um ihre Besucherin zur Tür zu begleiten, aber sie vermied es geflissentlich, sie noch einmal zu berühren. Als Babs im Haus und Audrey vor der offenen Tür stand, drehte Audrey sich noch einmal zu ihr um.
»Wissen Sie etwas über das Verschwinden meines Sohnes?«

Babs schaute an ihr vorbei, als wollte sie das Sonnenlicht in die Dunkelheit hinter ihren Augen einsaugen. Als sie den Kopf schüttelte, erkannte Audrey, dass sie nicht wusste, was sie antworten sollte.

»Nicht auf die Weise, die Sie meinen. Aber alles, was geschieht, hat einen Grund, Audrey. Das müssen Sie immer im Gedächtnis behalten.«

»Welchen Grund sollte es für das Verschwinden meines Sohnes geben?«

Babs sah ihr mit unendlicher Trauer in die Augen. »Versuchen Sie immer, sich an das Gute zu erinnern«, sagte sie. »Das ist das Einzige, was wir tun können. Denken Sie an das Gute.«

»Wenn Sie etwas wissen, dann sagen Sie es mir bitte.«

»Es tut mir Leid. Ich lege nur Karten«, antwortete Babs und machte Audrey die Tür vor der Nase zu.

Babs setzte sich wieder vor die Karten, die Hände flach auf den Tisch gelegt, damit sie nicht zitterten. Es war nicht allein die fürchterliche Geschichte, die die Karten über Audrey erzählten, die sie erschütterte. Es war das seltsame Gefühl, das sie erfasst hatte, als sie sich berührten. Es war, als hätte sie plötzlich eine Verbindung zu einem Teil ihrer eigenen Vergangenheit hergestellt. Als wäre Audrey keine reale Person, die in ihrem Wohnzimmer stand, sondern ein Zuschauer aus ihrem eigenen Unterbewusstsein, halb Traum, halb Albtraum.

Unheimliche Bilder hatten sie bestürmt, so schnell, dass sie sie nicht interpretieren konnte, außer als eine Art entsetzlicher Fotomontage. Innerhalb eines Sekunden-

bruchteils hatte sie erkannt, dass sie Audreys Gedanken las und sich gleichzeitig an Ereignisse aus ihrer eigenen Vergangenheit erinnerte. Aber wie sollte das möglich sein? Sie litt nicht an Gedächtnisschwund, und soweit sie sich erinnerte, waren Audrey und sie sich niemals begegnet. Doch was war das für ein törichter Gedanke. Würde sie es denn wissen, wenn sie Gedächtnislücken hätte?
Sie starrte die Karten an und versuchte, ihnen mehr Bedeutung abzuringen. In dieser Zusammenstellung waren die Karten wirklich entsetzlich. Noch schlimmer, als sie es Audrey hatte merken lassen. Die meisten Karten hatten auf dem Kopf gestanden, und sie hatte sie einfach unbemerkt umgedreht. Auf dem Kopf stehende Karten hatten nicht nur die umgekehrte, sondern eine schlimme, eine sehr schlimme Bedeutung.
Audreys Leben lag in Scherben, und es würde alles noch entsetzlicher werden. Wie alle anderen, die von der Tragödie wussten, glaubte Babs, dass ihr Sohn tot war. Doch ob das nun stimmte oder nicht, auf Audrey kam noch mehr Unheil und Tod zu. Und weil Babs in den Karten nichts hatte finden können, was man dagegen tun konnte, hatte sie sich entschlossen, Audrey nichts davon zu sagen. Am besten war es wohl, das Leben so kommen zu lassen, wie es nun einmal kommen würde. Sie betete darum, dass keiner der Todesfälle, die sie in der letzten Karte sah, Audreys Tod sein würde, aber darüber gab es keine Gewissheit. Die Karten waren voller Grauen. Babs hatte so etwas noch nie gesehen.
Doch es waren nicht nur die Karten und das seltsame Gefühl einer Verwandtschaft zu Audrey, die sie so be-

unruhigten und aufwühlten. Je länger sie das Bild der Hohepriesterin ansah, desto mehr schien es zu ihr zu sprechen. Manchmal liebte Babs diese Karte. Aber manchmal auch nicht. Die Abbildung konnte das Bild einer mächtigen, gerechten Erdmutter heraufbeschwören. Aber sie konnte auch die Vorstellung von einer verschlagenen, bösartigen Hexe wecken. In diesem Fall war es die Vorstellung von der Hexe, die Babs nicht abschütteln konnte. Je länger sie die Karte anstarrte, desto weniger nahm sie sie wahr. Stattdessen sah sie das schwache Bild einer wirklichen Person, einer Person, an die sie sich erinnern sollte, aber nicht konnte.

Vielleicht hatte sie *doch* irgendwelche Gedächtnislücken. Sie raffte alle Karten zusammen und schob sie zu einem sauberen Stapel zusammen. Schon die Berührung weckte in ihr das Gefühl einer daran haftenden Düsterkeit. Immer wieder wischte sie sich die Hände an ihrem Rock ab. Schließlich drückte sie auf den Schalter an der Tür und knipste zum ersten Mal seit Jahren die Deckenbeleuchtung an. Doch die Dunkelheit ließ sich nicht so einfach vertreiben.

28

Audrey kehrte wie betäubt zu Richards Büro zurück. Sie wusste nicht, was sie von der seltsamen Sitzung mit dieser Mrs. St. Clair halten sollte. Sie war

verstört und verwirrt. Aber sie war nicht verrückt. An diesen Gedanken klammerte sie sich. Irgendetwas ging um sie herum vor, das außerhalb ihres Vorstellungsvermögens lag, und die Frau mit ihren Tarotkarten hatte kaum an der Oberfläche der Dinge gekratzt. Richard gegenüber benahm sich Audrey so ruhig wie möglich. Sie erklärte ihm, sie hätte furchtbare Kopfschmerzen und wollte nur nach Hause. Er fuhr sie kommentarlos dorthin. Dann ging er in die Küche und holte ihr ein Glas Wasser und zwei Aspirintabletten, die sie gehorsam einnahm, und danach brachte er ihr auch noch das Halcion und weigerte sich, ins Büro zurückzufahren, bevor sie nicht eine von den Pillen geschluckt hatte. Sie spürte voller Abscheu, wie das Ding ihre Kehle hinunterrutschte; ihr war, als täte sie ihr Gewalt an. Richard verlangte nicht von ihr, die Zunge herauszustrecken, um zu zeigen, dass sie die Pille tatsächlich geschluckt hatte, doch sie wusste, dass er es gerne getan hätte.
Jetzt saß sie am Tisch und versuchte, das Medikament aus ihrem Kopf *herauszudenken*. Sie hatte die Tabletten gehorsam jeden Tag eingenommen, seit Doktor Cates sie ihr verschrieben hatte. Aber das Halcion hatte sie nicht so von ihren Visionen befreit, wie sie es sich erhofft hatte. Stattdessen hatte es sie in abscheuliche, nebelhafte Bilder verwandelt, die nicht nur auf jeder glänzenden Oberfläche auftauchten, sondern sie hinter ihren Augenlidern durch das ganze Haus verfolgten. Statt das Gefühl zu haben, mit Zach in Kontakt zu sein, wirkte das Medikament wie eine Barriere, durch die sie ihren Sohn sehen, aber nicht berühren konnte. Sie hatte nicht

mehr das Gefühl der Nähe, der Unmittelbarkeit. Sie wusste, dass die Bilder eine *Bedeutung* hatten, doch sie konnte nicht mehr erkennen, was für eine Bedeutung das war. Ihre lautlosen Träume waren immer noch von Entsetzen erfüllt, aber es war das unbeteiligte Entsetzen über einen erschreckenden Film und nicht die unmittelbare Angst einer Mutter, die sieht, dass ihr einziges Kind in Gefahr ist. Selbst in ihrem betäubten Zustand empfand sie das als frustrierend.

Richard glaubte, sie schliefe jede Nacht fest. Tatsächlich wanderte sie jedoch durch ihre Träume, rief lautlos nach Zach und suchte nach ihm, weil er nicht mehr zu ihr kam. Sie war erschöpfter, als sie es in der Zeit ihrer Nachtängste gewesen war. Aber sie verheimlichte die Tatsache vor Richard, dass das Heilmittel schlimmer als die Krankheit war, weil sie weder die Kraft noch die Geistesgegenwart für eine neue Auseinandersetzung mit ihm über Tara hatte. Nicht solange sie unter dem Einfluss des Medikaments stand. Das war der Grund, warum sie in der vorangegangenen Nacht ihren Entschluss gefasst hatte. Sie würde die Tabletten nicht mehr nehmen und sich gemeinsam mit Doktor Cates daranmachen, ihre Dämonen ein für alle Mal ans Tageslicht zu zerren.

Doch jetzt hatte Richard sie überrumpelt und sie gezwungen, noch einmal eins von den verdammten Dingern zu schlucken.

Das Muster in der Resopaloberfläche des Tisches bewegte sich wie ein Knäuel schwarzweißer Schlangen, die sich umeinander wanden. Sie lauschte auf den kratzenden Ton ihres eigenen Atems und versuchte, sich auf das Trugbild vor ihr zu konzentrieren, um nicht das Bild sehen zu müssen, das sich in ihr Gehirn einbrennen wollte. Sie schaffte es nicht. Das Bild von Richards Schrein im Keller hörte nicht auf, sie zu quälen.

Richard hatte seinen Schmerz kaum jemals gezeigt. Er war kein einziges Mal in ihrer Anwesenheit zusammengebrochen. Selbst der Schrein war eine Methode gewesen, seinen Kummer vor ihr zu verbergen. Er hatte nur Dinge genommen, die sie nicht vermisst hatte. Alte Kleider, alte Spielsachen. Zachs Zimmer im oberen Stockwerk war unberührt. Richards Selbstbeherrschung und Verschwiegenheit hatte sie, wenn auch nur widerstrebend, dazu gebracht, anzunehmen, dass er Zach nicht ebenso sehr vermisste wie sie selbst. Ihn nicht ebenso sehr liebte. Das war wohl eine typisch männliche Eigenschaft.

Aber die Gedenkstätte, die er sich geschaffen hatte, passte nicht zu ihrer Vorstellung von Richards Trauer. Jedes einzelne Kleidungsstück, jedes Spielzeug, war makellos sauber und lag an seinem Platz. Ordnung war immer das Einzige gewesen, weswegen es zwischen Richard und Zach zu Streit gekommen war. Während Richard so ordentlich war, dass es schon an Besessenheit grenzte, ließ Zach seine Sachen liegen, wo sie gerade hinfielen. Egal, wie viele Strafpredigten Richard ihm hielt, egal, wie sehr er sich bemühte, Zach seinen eigenen Lebensstil einzuimpfen, es hatte alles nichts genützt. Zach würde als freier Geist heranwachsen.

Nur dass Zach nun überhaupt nicht heranwachsen würde.

Wie immer stockte ihr der Atem bei diesem Gedanken. Er ist tot. Mein Kleiner ist tot. All meine Visionen von Zach ... das sind alles nur Träume, Wahnsinn, Halluzinationen.

Sie ließ den Kopf auf die Arme sinken. Richard hatte Recht. Sie lebten nicht. Sie existierten nur in einer Art quälender Vorhölle. Sie dachte daran, wie viele Stunden er alleine im Keller verbracht, das Fahrrad abgestaubt, die Gangschaltung geölt, die Linse des Teleskops geputzt hatte. Was war in all dieser Zeit in seinem Kopf vorgegangen?

Sie griff nach der Flasche mit dem Halcion und starrte sie an. Sie war so leicht. Sie schüttelte sie wie eine Kinderrassel. Eigentlich war sie mehr wie ein Schnuller. Schließlich trug sie sie zum Geschirrschrank, stellte sie hinein und schloss die Tür. Sie schaute zum Küchenfenster hinüber, aber sie sah nur Glas. Ihr vernachlässigter Garten zog ihre Aufmerksamkeit auf sich, und sie musste wieder daran denken, wie sehr er die Beziehung zwischen Richard und ihr widerspiegelte. Diese tötete sie nun auch. Irgendwie musste sie aus dieser entsetzlichen Falle ausbrechen, und sie wusste, dass Doktor Cates nur ein Teil der Antwort war. Wenn sie und Richard noch irgendeine Chance im Leben haben sollten, dann musste sie endlich anfangen, sich selbst zu helfen.

Sie *wusste* instinktiv, dass es falsch gewesen war, ihre Vergangenheit zu begraben. Was auch immer Tara gesagt hatte, sie irrte sich. Audrey wusste, dass Tara das, was sie getan hatte, aus Liebe getan hatte. Aber ihre *Behandlung* war ein Fehler gewesen. Und das Medikament machte alles nur noch schlimmer, indem es sie von den Dingen entfernte, an die sie sich erinnern musste. Sie wusste, dass das, was sie zu ihrer Heilung tun wollte, entsetzlich sein würde. Ihr Magen krampfte sich aus Furcht vor dem Unbekannten zusammen. Was, wenn *sie selbst* etwas getan hätte, das vergessen werden musste? Das war ihre größte Sorge. Was, wenn Tara mit ihrer Behandlung nicht nur entsetzliche Erlebnisse, sondern auch Schuld begraben hatte?

Was immer es war, sie war jetzt entschlossen, sich allem zu stellen. Sie war nicht nur bereit, noch einmal zu Doktor Cates zu gehen, sie brannte darauf. Sie brannte darauf, ihr Leben weiterzuleben. Als sie diesen Entschluss gefasst hatte, hob sich ein schweres Gewicht von ihren Schultern.

Sie griff nach dem Telefon, drückte auf die Kurzwahltaste für Richards Büro und hinterließ eine Nachricht auf seinem Anrufbeantworter.

»Geh heute Abend mit mir essen«, sagte sie und lächelte bei dem Gedanken, wie überrascht er sein würde, wenn er in sein Büro zurückkam und feststellte, dass die Nachricht von ihr war. »Es ist mein Ernst. Ich werde fertig angezogen sein, wenn du nach Hause kommst. Ich liebe dich.« Als sie die letzten Worte aussprach, wurde ihr klar, wie ehrlich sie gemeint waren, wie anders ihr Leben ohne ihn aussähe. Sie würde ihn jetzt nicht verlieren. Sie würde alles tun, was in ihrer Macht lag, um das Leben wieder aufzubauen, das sie miteinander gehabt hatten. Alles.

Als sie den Hörer auflegte, fühlte sie sich so frei, wie seit

Monaten nicht mehr. Obwohl das Halcion sie immer noch lethargisch machte, fühlte sie sich stark, fast übermütig. Sie nahm sich sogar ein paar Stunden Zeit, sich an den Schreibtisch im Wohnzimmer zu setzen und an ihrem lange vernachlässigten Manuskript zu arbeiten, stellte eine Liste von Pflanzen zusammen, über die sie noch recherchieren musste, damit sie anschließend beginnen konnte, Wachstumsperioden und Düngemittelbedarf aufzulisten.

Das Einzige, was sie noch nicht wagte, war, ihren Garten zu betreten, aber sie stellte sich in die Hintertür und warnte ihn: »Ich komme wieder. Nicht heute. Heute gehe ich aus. Richard und ich gehen essen. Und wenn wir nach Hause kommen, werden wir uns lieben und dann schlafen. Aber morgen komme ich raus.« Sie fand es nicht im Geringsten komisch, mit der leeren Luft da draußen zu reden. Es gab ihr das Gefühl, die unbelebte Welt um sie herum unter Kontrolle zu haben. Die Pflanzen konnten ihr nicht widersprechen. Sie konnten sie nicht verspotten und ihr sagen, dass sie dabei sei, den Verstand zu verlieren.

Um fünf Uhr beschloss sie, sich fertig zu machen. Sie kam sich vor wie ein junges Mädchen, das sich auf sein erstes Rendezvous vorbereitet, und wählte Kleider, die sie seit einer Ewigkeit nicht mehr getragen hatte – einen engen Rock, einen leichten Frühlingspullover und ein Paar hohe Stiefel. Sie fand, dass sie in dieser Aufmachung wie eine Nutte aussah, aber sie wusste, dass sie Richard so gefallen würde. Also legte sie die Kleidungsstücke aufs Bett und ging unter die Dusche. Als sie

wiederkam, zog sie die Sachen an, setzte sich auf die Bettkante und bürstete ihr Haar.
Als ihr Blick auf das Schlafzimmerfenster fiel, dachte sie an das Gesicht, das sie dort gesehen hatte.
Ich habe es nicht gesehen. Richard hat gesagt, es war niemand da. Es war alles nur in meinem Kopf. Genau wie das Bild im Küchenfenster.
Doch das Gesicht ließ sie nicht los. Sie bürstete fester, mit aller Kraft, zerkratzte sich die Kopfhaut, aber es wollte nicht verschwinden. Sie hatte das Gefühl, dass das nächtliche Gesicht mehr gewesen war als nur ein erschreckendes Bild. Es sollte sie an etwas *erinnern*. Ihr Gedächtnis versuchte, ihr etwas zu sagen.
Sie schloss die Augen, nahm allen Mut zusammen und versuchte zum ersten Mal, einen Blick hinter die Tür zu werfen, die Tara und sie mit so viel Mühe konstruiert hatten.
Sie versuchte, sich zu entspannen, in langen, langsamen Zügen zu atmen und sich vorzustellen, dass ihr wild pochendes Herz allmählich aufhörte, zu schlagen. Langsam tauchten die ersten Bilder auf, und anstatt vor ihnen zurückzuschrecken, ließ sie sie kommen. Plötzlich leuchtete eine grauenhafte Metallmaske vor ihren Augen auf, und sie erschauerte. Doch sie biss die Zähne zusammen und versuchte, über die Maske *hinauszusehen*, auch die übrigen Teile der unheimlichen Erinnerung aus der Tiefe ihres Bewusstseins herauszureißen, sie sichtbar zu machen und sich ihnen zu stellen. Jeder weitere Erinnerungsblitz schien ein bisschen mehr zu enthüllen. Aber sie konnte sich keinen Vers darauf ma-

chen, konnte die Flut von Bildern nicht zu einem zusammenhängenden Ganzen zusammenschweißen.
Anstelle von Erinnerungen aus ihrer frühen Kindheit tauchten verwirrende Bruchstücke ihrer Jahre mit Tara auf, als stünde sie außerhalb ihres eigenen Körpers und beobachte ihre Therapiesitzungen. Sie hatte das seltsame Gefühl, Taras eintönige Stimme zu hören, ohne die einzelnen Worte verstehen zu können. Aber auch ihre eigene Stimme war unverständlich.
Das Problem war, dass Audrey *keine einzige* klare Erinnerung an ihre Kindheit hatte, weder an die Zeit, die sie bei ihrer Mutter verbracht hatte, noch an die frühen Jahre mit Tara. Sie schien mit etwa siebzehn Jahren wie ein Schmetterling aus seiner Puppe geschlüpft zu sein, ohne sich an irgendetwas aus ihrer Raupenjugend erinnern zu können.
Sie erinnerte sich, dass Richard sie nach ihrer Kindheit gefragt hatte, als sie achtzehn war, bevor Tara ihm gesagt hatte, dass er das auf keinen Fall tun dürfe. Es hatte Audrey schockiert, zu erfahren, dass Richard sich an so vieles aus seiner eigenen Kindheit erinnerte. Zu diesem Zeitpunkt war es für Audrey bereits normal geworden, anzunehmen, dass die Kindheit für jedermann nur ein Nebel war. Die Therapie war so weit fortgeschritten, dass sie nicht einmal mehr den Wunsch hatte, etwas über ihre Vergangenheit zu wissen. Ihre Neugier war zusammen mit ihren Erinnerungen ausgelöscht worden, und die Furcht, sie aufzuwecken, war tief in ihr Gemüt eingegraben.
Nach Zachs Entführung hatte sie versucht, sich selbst

mit den Mitteln zu helfen, mit denen Tara sie ausgestattet hatte, indem sie noch mehr Türen verschloss und noch mehr Schmerz versteckte. Hatte sie irgendwie Gefühle für Zach begraben, denen sie die ihnen zustehende Zeit, den ihnen zustehenden Platz in ihrem Kummer hätte einräumen sollen? Hatte sie sich einen leichten Ausweg gesucht und sich damit selbst im Niemals eingesperrt? Sie legte sich rücklings auf das Bett, spreizte Arme und Beine, entspannte sich und atmete in langen, tiefen Zügen. Zuerst stellte sie sich vor, dass ihre Füße einschliefen und so schwer wurden, dass sie durch die Matratze sinken wollten, dann folgten ihre Beine, schließlich ihr Körper und zuletzt ihr Kopf. Selbst wenn sie es gewollt hätte, hätte sie sich jetzt nicht bewegen können. Dann begann sie, von hundert an rückwärts zu zählen, und sagte sich immer wieder vor, dass sie in einen tiefen, ruhigen Schlaf sinken würde. Sie schaltete alle Gedanken aus und stellte sich Schwärze vor.

Mit geübter Langsamkeit begann sie, sich in Trance zu versetzen.

29

Ein kleiner Blumenstrauß lag neben Richard auf dem Beifahrersitz und erfüllte den Wagen mit Rosenduft. Audreys Anruf war unerwartet gewesen. Ihre Stimme hatte wach und fröhlich geklungen, fast wie die der alten Audrey, die er seit über einem Jahr nicht mehr gehört hatte. Offensichtlich hatten die Tabletten sie sowohl von ihren Kopfschmerzen als auch von ihrer Depression befreit, wenigstens für den Augenblick. Vielleicht würden sie ins Kino gehen. Er konnte sich schon gar nicht mehr erinnern, wann sie zuletzt miteinander ausgegangen waren.

Er fragte sich, warum die Medikamente gewirkt hatten, und warum Audreys Selbsthypnose ihre Wirkung zu verlieren schien. Konnte es sein, dass mit ihrem Gehirn etwas nicht stimmte? Irgendetwas Chemisches? Keiner der Ärzte hatte so etwas angedeutet. Aber der Gedanke quälte ihn.

Er bog in die Einfahrt ein, stellte den Motor ab und versuchte, nicht mehr an seine Sorgen zu denken. Als er die Stufen zur Haustür hinaufging, fiel sein Blick auf den Rasen, und die Erinnerung an die Fußabdrücke, die er dort gesehen hatte, tauchte plötzlich wieder auf. Er verfolgte mit den Augen die Linie, die sie beschrieben hatten. Noch immer sah er sie genau vor sich, umgeben von glitzerndem Tau, und eine schwere Hand schien sich auf seine Schulter zu legen. Er hatte schon in jener Nacht nicht zugeben wollen, dass sie da waren, und ganz bestimmt wollte er auch jetzt nicht, dass sie sich plötzlich in seine Gedanken einschlichen. Doch als er über die leere Rasenfläche schaute, wusste er, dass es ein Fehler gewesen war, sie mit dem Fuß wegzuwischen, ein Fehler, sie Audrey gegenüber nicht wenigstens zu erwähnen.

Langsam stieg er die Stufen der seitlichen Veranda

hinunter und schlenderte zum Schlafzimmerfenster hinüber. Audrey lag schlafend auf dem Bett. Die Fußabdrücke waren natürlich fort, und das Gras hatte sich wieder aufgerichtet. Aber er wusste noch genau, wo sie gewesen und aus welcher Richtung sie gekommen waren. Langsam ging er über den Rasen. Am Rand des Gartens angekommen, schlängelte er sich durch den Mulch an Audreys Stauden vorbei, wobei er sorgfältig darauf achtete, sie nicht zu beschädigen. Fünfzig Meter über ihm lag ein Sattel zwischen den Hügeln, eine Kerbe, die aussah wie die Kimme eines Gewehrs. Er starrte das Dickicht aus Farnkraut und Eschen an, dann sah er an sich selbst hinunter und betrachtete seinen Anzug und seine Straßenschuhe. Das war doch albern. Vermutlich hatten die Fußabdrücke nur in seiner Einbildung existiert.

Nur, dass er immer mehr zu der Überzeugung kam, dass es nicht so war. Irgendjemand *hatte* in ihr Schlafzimmerfenster gespäht.

Wenn du das glaubst, warum rufst du dann nicht den Sheriff? Warum sagst du es Audrey nicht?

Aber was sollte er ihnen sagen? Dass Fußabdrücke auf dem Rasen gewesen waren, die jetzt aber nicht mehr da waren?

Der Sattel zwischen den Hügeln lag direkt auf einer Linie mit ihrem Schlafzimmerfenster und dem Verlauf der Fußabdrücke, die er in jener Nacht gesehen hatte. Aber es sah so aus, als ob er ihn leichter erreichen könnte, wenn er weiter rechts in weitem Bogen um das dichteste Unterholz herumging. Als er den Hügel halb erklommen hatte, war sein Gesicht von Zweigen zerkratzt und seine Hände waren aufgescheuert und wund. Kletten hingen an seiner Hose und seinem Jackett; er atmete schwer und überlegte, ob er nicht umkehren sollte. Er sah zu dem Einschnitt im Abhang hinauf und dann zurück zum Haus. Von beidem war er gleich weit entfernt. Aber das Haus lag hangabwärts, und wonach suchte er überhaupt da oben? Was wollte er beweisen? Selbst wenn ein Eindringling in ihrem Garten gewesen war, würde jetzt niemand mehr dort oben sein. Er schaute wieder den Hügel hinauf. Ach, zum Teufel, er war ja schon halb oben und von Kopf bis Fuß mit Schmutz und Pflanzenteilen bedeckt. Er griff nach einem Ast und zog sich ein paar Schritte weiter den Hang hinauf.

Der Boden unter seinen Füßen war weich. Zweimal stolperte er, fiel auf die Knie und musste sich an einem der dornigen Büsche festhalten. Als er durch das letzte Farnkraut gebrochen war und auf den Hügelkamm hinausstolperte, waren seine Hände blutig und seine Lunge schmerzte. Eine Weile stand er keuchend da, die Hände in die Hüften gestemmt, und blickte hinunter auf eine grasbewachsene Lichtung auf der Rückseite von Coonts' Farm.

Er betrachtete die alte Farm, dann schaute er den Hügel hinunter zu seinem und Audreys Schlafzimmerfenster hinüber, und ein Schauer lief ihm über den Rücken. Er dachte an Audreys Panikattacke, als sie an der Farm vorbeigefahren waren. Als hätte sie etwas gewusst. Oder etwas *gefühlt*. Aber das war doch verrückt.

Er war überrascht, wie gering die Entfernung zwischen

Merle Coonts' Farm und seinem Haus war. Mit dem Auto war es eine Fahrt von fünf Minuten auf der gewundenen Straße bis zu ihrer Einfahrt. Und jetzt war er nur den Hügel hinaufgestiegen und hatte dabei die Hälfte der Entfernung, die zwischen ihnen lag, in der gleichen Zeit zu Fuß bewältigt.
Konnte wirklich jemand mitten in der Nacht von der Farm aus zu ihnen hinübergegangen sein, um in ihr Schlafzimmerfenster zu schauen? Aber warum in aller Welt sollte jemand, der seine fünf Sinne beieinander hatte, so etwas tun?
Aber vielleicht *hatte* derjenige seine fünf Sinne ja nicht beieinander. Dieser Gedanke ängstigte ihn fast ebenso sehr wie der, der ihm auf dem Fuße folgte.
Vielleicht waren es gar nicht die Fußspuren ihres Nachbarn, die er gesehen hatte. Vielleicht waren es Audreys Spuren. Schließlich hatte er nicht erkennen können, aus welcher Richtung sie gekommen waren. Er hatte nur Abdrücke im feuchten Gras gesehen.
Vielleicht war sie den Hügel hinaufgeklettert, um zu sehen, was dort war. Sie hatte das alte Haus gesehen und in ihrem Unterbewusstsein festgehalten, und dann hatte es sich zusammen mit Zachs Verschwinden und Gott weiß was für Überresten aus ihrer Vergangenheit in ihrem Kopf eingenistet, und schon hatte sie eine Frau erfunden, die Zach entführt hatte und ihn im Keller des Nachbarhauses gefangen hielt. Und was für einen geeigneteren Ort konnte es für so etwas geben als ein altes, verfallenes Farmhaus?
Doch Audrey wäre niemals so unerschrocken gewesen.

Sie war Gärtnerin, keine Forscherin, die in der Wildnis herumstöberte. Er wandte den Blick nach rechts, und das Herz klopfte ihm plötzlich bis zum Hals.

Dort war ein Trampelpfad.

Er führte nicht geradeaus den Abhang hinunter, so wie er selbst gekommen war, sondern verlief in vielen Kurven zum Fuß des Hügels. Von unten war er nicht zu sehen gewesen. Von dort aus hatte er nichts als ein undurchdringliches Dickicht vor sich gehabt. Doch als er jetzt auf die Eschen hinunterblickte, konnte er die Windungen eines Pfades ausmachen, eines Pfades, der aussah, als sei er von Menschen ausgetreten worden.

Nein. Das konnte er nicht glauben. Es musste ein Wildwechsel sein, oder das Unterholz war von Natur aus so gewachsen.

Doch als er die Kurven des Pfades mit den Augen verfolgte, entdeckte er ein paar Meter rechts von seinem Standplatz dessen Anfang. Richard hastete dorthin. Er hatte es eilig, die Stelle in Augenschein zu nehmen, und noch eiliger, wieder auf vertrautem Boden zu stehen. Er versuchte, sich den Verlauf des Trampelpfades einzuprägen, damit er ihn nicht auf halbem Weg verlieren würde.

Als er die Rückseite von Audreys Garten erreichte, fühlte er sich, als hätte er einen Marathonlauf hinter sich. Sein Anzug war ruiniert. Seine Schuhe waren irreparabel zerkratzt, und seine Hose war zerrissen. Er stieg die Stufen zur hinteren Veranda hinauf, wo er stehen blieb und auf den Hügel zurückschaute. In seinem Kopf schwirrte ein beängstigendes Gewirr von Möglichkeiten herum.

30

Audrey war tief in ihrer selbst herbeigeführten Trance versunken und hatte jedes Gefühl für ihren Körper und für die Zeit verloren.
Sie wanderte einen dunklen Korridor entlang, von dem sie wusste, dass er weder ein Teil ihrer Vergangenheit, noch ihrer Gegenwart war. Er war lediglich ein Konstrukt, das in ihrem Kopf existierte. Sie konnte sich dunkel daran erinnern, Tara geholfen zu haben, ihn Stück für Stück zu bauen. Audrey erinnerte sich an das hörbare Klicken, mit dem sich die Türen geschlossen und einen Teil ihres Selbst versiegelt hatten, um sie vor der Vergangenheit zu schützen. Jetzt jedoch fragte sie sich, ob es wirklich das war, was sie damit bewirkt hatten.
Die Wände des Korridors waren massiv wie ein Felsen, und die Türen waren dick und stark. Wie aus weiter Ferne erinnerte sie sich an Taras singende Stimme. »Diese Türen sind dicker als sie breit sind, Audrey. Die Schlösser sind aus einem besonderen Stahl, der nicht zersägt oder geschmolzen werden kann. Es gibt keinen Schlüssel. Wenn wir diese Türen schließen, kann keine Macht der Welt sie wieder öffnen. Niemand darf diese Türen jemals öffnen.«
Audrey starrte die Tür an, vor der sie stand, und erschauerte. Sie spähte den langen Gang entlang und eilte weiter. Sie wollte nicht in der Nähe dieser Tür sein, und sie schon gar nicht berühren. Sie suchte nach Antworten, und irgendwie ahnte sie, dass hinter dieser Tür Ant-

worten lagen. Doch es waren Antworten, die sie zerstören konnten. Und dann war diese Tür auch noch auf andere Weise anders. Sie glaubte sich zu erinnern, dass sie sie *selbst* gebaut hatte. Aber sie hatte nichts mit Zach zu tun. Das wusste sie.

Sie hatte nur mit ihr alleine zu tun.

Je weiter sie den Korridor hinunterging, desto dunkler wurde es, bis sie kaum noch die Hand vor den Augen sehen konnte. Sie näherte sich der letzten Tür, der Tür zu ihren frühesten Erinnerungen. Und sie war offen. Unaufhaltsam trieb sie darauf zu, wie ein Blatt in der Strömung eines Flusses. Sie griff nach den Wänden, doch sie wichen vor ihr zurück, und sie wurde vorwärts in die wartende Finsternis gespült.

Das Erste, was sie hörte, war Gelächter. Ein süßer, wohlbekannter Laut. Das Lachen eines kleinen Mädchens. Genau wie ihr eigenes Lachen. Aber Audrey wusste sofort, dass sie es nicht selbst war. Es war Paula.

Paula?

Warum war dieser Name ihr so vertraut? Sie konnte sich nicht erinnern, jemals jemanden gekannt zu haben, der Paula hieß, und doch wusste sie, dass ihre Intuition richtig war.

Das Gelächter wurde lauter, die Dunkelheit verschwand, und Audrey öffnete die Augen in einer anderen Welt. Sie war ein kleines Kind, und sie tanzte mit kindlicher Hingabe. Ein Ebenbild ihrer selbst hielt sie an den Händen, und sie beide drehten und drehten sich, bis ihnen schwindlig wurde und sie eng umschlungen ins sommerliche Gras fielen.

Audrey war fassungslos. Sie starrte das kleine Mädchen an, als wäre es ein Gespenst.
Paula. Meine Zwillingsschwester. Das Mädchen im Spiegel. Wie konnte ich sie vergessen? Warum war die Erinnerung an sie so furchtbar, dass Tara sie hinter dieser Tür verschlossen hatte? Was war mit Paula passiert?
Aber sie wusste es. Oder zumindest ahnte sie einen Teil von dem, was geschehen würde, und das Entsetzen trübte das Tageslicht um sie herum. Paula war das gesichtslose kleine Mädchen ihrer Visionen. Das Mädchen hinter der Maske.
Die Mädchen – sie waren nicht älter als fünf oder sechs Jahre und trugen braune Spielanzüge – lachten und kugelten im Gras herum. Es war die Erinnerung an einen kurzen, wunderbaren Moment in ihrer Vergangenheit, und Audrey versuchte, die Freude dieses Augenblicks festzuhalten. Doch die kleine Audrey – durch deren Augen die ältere Audrey die Welt nun sah – interessierte sich nicht für Erinnerungen. Sie wusste noch nichts von den bevorstehenden entsetzlichen Ereignissen. Sie sah Paula unbefangen an, dann ließ sie die Augen langsam durch den von einem weißen Zaun begrenzten Garten wandern.
Hohe Eichen warfen ihre Schatten auf den Rasen. Eine Schaukel mit angebauter Rutschbahn stand nahe am Zaun. Eine bunt angestrichene Hundehütte nahm die Mitte des Gartens ein, und ein halb erwachsener deutscher Schäferhund zerrte spielerisch an der Leine, die daran befestigt war, und wollte an dem Vergnügen teilhaben.

Gidown.
Audrey hatte dem Hund diesen Namen gegeben, weil er ständig auf die Polstermöbel sprang. Ihre Mutter schrie ihn jedes Mal an: »Gidown!« Runter mit dir! Dann schlich das Tier sich mit hündischem Grinsen davon, gescholten, aber ohne jede Reue. Ein kleiner Junge versteckte sich hinter der Hundehütte, pfiff durch die Zähne und neckte den Hund.
Ihr Bruder Craig.
Vergessen. Genau wie Paula.
Er war zehn Jahre alt, mit dunklen Haaren und Augen. Wie Zach. Audreys Herz wurde plötzlich schwer. Wie konnte ich zulassen, dass ich Craig und Paula vergesse? Warum war das nötig?
Audreys Augen wanderten an dem hohen weißen Zaun entlang zum Haus. Aus ihrer Kinderperspektive erschien ihr das alte Gebäude riesengroß. Die breiten Regenrinnen hingen zwei Stockwerke über ihr von einem wolkenlosen Himmel herab. Das Haus war ebenso gut instand gehalten wie der Zaun. Frisch gestrichene Wände, doppelte Vorhänge hinter Fensterscheiben, die in der Sonne glänzten. Die Hintertür öffnete sich, eine kleine, dunkelhaarige Frau trat in den Schatten der Veranda hinaus und suchte den Garten mit den Augen ab. Audrey konnte kaum atmen. Sie hielt die Frau für Tara – eine sehr viel jüngere Tara als die, die sie in Erinnerung hatte. Doch dann traf sie die Erkenntnis wie ein Schlag. Nicht Tara. Mutter.
Jedes Mal, wenn Audrey versucht hatte, sich ihre Mutter vorzustellen, war vor ihrem geistigen Auge lediglich das

Bild eines alten Weibes aufgetaucht, einer Hexe mit wirrem Haar, eng zusammenstehenden schwarzen Augen und Warzen im Gesicht. Das Bild einer Frau in schmutzigen Kleidern, die in den Schatten hauste. Audrey hatte nie gewusst, ob die Vorstellung, die sie sich von ihrer Mutter gemacht hatte, der Wirklichkeit entsprach, oder ob sie sich selbst ein Bild geschaffen hatte, das zu den verhassten, schattenhaften Erinnerungen passte, die sie verfolgten. Die Frau in ihrer Vision, die das kleine Mädchen in den Keller gezerrt hatte, hatte nicht die geringste Ähnlichkeit mit der Frau, die sie jetzt im Licht jenes längst vergangenen Tages stehen sah.

Wie konnte diese schöne Frau in wenigen kurzen Jahren zu dem entsetzlichen Monster geworden sein, an das Audrey sich erinnerte? War sie selbst der Grund, warum ihre Mutter sich in diese finstere Kreatur verwandelt hatte? War das die Schuld, vor deren Entdeckung sie sich so sehr fürchtete?

Ihre Mutter rief nach Craig, der nicht gehorchen wollte. Der Hund entdeckte ihn endlich, rannte um die Hundehütte herum und legte die Vorderpfoten auf die Schultern des Jungen. Beide Mädchen sahen Craig an, und Audrey bemerkte, dass sie Paulas Gefühle für ihn spüren konnte. Liebe, Respekt, Ehrfurcht.

Endlich gab Craig seinen Widerstand auf und verschwand mit ihrer Mutter im Haus. Die Mädchen beschäftigten sich noch eine Weile still miteinander, schaukelten und spielten Seilhüpfen. Aber etwas hatte sich verändert. Eine dunkle Wolke schien sich vor die Sonne geschoben zu haben. Der Tag wurde trübe, und Audrey

wusste, dass in ihrem Zuhause nicht alles so war wie es sein sollte.
Paula bemerkte es zuerst. Sie starrte die immer noch offen stehende Hintertür an; ihre eben noch fröhlich lächelnden Lippen waren zusammengepresst, ihr Gesicht konzentriert. Sie drehte sich zu Audrey um und schüttelte den Kopf.
Ein Zeitsprung. Unheimliche Wolken flogen über den tief hängenden Himmel. Ihre Mutter erschien wieder auf der Veranda. Sie schien geschrumpft zu sein, ließ sich auf die oberste Treppenstufe sinken und starrte mit leeren Augen durch den Garten. Die Mädchen rannten zu ihr und drängten sich an sie, wie zwei Entenküken, die sich vor einem Sturm fürchten. Ihre Mutter schien sie zunächst gar nicht wahrzunehmen.
»Er ist fort«, flüsterte sie.
Die Worte hallten durch die Jahre und trafen Audrey mitten ins Herz.
Er ist fort.
Es waren Worte, die sie als Kind gehört und schließlich selbst ausgesprochen hatte. Worte, die sie mehr hasste als alle anderen, die ihr einfielen. Was konnte in dieser kurzen Zeit im Haus passiert sein?
Wohin war er verschwunden?
Ihre Mutter schüttelte den Kopf und starrte weiter mit leerem Blick über den Zaun hinweg in die Ferne.
»Er ist fort«, wiederholte sie. Sie sah die beiden Mädchen nacheinander an und zog sie fest an sich. Eine Entenmutter, die ihre Brut schützt. Aber warum hatte sie Craig nicht beschützt? Was war mit ihm passiert? Hatte

sie ihn in den Keller gebracht? War es das, worum es bei dieser Erinnerung ging? Oder geschah hier etwas ganz anderes? War dies überhaupt noch der gleiche Tag, an dem Craig mit Mutter ins Haus gegangen war?

Audrey wünschte sich verzweifelt, sie könnte ihrer Mutter all diese Fragen stellen, doch sie war in einem anderen Körper und in einer anderen Zeit gefangen. Sie konnte die Ereignisse nur so noch einmal durchleben, wie sie auf sie zukamen.

»*Was hast du mit ihm gemacht?*«, wollte sie schreien. Aber als sie in die gequälten Augen der Frau sah, begann sie, den Wahnsinn zu spüren, der in den folgenden Jahren zum wesentlichsten Teil ihrer Mutter werden sollte.

»Er ist fort.«

Wieder fiel Audrey auf, wie ähnlich Craig und Zach sich gewesen waren. War es möglich, dass es Craigs Gesicht gewesen war, das sie im Küchenfenster gesehen hatte? Und im Springbrunnen? War es das, was hier passierte? War die Antwort auf Craigs Verschwinden irgendwo in diesem langen Korridor verschlossen? War die Wahrheit um sein Verschwinden so entsetzlich, dass sie aus ihrem Bewusstsein hatte getilgt werden müssen?

Wenn sie diese Türen öffnen und herausfinden konnte, was mit Craig geschehen war, könnte sie den Jungen in ihren Visionen vielleicht endlich zur Ruhe legen. Es würde bedeuten, dass sie die Bilder falsch gedeutet hatte, dass es keine Hoffnung für Zach gab, aber vielleicht würde sie dann endlich fähig sein, auch ihm Lebewohl zu sagen.

Sie riss sich von der Erinnerung an ihre Geschwister und

ihre Mutter los, die nun erstarrt war wie eine Photographie, und trat durch die Tür in den langen Korridor zurück. Dabei spürte sie eine Veränderung des Luftdrucks, so als würde sie aus dem Vakuum ihrer Vergangenheit in die Gegenwart zurückgesogen. Eine Stimme drang in den Korridor. Jemand flüsterte ihren Namen, und sie brauchte eine Weile, bevor sie erkannte, wer es war.

Richard.

Die Stimme wurde immer schärfer. Audrey spürte, dass sie geschüttelt wurde und öffnete die Augen. Richard hatte ihre beiden Oberarme umklammert und hielt sie aufrecht.

»Großer Gott, Audrey«, stöhnte er und ließ sie auf das Bett zurücksinken. »Bist du okay? Hörst du mich?«

»Natürlich höre ich dich.« Sie setzte sich auf und streckte sich. Obwohl sie sich an alles erinnerte, was sie soeben erlebt hatte, fühlte sie sich besser als seit Monaten. Ihre Vergangenheit erschien ihr verwirrender denn je, doch jetzt wusste sie, dass sie die Türen öffnen konnte. Vorher hatte sie nur den Wunsch gehabt, dies zu tun.

»Ich hatte schon befürchtet, du wärst durch diese Pillen ins Koma gefallen. Du warst völlig weggetreten.«

Er hatte seinen Bademantel an, und sein Haar war noch nass vom Duschen.

»Ich habe dich nicht kommen gehört«, sagte sie und sah ihm ins Gesicht. »Du hast da einen Kratzer.«

Er schüttelte den Kopf. »Es ist nichts weiter. Ich erzähl dir beim Abendessen davon, ja?« Er sah so aus, als hätte er ihr etwas zu sagen und wüsste nicht, wie er anfangen sollte.

»Gut«, sagte sie, rutschte um ihn herum und kletterte vom Bett. Sie war überrascht zu sehen, dass es draußen bereits dunkel war.
»Ich habe dir auch ein paar Dinge zu erzählen.«
Er sah zu, wie sie ihre Bluse glatt strich. »Wie wär's mit einem Abendessen bei Kerzenlicht zu Hause? Ich könnte uns zwei Steaks auftauen.«
»Ich dachte, du wolltest mit mir ausgehen?«
»Ich habe mir nur gedacht, es wäre vielleicht schön für uns, alleine zu sein.«
»Okay«, stimmte sie zu und küsste ihn auf die Wange. »Das wäre wirklich schön.«

31

Ausnahmsweise genoss Richard die Stille im Haus, als er Audrey über den Küchentisch hinweg ansah. Sie war so schön, so verletzlich, dass er sie am liebsten in die Arme genommen und an irgendeinen sicheren Ort getragen hätte. Es schien ihr besser zu gehen, doch er war sich immer noch nicht sicher, ob Doktor Cates die richtige Entscheidung gewesen war. Er hätte gerne Tara angerufen, aber Audrey wollte sie nicht sehen. Tara hatte ihm erklärt, warum es für Audrey so schwer geworden war, irgendeine Beziehung zu ihr aufrechtzuerhalten.
»Sie ist verletzt worden, Richard. Mehr als du dir vor-

stellen kannst. Wir mussten so viel von ihrer Vergangenheit wegschließen, dass sie keine Vergangenheit mehr hat, und ein Teil von ihr gibt mir die Schuld daran. Und sie hat Angst, dass sie Zach genauso verliert, wie sie ihre Kindheit verloren hat, wenn ich versuche, ihr zu helfen.«

»Das war doch nicht deine Schuld.«

»Nein. Und auf einer gewissen Ebene weiß Audrey das auch. Aber ich war diejenige, die ihr all die Jahre lang gegenüber gesessen und dafür gesorgt hat, dass sie vergisst.«

»Das tut mir Leid.«

»Mir auch. Aber ich werde immer für Audrey da sein. Und für dich auch. Ich möchte, dass du das weißt.«

Das war an dem Tag gewesen, an dem Tara ihr Haus verlassen hatte. Es war das letzte Mal gewesen, dass er sie gesehen hatte. Jetzt beugte er sich über den Tisch und nahm Audreys Hand. Sie lächelte ihn scheu an, als wäre dieser Gesichtsausdruck so oft missbraucht worden, dass er seinen Wert verloren hatte.

»Bist du sicher, dass es dir gut geht?«, fragte er.

»Es ist mir schon lange nicht mehr so gut gegangen«, versicherte sie, runzelte jedoch gleichzeitig die Stirn. »Ich bin gerade dabei, mir über ein paar Dinge klar zu werden.«

»Du siehst beunruhigt aus.«

»Ist das etwas Neues?«

»Hast du dein Medikament genommen?«

Sie schaute durch die Glastür in den Garten hinaus, und er drückte ihre Hand.

»Audrey?«

»Reden wir nach dem Essen darüber. Können wir nicht erst einmal schön miteinander essen?«

»Also gut. Tut mir Leid.«

Richard nippte an seinem Wein und erklärte ihn für ganz brauchbar. Audrey kicherte leise.

»Was ist?«, wollte er wissen.

»Du könntest einen guten Jahrgang nicht von Essig unterscheiden.«

»Na hör mal. Ich habe am College einen Kurs in Weinbeurteilung absolviert.«

»Hast du nicht.«

»Aber ich war auf vielen Partys.«

»Das kann ich mir vorstellen.«

»Ich hab dich seit über einem Jahr nicht mehr so lächeln sehen.«

»Du hast auch nicht sehr viel gelächelt.«

Sie plauderten friedlich und vermieden es, von Zachs Verschwinden, von Kindern oder von Audreys Nachtängsten zu reden. Stattdessen unterhielten sie sich über Gartenarbeit und Richards Beruf. Bis Audrey das Gefühl hatte, dass der richtige Zeitpunkt gekommen sei.

»Ich muss dir etwas sagen.«

Richard schüttelte den Kopf und wischte sich den Mund mit seiner Serviette ab. »Ich zuerst.«

»Also gut.«

Er ließ die Serviette auf den Tisch fallen, lehnte sich in seinem Stuhl zurück und starrte das weiße Spitzentischtuch an, als könne er davon etwas ablesen. Als er laut seufzte, wusste Audrey, dass er nicht wusste, wie er sich ausdrücken sollte. Sie hatte nicht erwartet, dass das, was er ihr sagen wollte, so wichtig für ihn war, und eine winzige Spur von Angst durchzuckte sie.

»Was auch immer es ist, sag es einfach.«

»Ich liebe dich.«

»Das weiß ich. Ich liebe dich auch. War es so schwer, das zu sagen?«

Er ließ das Kinn auf die Brust sinken und sah ihr direkt in die Augen. »Ich glaube, es war *doch* jemand in unserem Garten. Ich glaube, du hast vielleicht *tatsächlich* jemanden gesehen.«

»Wie bitte?«

Er brauchte lange, um seine Gedanken zu sammeln und zu antworten. »Ich hätte es dir sagen sollen, aber ich habe gefürchtet, meine Phantasie hätte mir bloß einen Streich gespielt. Ich habe Fußabdrücke unter dem Fenster gefunden.«

»O mein Gott!«

»Das muss nicht unbedingt etwas bedeuten, Audrey. Vielleicht waren es alte Spuren.«

»*Wessen* alte Spuren? Und warum unter unserem Fenster?«

»Ich weiß es nicht, aber ich werde es herausfinden. Morgen rede ich mit dem Sheriff.«

»Ruf ihn noch heute Abend an.«

»Ich habe nichts, was ich ihm sagen könnte. Die Fußabdrücke sind weg. Vielleicht bilden wir uns das alles ja *beide* nur ein. Wir standen beide sehr unter Stress. Du musst zugeben, es hört sich ziemlich verrückt an.«

»Es interessiert mich nicht mehr, wie es sich anhört.«

»Ich rufe morgen Sheriff Milche an.«
»Versprochen?«
Er nickte.
»Was ist, wenn Zach in dem alten Haus unten an der Straße ist?«
Richard seufzte. »Audrey, *das* ist nun wirklich verrückt. Der Sheriff hat dir doch alles über die Ermittlungen erzählt. Er hat *jeden* überprüft. Niemand aus dieser Gegend war in die Entführung verwickelt. Und selbst wenn dieser Mann ein Spanner ist, hat das nichts mit Zach zu tun. Lass deine Phantasie nicht mit dir durchgehen.«
»Ich lasse meine Phantasie nicht mit mir durchgehen. Ich kann Zach fühlen! Oder ich konnte es, bevor ich angefangen habe, diese verdammten Pillen zu nehmen.«
»Die Pillen helfen dir.«
»Nein, das tun sie nicht. Ich weiß, du glaubst, dass sie helfen. Aber sie machen alles nur schlimmer, nicht besser. Ich tue ja, was du gewollt hast. Ich *will* jetzt mit Doktor Cates arbeiten. Aber die Pillen nehme ich nicht mehr.«
Er seufzte wieder. »Bist du dir ganz sicher?«
Sie nickte, und ihre Augen blitzten entschlossen.
Wieder griff er nach ihrer Hand. »Also gut. Solange du glaubst, dass Doktor Cates dir helfen kann. Ich stehe auf jeden Fall hinter dir.«
Sie drückte seine Hand.
»Anscheinend hast du noch mehr zu sagen«, stellte sie fest.
Er holte tief Luft, und als er sprach, legte er alle Aufrich-

tigkeit in die Worte, zu der er fähig war. »Ich möchte keine Kinder mehr haben.«

»Aber du hast doch gesagt … Nach all unseren Auseinandersetzungen?«

»Ich habe viel darüber nachgedacht. Ich weiß, was es für dich bedeuten würde, noch einmal Kinder zu bekommen.«

»Aber …«

»Lass mich ausreden. Ich war selbstsüchtig, und das weiß ich nun. Unsere Ehe ist mir wichtiger als alles andere in der Welt.«

»Richard …«

»Ich meine es ernst.«

»Hör auf!«

Er sah sie mit dem ehrlichsten Gesicht an, das sie je in ihrem Leben gesehen hatte. Wenn Richard ihr in diesem Augenblick verkündet hätte, er habe sich für das Astronautenprogramm gemeldet und sei angenommen worden, hätte sie ihm geglaubt.

»Ich hätte doch zuerst reden sollen.«

»Warum?«

»Also, erstens will ich nicht, dass du den Gedanken aufgibst, ein neues Baby zu kriegen.«

»Ist das dein Ernst?«

»Ja. Das heißt, nicht gleich. Nicht sofort. Aber irgendwann.«

Die Erleichterung in seinen Augen war so offensichtlich, dass es ihr wehtat, ihn anzusehen. »Das ist mir recht, Audrey. Wann immer du bereit bist, ist es mir recht.«

»Da gibt es nur noch ein paar Dinge, durch die ich mich zusammen mit Doktor Cates durcharbeiten muss. Dann können wir über die Zukunft nachdenken.«

»Gut. Was immer du willst. Es ist nur, du weißt ja, Doktor Cates möchte die alten Geschichten ausgraben. Bist du dir ganz sicher, dass du das wirklich willst?«

Sie holte tief Luft und schloss die Augen. »Richard, in meinem Kopf geht irgendwas vor, und es wird mich in den Wahnsinn treiben, wenn ich nicht herausfinde, was es ist. Selbst wenn es schlimm ist, glaube ich, ich kann damit fertig werden. Womit ich nicht fertig werde, ist, es nicht zu wissen. Ich hatte eine Zwillingsschwester, Richard.«

»Was? Bist du sicher?«

»Ja.«

»Was ist mit ihr passiert?«

»Ich weiß es nicht genau. Aber ich weiß, dass es schlimm war. Es hatte irgendetwas mit der Maske zu tun, von der ich immer wieder geträumt habe.«

»Du hast nie etwas von einer Maske gesagt.«

»Nicht?« Sie schüttelte den Kopf und runzelte die Stirn. »Ich hatte auch einen Bruder.«

»Audrey, bist du sicher, dass das echte Erinnerungen sind?«

»Halluzinationen sind es nicht.«

»Das habe ich nicht gemeint. Aber manchmal erfindet unser Gedächtnis Dinge in unserer Vergangenheit. Ich habe vergessen, wie man das nennt, aber ich habe davon gelesen. Das ist der Grund, warum die Aussagen von Augenzeugen vor Gericht so leicht zu widerlegen sind.«

Audrey schüttelte den Kopf. »Das sind keine Erinnerungen, mit denen ich nur irgendwelche Lücken ausfüllen will, Richard. Es geht nicht darum, ob jemand ein rotes oder ein grünes T-Shirt anhatte. Ich kenne ihre Gesichter. Ich erinnere mich daran, wie ich mit ihnen gespielt habe.«
»Seit wann erinnerst du dich daran?«
»Seit heute Nachmittag. Ich habe es mit Selbsthypnose versucht.«
»*Darum* konnte ich dich nicht aufwecken. Warum hast du mir das nicht gesagt?«
»Du hast mich aufgeschreckt, das ist alles.«
»Also gut. Wenn du glaubst, dass Doktor Cates dir helfen kann, Schatz, dann bin ich dafür.«
Sie zog ihre Hand zurück und lächelte ihn an, um ihm zu signalisieren, dass er keine falschen Schlüsse aus dieser Geste ziehen sollte. »Ich weiß, dass du mich für verrückt hältst. Aber ich glaube immer noch, dass der Mann in dem alten Farmhaus etwas mit meinen Träumen zu tun hat.«
»Du hast nie etwas von einem *Mann* in deinen Träumen gesagt.«
»Darin kommt auch keiner vor.«
»Aber wie …«
»Ich weiß es nicht. Aber ich weiß, dass es wahr ist. Bitte halte mich nicht für wahnsinnig.«
»Ich halte dich nicht für wahnsinnig.«
»Und du rufst den Sheriff an?«
»Versprochen. Gleich morgen früh.«

32

Das schwere Fensterkreuz zerschnitt das Mondlicht, das in den Raum flutete, in Quadrate. Die gewölbte, zwei Stockwerke höher liegende Decke war in Dämmerlicht gehüllt wie in ein Leichentuch. Ein eiserner Laufsteg, der hohe Bücherregale und eine Wendeltreppe trug, umschloss den offenen Raum auf drei Seiten. In dem mächtigen Gebäude wirkten die Frau und der Hund, deren Silhouetten sich in dem kalten Licht abzeichneten, winzig klein.

Tara blickte auf die fernen Hügel hinaus. Sie war müde und wäre gerne ins Bett gegangen, aber ihre Arbeit ließ es nicht zu. Sie war ihrem Ziel so nah, so verdammt nah. Geistesabwesend rieb sie die beiden kleinen Narben am linken Bizeps, die ihr vor Jahren von einem ihrer Patienten beigebracht worden waren. Ihre Augen glitzerten im gelben Licht, aber vom Hals an abwärts war ihre kleine Gestalt unter einer leichten Decke verborgen. Neben ihrem Ledersessel hatte Adler die Schnauze auf die gekreuzten Pfoten gelegt und starrte gemeinsam mit ihr in die Nacht hinaus.

Tara hatte seit drei Stunden in stiller Meditation dagesessen. Sie hätte ohne weiteres bis zur Morgendämmerung in dieser Stellung ausharren können, doch sie hatte nicht die Absicht, das zu tun. Die leichte Trance war nur eine Methode, ihre Batterien wieder aufzuladen, Stress abzubauen und ihre Gedanken zu ordnen. Der Hund bemerkte es sofort, als Tara begann, in ihren Körper zu-

rückzukehren. Adler reagierte auf das kleinste Flattern ihrer Augenlider, und er stieß ein leises Bellen aus. Tara streckte erst den Hals, dann Schultern und Arme. Sie beugte sich vor und streichelte den Hund, schließlich stand sie auf und machte die Übungen, die sie nach dem Meditieren zu absolvieren pflegte.
Sie knipste die Lampe über ihrem Schreibtisch an und betastete zwei dicke Aktenordner. Wenn sie die Augen schloss, konnte sie Zeile um Zeile, Seite um Seite, Hunderte von unterschiedlichen Berichten, eidesstattlichen Erklärungen und Krankengeschichten auswendig aufsagen. Aus einer geistigen Datenbank, die genauer und vermutlich auch schneller war als jeder Polizeicomputer auf dem Planeten, konnte sie jedes Gesicht hervorholen. Ihre schriftlichen Aufzeichnungen dienten vorwiegend zu Verwaltungs- und Organisationszwecken. Inzwischen jedoch gab es nur noch wenig zu verwalten.
Es hatte sie wenig angefochten, dass sie sowohl ihre Zulassung als auch die staatlichen Fördergelder verloren hatte. Die neu gewonnene Freiheit hatte sich auf ihre Experimente sogar günstig ausgewirkt. Früher hatte sie innerhalb der Grenzen des Systems arbeiten müssen. Seit sie ihre legale Fassade eingebüßt hatte, war sie autonom. Es stimmte, dass es keine Forschungsstipendien mehr für sie gab, und die großen Institute mit ihrem endlosen Vorrat an Forschungsmaterial waren nicht bereit, sie einzustellen. Aber sie hatte keine Geldsorgen. Als ihre Lizenz eingezogen wurde, hatte sie mit ihren Büchern bereits ein Vermögen verdient, und nur wenige Leute kamen auf die Idee, ihren Namen mit einem

wenig bekannten staatlichen Programm in Verbindung zu bringen.
Der Gedanke an ihre Bücher erinnerte sie an ihre Meditation. Gewöhnlich sank Tara in einen Zustand vollständigen Vergessens, wenn sie meditierte. Aber manchmal drang etwas in ihr Unterbewusstsein vor, Ideen kristallisierten sich heraus, Erinnerungen fügten sich zu neuen Einsichten zusammen, und wenn sie in die Gegenwart zurückkehrte, brachte sie unglaubliche Erkenntnisse mit.
Wie heute.
Genügend Bruchstücke waren aus ihrem Unterbewusstsein aufgetaucht, dass sie sich ein Bild machen konnte. Sie konnte kaum glauben, was für eine unglückselige Kette von Zufällen dazu geführt hatte, dass ihre sorgfältig aufgebaute Festung zu einem Kartenhaus geworden war. Doch ob sie es nun glauben wollte oder nicht, sie musste sofort handeln.
Sie schob einen Ordner mit der Aufschrift 79B zur Seite und nahm einen anderen, unbeschrifteten in die Hand. Auf den Aktendeckel war cin Farbfoto von einem etwa zehnjährigen Mädchen mit glattem blondem Haar und stechenden Augen geklebt. Ein Soldat hätte den Gesichtsausdruck des Mädchens als Schützengrabenblick bezeichnet. Es war deutlich zu erkennen, dass das Kind mehr erlebt hatte, als ihr Verstand verarbeiten konnte. Jeder, der das Foto sah, würde sich vermutlich fragen, ob es für dieses Kind überhaupt noch Hoffnung gab.
Fehlschläge.
Sowohl 79B als auch Audrey.

Der Gedanke, dass Audrey ein Fehlschlag war, beunruhigte Tara zutiefst. Richard hatte sie nicht mehr angerufen, seit er ihr berichtet hatte, dass sie zu Doktor Cates gegangen war. Warum? Er sollte sie jedes Mal anrufen, wenn Audrey Anstalten machte, in ihrer Vergangenheit herumzugraben. Wenn sie anfing, an den Türen herumzuschnüffeln, hinter der ihre Erinnerungen verschlossen waren, musste etwas geschehen. Und sie sollte ganz bestimmt nicht mit einem anderen Psychiater reden.

Und Psychiater waren nicht die Einzigen, mit denen sie nicht reden sollte!

Sie starrte das Telefon auf ihrem Schreibtisch an und sagte sich noch einmal jedes Wort vor, das bei dem letzten Anruf gesprochen worden war.

»Sie war bei Babs St. Clair.«

Tara hatte es kaum fassen können. Was für ein Wahnsinn war das nun wieder? Audrey hatte keinerlei Verbindung zu dieser Frau. Tara hatte der Zufall niemals behagt, der dazu geführt hatte, dass Babs St. Clair sich einen Wohnort ausgesucht hatte, der so nahe bei Audreys Zuhause lag. Die Wahrscheinlichkeit, dass die beiden sich jemals begegnen würden, schien äußerst gering, und selbst wenn sie sich doch über den Weg laufen sollten, was konnte schon passieren? Aber das war gewesen, bevor Babs angefangen hatte, Informationen über den Timothy-Merrill-Fall herumzuposaunen. *Diese* Nachricht war nun wirklich alarmierend gewesen. Es war vollkommen ausgeschlossen, dass Babs irgendetwas über diesen Fall wusste. Ausgeschlossen.

»Warum?«

»Das weiß ich nicht.«
»Was hat sie hinterher getan?«
»Ihr Mann hat sie nach Hause gefahren.«
»Tu weiter, was ich dir gesagt habe.« Sie hielt den Kugelschreiber an den Hörer und drückte einmal auf den Knopf. »Portal«, sagte sie.
Dann war die Leitung tot gewesen.
Tara schritt durch die Halle zum Fahrstuhl.
Das helle Licht in der Kabine zwang sie, zu blinzeln, doch sie fand den Knopf auch ohne hinzusehen. Adler war mit einem Sprung an ihrer Seite. Der Lift glitt rasend schnell abwärts und hielt abrupt. Aber statt durch die offene Tür zu gehen, drehte sie sich um und griff unter die Metallschiene, die in Gürtelhöhe um die Kabine lief. Mit einem kaum hörbaren Klicken öffnete sich die Rückwand. Ein feuchter Gang mit Ziegelwänden und lückenhaften Bodenfliesen wurde sichtbar. Die Luft war vom Geruch nach Schimmel, Desinfektionsmitteln und noch etwas anderem erfüllt, das fast Übelkeit erregend war. Das leise Rauschen der Tür, die sich hinter ihr schloss, mischte sich mit dem Geräusch des Ventilationssystems, das über ihrem Kopf einen tapferen Kampf ausfocht. Der hechelnde Atem des Hundes an ihrer Seite klang wie ein Metronom.
Sie bog in einen dunklen Seitengang ein und blieb vor einer weißen Metalltür stehen. Mit einem Schlüssel, der an einer goldenen Kette um ihren Hals hing, öffnete sie die Tür und zögerte einen Augenblick, um sich zu stählen. Der Gestank, der im Korridor nur schwach zu spüren war, schlug ihr mit voller Wucht ins Gesicht, als

sie in ihr Labor trat. Hinter ihr fiel die Tür zischend ins Schloss.

Gleichgültig wie hoch sie die Ventilation einstellte, egal wie oft sie ihr Laboratorium reinigte, der Geruch des Todes war nicht zu vertreiben. Der abscheuliche Gestank nach Fäkalien, Urin, Blut, Erbrochenem, Desinfektionsmitteln und Formaldehyd war tief in Fußboden, Wände und Decke eingedrungen.

Sie wusste, dass sie überempfindlich auf diesen Gestank reagierte, obwohl sie nach all den Jahren vollkommen abgestumpft hätte sein sollen. Schließlich hatte sie sich ihr Arbeitsgebiet ausgesucht, weil sie ein so sensibler Mensch war. Seit ihrer Kindheit hatte sich Tara zu Menschen mit Problemen hingezogen gefühlt. Sie war von Natur aus ein Mensch, der die Dinge in Ordnung brachte. Und das Einzige, das sie nicht ertragen konnte, waren Leute, die ihr sagten, wie sie die Probleme anpacken sollte. Sie wusste, wie man es früher gemacht hatte. Freud und Jung und all die anderen. Sie hatte ihren Hund Adler genannt, weil sie der Meinung war, dass der Dobermann mehr Verstand besaß als der bekannte Psychiater.

An einer Wand des weiß gekachelten Raumes saß ein kleiner Junge in Boxershorts festgeschnallt in einem Rollstuhl. Sein Kopf war von einem metallenen Helm umschlossen, an dem rote und goldene Kabel in einem Punktmuster angebracht waren. Um ihn herum hingen helle, einstellbare Lampen. Die Wände waren hinter Glasschränken verborgen, die mit Flaschen und Gläsern gefüllt waren, und seltsame, grüne, blaue und graue elektronische Geräte standen herum wie ein schweigendes Roboterpublikum.

Tara stellte sich neben den Rollstuhl, sah auf die Stelle hinunter, an der sich das Gesicht des Kindes befand, und versuchte, den Jungen mit ihrem Willen zu zwingen, sich auf sie zu konzentrieren. Als sie nichts fühlte, streckte sie die Hand aus und drehte einen der unzähligen Schalter an der Vorderseite der Maschine. Elektrische Spannung raste durch die bunten Kabel, die mit Klebeband an dem rasierten Schädel des Jungen befestigt waren, und der Geruch nach Ozon und versengtem Fleisch mischte sich mit dem schauerlichen Gestank. Tara beobachtete ruhig die Anzeigen auf den Monitoren, die über dem Jungen angebracht waren.

Sie hatte niemals die Absicht gehabt, jemandem wehzutun, aber wenn es sein musste, konnte sie es. Es ging um ihr Lebenswerk, um die Entwicklung der Menschheit. Und sie würde keine Fehler mehr machen.

Von jetzt an würden die Türen, die sie geschlossen hatte, auch geschlossen bleiben.

Angst

Alle Dinge, die man vergessen hat,
schreien in Träumen um Hilfe.

Elias Canetti,
Die Provinz des Menschen

33

Cooder schrubbte seinen verbeulten Suppentopf, ohne die pfenniggroßen Teflonstücke zu beachten, die dabei in das große, steinerne Spülbecken fielen. Er lauschte einem Grateful Dead-Song in seinem Kopf und freute sich über das Knirschen der Stahlwolle in seiner Hand. Cooder führte ein sehr einfaches Leben, doch er war vollkommen zufrieden damit.

Jeden Monat wurden ihm Gasflaschen geliefert, so dass sein Herd funktionierte, und Sozialhilfe und Essensmarken deckten seine dringendsten Bedürfnisse. Auf Kleidung legte er sowieso keinen besonderen Wert, und so trug er seine Sachen jahrelang. Telefon und Strom waren schon lange abgestellt worden, doch neben seinem Stuhl stand immer ein 20-Liter-Kanister, mit dem er seine drei Öllampen auffüllte. Damit hatte er so viel Licht, wie er brauchte. Eine Quelle am Abhang hinter seinem Haus versorgte ihn mit Wasser, ohne dass dazu etwas anderes als die Schwerkraft benötigt wurde, aber es kam natürlich nur kalt aus der Leitung. Cooder war auch damit zufrieden. Er wusch sich mit einem Schwamm, und im Sommer übergoss er sich gelegentlich auch einmal ganz mit Wasser. Im Übrigen wurde er auf seinen endlosen Wanderungen oft genug vom Regen durchnässt.

Die Windschutzscheibe des halb im Garten vergrabenen Chevrolets reflektierte die Mittagssonne und warf einen Regenbogen durch das Küchenfenster. Normalerweise

wäre Cooder von den Farben gebannt gewesen wie ein Reh vom Scheinwerferlicht eines Autos, doch seit Virgils Besuch kämpfte er mit etwas Hartem, Verkrustetem in den verstaubten hinteren Regionen seines Gehirns.
Der Topf fiel klappernd in die große, steinerne Spüle, und Cooder ließ sich in seinen Sessel fallen, der so alt aussah, als sei er nicht nur einmal, sondern zweimal von einer Müllkippe aufgelesen worden. Cooder legte die Füße auf eine Apfelkiste und kreuzte die Hände auf dem Bauch. Dann schloss er die Augen und versuchte, sich zu erinnern, was ihm so zu schaffen gemacht hatte.
Hab schlimme Sachen gesehen, Virgil.
Warum in aller Welt hatte er das gesagt? Wovon hatte er geredet? Es war, als hätte er den Mund geöffnet, und die Stimme eines Fremden wäre herausgekommen. Nur dass es kein Fremder gewesen war. Es waren seine eigene Stimme und seine eigenen Worte gewesen, und er wusste ganz genau, dass sie wahr waren und dass er sie hatte sagen wollen. Aber kaum hatte Virgil ihn gefragt, wovon er redete, war der Gedanke durch sein löcheriges Gehirn gefallen.
Er hatte *wirklich* schlimme Dinge gesehen. Manchmal träumte er davon, und manchmal konnten ihn die Tabletten am nächsten Tag nicht ganz davon befreien. Diese schlimmen Sachen trieben sich wie Phantome in seinem Kopf herum und verwandelten seine wachen Stunden in Albträume. In solchen Fällen lief er herum. Nur im Freien, wenn der Wind ihm ins Gesicht blies und er den Himmel über sich sah, wenn er das Tappen seiner Füße auf dem harten Asphalt hörte, fand er Erleichterung.

Er war mitten in der Nacht von einem Blitz in seinem Kopf aufgewacht, der so hell war, dass er keine Luft bekam. Schmerzen drangen von allen Seiten auf ihn ein, Schmerzen, die er schon einmal gefühlt hatte. Er kämpfte sich auf die Füße, lehnte sich gegen die Wand und grub die Fingernägel in den brüchigen Putz, so dass Stücke davon zu Boden fielen wie Sand in einem Stundenglas, das die Minuten seines Lebens zählte. Er war unfähig gewesen, sich wieder ins Bett zu legen und zu schlafen. Schließlich hatte er sich in seinem Sessel zusammengerollt. Erst kurz vor Tagesanbruch war er wieder eingenickt.
Er hatte über den Blitz nachgedacht, während er seine morgendliche Hafergrütze aß und seinen Kaffee trank. Auch während des Rituals des Geschirrspülens hatte er daran denken müssen, und jetzt, während er in seinem Lehnstuhl saß, dachte er immer noch an den Blitz. Er konnte sich nicht erklären, was er zu bedeuten hatte. Woher er gekommen war. Aber er wusste, dass er es wissen *sollte*, dass er sich eigentlich daran erinnern müsste, was ihn hervorgerufen hatte. Doch immer, wenn er glaubte, er hätte die Lösung gefunden, tauchte ein verzerrtes Bild in seinem Kopf auf und verwandelte sich in etwas ganz anderes, etwas, das überhaupt keinen Sinn ergab.
Er dachte an Virgils Besuch und fragte sich, ob der Schmerz, die verrückten Blitze und Virgil irgendwie etwas miteinander zu tun hatten. Virgil suchte nach einem kleinen Jungen. Glaubte er, *er* könnte den Jungen auf einer seiner Wanderungen gesehen haben? Er hatte *tatsächlich* Kinder gesehen. Er glaubte sogar, dass er viele

Kinder gesehen hatte. Aber welches war das, nach dem Virgil suchte?
Er schlug die Hände zusammen, und das Klatschen hallte durch das winzige Haus. Mit ungewohnter Entschlossenheit rappelte er sich hoch und stapfte durch die Hintertür, ohne auf der Veranda innezuhalten. Als er die Straße vor seinem Haus erreichte, war er so auf seine Wanderung konzentriert, dass er fast von einem zu schnell fahrenden Pickup Truck überfahren worden wäre. Die Hupe heulte auf und dröhnte durch die Bäume, aber auch das lenkte Cooder nur einen Sekundenbruchteil lang ab.
Irgendwo auf seinem Weg, auf einem seiner unzähligen Streifzüge, hatte sich etwas in seinem Kopf festgesetzt. Etwas, das er Virgil sagen musste. Aber der Gedanke war zusammen mit seinen Worten aus seinem Mund herausgeflogen, und wenn er ihn wieder einfangen wollte, fiel ihm nur eine einzige Möglichkeit ein: Er musste gehen und ihn suchen. Die Sonne wärmte ihm den Rücken, und der Wind blies ihm ins Gesicht.
Irgendwo vor ihm gab es schlimme Dinge zu sehen.

34

So spät am Samstagvormittag war das Restaurant verlassen, und Mac und Virgil hatten sich in einer Nische am Fenster niedergelassen. Virgil hatte der Kellnerin höflich zu verstehen gegeben, dass sie nichts mehr brauchten.

»Audrey Bocks Mädchenname war Remont«, sagte Virgil. »Ihre Mutter hieß Martha Remont. Sie hat Tara in Kalifornien wegen Hausfriedensbruchs angezeigt, bevor Tara ihr Audrey weggenommen hat.«

Macs Kaffeebecher schien zu groß für ihn zu sein, und er fasste ihn mit beiden Händen. »Reizende Familie.«

»Ich habe überhaupt keine Informationen über Audreys Vater. Ich habe so ein Gefühl, dass er gestorben ist, dass Audrey ihn nicht gekannt hat. Aber das ist wirklich nur ein Gefühl.« Virgil las von einem Notizblock ab, der auf dem Tisch lag. »Ich brauche mehr Informationen über Martha.«

»Möchtest du, dass ich nach der Mutter suche?«

Virgil zuckte die Achseln. »Wenn du sie finden kannst. Sieht aus, als sei sie vollständig vom Erdboden verschwunden. In dem Augenblick, in dem Audrey in den Steuererklärungen ihrer Tante auftaucht, ist von ihr keine Spur mehr zu finden.«

»Wie bist du an Taras Steuererklärungen rangekommen?«, fragte Mac mit gerunzelter Stirn.

Virgil grinste. »Du bist nicht der Einzige, der Freunde hat.«

»Du riskierst ganz schön was, Virg. Was willst du beweisen?«

»Ich möchte wissen, was mit Audrey Bock los ist.«

Mac schüttelte den Kopf. »Was mit ihr los ist? Virg, die Frau hat ihr einziges Kind verloren!«

»Ich glaube, sie hatte auch vorher schon eine Menge

Probleme. Ihr Mann hat mich heute Morgen angerufen. Er glaubt, dass sich ein Spanner bei ihrem Haus herumtreibt, aber Audrey ist fest davon überzeugt, dass es ihr Nachbar ist, und dass ihr Sohn in seinem Keller eingesperrt ist.«

»Hast du da mal nachgesehen?«

»Ja. Hinter dem Haus ist tatsächlich ein Trampelpfad. Aber ich konnte keine Spuren darauf finden, außer denen von ihrem Mann. Und in der Nacht, in der es passiert ist, war Merle Coonts mit dem Lastwagen unterwegs.«

Von dem Einschnitt in den Hügeln aus hatten Virgil und Richard wortlos auf die Rückseite von Merle Coonts' Haus hinuntergeblickt, bis Richard das Schweigen brach.

»Warum sollte er hier herüberkommen und in unser Fenster schauen?«, fragte er, ohne den Blick von der Farm abzuwenden.

Virgil runzelte die Stirn. »Wir wissen nicht, ob er das getan hat oder nicht, Mr. Bock.«

»Sie haben den Pfad gesehen«, wandte Richard ein, »und was die Spuren angeht, da habe ich mich nicht getäuscht.«

»Sie haben gesagt, dass sie klein waren. Audrey behauptet, sie hätte eine Frau am Fenster gesehen. Merle Coonts lebt alleine, und wenn Sie jemals seine Füße gesehen hätten, wüssten Sie, dass die nicht klein sind.«

Richard seufzte laut. »Ich weiß, dass es unsinnig klingt. Aber Audrey ist sich so sicher.«

»Ich rede noch mal mit Merle Coonts«, versprach Virgil und begann, den Pfad wieder hinunterzusteigen.

Richard hielt sich dicht hinter ihm. »Ziehen Sie heute Nacht Ihre Vorhänge zu und verriegeln Sie Fenster und Türen.«

»Sie lassen mich wissen, was Sie herausfinden?«

»Natürlich.«

Doch Merle war gerade von einer Überlandfahrt zurückgekommen, und wieder hatten seine Fahrtenbücher seine Aussage bestätigt. Als Virgil den Trampelpfad durch die Eschen erwähnt hatte, hatte er nur den Kopf geschüttelt und behauptet, nichts davon zu wissen.

Jetzt sah Virgil Mac an und hoffte auf einen Durchbruch. »Wie steht es mit dir? Hast du irgendwas für mich herausgefunden?«

Mac sah zum Fenster hinaus. »Tut mir Leid. Ich war wirklich sehr mit einem anderen Fall beschäftigt. Aber es sieht so aus, als ob du alleine schon genug herausfindest.« Er drehte sich wieder um. »Was weißt du über die Mutter?«

»Ein Junge in Kalifornien hat ihre Adresse in seinen Computer eingegeben und mir alle Namen und Telefonnummern im ganzen Block besorgt. Ich habe überall angerufen. Aber in Kalifornien zieht jeder alle zwei Jahre um. Es war keiner mehr da, der schon vor achtzehn Jahren dort gelebt hatte. Das war also eine Sackgasse.«

»Mit wem hast du sonst noch geredet?«

»Ich habe es bei der Zulassungsstelle versucht. Martha Remont hat dort kein Fahrzeug mehr angemeldet, seit Audrey ausgezogen ist. Ich habe auch beim Grundbuchamt angerufen. Das Haus hat sie ebenfalls im gleichen Jahr verkauft. Es ist, als sei sie vom Erdboden verschluckt worden. Keine Steuererklärungen, keine Autopapiere in irgendeinem anderen Staat.«

»Sie könnte umgekommen und nie identifiziert worden sein.«

»Vielleicht. Aber vielleicht wollte sie auch einfach verschwinden.«

»Dazu braucht man ein bisschen Geschick. Glaubst du, dass Martha Remont das hatte?«

»Ich habe keine Möglichkeit festzustellen, was sie hatte. Ich weiß nicht einmal, womit sie sich ihren Lebensunterhalt verdient hat, sofern sie überhaupt gearbeitet hat.«

»Hast du irgendwas über Taras Hintergrund herausbekommen?«

Virgil schüttelte den Kopf. »Sie ist im Ruhestand. Hatte eine beachtliche Karriere. Lebt allein in der Nähe von Augusta.«

»Das ist alles?«

»Sie ist zweiundfünfzig und hat ein paar Bestseller über Selbsthypnose geschrieben.«

Mac verzog das Gesicht. »Hypnose?«

»Ja. So eine Art Do-it-yourself-Heimtherapie. Vergiss alles, was schlecht ist. Mach weiter mit deinem Leben.«

Virgil stellte seine Tasse auf den Tisch und angelte ein zerknülltes Stück Papier aus seiner Westentasche hervor. »Universitätsabschluss als Jahrgangsbeste in Columbia Ende der sechziger Jahre. Noch ein Diplom in Stanford. Selbstständige Forschungsarbeit unter Timothy Leary, Herrgott noch mal. Sie hat auch mit James Reins zusammengearbeitet. Kennst du die Namen?«

»Sollte ich?«
»Nein. Es sei denn, du interessierst dich für übersinnliche Wahrnehmung und dergleichen. Reins hat eine Zeitlang für die Regierung an einem Projekt gearbeitet, bei dem es darum ging, die Sowjetunion mit etwas auszuspionieren, das sie Fernwahrnehmung nannten.«
»Die amerikanische Regierung hat dafür Geld ausgegeben?«
»Ich glaube, die haben während des Kalten Krieges für eine Menge blödsinniges Zeug Geld ausgegeben. Im Laufe der Jahre hat Tara bei mehreren staatlich geförderten Institutionen gearbeitet. Ich kann aber niemanden finden, der Genaueres darüber weiß, wofür das Geld bestimmt war und was sie erreichen wollte. In den frühen achtziger Jahren wurden die Forschungsgelder für sie gestrichen, und anscheinend hatten auch genug Kollegen so starke Einwände gegen ihre Methoden, dass ihr die Zulassung zu praktizieren entzogen wurde. Ich habe den Eindruck, sogar die Typen von der Regierung haben wegen ihrer Forschungsmethoden kalte Füße gekriegt. Aber zu dem Zeitpunkt spielte das keine Rolle mehr, weil sie zwei Bestseller veröffentlicht hatte und sich in ihrem abgelegenen Haus ein luxuriöses Leben leisten konnte.«
»Virgil?«, fragte Mac und lehnte sich über den Tisch. »Verdächtigst du etwa Tara Beals?«
Virgil zog die Augenbrauen zusammen. »Nein.«
»Aha … Dann verdächtigst du also die Mutter des Jungen?«
»Das habe ich nicht gesagt.«

»Du hast mich bereits gebeten, etwas über Audrey Bocks Vergangenheit herauszufinden, und du ermittelst nur gegen Frauen, Virg. Wie viele Frauen habe ich sonst noch erwähnt? Du glaubst doch nicht etwa, dass die Großmutter plötzlich aus dem Nichts aufgetaucht ist und ihren eigenen Enkel entführt hat?«

»Nach Audreys Aussage war ihre Mutter verrückt.«

»Hast du irgendwelche Beweise, die die alte Dame mit dem Verschwinden ihres Enkels in Verbindung bringen?«

»Nein. Wie gesagt, ich weiß nicht mal, ob sie überhaupt noch lebt.«

»Nur so ein Gefühl im Bauch?«

»Nicht einmal das.«

»Was dann?«

»Ich habe nichts anderes!«

»Großer Gott, Virgil. Du brauchst dringend ein bisschen Urlaub.«

»Das ist das Letzte, das ich brauche.«

»Na gut. Tut mir Leid, dass ich dir nicht mehr helfen konnte. Ich werde so bald wie möglich sehen, ob ich etwas über Martha Remont rausfinden kann.«

Virgil zuckte die Achseln und sah ihm ins Gesicht. »Alles okay?«

»Natürlich«, antwortete Mac. »Warum sollte nicht alles okay sein?«

»Kein besonderer Grund. Du machst nur in letzter Zeit so einen zerstreuten Eindruck.«

Mac seufzte. »Ich denke daran, mich mal eine Weile von hier abzusetzen.«

»Wo willst du hin?«

»Ist mir egal. Ich brauche nur mal eine Pause.«

»Dann solltest du dir eine gönnen.« Virgil starrte aus dem Fenster, und beide Männer schwiegen. Schließlich drehte er sich wieder zu Mac um und sagte: »Ich bespreche so was gerne mit dir. Wenn ich Birch oder sonst jemandem sagen würde, was ich denke ... du weißt schon.«

»Die würden meinen, du hast dich schon wieder in etwas verrannt.«

»Mindestens.« Virgil lächelte.

»Virgil, hast du denn schon mal über die Möglichkeit nachgedacht, dass du dich vielleicht tatsächlich verrannt hast?«

»In diesem Bezirk geht irgendetwas Seltsames vor, und ich werde herausfinden, was es ist.«

»Und was soll das sein?«, fragte Mac stirnrunzelnd.

»Erstens verheimlicht Tara Beals irgendetwas, was Audrey betrifft.«

»Hast du mit Tara gesprochen?«

Virgil nickte. »Sie will mir nichts über Audreys Vergangenheit sagen. Darum die ganzen Nachforschungen.«

»Nun ja, natürlich sagt sie nichts. Schließlich war sie ihre Ärztin.«

»Das hat sie auch gesagt.«

»Dann solltest du dieses Thema vielleicht lieber fallen lassen.«

»Das sind keine abgeschlossenen Fälle, Mac. Hier ist irgendetwas im Gange. Das fühle ich in meinen Knochen.«

»Das klingt, als wärst du ein bisschen paranoid, Virg. Oder hast du hellseherische Talente?«
»Nein, aber ich fange an, auf eine Hellseherin zu hören.« Der finstere Blick, den Mac ihm zuwarf, war noch schlimmer, als Virgil befürchtet hatte.

35

Richard meldete Audrey am Montagnachmittag um zwei Uhr in Doktor Cates' Empfangsbüro an. Genau rechtzeitig. Audrey saß auf einem Sessel unter einem riesigen Gemälde in allen erdenklichen Blauschattierungen und fragte sich zum wiederholten Mal, ob Doktor Cates ihr wirklich würde helfen können, und ob sie bereit war, die Hilfe anzunehmen, die er ihr anbieten konnte.
Richard setzte sich neben sie. »Bist du sicher, dass du das möchtest? Vielleicht wirst du das Schlechte nicht vom Guten trennen können.«
Sie nickte. »Ich weiß, dass es richtig ist. Ich dachte, du möchtest, dass ich es tue.«
Er runzelte die Stirn. »Ich möchte, dass es dir besser geht.«
»Und du glaubst nicht, dass Doktor Cates dafür sorgen kann, dass es mir besser geht?«
Er versuchte zu lächeln. »Doch, sicher. Ich glaube, ich bin nur nervös.«

»Ich auch.«
Doktor Cates' Bürotür öffnete sich, und eine hübsche, brünette Frau von etwa dreißig Jahren kam heraus. Cates erschien direkt hinter ihr. Sie lächelte mit Tränen in den Augen.
Audrey spürte, wie ihre Angst immer größer wurde, doch als Cates sie erblickte und die Tür weit für sie öffnete, ging sie hindurch, ohne sich noch einmal nach Richard umzusehen.
»Ich weiß nicht, wo ich anfangen soll«, sagte Audrey und setzte sich.
Cates putzte seine Brille mit einem Taschentuch mit eingesticktem Monogramm. »Dann fangen Sie doch einfach an, wo Sie möchten.«
»Ich glaube, es geht mir allmählich besser.«
»Das ist gut.«
»Ich nehme die Tabletten nicht mehr.«
Cates runzelte die Stirn. »Sie haben das Halcion abgesetzt? Warum?«
»Ich habe mich damit nicht gut gefühlt. Als ob ich keine Kontrolle mehr hätte, keinen Zusammenhang ... Und ich glaube jetzt, dass Sie Recht hatten. Ich muss mich meiner Vergangenheit stellen und mich damit auseinandersetzen.«
»Es freut mich, dass Sie zu *diesem* Entschluss gekommen sind. Sie müssen Ihrer Vergangenheit gegenübertreten. Ich kann Ihnen nur dabei helfen, sich da hindurchzuarbeiten.«
Audrey nickte. »Womit sollen wir also anfangen?«
Cates legte die Fingerspitzen vor seinem Gesicht zu-

sammen. »Was können Sie mir über Ihre Tante und Ihre Therapiesitzungen mit ihr erzählen?«

»Ich habe Ihnen doch schon von der Hypnosetherapie erzählt.«

»Erinnern Sie sich an irgendetwas aus Ihrer Vergangenheit vor dieser Therapie? Dringen allmählich irgendwelche Erinnerungen an die Oberfläche?«

»Ja.«

»Gute oder schlechte?«

»Alles durcheinander.«

Cates nickte.

»Werden Sie mich hypnotisieren?«

»Wie fühlen Sie sich bei dem Gedanken, hypnotisiert zu werden?«

Sie rutschte in ihrem Sessel herum. »Okay … glaube ich.«

»Gut, dann werden wir vielleicht versuchen, auf diese Weise einige Türen zu öffnen.« Cates bemerkte Audreys schockierten Gesichtsausdruck.

»Was ist los?«, wollte er wissen.

»Türen. Warum haben Sie von Türen gesprochen?«

Cates schien verwirrt. »Ich weiß es nicht. Es schien mir ein passendes Bild zu sein. Warum?«

»Tara hat immer vom Schließen der Türen geredet.«

»Eine interessante Art, es auszudrücken. Als ob die Vergangenheit für sie aus lauter Einzelteilen bestünde. Aus Räumen, die man verschließen kann, so dass man sie nicht mehr sieht.«

Plötzlich hatte Audrey einen dicken Klumpen im Hals, und vor ihren Augen blitzte eine Vision auf. Ein schreiendes kleines Mädchen, die Hände einer Frau, die dem Kind eine Maske ohne Augenlöcher über den Kopf stülpen. Audrey konnte kaum noch atmen. Im Zimmer um sie herum wurde es düster, ihr war schwindlig und kalt. Gerade als sie in jene längst vergangene Nacht zurücktreiben wollte, begann Cates wieder zu sprechen.

»Audrey, was haben Sie von den Sitzungen mit Ihrer Tante noch im Gedächtnis? Irgendetwas?«

Sie schüttelte den Kopf und bemühte sich, in Cates' Sprechzimmer zurückzukehren. »Ich kann mich an fast nichts erinnern. Darum ging es ja. Ich sollte vergessen.«

»Sie sollten Ihre schreckliche Vergangenheit vergessen.«

»Ja.«

»Aber kommt es Ihnen nicht eigenartig vor, dass Sie auch die Sitzungen selbst vergessen haben?«

»Darüber habe ich noch nie nachgedacht.«

»Erinnern Sie sich an irgendetwas? Irgendwelche Bilder?«

Audrey schüttelte den Kopf und starrte suchend ihre Hände an. »Tara hat mich gerettet. Ohne sie wäre ich tot, wie meine Schwester und mein Bruder.«

»Hat Tara jemals Ihre Schwester oder Ihren Bruder behandelt?«

Wieder schüttelte Audrey den Kopf. »Ich kann mich nicht an sie erinnern. Tara hat mich gerettet.«

»Ja, das haben Sie schon gesagt. Aber darüber wollten wir nicht reden. Wir wollten über die Behandlung reden. Woran erinnern Sie sich?«

»Ich … Licht. Ich erinnere mich an Lichter. Tara hat mich gerettet.«

Cates starrte sie an, bis sie ihm in die Augen sah. »Das sagen Sie andauernd, aber von Mal zu Mal scheinen Sie sich weniger sicher zu sein.«

»Wirklich?«

Dieser Gedanke erschütterte sie. Warum sollte sie sich in dieser Hinsicht nicht sicher sein? Die Tatsache, dass Tara gekommen war, um sie vor den Schrecknissen ihrer Vergangenheit zu retten, war die Grundlage ihrer ganzen Existenz. Die einzige, wenn auch schwache Erinnerung, an der sie festhielt.

Cates nickte. »Also gut«, sagte er und löste die Finger voneinander. »Erzählen Sie mir von den Dingen, an die Sie sich zu erinnern beginnen.«

Audrey begann wie ein Kind in ihrem Sessel hin und her zu schaukeln. »Ich erinnere mich an eine Zwillingsschwester und an einen älteren Bruder.«

»Ja. Was ist mit ihnen passiert?«

Audrey starrte auf den Fußboden zwischen ihren Beinen. »Ich weiß es nicht. Ich glaube, meine Mutter hat ihnen etwas Furchtbares angetan.«

»Etwas Furchtbares? Was denn?«

Audrey zögerte einen Augenblick, bevor sie antwortete. »Ich glaube, sie hat sie umgebracht. Aber vorher hat sie ihnen noch andere Dinge angetan.«

»Was für andere Dinge?«

»Ich sehe meine Mutter, dann geht mein Bruder mit ihr weg und kommt nie mehr wieder. Das Gleiche passiert mit meiner Schwester. Aber in ihrem Fall erinnere mich an einen dunklen Raum. Ich glaube, es war in unserem Keller, und meine Mutter hat ihr diese entsetzliche Maske aufgesetzt, und meine Schwester hat aus vollem Hals geschrien, und dann habe ich sie nie wieder gesehen, und dann kam Tara, um mich abzuholen. Tara hat mich gerettet.«

»Audrey, so wie Sie das sagen, habe ich das Gefühl, dass Sie das mehr glauben *wollen,* als Sie es tatsächlich tun. Es klingt fast wie eine einprogrammierte Antwort.«

Audrey sah sich schnell im Zimmer um. »Ich glaube es wirklich.«

»Wenn Sie reden, höre ich, wie Sie etwas sagen, aber ihre Augen und ihr Gesichtsausdruck wirken unsicher. Ihre Körpersprache sagt mir, dass Sie sich nicht sicher sind, was für eine Rolle Tara in ihrer Vergangenheit gespielt hat.«

Audreys Gesicht verfinsterte sich. »Tara hat mir niemals etwas Böses angetan. Das würde sie niemals tun.«

»Aber sie hat Ihre Vergangenheit ausgelöscht.«

»Um mich vor den schlimmen Erinnerungen zu schützen. Warum reden wir über Tara?«

»Tara scheint eine zentrale Rolle zu spielen. Sie ist diejenige, die Ihre Erinnerungen begraben hat.«

»Das musste sie tun. Sie waren entsetzlich. Ich konnte nicht damit leben.«

»Aber können denn *alle* Erinnerungen so schrecklich gewesen sein, dass sie ausgelöscht werden mussten?«

»Ich weiß es nicht.« Doch sie wusste es sehr wohl. Cates sprach dieselben Gedanken aus, die ihr schon seit Tagen zusetzten. Was für schöne Erinnerungen hatte sie verloren, als Tara ihre Vergangenheit ausgelöscht hatte wie eine riesige Hand, die über eine Tafel wischt?

»Möchten Sie es wissen?«, fragte Cates. »Sind Sie bereit zu versuchen, es herauszufinden?«
Sie nickte langsam. »Was soll ich tun?«
»Ich glaube, Sie sollten mir erst einmal sagen, was Sie tun *möchten.*«
Audrey holte tief Luft. Die Türen waren so lange geschlossen gewesen, und sie hatte damit leben können. Tara hatte gesagt, ihre Vergangenheit sei unvorstellbar schrecklich, aber sie hatte das Gefühl, dass Zach, oder die Wahrheit über ihn, irgendwo darin verborgen war. Und sie war bereit, sich jedem noch so unvorstellbaren Entsetzen zu stellen, wenn das für sie auch nur die geringste Chance bedeutete, ihn zu finden. Und selbst wenn sie nur herausfinden sollte, was mit ihm passiert war, könnte sie ihn doch wenigstens endlich loslassen. Sie musste es *wissen*.
»Ich möchte, dass Sie mich hypnotisieren. Ich will wissen, was hinter *meinen* Türen ist.«
»Also gut. Aber haben Sie sich das auch wirklich überlegt? Gerade Sie sollten am besten wissen, dass ein Rückgriff auf die Vergangenheit Risiken birgt.«
»Alles birgt Risiken. Ich will, dass Sie mich hypnotisieren.«
Cates legte wieder die Finger zusammen. »Na schön. Lehnen Sie sich zurück und versuchen Sie, sich zu entspannen. Ich möchte, dass Sie langsam und tief durchatmen und sich vorstellen, Sie wären am friedlichsten Ort der Welt.«
Mit halb geschlossenen Augen tat sie, was er verlangte, und stellte sich vor, sie sei in einem wunderschönen

Garten. Nicht in ihrem eigenen. Den mochte sie noch immer nicht wieder betreten. Nein, sie befand sich im Garten ihrer Träume. Cates begann langsam zu sprechen, und sie hatte das wohlbekannte Gefühl, sich selbst zu verlieren. Sie war überrascht, wie schnell es ging. Cates' Stimme tönte voll und kehlig durch das große Sprechzimmer, dann klang sie ferner, bis sie schließlich durch einen langen Korridor zu ihr hallte. Und dann befand sie sich wieder in den hintersten Bereichen ihres Bewusstseins. Sie hörte die Befehle nicht mehr, die die Stimme ihr gab. Es war, als bestimme sie ihren Weg durch ihre Erinnerungen selbst.

Die Ereignisse jenes längst vergangenen Tages in ihrer Kindheit begannen, langsam zuerst, sich vor ihren Augen noch einmal abzuspulen. Ihre Schwester und ihr Bruder sprangen im Garten herum. Gidown zerrte an seiner Kette. Ihre Mutter erschien auf der Veranda und rief nach Craig. Ihr Haar glänzte in der Sonne. Dann verschwand Audreys Bruder, und die Tür in ihrem Kopf schloss sich wieder. Es war nicht nötig, dass sie noch länger dort blieb. Sie hatte diese Tür aus eigener Kraft geöffnet, und sie wusste, wohin sie führte. Sie zögerte nur einen winzigen Augenblick lang, bevor sie sich der nächsten Tür zuwandte. Als sie sich öffnete, sah sie nichts als furchtbare Dunkelheit vor sich, doch als sie eintrat – hatte sie wirklich eintreten wollen? – war die Finsternis von milchigem Mondlicht erhellt.

In der Ferne weinte ein Kind, und Audrey zitterte vor Angst. Es war dasselbe Weinen, das sie an jenem Tag in der Küche gehört hatte. Sie sah auf ihre Hände hinunter und bemerkte, dass es die Hände eines heranwachsenden Kindes waren, ohne die Schwielen von der Gartenarbeit, die sie jetzt an ihren Fingern hatte. Ihr gegenüber standen ein Sofa und mehrere Sessel vor einem großen Bücherregal. Sie schlüpfte hinter eine offene Tür, um aus dem Mondlicht herauszukommen. Draußen bellte wild ein Hund.

War das Gidown?

Sie versuchte, sich zu erinnern, wie sich Gidowns Bellen angehört hatte. Aber sie war sich nicht sicher. Jedenfalls war das nicht das traurige Heulen eines jungen Tieres, das nicht mitspielen darf. Das Bellen klang mehr nach einem jagenden Tier, das wütend war, weil es seine Beute nicht erreichen konnte. Das Gebell trieb Audrey noch tiefer in den Winkel zwischen Tür und Wand, doch sie hörte noch ein anderes Geräusch. Es kam von der anderen Seite des Raumes. Es war Gelächter.

Gelächter, das wie Dunkelheit klang.

Dieser Gedanke kam direkt aus ihrer Kindheit und tauchte plötzlich in der Gegenwart auf. In dieser erneut lebendig gewordenen Vergangenheit konnte sie sich ebenso wenig helfen, wie sie die Ereignisse in jenem längst vergangenen Jahr hatte kontrollieren können. Dies war kein Traum, den sie manipulieren konnte. Es war eine Erinnerung, in Stein gemeißelt. Entweder musste sie in den weißen Gang in ihrem Geist zurückkehren, oder sie musste die Erinnerung bis zu ihrem schrecklichen Ende durchleben. Sie kroch um das Sofa herum und starrte einen langen, dunklen Gang hinunter, doch sie brauchte kein Licht. Das Lachen genügte, um

sie zu führen. Sie folgte ihm durch endlose, dunkle Korridore. Dann hatte sie das seltsame Gefühl, durch den Raum zu fallen, und sie befand sich in einem anderen Gang.
Der Geruch nach Schimmel und feuchtem Mauerwerk hing in der Luft. Über ihr beleuchteten nackte Glühbirnen kalten weißen Beton. In diesem Keller schien es kein Leben zu geben. Dennoch drang dieses wahnsinnige Gelächter in Audreys Ohren. Sie ging durch einen gewundenen Tunnel mit Ziegelwänden, bis sie sich vor einer schweren Metalltür wiederfand.
Genau wie die Türen in ihrem Kopf. Aber diese Tür war echt. Dies muss unser Haus sein. Aber wie ist das möglich? Die Tunnel schienen so endlos zu sein. Niemand konnte ein solches Haus besitzen. Irgendetwas an dem Bild war *falsch*. Etwas war verdreht, als ob sich zwei Erinnerungen gleichzeitig zu Wort meldeten. Dennoch kannte sie diesen Ort. Und auch das Gelächter kannte sie. Weil sie es in ihrer Kindheit so oft gehört hatte, dass es sich in ihr Gehirn eingebrannt hatte, und jetzt erinnerte sie sich daran, als sei es ihr schon immer gegenwärtig gewesen. Nur dass es nicht schon immer so geklungen hatte. Nicht dunkel und traurig und verrückt.
Es musste das Lachen ihrer Mutter sein.
Sie streckte eine kindliche Hand aus und drehte den Türknauf. Die Tür war nicht verschlossen, und sie öffnete sich so leicht und geräuschlos, wie sich nur eine gut aufgehängte und gut geölte Tür öffnen kann. Der kleine Raum war besser beleuchtet als der düstere Keller, und er war vom Fußboden bis zu Decke mit grauen,

metallisch aussehenden Platten ausgekleidet, die von Nägeln mit breiten Köpfen gehalten wurden. Es waren Bleiplatten.

Audrey ging um eine Ecke und blieb wie erstarrt stehen. Sie starrte auf den Rücken ihrer Mutter. Ihre Mutter kniete am Boden und rang mit Audreys Schwester. Die Füße des Mädchens zappelten verzweifelt zwischen den Beinen ihrer Mutter, und sie schrie. Aber ihre Schreie waren gedämpft. Das rabenschwarze Haar ihrer Mutter war schweißnass, und das Licht glänzte auf den grauen Strähnen, die sich darin bemerkbar machten. Als Audrey nach Luft schnappte, schaute ihre Mutter über die Schulter, und Audrey sah den Wahnsinn in ihren Augen.

Und Entsetzen.

»Ich muss das tun, Audrey«, sagte sie atemlos aber sanft. »Ich muss. Bitte versuch mich zu verstehen.«

Als Audrey auf ihre Fingerknöchel biss und
in den Keller zurückwich, stand ihre Mutter auf, und Audrey konnte ihre Schwester sehen. Sie zerrte verzweifelt an einer abscheulichen, augenlosen Monstrosität, die über ihren Kopf gestülpt war. Das Ding hatte eine kleine Öffnung für den Mund, aber sonst bedeckte das schwere Metallgerät den ganzen Kopf wie ein Helm, der unter dem Kinn und um den Hals des Mädchens verschnallt war. In Paulas Genick glänzte ein kleines Messingschloss. Audrey erkannte die blonden Zöpfe, die unter dem entsetzlichen Gerät hervorlugten, während das Kind sich auf dem kalten, mit Bleiplatten bedeckten Fußboden herumwälzte.

»Nein!«, flüsterte Audrey. »Nein!« Das Flüstern wurde zu einem Schrei, der durch den Raum hallte. »Es ist meine Schuld! Sie hat es meinetwegen getan!«
Endlich hörte sie Cates' aufgeregte Stimme. »Kommen Sie zurück, Audrey. Kommen Sie sofort zurück! Hören Sie mich? Kommen Sie sofort zurück! Es ist nicht Ihre Schuld!«
Sie spürte Hände an ihren Handgelenken, die ihre Arme auf die Armlehnen ihres Sessels drückten. Seine Augen waren den ihren so nah, dass sie Mühe hatte, sein Gesicht zu erkennen. Ihr ganzer Körper war mit kaltem Schweiß bedeckt, und das Zittern, das sie schon vorher gespürt hatte, wollte nicht nachlassen.
Cates stieß einen lauten Seufzer aus. »Alles okay?«, fragte er. Seine Stimme klang nun etwas ruhiger. Er ließ ihre Arme los und setzte sich wieder in seinen eigenen Sessel.
Sie nickte benommen.
»Ich musste Sie hochheben und wieder in Ihren Sessel setzen. Ich hatte schon Angst, Sie würden schreiend aus meinem Sprechzimmer rennen.«
»Es war schlimm.«
»Ich weiß. Sie haben die ganze Zeit geredet.«
»Wirklich?« Das war seltsam. Daran konnte sie sich überhaupt nicht erinnern. Sie war daran gewöhnt, Gedächtnislücken zu haben, während sie hypnotisiert war. Aber was hatte sie in diesem Zustand sonst noch *getan*, wovon sie keine Ahnung hatte?
»Dann hat also Ihre Mutter Ihrer Schwester diese Maske aufgesetzt?«, fragte Cates.

»Ja.«
»Warum sollte sie so etwas tun?«
»Ich habe keine Ahnung. Sie war verrückt.«
Cates sah sie lange forschend an. »So, wie Sie sie beschrieben haben, scheint man erhebliches Können zu brauchen, um so eine Maske anzufertigen. Hatte Ihre Mutter handwerkliche Fähigkeiten?«
Audrey schüttelte den Kopf. »Nicht dass ich wüsste. Das heißt, ich weiß nicht wirklich, was sie konnte und was nicht. Das Einzige, was ich weiß, ist, dass sie böse war!« Audrey wiegte sich noch heftiger in ihrem Sessel als zuvor und presste die Hände gegen die Seiten.
Cates nickte. »Also gut, Audrey. Versuchen Sie, sich zu entspannen. Hätten Sie jetzt gerne ein Halcion?«
Audrey schüttelte entschlossen den Kopf. »Nein.«
»Schön. Einen Schluck Wasser oder Saft?«
»Wasser, bitte.«
Cates holte ein Glas Wasser von einer kleinen Bar in der Ecke seines Sprechzimmers und beobachtete sie genau, als sie es trank. Dann stellte er das Glas auf seinen Schreibtisch und ließ sich wieder in seinen Sessel fallen. Dabei zog er einen Stapel Karten mit blauem Rücken aus seiner Jackentasche. Audrey betrachtete sie neugierig, stellte jedoch zu ihrer Überraschung fest, dass sie sie auf Anhieb wieder erkannte. Es waren keine Tarotkarten, aber sie verspürte die gleiche Nervosität wie damals in Babs' Haus, als sie zugesehen hatte, wie die Hellseherin ihre Karten mischte.
Cates sah ihr ins Gesicht und nickte. »Sie haben solche Karten schon einmal gesehen«, stellte er fest.

»Ich glaube schon.«
»Macht es Ihnen etwas aus?«
Sie schwieg eine Weile, dann verneinte sie zögernd.
Er hielt eine Karte hoch, so dass Audrey nur die Rückseite sehen konnte.
Sie hatte das seltsame Gefühl, dass ein leuchtender Kreis hinter ihren Augen erschien. Doch etwas in ihr lehnte sich auf und schreckte vor den Karten sogar noch stärker zurück als vor der Tür in dem Korridor. Die Karten hatten etwas an sich, das ihr in riesigen Leuchtbuchstaben *Gefahr* signalisierte. Aber gleichzeitig wusste sie, dass sie sich an einem Wendepunkt befand, dass sie eine Entscheidung treffen musste, dass hier ein Knotenpunkt war, an dem sich unsichtbare Kräfte kreuzten. »Kreis«, sagte sie zögernd.
Cates hob die nächste Karte.
Audrey hielt inne.
»Kreis.«
Cates zeigte ihr eine Karte nach der anderen.
»Dreieck.«
»Quadrat.«
»Dreieck.«
»Wellenlinien.«
Sie arbeiteten sich durch den ganzen Kartenstoß, dann schob Cates den Stapel wieder in seine Tasche.
»Wie war ich?«, wollte sie wissen.
Cates ließ sich Zeit mit der Antwort. »Ich wollte nur sehen, inwieweit Sie gewöhnt sind, mit diesen Karten zu arbeiten. Am Anfang waren Sie misstrauisch, aber das hat sich sehr schnell gegeben.«

»Sie meinen, ich bin schon einmal damit getestet worden?«

»Ich glaube, ja. Erstens kannten Sie alle Formen, die vorkommen können, ohne dass sie Ihnen gezeigt worden sind.«

»Diese Karten haben irgendetwas an sich, das ich nicht erklären kann.«

»Was meinen Sie mit *irgendwas?*«

»Ich habe Angst davor.« Audrey zog die Augenbrauen zusammen. »Aber es ist mehr als das. Es ist fast, als könnte ich *sehen*, was auf der anderen Seite ist. Aber ich habe Angst, es Ihnen zu sagen.«

Cates runzelte die Stirn, zog die Karten noch einmal aus der Tasche und beobachtete Audreys Gesicht. »Was genau ist an den Karten, das Sie ängstigt? Warum sollten Sie Angst haben, es mir zu sagen?«

»Ich weiß es nicht. Aber als Sie mir die Karten gezeigt haben, hatte ich wirklich Angst, Ihnen zu antworten.«

»Warum haben Sie sich dann bereit erklärt, den Test zu machen?«

Sie schüttelte den Kopf. »Ich bin hier, um etwas in meinem Leben zu verändern«, erklärte sie. »Vielleicht hatte ich in meinem Unterbewusstsein das Gefühl, dass dies der richtige Anfang wäre. Ich weiß es nicht. Aber ich war überzeugt, dass es richtig war. Wie habe ich abgeschnitten?«

»Nicht schlecht«, sagte Cates.

Ohne irgendwelche Vorreden begann er noch einmal, Karten hochzuhalten.

»Kreis«, sagte Audrey und starrte intensiv den blauen

Rücken der Karte an. »Quadrat, Wellenlinien, Quadrat, Dreieck, gerade Linien, Quadrat …«

Als er die letzte Karte hochgehalten hatte, steckte Cates den Stapel wieder ein und sah nachdenklich auf seine Hände.

»Wie viele richtige Antworten habe ich gegeben? Sie haben es nicht aufgeschrieben.«

»Das war nicht nötig«, murmelte Cates.

»Warum nicht?«

»Weil Sie keine falschen Antworten gegeben haben. Diesmal nicht, und das erste Mal auch nicht. Von so etwas habe ich noch nie gehört.«

»Das ist doch unmöglich.« Sie sah ihn an und wartete darauf, dass er lächelte oder lachte, doch sein Gesicht drückte nichts als Erstaunen aus.

»Da stimme ich Ihnen zu«, erklärte Cates. »Aber irgendwie müssen Sie es gewusst haben.«

Sie sah die erste Karte des Stapels an, der in seiner Brusttasche kaum sichtbar war, und stellte zu ihrem Schrecken fest, dass sie sich ganz sicher war, dass die Figur auf der obersten Karte nun ein Dreieck war. »Was muss ich gewusst haben? Dass ich Kartentricks beherrsche?«

»Die Karten zeigen nur, dass übersinnliche Kräfte vorhanden sind. Niemand weiß, ob das, was dabei passiert, eine Form von Telepathie oder etwas vollkommen anderes ist. Die meisten Testpersonen, die überdurchschnittlich oft die richtige Antwort geben, fallen auf durchschnittliche Werte zurück, wenn derjenige, der den Test durchführt, selbst nicht weiß, was auf der Karte ist. Das wäre ein Hinweis auf Telepathie.«

»Wollen Sie damit sagen, dass ich telepathische Fähigkeiten habe?«
»Ich weiß keine andere Erklärung für das, was Sie gerade fertig gebracht haben.«
»Wie sind Sie auf die Idee gekommen, dass ich solche Kräfte haben könnte?«
»Ehrlich gesagt, ich glaube nicht an Telepathie. Oder ... wenigstens habe ich bisher nicht daran geglaubt. Ich wollte nur ausprobieren, wie Sie auf die Karten reagieren.«
»Warum?«
Cates seufzte. »Seit unserer letzten Begegnung habe ich ein bisschen recherchiert. Ihre Tante war nicht nur wegen ihrer Arbeiten über Hypnosetherapie bekannt.«
»Was meinen Sie damit?«
»Sie hat sich auch mit Parapsychologie befasst. Deshalb habe ich mich gefragt, ob Sie vielleicht getestet worden sind.«
Audrey spürte, wie die Muskeln in ihrer Kehle sich zusammenzogen. Plötzlich konnte sie kaum noch atmen.
»Sind Sie okay?« Cates beugte sich vor und legte seine Hand auf die ihre.
Sie nickte und versuchte, wieder zu Atem zu kommen.
»Hier«, sagte Cates. »Trinken Sie noch einen Schluck Wasser.«
Audrey winkte ab. »Wenn ich tatsächlich telepathische Fähigkeiten habe, dann ist Zach *wirklich* am Leben.«
Cates runzelte die Stirn. »Audrey, niemand weiß, was Telepathie wirklich ist, wenn es so etwas überhaupt gibt.«

»Aber Sie haben doch gesehen …«

»Ich habe ein bisher unerklärliches Phänomen gesehen. Verblüffend. Aber schließen Sie daraus nicht, dass Sie tatsächlich mit Ihrem Sohn kommuniziert haben.«

»Wenn es nicht Zach war, dann will ich wissen, was zum Teufel es sonst war.«

»Langsam. Im Laufe der Zeit wird sich das alles klären.«

Aber Audrey ließ sich nicht beirren. »Ich habe keine Zeit zu verlieren. Und ich habe immer noch nicht die letzte Tür geöffnet.«

»Nein. Und ich glaube auch nicht, dass Sie das jetzt schon tun sollten. Sie haben bereits eine Menge zu bewältigen. Wir werden mehrere Sitzungen brauchen, bis Sie so weit sind, dass Sie den nächsten großen Sprung wagen können. Sie sind durch Ihre Vergangenheit extrem traumatisiert. Damit hat Ihre Tante Tara Recht. Alles auf einmal wieder hervorzuholen, wäre zu viel für Sie.«

»Aber jetzt fürchte ich, dass Sie Recht hatten, dass vieles von dem, was ich verloren habe, gar nicht schlecht war. Dass ich mich daran erinnern müsste!«

»Was für eine Kindheit hätte das sein können, Audrey, mit einer Zwillingsschwester, einem Bruder und einem Hund, in der überhaupt nichts Schönes vorgekommen wäre? Sie haben alles ausgelöscht, das Gute und das Böse. Sie sind beraubt worden. Man hat Ihnen Ihre Kindheit und das Recht geraubt, als Mensch mit einer Vergangenheit heranzuwachsen. Gut, schlecht oder neutral, es bleibt Ihre Vergangenheit. Das macht Sie zu dem, was Sie sind, und jetzt können Sie das nicht wissen.

Bis vor zwei Minuten wussten Sie noch nicht, dass Sie vielleicht eine unglaubliche Gabe besitzen. Ich kenne Wissenschaftler, die eine Unmenge dafür bezahlen würden, Sie in ihrem Programm zu haben.«

»Bitte! Tun Sie das nicht! Bitte sagen Sie es niemandem.«

Cates hob beide Hände. »Das wäre das Letzte, was ich tun würde. Ich will nur sagen, dass Sie ein Phänomen sind. Sicher hat Tara das gewusst.«

»Nein, sie hat es nicht gewusst.«

»Sind Sie sicher?«

»Ich kann Ihnen nicht sagen, *warum* ich mir so sicher bin. Aber ich weiß es ganz genau.« Sie nickte vor sich hin. »Ich glaube, wenn Tara es gewusst hätte, hätte ich es auch gewusst.«

Cates' Gesicht erlosch. »Ich war mir so sicher.«

»Was ist denn?«

Er schüttelte den Kopf. »Ich hatte mir die Theorie zurechtgelegt, dass Tara sich mit Telepathie und vielleicht auch mit anderen übersinnlichen Kräften befasst und mit Hilfe von Hypnose versucht hat, diese Kräfte noch zu steigern oder herauszufinden, wodurch sie verursacht werden.«

»Und?«

»Ich dachte, Tara hat Sie vielleicht zu sich genommen, als sie gemerkt hat, was für ein Potential in Ihnen steckte.«

Audrey schüttelte den Kopf. »Nein, sie ist gekommen, um mich zu holen, weil mir sonst etwas Schlimmes passiert wäre.«

Cates schien darüber nachzudenken. »Jedenfalls möchte ich, dass Sie in einer Woche wiederkommen. Ich sage meiner Sekretärin, sie soll einen neuen Termin für Sie vereinbaren.«
»Gut.«
Cates begleitete sie zur Tür. Bevor er sie öffnen konnte, fuhr sie mit leuchtenden Augen zu ihm herum.
»Sie glauben doch nicht an Kontakte mit den Toten, oder?«
Cates runzelte die Stirn. »Nein. Ich glaube nicht, dass das möglich ist.«
Sie lächelte und schlüpfte an ihm vorbei. »Ich auch nicht«, versicherte sie.
»Audrey«, sagte er und fasste sie am Arm, »Sie haben mehrfach davon geredet, dass Sie rennende Kinderfüße gehört hätten. Wissen Sie, was das zu bedeuten hatte?«
Sie zog die Augenbrauen zusammen und dachte an die Schmerzattacke in ihrem Garten, die Geräusche, die sie im Haus gehört hatte. Plötzlich wusste sie es.
»Das war ich selbst. Ich wollte weglaufen. Das Trappeln meiner Füße hat mich verraten. Ich konnte mich nicht verstecken. Und ich konnte auch nicht fliehen. Ich war gefangen.«
»Von wem? Von Ihrer Mutter?«
Sie nickte. »Ich glaube ja.« Der Kummer, den es ihr bereitete, das zuzugeben, erschreckte sie.

36

Ein alter Freund, der Zugang zu medizinischen Unterlagen hat, hat mich gestern Abend angerufen.« Macs Stimme war so laut, dass Virgil das Handy auf Armeslänge von seinem Ohr entfernt halten musste. »Martha Remont hat mit ein paar Unterbrechungen fast zehn Jahre in verschiedenen Nervenheilanstalten in Kalifornien verbracht.«

»Warum?«

»Wegen irgendeiner Art von Kindsmisshandlung. Lass mich mal nachsehen. Oh, das ist gut. Sie hat ihre Kinder in einem Kellerraum eingeschlossen und sie nicht rausgelassen. Sie hatte drei Kinder. Der Staat Kalifornien hat Tara Beals schließlich das Sorgerecht für Audrey zugesprochen, aber es muss eine langwierige Angelegenheit gewesen sein, und offenbar ziemlich schmutzig. Später hat Martha behauptet, Tara hätte Audrey entführt, aber Tara hat das Sorgerecht gekriegt.«

»Audrey sagt, sie hätte das mehr oder weniger getan, um sie vor ihrer Mutter zu retten.«

»Dann war das wahrscheinlich gut so.«

»Hat der Staat sie einweisen lassen?«

»Es waren die staatlichen Behörden, die Martha eingewiesen haben, ja.«

»Was ist mit den anderen Kindern passiert?«

Mac zögerte, bevor er antwortete. »Verschwunden.«

»Glaubst du, sie hat sie umgebracht?«

»Vermutlich. Aber die vom Staat hatten nicht genügend

Beweise, um Anklage zu erheben. Sie haben das Haus durchsucht, aber sie haben nichts als einen mit Bleiplatten ausgekleideten Kellerraum entdeckt, in dem sie die Kinder vermutlich eingesperrt hatte. Die Leichen sind niemals gefunden worden, also wurde auch keine Anklage erhoben. Wahrscheinlich haben sie geglaubt, sie hätten sie sowieso für den Rest ihres Lebens weggesperrt.«

»Und wo ist Martha jetzt? Hast du noch mehr Informationen?«

»In Kalifornien ist das Gleiche passiert wie überall. Als dem Staat das Geld ausgegangen ist, um die Patienten hinter Schloss und Riegel zu halten, hat er sie aus den Augen verloren. Sie ist Anfang der neunziger Jahre entlassen worden. Ich konnte ihre Spur bis zu einem Wohnsitz in Sacramento verfolgen. Nach Aussage der Nachbarn hat sie dort fünf Jahre lang ruhig gewohnt. Vor zwei Jahren hat sie das Haus verkauft und ist verschwunden.«

»Hat sie alleine gelebt?«

»Nein. Sie hatte einen Mann im Haus.«

»Weißt du irgendetwas über ihn?«

»Nur dass er Lastwagenfahrer war.«

»Du machst Witze.«

»Nein, warum?«

»Audrey Bocks Nachbar fährt einen Lastwagen. Er hat das Haus vor etwa zwei Jahren gekauft.«

»Das ist allerdings ein seltsamer Zufall. Trotzdem würde ich sagen, dass das als Beweis ziemlich dürftig ist. Ich weiß weder seinen Namen noch sonst was über den Mann. Die Nachbarn konnten sich auch nicht an allzu

viel erinnern. Er war Fernfahrer und ziemlich viel unterwegs.«
»Das könnte Merle Coonts sein«, meinte Virgil kopfschüttelnd.
»Da kämen viele in Frage. Weißt du sonst noch was über ihn?«
»Nein. Er hat mir erlaubt, das Haus und den Keller zu durchsuchen. Aber es war keine *gründliche* Durchsuchung.«
»Dann ist er entweder ziemlich frech oder unschuldig.«
»Ich hatte nicht das Gefühl, dass er unschuldig ist. Irgendwas war da nicht in Ordnung. Der Mann ist ein fieser Kerl.«
»Was kann ich sonst noch für dich tun, Virg?«
»Du hast schon eine Menge getan. Vielen Dank, Mac.«
»Tara ist damit wohl aus dem Schneider.«
»Scheint so«, bestätigte Virgil.

Arnold? Daniel? Ernest? Cooder hatte den Namen Ernest immer gemocht. Der Eindruck, den ein Mann damit machte, gefiel ihm. Als ob man ihm trauen könnte. Aber wie hieß der Junge?
Seine alten Arbeitsstiefel klopften rhythmisch auf das Straßenpflaster, doch er achtete nicht auf das Geräusch, sondern konzentrierte sich auf das, was an seinem Gehirn nagte. Es ging nicht nur um Namen. Etwas ebenso Schwieriges kratzte an seinem Gedächtnis wie ein Stück Treibholz an einem Steg. Aber war es etwas, das er wusste, oder etwas, das er fühlte?
Cooder konnte diese beiden Dinge oft nicht auseinan-

der halten. Er war sich nie sicher, ob er wusste, dass ein Sturm bevorstand, weil es jemand gesagt hatte, weil er in irgendeinem Radio ein Stück von der Wettervorhersage gehört hatte – in der Imbissbude zum Beispiel – oder weil er solche Dinge einfach *wusste*. Doch er war unheimlich gut darin, das Wetter vorherzusagen, so gut, dass die Leute ihn oft nach seiner Meinung über die Langzeitwetterlage fragten. Jetzt gerade fühlte er, dass der Luftdruck plötzlich abfiel, so als hätte er soeben einen Schritt über den Rand eines hohen Gebäudes getan. Es würde noch eine Weile klar und freundlich bleiben, aber dann würde ein fürchterlicher Sturm losbrechen.

Auch als er die Rückseite des Hügels hinunterwanderte, verlangsamte er seine Schritte nicht. Vor ihm öffnete sich ein weites Tal, und eine verfallene alte Farm rottete rechts von ihm vor sich hin. Vor dem Himmel hob sich die Silhouette einer Satellitenschüssel auf dem Scheunendach ab. Plötzlich war sein Verstand ungewöhnlich klar. Er atmete diese Klarheit ein wie Luft. Die unsichtbare Substanz strömte durch sein Gehirn und öffnete Verbindungen, die seit Jahrzehnten stillgelegt gewesen waren. Cooder blieb am Straßenrand stehen und starrte das Haus an, ohne zu wissen warum. Er war ein Empfangsgerät, das auf eine Übertragung wartete.

Nach einiger Zeit, die ihm wie ein paar Minuten vorkam, die aber auch eine Ewigkeit hätte sein können, registrierte ein Teil von Cooders Gehirn das Geräusch eines näher kommenden Autos. Er dachte an Virgils Warnung und sah auf seine Füße hinunter, um sich zu vergewissern, dass er nicht wieder mitten auf der Straße stand. Der Camry fuhr um die Kurve und verlangsamte seine Fahrt ein wenig, als er an der Farm vorbeifuhr. Cooder blinzelte und erkannte einen dunkelhaarigen Mann am Steuer. Als der Wagen an ihm vorbeifuhr, sah er auch die hübsche blonde Frau auf dem Beifahrersitz, und einen Augenblick lang teilte sich der sirupartige Schleier, der ihn einschloss. Irgendwie hatte er das Gefühl, als seien die Frau und er einander gerade vorgestellt worden. Doch das seltsame Gefühl war mehr als nur ein Wiedererkennen.

Er und die Frau hatten einander berührt.

Audrey war wie betäubt, es hatte ihr den Atem verschlagen.

Als sie diesmal an dem alten Farmhaus vorbeifuhren, hatte sie geradeaus geschaut und versucht, einen ruhigen Ort in ihrem Gemüt zu finden. Sie hatte versucht, ihre Angst zu unterdrücken und gleichzeitig mit allen Sinnen nach Zach zu suchen. Wenn sie nicht wahnsinnig war, wenn er hier war, in diesem Haus, dann würde sie ihn finden. Doch zu Audreys Entsetzen hatte Richard die Fahrt verlangsamt und das Haus neugierig betrachtet. Und ihre Angst begann, die Oberhand über ihre Entschlossenheit zu gewinnen. Sie fragte sich, ob Richard darauf wartete, dass sie ihn anschrie, er solle schneller fahren, aber je näher sie kamen, desto angespannter wurde sein Blick.

Plötzlich spürte Audrey, wie ihre Aufmerksamkeit von dem alten Haus abgelenkt wurde und sich auf eine Gestalt richtete, die wie eine plumpe Schaufensterpuppe am Straßenrand stand. Helles Haar flatterte wild um das leere Gesicht des Mannes. Doch als der Wagen vorbeifuhr, trafen sich ihre Blicke, und Audrey schnappte nach Luft, ohne zu wissen warum.

Sie hatte sich nicht vor dem Mann gefürchtet. Obwohl er seltsam aussah, wie ein Vagabund, war nichts Bedrohliches in seinem Gesicht. Etwas Seltsames und Wunderbares hatte sich zwischen ihnen abgespielt, wie ein Bündnis unterhalb ihrer Bewusstseinsebene. War das wirklich geschehen? Sie blickte zurück, aber der Hügel lag bereits hinter ihnen, und Richard bog in ihre Einfahrt ein.

»Wer war das?«, fragte sie.

Er sah zu ihr hinüber. »Der Landstreicher? Keine Ahnung. Den habe ich schon öfter in der Gegend gesehen. Er läuft viel herum.«

Die Sonne ging gerade unter, als sie das Haus betraten, und Richard knipste das Licht in der Küche an. Er sah Audrey in die Augen und warf einen bedeutungsvollen Blick auf den Geschirrschrank, in dem sie das Halcion aufbewahrte.

Sie schüttelte den Kopf.

»Bist du sicher?«, fragte Richard.

»Doktor Cates ist einverstanden«, versicherte sie, obwohl das nicht ganz der Wahrheit entsprach. »Mit seiner Hilfe werde ich mich durch das alles durcharbeiten.«

Richard bemühte sich, nicht die Stirn zu runzeln.

»Er hilft mir, Richard. Wirklich.«

»Okay«, sagte er und küsste sie flüchtig. Dann ging er ins Wohnzimmer. Der Lärm eines Baseballspiels dröhnte durch den Flur.

37

Babs handhabte die Tarotkarten mit der Geschicklichkeit eines Las Vegas-Zockers und klatschte sie zwischen die weichen, tropfenden Kerzen auf den Tisch. Die zuckenden Flammen waren zahlreich genug, um kleine Schweißperlen auf ihre gerunzelte Stirn zu treiben.

Im Laufe der Jahre hatte sie bestimmt tausendmal die Karten gelegt, aber nur selten für sich selbst. Sie wusste genug über das Übernatürliche, um sich darüber im Klaren zu sein, dass sie nichts über ihre Zukunft wissen wollte. Andere, die nur zur Hälfte daran glaubten, konnten schlechte Nachrichten für Hokuspokus halten. Natürlich wurden sie zuletzt eines Besseren belehrt, aber dann war es zu spät.

Babs hingegen glaubte daran – an die Karten, und an anderes auch –, und sie wusste, dass die Karten nicht logen. Vielleicht waren sie nicht immer direkt. Sie konnten die Wahrheit in Schichten offenbaren, die für den gewöhnlichen Sterblichen nur schwer verständlich waren. Das war der Grund, warum sie sich selbst nun schon zum vierten Mal in ebenso vielen Stunden die Karten legte. Denn manchmal *waren* sie direkt.

Das erste Mal war sie erschüttert gewesen, aber sie war nicht in Panik geraten. Sie hatte die Karten lange angestarrt, hatte versucht, sich zu sammeln und die Bedeutung der Karten in ihrer Gesamtheit zu erfassen. Tarotkarten konnten nicht korrekt interpretiert werden, wenn der Kartenleser nur die Bedeutung jeder einzelnen Karte darin sah. Das war nur etwas für Amateure. Jede Karte beeinflusste die anderen, jede revidierte die Bedeutung der vorherigen, bis das vollständige Ergebnis mit der letzten Karte von einem guten, professionellen Kartenleger offenbart werden konnte.

Doch als sie die Tarotkarten zum ersten Mal ausgelegt hatte, war das Ergebnis noch bedrohlicher gewesen, als bei dem Tarot, den sie für Audrey Bock gelegt hatte. Als die letzte Karte fiel, konnte Babs kaum noch atmen. In all den Jahren, in denen sie mit dem Übernatürlichen gearbeitet hatte, hatte sie nichts auch nur annähernd Vergleichbares gesehen. Misstrauisch starrte sie den Kartenstapel in ihrer Hand an, aber sie hatte sie selbst gemischt, bevor sie sie ausgelegt hatte.

Sie kochte sich eine große Kanne Tee und zwang sich, ein gesundes Frühstück aus Tofu und Sojabohnenkeimen zu verzehren. Als sie damit fertig war, hatte sie sich fast eingeredet, dass sie die Karten beide Male falsch gedeutet hatte. So etwas war möglich. Schließlich war es ja nur eine Interpretation. Wenn sie deprimiert oder abgelenkt war, konnte so etwas passieren.

Sie legte sich die Karten noch einmal. Diesmal verwendete sie nur die zweiundzwanzig Karten des Großen Arkana. Sie war nicht an Feinheiten interessiert.

Diesmal fielen die Karten anders, was natürlich zu erwarten gewesen war, aber die Gesamtwirkung war die gleiche. Tod. Ein furchtbarer Tod in ihrer Zukunft. Und nicht einfach nur in der Zukunft, sondern heute. Sie ließ die übrigen Karten fallen wie ein heißes Eisen, wich vom

Tisch zurück und wandte mit großer Anstrengung den Blick von den Karten ab. Als sie in ihr Schlafzimmer eilte, blitzte immer wieder das Bild des Schnitters mit den glühenden Augen unter der dunklen Kapuze und der bedrohlichen langen Sense in den Knochenhänden vor ihrem inneren Auge auf.

Ein Spaziergang. Ein schöner, zügiger Spaziergang würde ihr zu einem klaren Kopf verhelfen. Aber als sie an diesem Nachmittag entschlossen auf die Veranda trat und krampfhaft das dünne Baumwolltuch festhielt, das sie sich um die Schultern gelegt hatte, blieb sie im blassen Sonnenlicht stehen. Und wenn sie nun von einem Auto überfahren wurde?

Rasch schaute sie die Straße hinauf und hinunter und hob das Kinn, um auch noch den Parkplatz des Krankenhauses überblicken zu können. Ein oder zwei Autos fuhren langsam vorbei, aber sie blieben auf der Straße. Keines machte Anstalten, den Randstein hinaufzufahren und sie zu überrollen. Und war diese Todesart überhaupt schrecklich genug, um der Botschaft der Karten zu entsprechen?

Vermutlich nicht. Nein, die Karten hatten etwas ganz besonders Grausames und Qualvolles für sie vorhergesehen, und sie konnte sich nicht vorstellen, was für ein Tod das sein sollte. Babs las keine Bücher von Stephen King und seinesgleichen. Sie verfolgte die Polizeiberichte nicht und interessierte sich nicht für die Geschichten von Serienmördern, und sie sah sich auch keine derartigen Filme an. Tatsächlich war *The Sound of Music* der letzte Film gewesen, den sie gesehen hatte, aber dennoch hatte sie eine lebhafte Phantasie. Und die machte Überstunden, als sie die Stufen zur Einfahrt vor ihrem Haus hinunterging und überlegte, was sie tun sollte.

Doris. Ich besuche Doris.

Und das tat sie. Als sie bei dem Haus der Milches ankam, war es ihr gelungen, sich bis zu einem gewissen Grad zu fassen. Immerhin war sie ruhig genug, um leise durch die Haustür zu schlüpfen – weil Virgil nicht zu Hause und Doris schwerlich in der Lage war, die Tür zu öffnen –, tief Luft zu holen und ihren karierten Rock glatt zu streichen. Auf Zehenspitzen ging sie die Treppe hinauf und traf Doris vor dem Fernseher an, in dem gerade ein Quiz lief. Doris hatte kaum noch die Kraft, überrascht zu sein, wenn ein unerwarteter Besucher auf ihrer Schwelle stand.

Babs war entsetzt, wie schnell es mit Doris bergab gegangen war. War es wirklich erst zwei Wochen her, dass sie sie zuletzt gesehen hatte? Sie sah aus wie der Tod persönlich. Wenn das überhaupt möglich war, hatte sie noch mehr Haare verloren, und ihre Augen, die schon vorher eingesunken waren, lagen nun tief in ihren Höhlen. Ihre vertrocknete Hand zitterte wie ein Blatt im Sturm, als sie sie hob, um ihre Besucherin zu begrüßen. Einen Augenblick lang vergaß Babs ihre eigenen Sorgen und sank auf das Bett, um ihre alte Freundin zu trösten.

Doris' Stimme war so rau wie ein schadhafter Ventilator. »Ich habe dich vermisst, Babs.«

»Ich dich auch, Doris. Du siehst gut aus.«

»Erzähl keinen Quatsch.« Doris zwang sich zu einem schwachen Lächeln. »Es wird nicht mehr lange dauern.«

»Sag das nicht.«
»Es ist wahr. Aber es macht mir keine Angst mehr. Der Pastor kommt jetzt jeden Tag vorbei. Ich habe meinen Frieden mit Jesus gemacht.«
»Das ist gut.«
»Hast du deinen Frieden mit ihm gemacht, Babs?«
Babs versuchte, mit allen ihren Frieden zu haben. Buddha, Jesus, Mohammed, der Große Geist, die Wesen, die die Erde bewohnten. Aber jetzt, wo es darauf ankam, fragte sie sich, ob sie sich womöglich die ganze Zeit geirrt hatte. War es nötig, eine endgültige Entscheidung zu treffen? Dieser Gedanke machte ihr Sorgen. Was war, wenn es wirklich nur *einen* Gott gab und das jener eifersüchtige Gott war, von dem der Pastor ständig redete?
»Ich glaube ja.«
»Das genügt nicht. Du musst es wissen. Aber natürlich hast du noch etwas mehr Zeit als ich.«
»Das glaube ich nicht.«
»Wie meinst du das?«
Und so erzählte ihr Babs, was los war. Doris' Augen schienen in ihren Höhlen nach vorne zu rutschen, und als ihr die Kinnlade herabsank, hatte Babs das unangenehme Gefühl, bis tief in ihre entzündete, verengte Gurgel zu sehen. Sie fragte sich, ob das Tor zur Hölle genauso aussah.
»Das musst du Virgil erzählen«, meinte Doris.
»Warum? Er kann nichts daran ändern, Doris. Und außerdem würde er mir sowieso nicht glauben.«
»Und du meinst, daran ist nichts zu ändern?«

»Wenn die Karten so sprechen, wie sie es heute getan haben, dann steht es felsenfest.«

»Das glaube ich nicht. Christus gestattet uns allen, in diesem Leben unsere Wahl zu treffen.«

»Ich kann wählen, wie es um meine Seele bestellt sein soll, bevor ich sterbe. Ich kann als guter oder als schlechter Mensch sterben. Aber die Karten sagen, dass ich tot sein werde, bevor die Sonne das nächste Mal aufgeht.«

»Sag das nicht.«

»Ich versuche, mich damit abzufinden.«

»Das ist schwer.«

»Wie hast *du* das geschafft?«

Doris rieb sich das Genick und schloss kurz die Augen. »Ich habe viel gebetet. Und ich hatte Virgil. So sehr er auch glaubt, dass er kein großer Trost für mich ist, er ist es doch. Ich wollte dich bitten, ein bisschen auf ihn zu achten, wenn ich nicht mehr da bin …«

»Es tut mir Leid.«

Doris zuckte die Achseln. »Marg wird sich um ihn kümmern.«

»Es muss tröstlich für dich sein, das zu wissen.«

»Sie ist ein guter Mensch.«

»Bestimmt. Du kennst sie besser als ich.«

»Natürlich fand sie immer, du wärst ein bisschen komisch.«

»Ich?«

»Nun ja. Nicht jede Frau hat etwas für Männer übrig. Marg ist auf *andere* Weise anders.«

»Das kannst du laut sagen.« Babs sah Doris prüfend ins

Gesicht. »Ich strenge dich zu sehr an. Ich gehe jetzt lieber.«
»Nein«, widersprach Doris und griff mit der geringen Kraft, die ihr noch geblieben war, nach Babs' Hand. »Bleib wenigstens so lange, bis wir miteinander gebetet haben.«
»Gerne.«
Sie beteten laut zusammen. Beide baten um Vergebung für ihre Sünden und um die ewige Seeligkeit in den Armen Jesu Christi, unseres Herren und Heilands. Als sie fertig waren, stellte Babs fest, dass sie sich wirklich besser fühlte.
»Danke Doris«, sagte sie, beugte sich vor und hauchte einen Kuss auf ihre Stirn. »Wir werden uns sehr bald wiedersehen. Da bin ich mir jetzt ganz sicher.«
»Ich auch.«
»Grüß Virgil von mir.«
Der Heimweg fiel ihr leichter als der Gang zum Haus der Milches. Das Sonnenlicht des Spätnachmittags sah nicht mehr so aus, als würde es durch einen düsteren Seidenmantel gefiltert. Es wirkte sogar fast ein bisschen optimistisch. Babs zweifelte nicht weniger an ihrem bevorstehenden Ende, als sie es getan hatte, als sie ihr Haus verließ, doch Doris' unerschütterlicher Glaube hatte ihren eigenen gefestigt. Was auch immer kommen würde, sie war bereit.
Aber als sie zu den brennenden Kerzen in ihrem Haus zurückkehrte, spürte sie, dass ihre Entschlossenheit ein wenig ins Wanken geriet. Es war eine Sache, sein Schicksal zu akzeptieren, blindlings darauf zuzugehen jedoch

und darauf zu warten, dass ein Güterzug in der vom Schicksal bestimmten Richtung auf einen zuraste, war etwas anderes. Sie kehrte augenblicklich zu den Karten zurück, um sie noch einmal zu befragen.

Die Karten sagten ihr, dass sie nicht alleine sein würde, wenn sie starb. Dieser Gedanke bereitete ihr Kopfzerbrechen. Sie konnte nicht erkennen, ob das bedeutete, dass Freunde bei ihr sein würden, oder dass jemand anderes mit ihr zusammen sterben würde. Der letzte Hinweis, der bei jedem ihrer Versuche zutage getreten war, verwirrte sie am meisten und machte ihr mehr Sorgen als alles andere. Er berührte etwas, über das sie sich seit Jahren Gedanken gemacht, wovon sie geträumt und das sie bis in die Tiefen ihrer Seele hinein gefürchtet hatte.

Die Karten wiesen auf eine unbekannte Frau hin, die mit dem Tod verbunden war.

Obwohl die Karten eigentlich eher Gefühlssache waren, *wusste* sie irgendwie, dass diese Frau dieselbe war, die in den Karten, die sie für Audrey Bock gelegt hatte, eine so starke Kraft gewesen war. Aber wie war das möglich? Sie war Audrey bis zu diesem Tag nie begegnet, und so viel sie wusste, hatten sie keine gemeinsamen Bekannten.

Ihre Hände verirrten sich immer wieder zu dem *Gehenkten* mit seinem unpassenden Bild von einer Frau, die in ein trübes Wasserbecken starrt. Irgendetwas am Gesicht dieser Frau brachte sie aus der Fassung. Sah die Frau in die Zukunft oder in die Vergangenheit? Suchte sie nach Rettung oder spann sie einen tödlichen Zauber? Babs spürte, dass diese Frau der Angelpunkt in einem

Gewebe von Linien war, die Menschen und Ereignisse miteinander verbanden, von denen sie keine Vorstellung hatte. Doch es waren Menschen und Ereignisse, denen es bestimmt war, zu einem entsetzlichen Ende zusammenzukommen.
Aber würde das vor oder nach *ihrem eigenen* Tod geschehen?

In den Stunden, seit der Mann und die Frau an ihm vorbeigefahren waren, hatte Cooder sich nicht mehr als hundert Meter weiterbewegt. Während dieser Zeit waren mehrere andere Autos und Lastwagen vorbeigekommen. Ein Ehepaar hatte gehupt und ihm zugewinkt. Wie immer hatte Cooder ihnen nachgeschaut und nicht gewusst, ob er sie kannte, ob sie nur freundliche Fremde waren oder ob sie sich über ihn lustig gemacht hatten. Es spielte allerdings auch keine Rolle. Er entschloss sich immer erst zum Winken, wenn der Wagen längst außer Sichtweite war.
Jetzt stand er in der hereinbrechenden Dämmerung und sah zu, wie der Mond hinter dem alten Farmhaus aufging. So von hinten beleuchtet wirkte das verwinkelte Gebäude noch bedrohlicher als sonst. Nur zwei Fenster im Erdgeschoss waren schwach beleuchtet, wie die Augen eines Wiesels in einem dunklen Wald.
Das Haus schien ihn irgendwie anzuziehen, und es reizte seine natürliche Neugier. Er musterte das baufällige Gebäude und fragte sich, was es wohl an sich hatte, das ihn so stark berührte. Im Laufe seines Lebens war er an Tausenden von alten Farmhäusern vorbeigegangen. Sie

waren voll von staubigen Ecken und hatten viele leere Räume. Seltsam vertrocknet aussehendes Sonnenlicht drang durch schmutzige Glasscheiben und verwandelte sich in staubige Lichtstreifen in grauen Räumen voller abblätternder Tapeten und Holzgeruch, der so trocken war, dass einem die Nase davon zuschwoll. Er hatte viele solcher Häuser erforscht.

Jetzt stand er mit einem Fuß auf dem kiesigen Bankett der Straße und mit dem anderen im Gras, das zu dem alten unterirdischen Drainagerohr abfiel. Er legte den Kopf schief und blinzelte. Ein kühler Wind strich hinter ihm durch die Zweige eines dichten Fichtenwäldchens. Abgesehen von der Brise war der frühe Abend ungewöhnlich still, und in all der Stille spürte Cooder, wie er noch weiter davontrieb.

Es war keine beängstigende Erfahrung. Er hatte das schon unzählige Male erlebt. Er überließ sich dem Gefühl, denn er wusste auf Anhieb, was mit ihm passierte. Er hatte seinen Führer innerhalb des Hauses gefunden. Er sah durch fremde Augen und bediente sich der Sinne eines anderen, kleineren Geschöpfes. Er war neugierig und hungrig. Und er spürte ein schreckhaftes, winziges Herz, das ängstlich in seiner Brust klopfte.

Dunkelheit umgab ihn, die tiefer war als die Nacht. Er streckte beide Hände aus, aber seine Finger fühlten sich seltsam an, schwach und dünn. Eine Tür, die so riesig war, dass er den oberen Teil nicht erkennen konnte, öffnete sich langsam.

Die Gestalt eines Mannes zeichnete sich vor dem goldenen Licht des Korridors ab, und wie immer brauchte

Cooder eine Weile, bis ihm klar wurde, dass der Mann kein Riese war. Er selbst war winzig klein. Der Mann ging an ihm vorbei und sprach mit sanfter, freundlicher Stimme.

»Komm, Zach. Zeit, ein bisschen rauszugehen.«

Zach! Das war der Name!

In der Ecke erhob sich ein Kind und schützte die Augen mit der Hand. Der Riese sah in Cooders Richtung und erstarrte.

»Verdammte Ratte!«

Cooder sah eine Stiefelsohle von der Größe eines Kühlschranks auf sich heruntersausen, rannte an der Wand entlang unter das Bett des Kindes und schlüpfte in einen Spalt in der Grundmauer. Der Mann trat gegen die Wand, dass es wie Donner klang und die riesige Sohle das Licht verdeckte. Cooder drückte sich zitternd gegen den Stein. Die Schnurrbarthaare der Ratte registrierten jede Vibration wie die Fühler eines Insekts. Der Stiefel donnerte immer wieder gegen die Öffnung seiner Höhle wie eine ferngelenkte Rakete, bis er den Mann schließlich schwer atmen hörte, und die Stöße aufhörten.

»Die schnappe ich mir später, Zach. Keine Sorge.«

Cooder spähte zitternd aus seiner Höhle. Der Riese wandte sich um und ging, gefolgt von dem Jungen, aus dem Zimmer. Cooder konzentrierte sich und zwang die Ratte, ihnen zu folgen. Sie schlüpfte an der Scheuerleiste entlang, seine Barthaare prüften die Luft wie ausgestreckte Schwerter, alle Muskeln waren angespannt, für den Fall, dass der Junge oder der Mann sich noch einmal umsahen. Aber Cooder wusste, dass der Mann nicht auf die Idee kommen würde, dass die Ratte den Mut haben könnte, hinter ihm herzulaufen.

Der Riese ging einen langen, schwach beleuchteten Korridor mit einem dünnen Teppich und Wänden aus Zementbausteinen entlang. Durch eine schwere Metalltür gelangten der Mann und der Junge zu einer hölzernen Treppe. Der Junge nahm die Hand des Mannes und stieg mit ihm hinauf. Cooder spürte jede zitternde Kralle an seinen Pfoten, als er hinter den Stiefeln her die offenen Stufen hinaufkletterte. Die Ratte versuchte verzweifelt, die Kontrolle über ihren Körper zurückzubekommen. Das Licht, die offene Fläche und der riesige Mann, der über ihr aufragte, ängstigten sie zu Tode, aber Cooder ließ sie nicht los. Oben versperrte ihnen eine Falltür den Weg. Der Mann griff hinauf und öffnete sie ohne Mühe. Den Jungen hielt er immer noch an der Hand. Er hob das Kind über seinen Kopf und folgte ihm hinaus. Die Ratte kletterte hinterher. Gerade in dem Augenblick, als der Mann einen Schalter umdrehte und zwei nackte Glühbirnen an der Decke aufleuchteten, plumpste das zitternde Tier auf den Zementboden eines dunklen Raumes, der so groß war, dass die staubigen Lampen ihn nur spärlich beleuchteten. Die Decke verschwand in tiefen, schwarzen Schatten, und als die Ratte in seine Richtung sah, war auch der Mann verschwunden. Doch der Junge rührte sich nicht.

Die Ratte drückte sich wieder in die Schatten und sah zu. Sie hörte ein raschelndes Geräusch, und im nächsten Augenblick tauchte der Mann mit einem Kinderfahrrad wieder auf.

»Hier«, sagte er.
Der Junge setzte sich auf das Fahrrad und fuhr im Kreis in dem dämmerigen Raum herum, immer und immer wieder, in immer enger werdenden Kreisen, schneller und schneller. Bis er außer Atem war. Der Mann hob ihn vom Fahrrad und verschwand damit.
Der Junge stand in der Mitte des riesigen Raumes und blickte zum anderen Ende des Gebäudes, aber die Ratte konnte nicht so weit sehen. Ihre Augen waren für enge, dunkle Winkel gemacht.
»Tut mir Leid«, sagte der Mann, als er zurückkam und den Jungen wieder zu dem versteckten Eingang führte. »Wir können heute nicht lange hier oben bleiben. Es gibt Ärger.«
Cooder wusste, dass der Mann Recht hatte. Er spürte die Gefahr sowohl im Keller als auch im Wald auf sein *richtiges* Selbst zukommen. Sie näherte sich genau jetzt, in diesem Augenblick. Genau hier. Hastig trat er zwei Schritte zurück und kippte die Straßenböschung hinunter. Er landete auf Händen und Knien auf dem steilen Abhang und rutschte holpernd bis ganz nach unten. Dort vergrub er das Gesicht im hohen Gras und lauschte. Autoreifen zischten über den Asphalt, und eine Wolke von Abgasen zog brummend um die nächste Kurve. Und während der ganzen Zeit – während der Wagen sich erst näherte und dann wieder entfernte – spürte er die Gefahr, wie ein Kaninchen den Kojoten spürt, der direkt vor seinem Bau liegt. Die Gefahr war so entsetzlich, dass der Junge, der Riese und die Ratte vollständig vergessen waren. Er nahm nur noch das Hämmern

seines eigenen Herzens und den kalten Schweiß wahr, der über seine Stirn rann.

Sie ist wieder da.

Die Worte blitzten in seinem Gehirn auf, doch es dauerte eine ganze Minute, bevor er ihre Bedeutung erfasste. Er fühlte sich wie ein kleines Kind, das sich nachts unter seiner Bettdecke versteckt und auf Schritte in seinem Schlafzimmer lauscht. Sein Mund war trocken, und er erschauerte. Er presste sich so fest gegen die Böschung, dass sich spitze Kieselsteine in seine Handflächen und seine Wangen bohrten.

»Gib dir ein bisschen mehr Mühe!«

Die Worte hallten durch die Gänge seiner Erinnerung. Ein Stromstoß fuhr durch sein Gehirn und bahnte sich seinen Weg durch jede gefolterte Pore seines Körpers. Und er hatte sich noch mehr Mühe gegeben, aber nicht so, wie sie es gemeint hatte. Er konnte nichts tun, um die Schmerzen zu beenden. Er konnte die Stimme in der Dunkelheit nicht zufrieden stellen. Denn er wusste, *wenn* er sie zufrieden stellte, dann würde er mit Sicherheit sterben.

Und jetzt war sie wieder da. Die Hexe, die sich all die Jahre lang in den hintersten Regionen seines Bewusstseins, in dem tiefen, schwarzen Loch seiner Erinnerung versteckt hatte, war zurückgekehrt. Er hatte immer gewusst, dass das geschehen würde. Als das Auto mit summenden Reifen in einer Abgaswolke vorbeiflog, als die Scheinwerfer um die nächste Kurve verschwanden, war es, als hätte jemand auf ihn geschossen und ihn verfehlt. Doch jetzt war sie fort, und der Wald war wieder toten-

still. Es dauerte lange, bis Cooders Herzschlag sich wieder verlangsamte, während er immer noch nach Luft rang, aber selbst die Luft schien vergiftet von dem vorbeifahrenden Auto.
»Sie ist wieder da«, flüsterte er und spuckte Schmutz ins Gras.

38

Virgil saß gegen das Kopfbrett gelehnt im Bett und starrte den Fernseher an, ohne etwas wahrzunehmen. Er hatte keine Ahnung, was für ein Programm gerade lief. Der Ton war abgestellt, aber der flackernde Bildschirm schien eine beruhigende Wirkung auf Doris zu haben, wenn sie aufwachte, was jetzt ständig passierte. Alle paar Minuten fuhr sie hoch, öffnete die Augen und war so desorientiert wie ein frisch geschlüpftes Entenküken.
Virgil wusste, dass das Ende nahe war. Sie konnte von Glück reden, wenn sie noch bis zum Ende der Woche durchhielt. Er konnte es kaum glauben, wie schnell es in den letzten Tagen mit ihr bergab gegangen war. Leicht wie eine Feder lehnte sie an seiner Brust, und als er nach ihrem winzigen Handgelenk griff, hatte er nichts als Knochen in der Hand.
»Virgil?« Ihre Stimme war nur ein Flüstern, aber er glaubte nicht, dass das Absicht war.

»Ja?«

Sie zog ihre Hand aus der seinen und streichelte seinen Oberschenkel.

»Bist du okay?«

Er war froh, dass sie an ihm lehnte und seine Augen nicht sehen konnte. »Ob *ich* okay bin?«

Sie nickte schwach. »Du siehst nicht gut aus.«

»Aber natürlich, Schatz. Alles okay.«

»Ich habe nicht die Kraft, mich mit dir zu streiten.«

»Ich will mich gar nicht mit dir streiten.«

»Dann gib mir eine ehrliche Antwort.«

»Na gut.«

»Was wirst du tun, wenn ich nicht mehr da bin?«

Wie sollte er ihr diese Frage beantworten? Sollte er ihr sagen, dass er seine Dienstpistole aus dem Halfter nehmen, sich neben sie ins Bett legen und sich den Lauf zwischen die Zähne schieben würde, bis er ihn am Gaumen spürte, dass er dann auf den Abzug drücken und sein Gehirn über das Kopfbrett mit den Einlegearbeiten verspritzen würde? »Versuchen, weiterzumachen.«

»Du hast es versprochen.«

»Ich weiß nicht, ob ich ohne dich leben kann.«

»Wir werden bald wieder zusammen sein.«

»Ich will aber jetzt mit dir zusammen sein.«

Er wusste nicht, ob sie seufzte oder nur tief Luft holte.

»Versprich mir, dass du dir nichts antust. Du hast noch unerledigte Aufgaben hier.«

»Was für Aufgaben?«

»Du hast es noch nicht versprochen.«

»Was für Aufgaben?«

»Diese Jungen zum Beispiel.
»Jemand anderes kann diese Fälle weiterbearbeiten.«
So nah war er noch nie daran gewesen, Doris zu gestehen, was er vorhatte.
»Warum bist du am Samstag zu den Bocks gefahren?«, fragte sie krächzend.
»Wer hat dir das erzählt?«
Sie drehte den Kopf zu ihm um und lächelte.
Er versuchte, sich ihr altes Gesicht anstelle dieses neuen vorzustellen.
»Ich habe immer noch meine Informanten«, sagte sie und hustete hinter vorgehaltener Hand.
Er seufzte. »Audrey dachte, sie hätte einen Spanner gesehen.«
»Lieber Gott. Hast du herausgefunden, wer es war?«
Er schüttelte den Kopf. »Ich bin mir nicht sicher, ob wirklich einer da war.«
Doch er zweifelte nicht mehr daran. Er glaubte Audrey. Sie war sich zu sicher. Und Richard bestätigte ihre Geschichte. Was ihn jedoch wirklich erschüttert hatte, war der Trampelpfad. Auch wenn er es sich selbst nicht eingestehen wollte, wusste er aus Erfahrung, dass er von Menschen angelegt worden war. Tiere machten keine solchen Pfade. Sie gingen geradeaus vom Punkt A zum Punkt B, oder zumindest auf dem direktesten Weg, der möglich war.
»Ich habe Angst um Babs«, sagte Doris.
»Warum in aller Welt hast du Angst um Babs?«
»Sie glaubt, dass sie heute noch sterben wird.«
»Was? Wie kommt sie denn auf die Idee?«

»Babs weiß solche Sachen.«
Er seufzte laut genug, dass sie es hören konnte. Sie ließ das Thema fallen und kam auf einen anderen Gedanken zu sprechen, der sie quälte.
»Ich mache mir auch Sorgen um die junge Mrs. Bock.«
»Ich sorge dafür, dass jede Nacht einer von den Jungs dort vorbeifährt«, erwiderte er und küsste sie auf die Stirn.
Sie versuchte, sich in seinen Armen umzudrehen, aber sie hatte nicht die Kraft dazu. Er hatte keine Vorstellung, was dieses Gespräch sie kostete, aber sie atmete so schwer, als liefe sie gerade einen Marathon. »Dann planst du also *doch* etwas.«
»Ich möchte jetzt nicht darüber reden.«
»Wir werden nicht zusammen sein, wenn du das tust.«
Die Endgültigkeit in ihrer schwachen Stimme schnitt ihm ins Herz. Sie war sich ihrer Sache so sicher.
»Virgil, wenn du dir etwas antust, kommst du nicht auf die andere Seite. Jedenfalls nicht dahin, wo ich auf dich warte. Willst du mich dort die ganze Ewigkeit lang alleine lassen?«
»Nein.«
»Dann versprich es mir.«
»Ich verspreche es dir.«
»Du hast in deinem ganzen Leben noch nie ein Versprechen gebrochen, das du mir gegeben hast.«
»Ich verspreche es dir.«
»Gut.«
Sie schlief wieder ein, und Virgil benützte die Atempause, um sich Wangen und Nase mit dem Ärmel abzu-

wischen. Er hatte noch nie ein Versprechen gebrochen, das er ihr gegeben hatte.
Nur glaubte er nicht, dass er dieses würde halten können.

39

Babs schlürfte ihren Tee und starrte die Tarotkarten an, die vor ihr auf dem Tisch lagen.
Sie hatte den Tag damit verbracht, das Haus in Ordnung zu bringen. Das Geschirr war gespült, abgetrocknet und weggeräumt. Sie hatte ihre gesamte Wäsche gebügelt, zusammengefaltet und in die Kommode aus Zedernholz gelegt. Jedes einzelne Kleidungsstück war so sauber wie an dem Tag, an dem sie es gekauft hatte, und hing entweder im Kleiderschrank oder lag zusammengelegt in einer Schublade. In allen Räumen waren die Teppiche gesaugt, sie hatte den letzten Beutel aus dem Staubsauger genommen und in den Mülleimer geworfen und den Mülleimer in die Tonne entleert, die auf der vorderen Veranda stand und auf die Müllabfuhr wartete. Danach hatte sie ihre Finanzen in Ordnung gebracht, hatte alle Rechnungen beglichen und ein kurzes Testament geschrieben. Es lag in einem einfachen weißen Umschlag auf dem Tisch neben den Tarotkarten.
Sie betete inbrünstig, bekannte jeder Gottheit, die ihr einfiel, ihre Sünden und bat um Vergebung. Sie wusste,

dass sie sich vermutlich für eine davon entscheiden sollte, doch sie brachte es einfach nicht über sich. Egal, was der Pastor oder Doris glaubten, die Götter würden sich einfach einigen müssen, wer sie bekommen sollte, wenn sie bei ihnen ankam. Aber wenn sie ihrem Schöpfer schon gegenübertreten sollte, würde Babs St. Clair wenigstens in jeder anderen Hinsicht mit einer weißen Weste aufwarten können.

Etwas, das ihr Sorgen bereitete, war die Plötzlichkeit, die die Karten voraussagten. Anders konnte sie sie nicht deuten. Wenn sie sie für jemand anderen gelegt hätte, hätte sie sich ruhig entschuldigt und hätte alle ihre Freunde zusammengerufen, um die betreffende Person festzuhalten, bevor sie ihr die Bedeutung ihrer Interpretation erklärte. Das Beste, was sie aus den Karten herauslesen konnte, war, dass sie zum Himmel aufsteigen würde wie eine Heilige.

Diese Deutung ergab keinen Sinn, und wenn es nur einmal passiert wäre, hätte sie das Ergebnis für einen Witz des Schicksals oder für einen eigenen Fehler halten und sich darüber hinwegsetzen können.

Aber nicht viermal.

So saß sie also auf dem Sofa, sammelte sich, meditierte und wartete auf das Ende, das das Schicksal für sie bestimmt hatte. Sie hatte ihren inneren Frieden wiedergewonnen. Sie wusste, dass sie alles würde ertragen können, was auf sie zukam, denn sie wusste auch, dass es im großen Plan der Dinge nur ein kurzer Moment sein würde, und dass sie innerhalb eines Augenblicks ewigen Frieden erlangen würde.

Gerade tauchte sie aus der Tiefe ihrer Meditation auf, als es an der Haustür klingelte.

Audrey saß in ihrem alten Liegestuhl und blickte in den dunklen Garten hinaus. Das Dröhnen des Fernsehers im Wohnzimmer drang nur schwach durch das Fliegengitter an der Tür. Grillen zirpten im Wald, und irgendwo in der Ferne schrie eine Eule. Gelegentlich schwang sich eine Fledermaus am Mond vorbei und freute sich an der Nacht.

Seit sie sich von der betäubenden Wirkung des Halcion befreit hatte, versuchte sie ständig, Kontakt mit Zach aufzunehmen und ihr so genanntes *Talent* auszuprobieren. Während der letzten beiden Tage hatte sie ein- oder zweimal geglaubt, es sei ihr gelungen, doch dann war das Gefühl verweht wie Rauch. Auch die Bilder, die sie und Cates ausgegraben hatten, verfolgten sie. Sie spürte, dass hinter diesen Erinnerungen eine tiefere Wahrheit verborgen war, die außerhalb ihrer Reichweite lag, und sie wünschte sich verzweifelt, weiterzumachen, sich durch die Bilder hindurchzuarbeiten, wieder gesund zu werden. Und wenn Cates mit ihrem Talent Recht hatte, dann war sie sich ganz sicher, dass sie wirklich mit Zach in Verbindung gewesen war – gleichgültig was der Arzt sagte. Er war am Leben, *irgendwo*, und er brauchte sie. Der Schlüssel zu beiden Problemen lag in ihrem Bewusstsein, und die einzige ihr bekannte Möglichkeit, die Antwort zu finden, bestand in Hypnose. Sie lehnte sich in ihrem Liegestuhl zurück, schloss die Augen und begann mit den Zählsequenzen, mit denen sie die Selbsthypnose herbeiführte. Als Erstes entspannte sie die Zehen, dann die Fußgelenke, die Waden, die Oberschenkel, den Körper bis hinauf zum Hals und zum Kopf. Sie trieb in einem Universum des Nichtseins, ihre Sinne hörten auf, etwas wahrzunehmen, weil es nichts wahrzunehmen gab, bis sie nur noch ein Gedanke war. Sie spürte, dass sie fortgezogen wurde, und sie merkte, dass sie nicht tiefer in ihr Bewusstsein hineintrieb, sondern aus sich heraus, zu einem anderen Ort.

Das Dämmerlicht um sie herum nahm langsam die Form eines fensterlosen Raumes an. Durch einen Spalt unter der Tür drang Licht herein. Eine Hand wurde vor ihren Augen ausgestreckt – als wären es ihre eigenen Augen, nur kleiner – und öffnete die Tür. In diesem Augenblick wusste sie mit jeder Faser ihres Seins, dass sie nicht träumte, dass es keine Halluzinationen waren. Sie befand sich in Zachs Kopf. Sie spürte ihn genau so, wie sie ihn immer gespürt hatte, wenn er bei ihr gewesen war. So hatte sie seine Ruhelosigkeit in der Nacht gespürt. So hatte sie seinen Schmerz gefühlt, als er sich damals mit dem Küchenmesser geschnitten hatte. Sie empfand auf telepathischem Wege mit, was Zach fühlte, sah, was er sah. Er lebte wirklich! Er lebte, und er brauchte sie. Ihr Atem ging rascher, und sie setzte sich mit steifem Rücken in ihrem Liegestuhl auf.

Er wanderte einen langen, geneigten Gang entlang. Die Wände waren aus Stein oder aus Zementbausteinen, der Boden war mit einem unebenen Teppich bedeckt, so als ob sich darunter nackter Fels befände. Die Beleuchtung war schwach, nur ein paar alte, kahle Glühbirnen, und sie sah alles wie durch einen Nebel, aber Audrey wusste nicht, ob Zach diesen Nebel auch sah, oder ob er nur in ihrem eigenen Kopf existierte und ihren Blick trübte. Die Szene erinnerte sie an Filme wie *Alien*, in denen alles schwach durch blinkende Warnleuchten erhellt und in feindliche Schatten und Nebel gehüllt war.

Sie fühlte, wie Zach nach einer neu entdeckten Fähigkeit griff, wie ein Vierjähriger sich mit gefurchter Stirn auf einen Buntstift stürzen würde. Sie verstand nicht ganz, was er zustande bringen wollte, aber sie spürte seine Konzentration wie eine schwere Präsenz, die auf ihrem eigenen Geist lastete.

»Wo bist du?«, flüsterte sie.

Ihre Worte erzeugten einen winzigen Lufthauch, wie die Flügel eines Schmetterlings. Er verriet durch nichts, dass er sie gehört hatte, sondern ging einfach weiter den dämmerigen Korridor entlang und erforschte sein Gefängnis. Weiter vorne sah sie durch den Nebel auf der rechten Seite eine weitere Tür. Zach ging zögernd darauf zu. Die Türklinke mit der großen Metallplatte für das Schlüsselloch befand sich knapp unterhalb seiner Blicklinie. Die Tür selbst sah ganz normal aus. Sie war mit weißer Ölfarbe angestrichen, und Audrey sah mehrere Kratzer, durch die das glänzende Aluminium darunter zu erkennen war.

Türen und Korridore. Es war, als bestünde ihre ganze Welt aus Türen und Korridoren. Das düstere Gefängnis in ihrer gerade erst entdeckten Vergangenheit. Der lange Gang mit den verschlossenen Türen, den sie und Tara in ihrem Geist geschaffen hatten. Und jetzt dies. So

stark sie in diesem Augenblick auch Zachs Gegenwart spürte – als könne sie ihn fast berühren und den leisen Hauch seines Atems hören – so sehr beunruhigte sie diese Übereinstimmung, weckte Zweifel in ihr und berührte sie wie mit eisigen Fingern. War dies doch nur ein Trugbild ihrer Phantasie?
Es schien Minuten zu dauern, bis Zachs kleine Hand nach der Türklinke griff. Seine Finger verharrten zitternd einen Millimeter darüber, als ob sie elektrisch geladen wäre. Audrey dachte sich, dass es tatsächlich so sein könnte. Und wenn nicht elektrisch geladen, dann doch irgendwie mit Grauen durchsetzt. Sie versuchte, ihn mit reiner Willenskraft dazu zu bewegen, die Klinke nicht zu berühren, sondern zurückzuweichen und zu fliehen. Irgendwie wusste sie, dass dies nicht der Ausgang war. Sagte Zach ihr das? Oder war es die winzige Stimme in ihrem Kopf, die sie warnte, dass dies keine wirkliche Tür sei, dass sie genau wie die anderen Türen in ihrem Geist sei und dass die Hölle losbrechen würde, wenn Zach sie nun öffnete?
Doch sie hatte keine Macht über ihn. Er griff nach der Türklinke und drückte sie herunter.
Audrey fühlte das kalte Metall, als ob es ihre eigene Hand wäre, die nach der Klinke griff. Sie wurde immer tiefer in Zachs Bewusstsein hineingezogen, und sie konnte seine Gedanken nicht mehr von ihren eigenen unterscheiden. Sie sah das Schloss durch die Augen und mit dem Verständnis eines kleinen, sehr intelligenten Jungen, eines Jungen, der Dinge tun konnte, die sie ihm niemals zugetraut hätte.

Zuerst schien das Schloss vollkommen unbeweglich zu sein, aber dann gab es ein klein wenig nach, als wäre es Rost, der die Tür verschlossen hielt, und nicht ein Schloss. Zach drückte die Klinke ein bisschen weiter hinunter. Ein kratzendes Geräusch aus dem Inneren des Schlosses hallte durch den Korridor, doch es gab noch nicht nach.
Er schüttelte den Kopf und drückte noch einmal auf die Klinke. Audrey spürte, dass er versuchte sich die Funktionsweise des Schlosses vorzustellen, dass er hier gegen eine Zuhaltung drückte – in seinen Gedanken waren es Dorne –, und dort gegen eine andere. Er wusste, an welcher Stelle im Inneren des Mechanismus er sich befand, er begriff, wie das Schloss funktionierte, weil es ihm *sinnvoll* erschien. Nur so konnte er das nennen. Es war einfach sinnvoll.
Aber für Audrey ergab nichts davon einen Sinn.

40

Zach drückte, und die Tür schwang nach innen. Er wurde ein Stück weit mit in den dunklen Raum gezogen und schnappte nach Luft. Das Herz klopfte ihm bis zum Halse, und ein Fuß klopfte unaufhörlich auf den Boden. Das Geräusch erschreckte ihn, und er verlegte sein ganzes Gewicht auf diesen Fuß, damit er nicht mehr klopfte.

Ein rasierklingenschmaler Lichtstrahl fiel auf den Betonfußboden, alles andere war in Dunkelheit gehüllt. Doch er spürte keinen anderen Menschen im Raum. Manche Menschen konnte er sogar aus weiter Entfernung fühlen. Andere mussten ganz in seiner Nähe sein. Aber hier war niemand. Er biss sich auf die Lippen und tastete an der Wand auf seiner rechten Seite nach dem Lichtschalter. Über ihm leuchtete eine Glühbirne auf.

Der Raum sah aus wie der Kleiderschrank seiner Mutter. Männer- und Frauenkleider hingen von Rohrleitungen an den Betonwänden herab. Schuhe, einige davon noch in ihren Schachteln, waren auf dem Fußboden aufgereiht. In einer Ecke waren Taschenbücher aufgestapelt und verstaubten, und an der hinteren Wand stand eine überbreite Anrichte. Auf der Anrichte entdeckte er ein staubiges Fotoalbum. Er legte es auf den Fußboden, öffnete es und versuchte, in dem trüben Licht, das durch die Mäntel und die in Plastikhüllen steckenden Kleider fiel, die Bilder anzusehen.

Die Fotos waren verblasst und hatten aufgeworfene Ränder. Manche waren schwarzweiß und schienen sehr alt zu sein. Andere erkannte er als Polaroidbilder, die größtenteils unscharf waren. Fast alle waren Fotos von Kindern. Ein einzelner kleiner Junge und Zwillingsmädchen waren in allen Altersstufen abgebildet, teils zusammen und teils einzeln. Er blätterte eine weitere Seite um und starrte eine Frau an, die ihm aus einer unbekannten Vergangenheit entgegenblickte. Sie sah aus wie seine Mutter, obwohl sie um zwanzig Pfund schwerer war. Außerdem war ihr Gesicht breiter, und ihr Haar war dicht und schwarz. Er lehnte sich gegen die Anrichte, legte den Kopf zur Seite und betrachtete das Foto aus allen Blickwinkeln.

Es gab Bilder von den Kindern mit der Frau, und Bilder von ihr mit einem Mann, den er noch nie gesehen hatte. Auf der letzten Seite war ein Foto von dem Mann und der Frau und einer dritten Person, die auf der anderen Seite des Mannes stand.

Das Bild war zerrissen und hatte beschädigte Kanten, denn jemand hatte vergeblich versucht, es von seinem Untergrund zu lösen.

Der Kopf der dritten Person fehlte, und ein Schauer lief Zach über den Rücken. Als er mit den Fingern über das Foto strich, stürzten brutale Bilder auf ihn ein. Es war fast so, als befände er sich im *Inneren* des Fotos, so, wie er in das Innere eines Schlosses eindringen konnte. Doch er verstand die Hintergründe des Bildes nicht so, wie er mechanische Dinge verstand, und er hatte auch nicht das Bedürfnis, sie zu verstehen. Voller Abscheu stieß er das offene Album von sich, starrte aber immer noch das Foto an. Sein Blick war darauf gerichtet wie eine Videokamera.

Er zeigt mir das Album, dachte Audrey. Mein Gott, das sind Bilder von mir und meinen Geschwistern, und das da muss Mutter sein!

Sie fühlte Zach nun ganz intensiv, stärker, als sie ihn je gefühlt hatte, und sie wusste, dass er sie ebenfalls spürte. Sie wollte ihn in die Arme schließen und festhalten, und sie wusste, dass er sich ebenso danach sehnte, in ihren Armen zu sein. Sie spürte seine Erleichterung, endlich

Kontakt mit ihr zu haben, ebenso stark wie ihre eigene. Aber *ihre* Erleichterung dauerte nur kurz.
Sie sah, wie Zachs Finger direkt auf die Frau auf der Veranda zeigte, und eine entsetzliche Erkenntnis entlud sich wie eine Explosion aus Zachs Kopf in den ihren. Eine tief sitzende Angst, die ihr nur allzu bekannt erschien, erfasste ihr Herz.
Ihre Mutter war wieder da. *Sie* war es, die Zach entführt hatte. Genau so, wie sie Craig entführt hatte, wie sie Paula entführt hatte. Und keiner von den beiden war jemals zurückgekehrt, nachdem sie verschwunden waren.
Mutter hat ihn geholt.

41

Audrey öffnete langsam die Augen. Als sie merkte, dass sie nicht atmete, schnappte sie nach Luft, bis sie fast erstickte und husten musste, um wieder zu Atem zu kommen. Sie war schweißgebadet und zitterte heftig. Sie wusste, wo Zach war, egal, was Richard oder der Sheriff oder sonst jemand glaubte. Und sie würde ihn retten. Sie würde nicht zulassen, dass ihre Mutter ein weiteres Leben zerstörte, und ganz bestimmt nicht das Leben, das ihr teurer war als alles andere in der Welt. Aber so sehr sie auch das Bedürfnis hatte, aufzuspringen und zu Zach zu laufen, so sehr war sie auch noch in ihrer Vision gefangen.

Ohne jede Vorwarnung war das Gefühl, Zach nahe zu sein, unterbrochen worden. Sie hatte den unmittelbaren Kontakt zu ihm verloren, aber sie konnte seine Nähe immer noch spüren, wie Hitze, die von ihm ausging. Jetzt *wusste* sie ohne den geringsten Zweifel, dass ihre schrecklichen Vorahnungen, die sie überfallen hatten, als sie an dem alten Haus in der Nachbarschaft vorbeigefahren waren, auf Tatsachen beruhten. Dort wurde Zach von ihrer Mutter festgehalten. Dieses Scheusal hatte ihn direkt vor ihrer Nase entführt und hielt ihn so nahe bei ihr gefangen, dass Audrey ihn die ganze Zeit hätte berühren können. Die Wut, die in ihrer Brust tobte, presste ihr das Herz zusammen.

Sie starrte den Sattel zwischen den Bäumen an, zwischen denen nur ein paar Sterne sichtbar waren, und unsichtbare Hände zogen sie auf die Füße. Wie eine Schlafwandlerin stieg sie die Stufen der Veranda hinunter und ging über den Rasen. Als sie mitten im Garten stand, hielt sie inne, als ob sie plötzlich erwacht sei, und blickte sich um.

War die Nacht jetzt stiller als zuvor?

Wieder schaute sie zu dem Sattel hinauf. Der Mond warf knochige Schatten zwischen den Bäumen und verwandelte sie in eine Armee von Skeletten. Sie eilte durch den Garten und tauchte zwischen die Eschen am Hang. Das Gestrüpp verfing sich in ihrer Baumwollbluse und zerkratzte ihre nackten Arme. Schrammen schmerzten an beiden Händen, aber der Schmerz war fern, als nähme sie die Außenwelt durch einen der langen, dunklen Tunnel in ihrem Kopf wahr.

Als sie den Hügel zur Hälfte erklettert hatte, stolperte sie auf den Pfad, von dem Richard gesprochen hatte. Sie blickte in beide Richtungen, doch der Weg schien quer zum Hang zu verlaufen und nicht aufwärts zu führen. Also brach sie weiter durch die Eschen. Als sie zum zweiten Mal auf den Trampelpfad stieß, wurde ihr klar, dass er im Zickzack den Hang hinaufführte, und sie begann, ihm zu folgen.

Außer Atem kam sie auf dem Gipfel an. Sie hatte Seitenstechen und presste beide Hände in ihre Taille, ohne auf das Blut zu achten, mit dem sie ihre Bluse befleckte, aber auch der Schmerz konnte sie nicht aufhalten. Sie stolperte den schmalen Pfad entlang, zwischen riesigen Fichten hindurch, bis der Boden vor ihr wieder abfiel und sie in ein mondbeschienenes Tal hinuntersah. Ein kalter, grauer Mondstrahl fiel direkt auf Coonts' Farm. Sie war überrascht, wie nah sie war. Hätte der Hügel nicht zwischen ihnen gelegen, wären sie Nachbarn gewesen.

Keuchend, mit geballten Fäusten und zusammengebissenen Zähnen lief sie den unebenen Hang hinunter und trat auf die mondhelle Wiese. Hätte sie ein Schwert in der Hand gehalten, so hätte sie wie ein rächender Engel ausgesehen.

42

Das Klingeln des Telefons war wie ein Schlag ins Gesicht. Virgil war eingenickt, und er brauchte eine ganze Weile, bis er wieder wusste, wo er war.
Der Fernseher lief immer noch ohne Ton, und Doris lag auf seinem Arm, der inzwischen eingeschlafen war und pochte. Er versuchte, ihn so behutsam wie möglich unter ihr herauszuziehen und ihren Kopf auf das Kopfkissen zu betten. Dann wartete er einen Augenblick, um sich zu vergewissern, dass sie wirklich nur schlief. Schließlich nahm er das schnurlose Telefon aus dem Halter, stolperte in die Diele hinaus und schloss die Schlafzimmertür hinter sich.
»Ja?«
»Virgil? Hier ist Ken von Cranes Hardware.«
Virgil sah auf seine Uhr. Es war fast acht.
»Was ist los, Ken?« Er versuchte sich seinen Unmut nicht anmerken zu lassen, aber es gelang ihm nur schlecht.
»Ihr Deputy hat gesagt, ich soll Sie zu Hause anrufen.«
»So?« Er würde mit seinem Deputy reden müssen, welcher auch immer es gewesen war. »Was gibt's denn, Ken?«
»Also, Birch meint ja, es hätte nichts zu bedeuten. Er wollte nicht einmal kommen, um nachzusehen. Darum hat er schließlich vorgeschlagen, dass ich Sie anrufen sollte.«
»Und Sie haben sich gedacht, ich wäre nicht der Meinung, dass es nichts zu bedeuten hat?«

»Ich weiß nicht. Es ist einfach komisch, das ist alles.«

»Was ist komisch, Ken?«

»Na ja, Sie wissen ja, wir haben dieses Jahr länger offen. Wir probieren für den Sommer mal was Neues aus.«

»Hmm.« Virgil nahm sich vor, Ken noch etwa zwei Sätze zuzugestehen, um zur Sache zu kommen.

»Vor ungefähr dreißig Minuten ist Ihr Freund Mac gekommen und hat vier Zwanzig-Liter-Benzinkanister gekauft.«

»Mac?«

Was zum Teufel machte Mac an diesem Abend in Arcos? Und Benzinkanister? Das war wirklich rätselhaft. Aber es klang nicht nach einem Notfall.

»Ich fand das ein bisschen komisch«, fuhr Ken fort.

»Hat er gesagt, was er mit den Kanistern vorhat?«

»Nein.«

»Verstößt es gegen das Gesetz, Benzinkanister zu kaufen?«

»Nein.«

»Ist das alles?«

»Er sah so seltsam aus, Virgil. Irv ist es auch aufgefallen, nicht wahr, Irv?«

Virgil hörte gedämpfte Stimmen im Hintergrund.

»Inwiefern seltsam, Ken?«

»Als wäre er auf Drogen oder so was. Er hat mir kein einziges Mal in die Augen gesehen. Er stand nur am Tresen, hat gesagt, was er wollte und den Zettel für die Kreditkarte unterschrieben. Und das war auch komisch. Er hätte fast seine Kreditkarte auf dem Tresen vergessen. Ich musste sie ihm in die Jackentasche stecken.«

»Sah er so aus, als ob er getrunken hätte?« Soweit Virgil wusste, hatte Mac noch nie ein Alkoholproblem gehabt. Er suchte nur nach einer Erklärung.

»Nein«, sagte Ken. »Er hat nicht geschwankt und auch nicht genuschelt. Er wirkte nur benommen, wenn Sie wissen, was ich meine.«

Ken und Irv begannen, aufeinander einzureden, aber Virgil konnte nur Bruchstücke ihres Gesprächs verstehen.

»Er ist wieder da«, sagte Ken schließlich.

»Im Laden?«, fragte Virgil.

»Nein. Irv sagt, er parkt vor Babs St. Clairs Haus und steigt gerade mit den Kanistern aus.«

In Virgils Kopf schrillten Alarmglocken.

»Ich bin sofort da!«, rief er und warf das Telefon auf den Wandtisch in der Diele.

43

Adler saß mit hochgezogenen Lefzen auf dem Beifahrersitz. Er liebte es, durch die Hügel zu fahren, wo der Wagen sich ständig hob und senkte. Er passte seinen agilen Körper der Bewegung an und spürte die Kraft des Motors unter seinen Pfoten. Gelegentlich beleuchteten die Scheinwerfer eine leichte Bewegung in den Bäumen, die seine Herrin nicht wahrnahm. Dann hob er das Kinn und spähte in die Dunkelheit, während der Wagen vorbeiflog, und stellte sich vor, wie er durch die feuchte Stille hinter dem schnellen Tier herjagte und versuchte, es zu erwischen, bevor es sein Versteck erreichte.

Tara rutschte neben ihm auf ihrem Sitz hin und her, und Adler sah zu ihr hinüber. Die Erregung seiner Herrin übertrug sich sofort auf ihn, und er begann, sich unruhig auf seinem eigenen Platz zu winden. Tara war immer wieder die gleiche Strecke hin- und hergefahren, was den Hund nervös gemacht hatte, zumal sie den Wagen jedes Mal mit einer abrupten Kehrtwendung ins Schleudern gebracht hatte. Als Tara aufseufzte, schien die Spannung im Wagen nachzulassen, und der Hund beruhigte sich ein wenig.

»Man muss nun einmal tun, was man tun muss, Adler«, sagte Tara und betastete eine kleine, automatische Pistole in ihrem Schoß. »Ich schiebe das Unvermeidliche immer weiter auf. Das sieht mir überhaupt nicht ähnlich.« Sie sah hinüber und lächelte, und Adler entspannte sich noch mehr. Er senkte den Kopf, und sie tätschelte ihn freundlich.

»Alles klar, alter Freund?«, fragte Tara.

Adler verstand natürlich nicht, was sie sagte, doch er hörte die Zuneigung in ihrer Stimme und reagierte darauf, indem er ihren Arm mit der Nase anstupste und darum bettelte, noch einmal gestreichelt zu werden.

Tara lachte und belohnte den Hund mit einem herzhaften Kraulen hinter den Ohren. Doch als sie die Hand zurückzog und ihre Aufmerksamkeit wieder der Straße zuwandte, wurde ihr Gesicht hart. »Ich tue, was ich tun muss, Adler. Ich habe keine andere Wahl. Ich fürchte, ich kann es nicht noch länger aufschieben.«

Adler legte sich in eine scharfe Kurve und suchte mit scharfen Krallen auf dem Sitz Halt.

»Ich habe gedacht, die Türen würden für immer halten. Ich habe mich geirrt. Es war Zach. Als Zach verschwunden ist, muss der Stress zu viel für Audrey geworden sein. Ich hätte es kommen sehen sollen. Aber wenn Cates nicht angefangen hätte, zu graben … und dann musste diese verdammte St. Clair auch noch anfangen, echtes Talent zu zeigen. Es war ein einziges Verwirrspiel. Wer wäre je auf die Idee gekommen, dass Audrey mit einer Hellseherin reden könnte, Herrgott noch mal? Audrey hatte vermutlich genauso viel mit Babs' Durchbruch zutun, wie Babs mit ihr. Was für ein unglaubliches Durcheinander!«

Adler spürte die wachsende Besorgnis in der Stimme seiner Herrin und wurde ebenfalls unruhig. Er hob erst ein Bein, dann das andere und balancierte mit seinem knochigen Hinterteil auf dem Lederpolster.

»Ich wünschte, ich hätte genug Zeit, mir eine andere Lösung einfallen zu lassen. Nichts würde ich lieber tun, als die Grenzen von Babs' Talenten auszuloten. Aber ich kann nicht riskieren, dass eine von beiden sich erinnert.«

Tara nickte. Sie redete mehr mit sich selbst als mit Adler, obwohl der Hund auch das kleinste Flüstern hörte.

»Warum konntest du die Dinge nicht ruhen lassen, Audrey? Es bestand keine Gefahr für dich. Ich hätte dir nie etwas getan. Warum konntest du nicht einfach vergessen, wie ich es dir beigebracht hatte?«

Adler wimmerte und hechelte leise und hielt seiner Herrin ehrerbietig die gesenkte Nase hin. Tara streichelte noch einmal seinen Hals, und als ihre Hand zu der Pistole zurückkehrte, war an ihren Augen zu erkennen, dass sie einen endgültigen Entschluss gefasst hatte. Diesmal war sie die Straße viel weiter hinaufgefahren als vorher, und als sie endlich einen Platz entdeckte, an dem sie wenden konnte, riss sie den Wagen heftig herum und fuhr den Weg zu Richards und Audreys Haus zurück.
»Wir tun, was wir tun müssen, Adler, nicht wahr?«
Der Hund bellte leise, und Tara lächelte.

44

Richard war gerade auf die Veranda hinausgegangen, um nach Audrey zu sehen, als sie aus dem Unterholz auf den Sattel über ihm hinaustrat, und der Mond ihren Rücken beschien. Sein erster Gedanke war, dass er den geheimnisvollen Besucher vor sich hatte, doch dann erkannte er Audreys leuchtend rote Bluse und ihren goldenen Haarschopf.
»Audrey!«, schrie er, sprang auf den Rasen hinaus und hob sich auf die Zehenspitzen, um über das Gebüsch hinwegsehen zu können. »Audrey! Komm zurück!«
Sie beachtete ihn nicht und verschwand zwischen den Bäumen wie ein erschrecktes Reh.
Richard schüttelte den Kopf. Natürlich wollte sie zu

Coonts' Haus. Wo sollte sie sonst hinwollen? Und was würde sie tun, wenn sie dort war? Virgil hatte gesagt, sie sollten Merle Coonts in Ruhe lassen und die Ermittlungen ihm überlassen. Er würde sich darum kümmern, wenn Merle unbefugt ihr Grundstück betreten oder Schlimmeres getan hatte. Richard hatte Virgil gesagt, er sei sicher, dass der nächtliche Besucher nicht Merle Coonts gewesen sei. Die Spuren waren zu klein gewesen. Er wusste nicht, wer sie hinterlassen hatte, doch sie stammten nicht von einem so großen Mann, wie Merle es nach Virgils Beschreibung war.

»Lieber Gott, Audrey«, murmelte er und rannte zum Auto. Wenn er den Abhang hinauflief, würde er sie nicht mehr einholen, aber er konnte ihr den Weg abschneiden, bevor sie das Haus erreichte.

Er schlug die Autotür zu und suchte in seiner Tasche nach dem Zündschlüssel. Dabei zitterte er so heftig, dass er beide Hände benützen musste, um ihn ins Zündschloss zu stecken. Er griff nach dem Lenkrad, lauschte auf das Aufheulen des Motors und versuchte, sich zu fassen und seinen hämmernden Herzschlag zu beruhigen. Dann brauste er rückwärts die Einfahrt hinunter und bog so abrupt in die Straße ein, dass er fast die Kontrolle über den Wagen verloren hätte und ihm der Geruch von verbranntem Gummi in die Nase stieg. Der Wagen hob fast ab, als er den höchsten Punkt des Hügels erreichte, und als er die Farm vor sich auftauchen sah, hielt er auf der Wiese Ausschau nach Audrey. Dabei musste er die Fahrt auf Schritttempo verlangsamen. Er spähte über den verrosteten Stacheldrahtzaun hinweg in das hohe Gras und versuchte, die fernen Schatten an der Baumlinie auszumachen.

Da war sie. Wie ein Geist glitt sie durch das Mondlicht. Ihr Anblick, wie sie so allein in der Dunkelheit über die offene Wiese lief, berührte den tiefsten Schmerz in Richards Seele. Seit über einem Jahr war sie so allein in der Dunkelheit gewesen, hatte nach ihrem Sohn gesucht. Und er war nicht für sie da gewesen. Er hatte alles in sich hineingefressen. Er hatte sich in dem gottverdammten Keller versteckt und sie mit ihrem Schmerz alleine gelassen.

Er sah die Straße hinauf und hinunter, aber an dieser Stelle gab es fast keinen Seitenstreifen, nur tiefe Straßengräben auf beiden Seiten. Ihm blieb nichts anderes übrig, als in Merle Coonts' Einfahrt einzubiegen und seinen Wagen hinter dem Sattelschlepper abzustellen, obwohl das Heck des Camry fast bis auf die Straße ragte. Im Haus brannte kein Licht mehr, und er hoffte, dass niemand ihn gehört hatte. Mit etwas Glück konnte er Audrey zu fassen bekommen, sie ins Auto befördern und nach Hause bringen, ohne dass jemand etwas merkte.

Er rannte um das dunkle Haus herum, bis er die Wiese wieder überblicken konnte, aber da, wo sie seiner Meinung nach hätte sein müssen, konnte er keine Spur von ihr erkennen. Er versuchte, leise durch das hohe Gras am Haus entlang auf die Scheune zuzulaufen, stolperte jedoch immer wieder auf dem unebenen Boden.

Bei den Bäumen bewegte sich etwas; es könnte Audrey sein, aber er war sich nicht sicher. Der Mond war hinter einer Wolke verschwunden, und die Nacht war noch dunkler als zuvor. Er wünschte sich verzweifelt, er könnte nach ihr rufen, damit sie wusste, dass er hier war. Aber wenn sie wieder eine ihrer Nachtangstattacken hatte, würde sie ihn nicht einmal hören, und er wollte niemanden im Haus aufschrecken. Er trat zwei Schritte weit auf die offene Wiese hinaus, den Blick auf die Ecke der Scheune gerichtet.

45

Als Virgil Babs' Haus erreichte, standen Ken und Irv vor dem Eisenwarenladen, und zwei oder drei andere Leute redeten lautstark auf sie ein. Flackerndes Licht drang durch die Vorhänge, und Virgil musste an die Benzinkanister und an den Wald von Kerzen in Babs' Wohnzimmer denken.

»Sagen Sie mir, was passiert ist, Ken«, verlangte Virgil und zog ihn von der Gruppe fort.

»Er hat drei von den Benzinkanistern in Babs' Haus getragen«, antwortete Ken und nickte, als hätte er schon die ganze Zeit gewusst, dass Mac genau das vorhatte.

»Von wo aus?« Virgil suchte mit den Augen nach Macs Wagen.

»Aus seinem Auto«, antwortete Ken und deutete um die Ecke, wo ein blauer Ford neben dem Stoppschild stand. Virgil starrte den Wagen ungläubig an. Er hatte keinen Beweis dafür, aber in diesem Augenblick war er sich absolut sicher, dass es derselbe Wagen war, der ihm gefolgt war, derselbe, der ihn um ein Haar umgebracht hätte. Der Gedanke, Mac könnte diesen Wagen gefahren haben, erschien ihm völlig sinnlos, aber das war der Gedanke, dass er gerade drei Benzinkanister in Babs' Haus getragen hatte, auch.

»Wie lange ist das her«, fragte er.

»Vielleicht zehn Minuten.«

»Bleiben Sie hier«, befahl Virgil laut und blickte in die Runde, um sich zu vergewissern, dass niemand in der sich ansammelnden Menschenmenge auf andere Ideen kam. Was auch immer hier vorging, es war nicht gut. Und Virgil war absolut nicht glücklich über die Tatsache, dass Babs ihn vor schlimmen Dingen gewarnt hatte, genau wie Cooder. Sie hatte sich nicht genauso ausgedrückt, aber er bekam Cooders Worte nicht aus dem Kopf. Sie trieben sich darin herum wie der Text eines Liedes.

Virgil hatte Birch über Funk angerufen, bevor der das Haus verlassen hatte. Hinter sich hörte er bereits die Sirene des näher kommenden Streifenwagens. Als er die Stufen zu Babs' Veranda hinaufstieg, öffnete er sein Pistolenhalfter. Benzindunst stieg ihm in die Nase, und sein Mund wurde trocken. Unwillkürlich malte er sich aus, wie er auf den Abzug der Pistole drückte, wie ein Feuerstrahl aus der Mündung schoss und die Benzindämpfe entzündete. Er konnte sich vorstellen, mit was für einem Knall das Benzin explodieren würde.

Großer Gott!

Er klopfte an die Tür, bekam jedoch keine Antwort.

»Babs?«
Immer noch nichts, aber direkt vor der Haustür war der Benzingeruch noch stärker. Er fragte sich, wie dick der Dunst sein musste, bevor die Kerzen in Babs' Wohnzimmer das ganze Haus in die Ewigkeit katapultieren würden. Adrenalin rauschte durch seine Adern wie Dampf durch ein Heizungsrohr. Seine Hand zitterte, als er nach dem Türknauf griff.
»Babs?«, rief er noch einmal und öffnete die unverschlossene Tür.
Der Benzindunst schlug ihm direkt ins Gesicht, und er schnitt eine Grimasse. Die Szene, die er vor sich sah, erinnerte ihn an etwas, das er schon einmal gesehen hatte. Vielleicht im Kino oder in einem Ausschnitt aus einem Film.
Langsam, wie in Zeitlupe, zog er seine Pistole und richtete sie auf Macs Rücken. Mac zielte mit seiner eigenen Waffe auf Babs, die sich in aller Ruhe mit Benzin übergoss. Die Haare klebten ihr am Kopf, und sie blinzelte, hustete und keuchte. Aber dennoch schüttete sie den restlichen Inhalt des Kanisters über sich. Als Virgils Augen von ihr zu Mac flogen, sah er, dass dessen Anzug ebenfalls mit Benzin getränkt war.
»O mein Gott«, stieß Virgil hervor, als Mac sich zu ihm umwandte.
»Hallo, Virg«, sagte Mac. Seine Stimme war so ruhig und sein ganzes Verhalten so gelassen, dass Virgil einen Augenblick lang fest überzeugt war, zu träumen.
»Was machst du da, Mac?«, fragte er mit beherrschter Stimme und gefasster Miene. Auf der Tischplatte be-

merkte er Benzinpfützen, so nah an den zischenden Kerzen, dass er es kaum fassen konnte, dass sie sich noch nicht entzündet hatten. Vielleicht war das alles nur ein Witz. Vielleicht war ja Wasser in den Kanistern. Doch der überwältigende Benzingeruch strafte diese Überlegungen Lügen. Er griff lediglich nach jedem Strohhalm, und wenn er nicht schnell etwas tat, würde dieser Strohhalm in Flammen aufgehen wie eine Leuchtrakete.

Mac zuckte die Achseln. »Babs und ich werden uns den anderen anschließen. Unsere Zeit ist gekommen.«

Seine ruhigen Worte sagten Virgil etwas Entsetzliches, doch in Macs Augen war nichts davon zu sehen.

»Mac«, sagte Virgil und trat einen Schritt vor, die Pistole immer noch auf seinen Freund gerichtet. »Du musst jetzt die Pistole auf den Boden legen und mit mir auf die Veranda rauskommen.«

Er warf einen Blick zurück auf die offene Tür und hoffte, dass die frische Luft einen Teil des Benzindunstes hinaustreiben würde. Es war kaum zu glauben, dass die Dämpfe die Kerzen noch nicht erreicht hatten oder noch nicht dicht genug waren, um zu explodieren und sie alle drei zur Hölle zu befördern, aber er wusste, dass es nur noch Sekunden dauern konnte, bis es so weit war.

Mac schüttelte den Kopf. »Wir *wollen* sterben«, beteuerte er und bat Babs mit seinem Blick um Zustimmung.

Babs schaute den Sheriff an und schüttelte den Kopf. »Sie können hier nichts mehr tun, Virgil«, sagte sie. »Sie müssen machen, dass Sie hier rauskommen, bevor Ihnen noch was passiert.«

»Babs«, erwiderte Virgil. »Ich möchte, dass Sie ganz langsam aufstehen und zur Tür gehen.«
»Das lässt er nicht zu«, erwiderte sie und deutete mit dem Kopf auf Mac, der immer noch mit demselben ausdruckslosen Gesicht dastand. »Er erschießt mich, wenn ich mich bewege.«
»Stehen Sie auf«, befahl Virgil.
Babs zuckte die Achseln und stellte den Kanister langsam auf das benzingetränkte Sofa. Sie versuchte, aufzustehen, aber Macs Aufmerksamkeit richtete sich sofort wieder auf sie, und er hielt seine Pistole direkt vor ihr Gesicht.
»Mac!«, rief Virgil und richtete seine eigene Pistole auf Macs Rücken. »Leg die Pistole hin. Du hast keinen Grund, das zu tun. Komm zu dir. Du kennst diese Frau doch gar nicht!«
Aber Babs schüttelte wieder den Kopf. »Doch, er kennt mich«, sagte sie ruhig. »Mac und ich waren zusammen in der Hölle.«
»Was?«, stieß Virgil hervor, dessen Konzentration jäh ins Wanken geriet.
Babs sah Mac gerade in die Augen. »Erinnerst du dich, Mac? Erinnerst du dich an Perkins?«
Virgil war verblüfft. »Du warst in Perkins, Mac?«
Aber Mac beachtete ihn nicht. Sein Blick war immer noch auf Babs gerichtet. »Jetzt werden wir alle zusammen sein, Babs«, flüsterte er. »Und alles wird wieder gut. Fühlst du das nicht?«
Zu Virgils Überraschung nickte Babs und legte dem Mann tröstend die Hand auf die Schulter. Der Lauf sei-

ner Pistole berührte fast ihre Nase. »Ja, Mac«, sagte sie sanft. »Ja. Es wird alles gut werden. All die schrecklichen Träume werden aufhören. Du hast diese Träume auch gehabt, nicht wahr?«
Mac nickte, und ein Hauch von Trauer flog über sein unirdisch stilles Gesicht. »Ich will sie nicht mehr sehen.«
»Mac«, fiel Virgil ein. »Der Mann in dem Auto, das warst du. Du bist mir nachgefahren, oder?«
Mac drehte sich zu ihm um, und zum ersten Mal sah Virgil Gefühle in den Augen seines Freundes. Trauer. Er nickte langsam.
»Warum, Mac? Du hast mich fast umgebracht.«
»Es tut mir Leid, Virgil.« Mac blinzelte. »Es tut mir furchtbar Leid.«
Virgil merkte, dass er fast zu ihm durchdrang. Dass er nahe daran war, Mac zu erreichen und die Situation unter Kontrolle zu bringen. Doch das Kerzenlicht spiegelte sich immer noch in Benzinpfützen.
Babs sah an Mac vorbei zu Virgil hinüber. »Sie müssen jetzt rausgehen.«
Virgil schüttelte den Kopf. »Ich gehe nicht ohne euch beide.«
Aber alles geschah viel zu schnell. Die Benzindämpfe explodierten nicht, wie Virgil es erwartet hatte. Stattdessen leckten im Bruchteil eines Augenblicks Flammen von den Kerzen über den Tischrand, folgten einer unsichtbaren Benzindunstspur durch die Luft und sprangen auf Macs Anzug über. Er taumelte vorwärts, und die Flammen erfassten Babs. Von dort aus rasten sie über den Fußboden zum Sofa, sprangen die Wände hinauf

und über die Zimmerdecke. Eine Welle aus glühender Hitze brach über Virgil herein. Unfähig, alles, was er sah, auf einmal zu erfassen, nahm er nur Einzelheiten auf.

Babs' Gesicht schmolz wie Plastik, und sie stürzte rücklings auf das brennende Sofa. Ihre Augen, deren Lider weggebrannt waren, traten aus den Höhlen. Ihr Haar verwandelte sich in eine gigantische Kerzenflamme, als ihr Kopf in unheimlichem Schweigen von einer Seite zur anderen schwankte.

Mac, der sich in eine menschliche Fackel verwandelt hatte, schlug vergeblich auf seine Brust und sein Gesicht ein – als hätte er es sich im letzten Augenblick anders überlegt –, dann stürzte er zu Boden und verschwand in Feuer und Rauch.

Und die Kerzen!

Sie schmolzen alle gleichzeitig, als hätte ein riesiges Vergrößerungsglas das ganze Licht der Sonne auf sie gerichtet. Zerflossen auf dem runden Tisch, der bereits ganz in Flammen stand.

Hände auf seinen Schultern.

Sie zogen ihn rückwärts aus der Tür und die Stufen der Veranda hinunter. Das Feuer schlug aus der Haustür und griff nach ihm.

Das Heulen von Sirenen zerriss seine Ohren.

Frauen kreischten.

Menschen rannten umher.

Jemand schrie ihn an.

»Was?«, stammelte er, unfähig die Augen von der Vorderseite des Hauses abzuwenden, wo die Flammen bereits bis zu den Dachrinnen emporschlugen. Die Hitze war unvorstellbar. Natürlich. Wenn man ein paar Kanister Super in ein Wohnzimmer goss, dann musste das passieren. Wenn er die Tür nicht geöffnet hätte, als er hereinkam, wäre vermutlich das ganze verdammte Haus in die Luft geflogen.

Es war Birch gewesen, der in das Inferno geeilt war, um ihn zu retten, und Virgil versuchte, sich auf sein Gesicht zu konzentrieren. Birch starrte ihn mit weit aufgerissenen Augen an und blickte immer wieder über die Schulter zu dem sich ausbreitenden Feuer hinüber.

»Was zum Teufel ist passiert, Virg?«

»Ken hatte Recht«, murmelte Virgil. »Mac war verrückt. Er hat das Benzin hergebracht, sich und Babs damit übergossen und alles angezündet.«

Nun, das entsprach nicht ganz der Wahrheit. Mac hatte das Feuer nicht *entzündet*. Das hatten die Kerzen getan. Aber es war keinesfalls ein Unfall gewesen.

»Donnerwetter«, stammelte Birch.

»Virgil!«, schrie Marg und packte ihn an beiden Armen. Sie war mehr außer Atem, als er es je erlebt hatte. Sie musste den halben Block vom Krankenhaus bis hierher gerannt sein. »Mein Gott, bist du okay? Ich habe den Kopf aus dem Fenster gestreckt, als ich Birchs Sirene hörte, und im nächsten Augenblick ging das Haus in Flammen auf. Was ist passiert. Ist Babs okay?«

»Nein.«

»Oh Gott.«

Virgil nickte. »Komm her, Marg.« Er zog sie zur Seite und bedeutete Birch, dafür zu sorgen, dass sie ungestört blieben. Der erste Löschzug war gerade mit quietschenden Reifen neben seinem Streifenwagen zum Stehen gekommen. Männer zogen Schläuche heraus, und der Einsatzleiter wollte auf Virgil zugehen, aber Birch hielt ihn auf.

»Was ist passiert?«, fragte Marg und starrte über Virgils Schulter hinweg das Dach an, wo die Schindeln bereits zu qualmen begannen. Das Haus brannte wie Zunder, und das Benzin verwandelte das Holzfeuer in einen wütenden Feuersturm. Sie mussten bis auf die Straße zurücktreten.

»Als ich zur Tür reinkam, hatte Mac eine Pistole auf Babs gerichtet und hat sie gezwungen, sich mit Benzin zu übergießen. Er selbst war bereits voller Benzin.«

»Ach du Scheiße!«

»Genau. Die Kerzen haben den Benzindampf entzündet, und das ganze Haus ist in Flammen aufgegangen.«

»Und Babs hatte keine Chance, zu entkommen?«

»Mac hatte die ganze Zeit die Pistole auf sie gerichtet.«

»Das ist doch völlig verrückt. Warum zum Teufel hat er das getan?«

»Es war seltsam. Mac geht zu Cranes und kauft vier Benzinkanister. Er füllt die Kanister, geht damit zu Babs' Haus und übergießt sie und sich selbst mit Benzin. Als ich die Tür aufmache, ist er so völlig cool, und Babs sitzt da und gießt Benzin über sich, als ob es eine warme Dusche wäre. Mac hat immer wieder gesagt, sie würden mit den *anderen* vereint werden. Und Babs hat gesagt, dass sie beide in Perkins waren. Fällt dir dazu was ein?«

»Babs hat in den achtziger Jahren eine Weile in Perkins

gearbeitet. Ich dachte, das wüsstest du. Aber ich habe nicht gewusst, dass Mac auch dort gearbeitet hat.«

»Offensichtlich war er kein Angestellter.«

»Oh, das habe ich nicht gewusst. Glaubst du, er hat vielleicht einen Groll gegen Babs gehegt?«

Virgil schüttelte den Kopf. »Den Eindruck hatte ich nicht. Es war mehr so, als wären sie alte Freunde. Warum hat Babs einfach so dagesessen?« Er starrte ins Gras und sah zu, wie das Licht des Feuers darauf zuckte. »Er war verdammt ruhig. Als ob es ihm überhaupt nichts ausmachen würde, dass er gerade Babs ermorden wollte und Anstalten machte ... sich selbst zu verbrennen. Könnte es sein, dass er hypnotisiert war?«

Marg schüttelte den Kopf. »Das ist ziemlich unwahrscheinlich, Virg. Hypnose ist eine ausgesprochen komplizierte Sache, und nicht jeder ist empfänglich dafür. Und selbst wenn man es ist, sagt die Theorie, dass man unter Hypnose nichts tut, was man nicht auch tun würde, wenn man wach ist. Man könnte Babs dazu kriegen, still zu sitzen, solange sie nicht weiß, dass es Benzin ist. Ich glaube, man könnte sie unter Hypnose davon überzeugen, dass es Weihwasser oder sonst etwas ist, was ihr da über den Kopf gegossen wird. Aber ich kann nicht glauben, dass man jemanden dazu bringen kann, einen anderen Menschen zu töten, wenn derjenige es nicht selbst will. Glaubst du, dass beide hypnotisiert waren?«

»Babs schien völlig klar im Kopf zu sein. Sie wollte sich nicht bewegen, weil sie Angst hatte, dass Mac sie erschießen würde. So was Blödes. Sie wusste doch, dass er im Begriff war, sie beide anzuzünden.«

Aber Babs hatte sich benommen, als ob sie eine Prophezeiung erfüllen würde. Sie hatte Doris gesagt, dass sie sterben würde, und sie war gestorben. War das Wissen, dass ihre Vorhersage eingetroffen war, es wert, sich verbrennen zu lassen?

»Menschen reagieren manchmal seltsam unter Stress.«

»Und wenn *Mac* nicht wusste, was er tat?«

»Wie meinst du das?«

»Könnte ein Hypnotiseur *ihn* nicht davon überzeugt haben, dass es kein Benzin war? Mac hat das Feuer nicht *angezündet*. Er hat nichts anderes getan, als Babs zu zwingen, sich mit Benzin zu übergießen. Was wäre, wenn er gedacht hat, es wäre etwas anderes?«

»Was denn?«

»Ich weiß es nicht! Ich versuche nur, mir eine Theorie zurechtzulegen.«

»Eine ziemlich wilde Theorie, Virgil. Für mich klingt das so, als ob Mac schon die ganzen Jahre ein bisschen plemplem war und sich auf Babs versteift hat, die er von seiner Zeit in der Klinik her kannte. Er wäre nicht der Erste, der so durchdreht.«

»Vielleicht. Halt dich jedenfalls fern und sieh zu, dass dir nichts passiert.« Virgil trat zu Birch und dem Feuerwehrkommandanten. Dieser rief gerade einem seiner Männer, der Absperrungsband um den Vorgarten spannte, Befehle zu. Die ersten Schläuche begannen gerade zu spritzen. Doch Babs' Haus war bereits verloren, und alle Anwesenden wussten es. Ihre Kerzen waren dahin, ihre Karten waren dahin, ihre seltsamen Vorhänge und ihr mit Kunstfell bedecktes Sofa waren dahin. Alles, was Babs St. Clair zu der Person gemacht hatte, die sie gewesen war, ging mit ihr dahin und zog in schwarzen Rauchspiralen gen Himmel. Virgil starrte die wogenden, ebenholzschwarzen Rauchschwaden an, die vom Feuer hell erleuchtet vor dem Himmel standen. Flammen züngelten unter den Dachrinnen hervor und brachen durch die geschmolzenen Fensterscheiben.

Geh mit Gott, Babs. Ich hoffe, du kommst dahin, wo du sein möchtest.

Virgil gab dem Feuerwehrkommandanten alle Informationen, die er hatte, und befahl Birch, die Menschenmenge unter Kontrolle zu halten und Macs und Babs' nächste Verwandte zu kontaktieren. Dann ging er die Straße hinunter zu Ken und Irv, die immer noch vor ihrem Laden standen und die Show verfolgten. Ken kam aus der wimmelnden Menge auf ihn zu, um ihn zu begrüßen.

»Virg! Heiliger Strohsack. Sie wären fast gebraten worden!«

»Nein, Ken, ich bin okay.«

»Das war knapp! Ich habe gesehen, wie Birch Sie von der Veranda gezogen hat. Es sah aus, als würden die Flammen an Ihrem Gesicht lecken!«

»So schlimm war es wirklich nicht, Ken.«

»Babs?«

Virgil schüttelte den Kopf.

»Scheiße«, sagte Ken.

»Ja. Hören Sie, Ken, Sie haben doch gesagt, Mac sei ziemlich daneben gewesen, als er zu Ihnen reinkam?«

»Ja. Es war, als ob er tief in Gedanken wäre. Und das

muss er ja wohl auch gewesen sein, wenn er vorhatte, sich selbst und noch jemand anderen umzubringen. Er ist tot, oder?«

»Ja, er ist tot.«

»Was haben Sie da drin gesehen, Virg? Was ist passiert?«

»Darüber möchte ich jetzt lieber nicht reden. Nicht solange die Ermittlungen noch nicht abgeschlossen sind.«

»Natürlich, das verstehe ich.«

»War sonst noch jemand hier irgendwo, der verdächtig aussah?«

»Na ja, ich weiß nicht, was Sie unter verdächtig verstehen, Virg. Da war eine Frau.«

»Was für eine Frau?«

Ken runzelte die Stirn. »Fuhr ein leichtes Kabrio, einen Ford, glaube ich. Sie hat neben Mac geparkt, als er die Kanister in sein Auto geladen hat, und dann haben sie eine oder zwei Minuten lang miteinander geredet, glaube ich. Ich konnte nicht viel von ihr sehen, weil Macs Auto dazwischen stand.«

»Wie hat sie ausgesehen?«

»Wie gesagt, ich konnte nicht viel sehen. Sie hatte kurze, graue Haare. Daran erinnere ich mich.«

»Wie alt?«

»Ende vierzig vielleicht. Attraktiv.«

»Das ist alles, woran Sie sich erinnern?«

»Hast du sie gesehen, Irv?«, fragte Ken.

Irv schüttelte den Kopf. »Ich erinnere mich an ihr Auto. Da saß ein großer Dobermann drin.«

»Ja«, rief Ken. »Das stimmt. Ich habe den Hund vergessen.«

»Wie lange ist es her, dass sie weggefahren ist?«, wollte Virgil wissen.

»Eine Stunde. Vielleicht auch anderthalb.« Irv sah Ken an, der nickte. »So lange ist es auch ungefähr her, dass Mac losgefahren ist. Ich nehme an, er wollte Benzin holen. Hat ziemlich lange dazu gebraucht, wenn ich so darüber nachdenke. Aber er war nicht so, wie er sein sollte, nicht wahr, Virg? Vielleicht musste er erst seinen Mut zusammenkratzen.«

»Glauben Sie, dass die Frau etwas mit dem Feuer zu tun hatte?«, fragte Ken und sah zu der Flammenhölle hinüber, zu der Babs' Haus geworden war.

»Haben Sie gesehen, in welche Richtung sie gefahren ist?«, fragte Virgil, ohne Kens Frage zu beachten.

Beide Männer schüttelten die Köpfe. »Ich habe nicht gesehen, wie sie losgefahren ist. Eben war sie noch da, dann waren sie und Mac verschwunden. Wir hatten Kunden.«

Virgil bedankte sich und ging zur Brandstelle zurück. Die Mehrzahl der Zuschauer drängte sich auf dem Bürgersteig auf der gegenüberliegenden Straßenseite zusammen. Zwei weitere Löschzüge waren eingetroffen; das Wasser spritzte im Bogen über den Himmel in die tobenden Flammen, aber das Gebäude brach bereits in sich zusammen. Virgil hatte den Eindruck, dass Mac das ganze untere Stockwerk mit Benzin bespritzt haben musste, bevor er sich selbst und Babs damit übergossen hatte.

Virgil konnte nicht begreifen, wie jemand einen Mann dazu bewegen konnte, sich selbst oder jemand anderem so etwas anzutun. Er stellte sich vor, er wäre selbst in Flammen gehüllt, wie seine Haut zerreißen, seine Nerven toben, seine Muskeln den Gehorsam verweigern würden und die Hitze sein Fleisch in Kohle verwandeln würde.

Großer Gott, was für eine Art zu sterben.

Birch lehnte mit dem Funkmikrophon in der Hand an der offenen Tür seines Streifenwagens. »Glauben Sie, Mac war verrückt?«, fragte er, als Virgil neben ihm stehen blieb.

»Vielleicht hatte er sich nicht unter Kontrolle.«

»Ich würde sagen, das war offensichtlich.«

Er entdeckte Carl Robinson, den Herausgeber der Lokalzeitung, der versuchte, sich durch den Kordon hindurchzudrängen. Virgil gab einem seiner Deputys ein Zeichen mit der Hand, und Carl wurde höflich abgedrängt. Später war noch Zeit genug, sich mit ihm zu befassen.

»Ich meine, vielleicht hat jemand ihn dazu *veranlasst*, das zu tun«, erklärte er. »Warum hat er *hier* im Metallwarenladen Benzinkanister gekauft, wenn er sowieso vorhatte, herzufahren und Babs umzubringen.«

»Man kann nicht nachvollziehen, was im Kopf eines Wahnsinnigen vorgeht. Wahrscheinlich war es die Eingebung eines Augenblicks. Wissen Sie etwas, das ich nicht weiß, Virgil?«

»Alles, was ich weiß, ist, das mehr an der Sache dran ist, als man auf den ersten Blick sieht. Fragen Sie Marg, wo die alten Krankenberichte von der Nervenheilanstalt Perkins hingekommen sind. Und dann stellen Sie fest,

was ich tun muss, um sie einsehen zu können. Wenn ich einen Gerichtsbeschluss dazu brauche, machen Sie sich dran, einen zu besorgen.«
Birch runzelte die Stirn. »Perkins?«
»Anscheinend war Mac vor ein paar Jahren als Patient dort.«
»Dann hatte er also wirklich psychische Probleme?«
»Ich glaube, als er rauskam, hatte er größere Probleme, als er sie hatte, bevor er reinging«, meinte Virgil. »Stellen Sie einfach fest, was man tun muss, um die Krankenberichte zu sehen zu bekommen.«
»Irgendwas sagen Sie mir nicht, Virg.«
»Ich habe noch nichts, das ich Ihnen sagen könnte.«
»Also gut. Wo werden Sie sein?«
»Zu Hause. Doris geht es nicht gut.«
»Möchten Sie, dass ich Sie morgen früh anrufe?«
»Nein«, antwortete Virgil nach kurzem Nachdenken. »Rufen Sie mich an, sowie Sie das mit den Krankenberichten geklärt haben. Egal, wie spät es ist.«
Er sah den blauen Ford an, und Birch folgte seinem Blick.
»Ein Mietwagen«, sagte Birch, und Virgil nickte.

46

Cooder hatte keine Ahnung, wie lange er ausgestreckt auf der Böschung gelegen hatte. Er presste die Wange gegen den Boden, mit jeder Faust hielt er ein Grasbüschel umklammert, und neben ihm tröpfelte das Wasser durch die verrostete Röhre. Sein Atem ging stoßweise und unregelmäßig, Tränen quollen ihm aus den Augen, und salziger Schleim rann ihm aus der Nase und über die Lippen.

Sie war wieder da.

So nah, dass er sie fühlen konnte. Er fühlte sich wie die Ratte, eingekreist in einem dunklen Versteck, die zitternd auf eine riesige Hand wartete, die sie ans Tageslicht zerren würde.

Die Scheinwerfer waren in der Ferne um eine Kurve gerast gekommen wie die flackernde Flamme an einer Zündschnur, und er hatte sich gerade noch rechtzeitig in den Straßengraben werfen können, um nicht von ihrem Licht erfasst zu werden. Als der Wagen sich näherte, waren Bilder von Licht und Dunkelheit in seinem Geist explodiert. Visionen von halb gesehenen Gesichtern, von Männern und Frauen in Krankenhaushemden. Und von einem Schmerz, der schlimmer war als alles andere, woran er sich erinnern konnte, der irgendwo tief in seinem Inneren begonnen und sich wie brennende Spinnweben nach außen ausgebreitet hatte. Der Wagen war mehrfach vorbeigefahren, hatte seine Fahrt verlangsamt und wieder beschleunigt, wie ein Hai auf der Suche nach Beute.

»Versuch es!«
Eine schrille Frauenstimme schrie diesen Befehl, der durch die staubigen Tunnel seiner Erinnerung gellte. Er fühlte vage, wie sein Körper, von starken Riemen gehalten, sich aufbäumte, wie sein Rücken sich so heftig aufwärts bog, dass sein Hals fast brach.
»Versuch es!«
Wieder der Schmerz, der durch seine Haut brannte. Rauch stieg ihm in die Nase. Bildete er sich das nur ein, oder brannte sein Gehirn wirklich? Was wollte sie?
Er wollte die Frauenstimme vergessen, wollte alles vergessen und vollständig auslöschen. Doch der Schmerz zwang ihn zu bleiben. Er vergrub sich davor in seinem Geist, versuchte, einen schützenden Ort zu finden, aber alles, was er zuwege brachte, war, noch näher an seine Erinnerungen an die Frau heranzutreiben.
Die Abteilung für schwere psychische Störungen.
Cooder wusste nicht, wie er auf diese Station geraten war. Er war nicht von Anfang an dort eingewiesen worden. Aber der Korridor war unauslöschlich in sein Gehirn eingebrannt.
Hinter jener Tür dort wohnte Crazy Feeble.
Crazy Feeble nannten die Pfleger den Mann mit dem lüsternen Grinsen und dem einen schlimmen Auge, der nur einmal in der Woche in den Fernsehraum gelassen wurde, und dann nur alleine. Crazy Feeble war in Perkins gewesen, seit die Heilanstalt eröffnet worden war. Er hatte seine Frau und seine sechs Kinder mit einem Fleischermesser umgebracht, hatte sie in kleine Häppchen zerschnitten und im Kamin verbrannt. Das war

noch vor Cooders Geburt passiert. Aber alle hatten immer noch Angst vor Crazy Feeble. Es gab viele Menschen in Perkins, vor denen man Angst haben musste, wie die Kerle in dem Raum für besondere Aktivitäten, wo einigen von ihnen gestattet wurde, mit anderen zusammenzukommen, aber nur unter strikter Bewachung. Cooder nannte diese Gruppe im Stillen die Irrensammlung.

Die Erinnerung an die Frauenstimme hallte in seinem Kopf.

»Was hast du gefühlt?«

Er sah sie vor sich stehen. War sie wirklich da? Zitternd presste er sich gegen den Abhang und klammerte sich an die Grasbüschel. An alles, was wirklich war. Sie war nicht da. Er wusste es. Aber in seinem Kopf war sie ihm so nah und die Erinnerung war so stark, dass er sie nicht beiseite schieben konnte.

»Angst.«

»Du hast mehr gefühlt als das. Was ist passiert?«

»Nichts.«

»Komm mit.«

»Nein.«

Die Frau in seiner Erinnerung bewegte die Lippen, doch er hörte nicht, was sie sagte. Er erinnerte sich nur, dass sein Körper Befehle befolgt hatte, die er nicht selbst gegeben hatte. Sie bewegte ihn, so wie er die Krähe manipuliert hatte … und die Ratte.

Sie ging den Korridor entlang, und er folgte ihr gehorsam wie ein treuer Hund. Vor einer der weißen Türen blieb sie stehen. Cooder wusste, dass er damals, als das alles wirklich geschehen war, durch diese Tür hindurchgegangen war. Aber jetzt blieb er stehen. Er konnte sich nicht dazu durchringen, den nächsten, schicksalhaften Schritt zu tun. Er wusste, dass auf der anderen Seite dieser metallenen Schwelle das Grauen auf ihn wartete, und was noch schlimmer war, der Schmerz.

In diesem Augenblick wusste er, dass er einmal anders gewesen war. Wie andere Menschen. Etwas auf der anderen Seite dieser Tür hatte ihn für immer verändert. Etwas, das zwischen entsetzlichen Bildern und Visionen begraben war, die ihn verfolgt hatten, seit er in Perkins gewesen war, hatte ihn zu dem gemacht, das er heute war. Es war jedoch nicht der Verlust, der ihn so entsetzte. Cooder war vollkommen glücklich mit dem, was er war.

Es war die Angst, dass die Frau gekommen war, um zu vollenden, was sie begonnen hatte.

»Versuch es!«

Der Befehl geisterte beharrlich in seinem Gehirn herum. Bei dem Gedanken, durch diese Tür zu treten, war er gelähmt vor Angst, aber endlich trug die Erinnerung den Sieg davon. Seine in Hausschuhen steckenden Füße schlurften weiter, und er betrat einen Raum, der so hell und sauber war wie das Morgenlicht. Einen Raum, der nach Tod roch.

Gesichter zogen an seinen starren Augen vorbei. In der Ecke standen Käfige voller Ratten, die ihn mit winzigen Augen durch den Maschendraht ansahen. Ein Gesicht jedoch trat mehr und mehr in den Vordergrund, bis es auf die Größe seines gesamten Blickfelds anschwoll.

Doktor Beals. Sie war ihm so nah, dass er den scharfsüßen Geruch ihrer Zahnpasta riechen konnte.
»Versuch es!«
»Was soll ich versuchen?«, schrie er. Seine Stimme wurde von den metallenen Wänden des Raumes zurückgeworfen.
»Versuch, in ihre Köpfe hineinzusehen! So wie du es mit den Vögeln machst! Ich weiß, dass du das kannst! Willst du, dass ich wieder die Maschine benutze?«
»Nein! Bitte!«
Er konnte sich nicht gegen sie wehren, konnte sich nicht bewegen. Sie stülpte ihm die augenlose Maske über den Kopf und schnallte sie fest, verband Drähte mit seinem Körper. Die Drähte und die Maske waren der Ursprung der Spinnweben.
Blinde Panik erfasste ihn. Sein Atem ging stockend, sein Herz raste. Er wusste nie, wann die Qual über ihn hereinbrechen würde. Und dann ging es los. Übelkeit erregender, atemberaubender, wahnsinnig machender Schmerz.
»Versuch es!«
Er wusste, dass er tun konnte, was sie von ihm verlangte. Er hatte es oft genug getan, wenn er geglaubt hatte, unbeobachtet zu sein. Er brauchte sich nur zu entspannen und es geschehen zu lassen. Doch er wusste auch, dass er sterben würde, wenn er es tat. Denn dann würde sie die Maske immer wieder benützen, würde die Maschine höher und höher einstellen, bis der Schmerz ihn töten würde.
Deshalb verbarg er seine Fähigkeit, schrie, dass es un-

möglich sei, schrie immer wieder, dass er nicht wisse, warum die Tiere ihn mochten. Und schließlich nahm sie ihm die Maske ab und begann mit ihm zu reden. Und irgendwann, während sie redete, begann er zu vergessen. Und von Mal zu Mal gab es weniger zu vergessen.
Darum ging es jetzt. Die Maschine. Der kleine Junge. Die Frau im Auto. Doktor Beals. Er öffnete die Augen und lauschte in die Nacht hinaus. In der Ferne schrie eine Eule. Neben ihm tröpfelte immer noch das Wasser. Er drehte sich auf den Rücken und betrachtete die Sterne, die zwischen Wolken hindurchschimmerten.
Warum hat sie mich nicht getötet? Sie hat die anderen umgebracht.
Wie so viele Dinge in seinem Leben war der Tod der anderen etwas, das Cooder einfach *wusste.* So wie er auch gewusst hatte, dass sie wiederkommen würde. So wie er gewusst hatte, dass die schlimmen Sachen, die er gesehen hatte, sich wiederholen würden, dass wieder Menschen sterben würden.
Ein Auto fuhr langsam vorbei, und Cooder wich entsetzt zurück, bis er merkte, dass es nicht Tara war. Es war der Mann jener anderen Frau. Er hörte, wie der Wagen auf der anderen Straßenseite hielt und eine Autotür zugeschlagen wurde. Dann war alles ruhig. Er gestattete sich, sich wieder ein bisschen zu entspannen.
Aber jetzt spürte er in der Ferne, dass Doktor Beals zurückkam.

47

Audrey hatte das Gefühl gehabt, alles um sich herum intensiver wahrzunehmen als je zuvor. Die Nacht schien elektrisch geladen zu sein, ihr Kopf war bis zum Bersten mit Bildern, Geräuschen und Gerüchen angefüllt. Es war, als wäre sie mit statischer Energie aus einer anderen Welt aufgeladen. All ihre Sinne waren verstärkt und geschärft.

Je näher sie dem Farmhaus kam, desto deutlicher fühlte sie Zachs Anwesenheit. Das war kein Traum. Das war auch keine Nachtangst. Und es war keine Halluzination. Sie spürte ihn, und sie wusste, dass er sie ebenfalls spürte. Sie hörte ihn in ihrem Kopf. Er plapperte aufgeregt auf sie ein, wie es jedes Kind tun würde, das länger als ein Jahr von seiner Mutter getrennt gewesen war. Es war fast so, als würde sie ihn schon in den Armen halten und fest an ihre Brust drücken.

Ich komme, Schatz! Ich komme!

Sie wusste, dass er sie so deutlich hörte, als ob sie laut gesprochen hätte, denn er antwortete ihr. Sie stolperte über eine Wurzel und schalt sich selbst. Wenn du schon in zwei Welten herumläufst, tätest du gut daran, dich in beiden vorzusehen.

Als sie die beiden Gestalten neben dem Haus sah, erstarrte sie. Richard erkannte sie sofort, als er um die Ecke kam. Der andere Mann musste Merle Coonts sein. Er hielt sich im Schatten an der Hauswand versteckt und beobachtete Richard. Audrey hatte er jedoch noch nicht gesehen, und sie wich leise bis zur Baumlinie zurück und verschmolz mit den Schatten. Dort setzte sie ihren Weg zur Scheune fort. Jetzt war sie fast parallel zum hinteren Ende des alten Gebäudes. Merle glitt an der Hauswand entlang von ihr fort und auf den ahnungslosen Richard zu.

Sollte sie ihm eine Warnung zurufen? Doch damit würde sie sich verraten, und sie wusste, dass Richard nicht gekommen war, um ihr zu helfen. Er war hier, um sie nach Hause zu holen. Aber was hatte Merle Coonts vor? Er machte sich nicht bemerkbar. Was, wenn er Richard verletzte? Oder ihn umbrachte?

Sie drückte sich tief in die Schatten entlang der Baumlinie und beobachtete die beiden Männer. Richard machte keinen Versuch, sich zu verstecken. Merle dagegen bewegte sich wie ein fettes, altes Wiesel und nutzte jeden dunklen Winkel. Sie konnte nicht sehen, ob er bewaffnet war, aber er war wesentlich größer als Richard.

Gerade, als sie beschloss, Richard eine Warnung zuzurufen, flehte Zachs Stimme sie wieder an, zu kommen und ihn zu retten. Gleichzeitig wurde ihr klar, dass Zach, wenn Merle Coonts hier draußen war, mit ihrer Mutter alleine sein musste! Sie musste ihn finden, und Richard würde ihr nicht helfen. Er würde sie *aufhalten*.

Sie spähte über die fünfzig Meter offene Wiese bis zur Rückseite der Scheune. Ein großes Schiebetor war einen Spalt weit offen. Dort musste Merle sich herausgeschlichen haben. Sie schlich noch ein Stück weiter an den Bäumen entlang, bis die Ecke der Scheune sie verdeckte, und Richard und Merle sie nicht sehen konnten. Dann rannte sie los und hielt erst an, als sie keuchend an der Rückseite der Scheune stand. Aber sie konnte jetzt nicht stehen bleiben. Sie musterte das Scheunentor und lauschte auf Zachs Stimme in ihrem Kopf.

Gleich, Schatz. Gleich!

Sie schob sich die Steigung bis zur Ecke der Scheune hinauf und spähte in die Dunkelheit. Dort war Merle, zusammengekauert wie eine Katze.

»Richard!«, schrie sie so laut sie konnte. »Pass auf! Merle ist hinter dem Wandvorsprung versteckt.«

Dann rannte sie los, stolperte den Abhang wieder hinunter, griff nach dem Scheunentor und huschte hinein. Sie war außer Atem, und ihr Herz schlug gegen ihre Rippen. Der Scheunenkeller war stockdunkel. Es roch nach feuchtem Beton, altem, staubtrockenem Heu und verschimmeltem Holz. Sie wünschte, sie hätte daran gedacht, eine Taschenlampe mitzubringen.

Ich finde mich hier nicht zurecht, Zach. In der Dunkelheit.

Such nach dem großen Koffer. Ganz hinten.

Seine Stimme in ihrem Kopf war so berauschend wie starker Whiskey und betörend nah. Fast wie eine echte Stimme, die immer lauter wurde, je näher sie kam.

Nach einem Koffer?

So kommen wir rauf.

Das verstehe ich nicht, Zach.

Du musst ganz hinten suchen! An der Wand!

Sie konnte in der Dunkelheit nichts erkennen. Also musste sie sich blindlings an der Wand entlang bis zur Rückseite vortasten. Sie schluckte einen trockenen

Klumpen in ihrer Kehle hinunter und ging zögernd an der Seitenwand entlang in die immer tiefer werdende Dunkelheit hinein, die dort lauerte. Ihre Hände glitten über die rauen Scheunenbretter, ihre Füße schlurften über den Zementboden. Früher oder später musste sie auf die erste Ecke treffen, und von da aus konnte sie sich an der Rückwand entlangtasten und den Koffer finden.

Als Audrey schrie, entdeckte Richard Merle sofort. Der große Mann hielt sich für sehr listig, aber seine Unbeholfenheit war schon fast lächerlich. Er stand zusammengekauert neben einem Fliederbusch, als könne er seinen riesigen Körper dort verstecken. Nur dass es kein bisschen komisch war. Warum schlich er überhaupt so herum? Warum kam er nicht einfach heraus und sagte: »He, was habt ihr beide mitten in der Nacht auf meinem Grundstück zu suchen?«
Richard dachte an die Fußabdrücke im Gras. Sie waren zu klein gewesen, um von Merle Coonts zu stammen, aber *irgendjemand* hatte sie hinterlassen. Er hätte gerne geglaubt, dass die Möglichkeit, von einem Spanner belästigt zu werden, nichts mit Audreys Träumen und Nachtängsten zu tun hatte. Er hätte gerne geglaubt, dass *das* wirklich nur Einbildung war. Aber vielleicht bildete Audrey sich diese Dinge ja nicht nur ein. Jemand mit kleinen Füßen war vor ihrem Schlafzimmerfenster gewesen, jemand, der durch denselben Einschnitt zwischen den Hügeln gekommen war, durch den Audrey gerade geklettert war. Und dies hier war das einzige Haus in der Gegend. Was, wenn Audrey nicht

nur schlechte Träume und Halluzinationen hatte? Was, wenn Zach wirklich hier war? War das möglich? Konnte er wirklich noch am Leben sein?

Richard wollte nicht wieder anfangen, sich ständig zu fragen, ob wohl ein Wunder geschehen, ob das Telefon klingeln oder jemand an ihre Tür klopfen würde. Er wollte nicht mehr darauf warten, aufzuwachen und festzustellen, dass alles nur ein böser Traum gewesen war. Er wollte nicht mehr zulassen, dass sein Herz beim Gedanken an seinen Sohn schneller zu schlagen begann. Er hatte diesen Traum so oft geträumt und war jedes Mal aufgewacht, um festzustellen, dass der Traum ein Albtraum war.

Aber *irgendetwas* verbarg Merle Coonts.

Und wo zum Teufel war Audrey?

Er hatte sie in den Schatten aus den Augen verloren, und jetzt war der Mond hinter den Wolken verschwunden. Die Wiese war nur vom schwachen Licht der Sterne erhellt, und Richard fragte sich wieder, warum nicht ein einziges Fenster des Hauses erleuchtet war. Warum waren alle Lichter aus, wenn Merle doch hellwach und angezogen war?

Merle schien zu glauben, dass die Dunkelheit ihn unsichtbar machte. Er schlich immer näher heran und glitt unbeholfen an der Scheunenwand entlang. Richard versuchte, seine Größe einzuschätzen, und fragte sich, was wohl passieren würde. Seit seiner Grundschulzeit war er in keine Rauferei mehr verwickelt gewesen, und er war gefährlich schlecht in Form. Aber vielleicht war Merle auch nicht besser trainiert. Soweit er sehen konnte, hatte er keine Pistole, und Richard vermutete, dass er sich nicht so verstecken würde, wenn er eine hätte. Nein, Merle wollte sich auf ihn stürzen, wenn er nah genug herangekommen war.

Er wird mich ohne Vorwarnung angreifen. Warum?

Plötzlich war sich Richard absolut sicher, dass Audrey die ganze Zeit Recht gehabt hatte. Er begriff nicht, woher sie es wusste, oder wie der Schuft es angestellt hatte. Aber irgendwie hatte dieser Mann ihren Sohn entführt. Er konnte nur beten, dass Audreys Vorahnungen alle zutrafen, dass Zach noch lebte. Eine wilde Wut stieg in ihm auf.

Ich werde schon mit dir fertig, du Schwein. Und wenn du meinem Sohn etwas angetan hast, tue ich mehr, als nur mit dir fertig zu werden.

Er ging an der Hauswand entlang, als hätte er keine Ahnung, dass Merle in der Dunkelheit lauerte. Als der Riesenkerl vor ihm aus dem Schatten sprang, überraschte Richard sich selbst ebenso wie Merle, indem er vorstürzte, seinen Gegner an beiden Schultern packte und zu Boden warf. In dem Moment, in dem seine Hände ihn berührten, wusste Richard, dass Merle Coonts Zach tatsächlich entführt hatte.

»Was hast du mit Zach gemacht, du Schwein?«, brüllte er und schlug die Faust in Merles feistes Gesicht. »Wo ist mein Sohn?«

48

Virgil fuhr wie betäubt nach Hause und überließ es dem Streifenwagen, sich selbst seinen Weg zu suchen, wie ein altes Arbeitspferd, das seinem Stall zustrebt. Doch als er in seine Einfahrt einbog, wusste er sofort, dass etwas nicht stimmte. In der Küche brannte Licht, und er erinnerte sich dunkel, dass er es ausgeschaltet hatte. Er dachte an Babs' Gesichtsausdruck, als sie das Benzin über sich gegossen hatte, und plötzlich wusste er, was es gewesen war, das er gefühlt hatte, als er vor der Tür auf der Veranda stand, unmittelbar bevor er hineingegangen war.

Tod.

Er hatte nie geglaubt, dass man irgendwo fühlen könnte, wie der Tod nach einem neuen, unschuldigen Opfer griff. Aber in jenem Augenblick hatte er es gefühlt, und jetzt fühlte er es wieder. Alle Kraft verließ ihn. Mühsam kroch er aus dem Auto und tappte mit weichen Knien über den Rasen. Er rannte die Stufen der Veranda hinauf und durch die Haustür, die in all den Jahren, seit Doris und er hier gewohnt hatten, niemals abgeschlossen gewesen war.

Doris lag neben dem Kühlschrank auf dem Boden.

Er konnte sich nicht vorstellen, wie sie es geschafft hatte, sich die Treppe hinunterzuschleppen. Ihr Nachthemd war bis zu ihren runzeligen Oberschenkeln hinaufgerutscht, und er erschrak, wie weiß sich ihre Haut von den braunen Bodenfliesen abhob. Er sank neben ihr zu

Boden und tastete an ihrem vogeldünnen Handgelenk nach dem Puls.

»Gott sei Dank«, murmelte er, trug sie hastig die Treppe hinauf und legte sie ins Bett. Dann rief er das Krankenhaus an. Marg meldete sich.

»Was ist los, Virg? Lieber Gott, wir haben uns doch erst vor zwei Minuten gesehen. Ist schon wieder was passiert?«

»Es ist Doris.«

»O Scheiße! Soll ich dir die Rettungshelfer schicken?«

»Ich habe sie bewusstlos unten neben dem Kühlschrank vorgefunden. Also habe ich sie ins Bett zurückgetragen, aber sie ist noch nicht wieder aufgewacht. Ich habe Angst, Marg.«

»Atmet sie ohne Probleme?«

»Anscheinend ja.«

»Schau dir ihre Augen an. Sieh nach, ob die Pupillen reagieren.«

Sie reagierten.

»Ist sie kalt?

»Sie fühlt sich klamm an. Aber so fühlt sie sich immer an.«

»Möchtest du, dass Doktor Burton kommt?«

»Moment, Marg. Ich glaube, sie kommt zu sich.«

Doris stöhnte und rollte gegen seine Seite. Er schob ein zweites Kopfkissen unter ihren Kopf.

»Du hast mich zu Tode erschreckt«, sagte er, als sie die Augen öffnete. »Was hast du dir denn dabei gedacht? Bist du okay? Hast du dir etwas gebrochen?«

»Sirenen.«

Virgil seufzte laut. »Das war wegen Babs. Ihr Haus ist abgebrannt.«
Doris' Kopf nickte kaum merklich. »Sie ist tot. Sie hat mir gesagt, dass sie heute sterben würde.«
»Ich rufe jetzt einen Krankenwagen für dich.«
»Nein«, protestierte sie schwach und griff nach seiner Hand. »Die bringen mich ins Krankenhaus.«
»Nicht, wenn ich ihnen sage, dass sie das nicht tun sollen.«
»Bitte«, flüsterte sie. Sie schluckte trocken, und er nahm ein Glas vom Nachttisch und hielt es an ihre ausgetrockneten Lippen.
»Was hast du dir denn dabei gedacht, die Treppe runterzugehen?«
Sie schüttelte den Kopf. »Ich habe mir Sorgen gemacht. Ich wusste, dass Babs heute sterben würde. Was ist passiert?«
»Nichts, worüber du dich jetzt aufregen müsstest.«
»Virgil.«
Er seufzte laut. »Sie ist ermordet worden. Mac Douglass hat Benzin in ihr Wohnzimmer geschleppt und sie und sich selbst angezündet.«
Sie schloss die Augen, als kämpfe sie gegen eine ihrer Schmerzattacken an. Als sie sie wieder öffnete, sah sie ihm direkt ins Gesicht. »Die Tarotkarten haben das vorausgesagt.«
Er küsste sie sanft auf die Stirn, die sich wie Pergament anfühlte, und drückte sie an sich.
»Zufall«, sagte er.
»Du glaubst nicht an Zufälle.«

»Es gibt vieles, woran ich nicht glaube.«
»Du glaubst nur das, was du siehst.«
»Ja.«
Aber war es Zufall gewesen, dass er Cooder an jenem Tag getroffen hatte? War es lediglich ein Zufall gewesen, dass Babs etwas vom Fahrrad des Merrill-Jungen gefaselt hatte und er es genau da gefunden hatte, wo sie es vorhergesagt hatte? War es Zufall, dass zwei Menschen, die zur gleichen Zeit in Perkins gewesen waren wie Tara Beals, plötzlich tot waren? Und was für ein Zufall sollte das sein, wenn eine Frau behauptete, dass sie an einem bestimmten Tag sterben würde, und dann tatsächlich an diesem Tag ums Leben kam? Wie hatte sie wissen können, dass so etwas passieren würde?
»Glaubst du das immer noch, Virgil? Nach allem, was passiert ist?«
Er schüttelte den Kopf. »Ich weiß nicht mehr, was ich glauben soll. Aber ich glaube, dass Tara Beals hinter all dem steckt.«
»Sprich noch mal mit Audrey«, flüsterte Doris. »Sie ist nicht verrückt, und das weißt du auch. Und du solltest sie nicht in dem Glauben lassen, dass du sie für übergeschnappt hältst.«
Er starrte sie an, und einen Augenblick lang sah er die alte Doris. Die Doris mit leuchtenden Augen, sonnengebleichtem Haar und strahlender Haut. Die Doris, die immer bereit war zu lächeln, und immer eine witzige Antwort parat hatte. Er küsste sie wieder.
»Mach ich. Aber jetzt lasse ich dich nicht allein.«
Ein summendes Geräusch erregte seine Aufmerksam-

keit, und er sah, dass er das Telefon mit dem Gesicht nach unten auf die Bettdecke gelegt hatte. »Entschuldige«, sagte er und hob es ans Ohr. Doch zu seiner Überraschung streckte Doris den Arm aus und nahm es ihm aus der Hand.

»Marg«, sagte sie mit dem, was von ihrer rauchigen Sopranstimme noch übrig war, »hier ist Doris. Könntest du rüberkommen und mich babysitten, während Virgil noch mal beruflich los muss? Ja. Das wäre nett. Vielen Dank.«

Virgil sah sie verblüfft an. »Ich hab dir doch gesagt, ich gehe jetzt nicht weg. Du bist da unten ganz schön heftig hingefallen.«

Sie zuckte die Achseln. »Ich komme schon zurecht. Du gehst jetzt und sagst dieser jungen Frau, dass du ihr glaubst.«

»Ich kann ihr doch nicht etwas sagen, was ich selbst gar nicht weiß.«

»Du weißt, dass sie nicht verrückt ist.«

»Das weiß ich eben nicht. Sie glaubt, Merle Coonts hat ihren Sohn entführt, und ich weiß, dass das nicht möglich ist.«

»Manche Dinge sind nicht so, wie sie scheinen. Geh und sprich mit ihr und sag ihr wenigstens, dass du sie nicht für verrückt hältst. Ich kann nicht schlafen, wenn ich mir Sorgen um sie machen muss.« Sie sah ihn mit diesem »Mach schon, sonst wird es dir Leid tun«-Blick an. Und wie immer war dieser Blick das Ende der Auseinandersetzung.

»Also gut.« Virgil seufzte und stand müde auf.

Doris griff schnell nach seiner Hand. »Ich brauche dich hier bei mir. Aber du musst trotz allem ein guter Mensch bleiben. Der Mann, den ich geheiratet habe. Verstehst du?«

»Ich verstehe.«

Ihre Stimme klang noch rauer als zuvor, und sie schien sich jedes Wort abzuquälen, aber sie war entschlossen, ihren Willen durchzusetzen. »Ich weiß nicht, ob du es verstehst. Aber ich bin bereit. Ich weiß, dass alles gut wird. Nur möchte ich nicht alleine sein, wenn ich gehe. Ich bin froh, dass ich zuerst dran bin. Das ist nicht fair gegen dich, weil *du* dann alleine sein wirst. Aber du bist stärker als ich. Versprich mir, dass du auf dich aufpasst.«

»Das verspreche ich.« Aber Virgil wusste, dass *sie* die Stärkere von ihnen beiden war.

»Ich liebe dich.«

»Ich liebe dich auch.«

»Iss jetzt etwas und mach etwas für Marg zurecht.«

Er tat, was sie von ihm verlangte, aber er ließ sich Zeit, als er die Sandwichs machte, und er nahm alle Geräusche des Lebens in sich auf: Die Autos draußen auf der Straße, das Summen des Kühlschranks, das Wasser, das ins Spülbecken floss, selbst das Jaulen einer weiteren Feuerwehrsirene drüben auf der Main Street. Er war ganz sicher gewesen, dass Doris tot sei, als er in die Einfahrt eingebogen war. Jetzt schien alles so normal zu sein, wie ihr Leben in den letzten Monaten nur hatte sein können. Doch er konnte das Gefühl nicht loswerden, dass er etwas übersehen hatte.

49

Cooder hörte die Schreie der Männer, die von der Seite des Hauses zu ihm herüberdrangen. Genau wie Audrey berührten die Bilder und Geräusche der Nacht ihn nicht nur auf einer Ebene. Er wusste, dass *jetzt* jemand um sein Leben kämpfte. Aber ein Teil seines Verstandes brachte die Schreie mit einem Kampf *in der Vergangenheit* in Verbindung. Und es fiel ihm schwer, die beiden Ebenen auseinander zu halten. Cooder hatte keine telepathischen Fähigkeiten – jedenfalls nicht, wenn es sich um Menschen handelte –, aber starke Gefühle spürte er auch aus weiter Entfernung.

Jetzt war er wie ein schlecht eingestellter Fernseher, der mehrere Kanäle gleichzeitig empfing, voller Störungen und verzerrter Bilder, die wie Gespenster kamen und gingen. Überall um sich herum fühlte er heftige Emotionen. Am intensivsten spürte er den kleinen Jungen. Aber plötzlich schien ein Leichentuch über die Nacht zu fallen. Frost lag in der Luft.

Doktor Beals war fast da.

Er fühlte sie lange, bevor er das Summen der Reifen auf dem Asphalt hörte, das sich aus der Richtung näherte, in der die Stadt lag. Was hatte sie vor? Sie war immer wieder hin- und hergefahren wie ein Löwe im Käfig. Jetzt hörte er, dass der Wagen direkt über seinem Kopf die Fahrt verlangsamte und anhielt.

Hatte sie ihn gefunden? Hatte sie ihn endlich wiedergefunden? Der Gedanke ließ sein Blut zu Eis erstarren.

Seine Finger gruben sich bis zu den Knöcheln in den losen Kies und versuchten, die kühlen Steine und den Sand zu zerquetschen. Aber keine Schritte näherten sich. Keine grauenhafte Gestalt lauerte über ihm.
Mit quälender Langsamkeit nahm er allen Mut zusammen, kroch bis zum Straßenrand hinauf und spähte über die Kante des Asphalts. Sie hatte ihr Auto hinter dem anderen Wagen auf der Straße geparkt. Ihre Tür wurde zugeschlagen, und Cooder konnte gerade noch erkennen, wie sie leise an der Vorderseite des Hauses entlangglitt und hinter der Ecke verschwand. Ein Hund begleitete sie. Ein starker, erregbarer, treuer, tapferer Hund.
Cooder riss sich zusammen. Augenblicklich wusste er, dass sie hinter dem Jungen her war, nicht hinter ihm. Sie wollte Zach Bock das Gleiche antun, das sie ihm und so vielen anderen angetan hatte. Er stellte es sich bildlich vor, und der Gedanke an ein Kind an diesem schrecklichen Ort war mehr, als er ertragen konnte. Er wusste nicht, ob er etwas tun konnte. Doch die Vorstellung war schlimmer für ihn als jeder Schmerz, den er je erfahren hatte. Er schloss die Augen, versteifte sich und konzentrierte sich stärker, als er es seit Jahren getan hatte. Er dachte nach, bis ihm der Kopf wehtat. Als er die Augen wieder öffnete, hatte er das schreckliche Gefühl, so nah bei Doktor Beals zu sein, dass er sie berühren konnte.
Er fühlte die kühle Erde unter seinen Pfoten.

50

Audrey hörte nichts als ihren eigenen Atem und das Hämmern ihres Herzens, das ihr bis zum Halse schlug. Sie stand immer noch in Verbindung mit Zach, und aus diesem seltsamen, lautlosen Dialog bildete sie sich eine ungefähre Vorstellung von dem, wonach sie suchen sollte. Es war kein *Koffer* im eigentlichen Sinn, sondern ein Schrankkoffer.

Sie hatte das Ende der Wand neben der Tür erreicht, durch die sie hereingekommen war, ging um die Ecke und bewegte sich auf das Wohnhaus zu. Langsam tastete sie sich an der rauen Grundmauer entlang, nur um festzustellen, dass sie sich in einem Viehstand befand. Sie befühlte den oberen Rand der grob behauenen Fichtenholzwand und ging rasch darum herum in den nächsten Viehstand.

Immer und immer wieder.

Sie konnte fast nichts sehen. Die Mondstrahlen, die sich gelegentlich durch den offenen Türspalt verirrten, reichten nicht so weit in die Scheune hinein. Aber hier und da drang eine schwache Spur von Sternenlicht durch einen Spalt in der Decke über ihr und verlieh dem riesigen leeren Raum etwas Höhlenartiges. Und wenn die vagen Visionen, die zwischen ihr und Zach hin- und hergingen, richtig waren, dann näherte sie sich gerade dem letzten Viehstand.

Sie umrundete ihn, und als sie mit den Händen an der Wand entlangstrich, stellte sie fest, dass tatsächlich keine weiteren Barrieren ihren Weg versperrten. Sie beschleunigte ihre Schritte, bis ihre Finger auf etwas Hartes stießen und sie aufstöhnte. Sie hatte die hintere Ecke erreicht. Ohne anzuhalten folgte sie der Wand auf ihrer linken Seite, bis ihre Schienbeine an etwas Festes stießen.

Sie kniete nieder, strich mit den Fingern über den alten Schrankkoffer und tastete auf der Vorderseite nach dem Verschluss. Als sie ihn fand, schnappte sie nach Luft. Verschlossen. Leise fluchend drehte sie sinnlos an dem Zylinder herum. Ihre Finger glitten über den Deckel, an den verrosteten Eisenbändern entlang bis zu den dicken Scharnieren. Sie waren solide und gaben nicht nach. Ihr war, als hätte ihr jemand einen Schlag in die Magengrube versetzt. Sie wusste, dass dies der versteckte Eingang zu dem Keller war, in dem Zach gefangen gehalten wurde. Es war, als hätte er ihn ihr gezeigt. Doch was nützte es ihr, das zu wissen?

Mit aller Kraft zerrte sie an dem Schloss, aber der Kofferverschluss war ebenso stabil wie die Scharniere.

Zach, sag mir die Kombination.

Aber als ihr dieser Gedanke kam, war ihr auch schon klar, dass sie die Zahlen auf dem Zylinder sowieso nicht sehen konnte. Es musste eine andere Möglichkeit geben.

Ich weiß sie nicht.

Gibt es noch einen anderen Eingang?

Ich glaube nicht.

Ich muss eine Möglichkeit finden, das Schloss zu öffnen.

»Du Schwein!«

Richards Schrei drang durch die Bretterwand der Scheu-

ne, und Audrey war hin und her gerissen. Sollte sie Richard helfen oder ihren Sohn retten?
Der Lärm der kämpfenden Männer erfüllte die Dunkelheit. Stiefel und Körper, die gegen das Holz schlugen. Keuchen, Fluchen. Sie machte Anstalten aufzustehen.
Ich kann es aufmachen.
Was?
Pass auf.
Sie fühlte den Stolz des Jungen bei diesem Gedanken. Dies war etwas, womit er sich selbst helfen konnte. Er konnte ihr helfen. Kaum hörbar durch den Lärm der Schlägerei vor der Scheune drang ein winziges Klicken an ihre Ohren.
Was machst du denn?
Aber sie wusste es. Er war im Inneren des Schlosses.
Warte.
Draußen war alles still.
Audreys Hände lagen zitternd auf dem Schrankkoffer.
»Richard?«, rief sie schwach. Konnte er sie durch die Scheunenwand hören? War das wieder ein leises Klicken im Schloss, oder bildete sie sich das nur ein?
»Richard?«, rief sie etwas lauter.
Nichts.
Hatte sie alles falsch gemacht? Würde sie Zach retten, nur um Richard zu verlieren? Sie sprang auf und drehte sich zu dem großen Scheunentor um.
Sie kommt.
Zachs Stimme ertönte in ihrem Kopf. Im selben Augenblick war ein lautes Knacken im Schloss zu hören, und es öffnete sich. Sie zerrte daran und zog es aus dem Ver-

schluss. Dann riss sie die Kleider aus dem Schrankkoffer und warf sie wild um sich, bis sie den hölzernen Boden freigelegt hatte.

Heb ihn hoch.

Tastend strich sie über die mit Papier bedeckten Bretter und fand einen kleinen, verborgenen Fingergriff an einem Ende. Sie hob den Boden hoch und blickte überrascht auf eine steile, gut beleuchtete Treppe hinunter. Als sie einatmete, hatte sie den Geschmack des Staubs der Scheune und dunkler, halb vergessener, vergangener Tage auf der Zunge.

Wieder ein Keller.

Ihre Kehle fühlte sich an wie Sand, und ihre Brust war so eng, dass sie kaum atmen konnte. Aber Zach war dort unten und wartete darauf, dass sie kam und ihn rettete. Zitternd wie eine alte Frau kletterte sie Schritt für Schritt mit weichen Knien die Treppe hinunter. Die Decke war kaum dreißig Zentimeter über ihrem Kopf, und der Geruch nach Feuchtigkeit und Schimmel mischte sich mit ihren neu erwachenden Erinnerungen. Es war unmöglich, aber Audrey wusste, dass es stimmte.

Irgendwie war ihre Mutter nach all den Jahren wieder aufgetaucht und verfolgte sie.

51

Mit dem rechten Auge konnte Richard nichts mehr sehen, und es tat höllisch weh. Seine Kehle fühlte sich an, als hätte jemand eine Feuerwerksrakete hineingeschossen. Er hatte sich ein Knie verdreht, und mehrere Rippen schmerzten allmählich jedes Mal, wenn er Luft holte. Aber Merle war noch schlimmer dran.

Der Kampf war kurz gewesen, und Richards Gefühle hatten zwischen lähmender Angst und mörderischer Wut geschwankt. Er war mehrfach überzeugt gewesen, dass Merle ihn töten würde. Dann hatte er sich wild gewehrt, hatte versucht, die Augen seines Gegners mit den Fingernägeln zu erreichen, hatte mit gebrochenen Fingern nach seiner Kehle gegriffen, hatte Kopf und Knie in seinen Körper gerammt. Dann wieder hatte er gefürchtet, er würde Merle ermorden, denn er war anscheinend unfähig, sich zurückzuhalten.

Merle hatte eine aufgerissene Wange, während Richard sich auf die Lippe gebissen hatte, und eines von Merles Ohren war halb abgerissen. Doch der Mann hatte nur noch wenig Kraft, und jetzt kniete Richard auf seinem Bauch und hatte ihn an der Kehle gepackt. Erst als er sah, dass Merles Augen dunkel wurden, erlosch das Feuer in ihm. Er lockerte seinen Griff und nahm die Daumen von dem zuckenden Adamsapfel seines Gegners. Langsam begann Merle zu husten und zu zittern, und ein wenig Farbe kehrte in seine Wangen zurück.

Ein Geräusch von rechts ließ Richard herumfahren.

Eine schattenhafte Gestalt hob sich schwarz vom Sternenlicht ab. Zuerst dachte er, es sei Audrey, aber als seine Augen sich anpassten, starrte er die Frau entsetzt und ungläubig an. Er war kaum fähig, zu sprechen. »Tara, was machst du denn hier?«

»Ich habe deinen Wagen vor dem Haus gesehen.«

Merle bewegte sich unter ihm. »Sie!«, schrie er und zeigte mit zitterndem Finger auf Tara.

Richard sah das Erkennen in Taras Augen aufleuchten. »Ihr kennt euch?«, fragte er und stemmte sich kraftlos auf die Beine.

»Ja«, sagte sie, trat einen Schritt von Richard weg und zog eine kleine automatische Pistole hinten aus ihrem Hosenbund.

»Tara, was ...«, stotterte Richard.

Ehe er auch nur blinzeln konnte, schoss sie Merle einmal in die Stirn und einmal in die Brust.

»Mein ... mein Gott«, keuchte Richard.

»Ja. Schade, dass du den armen Merle ermorden musstest.«

»Was?«

»Wo ist Audrey hingegangen?«

»Tara, du hast gerade diesen Mann erschossen!«

Tara richtete die Pistole auf Richards Gesicht. »Bring mich zu Audrey.«

»Was machst du denn? Warum tust du das?«

Sie feuerte einmal über Richards Schulter hinweg, und er fuhr zusammen. »Ich habe keine Zeit zu verlieren. Bring mich zu Audrey. Sofort!«

52

Virgil füllte die Kaffeemaschine, ohne darauf zu achten, was er tat, und schüttete einen Teil des Wassers über die Arbeitsplatte. Er sah die Stelle an, an der Doris gestürzt war, und hätte beinahe die gläserne Kanne zerbrochen, als er sie in die Maschine zurückstellen wollte. Fest umklammerte er die Arbeitsplatte und holte tief Luft. Doris wäre genau dort beinah gestorben. Wenn er nicht rechtzeitig gekommen wäre, wäre es vielleicht wirklich passiert. Hier, an dieser Stelle. Auf dem gottverdammten Küchenboden! Und sie sah entsetzlich aus. Als ob in ihrem Inneren nichts mehr übrig wäre. Er legte den Kopf auf die Hände und versuchte, sich zu fassen.

Es war nicht das erste Mal, dass sie in seiner Abwesenheit aufgestanden und hingefallen war. Während der ersten Wochen, in denen sie das Haus nicht mehr verlassen konnte, war es ihr schwer gefallen, sich mit den neuen Realitäten des Lebens abzufinden. Sie hasste es, pflegebedürftig zu sein. Aber in letzter Zeit hatte sie nicht mehr viel Kraft gehabt, und so hatte er sich wenigstens keine Sorgen mehr gemacht, dass sie ins Erdgeschoss hinuntergehen könnte. Der Gedanke, dass es auch noch schlimmer hätte kommen können, dass sie die lange Treppe hätte hinunterstürzen können, während er nicht da war, machte ihn richtig krank.

Er ließ sich auf den Stuhl am Küchentisch fallen und wartete darauf, dass der Kaffee durchlief. Ein Auto hupte irgendwo in der Stadt, und er musste wieder an das Feuer denken. Der Ausdruck in Macs Augen ging ihm nicht mehr aus dem Kopf. Warum sollte ein Mann wie Mac einen Mord und Selbstmord begehen? Und auch wenn er eine Pistole auf sie gerichtet hatte, warum hatte Babs das Benzin über sich gegossen, als wäre es Babylotion? Sie hatte doch sicher gewusst, dass es immer noch besser wäre, erschossen zu werden, als zu verbrennen. Als das Feuer sie erfasst hatte, hatte sie es gewusst. Und wo auch immer Mac vor diesem Augenblick gewesen war, als das Feuer seine Haut versengte, war er hellwach.

Das Telefon klingelte, und als er den Hörer abhob, meldete sich Charlie.

»Ich habe getan, was ich konnte«, begann er. »Aber was auch immer Tara in Perkins getrieben hat, das meiste davon ist wirklich tief vergraben. Ich habe einen alten Freund da drin, und er hat mir die wenigen Informationen gegeben, die er noch auftreiben konnte.«

»Wo drin?«

»Na ja, früher wurde der Laden von manchen Leuten *die Firma* genannt. Heute hat er einen besseren Ruf als damals, okay?«

»Okay. Also schieß los.«

»Tara Beals war die letzte Wissenschaftlerin, die an einem Projekt namens LongLook beteiligt war.«

»Fernwahrnehmungen?«

»Ja, genau. Wie gesagt,« – es klang so, als ob Charlie gerade Kaffee oder auch etwas Stärkeres trank – »LongLook war eines von den Überbleibseln aus den sechziger Jahren, das von irgendjemandem in der Regierung bis in alle Ewigkeit finanziert wurde, obwohl kühlere Köpfe längst erkannt hatten, dass es reine Zeitverschwendung war. Während der sechziger oder siebziger Jahre kam das Gerücht auf, dass die Russen mit Gedankenkontrolle und außersinnlicher Wahrnehmung experimentierten, und auch mit diesem Fernwahrnehmungsblödsinn. Er behauptet, Taras Team konnte tatsächlich mit Resultaten aufwarten, dass Leute Gebäude und Flüsse und andere Dinge lokalisieren konnten, die sie noch nie gesehen hatten, wenn man ihnen sagte, sie sollten sich auf ein bestimmtes Gebiet konzentrieren.«

»Und das hat funktioniert?«

»Offensichtlich.«

»Aber sie haben es wieder eingestellt?«

»Es war nie genauer als die Informationen, die man von Spionageflugzeugen, Satelliten und Spionen bekommen konnte. Ich vermute, die Technologie war einfach besser als die Hellseher. Und er hat gesagt, dass es nie wirklich zuverlässig war. Wenn es darum geht, einen Atomkrieg anzufangen, möchte man nicht, dass dreißig Minuten später jemand ankommt und dem Präsidenten erzählt, die Atomraketen, die er gesehen hat, könnten vielleicht auch Kirchtürme gewesen sein. Die Beals war die Letzte, der die staatlichen Zuschüsse gestrichen wurden. Mein Freund wusste nicht, warum, außer, dass sie ein paar Freunde in hohen Positionen gehabt haben muss.«

»Sonst noch was?«

»Ja. Die Beals hat auch an Gedankenkontrolle gearbeitet. Psychopharmaka, Hypnose. Das war ein anderes Projekt, und darüber konnte ich aus meinem Kumpel nicht viel herausbekommen. Hat ihn richtig nervös gemacht, nur darüber zu reden. So, wie er sich angestellt hat, haben Taras Untersuchungen selbst seinen Leuten Angst gemacht.«

»Warum?«

»Ich glaube, ihre Methoden waren nicht besonders schön.«

»Was für eine Art von Gedankenkontrolle?«

»Wie viele Arten gibt's denn? Hypnose, nehme ich mal an. Das ist ihre Spezialität.«

»Alle, mit denen ich darüber rede, sagen mir, man kann einen Menschen mit Hypnose nicht kontrollieren. Jedenfalls kann man niemanden dazu bringen, etwas zu tun, das er nicht auch tun würde, wenn er wach wäre.«

»Ich glaube, die Beals hat dieses Problem mit Hilfe von Psychopharmaka gelöst. Anscheinend war mit ihrer *Behandlung* einiger Patienten in Perkins irgendwas faul. Es wurde totgeschwiegen, aber sie hat ihre Zulassung verloren. Was auch immer es war, woran sie da gearbeitet hat, mein Kumpel hatte *wirklich* Angst, darüber zu reden. Ich hab den Eindruck bekommen, ihre Methode hat vielleicht *zu* gut funktioniert.«

»Wie ist das möglich?«

»Vielleicht hatten sie Angst, sie könnte so gut darin werden, dass sie es an *ihnen* ausprobieren würde.«

»Hmm. Was wir haben, ist also eine Ärztin, die andere

Menschen mit Hilfe von Drogen und Hypnose manipulieren kann.«
»Ja. Und sie spielt auch noch gerne mit übersinnlicher Wahrnehmung herum.«
»Aber warum hat sie das in einem Krankenhaus für psychisch Kranke getan?«
»Keine Ahnung. Vielleicht ist es leichter, mit Verrückten zu arbeiten. Vielleicht ist Gedankenkontrolle bei denen was *Gutes*. Und wer soll schon den Mund aufmachen? Und wenn es doch einer tut, wer wird ihm dann glauben?«
Virgil dachte an Cooder und erschauerte.
»Gibt es bei dir irgendwas Neues?«, erkundigte sich Charlie.
»Mac Douglass hat vorhin hier in der Stadt eine Frau umgebracht. Sich selbst gleichzeitig auch.«
»Scheiße. Mac?«
»Ja.«
Charlie schwieg einen Augenblick, und Virgil hörte ihn schlucken. »Glaubst du, die Beals hat was damit zu tun?«
»Vielleicht. Ich möchte erst das Ergebnis der Autopsie sehen, wenn sie auf Drogen untersucht worden sind.«
Sofern genug aus dem Feuer herausgeholt werden konnte, dass es für eine Autopsie reichte.
»Vielleicht gibt es keinen Beweis. Ich habe aus meinem Kumpel genug herausbekommen, um mir denken zu können, dass sie die Psychopharmaka nur am Anfang gebraucht hat, um den Willen des Patienten zu brechen. Danach ging alles nur mit Hypnose.«

»Phantastisch.«
»Ich suche weiter, aber ich glaube, mehr werde ich nicht rauskriegen.«
»Danke für deine Hilfe, Charlie.«
»Grüß Doris von mir.«
»Mach ich.«
Virgil legte auf und rief das Revier an. Der Einsatzleiter meldete sich beim dritten Klingelton. »Alles in Ordnung, Sheriff? Birch hat gesagt, Sie hätten ein bisschen mitgenommen ausgesehen.«
»Ich bin okay. Wer hat Dienst?«
»Birch ist immer noch am Brandort. Bob ermittelt wegen eines vermuteten Schusses in South Eden. Wahrscheinlich nur ein Jäger, der nachts unterwegs ist. Mike könnte ich zu Hause erreichen. Was ist los?«
»Trommeln Sie alle Deputys zusammen und machen Sie die Fahndung nach Doktor Tara Beals zur obersten Priorität.«
»Erheben wir Anklage gegen sie?«
»Bringen Sie sie einfach aufs Revier. Notfalls finde ich dann schon eine Begründung.«
»Okay, Sheriff.«
Tara Beals hatte Audrey hypnotisiert, damit sie ihre Vergangenheit vergaß. Was hatte sie sonst noch mit ihr angestellt, während sie unter Hypnose stand? Hatte sie Audrey, Mac und Babs mit Psychopharmaka behandelt, mit etwas, durch das ihre unter Hypnose gegebenen Befehle verstärkt wurden? Und was war so schrecklich an Audreys Vergangenheit, dass es vergessen werden musste?

Das zischende Geräusch, mit dem der Kaffee in die Kanne tropfte, erinnerte ihn daran, wie Macs und Babs' Haut im Feuer gezischt hatte. Statt des köstlichen Kaffeearomas hatte er den Gestank von verbranntem Fleisch in der Nase, und er fuhr zusammen. Was hatte all das mit Zach Bock zu tun? Tara hatte in Perkins an einer Menge blödsinniger Scheiße gearbeitet und am Verstand anderer Menschen herumgepfuscht. Aber Perkins war geschlossen worden, bevor Zach Bock geboren war.

Und was war mit Audreys Mutter? Wo war sie? Schließlich hatte der Staat Tara das Sorgerecht für Audrey zugesprochen. Vielleicht machte er die Dinge einfach zu kompliziert.

Er goss sich eine Tasse Kaffee ein und hielt ihn unter seine Nase. Tief sog er den Kaffeeduft ein, um den scheußlichen Gestank in seiner Erinnerung loszuwerden. Er trank ihn schwarz und genoss das Brennen auf seiner Zunge und den bitteren Geschmack.

»Ich glaube nicht an Zufälle«, murmelte er vor sich hin.

»Ich auch nicht«, sagte Marg durch die Fliegengittertür.

Er schaute über die Schulter. »Komm rein.«

Sie watschelte durch die Tür, ließ sich auf einen Stuhl fallen und nahm den Kaffee, den er ihr reichte.

»Ist Doris jetzt in Ordnung?«, fragte sie.

»Sie ist bei Bewusstsein, wenn du das meinst.«

»Aber sie hat sich nichts gebrochen?«

»Sie scheint nicht verletzt zu sein. Sie ist einfach nur schwächer, als ich sie je gesehen habe.«

Marg vergewisserte sich, dass er ihr in die Augen sah,

bevor sie weitersprach. »Es wird nicht mehr lange dauern, Virg. Das weißt du doch, oder?«
»Ja«, sagte er und wandte sich ab.
Sie legte ihre breite Hand über die seine. »Du hast alles für Doris getan, was man nur tun kann. Sie hätte sich keinen besseren Ehemann wünschen können.«
Er nickte, aber in seinem Inneren brodelte es. Doris lag im Sterben. Es konnte jede Minute so weit sein. Er hatte es an der Art gemerkt, wie sie sprach, an der Müdigkeit in ihren Augen, ihrem flachen, kratzenden Atem. Er sollte jetzt bei ihr sein und nicht friedlich in der Küche sitzen und mit Marg Kaffee trinken. Aber da war auch noch etwas anderes, das ihn quälte. Etwas, das Tara Beals betraf und das er übersehen hatte. Etwas ganz Einfaches, das er sofort hätte erkennen müssen. Doris' Krankheit hatte ihn zu einem schlechten Polizisten gemacht, aber seine alten Polizeiinstinkte ließen sich nicht verleugnen.
»Virgil, du musst dich ein bisschen ausruhen«, sagte Marg und drückte seine Hand. Sie stellte ihre Kaffeetasse auf den Tisch.
Er schüttelte den Kopf. »Ich versuche, mir die Dinge zusammenzureimen. Das ergibt alles keinen Sinn, aber da sind zu viele Fäden, die alle an der gleichen Stelle zusammenlaufen, als dass es Zufall sein könnte. Mac war kein Mörder, und als ich ihn gesehen habe, war *irgendwas* mit ihm nicht in Ordnung. Und dass er und Babs zur gleichen Zeit in Perkins waren, nun ja …«
»*Irgendwas* muss nicht unbedingt Hypnose sein, Virgil. Das ist wirklich sehr weit hergeholt. Ich weiß, dass Mac

dein Freund war. Aber Menschen machen manchmal wahnsinnige Sachen, die sie eigentlich gar nicht wollen. Das passiert andauernd.«

»Es gibt so viel, was du nicht weißt.«

»Dann erzähl es mir. Warum sollte Mac sich umbringen und Babs ermorden?«

»Ich weiß es nicht. Es sei denn, es hat etwas mit Tara Beals' Experimenten in Perkins zu tun.«

»Mit was für Experimenten?«, fragte Marg mit gerunzelter Stirn.

»Tara hat für die Regierung an geheimen Projekten gearbeitet. An Experimenten mit Gedankenkontrolle. Babs hat dort gearbeitet, und Mac wurde dort behandelt.«

»Und Tara wollte diese Experimente vertuschen?«

»Ich glaube schon.«

»Perkins ist doch schon seit Jahren geschlossen!«

»Vielleicht haben Mac und Babs sich gerade daran erinnert.«

»Nach so langer Zeit?«

»Und was ist, wenn Tara dafür gesorgt hat, dass sie alles vergaßen, und jetzt irgendwas ihre Erinnerungen wieder geweckt hat?«

»Was sollte das gewesen sein?«

Virgil griff nach der Kanne auf dem Tisch und goss sich noch eine Tasse Kaffee ein. Er starrte in die wirbelnde schwarze Flüssigkeit.

»Audrey Bock«, sagte er. »Sie ist Taras Nichte. Tara Beals hat sie ihrer Mutter weggenommen, als sie noch klein war, und dann hat sie sie hypnotisiert, um ihr zu helfen, ihre traumatische Kindheit zu vergessen. Audrey ist zu

Babs gegangen, um sich die Karten legen zu lassen. Vielleicht hat sie Tara Beals erwähnt. Wer weiß, wovon sie alles geredet hat. Vielleicht hat irgendwas in ihren Träumen bei Babs etwas ausgelöst. Aber ich glaube, Tara hat davon erfahren, und es hat ihr nicht gefallen.«
»Aber was ist mit Mac? Er hat doch von Audrey überhaupt nichts gewusst.«
»Bis ich ihn gebeten habe, etwas über Audreys Vergangenheit herauszubekommen.«
»Du hast ihn gebeten, Nachforschungen über Audrey anzustellen?«
»Und er hat mich an der Nase herumgeführt. Er hat meine Aufmerksamkeit auf Audreys Mutter gelenkt, obwohl ich gegen Tara Beals hätte ermitteln sollen. Ich glaube, sie hat Mac schon die ganze Zeit kontrolliert.«
»So wie du das beschreibst, klingt es, als wäre Tara Beals so eine Art Voodoo-Hexe.«
»Vielleicht ist sie das auch. Ich glaube, sie hat in Perkins Dinge getan, von denen sie nicht möchte, dass sie herauskommen.«
»Aber Audrey war doch nie in Perkins, oder?«
»Ich glaube nicht.«
Er schlürfte den bitteren Kaffee. Seine Gedanken wirbelten wie dunkle Wolken in seinem Kopf herum. Doris. Babs. Mac. Doris. Audrey. Tara. Was zum Teufel hatte er übersehen? Etwas, das Ken gesagt hatte. Mac war hereingekommen, hatte ausgesehen, als ob er unter Drogeneinfluss stünde, und hatte vier Benzinkanister gekauft. Ken hatte berichtet, eine Frau, deren Beschreibung auf Tara passte, hätte mit ihm gesprochen. Doch

das war es nicht. Es war etwas anderes. Ken hatte gesagt, als Mac zurückkam, hatte er drei Benzinkanister in Babs' Haus getragen. Drei.

Nicht vier.

»Scheiße!«, stieß er hervor und schleuderte die Kaffeetasse so heftig ins Spülbecken, dass sie zerbrach.

»Was ist denn?«

»Pass auf Doris auf!«, sagte Virgil und rannte zur Tür. »Ich bin ein solcher Idiot!«

»Wo willst du hin?«

»Zu den Bocks! Ihr nächstes Opfer wird Audrey sein!«

53

Audrey schlich langsam auf die Tür zu. Ihr ganzer Körper war steif wie ein Brett und mit kaltem Schweiß bedeckt, aber dennoch fiel ihr auf, dass Decke und Wände des kleinen Vorraums mit mattgrauen Platten bedeckt waren, die von Nägeln gehalten wurden. Blei.

Dies war nicht der Raum, an den Audrey sich erinnern konnte. Erstens stand ein schwerer Schreibtisch aus Metall neben der Tür, und ein alter hölzerner Stuhl mit Rollen stand daneben. Der Raum in ihrer Erinnerung war leer. Aber der geheime Eingang und das Gefühl, begraben zu sein, ließen die Bilder jener längst vergangenen, traumatischen Nacht so lebendig werden, dass sie Vergangenheit und Gegenwart kaum noch auseinander halten konnte. In der Dunkelheit vor ihr weinte kein kleines Mädchen, aber in ihrem Kopf hörte sie immer noch Zach, der sie anflehte, sich zu beeilen. Sie drehte den Türknauf, der sich unangenehm eisig anfühlte, und drückte langsam die schwere Tür auf, bereit, sich auf jeden zu stürzen, der auf der anderen Seite wartete. Doch es war niemand da. Stattdessen lag ein langer, abschüssiger Gang vor ihr, und sie schnappte nach Luft. Wie der Korridor in meinem Kopf. Wie die weißen Türen.

Aber je länger sie den Korridor ansah, desto weniger Ähnlichkeit hatten die beiden miteinander. Dieser Gang war seltsam gebaut, mit unebenem Fußboden und Wänden aus schweren, gestrichenen Betonblocksteinen anstelle der roten Ziegelwände in ihrer Erinnerung. Und hier befanden sich die Türen alle auf einer Seite des Ganges. Alle, bis auf eine, die auf der rechten Seite lag.

Sie sah keine Bleiplatten, aber die Verkleidung an der Decke über ihr war feucht von Kondenswasser. Eine einzelne Leitung lief über die gesamte Länge des Ganges, und in Abständen von wenigen Metern beleuchteten nackte Glühbirnen den Gang.

Audrey fühlte Zach so nahe bei sich, dass sie ihn fast riechen konnte. Sie sah die erste Tür auf der linken Seite an und *wusste*, dass er dort war. Endlich hatte sie ihn gefunden. Sie begann zu zittern und musste einen Augenblick lang stehen bleiben, um sich zu fassen. Die Wände bedrängten sie, und alles verschwamm vor ihren Augen. Die Angst, die sie packte, war so intensiv, dass sie am

liebsten kehrt gemacht hätte und geflohen wäre, wie sie es damals in ihrer Kindheit getan hatte. Angestrengt lauschte sie auf das abscheuliche Lachen, das wie Dunkelheit geklungen hatte.
Sie blieb eine Weile vor der Tür stehen und versuchte, das Bild des Korridors ihrer Erinnerung zu verscheuchen, das sich immer wieder über den echten Gang schob, in dem sie sich befand. Dann griff sie nach der Türklinke – sie betete darum, dass sie wirklich war – und riss die Tür weit auf.
Die Frau, die Zach umschlungen hielt, hatte Taras Gesicht, aber ihr Haar war vollkommen weiß; ihre Züge waren verlebt und verwittert wie altes Gestein, und in ihren Augen leuchtete der Wahnsinn. Sie drückte sich in die entfernteste Ecke wie ein verwundetes Tier. Ihre verkrümmten Hände drückten Zach so fest an ihre welke Brust, dass er nicht entkommen und zu Audrey laufen konnte.
Mutter.
Audrey blieb wie angewurzelt in der Tür stehen. Sie starrte die Turnschuhe ihrer Mutter an, die unter ihrem abgetragenen Kleid hervorschauten. Ihr wilder Gesichtsausdruck drückte dasselbe aus wie ihre tierhafte Körperhaltung, ihre unruhigen Augen. Doch in diesen Augen war kein Hass, nichts von der Wut, an die Audrey sich erinnerte, und die Hände streichelten Zach voller Liebe, nicht wie die Hände einer mörderischen Irren. Sie glich mehr Audreys Vorstellung von sich selbst, einer Frau, die alles verloren hatte und sich an einen letzten Hoffnungsstrahl klammerte, bevor sie

ganz auf die andere Seite hinüberglitt, in den bodenlosen Abgrund des Wahnsinns.
Plötzlich fühlte Audrey, wie die Dinge in ihrer Erinnerung an ihren Platz zurückschnappten, wie die Zuhaltungen in einem Schloss. In ihrem Kopf flog eine Tür nach der anderen auf. Die Grundmauern ihrer zerstörten Erinnerungen brachen auf, und sie sank gegen die Wand. Es war nicht ihre Mutter gewesen, die Paula gefoltert hatte. Sondern Tara.
Es war Taras Keller gewesen, in dem Audrey gewesen war, nicht der Keller im Haus ihrer Mutter. Tara war diejenige gewesen, die mit Paula auf dem Fußboden gerungen hatte. Tara hatte ihrer Mutter ihren Bruder und ihre Schwester weggenommen. Tara hatte sie gefoltert und getötet. Und dann hatte sie in Audreys Erinnerung das Gesicht ihrer Mutter über ihr eigenes gelegt. Tara hatte ihre Erinnerungen nicht nur begraben, sie hatte sie entstellt und neue geschaffen!
»Ich bin da, mein Schatz«, keuchte Audrey und taumelte durch den Raum auf die beiden zu. Dabei ließ sie die Hände ihrer Mutter nicht aus den Augen, für den Fall, dass sie sich irrte und diese Hände zu Zachs Kehle hinaufflogen.
»Alle meine Kinder«, klagte Martha und starrte an Audrey vorbei in den Korridor. »Sie hat mir alle meine Kinder weggenommen.«
Die Erinnerungen stürmten auf Audrey ein, und sie schwankte.
Es war immer Tara gewesen. Es war Tara gewesen, die Paula an die Maschine in ihrem Laboratorium ange-

schlossen hatte, und dann hatte sie an dem Schalter gedreht. Und Paulas Schreie waren zu Tierlauten voller Angst und Qual geworden, so laut, dass Audrey so schnell sie konnte durch den Korridor zurückgerannt war. Es war Taras Lachen gewesen, das sie verfolgt hatte, als der verräterische Lärm ihrer rennenden Füße durch jenen langen, dunklen Tunnel hallte.

Es war immer nur Tara gewesen.

Audrey fiel neben Zach auf die Knie und schlang die Arme um ihn. Dabei starrte sie immer noch in die Augen ihrer Mutter und versuchte, Kontakt mir ihr aufzunehmen. Zach befreite sich aus Marthas Umarmung und begrub sich zitternd in Audreys Armen.

»Jetzt bist du in Sicherheit, mein Liebling«, flüsterte sie und drückte ihn fest an sich.

Er lag bebend an ihrer Brust. Beide weinten, klammerten sich aneinander und ließen die Tränen über ihre Wangen laufen.

»Mommy!« stieß er hervor und verbarg den Kopf an ihrer Brust.

Sie genoss das Gefühl, ihn im Arm zu halten, den sauberen Seifengeruch seiner Haare, seiner Haut, seinen festen, gesunden Körper. Sie würde ihn nie wieder loslassen. Nie wieder.

Martha berührte sie, und Audrey nahm auch ihren Geruch wahr. Sie roch wie die Vergangenheit. Aber es war eine süße Vergangenheit. Jasmin und Staub.

»Du kannst nicht hier bleiben«, sagte Martha, als Audrey in ihre alten, trockenen Augen aufsah, die so traurig waren wie der Tod.

Zach nickte. »Sie kommt«, flüsterte er in Audreys Ohr. Die Worte jagten kalte Schauer über Audreys Rücken, denn in diesem Augenblick fühlte auch sie es zum ersten Mal. Es war, als kröchen Millionen giftiger Insekten an ihren Beinen hinauf, über ihren Rücken, in ihre Kleider hinein, wo sie sie nicht erreichen konnte. Ihr ganzer Körper sendete eine Warnung.
Tara kam *wirklich* näher.
»Alle meine Kinder. Alle meine Kinder«, murmelte Martha.
»Mich hat sie nicht bekommen, Mutter«, flüsterte Audrey. »Und Zach auch nicht.«
»Noch nicht«, erwiderte Martha, die Augen fest auf die Tür gerichtet.
Doch es war Richard und nicht Tara, der den Raum betrat.
»Liebling«, rief Audrey. »Zach lebt! Er ist …«
Tara trat hinter Richard ins Zimmer, und Audrey sah sofort die Pistole in ihre Hand.
»Tara«, sagte Audrey und schluckte einen großen Klumpen in ihrer Kehle hinunter. »Was machst du hier?« Aber natürlich wusste sie es. Tara war gekommen, um Zach zu holen. Genauso, wie sie gekommen war, um erst Craig und dann Paula zu holen. Und schließlich sie selbst. Aber Zach würde sie nicht bekommen. Nicht einmal über ihre Leiche. Audrey drückte ihn so fest an sich, dass er sich loszumachen versuchte, um atmen zu können.
»Dann lebt er also noch«, stellte Tara fest und starrte Zach an.
Sie griff in ihre Tasche und holte etwas Kleines heraus.

Ein metallisches Klicken war zu hören, und ihre Lippen bewegten sich, aber Audrey konnte nicht hören, was sie sagte. Stattdessen überkam sie eine plötzliche Benommenheit, als hätte sie eine ganze Flasche Halcion auf einmal eingenommen. Es war ein seltsames, vertrautes Gefühl, aber eine winzige Stimme in ihr lehnte sich dagegen auf. Sie kannte diesen Ort. Hier befand sie sich, wenn sie unter Hypnose war. Sie hatte sich selbst oft genug dorthin begeben, und deshalb merkte sie, dass sie die Kraft hatte, ihn auch wieder zu verlassen. Sie stellte sich vor, wie sie sich durch eine enge Öffnung in ihrem Geist zwängte und ins Licht zurückkehrte. Als ihre Augen wieder etwas wahrnahmen, starrte sie direkt in Taras entsetztes Gesicht.

»*Exit!*«, rief Tara und drückte noch einmal auf den Klicker.

Diesmal hielt die Benommenheit sehr viel kürzer an. Audrey verspürte nur eine momentane Kraftlosigkeit, und sie verstand sofort, was passiert war. Tara hatte ein Wort und ein Geräusch in ihr Unterbewusstsein eingepflanzt, durch die sie in einen hypnoseähnlichen Zustand versetzt werden konnte. Aber durch ihre Arbeit mit Doktor Cates, ihre eigenen Erfahrungen mit Selbsthypnose und das Öffnen der Türen in ihrem Kopf hatte sie sich von der Macht des Wortes befreit.

»Nein«, sagte sie und schüttelte die Betäubung ab. »Ich weiß, was du gemacht hast. Aber du wirst mich nicht noch einmal hypnotisieren. Warum? Warum hast du Paula und Craig ermordet?«

»Ich habe niemanden ermordet«, widersprach Tara.

»Paula und Craig hatten telepathische Fähigkeiten. Ich wollte ihnen helfen, die Grenzen ihres Talents zu entdecken und auszuweiten. Ich wollte sie zu Göttern machen.«

»Du hast sie umgebracht.«

»Sie sind durch die Experimente umgekommen.«

»Wie viele Menschen sind durch deine Experimente umgekommen?«

Tara antwortete nicht.

»Hat überhaupt jemand sie überlebt?«

»Ein paar.«

»Alle meine Kinder«, schrie Martha und schob sich hinter Zach hervor.

Taras Augen wurden groß, und als sie lachte, erschauerte Audrey.

Warum hatte sie niemals gemerkt, dass das Lachen in ihrer Erinnerung Taras Lachen war? Hatte ihre Tante dafür gesorgt, dass sie auch das vergaß? Audrey bemerkte, dass Richard Tara über die Schulter hinweg beobachtete und sich anspannte. Aber die Pistole war direkt auf seinen Rücken gerichtet.

»Ich habe Richards Camry in der Einfahrt entdeckt, und als ich Coonts draußen gesehen habe, wusste ich, dass ich auch Martha hier finden würde.« Tara sah Audreys Mutter wütend an. »Ich werde nie verstehen, was er an dir gefunden hat. Er ist übrigens tot.«

Ein leises Stöhnen kam über Marthas Lippen. »Alle sind tot«, murmelte sie düster. »Wenn ich aufgewacht bin, war wieder eines von meinen Kindern weg, und ich konnte mich tage- oder monatelang nicht einmal daran

erinnern. Sie hat auch deinen Vater umgebracht, Audrey.«
Audrey schnappte nach Luft.
»Ich habe versucht, dich dazu zu bringen, es ganz und gar zu vergessen, Martha«, erklärte Tara. »Inzwischen kann ich das besser, aber die Bindung zwischen Mutter und Kind scheint unglaublich stark zu sein. Ich glaube, es war diese Bindung, die schließlich auch die Barrieren durchbrochen hat, die ich für dich aufgebaut hatte, Audrey.«
»Du hast sie mir alle weggenommen«, murmelte Martha. »Aber Zach und Audrey wirst du nicht ermorden.« Sie taumelte vorwärts. Dabei wirkte sie wie betäubt; ihre Augen waren nur halb auf ihre Schwester gerichtet. Tara schoss sie aus nächster Nähe nieder. Audrey schrie auf, als die alte Frau zusammenbrach, und Tara richtete die Pistole sofort wieder auf Richard, bevor dieser sich von der Stelle rühren konnte. Er drehte sich dennoch langsam zu ihr um und ließ es darauf ankommen, dass sie schoss. »Geh da rüber und stell dich neben Audrey«, befahl sie.
»Nein«, sagte Richard. »Warum erschießt du mich nicht einfach gleich?«
»Adler!«, rief Tara und deutete mit dem Kopf auf Richard.
Der Hund fletschte knurrend die Zähne und ging drohend einen Schritt auf Richard zu. Audrey sah, dass er angesichts des Hundes und der Pistole nicht die geringste Chance hatte.
Sie wusste, dass er dennoch nahe daran war, Tara anzu-

greifen. »Tu's nicht!« rief sie. Richard drehte sich zu Audrey um, und als sie den Kopf schüttelte, tat er zögernd, was Tara von ihm verlangte, doch seine Augen blieben fest auf die Pistole geheftet.

Tara sah sich im Raum um, dann blieben ihre Augen an Audrey hängen. »Vermutlich ist sie gleich, nachdem sie und ihr Freund das hier fertig gebaut hatten, hingegangen und hat Zach entführt.« Sie lachte, und Audrey fuhr auch diesmal zurück, als sie den unheimlichen Ton hörte, an den sie sich nun nur zu gut erinnerte. »Sie hat die Wände mit Blei verkleidet. Als ob das übersinnliche Kräfte aufhalten könnte. Meine Schwester hatte die verrückte Idee, ich würde ihre Kinder nicht finden, wenn sie sie hinter bleiverkleideten Wänden versteckte. Aber ich habe sie nicht gesucht, weil sie Talent hatten, sondern ich habe sie geholt, weil ich *angenommen* habe, dass es so war. Ich habe ihr das oft genug gesagt. Aber ihr Gedächtnis war kaputt. Ihr habt Glück, dass ihr nicht alle an Bleivergiftung gestorben seid. Gott sei Dank war sie vernünftig genug, das meiste davon mit einer Verschalung zu verdecken.«

»Warum hast du angenommen, dass die Kinder übersinnliche Kräfte hätten?«, fragte Audrey.

Tara sah ihr ins Gesicht. »Natürlich kannst du dich nicht daran erinnern. Ich würde Martha bitten, es dir zu zeigen, aber das kann sie jetzt nicht mehr.«

»Was sollte sie mir zeigen?«

»Deine Mutter war eine begnadete Hellseherin. Damit hat sie ihren Lebensunterhalt verdient. Sie hat den Leuten ihr Schicksal vorausgesagt.« Sie sagte es so zornig, als

sei nicht nur Marthas Beruf, sondern auch sie selbst verachtenswert gewesen.
»Und sie hat gewusst, dass du kommen würdest, um die Kinder zu holen.« Audrey glitt ein wenig näher an Richard heran und zog Zach mit sich. »Und als sie älter wurden, hat sie sie im Keller eingesperrt.«
»Das war damals noch kein besonderer Keller, nicht so ausgeklügelt wie dieser.« Tara deutete mit der freien Hand durch den Raum. »Eine kleine Zelle mit Bleiverkleidung. Und sie hatte andauernd Visionen und dachte, ich würde kommen. Ich glaube, sie hat euch Kinder jedes Mal da unten schlafen lassen, wenn sie eine von ihren Visionen hatte.«
»Sie sind aber in deinem Keller gestorben«, flüsterte Audrey.
Taras finsteres Gesicht nahm einen drohenden Ausdruck an.
»Du hast Paula und Craig mit deiner Maschine ermordet«, schrie Audrey. Die Erinnerungen stürzten auf sie ein. Die Maske – diese abscheuliche, metallene Monstrosität – war nicht im Keller ihrer Mutter gewesen, sondern in Taras. Sie war immer nur in Taras Keller gewesen.
»Hör auf, so etwas zu sagen! Es war ein Experiment, das zum Wohl der Menschheit notwendig war. Es waren ja nicht nur sie. Ich habe mit so vielen Objekten gearbeitet, wie ich bekommen konnte.«
Audrey schüttelte den Kopf. »Aber das ergibt doch keinen Sinn. Warum hast du es nicht mit mir gemacht? Warum hast du mich nicht getötet?«

»Es waren wissenschaftliche Experimente!«, brüllte Tara. »Ich habe nicht versucht, dein Talent zu fördern, weil du offenbar keins hattest. Es tut mir Leid, Audrey. Ich wollte nicht, dass du in diese Experimente hineinstolperst. Ich habe getan, was ich konnte, um dich zu schützen und die Erinnerungen auszulöschen. Aber sie wären wohl früher oder später doch wieder erwacht, und ich kann nicht riskieren, dass du redest. Meine Arbeit ist wichtiger als irgendein Mensch, egal wie sehr ich dich liebe.«

»Du behauptest, dass du mich liebst?«

»Ich habe dich aufgezogen.«

»Du hast meine Erinnerung ruiniert. Du hast meine Geschwister und meine Mutter ermordet. Du bist hierher gekommen, um mich zu töten.«

»Nein, das ist nicht wahr. Es tut mir Leid, dass das alles passieren musste. Aber ich kann keine Mitwisser dulden. Jeder, der von meinen Experimenten weiß, muss beseitigt werden.« Sie richtete die Pistole auf Richard, und als er eine Bewegung in ihre Richtung machte, drückte sie ab. Der Schuss schleuderte ihn rücklings gegen die Wand. Er sank zu Boden und starrte ungläubig das Loch in seiner linken Brustseite an. Seine Hände flatterten zu der blutigen Wunde und lagen zitternd auf seinem Hemd wie ein Fisch auf dem Trockenen. Audrey schrie auf, ließ Zach los und sank an Richards Seite zu Boden. Tara richtete die Pistole auf sie.

»Komm mit mir, Audrey«, sagte sie. »Es ist Zeit, dass du die Maschine kennen lernst.«

Audrey schüttelte den Kopf. »Ich gehe nicht mit dir. Keiner von uns geht mit dir.«

»Ich kann nur einen mitnehmen«, erklärte Tara. »Schade. Aber ich habe keinen Laborassistenten mehr. Und da du dich von meiner Programmierung befreit hast und Zach noch nie programmiert worden ist, kann ich nicht riskieren, dass einer von euch davonkommt.« Sie musterte Zach, als wäre er nicht ihr Neffe, sondern ein armes Lamm, das leider Gottes geschlachtet werden musste. »Du scheinst ein wenig Talent zu haben, das ich übersehen habe, Audrey. Du hast es geschafft, deinen Bengel zu finden, obwohl alle Welt dir gesagt hat, er wäre tot. Das ist eine Leistung, die ich gerne untersuchen würde.«

Es dauerte einen Augenblick, bis Audrey begriff, was sie damit sagen wollte, dann jedoch blieb ihr vor Entsetzen fast das Herz stehen. Sie sah, wie Tara die Pistole langsam auf Zach richtete. Tara würde keine Zeugen hinterlassen. Weder Zach noch Richard noch ihre Mutter würden am Leben bleiben, um sie zu belasten.

»Nein«, schrie Audrey und streckte hilflos die Arme aus.

Im Inneren der Pistole war ein metallisches Klicken zu hören, aber als Tara auf den Abzug drückte, geschah nichts. Sie zog den Schlitten zurück und überprüfte kopfschüttelnd die Kammer, dann drückte sie noch einmal auf den Abzug. Wieder Ladehemmung, dann wieder ein unerwartetes Klicken.

Tara wich einen Schritt zurück und sah Zach an, dessen Augen wie Laserstrahlen auf die Pistole gerichtet waren. Sie ließ die Waffe fallen, als stünde sie in Flammen.

»Du warst das!«, stieß sie hervor, als Zachs Augen langsam vom Fußboden zu ihrem Gesicht wanderten. Tara handelte, bevor er reagieren konnte. Sie packte seinen Arm wie ein Schraubstock und stieß Audrey rücklings neben Richard zu Boden. »Adler«, schrie sie und deutete auf Audrey, die schon wieder aufzustehen versuchte. Der Hund sprang mit gefletschten Zähnen auf Audrey zu. Sein dumpfes Knurren drückte unmissverständlich eine tödliche Drohung aus.

»Wie hast du das gemacht?«, fragte Tara und hob Zachs Kinn an.

Zach zuckte die Achseln und sah seine Mutter an, die den Kopf schüttelte.

»Ich habe überhaupt nichts gemacht.«

»Doch, du hast etwas getan. Ich habe es gespürt. Was hast du mit meiner Pistole gemacht?«

»Gar nichts.«

»Adler! Aufgepasst!« Der Hund entblößte die Zähne noch weiter. Sein ganzer Körper war angespannt.

Audrey presste sich an die Wand neben Richard und hielt schützend die Hände vor sich. »Wenn ich es ihm befehle, reißt der Hund deine Mutter in Stücke«, drohte Tara. »Also noch einmal, was hast du mit meiner Pistole gemacht?«

»Ich habe sie so eingestellt, dass sie nicht schießen konnte.«

Taras Augen leuchteten auf. »Wie hast du das gemacht?«

Zach zuckte wieder die Achseln. Er sah immer noch Audrey an, deren Gesicht vor Angst verzerrt war. »Ich war nur drin und hab sie umgestellt, das ist alles.«

Tara nickte. »Erstaunlich! Du könntest derjenige sein,

nach dem ich all diese Jahre lang gesucht habe, Zachary.«
»Nein, Tara«, schrie Audrey auf. »Bitte nimm mich.«
Tara sah sie nicht einmal an. »Wir müssen gehen, Zach. Adler! Bleib hier! Aufgepasst.«
Der Hund bewegte den Kopf vor und zurück, als hätte er etwas in den Ohren. Aber er schüttelte es ab und blieb direkt vor Audrey sitzen.
»Zach, komm mit!« Tara zerrte an der Hand des Jungen.
»Nein.« Er stemmte seine Füße ein und wehrte sich mit aller Kraft gegen sie.
»Tara, bitte! Um Gottes willen!«, flüsterte Audrey.
»Adler!« Tara deutete auf Audrey, und der Hund knurrte wild, grub die Krallen in den Teppich und beugte sich drohend zu Audrey vor. »Ein Befehl genügt, Zach, und Adler tötet deine Mutter.«
»All die Jahre lang habe ich nicht gewusst, was für ein Tier du bist«, stieß Audrey hervor. »Du hast mich mit Erinnerungen an die wunderbare Tante voll gestopft, die mich vor meiner bösen Mutter gerettet hat.«
Sie sah auf die Blutlache hinunter, die sich um Martha herum auf dem Fußboden angesammelt hatte, und dann zu Richard, der neben ihr lag und kaum noch bei Bewusstsein war. »Du warst es. Die ganze Zeit immer nur du!«
Tara zerrte Zach aus dem Zimmer, und als sie draußen war, schrie sie: »Adler! Jetzt!«
Der Hund warf sich vorwärts und stellte die Vorderpfoten auf Audreys Brust. Sie rutschte seitwärts an der Wand entlang über ihre Mutter hinweg, schlug wild auf

das Tier ein und betete, dass er seine Zähne nicht in ihren Hals graben würde. Bevor sie es verhindern konnte, spürte sie den heißen Atem des Hundes an ihrer Kehle. Die messerscharfen Zähne berührten ihre Haut wie ein Versprechen, und das Knurren war ohrenbetäubend, aber aus irgendeinem Grund biss der Hund nicht zu. Beide erstarrten mitten in der Bewegung, und Audrey fühlte, wie der warme Speichel des Tieres auf ihre Schulter tropfte. Ihr war, als ob Stunden so vergingen.

»Adler!«, rief Tara vom Ende des Korridors. Die grausamen Krallen des Tieres kratzten über Audreys Brust, dann rannte der Hund aus dem Zimmer.

Audrey rappelte sich kraftlos auf und stürzte in den Gang hinaus, gerade noch rechtzeitig, um zu hören, wie die schwere Metalltür zugeschlagen wurde und das Schloss einschnappte.

Cooder zog sich in sich selbst zurück, als er merkte, dass der Hund, der Junge und Doktor Beals sich ihrem Auto näherten. Wieder glitt er die Böschung über dem Straßengraben hinunter und versuchte, wie ein Wurm in der Erde zu verschwinden. Autotüren wurden zugeschlagen, und er wartete darauf, dass Doktor Beals davonfuhr, aber nichts geschah. Endlich siegte seine Neugier, aber anstatt zur Straße zurückzuklettern, holte er tief Luft, konzentrierte sich und sah erneut durch die Augen des Hundes.

Zach saß quer auf dem Rücksitz und starrte wie betäubt geradeaus, und Cooder merkte, dass er – der Hund – das Kind anknurrte. Er nahm alle Kraft zusammen und zwang das Tier, seine Schnauze am Arm des Jungen zu reiben. Doch Zach schob ihn fort.

Aber wo war Doktor Beals?

Cooder zwang den Hund, sich nach allen Richtungen umzusehen. Und dann sah er sie. Gerade kam sie um die Hausecke herum zurückgeeilt. Sie sprang ins Auto, schlug die Wagentür zu und ließ den Motor an. Der Geländewagen schoss mit quietschenden Reifen in einem Hagel von Kies davon. Schon bevor er um die Kurve verschwunden war, spürte Cooder, wie er den Kontakt mit dem Hund verlor. Er legte den Kopf ins Gras und schloss die Augen. Sie war fort, und er war in Sicherheit. Aber sie hatte den Jungen.

Dieser Gedanke traf ihn wie ein eiskalter Windstoß. Egal, wo das Kind bisher gewesen war, egal, was ihm passiert war, es war nichts im Vergleich zu dem, was ihm jetzt passieren würde. Doktor Beals hatte den Mann vor dem Haus und die Frau im Keller getötet, und sie hatte auch auf den Vater des Jungen geschossen. Sie hatte versucht, seine Mutter zu töten, aber irgendwie hatte der Junge das verhindert.

Einen Augenblick lang hatte Cooder das Gefühl gehabt, Kontakt mit dem Jungen zu haben. Aber es war so schwer gewesen, im Kopf des Hundes zu bleiben, dass er nicht loslassen konnte. Der Junge hatte irgendwas mit der Pistole gemacht, damit sie nicht losging.

Woher sollte ein Kind so etwas können? War es vielleicht so, wie in den Kopf eines Vogels einzudringen? Cooder verstand nicht, wie das Innere eines Vogels Ähnlichkeit mit dem Inneren einer Pistole haben konnte, doch er hatte gespürt, dass er und das Kind nun etwas miteinander gemein hatten. Etwas, hinter dem Doktor Beals her war.

Er schüttelte den Kopf, um wieder klar denken zu können, und hob die Stirn von der Grabenwand. Doktor Beals hatte etwas gesagt, und die Frau war ganz steif geworden. Sie war genauso abgerichtet wie der Hund. Hypnotisiert.

Er erschauerte, denn in diesem Augenblick begriff er, dass irgendwo in seinem zerstörten Gehirn ein Wort auf *ihn* wartete, und wenn er es hörte, würde er alles tun, was Doktor Beals sagte. Und so wie die Dinge sich entwickelten, fürchtete er, dass sie ihm befehlen würde, sich selbst zu töten. Weil sie wiederkommen würde, um ihn zu holen. Er wusste es. Vielleicht nicht sofort, vielleicht nicht gleich, aber sie würde wiederkommen. Er hatte genug gesehen, um sich das ausrechnen zu können. Als er ängstlich zum Straßenrand hinaufkletterte, bemerkte er einen hellen Schein in der Nacht, ein Flackern vor den Baumwipfeln hinter der Scheune. Dann, als er wieder auf der Straße stand, sah er die Flammen, die an den Seiten der alten Scheune hinaufleckten. Das trockene Holz fing schnell Feuer, und die Flammen rasten wie tollwütige Eichhörnchen die Wände hinauf.

Der Zauber des lodernden Feuers hielt ihn gefangen wie ein Kaninchen vor einer Schlange. Er konnte die Augen nicht abwenden. So stand er da, einen Fuß im Gras, den anderen auf der Straße, als Virgils Streifenwagen mit kreischenden Bremsen unmittelbar vor ihm zum Stehen kam.

»Cooder!«, schrie Virgil, sprang aus dem Wagen und lief auf ihn zu.
»Hi, Virg«, antwortete Cooder. Er sah Virgil kurz an und wandte sich wieder dem Feuer zu, das sich bereits seinen Weg zu den zwei Stockwerke hoch gelegenen Dachrinnen bahnte.
»Was machst du hier, Cooder?«, fragte Virgil. Er packte ihn an den Schultern, schüttelte ihn und starrte zu dem Wagen der Bocks auf der anderen Straßenseite hinüber. »Hast du Audrey Bock oder ihren Mann gesehen?«
Cooder schwieg eine Weile.
»Ich glaube.«
»Du *glaubst*?«
Cooder nickte. »Ja, ich hab sie gesehen.«
»Wo sind sie?« Virgil betete, dass Cooder ihm eine andere Antwort geben würde als die, die er befürchtete.
»Da drinnen.« Cooder deutete mit dem Kopf auf das Feuer.
»Scheiße«, stieß Virgil hervor. Das Feuer kletterte bereits an den steilen Dachschindeln hinauf. Unten breitete es sich aus und kroch an der Scheunenwand entlang auf das Wohnhaus zu. Doch es schien die Wohnräume noch nicht erreicht zu haben.
Virgil nahm eine Taschenlampe vom Beifahrersitz und lief über die Straße.
»Du wirst sie nicht finden«, sagte Cooder mit dieser ewig ruhigen Stimme, die Virgil zum Wahnsinn trieb.
»Wo genau sind sie, Cooder? Ich habe nicht viel Zeit!«
Cooder zuckte die Achseln. »Ich zeig's dir.«
»Dann zeig's mir.«

Wieder verging einige Zeit, so dass Virgil Cooder erneut an den Schultern packte und schüttelte.
»Die Scheune«, sagte Cooder, als wäre es ihm gerade wieder eingefallen.
Virgil starrte das Feuer an, das die Scheune allmählich in einen Scheiterhaufen verwandelte.
»Wenn sie in der Scheune sind, werden sie sicher versuchen, ins Haus zu kommen«, meinte er.
»Können sie nicht«, widersprach Cooder. »Sie sind im Keller.«
»Der Keller schließt an das Haus an.«
Aber Cooder schüttelte den Kopf. »Schlimme Sachen, Virg.«
»Scheiße«, sagte Virgil schließlich. Er bedeutete Cooder, sich zu beeilen und mit ihm zu kommen. »Zeig mir, wo sie sind.«

Audrey trat gegen die schwere Tür und riss so heftig an der Türklinke, dass ihr die Handgelenke wehtaten, doch sie ließ sich nicht öffnen und gab nicht nach. Sie spürte, dass Zach sich weiter und weiter von ihr entfernte. Es machte sie rasend, ihm so nahe gekommen zu sein, ihn im Arm gehalten zu haben, und ihn jetzt der Frau überlassen zu müssen, die schon die ganze Zeit das Zentrum des Wahnsinns gewesen war. Das durfte einfach nicht sein!
Audrey zerrte an der Tür und warf sich mit der Schulter dagegen, ohne auf den Schmerz zu achten. Doch nach mehreren solcher Versuche war sie außer Atem, lehnte sich gegen das kalte Metall und zermarterte sich das

Gehirn nach einer anderen Möglichkeit. Hastig drehte sie sich um, rannte durch den Korridor zurück, riss alle Türen auf und untersuchte den Keller Raum für Raum. Sie hielt sich nur lange genug im ersten auf, um sich zu vergewissern, dass Richard noch atmete.

Der Grundriss schien größtenteils derselbe zu sein wie der des darüber liegenden Hauses. Rechts von ihr waren die Grundmauern. Alle Räume bis auf einen befanden sich auf der linken Seite. Soweit sie erkennen konnte, waren die alten Granitgrundmauern unterhöhlt und mit soliden Betonwänden abgestützt worden, obwohl hier und da, wo die Decke auf den Wänden auflag, ein Stück der Steinwand sichtbar war. Als sie Zachs Zelle am hinteren Ende des Kellers entdeckte, musste sie einen Augenblick stehen bleiben, um sich zu fassen. Sie war erschüttert, wie winzig und trübselig sie war, kaum größer als ihr Badezimmer zu Hause, nur ein Metallbett, ansonsten kahle Wände.

Hier hatte er ein ganzes Jahr lang gehaust. Ihre Mutter hatte das getan, aber sie hatte es wegen Tara getan. Ihre Mutter hatte ihn hierher gebracht, um ihn zu schützen, obwohl es ihr nicht gelungen war, ihre eigenen Kinder zu beschützen. Dennoch konnte Audrey ihr diese kahle Zelle nicht verzeihen, trotz ihres Wahnsinns nicht. Sie hätte ihm wenigstens so etwas Ähnliches wie ein Leben bieten können. Was hatte sie sich dabei gedacht, ihn wie einen Mörder in Einzelhaft zu halten? War ihr Verstand so sehr zerstört, dass sie sich nicht einmal darüber im Klaren gewesen war, was das für einen kleinen Jungen bedeuten musste? Und was war mit Coonts? Wo zum

Teufel war er, und warum hatte er sich an dieser Geschichte beteiligt?

Sie eilte in den Korridor zurück und lief in die kleine Werkstatt neben dem Raum, in dem Richard und ihre Mutter lagen. Sie wollte nach irgendetwas suchen, womit sie die Kellertür aufschneiden oder -stemmen konnte. Doch gerade in diesem Augenblick streckte Richard den Kopf in den Gang hinaus. Er war bleich wie der Tod, kniete am Boden und musste sich am Türrahmen festhalten, aber er war bei Bewusstsein. Er lebte. Und in ihrer Panik, zu Zach zu kommen, hatte sie ihn alleine gelassen. Sie rannte zu ihm, sank neben ihm zu Boden und lehnte ihn wieder gegen die Wand.

»Ich war ohnmächtig«, flüsterte er.

Sie nickte. »Versuch nicht zu reden. Ich hole uns hier raus.«

Er spähte an ihr vorbei zu der Metalltür.

»Abgeschlossen«, sagte Audrey. »Ich muss eine Möglichkeit finden, sie aufzubrechen.«

Richard schüttelte den Kopf und schaute hinter sich auf Marthas Leiche. »Sie muss einen Schlüssel haben.«

»Vielleicht hat ihn Merle«, wandte Audrey ein. »Und der ist draußen.«

Richard schüttelte wieder den Kopf, aber es war deutlich zu erkennen, dass es ihn ungeheuer anstrengte. »Sie wäre nicht in einem Kellerloch geblieben, ohne eine Möglichkeit zu haben, rauszukommen, wenn Merle etwas passieren würde.« Seine Stimme war rau und heiser, aber sein Gedankengang war logisch. War ihre Mutter verrückt genug gewesen, um zu riskieren, lebendig begraben zu werden? Vielleicht. In ihrer übermächtigen Angst vor Tara war ihr vielleicht *alles* besser erschienen, als entdeckt zu werden. Dennoch war dies ihre größte Chance.

Audrey zog Richards Hemd zur Seite und untersuchte die Wunde. Beim Anblick des Blutes verzog sie das Gesicht, aber das Loch war klein, und das Blut sickerte langsam hervor und spritzte nicht in Stößen heraus. Sie hoffte, dass das ein gutes Zeichen war. Vorsichtig tastete sie an seinem Rücken nach der Austrittswunde, doch die Haut war unverletzt.

»Wir müssen die Blutung stillen«, flüsterte Richard und betrachtete die Wunde benommen.

Audrey zog ihm das Hemd aus, biss sich auf die Lippen und stopfte ein Stück des Stoffes mit dem Finger in die Wunde. Richard stöhnte auf und verlor wieder das Bewusstsein. Aber er kam schnell wieder zu sich und atmete tief durch die Zähne.

»Tut mir Leid«, flüsterte sie.

»Du musstest die Blutung stoppen.«

»Alles tut mir Leid.«

»Du konntest nichts dafür, Audrey. Nichts von all dem ist deine Schuld.« Er sah ihre Mutter an, aber Audrey schüttelte den Kopf. »Du musst nachsehen, Audrey. Vielleicht ist sie nur bewusstlos.«

Audrey stand auf und ging zu ihrer Mutter hinüber. Marthas Gesicht sah friedlich aus und erinnerte Audrey an das Foto. Sie fragte sich, wie oft in ihrem Leben ihre Mutter wohl so ausgesehen hatte. Doch schon bevor sie niederkniete, um die Hand an ihren Hals zu legen, wusste sie, dass sie keinen Puls fühlen würde. Beim ersten Schuss hatte Tara besser gezielt, und Audrey fragte sich, ob Zach wohl etwas damit zu tun gehabt hatte, dass sie Richards Herz verfehlt hatte.

»Sie ist tot«, sagte sie.

»Schau nach einem Schlüssel.«

Audrey tastete den Rock und die Bluse ihrer Mutter ab, aber die Kleidungsstücke hatten keine Taschen, und an dem noch warmen Körper war kein Schlüssel verborgen. »Nichts.«

Richard nickte. »Er ist hier irgendwo, Audrey. Du musst ihn suchen.« Er lehnte den Kopf gegen die Wand und schloss die Augen. Als Audrey wieder an seiner Seite niederkniete, öffnete er sie noch einmal. »Ich bin okay. Such den Schlüssel.«

Sie sah sich im Zimmer um. Außer drei Sesseln und einem leeren Wandtisch gab es hier eine Stehlampe und eine Kommode, auf der ein Fernseher und ein paar Medizinflaschen standen. Sie kippte den Inhalt der Schubladen auf den Boden und wühlte sich durch Fotos und Papiere. Ein Stapel brauner Blätter, die mit einem Gummiband zusammengehalten wurden, fielen ihr auf, und sie blätterte sie durch. Zwanzig Jahre alte Zeugnisse – ihre. Aber kein Schlüssel. Sie sah Richard an und schüttelte den Kopf.

»Sieh in den anderen Zimmern nach«, flüsterte er.

Diesmal ging sie langsamer und aufmerksamer durch das Labyrinth. In Zachs Zimmer zu suchen, lohnte natürlich nicht. Hier gab es nichts, wo man einen Schlüssel hätte verstecken können, und außerdem war dieser Raum wohl der letzte Ort, wo Martha oder Merle ihn aufbewahrt hätten. Der Raum neben dem, in dem Richard lag, war ein Schlafzimmer, das kaum weniger spartanisch war als das von Zach. Daraus schloss sie, dass ihre Mutter den Jungen vermutlich nicht hatte bestrafen wollen. Vielleicht hatte sie einfach jeden Maßstab dafür verloren, was ein Kind brauchte, abgesehen von der Notwendigkeit, vor Tara beschützt zu werden. Oder dies war Merles Zimmer. Doch als Audrey sich den Grundriss noch einmal ins Gedächtnis rief, fiel ihr auf, dass hier unten nur zwei Schlafzimmer waren. Merle musste also oben im Haus gewohnt haben. Natürlich. Er musste ja den Eindruck aufrechterhalten, dass jemand dort wohnte.

Marthas Bett stand neben einer Kommode, die genauso aussah wie die im Wohnzimmer. Wieder entleerte Audrey die Schubladen auf den Fußboden. Diesmal untersuchte sie den Inhalt mit großer Sorgfalt und legte weiße Nylonhöschen und Kniestrümpfe zur Seite, in der Hoffnung, den Schlüssel zu finden.

Audrey spürte Zach nicht mehr, und Panik machte sich in ihr breit. Sie wusste nicht, wie lange Richard noch durchhalten würde, und sie wusste, dass ihr irgendetwas entging. Etwas Wichtiges.

Aber in dem Kleiderhaufen war kein Schlüssel. Verzweifelt schüttelte sie jedes Kleidungsstück einzeln aus und hoffte, dass der Schlüssel zu Boden fallen würde. Schließlich warf sie die letzte Baumwollbluse voller Abscheu aufs Bett.

Wo war er? Richard hatte Recht. Irgendwo hier unten

musste ein zweiter Schlüssel sein, aber wo? Im Werkzeugraum? Im Badezimmer versteckt? Warum hätte ihre Mutter das tun sollen? Sicher war es doch darum gegangen, den Schlüssel vor Zach zu verbergen, und natürlich hatten sowohl Martha als auch Merle gewusst, dass der Junge eine Möglichkeit finden würde, das Badezimmer zu durchsuchen. Sie konnte sich nicht vorstellen, dass ihre Mutter den Werkzeugraum benutzt hatte. Der war vermutlich Merles Domäne gewesen. Der Schlüssel musste entweder hier oder in dem Abstellraum sein, wo Zach das Fotoalbum entdeckt hatte. Den würde sie als Nächstes durchsuchen, aber zuerst musste sie absolut sicher sein, dass er nicht im Schlafzimmer war.

Sie riss die Bettwäsche vom Bett, schüttelte sie sorgfältig aus und warf sie in eine Ecke. Unter dem Kopfkissen war nichts, und auch im Bezug steckte der Schlüssel nicht. Sie hob die Matratze auf. Nichts zwischen der Matratze und dem Holzrost. Sie lehnte den Holzrost gegen die Wand und starrte den Bettrahmen an. Das Zimmer sah aus, als hätte eine Bombe eingeschlagen, aber kein Schlüssel war aufgetaucht. Sie ließ den Holzrost wieder zurückfallen und wandte sich zur Tür, bereit, jeden Winkel des Abstellraums zu durchsuchen, als ihr Blick auf ein Foto an der Wand fiel.

Als sie es genauer ansah, merkte sie, dass es kein richtiges Foto war. Es war eine *Fotokopie* des Bildes, das Zach ihr gezeigt hatte. Das, von dem Taras Gesicht abgerissen worden war. Aber die Kopie war gemacht worden, bevor das Foto zerrissen worden war, und Audrey war verblüfft über die Ähnlichkeit zwischen Martha und

Tara. Sie waren Zwillinge, ebenso wie sie selbst und Paula. Vielleicht war das der Grund, warum es so leicht für Tara gewesen war, Audreys Erinnerungen an sie beide durcheinander zu bringen.

Das Bild hing neben dem Bett, wo Martha es hatte anschauen können, bevor sie einschlief. So konnte sie in die Augen der Frau sehen, die ihr Leben zerstört und sie in ein gehetztes Tier verwandelt hatte, das sich in einer unterirdischen Höhle verstecken musste. Audrey konnte sich nur schwer vorstellen, was es bedeutet haben musste, nicht nur einen Sohn, sondern drei Kinder und den Ehemann zu verlieren, und dabei die ganze Zeit zu wissen – jedenfalls auf einer gewissen Ebene – wer das Ungeheuer war, das sie entführt oder getötet hatte. Kein Wunder, dass ihre Mutter wahnsinnig geworden war.

Als Audrey das Bild von dem Nagel an der Wand nahm, und die Gesichter studierte, berührten ihre Finger etwas Kaltes, Metallisches auf der Rückseite des Rahmens. Sie drehte das Bild um, und da war der Schlüssel. Das Klebeband, mit dem er befestigt war, war vom Alter vergilbt. Sie riss ihn los und rannte damit den Gang entlang. Das Etwas in ihrem Unterbewusstsein meldete sich noch immer lautstark zu Wort, aber sie dachte nur an Flucht und daran, Zach wiederzufinden, und achtete nicht darauf.

»Ich hab ihn!«, rief sie Richard im Vorbeilaufen zu.

Er brachte nur ein Nicken und ein Lächeln zustande.

Mit zitternden Fingern steckte sie den Schlüssel ins Schlüsselloch, sorgsam darauf bedacht, ihn in ihrer Eile, die Tür zu öffnen, nicht abzubrechen. Das metallische

Klicken des Schlosses erinnerte sie an Zach, daran, wie er das Schloss in der Scheune geöffnet und die Pistole manipuliert hatte. Doch es erinnerte sie auch an Tara, an den metallenen Klicker, den sie benutzt hatte, um Audrey in einen hypnoseartigen Zustand zu versetzen, und an das, was sie Zach antun würde, wenn es ihr gelang, ihn in ihren Keller zu schleppen. Sie riss die Tür auf und rannte zur Treppe. Zu ihrem Entsetzen konnte sie die Falltür nicht öffnen. Tara musste die Kleider wieder hineingestopft und den Riegel vorgeschoben haben. Audrey stemmte sich immer wieder dagegen, doch der Kleiderhaufen machte ihre Bemühungen zunichte. Schließlich brach sie auf den Stufen zusammen und überlegte fieberhaft, was für ein Werkzeug sie brauchen würde, um sich den Weg in die Freiheit zu bahnen. Sie hörte Richard am anderen Ende des Ganges keuchen und riss sich zusammen, rutschte auf dem Hinterteil die Stufen hinunter und lief den Korridor entlang zurück.

Sie roch das Feuer, bevor sie irgendein Anzeichen davon sah. Als sie aufblickte, bemerkte sie eine dünne Schicht grauen Rauch, der sich wie eine flache Schlange über die Decke wand. Richard hustete, und jeder keuchende Atemzug schien ihm unerträgliche Schmerzen zu bereiten. Seine Hände lagen flach auf dem Fußboden, und er versuchte vergeblich, sich gegen die quälenden Erschütterungen seiner eigenen Atemstöße zu stemmen.

Feuer. *Das* war es, was sie übersehen hatte. Natürlich würde Tara sie nicht einfach lebend hier zurücklassen. Sie würde niemals das Risiko eingehen, dass der Hund sie womöglich doch nicht umgebracht hatte, obwohl

Audrey immer noch nicht verstand, warum er es nicht getan hatte. Sie selbst, ihre Mutter und Richard sollten als Aschehaufen in Merle Coonts' Keller enden. Sollten sie jemals gefunden werden, bezweifelte Audrey nicht, dass Tara dafür gesorgt haben würde, dass es so aussah, als sei Audrey an allem schuld. Schließlich war sie verrückt. Jedermann wusste das.

»Sie hat das Haus angezündet!« Richard deutete mit dem Kopf auf die Decke. »Du musst den Ventilator finden und ihn ausschalten, bevor wir ersticken.«

»Wie soll ich das machen?«

Richard konnte kaum den Kopf bewegen. »Dreh die Sicherung raus. Hier muss irgendwo ein Schaltbrett sein. Und such nach dem Belüftungsschacht und verstopfe ihn.«

Sie wollte gerade wieder den Korridor entlanglaufen, weil sie vermutete, dass das Schaltbrett im Werkzeugraum war, als Richard hinter ihr herrief. »Du musst diese Tür verrammeln!«, stieß er hervor und deutete auf die Metalltür, die zu öffnen sie sich so sehr bemüht hatte. »Die ganze Scheune könnte zusammenbrechen, und Teile davon könnten in das Loch fallen. Und wenn sie bis in diesen Keller durchbrechen, brennt der Keller ebenfalls.«

Audrey stand eine Weile unentschlossen da und wusste nicht, was sie zuerst tun sollte. Aber der Rauch drang in ihre Lunge, und sie rannte zum Werkzeugraum. Dort mussten sich logischerweise die Sicherungen befinden.

54

Als Virgil und Cooder um die Vorderseite des Hauses herumliefen, sah der Sheriff zu seinem Entsetzen, dass bereits die ganze Scheune in Flammen stand. Das Feuer griff rasch auf die Wände des Anbaus über, durch den das Gebäude mit dem Wohnhaus verbunden war. Natürlich kam das durch das Benzin. Ken hatte berichtet, Mac hätte drei Kanister in Babs St. Clairs Haus getragen. Gekauft hatte er jedoch vier. Als Virgil zu seinem Streifenwagen zurückgestürzt war, hatte er als Erstes Birch angerufen. Wie befürchtet, hatte der Deputy den vierten Kanister nicht in dem gemieteten Ford gefunden, und Tara hatte reichlich Zeit gehabt, damit zu verschwinden.

»Du bist sicher, dass sie da drin sind?«, fragte Virgil. Er stand vor Merles Haustür und sah sich über die Schulter nach Cooder um.

Cooder nickte, und Virgil trat die Tür ein. Schwacher Rauchgeruch stieg ihm in die Nase, als er ins Haus stolperte.

»Wo sind sie?«, schrie er Cooder an, der hinter ihm stand.

Keine Antwort. Lieber Gott. Dies war wirklich nicht der richtige Zeitpunkt für ein Cooder-Gespräch.

»Wo sind sie, Cooder? Wir haben nicht viel Zeit!«

»In der Scheune.«

Das Bild der Scheune, die wie ein Freudenfeuer loderte, leuchtete in Virgils Kopf.

»Wenn sie da drin sind, sind sie tot!«, brüllte er.
Cooder runzelte kopfschüttelnd die Stirn. »Im Keller.«
»Auch die Decke von dem Scheunenkeller muss schon brennen!«
Cooder schien sich auf etwas zu konzentrieren, das hinter seinen Augäpfeln verborgen war. »Darunter.«
»Was?«
»Darunter.«
»Scheiße«, murmelte Virgil. Er trat vollends durch die Tür und winkte Cooder, ihm zu folgen. »Komm, du musst es mir zeigen. Und um Gottes willen, beeil dich!«
Als sie die Treppe hinunter in den mit Kartons angefüllten Keller stolperten, musste Virgil an den alten Schiffskoffer denken. Seine Klaustrophobie begann sich bemerkbar zu machen, doch er achtete nicht darauf. Das war im Augenblick seine geringste Sorge.
»Mein Gott«, murmelte er und blieb stehen. »Leben sie noch?«
»Sie leben«, versicherte Cooder und stieß ihn vorwärts.
»In dem Schrankkoffer?«
Wieder eine Denkpause. »Ja.«
»Cooder, wenn ich durch deine Schuld hier unten drauf gehe«, keuchte Virgil, »dann kannst du wirklich was erleben. Okay?« Statt nach dem Durchgang zu suchen, stieß und schleuderte er die Kartons zur Seite.
»Okay, Virg.«
Doch lange ehe Virgil und Cooder den Scheunenkeller erreichten, sahen sie die Flammen vor sich. Im hinteren Teil des Gebäudes waren die schweren Deckenbalken heruntergebrochen und blockierten die rückwärtige

Tür, und der obere Teil der Wände war mit eingestürzt. Vor ihnen lag ein Berg brennender Holzteile, der die Luft durch das über ihnen liegende Haus ansog wie ein Tornado auf engstem Raum. Zu Virgils Überraschung drängte sich Cooder an ihm vorbei, huschte durch die Tür und verschwand in dem Scheunenkeller.

»Wir können da nicht rein, Cooder!«, schrie Virgil ihm nach. Dabei bekam er Rauch in die Lunge und begann heftig zu husten. Er lehnte sich an die Steinmauer und zog sich sein T-Shirt über den Mund, um wieder zu Atem zu kommen.

»Wir können nicht mehr zurück!« Cooder streckte den Kopf durch die Tür und deutete über Virgils Schulter.

»Mein Gott!«, stöhnte Virgil, als er sich umsah. Brennende Staubflocken fielen wie höllischer Schnee durch die Ritzen der niedrigen Decke in die zundertrockenen Kartons, die einer nach dem anderen Feuer fingen. Unmittelbar nachdem sie den Keller betreten hatten, musste das Haus wie ein Strohhaufen in Flammen aufgegangen sein. Feuerzungen krochen die Kellertreppe hinunter, und das Brüllen des Brandes kam nun sowohl vom Haus als auch von der Scheune.

»Da drüben!«, schrie Cooder und zog Virgil durch die Tür auf einen Haufen brennender Balken zu, die von der Decke heruntergestürzt waren und direkt über der Stelle lagen, wo, soweit der Sheriff sich erinnern konnte, der alte Schiffskoffer stehen musste. Cooder begann, mit den Füßen Balken und Bretter beiseite zu stoßen. Virgil hörte, wie sämtliche Kartons sich mit einem lauten *Wumm* entzündeten. Das Feuer verfolgte sie durch den

Keller, eine Schlange mit goldenen Augen und schimmernden Zähnen. Virgil riss sich das Hemd vom Leib und wickelte es sich um die Hände. Er packte einen der Balken und hob ihn an, während Cooder mit den Füßen arbeitete.

»Bist du sicher, dass sie da drin ist?« Wenn Audrey in dem Schrankkoffer eingeschlossen war, konnten sie sie nicht ihrem Schicksal überlassen. Aber wenn Cooder sich irrte und sie die letzten Sekunden, die ihnen noch blieben, um sich vielleicht zu retten, damit vergeudeten, einen Koffer voller alter Kleider aufzubrechen, konnte Virgil sich vorstellen, dass er Cooder vielleicht etwas antun würde.

Cooder beachtete ihn nicht und versuchte weiter, den bereits erheblich kleineren Haufen aus brennendem Holz mit den Füßen beiseite zu stoßen, bis seine Hose Feuer fing. Er ignorierte die Flammen, die an seinen Beinen leckten, und trat weiter mit seinen schweren Stiefeln um sich, bis der Schrankkoffer freigelegt war und schwarz und verkohlt vor ihnen stand. Virgil zog ihn zurück und schlug mit seinem Hemd auf Cooders Beine ein, bis die letzten Flammen erstickt waren. Cooder bückte sich und riss den Kofferdeckel auf.

Virgil sah hinein. Er war voller Kleider, genau wie Virgil es in Erinnerung hatte. »Das ist nur ein gottverdammter Schrankkoffer, Cooder! Wir müssen hier raus.«

Cooder schüttelte den Kopf und schleuderte die Kleider über seine Schulter wie ein Mähdrescher, der Weizen in einen Lastwagen spuckt. »Das hier ist der Eingang«, keuchte er schließlich.

»Was?« Virgil trat gegen den Koffer und war überrascht, wie fest er sich anfühlte, so als wäre er am Fußboden festgeschraubt. Als die letzten Kleidungsstücke fort waren, schob er Cooder zur Seite, beugte sich hinein und klopfte gegen die Seiten und den Boden, der sich tatsächlich hohl anhörte. Das hatte er beim ersten Mal nicht bemerkt. Mit flinken Fingern tastete er die Winkel ab, wo der Boden an den Seitenwänden anlag, und fand einen fingernagelbreiten Spalt, der sich um den ganzen Boden herumzog und der dort nicht hingehörte. Er zog sein Taschenmesser heraus, steckte es in den Spalt und klappte den falschen Boden hoch.

Zu Virgils Erstaunen schob Cooder *ihn* zur Seite, sprang in den Koffer und verschwand wie Alice im Wunderland in der Kaninchenhöhle. Sein Kopf, der Sekunden später wieder auftauchte wie der eines Präriehundes, der nach Raubvögeln Ausschau hält, hätte komisch ausgesehen, wäre nicht das Geräusch von brechendem Holz direkt über ihnen gewesen. Virgil schwang die Beine über die Seitenwand des Schrankkoffers und ließ sich auf die Treppe fallen, wobei er fast auf Cooder landete. Sie rutschten auf den Hinterteilen abwärts, gerade noch rechtzeitig, bevor eine neue Ladung brennendes Holz auf den Schrankkoffer herunterkrachte und sie mit einem Funkenregen überschüttete. Die Hitze in Virgils Rücken war enorm. Das einzige Licht in dem winzigen Raum, in dem sie nun standen, war der rote Schein, der von dem brennenden Holz direkt über ihnen ausging. Doch Virgil entdeckte augenblicklich die Tür, die in den unteren Keller führte.

»Weiter!«, schrie er Cooder an. »Raus hier!«
Er stieß sich von der Treppe ab und stand schließlich neben Cooder, der vergeblich an dem Türknauf drehte, der nicht nachgab. Er trat mit dem Stiefel gegen die Tür. Panik begann ihn zu überwältigen. Der enge kleine Raum und das Gefühl, dass das ganze Gebäude über ihnen zusammenbrach wie ein Kartenhaus, steigerte Virgils Angst bis ins Unerträgliche. Außerdem würden sie in Kürze ersticken. Es war nicht so, dass der Rauch in dem kleinen Raum dichter wurde, sondern dass die Luft verschwand. Virgil wusste, was geschah. Das Feuer verbrauchte den gesamten Sauerstoff im Keller, bis sie nur noch Kohlenmonoxyd zum Atmen haben würden. Und das überlebte man nicht.
»Wir müssen hier raus!«, brüllte er. Er drängte sich an Cooder vorbei, so dass er direkt vor der Tür stand. Mit aller Kraft trat er direkt unterhalb des Knaufs dagegen, doch es war eine schwere Metalltür mit Stahlrahmen, der in der Wand aus Zementblocksteinen verankert war. Noch einmal trat er dagegen, wieder ohne Erfolg. Dabei fühlte er bereits die Schwäche, die von der Anstrengung und dem Sauerstoffmangel herrührte.
»Tritt dagegen, Cooder«, keuchte er.
Cooder zuckte die Achseln, aber er gehorchte.
Zweimal.
»Sie geht nicht auf, Virg.«
»Sie muss aufgehen, Cooder. Ich bin nicht hergekommen, um in einem Loch im Boden zu verrecken.«
»Sie müssen sie von innen zugesperrt haben.«
Warum hatte *er* nicht daran gedacht? Cooder schwor,

dass Audrey hier unten war. Ihr Auto stand in der Einfahrt. Das bedeutete, dass jemand da drinnen war, um die verdammte Tür aufzuschließen!

Sofern Cooder Recht hatte und sie noch lebte.

»Audrey! Ist da jemand? Hört ihr mich? Macht auf!« Er trommelte mit beiden Fäusten gegen die Tür und trat noch einmal mit der Stiefelspitze dagegen. Ein großes brennendes Balkenstück fiel polternd und Funken sprühend die Treppe hinunter und landete vor ihren Füßen.

55

Audrey war sich ganz sicher, dass sie etwas gehört hatte. Dicht an Richard geschmiegt saß sie in Zachs Zelle, in der hintersten Ecke des unterirdischen Komplexes. Sie hatte die Sicherung für das Belüftungssystem gefunden, hatte sie herausgedreht und Decken und Laken in den Luftschacht gestopft. Dann hatte sie Richard mehr durch den Korridor geschleift als getragen und den Spalt unter der Tür mit Kleidungsstücken verstopft. Sie hoffte, dass sie tief genug unter der Erde waren, um den Feuersturm zu überleben, wenn sie warteten, bis er vorbei war.

»Das ist nur der Lärm des Feuers«, versicherte sie. Sie bemühte sich, Richard wach zu halten, aber er verlor immer wieder das Bewusstsein. »Du musst durchhalten. Wir schaffen das schon.« Unmittelbar bevor das Licht endgültig ausgegangen war, hatte sie noch eine Taschenlampe von Merles Werkbank geholt. Jetzt legte sie sie auf den Fußboden und versuchte, es Richard auf seiner Decke so bequem wie möglich zu machen.

»Sie hat Zach gekidnappt«, erklärte sie, obwohl sie nicht wusste, ob er sie hörte. »All die Jahre lang habe ich geglaubt, es wäre meine Mutter gewesen, die all das getan hatte. Ich habe sogar geglaubt, ich könnte irgendwie für einen Teil davon verantwortlich sein. Aber jetzt …« Sie schüttelte den Kopf. »Mutter hat Zach entführt, um zu verhindern, dass Tara ihn kriegt. Sie hat auf ihre eigene Weise versucht, ihn zu schützen.«

Sie legte den Kopf schief. »Hast du was gehört?«

Richard sah sie benommen mit halb geöffneten Augen an. »Wie hat es sich denn angehört?«

»Ich dachte, ich hätte jemanden rufen gehört. Vielleicht kommt uns jemand zu Hilfe. Hör doch.«

Ein Geräusch, das eine Stimme hätte sein können, drang an ihre Ohren.

»Da, hast du das gehört?«

Richard schüttelte den Kopf. »Nur das Feuer.«

Audrey zog die Decke fester um seine Schultern, und er versuchte mit geschlossenen Augen zu lächeln. Sie griff nach seiner Hand und bemerkte erschrocken, wie kalt sie sich anfühlte. Als er die Augen wieder öffnete, bat sie ihn durchzuhalten. Sie wollte *ihn* nicht auch noch verlieren, nachdem sie Zach zum zweiten Mal verloren hatte.

»Du hast ihn gefunden, Audrey«, flüsterte Richard. »Du hast ihn tatsächlich gefunden.«

»Er ist weg«, flüsterte sie. Die Brust wurde ihr eng, aber sie weigerte sich, jetzt, wo Richard sie brauchte, zusammenzubrechen.
Richards Augen verschleierten sich, aber er kämpfte darum, wach zu bleiben. »Du hast ihn einmal gefunden«, sagte er. »Du findest ihn auch ein zweites Mal.«
Sie hätte es ihm gerne geglaubt, aber durfte sie das? Würde sie dies hier überleben, um noch einmal nach ihm zu suchen? Sie spürte Zach überhaupt nicht mehr. Das wunderbare Gefühl, mit ihren Gedanken nach ihm greifen und ihn berühren zu können, war verschwunden. Sie versuchte, sich noch einmal in Trance zu versetzen, ihren Atem zu verlangsamen und den ganzen Körper zu entspannen. Doch irgendetwas drang immer wieder zu ihr durch. Ein klopfendes Geräusch. Wie Münzen, die in eine Tasse fallen. Und dann, wie aus weiter Ferne, geflüsterte Stimmen …
»Horch!«, sagte sie. Sie löste sich von Richard und legte das Ohr gegen die Tür. »Das klingt, als ob jemand um Hilfe ruft. Was ist, wenn das Zach ist? Wenn sie ihn zurückgelassen hat?« Aber sie wusste, dass das zu schön wäre, um wahr zu sein. Tara hielt alle, die noch im Keller waren, für tot. Es gab keinen Grund, Zach zurückzulassen. Nicht wenn sie ihn für ihre Experimente haben wollte.
Richard schloss die Augen, und Audrey wusste nicht, ob er einnickte oder sich konzentrierte.
Zwei Schläge. Wie Feuerwerkskörper. Dann hörte sie wieder die schwachen Schreie.
»Jemand ist hier unten«, rief Audrey und riss die Lum-

pen heraus, die sie so mühsam unter die Tür gestopft hatte.

Virgils Kopf fühlte sich an, als sei jemand mit einem Vorschlaghammer hineingekrochen und versuche jetzt, durch seine Stirn ins Freie zu brechen. Er hatte mit seinen Stiefeln Dellen in die Tür getreten, und er war überzeugt, dass er sich dabei ein paar Zehen gebrochen hatte. Schließlich hatte er durch das Schloss geschossen, aber jemand hatte etwas Schweres von innen gegen die Tür geschoben, und er und Cooder hatten die Tür nur ein paar Zentimeter weit aufstemmen können. Das reichte gerade aus, um etwas frische Luft zu bekommen, war aber bei weitem nicht genug, um sie vor der Hitze zu bewahren, die den winzigen Raum in ein Bratrohr verwandelte. Virgil spürte bereits, wie die Haut in seinem Nacken und auf seinem Rücken Blasen zu bilden begann, und seine Lunge fühlte sich an, als sei sie mit einer Schleifmaschine bearbeitet worden. Immer wieder schlug er mit den Händen auf seine Haare ein, um sich zu vergewissern, dass sie nicht in Flammen standen.

»Versuchen wir es noch einmal«, drängte er Cooder. Dieser warf ihm einen langen, leidenden Blick zu, ging jedoch die drei Meter zur rückwärtigen Wand zurück, um noch einmal Anlauf zu nehmen. Seite an Seite rannten sie mit voller Kraft gegen die Tür an, aber alles, was sie für ihre Mühe bekamen, waren schmerzende Schultern.

»Wir sind erledigt«, sagte Virgil und lehnte sich schwer gegen den Türrahmen. Er sah zu dem Loch über ihren

Köpfen hinauf, das jetzt wie die Unterseite eines riesigen Lagerfeuers aussah.

»Hast du eine Idee?«, fragte Virgil.

»Sie kommt.«

»Wer?«

»Die Frau.«

Das Geräusch von Metall, das über einen Teppich gezerrt wurde, riss Virgil aus seiner Lethargie. Er drückte mit aller Kraft gegen die Tür und fühlte mit Erleichterung, dass sie ein wenig nachgab.

»Moment!«, schrie eine Frauenstimme.

»Audrey?«, brüllte er zurück. »Sind Sie das? Wir müssen hier raus!«

»Ich versuche, den Schreibtisch wegzuziehen. Ich hab ihn alleine kaum hierher gekriegt. Halten Sie durch!«

Audrey bemühte sich, den schweren Schreibtisch zurückzuzerren, und Cooder und Virgil stemmten sich mit ihrem ganzen Gewicht gegen die Tür. Endlich öffnete sie sich kreischend, und die beiden angesengten Männer stürzten keuchend in den Korridor.

»Ist sonst noch jemand draußen?«, fragte Audrey und spähte an ihnen vorbei nach den Flammen, die gerade begannen, die obersten Treppenstufen zu erfassen.

Virgil schüttelte den Kopf.

»Zach war hier«, sagte sie. »Genau wie ich es Ihnen gesagt hatte.« Der Schmerz in ihren Augen schnitt ihm ins Herz wie ein Messerstich.

Virgil sagte sich, dass jetzt kaum der richtige Zeitpunkt sei, um ihr zu erklären, wie Leid es ihm täte. »Wo ist er jetzt?«

»Tara hat ihn.«
Virgil blickte in den Vorraum zurück, wo das Feuer gerade zwei weitere Stufen erfasste, und warf die Tür zu.
»Ich habe sie verbarrikadiert, um zu verhindern, dass der Rauch hier hereinkommt, und um den Sauerstoff nicht rauszulassen«, erklärte Audrey. »Ich hatte Angst, ein Balken oder sonst irgendwelche Holzteile könnten in den kleinen Raum dort herunterfallen und die Tür aufsprengen.«
»Gute Idee«, meinte Virgil. Audrey stopfte wieder Lumpen unter die Tür, und der Sheriff half Cooder, den Schreibtisch davor zu schieben. Als die Tür geschlossen war, versank der Flur wieder in Dunkelheit, die nur vom Lichtstrahl der Taschenlampe durchbrochen wurde. Audrey richtete ihn auf den Fußboden.
»Richard hat einen Schuss in die Brust abgekriegt«, berichtete sie und eilte den Korridor entlang zurück.
Virgil und Cooder hielten sich dicht hinter ihr. Im Vorbeilaufen entdeckte Virgil die tote Martha, die im Wohnzimmer lag.
»Tara hat auch sie erschossen«, erklärte Audrey und blieb stehen. »Sie ist tot.«
»Sind Sie sicher?«
Audrey nickte. Virgil kniete dennoch neben Martha nieder und legte seine Finger auf ihre Kehle. Er sah Audrey an und schüttelte den Kopf. Sie zuckte die Achseln.
Dann führte sie sie durch den Gang zu dem Raum, in dem Richard inzwischen bewusstlos auf seiner Decke lag. Virgil kniete neben ihm nieder und zog das blutige Hemd zur Seite, das Audrey als Verband benutzt hatte.

Er schüttelte ihn sanft, und Richard kam so weit wieder zu sich, dass er ihn erkannte.
»Sie kommen durch«, versicherte Virgil. »Keine Sorge. Wir holen Sie hier raus.«
Er warf Audrey einen Blick zu, und sie lächelte ihn kurz und unsicher an, während er das Hemd behutsam wieder um Richards Brust wickelte.
»Es hat fast aufgehört, zu bluten«, sagte Virgil. »Es war richtig, das Loch so zu verstopfen.«
»Er hat doch hoffentlich keinen Schock?«
Virgil betrachtete Richard. Das war durchaus möglich. Aber sie hatten alles getan, was sie unter den gegenwärtigen Umständen für ihn tun konnten, und es war nichts damit gewonnen, wenn er Audrey jetzt Angst machte.
»Noch nicht. Aber wir müssen hier raus, und zwar bald. Haben Sie nach einem anderen Ausgang gesucht?«
Audrey schüttelte den Kopf. »Es gibt keinen. Nur die Treppe, über die Sie gekommen sind. Aber die Feuerwehrleute werden uns doch finden, oder?«
Virgils Gesichtsausdruck sagte dasselbe wie seine Worte. »Nicht so bald. Die Löschzüge werden die Gebäude die ganze Nacht lang mit Wasser bespritzen. Dann könnte es noch mehrere Tage dauern, bis der Branddirektor mit den Ermittlungen anfängt, und selbst dann kann es sein, dass es eine ganze Woche dauert, bis sie uns hier unten finden. Die Überreste der Scheune werden über dem Loch da oben zusammenbrechen. Audrey, ich fürchte, wir sind begraben.« Er packte sie bei den Schultern, als sie Anstalten machte, in sich zusammenzusinken. Doch in ihren Augen stand stählerne Entschlossenheit.

»Unser Auto steht da draußen vor dem Haus«, wandte sie ein. »Ihr Wagen muss auch dort sein. Warum sollten sie nicht nach uns suchen?«
»Oh, sie werden schon nach uns suchen. Trotzdem kann es Tage dauern. Sie werden die Asche sehr sorgfältig durchwühlen, aber höchst wahrscheinlich nehmen sie an, dass wir tot sind. Also werden sie nach Beweisen suchen, nicht nach Überlebenden.« Er sah sich im Zimmer um. »Bisher spüre ich die Hitze hier noch nicht so stark. Fürs Erste sind wir wohl sicher.« Er hatte keine Ahnung, wie heiß es in dem Keller noch werden konnte. Vielleicht würde die sie umgebende Erde die Temperatur wenigstens so niedrig halten, dass sie überleben konnten. Vielleicht auch nicht. Doch er glaubte nicht, dass etwas damit gewonnen war, wenn Audrey auch noch anfing, darüber nachzudenken. Ein Problem nach dem anderen. »Unsere Hauptsorge ist der Sauerstoff. Das Feuer saugt ihn heraus, und jetzt sind wir hier zu viert. Ich weiß nicht, wie lange wir hier unten bleiben können. Sind Sie absolut sicher, dass es keinen anderen Ausgang gibt?«
»Ziemlich sicher«, antwortete Audrey. »Ich habe die Zelle gefunden, in der sie Zach festgehalten haben, ein zweites Schlafzimmer, ein Badezimmer, einen Abstellraum, eine Werkstatt und das Zimmer, das Sie gesehen haben, aber keinen zweiten Ausgang.«
»Zeigen Sie mir die Werkstatt«, befahl Virgil und folgte Audrey zwei Türen weiter den Gang hinunter. Die einzige Tür auf der anderen Seite des Korridors war geschlossen. »Was ist da drin?«, wollte Virgil wissen.

»Das Badezimmer.«
Der Sheriff ging an ihr vorbei in den Werkzeugraum, Audrey blieb in der Tür stehen.
»Tara hat Zach«, erinnerte sie ihn. »Sie wird ihn umbringen.«
»Warum sollte sie das tun?«, frage Virgil und überlegte, ob sie wohl seine Theorie über Taras Forschungsarbeiten bestätigen würde.
»Sie will Experimente mit ihm durchführen.«
Virgil schloss die Augen und nickte.
»Sie glaubt, Zach hat übernatürliche Kräfte«, erklärte Audrey. »Und sie ist überzeugt, dass sie sie verstärken kann. Sie wird ihn töten, genauso, wie sie meine Schwester und meinen Bruder getötet hat.«
»Ich dachte, Ihre Mutter hätte Ihren Geschwistern etwas angetan.«
Audrey schüttelte den Kopf. »Das habe ich auch geglaubt. Aber es war Tara. Ich konnte mich bisher nur nicht daran *erinnern*.«
Virgil wischte sich mit dem Ärmel den Schweiß von der Stirn.
»Na schön. Wir müssen jedenfalls einen Weg ins Freie finden.«
»Wie?«, fragte Audrey.
»Das Naheliegendste wäre zu graben.«
»Die Wände und Decken sind aus Beton, und sie sind mit Blei verschalt«, gab Audrey zu bedenken.
»Wie bitte?« Virgil sah sich um. Er hatte die Wände bisher nicht besonders beachtet, aber die der kleinen Werkstatt waren in einem gleichförmigen Beige ange-

strichen und sahen vollkommen normal aus. Er erinnerte sich daran, dass Charlie ihm gesagt hatte, Martha Remonts Keller sei mit Blei verkleidet gewesen. »Warum mit Blei?«

»Ich glaube, meine Mutter hat gehofft, dass es Tara abhalten würde.«

»Aber es hat nicht funktioniert.«

»Offenbar nicht.«

»Hier gibt es nicht allzu viel«, meinte Virgil und musterte die Werkbank und die Regale. Er betrachtete die Tischlerwerkzeuge und einen kleinen Tisch, an dem ein Schraubstock angebracht war. »Das meiste sind elektrische Geräte. Die werden uns nicht viel nützen.«

»Leuchten Sie mal hier rüber«, sagte Audrey und schob eine hölzerne Kiste zur Seite. Virgils Taschenlampe beleuchtete eine Reihe von Metallrohren, die alle aus einer Öffnung in der Decke kamen. Die Zuleitung für ein großes Belüftungssystem führte direkt zum Schaltbrett.

»Haben Sie das gemacht?«, fragte Virgil und deutete auf die Decken, mit denen der Luftschacht verstopft war.

Audrey nickte. »Richard hat gesagt, ich soll den Ventilator ausschalten. Das Belüftungssystem hat den Rauch von oben hier heruntergesogen.«

Virgil sah die erloschene Glühbirne über seinem Kopf an, und ein Hoffnungsstrahl regte sich in ihm. Wenn sie die elektrische Bohrmaschine und die Kreissäge benutzen konnten, hatten sie vielleicht eine Chance. »Haben Sie alle Sicherungen rausgedreht?«

Audrey verneinte. »Gleich danach ist der Strom ausgefallen.«

Der Hoffnungsstrahl erlosch.
Cooder ergriff einen kleinen Vorschlaghammer mit kurzem Griff und nahm ein breites Stemmeisen von der Wand.
»Was hast du damit vor?«, fragte Virgil.
»Graben.« Cooder deutete mit dem Kopf zur Decke.
»Für den Fall, dass es dir noch niemand gesagt hat«, bemerkte Virgil, »direkt über uns ist ein brennendes Haus.«
Der Sheriff sah zu, wie diese Information in Cooders Kopf herumrollte. Audrey sah erst Cooder und dann Virgil an.
»Nicht im Badezimmer«, erklärte Cooder schließlich.
»Was?« Virgil blinzelte.
»Fass die Decke an«, forderte ihn Cooder auf.
Virgil streckte die Hand nach oben und legte sie auf die Bleiplatte. Sie war erheblich wärmer als eine Kellerdecke oder -wand sein sollte. Das Feuer war direkt über ihren Köpfen.
»Nicht in dem anderen Raum«, wiederholte Cooder.
»Woher weißt du das?«, wollte Virgil wissen.
Cooder zuckte die Achseln. »Die Tür dort ist kühler.«
Virgil sah Audrey an.
»Das könnte sein«, meinte sie. »Man verliert hier unten leicht die Orientierung, aber ich glaube, der Keller hat den gleichen Grundriss wie das Haus über uns. Vielleicht wurde das Badezimmer erst nachträglich eingebaut?«
»Vielleicht«, murmelte Virgil und versuchte, sich zu orientieren. Wenn das Haus tatsächlich direkt über

ihren Köpfen war, dann war das Badezimmer auf der anderen Seite des Korridors vielleicht wirklich nicht unter dem Feuer, sondern irgendwo unter oder neben der Einfahrt. Er suchte sich einen Haushaltshammer und ein kurzes, stählernes Brecheisen und folgte Cooder auf die andere Seite des Ganges. Die Tür fühlte sich tatsächlich kühler an. Virgil öffnete sie und stand zu seiner Überraschung vor einer Treppe, die ein halbes Stockwerk zum Badezimmer hinaufführte.

»Merle hat das Badezimmer vermutlich höher gelegt, um keine Pumpe einbauen zu müssen, damit das Abwasser in das Abwassersystem abfließen kann«, meinte er.

Audrey schüttelte verständnislos den Kopf.

»Abwasser fließt bergab«, erklärte Virgil. »Jeder Klempner wird Ihnen sagen, dass es äußerst mühsam ist, eine Pumpe einzubauen. Jemand wie Merle hat vermutlich gar nicht gewusst, wie man so etwas macht. Wenn wir Glück haben, ist das Badezimmer nicht viel tiefer unter der Erde als der normale Hauskeller. Kommen Sie.«

Die drei kletterten im Gänsemarsch die schmale Treppe hinauf und drängten sich in das Bad. Ein kleiner Spiegelschrank und ein Waschbecken nahmen eine Wand ein. Die Toilette war auf der anderen Seite, und eine eingebaute Fiberglasbadewanne stand gegenüber neben einem kleinen Schrank. Die Wände waren mit einer geblümten Tapete beklebt, und der größte Teil des Fußbodens bestand aus rosa angestrichenem Beton. Toilette und Badewanne standen jedoch auf einem Podest, das mit nacktem Sperrholz verkleidet war. Saubere Handtücher hingen an hölzernen Stangen, und zwei Zahnbürsten standen ordentlich in einem sauberen Glas auf dem Spiegelschrank. Der Raum war spürbar kühler.

»Du hast deine lichten Momente, Cooder«, sagte Virgil. »Das muss man dir lassen.«

Cooder grinste wie ein Welpe, der gestreichelt wird.

Virgil musterte das Waschbecken. »Sieht aus, als hätte Ihre Mutter mit Zach hier gewohnt.«

Audrey nickte. »Sie war so blass. Ich glaube, sie hat schon seit einer Ewigkeit kein Tageslicht mehr gesehen.«

Virgil ließ den Hammer und die Brechstange fallen und griff stattdessen nach den Werkzeugen, die Cooder mitgebracht hatte. Er begann, eine quadratische Öffnung in die Decke zu meißeln, aber schon nach wenigen Minuten – es war ihm noch nicht einmal gelungen, die dünne Verschalung von den Bleiplatten zu entfernen – ließ er mit hämmerndem Herzen die Arme sinken. Cooder nahm ihm das Werkzeug aus der Hand, und *seine* Schläge dröhnten durch den Keller. Es gelang ihm, das Sperrholz abzulösen, und er begann, an dem Metall zu arbeiten. Als Cooder zu ermüden begann, machte Virgil weiter. So arbeiteten sie eine halbe Stunde lang, bis es ihnen endlich gelang, ein etwa mannsgroßes Stück der einen Zentimeter dicken, weichen Bleiplatte von der Decke zu lösen.

Virgil begann sofort, mit dem Meißel auf den Beton einzuhacken.

Als seine Hände heruntersanken, war die Decke voller Kerben und Rinnen, nirgendwo jedoch hatte er sich tiefer als einen Fingerbreit in den harten Beton hineinarbeiten können. Cooder löste in ab, aber auch bei ihm flogen nur cornflakesgroße Stücke von der Decke. Als auch er müde wurde, stellte sich Audrey neben ihn und begann, wild mit dem scharfen Ende der Brechstange auf die Decke einzuhacken, aber alles, was sie damit zustande brachte, war ein heller Ton, der durch den Raum hallte.

»Was glauben Sie, wie dick die Decke ist?«, fragte sie und stützte sich schwer atmend auf die Brechstange.

»Kann man nicht sagen«, antwortete Virgil. »Nicht abgestützte Decken wie diese können fünfzehn bis zwanzig Zentimeter dick sein, und vermutlich ist sie auch noch mit Stahl verstärkt.«

»Scheiße!« Audrey starrte den lächerlich geringen Schaden an, den sie hatten anrichten können.

Virgil setzte sich auf den Fußboden. Das Feuer war vom anderen Ende des Korridors her kaum zu hören, und er fragte sich wieder, wie lange sie wohl so begraben sein würden. Richard würde ohne medizinische Versorgung nicht lange überleben, und selbst wenn das Feuer die Luft nicht absaugte, wusste er, dass sie hier unten nicht mehr lange würden atmen können. Außerdem stieg die Temperatur ständig an. Selbst in dem kühleren Badezimmer mussten gut dreißig Grad herrschen. Virgil hatte das Gefühl, dass die Kellerwände ihn immer mehr bedrängten.

»Ich muss hier raus!«, sprach Audrey Virgils Gedanken aus. Sie hob die Stimme nicht, doch die Panik lauerte dicht unter der Oberfläche.

»Wir kommen schon raus«, versuchte Virgil, sie zu beruhigen. »Lassen Sie mir nur eine Minute Zeit.«

»Wie denn?«, fragte sie.

»Ich weiß es noch nicht.«

»Eine Ratte würde es schaffen«, mischte sich Cooder ins Gespräch.

Virgil warf ihm einen Blick zu, wie er ihn sicher schon oft genug gesehen hatte. »Wir sind keine Ratten, Cooder.«

Cooder zuckte die Achseln. »Eine Ratte würde rauskommen.«

»Wie würde sie das machen?«, fragte Audrey.

»Audrey«, sagte Virgil. »Cooder ... Cooder hat so ein paar Ideen.«

»Durch Sprünge in der Wand ... oder durch die Wasserrohre«, erklärte Cooder.

»Wir können nicht durch die Wasserrohre kriechen«, wandte Audrey ein. »Und die Wände sind aus Stein oder Beton, genau wie die Decke.«

»Nein, das können wir nicht.« Doch Virgil rieb sich nachdenklich das Kinn. »Die Wasserrohre müssen durch die Wand oder den Fußboden. Vielleicht ist der Beton dort schwächer. Jedenfalls wäre da ein Loch, mit dem wir anfangen könnten.« Er musterte die Plattform aus Sperrholz unter der Toilette und der Badewanne. »Reiß das auf«, befahl er und bedeutete Cooder, sich mit der Brechstange an die Arbeit zu machen.

Sie rissen die Toilette von der Plattform und kappten das kupferne Zuleitungsrohr. Etwa vier Liter Wasser liefen heraus, dann versiegte der Strom.

»Kein Strom. Die Pumpe arbeitet nicht«, erklärte Virgil. Der Gestank von ungeklärtem Abwasser erfüllte den Raum, und Audrey wich zur Tür zurück, während Virgil und Cooder mit dem hölzernen Podest kämpften. Der Lärm von stöhnenden Nägeln und brechendem Holz hallte durch den Keller. Virgil stellte sich neben Cooder, und sie zerrten gemeinsam an den Brettern. Als Cooder zurückwich, um Virgil Platz zu machen, starrte Audrey direkt in seine hypnotischen Augen.

»Ich bin Audrey Bock«, sagte sie und streckte ihm die Hand entgegen, weil ihr einfiel, dass sie sich noch nicht vorgestellt hatten.

Ihre Hand verschwand in Cooders riesiger Pranke. »Cooder.«

»Sie helfen dem Sheriff?« Sie konnte die Augen nicht abwenden.

Cooders Hände waren unglaublich warm und weich, und sie verspürte ein seltsames Gefühl überwältigender Ruhe, die sich in ihr ausbreite. Cooder schien zu merken, was für eine Reaktion er in ihr auslöste. Er lächelte sanft, doch es schien sich mehr zwischen ihnen abzuspielen als nur ein Lächeln, als würde er sich mit ihr auf einer Ebene verständigen, die weit unterhalb jener befand, auf der normale menschliche Kommunikation ablief. Sie wusste, dass das, was zwischen ihnen passierte, nichts mit Telepathie zutun hatte. Cooder berührte sie mit etwas so Grundlegendem, dass sie es nur als Liebe verstehen konnte. Sie hatte das Gefühl, an einem festen, sicheren Ort geborgen zu sein, wie sie es noch niemals erlebt hatte. Und ohne zu verstehen, warum, merkte sie, dass sie Dinge über Cooder wusste, die er noch keinem Menschen erzählt hatte.

Cooder runzelte die Stirn und beendete den intensiven Augenblick. »Hab schlimme Sachen gesehen«, flüsterte er.

Audrey stand still da und versuchte, etwas zu sagen. Endlich nickte sie langsam. »Ich habe auch schlimme Sachen gesehen, Cooder.«

»Manchmal fühle ich Dinge.«

»Dinge, die mit anderen Menschen zu tun haben?«

Audrey wartete, bis Cooder sich seine Antwort überlegt hatte.

»Ja, manchmal.«

»Was fühlen Sie jetzt?« Sie sah auf ihre Hand hinunter, die er immer noch schützend in der seinen hielt.

Cooders Gesicht wurde hart und seine Augen waren in die Ferne gerichtet.

»Angst.«

Jetzt fühlte auch sie, wie die Angst sich in ihr ausbreitete. »Wegen des Feuers?«

»Nein.«

»Wegen meines Sohnes?«

»Ja, Ma'am.«

»Das spüre ich auch, Cooder. Aber ich weiß nicht, was ich machen soll. Was soll ich tun?«

Es war unmöglich, dass Cooder ihre Frage beantworten konnte. Aber dennoch wartete sie mit angehaltenem Atem.

»Sie dürfen es ihr niemals sagen.«

»Tara?«

Er nickte. »Doktor Beals.«
»Was darf ich ihr niemals sagen?«
»Dass Sie Menschen fühlen können.«
»Was hat sie Ihnen angetan?«
Tränen glänzten in Cooders Augen, und Audrey hatte das Gefühl zu schmelzen. Einen Augenblick lang vergaß sie ihre Angst um Zach, und sie spürte etwas von den Qualen, die sie in ihrem Garten überfallen hatten. Die Blindheit, den Schmerz, der in alle Richtungen nach außen strahlte. Doch sie wusste, dass sie nicht nur ihre eigenen Schmerzen fühlte, sondern auch Cooders.
»Sie dürfen es ihr niemals sagen«, flüsterte er.
»Sie hat Ihnen solche Schmerzen zugefügt, und Sie haben sie trotzdem angelogen?«
Er nickte.
Sie strich über die Bartstoppeln auf seinen Wangen, und er lächelte.
»Der Junge ist okay«, sagte er.
»Das würde ich gerne glauben, aber ich fühle ihn nicht mehr.«
Cooder legte seine muskulöse Hand auf ihre schmale Schulter. »Er ist okay.«
»Scheiße«, sagte Virgil.
Er zerrte Teile der zerlegten Plattform an Audrey und Cooder vorbei und warf sie kopfschüttelnd die Treppe hinunter.
»Was ist los?«, fragte Audrey.
»Da ist zwar ein Loch, aber es ist kaum groß genug für eine Ratte.« Er warf Cooder einen entmutigten Blick zu und verschwand wieder im Badezimmer. Im nächsten

Augenblick dröhnte das Geräusch eines Vorschlaghammers, der gegen Beton geschlagen wurde, durch den Raum.
»Das wird auch nicht gehen!«, rief Virgil aus und warf den Vorschlaghammer in die Badewanne.
»Es muss doch einen Weg nach draußen geben!« Audrey drängte sich in das Badezimmer. »Es muss einfach einen geben!«
Virgil lag auf den Knien und starrte in ein quadratisches Loch im Boden. Der Gestank des offenen Abflussrohrs der Toilette schlug ihm ins Gesicht. Er hatte das Plastikrohr abgebrochen und grub in der losen Erde, von der es umgeben war. Aber das Loch war kaum größer als das Rohr, und als er die Erde entfernt hatte, wurde sichtbar, wie dick der Zementboden war. Mit dem Werkzeug, das sie hatten, würde es Tage dauern, durchzubrechen.
»Es muss einen Weg nach draußen geben!«, wiederholte Audrey.
Virgil sah sie betreten an und zuckte die Achseln.
»Es muss einen geben!«, schrie sie und schlug gegen die Schranktür. Sie riss sie so gewaltsam auf, dass sie das dünne Messingscharnier gleich mit abriss, und warf sie in die Badewanne, wo schon der Hammer lag.
Die Taschenlampe lag immer noch neben Virgil und verwandelte das Innere des Schrankes in ein schwach erleuchtetes Labyrinth von Schatten. Die Fächer waren mit Handtüchern und Toilettenartikeln gefüllt, doch es waren die Leitungen dahinter, die Audreys Aufmerksamkeit erregten.
Das Abflussrohr der Badewanne verschwand, ebenso

wie das der Toilette, in einem kleinen Loch im Fußboden. Das kupferne Wasserrohr und eine große Plastikröhre jedoch führten in Kniehöhe durch die hintere Wand. Und derjenige, der die Zementwand gegossen hatte, hatte nicht nur ein kleines Loch, sondern eine große, quadratische Öffnung für die Installationen freigelassen, als hätte er nicht genau gewusst, wo im Keller die Rohre gebraucht wurden. Das Loch war mit Urethanschaum ausgefüllt worden, der wie erkaltete Lava aussah, aber Audrey wusste, dass er viel weicher war. Sie hatte solchen Schaum benutzt, um Löcher in ihrem Werkzeugschuppen zu verschließen.

»Geben Sie mir mal die Taschenlampe«, sagte Audrey.

»Was haben Sie da gefunden?«, fragte Virgil und rappelte sich auf.

»Leuchten Sie mal da rein.«

»Verdammt will ich sein!«, rief Virgil, schob Audrey zur Seite und warf Handtücher und Regalbretter aus dem Schrank. »Cooder, gib mir mal die Brechstange!«

56

Die Nacht flog als nebelhaftes Gewirr von Sternen, Bäumen und entgegenkommenden Scheinwerfern an ihm vorbei.

Zach starrte vom Rücksitz aus geradeaus, beobachtete seine Tante jedoch sehr genau aus den Augenwinkeln.

Alles, was seine Großmutter gesagt hatte, war wahr. Tara war wirklich böse, und sie war tatsächlich gekommen, um ihn zu holen. Neben seinem Kopf hörte er den Hund leise hecheln. Er bezweifelte nicht, dass er ihm die Kehle herausreißen würde, wenn seine Tante es ihm befahl.

Seit über einem Jahr hatte die Frau, die behauptete, seine Großmutter zu sein, ihm gesagt, ihre böse Schwester würde kommen, um ihn zu holen, und dass seine einzige Rettung darin bestand, sich mit ihr in dem winzigen Keller zu verstecken und nur bei Dunkelheit herauszukommen, um auf seinem Fahrrad zu fahren. Seit über einem Jahr hatte er um seine Freiheit gebettelt und nach seinen Eltern geweint, und das Schlimmste an seiner Gefangenschaft war das Verstehen in den Augen der Frau gewesen. Es wäre leichter für ihn gewesen, wenn sie ein Monster gewesen wäre, das gelacht und ihn geschlagen hätte, oder eine böse Hexe. Aber sie hatte nur genickt und gesagt: »Ich weiß, ich weiß. Es ist schwer für dich, mein Kleiner. Es tut mir so Leid, aber ich kann dich nicht freilassen. Du musst versuchen, das zu verstehen.«

Endlich hatte er begriffen, dass er nur aus eigener Kraft aus der Gefangenschaft entkommen konnte. Das war der Augenblick gewesen, von dem an er begonnen hatte, die Kräfte seines Geistes auszuprobieren, und entdeckt hatte, dass er in Schlösser und Maschinen *hineinsehen* konnte. Es war der Augenblick gewesen, von dem an er gelernt hatte, auch seine Mutter zu erreichen und sie zu berühren.

Er wusste immer noch nicht wirklich, wie er das alles gemacht hatte. Das Schloss an seiner Zimmertür war sein erstes Ziel gewesen. Er hatte sich auf sein Bett gelegt und erschöpft die Augen geschlossen, um zu schlafen, als er plötzlich das Gefühl hatte, aufgestanden zu sein und durch das Zimmer zu gehen.

Nur dass das nicht stimmte.

Als er die Augen öffnete, hatte er das verrückte Gefühl, an zwei Orten gleichzeitig zu sein. Er hatte die Augen wieder geschlossen und seinem Verstand gestattet, dahin zu treiben, wo er hinwollte. Ins Innere des Schlosses.

Er hatte instinktiv verstanden, wie der Mechanismus funktionierte, obwohl er nicht begriffen hatte, wie es kam, dass er sich im Schloss befand. Mit imaginären Fingern drückte er auf winzige Nadeln – *Zuhaltungen*, korrigierte er sich, seine Mutter hatte die Dinger *Zuhaltungen* genannt – dann drehte er am Türknauf, bis er hörte, dass die Tür sich mit einem deutlichen Klicken öffnete.

Aber zwischen ihm und der Freiheit standen mehrere Türen, und als Merle entdeckte, was für ein neues Talent Zach entwickelt hatte, waren er und die alte Frau noch wachsamer. Zach hatte immer wieder versucht zu entkommen. Merle hatte das Schloss von Zachs Tür entfernt und einen Riegel angebracht. Dann hatte Zach gelernt, den Riegel zu bedienen, ohne ihn zu berühren. Daraufhin hatte Merle die Tür zugeschraubt. Das war schon schwieriger. Es war sehr viel mehr Konzentration nötig, um die Schrauben aus ihren engen Löchern im

Holz herauszudrehen, und als Zach zum ersten Mal damit fertig war, war er zu erschöpft, um noch einen Fluchtversuch zu wagen, und Merle hatte seine Lektion gelernt. Danach waren *alle* Türen zwischen ihm und der Freiheit verschlossen, und entweder die Frau oder Merle blieben zu Hause, zwischen Zach und dem Schrankkoffer. Zach konnte in dem unterirdischen Komplex herumschleichen, so viel er wollte, aber er kam niemals an ihnen vorbei.

Dann hatte er Kontakt mit seiner Mutter aufgenommen, oder sie hatte einen Weg zu ihm gefunden – er wusste nicht, wer von ihnen beiden es gewesen war –, und er hatte gewusst, dass er gerettet werden würde. Egal, wie lange es dauern würde, er wusste, dass seine Eltern kommen und ihn holen würden. Und sie waren gekommen. Aber jetzt waren alle seine Hoffnungen zerschlagen, er war allein mit seiner Tante und dem Hund in dem schnell dahinrasenden Auto, und die Nacht um ihn herum war sehr groß.

57

Virgil fühlte sich wie eine Zigarre in einer Hülse. Er hatte Pistolenhalfter und Unterhemd ausgezogen und spürte, wie der Kies in seine Hosen und seine Boxershorts rutschte. Es fiel ihm schwer, ruhig zu bleiben. Jetzt gab es kein Zurück mehr. Audrey und Cooder konnten die Arbeit nicht alleine schaffen. Sie war nicht stark genug, und Cooder war zu breit und zu langsam. Außerdem war er der Sheriff und somit derjenige, der hier gefordert war. Er musste es tun. Cooder hatte so weit gegraben, wie er konnte. Jetzt war Virgil wieder an der Reihe. Dennoch hörte er in seinem Inneren eine warnende Stimme, die ihm zurief, er solle machen, dass er aus dem engen Loch herauskäme.

Virgil, Cooder und Audrey hatten die Toilettenplattform zerlegt und sich kleine, aber funktionsfähige Spaten aus dem dünnen Sperrholz gebastelt. Abwechselnd waren sie in den engen Schrank gekrochen, hatten den Plastikschaum weggekratzt, die kupfernen Rohre abgerissen und zu graben begonnen. Abwechselnd hatten sie den groben, dicht gepackten braunen Lehm weggeschaufelt, bis sich ein Haufen unter ihrem Bauch angesammelt hatte. Dann waren sie aus dem Schrank herausgeklettert, und während sie erschöpft in der Ecke neben der Badewanne saßen und nach Luft rangen, hatte ihre Ablösung den Haufen aus dem Schrank ins Badezimmer geschaufelt und dann ihren Platz eingenommen.

Als das Loch groß genug war, dass derjenige, der gerade an der Reihe war, seinen Oberkörper hineinzwängen konnte, wurde die Sache noch interessanter. Jetzt mussten sie *aufwärts* graben. Das bedeutete, dass sie auf dem Rücken liegen, die Augen schließen und die Erde direkt über ihren Gesichtern wegkratzen mussten, so dass Erdklumpen und loser Sand ihnen in Mund und Nase fiel und ihr Gesicht manchmal ganz und gar bedeckte. Sie wanden sich, schnauften und husteten, aber das Loch wurde größer. Das Problem war, dass Virgil und Cooder schon zweimal unter der herabfallenden Erde begraben worden waren. Ihre Partner hatten sie an den Füßen herausgezogen, und Audrey hatte ihnen die Gesichter mit einem Handtuch abgewischt, während sie spuckten, husteten und fluchten. Jetzt war Virgil wieder an der Reihe, und das Loch war gerade groß genug, dass er darin stehen konnte.

Was ist, wenn die Erde über mir runterbricht und mich im Stehen begräbt? Es wird eine ganze Weile dauern, bis sie meine Füße ausgebuddelt haben, und selbst wenn sie sie zu fassen bekommen, werden sie mich niemals durch dieses Loch herausziehen können, wenn ich in einem Erdrutsch eingeklemmt bin. Das ist doch total scheißverrückt.

Die Taschenlampe warf einen schwachen Lichtstrahl in den Schacht. Wenige Zentimeter über seinem Kopf machte der Lehm einer Kiesschicht Platz. Ausgezeichnetes Material für einen Erdrutsch.

Er versuchte zu erraten, wie weit es noch bis zur Oberfläche war, doch er konnte nicht schätzen, wie tief der Raum mit seiner niedrigen Decke unter der Erde lag. Er konnte einen halben Meter unter der Einfahrt liegen, es konnten aber auch anderthalb Meter sein. Doch der Kies ließ ihn hoffen. Wie dick würde man die Kiesschicht für eine ungepflasterte Einfahrt machen? Vermutlich nicht allzu dick. Es sei denn, er befand sich gar nicht unter der Einfahrt. Wenn dies natürlicher Boden war, dann konnte er noch meterdick sein.

»Gib mir die Brechstange«, rief er.

Waren das Stimmen über ihm? Er stieß das scharfe Ende der Stange durch den dicht gepackten Kies, wich den Steinen aus, die ihm ins Gesicht fielen, und rechnete jede Sekunde damit, verschüttet zu werden.
»Sehen Sie schon was?« Audreys Stimme klang hohl in der engen Öffnung.
Virgil hatte feuchten Erdgeruch und den Gestank des Abwassers in der Nase, das immer noch aus dem Loch unter der Toilette sickerte. Das Licht flackerte und wurde gelb.
»Ich glaube, die Taschenlampe geht aus«, rief Audrey.
»Toll«, murmelte Virgil und stieß noch einmal fest mit der Brechstange zu.
Diesmal ging es ein bisschen leichter. Er drehte das gebogene Ende hin und her.
»Ich glaube, ich bin mit der Stange bis zur Oberfläche durchgestoßen!«, rief er.
Cooder und Audrey jubelten.
Und was mache ich jetzt? Fühlt sich an, als ob etwa ein halber Meter Kies über mir wäre. Wenn das Loch diagonal einbricht, ist das mehr als genug, um mich zu begraben.
Aber er konnte nichts anderes tun. Behutsam zog er die Stange zurück, um zu sehen, ob etwas Licht von dem Feuer durch den winzigen Schacht zu ihm herunterdringen würde. Aber der Kies füllte das Loch wieder, sobald er die Brechstange herauszog. Er holte tief Luft, stieß die Stange noch einmal in den Kies und drehte und hebelte mit dem flachen Ende zwischen den Steinen herum. Immer mehr brachen herunter, und dann erwischte er den

Stein, der das Ganze gehalten hatte. Der grobe Kies stürzte polternd um ihn herum in das Loch. Er bedeckte das Gesicht mit den Händen und hielt die Luft an. Der ganze Erdrutsch war in weniger als einer Sekunde vorbei.

Als er die Hände vom Gesicht nahm, starrte er in einen Himmel voller Sterne und niedriger, schnell ziehender Wolken, die vom Feuer rot angehaucht waren. Hinter und über sich hörte er das Brüllen der Flammen, aber sein Rücken war gegen die kalte Betonwand gepresst, und er steckte bis zu den Schultern in einem etwas über einen Meter breiten Loch, das irgendwo in Merle Coonts Einfahrt entstanden war. Die Brechstange war weg.

Er fühlte Hände, die nach seinen Füßen griffen, und fürchtete, dass sie ihm bei dem Versuch, ihn durch das Loch zurückzuziehen, die Beine brechen könnten »Audrey! Cooder! Ich bin durch!«, rief er zu ihnen hinunter. »Hört ihr mich?« Bei dem Brüllen des Feuers war es unmöglich, festzustellen, ob die gedämpften Geräusche, die er hörte, ihre Antwort waren. Birchs Gesicht erschien über dem Rand des kleinen Kraters.

»Sheriff? Großer Gott! Wie zum Teufel kommen Sie denn da runter?«

Birch sprang in das Loch und rief über die Schulter nach den anderen. Er wischte Virgil das Gesicht ab und begann, mit bloßen Händen den Kies um die Brust seines Vorgesetzten wegzuschaufeln. »Was in aller Welt machen Sie da unten, Virg?«

Plötzlich erschienen weitere Gesichter um ihn herum.

Feuerwehrmänner in voller Ausrüstung mit Spaten. Als sie Virgil sahen, blieben sie wie angewurzelt stehen.

»Grabt!« Birchs Befehl machte der Erstarrung ein Ende. Dennoch redeten seine Retter alle durcheinander, während sie gruben.

»Sheriff, wie sind Sie da runtergekommen?«

»Was zum Teufel ist passiert?«

»Holt mich einfach hier raus!«, rief Virgil. »Es sind noch mehr Leute da unten. Bob! Rufen Sie die Rettungshelfer hierher. Da unten ist ein Mann mit einer Schusswunde.«

»Sie kommen«, sagte Birch. Er zerrte an Virgils Schultern und versuchte, ihn aus dem Loch zu ziehen, aber er war fest eingeklemmt. Birch ging zur Seite, um zwei Feuerwehrleuten mit Schaufeln Platz zu machen. »Als wir weder Sie noch die Bocks finden konnten, haben wir schon gefürchtet, dass sie alle im Haus waren, als es in Flammen aufging. Einer der Feuerwehrleute hat einen erschossenen Mann hinter dem Haus gefunden. Verdammt, Virgil, Sie haben uns einen Mordsschrecken eingejagt.«

»Der Tote muss Merle Coonts sein«, sagte Virgil. Er hatte sich in Coonts getäuscht. Er war doch kein schlechter Mensch, jedenfalls nicht so schlecht, wie Virgil geglaubt hatte. Er hatte Zach Bock gekidnappt, aber unter den gegebenen Umständen glaubte Virgil nicht, dass er es verdient hatte, dafür zu sterben.

Als sie genügend Kies weggeschaufelt hatten, arbeitete sich Virgil an seinen Rettern vorbei aus dem Loch heraus. Sofort war er von Feuerwehrleuten und Rettungshelfern umringt, die alle gleichzeitig auf ihn einredeten.

»Ich erzähle euch schon noch alles! Jetzt habe ich keine Zeit. Holt die anderen raus.«

Als er sich umsah, bemerkte er, dass jemand Merles Lastwagen und den Camry der Bocks weggefahren hatte. An ihrer Stelle standen zwei Löschfahrzeuge in der Einfahrt, und von einem Wasserwagen auf der Straße liefen Schläuche zum Haus. Man würde ihn am nächstgelegenen See auffüllen, wenn das Wasser verbraucht war. Vielleicht war er bereits mehrmals wieder aufgefüllt worden. Die Scheune war nur noch ein Haufen qualmendes Holz. Am Haus waren trotz der Wasserströme immer noch vereinzelt rote Flammen zu sehen, aber das Feuer war so weit gelöscht, dass es nicht allzu unangenehm war, so dicht daneben zu stehen. Der graue Nebel, der sich in den Nachthimmel erhob, bestand mehr aus Dampf als aus Rauch.

Virgil sah die Löschfahrzeuge genauer an und bemerkte, dass sie alle aus umliegenden Ortschaften kamen. Der Bezirk Ouachita war in den vergangenen Stunden reichlich oft von Bränden heimgesucht worden. Die Löschfahrzeuge der Stadt Arcos standen vermutlich immer noch bei Babs' Haus.

Er wandte sich an Birch, der geduldig neben ihm wartete. »Geben Sie eine Fahndungsmeldung heraus. Tara Beals wird jetzt wegen Kidnapping und wegen Mordes gesucht.«

»Der Junge?«

»Der Junge lebt und sie hat ihn. Informieren Sie die Polizisten, dass Tara bewaffnet und extrem gefährlich ist.«

»Okay, Sheriff.« Birch wandte sich zum Gehen.

»Birch!« Virgil fasste den Deputy am Arm. »Geben Sie mir Ihr Hemd und Ihr Pistolenhalfter.«
Birch blieb stehen und tat, wie ihm befohlen worden war.
»Mein Pistolenhalfter ist im Keller, und mein Hemd auch. Bringen Sie mir die Sachen, wenn Sie können.«
»Okay«, sagte Birch und verschwand hinter Merles Lastwagen. Virgil sah in den Schacht hinunter, während er das Uniformhemd anzog, das ihm zwei Nummern zu groß war, und das Pistolenhalfter bis zum letzten Loch festzog. Zwei Feuerwehrleute zogen Audrey heraus, und Virgil beugte sich herunter, ergriff ihre Hand und half ihr an die Oberfläche.
»Richard«, war ihr erstes Wort. Sie spähte in den Schacht hinunter.
»Sie holen ihn sofort«, beruhigte sie Virgil und zog sie von der Hitze fort.
»In ein paar Minuten sind Leute von der Staatspolizei auf dem Weg zu Taras Haus«, fügte er hinzu.
Audrey schüttelte den Kopf. »Die Polizisten werden sie nicht finden.«
»Tara hält Sie für tot. Sie hat all dies hier angerichtet, um ihre Taten zu verschleiern. Sie ist verrückt, Audrey. Bestimmt glaubt sie, dass niemand nach ihr suchen wird. Höchst wahrscheinlich fährt sie direkt nach Hause.«
»Trotzdem werden sie sie nicht finden.«
»Warum sind Sie sich da so sicher?«
»Meine Mutter hat Zach ein Jahr lang hier festgehalten.« Audrey deutete mit dem Kopf auf das Loch in der Einfahrt. »Und haben Sie ihn gefunden? Tara beherrscht die

Kunst des Irreführens besser als irgendein anderes Mitglied meiner Familie. Sie mag verrückt sein, aber sie ist verdammt viel schlauer als Sie es für möglich halten.«
Einer der Sanitäter verschwand im Schacht. Ein anderer reichte ihm einen Erste-Hilfe-Koffer und eine Taschenlampe hinunter. Dann streckte Cooder den Kopf aus dem Loch und lächelte. Virgil konnte nicht umhin, zurückzulächeln.
»Komm raus, Cooder«, rief er und bedeutete einem der Feuerwehrmänner, ihm behilflich zu sein. Cooder kroch aus dem Loch. Ein weiterer Sanitäter verschwand, und dann hoben sie Richard aus dem Schacht. Feuerwehrleute ergriffen ihn und legten ihn auf eine Trage. Audrey eilte zu ihm. Ein hoch gewachsener Rettungshelfer maß seinen Blutdruck und untersuchte die Wunde mit einer Taschenlampe. Richard war wieder bei Bewusstsein, aber das schien nicht unbedingt ein Vorteil zu sein, weil er jetzt offenbar mehr Schmerzen hatte. Er drückte die Augen zu und knirschte mit den Zähnen.
»Du wirst wieder gesund!«, versicherte sie und sah den Sanitäter an, der zustimmend den Daumen hob.
Richard versuchte zu nicken, aber die Bewegung tat ihm weh, und er verzog das Gesicht.
»Wo ist Zach?« Offenbar glaubte er, dass der Junge bei ihnen sein sollte. Sein Kopf schwankte auf und nieder.
Audrey runzelte die Stirn. »Tara hat ihn.«
Richard stieß einen Seufzer aus, der mehr wie ein Keuchen klang, und schloss die Augen. Als Audrey seine Hand ergriff, drückte er die ihre, und sie fühlte seinen Schmerz. Sie hoffte, dass sie ihm damit einen Teil davon

abnehmen könnte, aber sie hatte keine Ahnung, ob ihr Talent dazu ausreichte. Als Richard die Augen langsam wieder öffnete, sah Audrey darin sowohl seine Verzweiflung als auch seine Entschlossenheit.

»Geh und hol ihn«, flüsterte er. »Geh und hol Zach.«

Virgil sah sie an und schüttelte den Kopf. »Ich fahre gleich los und schließe mich den Polizisten an. Überlassen Sie das uns, Audrey.«

»Nein!«, krächzte Richard und schlug mit der Hand auf die Seite seiner Rolltrage.

»Die Schlüssel sind im Wagen, Audrey.«

Audrey nickte, aber Virgil packte sie am Arm.

»Ich komme mit«, verkündete sie und starrte seine Hand an. Er zögerte einen Augenblick, bevor er sie losließ.

»Also gut«, sagte er stirnrunzelnd. »Sie können mit mir fahren.«

Zu ihrer Überraschung saß Cooder bereits auf dem Rücksitz von Virgils Streifenwagen und blickte ruhig aus dem Fenster in den dunklen Wald auf der anderen Straßenseite.

Virgil setzte sich hinter das Lenkrad und streckte den Arm aus, um die Beifahrertür für Audrey zu öffnen.

»Du musst aussteigen, Cooder«, befahl er. »Wir fahren jetzt los.«

Cooder schwieg.

»Cooder?«

»Ich komme mit, Virg.«

»Klar.« Virgil seufzte und ließ den Motor an. »Warum nicht?«

58

Während der hundertdreißig Kilometer langen Fahrt nach Augusta berichtete Virgil Audrey, was in der Stadt vorgefallen war und welche zuverlässigen Informationen er über Tara hatte sammeln können. Aus dem Funkgerät drang das Stimmengewirr der Männer, die die beiden Brände bekämpften, und Virgil sprach mit den Staatspolizisten, die bereits dabei waren, Taras Haus und Grundstück zu durchkämmen. Ihr Auto war fort, und bislang hatten sie nichts Verdächtiges gefunden. Audrey sagte, sie sollten weiter den Keller untersuchen.

»Den haben wir schon zweimal auf den Kopf gestellt«, krächzte die Stimme des Polizisten aus dem Funkgerät.

»Dann tun Sie's noch einmal!«, schrie Audrey.

Virgil legte eine Hand auf ihre Schulter und drückte fest zu. Sie atmete in langen, tiefen Zügen und starrte durch das Scheinwerferlicht in die Dunkelheit. Es war fast vier Uhr. Wie war es möglich, dass so viel Zeit vergangen war?

Sie waren stundenlang in dem Keller gefangen gewesen. Und während der ganzen Zeit hatte Tara Zach in ihrer Gewalt gehabt. Audrey schloss die Augen und versuchte, ihn zu spüren, jenen Ort zu finden, wo sie ihn früher getroffen hatte. Aber Zach war nicht dort. Sie überlegte, ob Tara ihn irgendwann während all der Jahre, die sie ihn gekannt hatte, heimlich hypnotisiert hatte, ob sie ein Kommando in sein Unterbewusstsein eingepflanzt hatte, wie sie es bei Audrey getan hatte. Aber sie hätte dieses Kommando doch bestimmt im Keller benutzt, um ihn gefügig zu machen. Außerdem konnte Audrey sich nicht vorstellen, wann sie Gelegenheit gehabt haben sollte, mit Zach zu arbeiten. Audrey hatte instinktiv besonders gut auf den Jungen geachtet, wenn Tara in der Nähe gewesen war, und hatte die beiden niemals miteinander alleine gelassen. Schon damals mussten ihre Mutterinstinkte und ihr Unterbewusstsein zusammengewirkt haben, um ihren Sohn zu schützen.

»Im Norden der Stadt«, sagte Audrey und deutete auf die Abzweigung. »Tara wohnt etwa sechzehn Kilometer außerhalb von Augusta.«

»Ich weiß, wie man da hinkommt«, erwiderte Virgil und nickte.

»Hab schlimme Sachen gesehen, Virg«, verkündete Cooder vom Rücksitz.

Audrey wandte sich zu ihm um, und das Herz blieb ihr fast stehen. Sie sah in seine sanften, braunen Augen, und plötzlich *wusste* sie, wo Zach war. Rasch drehte sie sich um, starrte aus dem Fenster und erkannte augenblicklich, wo sie sich befanden. Als sie und Richard damals miteinander ausgegangen waren, mussten sie tausendmal hier vorbeigekommen sein, ohne den heruntergekommenen Gebäudekomplex eines Blickes zu würdigen. Jetzt jedoch zog er sie an wie ein Magnet und übte eine so dunkle, widerwärtige und beängstigende Anziehungskraft auf sie aus, dass sie *wusste*, dass sie Recht hatte.

»Sie ist da drin«, flüsterte sie und zeigte zum Fenster hinaus.

»Wo?«, fragte Virgil und verlangsamte die Fahrt.
»Da!«, sagte sie und schlug mit der Hand gegen die Windschutzscheibe. Vor ihnen tauchten zwei gemauerte Säulen auf, die einen schweren, schmiedeeisernen Bogen trugen. Das schwarze Eisentor war mit einer Kette und einem Vorhängeschloss gesichert. Längst verdorrter Efeu rankte sich mit knochigen Fingern um die rechteckigen Säulen bis hinauf zu dem Schild.

PERKINS NERVENHEILANSTALT

»Er ist da drin«, flüsterte sie und deutete durch das Tor.
»Sind Sie sicher?« Virgil musterte die schwere Kette.
»Ja«, flüsterte Audrey. Sie konnte die Augen nicht von dem Schild abwenden.
»Sind Sie jemals hier gewesen?«, wollte Virgil wissen. Er sah ihr scharf ins Gesicht.
Audrey runzelte die Stirn. »Ich glaube ja.«
Cooder nickte eifrig vor sich hin. »Schlimme Sachen«, murmelte er und schlug sich immer wieder auf die Schenkel. »Schlimme Sachen.«
In diesem Augenblick drang die Stimme des Staatspolizisten aus dem Funkgerät: »Sie hatten Recht! Da ist was. Einer meiner Männer hat gerade eine versteckte Tür gefunden, die in einen zweiten Keller hinunterführt!«
Virgil sah Audrey erwartungsvoll an, doch sie schüttelte den Kopf.
»Zach ist hier drin«, beteuerte sie, aber sie war sich nicht mehr *ganz* so sicher wie zuvor. Sie hatte das *Gefühl*, dass es stimmte, aber was war, wenn sie sich irrte? Was war,

wenn sie ein leeres Gebäude durchsuchten, während Zach sie anderswo brauchte? Sie schloss die Augen und versuchte, Kontakt mit ihm herzustellen. Ein leichtes Kitzeln im Nacken ließ sie zusammenzucken, und dann spürte sie ihn tatsächlich. Es war nur ein winziges Flackern.

Aber er war in der Nähe. Ganz nah.

Sie nickte Virgil zu.

Virgil sah Cooder im Rückspiegel an und seufzte. »Das genügt mir«, sagte er und griff nach dem Mikrophon. »Pete, hier Virgil. Ich ermittle hier bei Perkins.«

»Perkins Nervenheilanstalt?«

»Ja.«

»Warum?«

»Ich habe so ein Gefühl, dass sie hier sein könnte.«

»Nur ein Gefühl?«

»Ja.«

»Haben Sie Verstärkung?«

Virgil warf einen Blick auf Audrey und Cooder. »Nein.«

»Okay. Ich schicke einen Wagen rüber, sowie ich hier jemanden entbehren kann. Aber das wird eine Weile dauern, also seien Sie vorsichtig.«

»In Ordnung«, sagte Virgil, obwohl er wusste, dass er Audrey niemals dazu bringen würde, so lange im Auto zu warten.

»Hab schlimme Sachen gesehen, Virg.« Cooders Stimme zitterte und er hörte nicht auf, sich auf die Schenkel zu schlagen, als wolle er dort ein Feuer ersticken.

»Schon gut, Cooder«, antwortete Virgil. »Hör jetzt auf, das zu sagen. Okay?«

Cooder nickte und biss die Zähne zusammen.
Audrey wandte sich zu ihm um. Sein Gesicht war verzerrt, und er starrte mit gehetztem Gesichtsausdruck durch das Tor auf die unebene Einfahrt. Das Gebäude selbst war in Dunkelheit gehüllt, aber die Fenster reflektierten das Licht des Mondes und der Sterne und sahen in die Nacht hinaus wie die glimmenden Augen eines fremdartigen Raubtiers.
»Ich muss nach meinem Sohn suchen, Cooder«, sagte Audrey. »Ich muss da reingehen. Aber für Sie gibt es keinen Grund, das zu tun.«
»Ich komme mit«, erklärte er nach kurzem Zögern.
Virgil ließ den Streifenwagen gegen das Tor rollen und gab gerade genug Gas, um das alte Eisengitter von den Scharnieren zu sprengen. Als das Tor laut klappernd auf das Pflaster fiel, fuhr er geradewegs darüber hinweg. Die Auffahrt wand sich zwischen Eichen hindurch, die in großen Abständen auf einer Rasenfläche standen. Das Gras war früher einmal gepflegt gewesen, jetzt jedoch wucherte es in Büscheln wie das Haar eines Strahlungsopfers. Der Asphalt war mit vertrocknetem Laub bedeckt und voller Schlaglöcher.
Offensichtlich war niemals jemand auf die Idee gekommen, dass ein Gebäude, das wie ein Gefängnis aussah, sich negativ auf das Befinden der Patienten auswirken könnte. Die hohen Fenster waren mit schweren Eisenstangen vergittert. Die Wände waren aus massiven Sandsteinblöcken gemauert, und die Eingangstür bestand aus verblasstem, grünen Metall und dickem Glas mit eingelassenem Drahtgitter. Aus der Nähe starrte die gedrun-

gene Monstrosität drohend auf sie herab wie ein riesiger, kantiger Troll.

Audrey sprang aus dem Wagen und rannte zur Eingangstür. Virgil schrie sie an, aber er musste die hintere Tür für Cooder öffnen, und er nahm sich die Zeit, seine Schrotflinte aus dem Kofferraum zu holen. Dann besann er sich, griff noch einmal in den Wagen und nahm sein Handy aus der Halterung. Als er bei den beiden anderen ankam, rüttelte Audrey wild an der schweren Tür.

»Ich kann nicht rein!«, schrie sie.

Virgil zog sie zur Seite, doch er und Cooder konnten gegen das schwere Schloss ebenso wenig ausrichten.

»Wie ist Tara reingekommen?«, fragte Virgil. »Gesetzt den Fall, dass sie tatsächlich hier ist.«

»Sie hat sicher einen Schlüssel«, meinte Audrey.

Virgil nickte bedächtig. »Aber wo ist ihr Auto?«

Er begann, um das Gebäude herumzugehen, und Cooder und Audrey trabten hinter ihm her. Als sie an den pechschwarzen Fenstern vorbeitappten, zog sich Audreys Magen zusammen. Obwohl sie wusste, dass sie nur ihre eigenen, vom Licht der Sterne erhellten Spiegelbilder in dem staubigen Glas vorbeihuschen sah, hatte sie das Gefühl, verblasste Gespenster aus einer anderen, grauenhaften Zeit vor sich zu haben. Ihre Gesichter waren hart, die Stirnen gefurcht, die Mundwinkel abwärts gezogen, die Augen tief liegend und leer. Das Bauwerk schien die Gegenwart ein-, und die Vergangenheit auszuatmen.

Trockenes Gras knisterte unter ihren Füßen, und in der Ferne heulte eine Sirene. Taras Wohnung war nicht allzu weit entfernt, und Audrey überlegte, ob das wohl einer der Polizisten war, die Verstärkung, um die Virgil gebeten hatte. Der Sheriff lauschte in die Richtung, aus der das Heulen kam, doch als die Sirene sich weiter und weiter entfernte, schüttelte er den Kopf. An der Ecke des Gebäudes blieb der Sheriff stehen, winkte ihnen zu warten und spähte um die Ecke. Dann verschwand er, und sie eilten hinter ihm her.

Auch auf dem seitlichen Parkplatz war Taras Wagen nicht zu sehen.

Über den Bäumen waren die fernen Lichter von Augusta deutlich erkennbar, und das drei Stockwerke hohe Gebilde aus Stein, Glas und Eisen war schwach beleuchtet. Audrey presste sich gegen die kalten Sandsteinwände, die hoch in die Nacht hinaufragten. Plötzlich erfasste sie die Angst, dass Tara über ihnen auf der Brüstung stand und sich anschickte, Felsbrocken und siedendes Öl auf sie herunterzuschleudern.

Als sie sich nach Cooder umsah, stellte sie fest, dass er wie ein kleiner Junge aussah, der gleich in Tränen ausbrechen würde. Während Virgil zur nächsten Ecke weiterging, blieb sie stehen und drehte sich zu Cooder um.

»Tun Sie das nicht«, sagte sie. »Ich möchte nicht, dass Sie hier reingehen.«

»Ich muss«, antwortete er.

»Warum?«

Diesmal zögerte er nicht. »Um Ihren Jungen rauszuholen.«

»Wir können das machen«, sagte sie und deutete mit dem Kopf auf Virgil.

Cooder schüttelte langsam den Kopf. »Sie würden reinkommen, aber Sie würden nicht wieder rauskommen.« Audrey erschrak über die Überzeugung, mit der er das sagte.

»Was meinen Sie damit?«

»Ich kann mich an Dinge erinnern.«

»An was?«

Er beugte sich zu ihr vor, und sie achtete nicht auf seinen strengen Geruch. »Sie haben mir immer erlaubt, mit Vögeln zu spielen.«

Sie runzelte die Stirn. »Ich verstehe nicht, was Sie meinen, Cooder.«

»Es waren nicht nur Vögel. Ich hab auch mit Mäusen gespielt. Und mit Hunden.« Er schloss einen Augenblick lang die Augen. »Hunde wissen eine Menge, aber sie sind schwieriger als Vögel.« Er nickte vor sich hin, als wollte er sich selbst bestätigen, dass er *wusste*, was er zu wissen glaubte. »Hunde sind schwierig. Aber wenn man es mit ihnen schafft, kann man eine Menge lernen.« Als er sie wieder ansah, wirkte sein Gesicht erheblich zuversichtlicher.

»Dann kommen Sie.« Sie verstand immer noch nicht, wovon er redete. Aber sie konnte ihn nicht alleine in der Dunkelheit zurücklassen, und sie hatte keine Zeit, ihn zum Auto zurückzubringen.

Als sie an der Rückseite des Hauses ankamen, sahen sie eine zweite geteerte Einfahrt vor sich – den Lieferanteneingang. In einem zweistöckigen Anbau aus Ziegeln befanden sich zwei erhöhte Garagentüren – offenbar zum Entladen der Lieferfahrzeuge. Eine Betontreppe führte zu einer umlaufenden Rampe mit gestrichenem Eisengeländer hinauf. Virgil befand sich bereits auf der Treppe, als Audrey und Cooder losrannten, um ihn einzuholen. Sie alle blieben vor einer breiten Metalltür stehen, die ebenfalls ein drahtverstärktes Fenster hatte. Als die Tür sich nicht öffnen ließ, trat Virgil dagegen. Das Geräusch hallte in dem großen Gebäude wider wie ein Penny auf einer Blechtrommel.

»Verdammt!« Der Sheriff schlug fluchend gegen das Glas. »Ich fürchte, ich muß durch das Glas schießen und das Schloss öffnen.«

»Dann tun Sie's«, forderte Audrey ihn auf.

»Ich wollte nicht, dass sie merkt, dass wir hier sind«, erklärte Virgil. »Aber ich nehme an, mein hysterischer Anfall eben hat uns bereits verraten.«

»Glauben Sie mir, sie weiß es«, sagte Audrey, und Cooder nickte.

Virgil hob das Gewehr und zielte auf die untere Ecke des Fensters. Als er auf den Abzug drückte, schlug der Knall der schweren Waffe gegen die kalten Ziegelwände wie eine riesige Hand. In der Ecke des Fensters war ein faustgroßes Loch entstanden, von dem aus sich Sprünge wie ein Spinnennetz in allen Richtungen ausbreiteten. Virgil rammte den Gewehrkolben in das Glas, das sich nach innen bog, aber nicht zersplitterte. Nach einem weiteren Schlag mit dem Ellenbogen konnte er eine Hand durch das Loch schieben und den Riegel öffnen. Er drückte die Tür auf und richtete den Strahl der Taschenlampe in den langen Korridor. »Jetzt weiß auch der letzte Trottel, dass wir hier sind.«

59

Zach ließ sich widerstandslos von Tara an der Hand durch die endlosen Korridore führen, als hätte er sich in sein Schicksal ergeben. Im *Innern* jedoch arbeitete sein zehnjähriger Verstand auf Hochtouren.

Das hier ist bloß ein anderer Keller. Ich bin fast aus dem ersten rausgekommen, aus dem hier komme ich auch raus. Wenn ich genug Zeit habe.

Beim Gedanken an die Zeit bekam er ein flaues Gefühl im Bauch, das bis ganz nach unten hinunterrutschte. Er hatte sich gerade erst allmählich daran gewöhnt, von seinen Eltern getrennt zu sein, als es so aussah, als würde er gerettet werden, und jetzt war er wieder entführt worden. Das erste Mal hatte es so lange gedauert, bis ihn jemand gefunden hatte, und er war sich absolut sicher, dass er diesmal nicht so viel Zeit haben würde.

Ich werde entkommen. Ganz bestimmt.

Hin und wieder blitzte vor seinem geistigen Auge das Bild von Tara auf, die mit der Pistole auf seinen Vater zielte und abdrückte, und dann wurde das flaue Gefühl noch viel schlimmer. Er hatte getan, was er konnte, aber es war alles so schnell gegangen. Er wusste nicht, ob sein Vater lebte oder tot war. Er *glaubte*, dass er noch lebte, und es *fühlte* sich auch so *an*. Doch er wusste es eben nicht genau, und die Ungewissheit zehrte an ihm. Aber jetzt hatte er keine Zeit, daran zu denken. Er musste darüber nachdenken, wie er entkommen konnte.

Aber Tara blieb vor einer offenen Tür stehen, die in ein

dunkles Zimmer führte, und als die Lichter aufflammten und er ihr in ihr Labor folgte, schmolz sein letztes Selbstvertrauen dahin. Dies war kein Keller, der wie eine Wohnung eingerichtet war. Hier gab es kein Schlafzimmer mit einem harten Eisenbett für ihn. Keine große, leere Scheune, in der man Fahrrad fahren konnte. Das hier sah mehr wie eine Arztpraxis aus, und wie alle Zehnjährigen hatte er eine gesunde Abneigung gegen solche Orte. Arztpraxen waren voll von Desinfektionsmitteln, blendenden Lichtern und glänzenden Stahlinstrumenten für unbekannte und beängstigende Zwecke. Aber wenigstens war immer seine Mutter dabei gewesen, und er hatte gewusst, dass der Arzt die besten Absichten hatte, gleichgültig wie schrecklich seine Praxis ihm auch *erscheinen* mochte.

Hier gab es keinen solchen Trost, und die glänzenden Instrumente und geheimnisvollen Gegenstände in den Glasbehältern machten ihm Angst. Er versuchte, starr geradeaus zu sehen, aber seine Augen gehorchten ihm nicht, sie huschten über die Schränke und die seltsamen Maschinen mit ihren dunklen Bildschirmen und zahllosen Schaltern und Knöpfen. Das hintere Ende des Raumes war unbeleuchtet, in Dunkelheit gehüllt. Instinktiv scheute er davor zurück. Ohne dass man es ihm hätte sagen müssen, wusste er, dass dies ihr Ziel war.

Tara warf Zach und dem Hund einen bedeutungsvollen Blick zu und befahl dem Jungen, sich nicht von der Stelle zu rühren. Als Zach nickte, begann sie, zielstrebig herumzulaufen, die Stecker der Geräte in die Steckdosen zu stecken, einen eigenartig konstruierten Rollstuhl hervorzuziehen und leise vor sich hinzureden. Sie sah aus wie ein Kobold, der fröhlich damit beschäftigt war, die Werkstatt für die Ankunft Satans vorzubereiten. Ihre Augen leuchteten vor freudiger Erwartung, und das machte Zach mehr Angst als alles andere.

Er hatte keine Ahnung, wozu die ganze Ausrüstung dienen sollte, aber er wusste, dass das alles für ihn bestimmt war. Und er wusste, dass Tara ihm nicht genug Zeit lassen würde, um sich eine Fluchtmöglichkeit auszudenken. Verzweifelt schloss er die Augen und machte sich wieder auf die Suche.

60

Audrey stolperte in der Mitte des Korridors dahin. Sie war desorientiert, weil sie sich wieder an zwei Orten zugleich befand, nicht nur im oberen Bereich des alten Gebäudes. Ohne Vorwarnung war ein Teil ihres Bewusstseins in einen Raum geschleudert worden, der Taras Forschungslabor sein musste. Sie versuchte, sich auf den Raum in ihrem Kopf zu konzentrieren, blendete ihre tatsächliche Umgebung aus und fühlte, wie ihre Füße an den Bodenfliesen des Korridors hängen blieben.

Hilf mir!

Zachs Stimme explodierte in ihrem Kopf.

Ich kann nicht raus! Sie wird mir wehtun!

Audrey versuchte zu schreien, Zach zu warnen, Tara zu drohen, ihr zu sagen, sie solle ihren Sohn in Ruhe lassen, wenn ihr ihr Leben lieb wäre. Aber sie konnte kaum atmen. Dafür hörte sie Tara ruhig vor sich hinsprechen, als ob sie eine Einkaufsliste vorlesen würde.

»Alkoholtupfer, Dexedrine, Adrenalin auch. Ephinedrin für alle Fälle, überprüfen, wie die Voltzahlen eingestellt sind.«

Was macht sie da?

War das ihr eigener Gedanke oder Zachs?

Mit quälender Langsamkeit schob sich das Bild des kleinen, hellen Raumes über den dunklen Korridor, in dem sie sich befand. Tara kam hinter einer großen, grünen Schalttafel hervor, und Audrey fühlte, wie ihre eigenen Knie nachgaben. Tara schien ihr ins Gesicht zu sehen, aber sie wusste, dass sie in Wirklichkeit Zach ansah.

»Halt still«, befahl Tara. »Es tut nicht weh.«

Tara entfernte sich, als Zach versuchte, rückwärts auszuweichen. Aber Audrey fühlte, wie sie mit dem Rücken gegen die Wand stieß, und dann rang sie kraftlos mit einer viel größeren Tara. Sie war wie ein Teil von Zach. Sie fühlte, wie ihre Tante sie fortzerrte, fühlte einen reißenden Schmerz in Zachs Ellenbogen und schrie auf, aber diesmal hörte sie es, und Tara hörte es auch.

Und dann begriff sie, dass Zach mit *ihrer* Stimme geschrien hatte.

»Wie hast du das gemacht?« Tara ließ den Jungen los und trat einen Schritt zurück.

Zach schüttelte verwirrt den Kopf.

Tara brauchte nur einen Augenblick, um nachzudenken. Dann drängte sie Zach in die Ecke, ehe er ihre momentane Ungläubigkeit dazu benutzen konnte fortzulaufen. Ihre starken Arme hoben ihn auf und stießen ihn in den Rollstuhl. Er wehrte sich wie eine Katze, schlug um sich und kratzte, aber sie hatte ihn bald mit dicken Lederriemen festgeschnallt.

»Audrey!« Virgils Stimme drang nur schwach in ihr Bewusstsein, aber sie versuchte mit aller Kraft, sich daran festzuklammern. Ihr war klar, dass sie ihren Körper wieder unter Kontrolle bringen musste. Sie konnte Zach nicht retten, indem sie in seinen Kopf eindrang. Sie musste seinen Körper finden. Aber es war schwer loszulassen, nachdem sie ihm so schmerzhaft nahe gewesen war. »Audrey! Kommen Sie zu sich!«

»Sie schließt ihn an die Maschine an«, keuchte sie.

»Was für eine Maschine?

Audrey schüttelte den Kopf. »Sie besteht aus lauter Drähten und Schaltern und … und Schmerz.«

»Ja«, bestätigte Cooder, dessen Augen im Schein der Taschenlampe glänzten.

»Du hast sie auch gesehen?«, fragte Virgil und sah Cooder an.

»Hab schlimme …«

»Ich weiß, Cooder«, unterbrach ihn Virgil. »Ich weiß. Sag uns einfach, wie wir hinkommen.«

»Hier lang«, sagte Cooder. »Wir müssen an der Irrensammlung vorbei.«

61

Von Taras einst so beeindruckendem Laborkomplex war wenig genug übrig geblieben, nachdem diese Trottel ihr die Gelder gestrichen und sie gezwungen hatten, ihre Forschungsarbeiten noch heimlicher fortzusetzen. Doch sie hatte gerettet, was sie konnte. Ihre gesamte Laborausrüstung – das war das Wichtigste gewesen. Und ein Teil des ursprünglichen Sicherheitssystems war einfach genug gewesen, dass sie es funktionsfähig erhalten konnte. Sie war stolz darauf, dass sie ohne fremde Hilfe gelernt hatte, die elektrischen und einige der elektronischen Anlagen in dem unterirdischen Komplex zu bedienen. Jetzt beobachtete sie mit Hilfe der an den Decken der Korridore installierten Überwachungskameras, wie Virgil, Cooder und Audrey näher kamen. Es ärgerte sie, dass Audrey keine technischen Hilfsmittel *brauchte*, um ihren Sohn zu finden. Wie war es möglich, dass sie ihr Talent übersehen hatte? Wie hatte Audrey sie all die Jahre lang vor ihr verheimlichen können? Aber das war nun gleichgültig. Alles hatte sich zu ihrem Vorteil entwickelt. Jetzt würde Audrey die Maschine zu spüren bekommen, wie die anderen auch. Tara hatte längst gewusst, dass es übersinnliche Wahrnehmung gab, als die Idioten von der Regierung endlich zugaben, dass so etwas existierte. Sie hatte es gewusst, weil ihre Mutter solche Fähigkeiten besessen hatte. Diese hatte gut damit verdient, wohlhabenden Männern, die willens waren, für Ratschläge und Diskretion einen guten Preis zu zahlen, die Zukunft vorauszusagen. Doch im Gegensatz zu ihrer Mutter und ihrer Schwester Martha hatte Tara niemals irgendwelche ungewöhnlichen Talente gezeigt, und sie wuchs mit dem beschämenden Wissen auf, bei Prüfungen versagt zu haben, die sie nicht richtig begriff. Als sie in die achte Klasse kam, hatte sie sich bereits in das Studium des Übersinnlichen vertieft. Wenn sie schon keine solchen Kräfte besaß, wollte sie sie wenigstens verstehen und *beherrschen*.

Es war kein Zufall, dass sie zu einer der besten Hypnotiseure der Welt geworden war. Schon sehr früh hatte sie gelernt, den Geist anderer Menschen auch ohne parapsychologische Fähigkeiten zu beherrschen, nur durch die Überzeugungskraft des gesprochenen Wortes. Sie hatte mit kleinen Dingen angefangen, zum Beispiel damit, ihren Willen bei ihren Eltern durchzusetzen, wenn ihre Schwester keinen Erfolg damit hatte, oder sie dazu zu bringen, ihre Zwillingsschwester für etwas zu tadeln und zu bestrafen, das sie selbst getan hatte.

Als Kind hatte Tara ihre Schwester benutzt, und als Martha Kinder mit interessanten Fähigkeiten bekam, hatte Tara ihren Verstand so weit kontrolliert, dass sie sie zwingen konnte, ihre Kinder kampflos aufzugeben und niemandem ein Wort davon zu sagen. Wenn sie auf jene Jahre zurückblickte, wünschte Tara sich oft, sie hätte es anders gemacht und eine Möglichkeit gefunden, auch Martha zu untersuchen. Doch als ihre Kinder alt genug waren, dass ihre Fähigkeiten erkennbar wurden, war Martha durch Taras Manipulationen nur noch eine ausgebrannte, leere Hülle gewesen. Craig und Paula hingegen hatten ungewöhnliche telepathische Kräfte gehabt und waren für Taras Zwecke perfekt geeignet gewesen.

Audrey jedoch hatte ihre Fähigkeiten vollkommen verheimlicht. Tara war überzeugt gewesen, dass es bei Zwillingen immer so sei wie bei ihr und Martha, dass immer nur ein Zwilling mit parapsychologischen Kräften geboren werden konnte. Warum war es so leicht gewesen, sie zu täuschen?

Tara musterte Zach, der verschnürt wie ein Paket in dem Rollstuhl saß. Dann warf sie noch einen Blick auf die Monitore über ihrem Kopf und sah zu, wie Audrey um eine Ecke bog.

Wie hatte Zach den Schrei seiner Mutter imitieren können? Und warum war Audrey genau in diesem Augenblick gestolpert? Waren ihre telepathischen Kräfte so stark, dass sie sich nicht nur in den Geist, sondern auch in den Körper ihres Sohnes hineinversetzen konnte? Müsste es nicht informativ sein, Zach den zusätzlichen Anreiz zu bieten, einen geistigen Kontakt zu seiner Mutter herstellen zu können? Vielleicht war der Wunsch, sich gegenseitig das Leben zu retten, genau das Druckmittel, das die beiden brauchten, um ihre Fähigkeiten auszuweiten? War die Bindung zwischen Mutter und Kind der Schlüssel, nach dem sie all die Jahre gesucht hatte? War diese Bindung vielleicht noch stärker als die zwischen Geschwistern?

Taras Hand lag auf dem Rheostat, der mit einer Reihe von Impulsstimulatoren innerhalb der Maschine verbunden war. Ihre Augen folgten den roten Drähten, die zu der Maske über Zachs Kopf führten. Schmerz war ein bedauerlicher, aber unvermeidlicher Bestandteil ihrer Forschungsarbeit, und Tara verstand mehr davon, anderen Schmerzen zuzufügen als irgendein anderer lebender Mensch. Sie hatte noch nie mit zwei so talentierten Personen wie Audrey und Zach gleichzeitig arbeiten können – Paulas Fähigkeiten hatten sich erst entwickelt, als Craig bereits tot gewesen war –, und ganz bestimmt nie mit zwei Personen, die so innig miteinander verbunden waren.

Wirklich interessant.

62

Audrey rannte vor den anderen her den Korridor entlang. Der Strahl von Virgils Taschenlampe hüpfte um sie herum, warf tanzende Schatten auf den Boden vor ihren Füßen und verlieh dem sterilen alten Bauwerk eine geisterhafte Atmosphäre. Der dunkle Gang sah aus wie ein Ort, wo Vampire sich versammelten. Sie fragte sich, ob das Gebäude auf seine Bewohner immer so gewirkt hatte, obwohl sie mehr in ihrem eigenen Kopf als in den weiß gekachelten Räumen gelebt hatten.

»Hier entlang«, flüsterte Cooder direkt hinter ihr, und sie blieb abrupt stehen.

Er starrte durch eine Tür, die sie in ihrer Eile übersehen

und für eine weitere Zelle gehalten hatte. Virgil holte sie ein und leuchtete mit seiner Taschenlampe hinein.
»Da rein?«, fragte er stirnrunzelnd.
Cooder holte tief Luft und trat durch die Tür, dicht gefolgt von Audrey. Virgil bildete den Schluss.
»Was zum Teufel ist das?«, murmelte Virgil. Seine Stimme hallte durch den hohen Raum. Die Hügel der Umgebung waren in kaltem, grauem Licht vor einem breiten Fenster aufgereiht, das die ganze gegenüberliegende Wand einnahm. Ein dicker Teppich bedeckte den Fußboden. Virgil betrachtete die gerahmten Dokumente an den Wänden.
»Dieses Gebäude steht angeblich seit Jahren leer«, murmelte er.
Audrey strich mit den Fingern über den massiven Schreibtisch aus Eichenholz und musterte die zahllosen Bücherregale und den Perserteppich unter dem lederbezogenen Schreibtischstuhl. »Sie ist niemals hier ausgezogen. Nicht wirklich. Als die Klinik geschlossen wurde, ist sie irgendwie hier geblieben.«
Virgil schüttelte den Kopf. »Woher hätte sie Strom bekommen sollen? Und Geld?« Er musterte die Bücher, die sie umgaben. »Wie hätte sie das hier geheim halten sollen?«
Audrey sah sich um und suchte nach Zachs Gegenwart. Er kam und ging in ihrem Bewusstsein wie ein pochender Pulsschlag. »Tara ist sehr erfindungsreich«, sagte sie und folgte dem Ziehen in ihrem Kopf.
»He, lasst mich vorgehen«, rief Virgil, als Audrey und Cooder durch eine weitere Tür verschwanden. Aber sie

blieben erst stehen, als sie eine Treppe erreichten. Als Virgil sie einholte, leuchtete er die Treppe hinunter in einen dahinter liegenden Korridor. Keine Türen waren zu sehen. Der Tunnel erstreckte sich vor ihnen in die Ferne wie ein U-Bahnschacht.

»Was zum Teufel ist das?« Virgil sah Cooder an.

»Hab schlimme …«

»Ja, okay«, schnitt ihm Virgil das Wort ab und eilte die Treppe hinunter. Cooder und Audrey folgten ihm Seite an Seite.

Bitte hilf mir! Zachs Aufschrei gellte in Audreys Kopf, und sie konnte kaum atmen. Am liebsten wäre sie losgerannt, zu ihm. Aber das Gefühl der Orientierungslosigkeit war inzwischen noch stärker geworden. Sie musste sich zurückhalten, bis sie ihn erreichen konnte, bis der Ort in ihrem Kopf und der Ort, an dem sie sich befand, ein und derselbe waren und sie handeln konnte. Als sie beim Aufzug ankamen, stolperte sie schon wieder und presste die Hände gegen die Schläfen. Virgil fing sie auf, und Cooder drückte auf den roten Knopf. Die Türen öffneten sich zischend, und um sie herum flammte Licht auf.

Audrey trat neben Cooder in die Kabine, und Virgil drückte instinktiv auf einen Knopf mit der Aufschrift U_2 unter dem, der mit U_1 für erstes Untergeschoss gekennzeichnet war. Der Lift sank rasch abwärts und kam zitternd zum Stehen. Als die Tür sich öffnete, hielt Virgil Audrey und Cooder zurück und leuchtete mit der Taschenlampe in den dunklen Korridor hinaus. Endlich winkte er sie hinaus.

»Nicht da lang«, widersprach Cooder und blieb in der Kabine stehen. Audrey blieb ebenfalls mit gerunzelter Stirn und geschlossenen Augen stehen. Cooder hatte Recht. Sie fühlte Zach nun noch stärker, und so nah, dass sie die Hand ausstrecken und ihn berühren konnte. Aber er war nicht hier. Das hier war ein Trick.

Virgil blickte in die Kabine zurück. »Wo zum Teufel sind sie dann?«

»Kommen Sie wieder rein.« Audrey deutete mit dem Kopf auf den Korridor hinter ihm. »Dieser Gang ist unbeleuchtet. Da, wo sie Zach hingebracht hat, brennt Licht.«

Die Tür schloss sich zischend. Cooder drehte sich um und starrte die rückwärtige Wand an.

»Sie wissen, wie man dort hinkommt, nicht wahr?« Audrey legte eine Hand auf Cooders Schulter.

»Schlimme Sachen …«

»Ja, ich weiß, Cooder. Aber Sie müssen sich erinnern, wie man da hinkommt. Sie müssen einfach.«

Cooder nickte langsam und sah sich in der kleinen Fahrstuhlkabine um. Ein neugieriger Ausdruck leuchtete in seinem Gesicht auf.

»Wonach suchst du denn?«, wollte Virgil wissen.

»Er hat immer nach oben geschaut.«

»Wer?«, fragte Audrey.

»Der Hund«, antwortete Cooder. »Da ist ein Schalter …«

Virgil sah Audrey an und schüttelte den Kopf. Aber Cooder fuhr mit den Fingern unter der Halteleiste entlang, bis sie ein metallisches Klicken hörten. Mit einem zischenden Geräusch glitt die Rückwand der Kabine zur Seite.

Vor ihnen erstreckte sich wieder ein Korridor, aber dieser war feucht und muffig, und in unregelmäßigen Abständen brannten Leuchtröhren. Als sie den Korridor betraten, stob der Hall ihrer Schritte in alle Richtungen, wie Ratten, die in ihr Loch rennen. Außerdem herrschte hier ein Geruch, der Audreys Nerven vibrieren ließ. Virgil musste es ebenfalls bemerkt haben. Er packte Cooder am Ärmel und hielt ihn fest, dann legte er den Finger auf die Lippen, um ihn zum Schweigen zu bringen. Er steckte die Taschenlampe in den Halter am Gürtel zurück und packte die Schrotflinte mit beiden Händen. Doch als Audrey den Korridor hinunter sah, wusste sie, dass die Waffe nicht ausreichen würde, um sie zu schützen.

Wir sind nicht diejenigen, die sie jagen, dachte sie. Sie spielt mit uns. Ich fühle sie. Sie beobachtet uns.

Zum ersten Mal schaute sie zur Decke hinauf und bemerkte die halb versteckte Kamera hinter einer Glaskuppel. Sie klopfte Virgil auf die Schulter und zeigte hinauf.

Der Sheriff runzelte die Stirn. »Dagegen können wir jetzt nichts machen. Wenn sie uns beobachtet, dann beobachtet sie uns eben.«

In diesem Augenblick erwachten die Lautsprecher der Sprechanlage knisternd zum Leben. Audrey fuhr herum und schrie Cooder an: »Halten Sie sich die Ohren zu.«

Mehrmals hintereinander hörten sie ein metallisches Klicken, dann Taras Stimme. »Egress. Exit.«

Audrey spürte ein plötzliches Erschlaffen, aber es war bei weitem nicht so verwirrend und überwältigend wie beim ersten Mal. Es war mehr wie eine natürliche Benommenheit, so, als erwache sie langsam aus einem tiefen Schlaf. Und diesmal hörte sie auch die Worte. Sie hatte sich selbst in der Gewalt und konnte ihren Körper wieder in Besitz nehmen. Sie kämpfte sich durch die Erschlaffung hindurch, arbeitete sich aus der Dunkelheit in den beleuchteten Korridor zurück. Sie durfte nicht zulassen, dass Tara das mit ihr machte. Wenn sie jetzt in Trance fiel, bedeutete das für sie alle den Tod.

63

»Was war das?« Das Echo der sinnlosen Wortkombination hing noch im Korridor, und Virgil sah von Audrey zu Cooder. Ihre Gesichter waren leer. Sie sahen mehr wie Statuen aus als wie Menschen, und er wusste sofort, was passiert war. Sie waren hypnotisiert. Genau wie Mac.

Die Sprechanlage knisterte erneut. »Töte den Eindringling. Nimm ihm das Gewehr weg und töte ihn.«

»Scheiße«, sagte Virgil.

Ein neues Leuchten des bedingungslosen Gehorsams stand in Cooders Augen. Hinter Audrey und Cooder schloss sich die Tür des Aufzugs. Das laute Klicken, mit dem sie einschnappte, klang, als würde der Deckel einer

Schatulle zugeschlagen. Virgil wich rückwärts in den Korridor zurück und richtete den Lauf der Schrotflinte auf Cooder, weil nur er den Befehl gehört zu haben schien. Cooders Bewegungen waren ruckartig und unsicher, und seine Hände waren mit gespreizten Fingern ausgestreckt wie die eines Monsters aus einem Film der dreißiger Jahre. Er hätte komisch ausgesehen, wenn sein Gesicht nicht so versteinert gewesen und Virgil sich nicht so sicher gewesen wäre, dass er ihn mit diesen Händen erwürgen würde. Audrey schüttelte den Kopf und stampfte mit den Füßen, und Cooder bewegte sich langsam und schwerfällig. Sein Gesichtsausdruck war eine Mischung aus Konzentration und Verwirrung.

»Bleib stehen, Cooder!«, schrie Virgil und fuchtelte mit der Waffe vor seinem Gesicht herum.

Cooder schlug nach dem Gewehrlauf. Seine Bewegungen waren unbeholfen und langsam, aber er ging weiter auf Virgil zu.

»Ich erschieße ihn«, schrie Virgil in der Hoffnung, dass die Sprechanlage in beide Richtungen funktionierte.

Keine Antwort.

»Wenn es sein muss, erschieße ich beide.«

Er dachte, dass er Cooder verletzen könnte, ihm vielleicht ins Bein schießen. Aber er wusste, dass er niemals auf Audrey schießen konnte. Und wie mächtig waren Taras Befehle? Würde Cooder auch dann noch weiter auf ihn zukommen, wenn er sich auf Beinstümpfen durch den Korridor schleppen müsste? Der Mann hatte in seinem ganzen Leben noch keiner Fliege etwas zuleide getan.

Virgil ging immer weiter rückwärts den Korridor entlang, bis er einen weiteren Gang mit einer langen Reihe weißer Türen erreichte. Tara war hinter einer der Türen hier in der Nähe, und wenn er sie fand, könnte er sie dazu zwingen, Cooder und Audrey wieder zu sich zu bringen. Entweder das, oder er würde auch Tara erschießen müssen, und diese Vorstellung würde ihr nicht gefallen. Aber in welchem Korridor war sie?

Er ging rückwärts an der Kreuzung vorbei und beschleunigte seine Schritte, um die Distanz zwischen sich und Cooder zu vergrößern. Audrey folgte im Abstand von etwa zwanzig Schritten. Virgil blieb neben der ersten Tür stehen, drehte den Knauf und stieß die Tür auf. Es war ein leerer, gekachelter Raum, aber der Geruch nach Tod, den er sofort bemerkt hatte, als er den Keller betreten hatte, war hier noch stärker.

»Ich kriege Sie, Tara!«, rief er wütend. »Und wenn ich Sie finde, knalle ich Sie ab. Haben Sie verstanden?«

Cooder hatte die Kreuzung fast passiert, Audrey hatte sie noch nicht ganz erreicht. Virgil trat eine zweite Tür ein. Wieder ein leerer Raum.

»Schalten Sie die beiden sofort ab! Ich weiß, dass Sie mich hören!«

Nichts.

Cooder schien sich jetzt etwas schneller zu bewegen. Virgil zielte auf sein linkes Bein, direkt unter dem Knie, und wich dabei immer weiter zurück. »Ich erschieße ihn!«, brüllte er.

»Noch ein Schritt, und ich muss dich umlegen, Junge«, flüsterte er traurig und legte den Finger auf den Abzug.

Er konnte nicht mehr ausweichen. Cooder war langsam und unbewaffnet, aber früher oder später würde er ihm zu nahe kommen, und Virgil durfte auf keinen Fall zulassen, dass er das Gewehr oder seine Gurgel zu fassen bekam.
Lieber Gott, hilf mir! Vielleicht muss ich ihn töten.

64

Audrey konnte noch immer den Korridor um sich herum wahrnehmen. Von dem Übelkeit erregenden Gefühl, nicht mehr zu wissen, wo sie war, war nichts mehr zu spüren. Diese Trance konnte sie kontrollieren, so wie sie gelernt hatte, ihre Selbsthypnose zu beherrschen. Die wahre Macht lag in ihrem eigenen Verstand, nicht in dem von Tara, und sie hörte auch Zach wieder, wie eine Sirene, die nach ihr schrie.
Hilf mir, Mommy!
Ich komme, Schatz. Ich komme!
Doch zuerst musste sie Cooder helfen, bevor Virgil gezwungen war, ihn zu erschießen.
Sie schüttelte das letzte bisschen Lethargie ab und hastete den Korridor entlang. Dabei sah sie Virgil in die Augen, um ihm zu signalisieren, dass sie nichts Böses gegen ihn im Schilde führte. Dann trat sie zwischen Cooder und die Schrotflinte, drehte sich um und konzentrierte sich auf Cooders Augen.

»Cooder!«, rief sie. »Cooder, sehen Sie mich an! Ich bin's, Audrey! Sehen Sie mir in die Augen!«
Nichts. Er war ein taumelnder Zombie. Ihre Gedanken rasten. Sie versuchte, sich an die Worte zu erinnern, die sie vor ein paar Sekunden von Tara gehört hatte. Die Befehle, die sie und Cooder in eine hypnotische Trance versetzt hatten. Sie fielen ihr sofort wieder ein, weil sie plötzlich erkannte, was für eine Bedeutung sie hatten. Wie hatte sie so blind sein können?
Diese Worte waren Türen.
»Exit!«, rief sie.
Nichts.
»Egress!«
Wieder nichts. Natürlich nicht. Tara würde niemals nur ein Wort implantieren. Was, wenn es zufällig in einem Gespräch fiel? Sie konnte nicht zulassen, dass ihre Opfer abwechselnd in Trance verfielen und wieder daraus auftauchten, wie in einer Karnevalsshow. Audrey sah sich rasch um. Ihr Blick fiel auf die Waffe in Virgils Händen. Aber als sie die Hände danach ausstreckte, trat er einen Schritt zurück.
»Geben Sie sie mir!« schrie sie.
Virgil schüttelte den Kopf und betrachtete eingehend ihre Augen.
»Ich bin nicht verrückt. Ich muss ein klickendes Geräusch machen.«
Virgil zog die Augenbrauen zusammen, dann begriff er. Er lud mehrmals hintereinander durch. Patronen rollten zu seinen Füßen über den Boden. Cooder blieb wie angewurzelt stehen.

»Exit!«
Wieder wurde Audrey von einem Gefühl der Benommenheit erfasst. Sie begriff, was für einen Fehler sie gemacht hatte, und kämpfte sich langsam zurück an die Oberfläche.
»Egress!«, keuchte sie, als Virgil die ungeladene Schrotflinte noch einmal spannte.
In Cooders Augen leuchtete ein Licht auf. Audrey nickte und klopfte ihm auf die Schulter.
»Verstehen Sie, was sie mit Ihnen gemacht hat?«, fragte sie.
Cooder nickte langsam, seine Aufmerksamkeit war noch immer nach innen gerichtet.
»Werden Sie es das nächste Mal kontrollieren können?«
Cooder dachte darüber nach, während Virgil hastig die verstreuten Patronen aufsammelte und die Schrotflinte wieder lud.
»Ich glaube ja«, meinte Cooder schließlich.
In diesem Augenblick fühlte Audrey einen plötzlichen Schmerz, der in ihrem Bauch begann und sich nach allen Richtungen ausbreitete, und sie wusste, dass sie spürte, was Zach fühlte. Was Paula gefühlt hatte. Das war die Erklärung für ihren Anfall im Garten. Es war die Erinnerung an Paulas Schmerz gewesen, den Audrey durch sie mitgefühlt hatte. An den Schmerz, den Audrey vor Tara verheimlicht hatte, um sich zu retten. Ein plötzliches Schuldgefühl überfiel sie, als ihr klar wurde, was sie getan hatte. Sie hatte zugelassen, dass Paula starb, und die ganze Zeit vorgegeben, dass sie nichts fühlte.
Die drei waren bei der letzten Tür am Ende des Ganges

angekommen. Audrey drehte den Türknauf, und die Tür öffnete sich lautlos. Übelriechende Luft schlug ihr ins Gesicht. Eine Hälfte des Raumes war beleuchtet, die andere in Dunkelheit gehüllt, und dort war der Verwesungsgestank am intensivsten. Doch der Raum sah ebenso sauber aus wie der Korridor. Sie ging durch die Tür und fühlte, dass Cooder und Virgil ihr folgten.

Zach war in einem Rollstuhl festgeschnallt, der an der hinteren Wand stand. Sein Kopf war mit einem Material bedeckt, das wie dick gepolstertes Baumwolltuch aussah, sein Körper war durch hundert Drähte in leuchtenden Farben mit der abscheulichen Maschine verbunden. Es war dieselbe Maschine, mit der Tara Paula und Craig und Gott weiß wie viele weitere *Objekte* traktiert hatte. Tara war wie ein Geier über Zach gebeugt, Adler saß neben ihr auf dem Boden. Tara hantierte an Schaltern und Knöpfen an einer Maschine herum, die etwa so groß war wie ein großer Fernseher. Audrey sah einen Untersuchungstisch, auf dem ein kleiner, mit einem Tuch bedeckter Körper lag, und sie überlegte, ob der Geruch wohl daher kam.

Lautlos glitt sie vorwärts, aber Tara hob ihre behandschuhte Hand, um ihnen zu signalisieren, dass sie wusste, dass sie da waren. Und als Audrey in die Richtung schaute, in die Taras Finger deutete, sah sie eine Reihe von Bildschirmen an der Decke. Wie zur Bekräftigung fletschte Adler die Zähne und knurrte.

»Hör auf, Tara«, stieß Audrey hervor. »Gib mir meinen Sohn zurück. Noch hast du ihm nichts getan.«

»Getan?«, rief Tara und wirbelte herum. Überraschung

malte sich auf ihrem Gesicht. Eine Hand lag auf einem bedrohlich aussehenden Schalter. »Du bist diejenige, die ihm geschadet hat. Dieser Junge hat Potential. Das hätte ich wissen müssen. Ich hätte ihn schon viel früher zu fassen bekommen sollen.«

»Bitte nicht!« Audrey trat noch weiter vor.

»Noch ein Schritt, und Adler reißt dir die Kehle heraus.«

Audrey blieb mitten im Zimmer stehen.

Virgil richtete die Schrotflinte auf Tara. »Heben Sie beide Hände hoch, Dr. Beals!«

Tara lachte. Die Hand immer noch an der Maschine, drehte sie sich um und sah Audrey drohend an.

Diese merkte, dass Cooder sich dicht hinter sie schob. Sie roch ihn und spürte ihn, so wie Fische in einem Schwarm einander spüren. Sie wusste, wie rasch sein Herz schlug und fühlte, wie sich auf seiner Stirn Schweißtropfen bildeten, genau wie auf der ihren. Als sie ihn ansah, senkte sich sein Blick langsam zu dem Hund. Vor Audreys Augen sanken Adlers Lefzen langsam wieder über die Zähne herab.

Zachs Warnschreie gellten in ihrem Kopf. Er wusste, dass die Maschine töten konnte. Und die Erinnerungsfragmente, die Audrey überfielen, besagten, dass die Opfer dabei unglaubliche Schmerzen litten. Dennoch traten sie und Cooder einen weiteren Schritt näher.

»Hände hoch!«, wiederholte Virgil und schob sich um Audrey und Cooder herum.

Tara sah sie an und kicherte.

»Sie haben nicht gesagt: Wie viel Schritte darf ich gehen?«

»Was ist das für eine Maschine?«, flüsterte Virgil Audrey zu. Diese fürchtete, dass der Apparat anspringen würde, wenn er Tara erschoss. »Sie verursacht Schmerzen. Entsetzliche Schmerzen.«
»Und das würde sie ihrem eigenen Neffen antun?«
Audrey machte sich nicht die Mühe, zu antworten. »Lass meinen Sohn gehen, Tara.«
»Das kann ich nicht. Dazu hat er zu viel Talent. Genau wie du. Du hast mich angelogen, Audrey. Jetzt, wo ich euch beide habe, kann ich meine Forschungsarbeiten wieder aufnehmen.«
»Was für Forschungsarbeiten?«
»Sheriff«, befahl Tara, »legen Sie Ihr Gewehr auf den Boden, und das Pistolenhalfter auch.«
»Ich fürchte, das kann ich nicht machen.«
»Na gut.«
Tara drehte den Schalter ein Stückchen weiter, und Zach und Audrey schrien gleichzeitig auf. Audrey taumelte einen Schritt nach vorne, aber Cooder fing sie auf. Tara drehte den Schalter wieder zurück.
»Legen Sie Ihre Waffe auf den Boden, Sheriff, oder Zach und Audrey leiden schlimmere Schmerzen, als Sie es sich vorstellen können, und sie werden mit Sicherheit sterben.«
»Kann sie das tun?«, fragte Virgil und sah Audrey an. Als sie nickte, tat er zögernd, was Tara befohlen hatte.
Tara sah Audrey nachdenklich an. »Es ist verblüffend. Du hast mehr von Zachs Schmerzen gefühlt als irgendein anderes Objekt, mit dem ich je gearbeitet habe. Dies hier wird die Krönung meiner Karriere werden.«

Damit nahm sie eine Pistole von der Maschine und richtete sie auf die drei, aber sie sah dabei Zach an.
»In Marthas Keller hat Zach es fertig gebracht, meine andere Pistole irgendwie zu manipulieren. Er hat parapsychologische Kräfte. Hast du das gewusst, Audrey?«
Audrey nickte.
»Der geringe Schmerzpegel, den die Maschine ihm im Augenblick verursacht, sollte dieses Talent fürs Erste unter Kontrolle halten«, meinte Tara.
Audrey fühlte, wie der Schmerz sich wie eine Messerspitze in tausend verschiedene Stellen an ihrem Körper bohrte. Das war also der Grund, warum sie keine Verbindung zu Zach hatte aufnehmen können. Er kämpfte sowohl mit dem Schmerz als auch mit seiner Angst.
Audrey schüttelte den Kopf. »Du bist wahnsinnig, Tara.«
»Nicht mehr als Galileo oder Einstein.«
»Die haben keine Kinder gefoltert.«
»Sieh her.« Tara zeigte auf eine lange Reihe von Kabeln, die an Zachs Bein hinunterführten. Dann drückte sie auf einen Lichtschalter. Zach wurde in fluoreszierendem Licht gebadet, und Audrey blinzelte. Als Nächstes zog Tara ein Laken zur Seite, das den Körper des Jungen bedeckte. An jedem Abschnitt seines Körpers, der nur noch mit einer Unterhose bekleidet war, war ein Draht angeschlossen. Ein dickes Kabel führte unter das Tuch, das seinen Kopf bedeckte. Audrey wusste, was sich unter dem Baumwollstoff befand. Das Kabel führte zu der Maske, jener metallenen Monstrosität, die sie bis in ihre Träume verfolgt hatte. Jetzt fiel ihr alles wieder ein. Dass

sie jedes Mal, wenn ein neues Opfer an den Rollstuhl gefesselt gewesen war, den Schmerz der anderen gefühlt hatte. Dass sie ihre Gefühle verheimlicht hatte, weil Paula sie gewarnt hatte – wenn sie etwas davon verraten hätte, hätte das bedeutet, dass die Maske auch ihr über den Kopf gestülpt worden wäre. Jetzt erinnerte sie sich an alles. Selbst das Tuch war kein Geheimnis mehr. Tara legte den Baumwollstoff über die Maske und um den Körper des Opfers, um das Blut aufzufangen. Manchmal ließ der Stress die Adern am Hals des Versuchsobjekts platzen.

»Du bist wahnsinnig«, flüsterte Audrey.

»Alle Genies werden für verrückt gehalten«, erwiderte Tara. »Du wirst nicht mehr so denken, wenn Zach ein Phänomen wird. Du hast keine Vorstellung, was ich erreichen will. Wenn diese Idioten von der Regierung die Gelder nicht gestrichen hätten, hätte ich meine Theorien schon längst beweisen können. Alles, was ich brauchte, war jemand mit mehr *Saft*. Jemand wie Zach. Du machst dir keine Vorstellung, was für ein Potential vielleicht in ihm steckt.«

Virgil versuchte, sich näher heran zu schieben, ohne einen Schritt zu tun.

»Wenn Sie glauben, dass das, was ich über die Maschine oder über Adler sage, ein Witz ist, Sheriff, dann kommen Sie ruhig näher«, höhnte Tara.

Audrey sah Virgil an und schüttelte den Kopf, aber in erster Linie beobachtete sie Cooder und den Hund. Sie glaubte zu verstehen, was er gemeint hatte, als er davon geredet hatte, dass er mit Tieren sprach. Sie versuchte,

Tara abzulenken. »Du wirst nicht zulassen, dass einer von uns lebend hier herauskommt.«
Tara zog die Augenbrauen zusammen. »Ich will euch nicht töten.«
»Aber du wirst es tun.«
Taras Augen flogen im Raum herum. »Ich muss meine Forschungen fortsetzen.«
»Tara, mit deinen Forschungen hast du seit Jahren Menschen umgebracht!«
»Menschen sterben. Das passiert einfach. Aber die Wissenschaft macht Fortschritte.«
»Lenken Sie sie ab«, flüsterte ihr Virgil aus dem Mundwinkel zu.
Audrey sah, wie er sich straffte, doch er war zu weit von Tara entfernt. Selbst wenn Cooder den Hund unter Kontrolle halten konnte, wäre es bereits zu spät, wenn Virgil Tara erreichte. Audrey legte ihm die Hand auf die Brust, und er sah sie an, als hätte sie ihn verraten.
»Warten Sie«, flüsterte sie.
»Sie wird es tun, Audrey.«
Audrey versuchte, Verbindung mit Zach aufzunehmen, aber der Schmerz blockierte ihn. Er konnte sich nicht konzentrieren, und sie drang nicht zu ihm durch. Tara war wirklich wahnsinnig. Ihre Maschine machte Telepathie nicht leichter. Sie machte sie unmöglich.
Cooder schien kaum noch zu atmen. Er grunzte, und Adler machte seltsame Bewegungen mit den Vorderpfoten. Audrey sah die Verblüffung in Taras Gesicht.
»Dann hast du deine Fähigkeiten also auch abgeblockt, 79B! Wie hast du es fertig gebracht, der Maschine zu

widerstehen? Bist du wirklich so stark? Nun, das werden wir gleich sehen. Meine *neue* Maschine ist viel besser als die alte. Adler! Sitz!« Der Hund setzte sich, aber er bewegte noch immer den Kopf von einer Seite zur anderen, als suche er nach einer unsichtbaren Mücke. »Ich habe immer den Verdacht gehabt, dass du mehr Fähigkeiten verheimlicht als gezeigt hast, 79B. Zu schade, dass sie dich rausgelassen haben, als ich gerade im Ausland war. Ein paar Mal hätte ich dich beinah wieder geschnappt, aber du bist mir immer wieder entwischt.«

»Ich habe gespürt, dass Sie kamen.«

Tara nickte. »An was erinnerst du dich von unseren Sitzungen?«

»Hab schlimme Sachen gesehen.«

»Wirklich? Vielleicht so?«

Tara legte einen Schalter an der Maschine um, und der Raum wurde von wirbelnden Lichtern überflutet. Audrey fühlte, dass sie das Gleichgewicht verlor und zu schwimmen schien. Die Lichter ließen weitere Lichter in ihrem Kopf aufleuchten, und sie wusste, dass Tara irgendwie einen zweiten Schalter in ihrem Unterbewusstsein betätigt hatte. Sie konnte sich nicht an die Lichter erinnern, aber sie erinnerte sich dunkel an den Schmerz, der ihnen folgte. Die Qualen, die sie in ihrem Garten ausgestanden hatte, waren nichts im Vergleich zu dem, was ihr jetzt widerfuhr.

»Was machst du?«, schrie sie auf.

»Ich stimuliere die optischen Nerven und erhöhe Zachs Schmerzpegel um eine Stufe. Die Lichter stören deine Fähigkeit, dich auf die Dinge um dich herum zu kon-

zentrieren und zwingen dich, deine Aufmerksamkeit ganz nach innen zu richten«, rief Tara. »Weißt du noch, dass ich diese Technik bei Paula angewendet habe?«
Audrey erinnerte sich ganz genau. Und sie erinnerte sich auch, dass sie die Tatsache hatte verheimlichen müssen, dass sie Paulas Schmerzen mitfühlte. Weil sie wusste, dass Tara sie ebenfalls an die Maschine anschließen würde, wenn sie das herausfand. Sie erinnerte sich an ihre eigene Angst, entlarvt zu werden, nachdem Paula sie vor Taras Bosheit gewarnt hatte. »Tara darf das nie erfahren. Sie darf niemals wissen, dass du die gleichen Fähigkeiten hast wie ich!« Diese Warnung war ihr immer gegenwärtig gewesen, und irgendwie hatte sie es fertig gebracht, so zu tun, als hätten die Lichter und der Schmerz keinerlei Wirkung auf sie. Sie versuchte, sich jetzt ebenso zu verhalten, aber diesmal war es nicht Paula, die auf dem Stuhl saß, sondern Zach. Es war ihr Sohn, der diese Qualen erlitt, und der Gedanke zerriss ihr fast das Herz.
Du musst es ausschalten!
Plötzlich war Zachs Stimme in ihrem Kopf.
Du darfst es nicht fühlen.
Wie macht man das, Zach?
Der Schmerz schüttelte sie und drückte sie nieder. Sie wollte nur noch sterben. Aber das durfte sie nicht. Sie musste ihn retten.
Doch sie konnte nichts tun. Sie musste ihre ganze Kraft zusammennehmen, um nicht ohnmächtig zu werden. Wie aus weiter Ferne hörte sie Virgil, der fragte, ob sie okay sei und sie festhielt. Und dann hörte sie Taras ruhige Stimme. »Arbeite dich durch den Schmerz hindurch.

In deinem Geist gibt es einen Ort, der das versteht. Hab keine Angst. Versuche, dorthin zu kommen. Ich weiß, dass du das kannst.«

Blind vor Qual taumelte Audrey auf Taras Stimme zu.

65

Zach erschauerte, als noch größerer Schmerz ihn schüttelte. In seinem kurzen Leben hatte er noch nie etwas Ähnliches erlebt. Doch als es immer schlimmer wurde, bemerkte er, dass er in seinem eigenen Kopf ein wenig zur Seite rücken konnte, und je weiter er auswich, desto weniger berührte ihn der Schmerz.

In der kurzen Zeit, in der Tara sich mit ihren Geräten beschäftigt hatte, war er im Geist durch alle Korridore dieses neuen, unterirdischen Komplexes geflogen und hatte jeden einzelnen Raum untersucht. Wie ein Gespenst war er durch das Gebäude gejagt, und er wusste, dass er entkommen konnte, wenn es ihm nur gelang, von dem Rollstuhl loszukommen und loszurennen. Aber jetzt waren auch seine Mutter, der Sheriff und der Mann im Keller, den sie Cooder nannten, und Zach wusste, dass Tara sie alle töten würde. Das war ein Schloss, das er nicht sprengen konnte. Es musste eine andere Lösung geben. Er glitt noch ein Stück weiter von dem Schmerz fort und sah noch einmal durch die Maske *hindurch*.

Cooder stand in der Mitte des Raumes und konnte sich

kaum auf den Beinen halten. Der Sheriff hielt ihn aufrecht. Seine Mutter hatte sich von den beiden losgerissen und griff blindlings nach Tara. Aber Zach wusste, dass sie sie niemals erreichen würde.

Ich muss etwas tun! Aber was?

Die bunten Drähte erregten seine Aufmerksamkeit. Er begann, sie zu untersuchen und ihnen ins Innere der Maschine zu folgen. Sie hatte keinerlei Ähnlichkeit mit einem Schloss oder einer Pistole, dennoch erahnte er, wie sie funktionierte und begriff augenblicklich, welcher Sinn ihr zugrunde lag. Tatsächlich verstand er die Mechanik weit besser als seine Tante.

Während Tara Audrey beobachtete, spannte er seine ganze Willenskraft an und bewirkte hier eine Bewegung und dort eine kleine Veränderung. Es gehörte mehr dazu, als das Öffnen von Zuhaltungen in einem Schloss, sehr viel mehr sogar. Doch es bedurfte nur eines Hauchs und keines Stoßes. Und er fühlte sich von Minute zu Minute stärker. Von irgendwoher schien ihm neue Kraft zuzuwachsen. Er hatte fast das Gefühl, dass jemand ihn aufhob, und er merkte, dass der Kontakt mit seiner Mutter ihm nicht nur Trost spendete, sie gab ihm auch etwas von ihrer Kraft.

Du schaffst es, Liebling.

Als Zach ein Schaltzentrum in der Maschine fand, legte er eine Reihe digitaler Schalter um, und Tara zuckte zusammen.

»Was machst du da?«, schrie sie und fuhr zu Zach herum. »Hör sofort auf damit!«

Als sie sich ihm zuwandte und ihre Pistole auf ihn richtete, unterbrach Zach einen weiteren Stromkreis, und Tara zuckte abermals zusammen. Im gleichen Augenblick erloschen die Lichter, und mit ihnen erstarb auch der Schmerz.

Zach?

Ich bin okay, Mom.

Es klang fast so, als sei er ein anderer Junge geworden. Seine Angst war noch da, aber er konnte sie beherrschen, und dahinter stand ein wachsendes Selbstvertrauen.

Aber Tara sah nicht wie jemand aus, der wusste, dass er geschlagen war. Sie wirkte nur etwas verwirrt. »Er ist in meiner Maschine«, keuchte sie.

Audrey machte mit geballten Fäusten einen weiteren Schritt auf ihre Peinigerin zu.

»Adler!«, rief Tara.

Der Hund wollte losspringen, blieb aber plötzlich stehen und stand mit leeren Augen auf den Zehenspitzen da. Tara sah sofort Cooder an.

»Du!«, schrie sie.

»Guter Hund«, murmelte Cooder. Adler trottete zu ihm hinüber und setzte sich ruhig zu seinen Füßen nieder. Mit zitternder Hand streichelte Cooder ihm den Kopf. Der Hund fuhr auf, als hätte er ihn geschlagen, aber dann setzte er sich wieder.

Virgil schielte nach seiner Schrotflinte auf dem Fußboden.

»Und jetzt?« Audrey sah von Tara zu Zach.

»Ein Schritt weiter, und du wirst es herausfinden.«

»Zu deinem eigenen Besten«, beschwor sie Audrey. »Bitte tu das nicht!«

»Zu meinem eigenen Besten?«, höhnte Tara. Ihre Hand glitt am Schaltbrett hinunter zu einer anderen Schalterreihe. »Vielleicht bist du ja in meiner Maschine, Neffe. Aber das hier ist ziemlich viel Maschine für einen kleinen Jungen.« Sie wandte sich wieder an Audrey. »Ich habe hier unterschiedliche Stromstärken, Audrey. Eine Million verschiedene Schmerzkombinationen. Er kann unmöglich alle ausschalten. Glaubst du, Zach ist auch mit dem *wirklichen* Schmerz so erfolgreich? Das hat deinen Bruder und deine Schwester getötet, aber es hat drei Tage gedauert, weil ich ihn niemals höher als auf dreißig Prozent geschaltet habe. Wenn ich an diesem Schalter drehe, wird Zach einen Schmerz spüren, den du dir nicht einmal vorstellen kannst. Und du wirst ihn auch fühlen, Audrey. Möchtest du es ausprobieren?«

Audrey schüttelte den Kopf.

»Zach«, sagte Tara laut. »Nick mit dem Kopf, wenn du mich hörst.«

Zach nickte.

»Kluger Junge«, sagte Tara. »Zu klug, um Spielchen zu spielen. Verstehst du, was hier vorgeht? Verstehst du das Wort *Patt?*«

Zach nickte langsam.

»Jetzt zeige ich dir, was für Karten *ich* in der Hand habe«, fuhr sie fort und drehte an einem Knopf an der Maschine.

Zach spürte einen Anflug von Schmerz, der aus einer anderen Richtung kam als der vorherige und der von einem Teil der Maschine ausgelöst wurde, den er noch nicht erforscht hatte. Er traf ihn wie ein Blitz irgendwo

in der Körpermitte. Als hätte jemand ihm eine Bleistiftspitze oberhalb des Bauches in den Leib gerammt.
»Nein«, rief Audrey und presste die Hände auf ihren eigenen Leib. »Bitte nicht.«
Zach wusste, dass er jetzt sehr schnell einen Ausweg finden musste. Doch es war nicht die Maschine, die er kontrollieren musste, sondern den Menschen, der ihn und seine Mutter und die anderen töten wollte. Aber warum? Frustriert versuchte er, sich in Tara hineinzuversetzen, um die Antwort zu finden. Er glitt in ihr Bewusstsein, wie er vorher in das Schloss, in die Pistole und die Maschine hineingeschlüpft war.
»Nein!« schrie Tara. »Raus aus meinem Kopf!« Sie presste beide Hände gegen die Schläfen, aber Zach drang nur noch tiefer in ihren Verstand ein.
In Taras Gedächtnis waren schreckliche Bilder, aber nichts von dem Entsetzen, das Zach erwartet hatte. Seine Tante schien diese Dinge für notwendig, ja, sogar für nützlich zu halten. Und es gab sogar noch Schlimmeres als diese Bilder, Erinnerungen, die sie tief in ihrer Vergangenheit begraben hatte. Er tappte durch ihren Verstand wie ein kleines Kind, das seltsame Schätze in einem staubigen und sehr gefährlichen Speicher entdeckt.
»Raus da!«, schrie Tara gellend und taumelte rückwärts gegen die Wand.
Du wolltest doch wissen, zu was ich fähig bin.
»Du hast kein Recht, in meinem Kopf zu sein!«
Jetzt griff auch Audrey nach ihr.
Du wolltest in den Kopf meines Sohnes eindringen. Jetzt ist er in deinem. Bist du zufrieden?

Aber Zach hatte noch nicht gelernt, auch den Körper seiner Tante zu kontrollieren. Sie schaffte es, einen der Schalter bis zum Anschlag umzudrehen, und Zach spürte, wie er durch seinen eigenen Schmerz aus ihrem Kopf hinauskatapultiert wurde. Und durch Zach überfiel die Qual auch Audrey und Cooder. Ein brüllendes Feuer tobte in ihnen, versengte ihr Fleisch, schmolz ihre Nerven wie Plastik in einem Bratrohr. Selbst in ihrem Blut pochte der Schmerz. Diesmal ging die Qual nicht von einem Arm oder Bein oder einem verwundeten Körper aus. Es gab keinen Körper, mit dem der Schmerz verbunden sein konnte. Er begann im Zentrum ihres Bewusstseins und breitete sich aus wie Lava. Gleichzeitig begann sich in ihrem plötzlich entstandenen kollektiven Bewusstsein ein Gegenstand zu formen. Alle drei sahen ihn deutlich und zur gleichen Zeit. Weiß, rechteckig, wohlbekannt.

Eine Tür.

Was ist da drin? Noch mehr Schmerz, oder weniger? Noch mehr Schmerz kann es nicht geben. Aber wenn doch? Mehr können wir nicht aushalten.

Drei unsichtbare Hände griffen nach einem imaginären Türknauf und stießen die Tür auf. Der Raum war leer.

Was ist das für ein Raum?

Und dann begannen Audrey und Cooder sich ganz allmählich zu erinnern.

Hier haben wir unser wahres Selbst versteckt, sagte Cooder und sprach damit Audreys Gedanken aus.

Ja, flüsterte sie und spürte, wie die Kraft in ihr immer stärker wurde. Hier hatte sie ihre Fähigkeiten versteckt, damit Tara sie nicht finden und gegen sie verwenden konnte. Hinter dieser Tür hatten Cooder und sie ihre Talente verschlossen und sich selbst gezwungen, zu vergessen, dass sie jemals existiert hatte. Cooder musste dasselbe getan haben, um sein Leben zu retten. Nur dass ein Teil seiner Fähigkeiten durch seine Tür hinausgesickert war. Darum hatte er mit Tieren reden können. Und schließlich war auch genug von Audreys Fähigkeiten durch die Tür gedrungen, dass sie Zach wiederfinden konnte. Gott sei Dank.

Tara hatte keine Ahnung, dachte Audrey. *Zach hat seine Kräfte durch mich und nicht trotz mir. Ich war die stärkere Schwester. Aber ich habe selbst vor ihr die Tür verschlossen. Jetzt ist sie wieder sperrangelweit offen. Meine telepathischen Kräfte sind stärker als die von Paula, stärker, als Tara es sich jemals vorstellen konnte. Und die Maschine hat ihre Aufgabe erfüllt. Sie hat bei uns allen etwas bewirkt.*

Audrey spürte, dass Cooder inzwischen die gleiche Antwort gefunden hatte.

Sie hat uns alle stärker gemacht.

Sie wusste, dass er Recht hatte. Tara hatte genau das zustande gebracht, was sie angeblich hatte erreichen wollen. Nur dass sie einen hohen Preis dafür bezahlen würde.

Audrey streckte einen Teil ihrer selbst wie eine Ranke nach Tara aus und drang in ihren Verstand ein.

»Nein!«, schrie Tara und hämmerte mit den Fäusten gegen ihre Stirn. Audrey sprach telepathisch zu ihr.

Ich war oft in Paulas Kopf. Aber sie hat mich gewarnt, das nie bei dir zu versuchen, Tara.

»Raus!«, brüllte Tara und taumelte rückwärts gegen ihre Maschine.

Audrey öffnete die Augen und starrte Tara an, die sich von dem Apparat löste und gegen die Wand fiel. Dort hing sie wie eine Puppe an einem Gestell und bedeckte das Gesicht mit beiden Händen.

Du hast eine Menge Türen hier drinnen, Tara.

»Raus aus meinem Kopf!«

Du hättest meinen Sohn in Ruhe lassen sollen.

Tara trat einen Schritt vor, dann jedoch taumelte sie an die Wand zurück.

Sie bringt uns um, wenn wir sie loslassen, Mom.

Ich weiß, Zach.

Was sollen wir machen?

Audrey sah Tara an und fasste einen Entschluss. Auch der letzte Rest von Mitleid, Bedauern und Zuneigung für die Frau, die sie *gerettet* hatte, war verschwunden.

Die offenen Türen schließen und die geschlossenen öffnen. Du weißt, wie man das macht. Es ist nicht anders als bei einem Schloss.

»Nein! Bitte!«, schrie Tara. »Ihr wisst ja nicht, was ihr tut.«

Das hast du auch nicht gewusst.

Audrey hatte das Gefühl, als ergieße sich ein rauschender Strom durch sie selbst, Cooder und Zach hindurch in Tara hinein. Doch sie wusste, dass Zach das Ganze irgendwie kontrollierte. So wie er das Schloss im Keller manipuliert und begriffen hatte, wie die Maschine funktionierte, wusste er intuitiv, was er tun musste, um die Türen in Taras Bewusstsein zu öffnen.

Als sie in Taras entsetzte Augen blickte, sah Audrey einen Sekundenbruchteil lang die Frau in ihr, die sie gekannt hatte, und ein winziger Rest von Mitleid regte sich in ihrem Innern. Sie sah den langen Korridor mit den wohlbekannten Türen zu beiden Seiten in Taras Bewusstsein, der wie ein Spiegelbild ihres eigenen war. Was für Schrecknisse hatte Tara durch ihre eiserne Kontrolle ihrer eigenen Gedanken versteckt gehalten? Wovor konnte dieses Ungeheuer von einer Frau sich noch fürchten?

Die ersten Bilder waren für Audrey unverständlich: Tara als kleines Mädchen, das vor Wut und Hilflosigkeit weinte. Eine höhnisch grinsende Gestalt im weißen Kittel. Ein lebloser Patient auf einer Rolltrage. Und vor allem ein intensives Gefühl des Selbstmitleids, des Abscheus, der Scham und der Angst.

Versagen. Tara hatte Angst, zu versagen.

Und dann hallten nacheinander die Echos. Das Krachen, mit dem die Türen zugeschlagen wurden, erschien Audrey so wirklich.

Als die letzte Tür zugefallen war, ließ Tara den Kopf auf die Brust sinken. Sie rutschte an der Wand hinunter zu Boden und blieb zusammengekrümmt und mit gespreizten Beinen liegen.

Ihre Lippen formten unsinnige Laute.

66

Seit der großen Eröffnungsfeier hatten vor der Perkins Nervenheilanstalt nicht mehr so viele Autos geparkt. Die roten und blauen Lichter, die über die trübselige Fassade huschten, ließen das Gebäude in geradezu festlichem Glanz erstrahlen. Die vier Überlebenden saßen in Virgils Streifenwagen. Der Sheriff sprach mit dem Dienst habenden Beamten der Staatspolizei.

»Morgen kriegen Sie einen vollständigen Bericht, ich verspreche es«, versicherte er und sah zu, wie Tara auf einer Rolltrage zu einem wartenden Krankenwagen geschoben wurde.

»Da unten sind noch mehr Leichen«, sagte der Polizist. »Einer der Räume war so eine Art primitive Leichenhalle, und ich meine wirklich primitiv. Daher kommt auch der Geruch.«

Mit einem Blick auf den Rücksitz, wo Audrey und Zach saßen, flüsterte er: »Daher, und von dem Jungen auf dem Untersuchungstisch.«

Virgil seufzte. »Rufen Sie in meinem Büro an. Dort kann man Ihnen vielleicht helfen, wenigstens eine der Leichen zu identifizieren.«

Der Polizist nickte, und als sie losfuhren, winkte er.

Virgil fuhr eine Weile schweigend und beobachtete im Rückspiegel, wie Audrey ihren Sohn in ihrer Umarmung fast erstickte. Er fühlte sich gut, besser als seit Monaten. Zum ersten Mal sagte er sich, dass das Leben vielleicht auch nach Doris' Tod noch lebenswert sein könnte. Doch das würde er entscheiden, wenn die Zeit gekommen war.

Er sah Audrey über die Schulter an. »Würden Sie mir genau erklären, was da drin mit mir passiert ist?«

Audrey zuckte die Achseln. »Ich bin mir nicht ganz sicher, aber ich glaube, dass Tara zuletzt erreicht hat, was sie wollte. Sie hat Cooders, meine und Zachs Fähigkeiten so sehr gesteigert, dass ein Teil des Schmerzes, den wir gefühlt haben, auf Sie übertragen wurde.«

»Ein Teil?« Virgil schüttelte sich. Er hatte das Gefühl gehabt, von einem Güterzug gerammt zu werden. Das Nächste, was ihm bewusst wurde, war, dass er auf dem Boden wieder zu sich gekommen war, und dass Tara verzweifelt lallend an der Wand gelehnt hatte, obwohl niemand sie angerührt hatte.

Audrey nickte. »Cooder und ich hatten einige Erfahrung damit, den Schmerz unter Kontrolle zu halten, und Zach scheint es von Natur aus zu können. Sie waren ihm wehrlos ausgeliefert.«

»Und was ist mit Tara passiert?«

Audrey sah Cooder an, der vor ihr auf dem Beifahrersitz saß.

Er schien sich wieder von ihnen entfernt zu haben, war irgendwo in seinem Innern abgetaucht. Aber seine Augen sahen friedvoll aus.

»Tara hat alles zu spüren bekommen, was wir drei auszuhalten hatten. Alles wurde auf sie zurückübertragen. Sie können sich das nicht vorstellen.«

»Ich glaube auch nicht, dass ich das möchte«, antwortete Virgil. »Möchten Sie gleich ins Krankenhaus fahren?«

»O mein Gott«, rief Audrey. »Ich habe überhaupt nicht mehr daran gedacht.«

»Dad schläft«, verkündete Zach.

Alle starrten ihn an, und er zuckte die Achseln. »Er ist okay. Er schläft nur.«

Audrey sah Virgil an und lachte. »Glauben Sie ihm nicht?«

»Ich glaube ihm ja. Ich glaube ihm.«

»Aber Doris ist echt krank«, sagte Zach, und ein eisiges Messer durchbohrte Virgils Herz.

»Was?«

»Sie sagt, Sie sollen sich keine Sorgen machen. Sie sagt, Sie werden bald wieder zusammen sein.«

Virgil schaltete Sirene und Blinklichter ein, trat das Gaspedal durch und schleuderte sie alle gegen die Lehnen ihrer Sitze.

»Ich glaube nicht, dass Sie das schaffen«, meinte Zach und schmiegte sich an Audrey.

»Sei still, Schatz«, flüsterte sie und zog ihn noch fester an sich. Doch im Rückspiegel sah Virgil, dass der Junge seiner Mutter in die Augen sah und den Kopf schüttelte.

Als sie die Außenbezirke von Arcos erreichten, hatte Virgil den Streifenwagen bereits dreimal ins Schleudern gebracht, dass die Funken stoben und Cooder mit dem Kopf gegen das Wagendach flog. Audrey und Zach wurden in die Ecke des Rücksitzes gedrückt, als der Wagen auf zwei Rädern um die letzte Kurve schoss. Virgil brauste in seine Einfahrt, sprang aus dem Auto und rannte los. Audrey, Cooder und Zach folgten ihm schweigend ins Haus.

Marg wartete auf der obersten Treppenstufe auf Virgil. Sie schüttelte den Kopf.
»Nein«, schrie er auf und schob sie zur Seite. »Doris! Doris!«
Er taumelte ins Schlafzimmer, fiel auf die Knie, streichelte ihre Wange und umklammerte ihre Hand. Sie konnte nicht tot sein. Sie war noch so warm. Aber seine Finger fanden keinen Puls mehr. »Doris! O Gott. Ich hätte bei dir sein müssen. Ich hätte nicht weggehen dürfen.«
Marg lehnte in der Tür. »Sie ist ganz friedlich gestorben, Virgil. Sie hatte einen leichten Tod. Sie hatte keine Schmerzen, das kann ich dir versprechen.«
Er starrte Marg an und versuchte zu begreifen, was sie sagte. Die Wirklichkeit krachte wie ein Stein auf seine Schultern herab.
Doris ist tot. Ich bin alleine.
Er beugte sich vor und küsste sie sanft, und es dämmerte ihm, dass dies das letzte Mal war, dass er sie küssen würde. Er streichelte ihr so dünn gewordenes Haar.
»Ich liebe dich, Schatz«, brachte er halb erstickt hervor. »Ich werde dich immer lieben.«
Das Zimmer schien zu glänzen. Selbst die Bettdecke glitzerte durch seine Tränen, und er schniefte laut. Doris war immer sein erster Gedanke gewesen, wenn er aufwachte, und sein letzter, bevor er einschlief. Jetzt war sie nicht mehr da, und er würde sie nie wieder lachen hören. Nie wieder würde er nachts ihren warmen Atem in seinem Nacken fühlen, nie wieder würde er ihre Augen vor Vergnügen oder Zorn aufblitzen sehen.

»Ich kann nicht ohne sie leben«, flüsterte er und dachte an seine Pistole.

Irgendwo in der Ferne glaubte er Getümmel zu hören, aber er hatte nur Augen für das Leuchten, das immer noch auf Doris' Gesicht lag. Es schien vollkommen wirklich zu sein und langsam zu verblassen. Am liebsten hätte er es festgehalten.

»Nein, Zach!«

Das Tappen kleiner Füße, die die Treppe hinaufliefen, drang zu Virgil durch, und er bedeutete Marg, dass sie den Jungen aufhalten sollte. Doch dieser schlüpfte unter ihren fetten Armen hindurch und lief um das Bett herum an Virgils Seite. Dieser fragte sich, ob es wohl gut war, dass Zach Doris so sah. Als Tote. Doch kaum war ihm der Gedanke gekommen, wurde ihm auch schon klar, dass Zach Bock in dieser Nacht sehr viel Schlimmeres erlebt hatte.

Virgil wischte sich das Gesicht mit dem Ärmel ab und schniefte laut.

Er fühlte eine kleine Hand auf seiner Schulter und hätte fast gelacht.

Er will mich trösten. Nach allem, was er durchgemacht hat, will dieses Kind mir helfen.

»Sie sagt, Sie sollen nicht traurig sein«, verkündete Zach.

»Wirklich?«, fragte Virgil und strich Doris das Haar aus der Stirn.

»Hatten Sie mal eine Katze?«

»Wie bitte?«

»Sie sagt, Sie sollen nicht traurig sein. Kitty ist bei ihr.«

Virgil fiel die Kinnlade herunter. Er drehte sich zu Zach

um, fasste ihn bei den Schultern und versuchte, durch die Augen des Jungen in sein Inneres zu sehen.

»Sag mir, was sie über Kitty gesagt hat.«

Zach runzelte die Stirn. »Sie sagt, Kitty findet es komisch, dass Sie sie nicht sehen können. Sie haben sie niemals finden können. War sie eine böse Katze?«

Virgil lächelte. »Kitty war meine kleine Schwester. Sie ist gestorben, als sie sieben Jahre alt war.«

»Kitty ist ein komischer Name.«

»Ich habe sie so genannt.«

Audrey sah an Marg vorbei, die den Jungen ungläubig anstarrte.

Virgil zog Zach an sich und sah ihm verwundert ins Gesicht. »Babs hat gesagt, man kann nur mit den Seelen reden, die es noch nicht bis in den Himmel geschafft haben. Sie hat gesagt, niemand kann mit dem Himmel reden.«

Audrey lächelte. »Babs hat eben meinen Sohn nicht gekannt.«

»Sie vermisst Sie, aber sie sagt, Sie müssen warten«, fuhr Zach fort.

Virgil schloss die Augen und senkte den Kopf, bis seine Stirn die des Jungen berührte. Zach blieb bewegungslos stehen, bis Virgil sich wieder von ihm löste.

»Dann sag ihr, ich werde warten.«

Zach zuckte die Achseln. »Sie hat Sie gehört«, versicherte er.

Die Menge hatte sich zerstreut, und der Friedhof war leer. Nur Virgil, Cooder, Audrey und Zach waren noch da. Die Totengräber standen geduldig neben dem Zeltdach, blickten taktvoll zu den fernen Bäumen hinüber und taten so, als hörten sie nichts von dem Gespräch der vier. Am Morgen war ein leichter Regen gefallen, jetzt jedoch glitzerte die Sonne in den Tropfen auf dem Gras. Zach zappelte in seinem neuen Anzug und seinen engen Schuhen unruhig herum. Audrey strich ihm übers Haar und strahlte ihn an, als wäre er soeben neu geboren worden.

Cooder sah umwerfend aus in seinem neuen Anzug. Virgil hatte darauf bestanden, ihn für ihn zu kaufen. Er hatte auch darauf bestanden, dass Cooder seine Dusche benutzte, und dann hatte er ihn zum Rasieren und Haareschneiden zum Friseur gefahren. Ralph, der Friseur, hatte Virgil einen Blick zugeworfen, aber dann hatte er während der ganzen Prozedur den Mund gehalten – was bei ihm ganz und gar ungewöhnlich war.

»Ich danke euch allen, dass ihr gekommen seid«, sagte Virgil, als sie zu ihren Autos zurückgingen.

»Es war wichtig für uns«, versicherte Audrey.

Cooder und Zach nickten.

»Richard wäre auch gekommen, wenn er gekonnt hätte.« Virgil nickte. »Doktor Burton sagt, in ein paar Wochen geht es ihm wieder gut.«

»Es wird uns allen wieder gut gehen.« Audrey drückte Zach an sich.

»Ich weiß nicht, was ich ohne euch in den letzten Tagen gemacht hätte«, fuhr Virgil fort.

Audrey hatte Zach abgeschleppt, und Marg hatte praktisch die Führung in Virgils Haus übernommen. Sie hatte die Beerdigung arrangiert und die Leute koordiniert, die hinterher etwas zu Essen bringen sollten, hatte Zeiten mit den Leuten ausgemacht, die bei Doris Totenwache hielten, und hatte dafür gesorgt, dass Virgil aß und schlief. Marg und Audrey waren sehr schnell Freundinnen geworden, und auch Zach mochte Marg. Er nannte sie Mama, weil sie ihm gesagt hatte, ihr richtiger Name sei Mama Cass. Zach hatte keine Ahnung, wovon sie redete, aber er fand sie witzig.

Audrey warf Virgil einen seltsamen Blick zu. »Richard und ich haben miteinander geredet. Ich werde noch einmal studieren.«

Virgil lächelte. »Lassen Sie mich raten … Sie möchten Psychologin werden?«

Sie lachte. »Nein. Ich studiere Gartenbau.«

»Das ist genau das Richtige für Sie«, meinte er und klopfte Zach auf die Schulter. »Der Junge hier braucht nahrhaftes Essen.«

Sie sah ihren Sohn an und nickte.

»Nochmals vielen Dank für alles. Und von heute an möchte ich, dass ihr oft vorbeischaut«, sagte Virgil und schüttelte allen die Hand. »Soll ich dich irgendwo hinfahren, Cooder?«

»Rumlaufen.«

Virgil lachte leise vor sich hin. »Natürlich.«

»Was ist mit dem anderen Jungen?«, wollte Audrey wissen.

»Wer der auf dem Tisch ist, wissen wir noch nicht, aber wir glauben, dass wir eine von den älteren … Sie wissen schon … identifiziert haben.«

»Von den anderen Leichen«, ergänzte Zach.

Virgil nickte. »Timmy Merrill. Offenbar hatte er Talent, das Tara interessiert hat. Mein Freund Mac hat ihn entführt. Weiß der Himmel, wie viele Menschen er sonst noch für sie gekidnappt hat.« Wer wäre besser geeignet gewesen, neue Opfer für Taras Experimente zu finden, als ein Privatdetektiv? Mac hatte überall Kontakte gehabt. Aber damit sollte sich die Staatspolizei beschäftigen. Virgil hatte ihnen alle Informationen gegeben, die ihm zur Verfügung standen, und hatte sich aus dem Fall zurückgezogen. Er hatte einfach nicht mehr die Kraft dafür.

»Es war nicht seine Schuld«, flüsterte Audrey und berührte Virgils Arm.

»Das sage ich mir auch die ganze Zeit. Ich möchte vergessen, was er angerichtet hat.«

Audrey seufzte und schüttelte den Kopf. »Nein«, widersprach sie. »Denken Sie lieber an die guten Seiten Ihres Freundes. Babs hat gesagt, ich sollte immer die guten Dinge im Gedächtnis behalten.«

Virgil lächelte. »Sie war eine nette Frau. Es tut mir Leid, dass ich sie nicht besser kennen gelernt habe.«

»Sie war auch eine von denen, die Tara entwischt sind.«

Virgil runzelte die Stirn. »Vielleicht hat sie Babs' Talente übersehen. Aber Babs hatte das Missgeschick, eng genug mit ihr zusammengearbeitet zu haben, um in ihr Netz gezogen zu werden. Die beste Erklärung, die mir einfällt, ist, dass Babs während der Zeit, als sie in Perkins gearbeitet hat, irgendwann einmal in Taras Labor gestolpert ist, und dass Tara sie mit ihren Psychopharmaka und mit Hypnose unschädlich gemacht hat, ohne zu ahnen, dass sie damit eines ihrer besten Versuchsobjekte wegwarf. Und als sie es merkte, war es zu spät. Wenn das nicht passiert wäre, und wenn Babs mich nicht in die Sache hineingezogen hätte, wäre das Ganze vielleicht niemals aufgeklärt worden. Oder, was noch schlimmer gewesen wäre, vielleicht wäre gerade genug herausgekommen, dass sie Ihre ganze Familie umgebracht hätte.«

»Babs war der Meinung, dass nichts ohne Grund passiert«, sagte Audrey und runzelte genau wie Virgil die Stirn. »Und jetzt ist sie tot.«

»Es ist vorbei, Audrey. Babs hat ihren Frieden, das weiß ich. Gehen Sie nach Hause, lieben Sie Ihren Mann und Ihren Sohn und erholen Sie sich wieder. Und wenn Sie jemals etwas brauchen, rufen Sie mich einfach an. Und schauen Sie gelegentlich vorbei, ja?«

»Ganz bestimmt«, versprach Audrey. Aber als sie ihm ins Gesicht sah, merkte sie, dass er noch etwas auf dem Herzen hatte. »Was ist?«, fragte sie.

Virgil schüttelte den Kopf. »Ich habe mich nur gefragt … Warum hat sie das getan. Ich verstehe das einfach nicht. Warum war ihr Wunsch, die Fähigkeiten ihrer Opfer zu verstärken, so groß, dass sie bereit war, sie dafür zu töten?«

Audrey zog die Augenbrauen zusammen. »Ich glaube nicht, dass sie das wirklich wollte.«

»Aber sie hat doch gesagt …«

»Ich weiß, was sie gesagt hat. Aber das, was sie wollte, war genau das, was sie bekommen hat. Tara hat immer bekommen, was sie wollte.«

»Sie meinen, einen Haufen Leichen?«, fragte Virgil und

warf einen raschen Blick auf Zach. Doch der Junge achtete nicht auf ihr Gespräch. Er war mit einem Scheinboxkampf mit Cooder beschäftigt.
Audrey nickte. »Einen Haufen toter Menschen mit übersinnlichen Fähigkeiten. Sie konnte es nicht ertragen, dass sie Kräfte hatten, die sie selbst nicht besaß.«
Virgil schüttelte den Kopf. Dann verabschiedete er sich mit einem Klaps auf die Schulter von Zach.

Virgil legte den Gang ein und überließ das Lenken dem Streifenwagen. Aber er wusste, wo er hinwollte, und er war nicht überrascht, als er einen geparkten Lastwagen an der Stelle entdeckte, an der er gewöhnlich seinen Wagen abstellte. Er setzte seinen Hut auf, schloss leise die Wagentür und kletterte lautlos den Hügel hinauf, um Tom Merrill nicht zu stören. Doch Tom wusste bereits, dass er kam. Virgil sah es an der Art, wie er seine Schultern straffte. Er drehte sich jedoch nicht um, um den Sheriff zu begrüßen, und dieser wollte nicht in seine Privatsphäre eindringen. Er wusste selbst nur zu gut, wie einem zumute war, wenn man beim Weinen überrascht wurde.
»Ich weiß, dass Sie oft hier raufkommen, Virg«, begann Tom mit erstickter Stimme und ohne sich umzudrehen. »Ich habe Sie gesehen. Aber ich habe niemals angehalten, wenn Sie gerade hier waren. Es erschien mir nicht richtig. Ich meine, ich wollte nicht, dass Sie das Gefühl haben, dass ich es wüsste. Als ob ich Ihnen einen Vorwurf machen würde oder so.«
»Ich weiß, Tom.«

»Die Staatspolizei hat mich heute angerufen und mir gesagt, sie haben Timmy im Keller drüben in Perkins gefunden.«
»Ja. Es tut mir so Leid.«
»Dann war es also diese Beals, die ihn entführt hat. Die Frau, über die die Zeitungen schreiben.«
»Ja.«
»Und sie hat ihn gefoltert.«
»Das wissen wir nicht, Tom.«
»Nein«, sagte er. »Nein, stimmt. Vielleicht war es ja doch nicht so, oder?«
»Genau.«
Tom holte tief Luft. »Ich werde ihn hier begraben lassen. Neben seiner Mutter. Glauben Sie, dass ihm das gefallen wird?«
»Ich glaube, das wird ihm sehr gefallen.«
Virgil starrte die dunklen Schatten in den Bäumen an, wo die Gespenster immer auf ihn gewartet hatten. Heute waren die Schatten leer. Ein Ziegenmelker rief in der Ferne, und eine leichte Brise strich über das Gras. Der Wald war wieder lebendig. Timmy wartete nicht mehr auf ihn. Er geisterte nicht mehr in der Hoffnung hier herum, dass ihn jemand entdecken und er Ruhe finden würde.
Tom drehte sich um, und Virgil sah weg, um ihn nicht in Verlegenheit zu bringen. Aber Tom trat direkt vor ihn hin. »Glauben Sie, dass es ein Leben nach dem Tod gibt?«
»Ja.«
»Glauben Sie das wirklich? Rosie hat immer davon geredet, aber sie ist auch öfter in die Kirche gegangen als ich.

Glauben Sie wirklich, wir kommen an einen besseren Ort, wenn wir sterben?«

Virgil ließ sich lange Zeit, bevor er antwortete. Nicht, weil er nicht wusste, was er sagen sollte, sondern weil er seine ganze Überzeugung in seine Wort legen wollte. Er sah tief in Tom Merrills tränennasse Augen und nickte ernst. »Ja, Tom. Ich weiß, dass wir an einen besseren Ort kommen. Doris und meine kleine Schwester warten dort auf mich. Und Rosie und Timmy warten dort auf Sie.«

Er dachte an die Séance mit Babs, und plötzlich war er sich ganz sicher, dass Timmy jenen dunklen, schrecklichen Ort nun verlassen konnte.

Tom biss sich auf die Lippen und drückte im Vorbeigehen Virgils Schulter. »Die Wartezeit kommt mir nur so entsetzlich lang vor«, seufzte er.

»Ja«, erwiderte Virgil und neigte den Kopf vor Rosies Grabstein. »Sie kommt einem sehr, sehr lang vor.«

Ich danke meiner Frau Rene, die mir die Zeit zum Schreiben geschenkt hat. Ich danke ferner Deputy Harry Sims vom Büro des Sheriffs des Bezirks Oxford, und Chief Darren Tripp vom Policedepartment Bethel, die dafür gesorgt haben, dass ich nicht über irgendwelche Verfahrensfragen gestolpert bin. Wie immer habe ich meiner Agentin Irene Kraas für harte Arbeit und anhaltendes Vertrauen zu danken. Und zuletzt, aber ganz gewiss nicht am wenigsten, danke ich meiner Lektorin Abby Zidle für ihr Verständnis für meine unkonventionellen Arbeitsmethoden, die sie dazu gezwungen haben, nicht nur einen, sondern zahlreiche Entwürfe vom Anfang bis zum Ende zu redigieren. Ich danke Ihnen von ganzem Herzen, Abby.

Achtung: Hochspannung!
Bevor Sie diesen Thriller lesen,
verschließen Sie die Türen und
schalten Sie alle Lichter an!

Chandler McGrew

Eiskalt

Thriller

Bewegungslos kauert die 16-jährige Micky in ihrem Versteck. Sie versucht, so leise wie möglich zu atmen, kein Geräusch zu verursachen. Doch die Schritte kommen immer näher. Beinahe hat der Mörder ihrer Eltern sie entdeckt, da schreckt ihn ein Geräusch auf und er flieht.
15 Jahre später: Micky hat sich in ein abgelegenes Dorf in Alaska zurückgezogen, um den Geistern der Vergangenheit zu entkommen. Hier glaubt sie sich in Sicherheit. Doch sie irrt sich …

Haben Sie starke Nerven? Fürchten Sie sich nicht
vor einer Begegnung mit dem Tod?
Dann lesen Sie den folgenden Auszug aus
Chandler McGrews »Eiskalt«:

Knaur Taschenbuch Verlag

Leseprobe

aus

Chandler McGrew

Eiskalt

erschienen bei

Knaur Taschenbuch Verlag

Houston, 23. Juli

Der Tod wartete drei Blocks weiter.

Micky Ascherfeld beobachtete die Straßen durch das Fenster auf der Beifahrerseite des Streifenwagens, das eine kühle Barriere bildete. Ihr Partner Wade Smith summte eine Country-Melodie und nickte dazu mit dem Kopf wie einer dieser Perpetuum-mobile-Vögel in den Schaufenstern des Galleria-Shops.

Sie hielten vor einer roten Ampel, und Micky warf einen kurzen Blick auf zwei Teenager, die sich an der Straßenecke gegenseitig herumschubsten. Aber die beiden taten sich nicht wirklich etwas. Micky erkannte potenzielle Gewalt, wenn sie sie sah.

Hitzewellen verwandelten ferne Gebäude und Fußgänger in Luftspiegelungen. Als der Streifenwagen von der Kreuzung losfuhr, stellte sich Micky vor, dass die Reifen geschmolzenen Asphalt von der Straße abzogen. Es war erst ein Uhr. Gegen drei wurde mit Temperaturen von über vierzig Grad gerechnet. Sie hielt die Hände vor die Schlitze der Klimaanlage.

Sie rollten dahin und ließen den Verkehr an sich vorüberziehen.

Ihr Auftrag an diesem Tag war, während ihrer Runde nach zwei Verdächtigen Ausschau zu halten, die in mehreren Elektroläden Blitzüberfälle verübt hatten. Das Pärchen, ein weißer Jugendlicher und eine schwarze Frau in den Zwanzigern, stürmte mit Pistolen bewaffnet in die Geschäfte, schnappte sich das Geld in der Registrierkasse und die handlichsten Geräte und flüchtete anschließend zu Fuß. Aber Micky glaubte nicht, dass die beiden an einem Tag wie diesem irgendwo herumrennen würden.

Sie bemerkte ein Blumengeschäft, und ihr Herz pochte. Plötzlich war es kalt in dem Streifenwagen, und sie schob beide Hände unter die Oberschenkel. Als sie an dem Laden vorbeifuhren, versuchte sie, die Erinnerungen aus ihren Gedanken zu löschen, indem sie im Kopf das Mantra aufsagte.

Kein Problem.

Kein Problem.

Bis sie das Blumengeschäft weit hinter sich gelassen hatten. Bis das verhasste Bild, das es heraufbeschworen hatte, verblasste.

Wade hielt vor einer weiteren roten Ampel.

»Alles in Ordnung?«, fragte er.

»Ja.«

»Hast du wieder dein altes Problem?«

Sie schüttelte den Kopf.

Der Mord an ihren Eltern war aktenkundig. Aber was das Houston Police Department anging, hatte Micky den psychologischen Schaden überwunden, den das Trauma verursacht hatte. Als sie zur Polizeischule gegangen war, lagen die Morde vier Jahre zurück. Sie hatte den Schmerz und die Angst so tief in sich vergraben, dass selbst der Psychologe der Abteilung nicht genug davon finden konnte, um sie für dienstuntauglich zu erklären.

Aber man konnte Gefühle wie diese nicht vor einem Partner verbergen. Nicht wenn man seit vier Jahren zusammen auf den Straßen arbeitete. Und vor dem eigenen Geliebten konnte man sie erst recht nicht verstecken, und sie waren seit drei Jahren ein Liebespaar, obwohl die Dienststelle auch davon nichts wusste.

»Ich hatte nur kurz was gesehen«, sagte sie.

»Den Blumenhändler?«

»Ja.«

»Warum redest du nicht mit dem Arzt?«

»Mir geht's gut«, erwiderte sie. Aber sie mied Blumenläden, Beerdigungen, Friedhöfe und Hochzeiten. Solange sie nicht an düstere enge Orte ging, war alles in Ordnung.

Kein Problem.

»Es geht dir *nicht* gut.« Wade sah zu, wie sich der überladene Kleinlaster eines Klempners über die Kreuzung schlängelte. »Du bist einunddreißig Jahre alt, und du bist nervlich ein Wrack. Du kannst das nicht alleine in Ordnung bringen.«

»Das weiß ich«, sagte sie und versuchte ein Lächeln. »Aber ich hab mich jetzt so lange allein damit auseinander gesetzt. Ich kann damit umgehen.« Ein Bild ihres Vaters, wie er in einer Blutlache auf dem weiß gekachelten Boden lag, schoss ihr durch den Kopf. Sie konnte die um seine Leiche verstreuten Blumen riechen. Sie kroch wieder durch den Laden ihrer Eltern. Das leise Geräusch von tappenden Gummisohlen irgendwo hinter sich.

»Du solltest dir hin und wieder von anderen Menschen helfen lassen.« Wade klang trotzig, und dieser kindliche Ton kam ihr bei einem Mann seiner Größe komisch vor. Sie stieß ein dumpfes Lachen hervor und wusste sofort, dass sie ihn gekränkt hatte. Sie berührte seinen Arm, aber er wich zurück.

»Es tut mir Leid, Wade. Ich hab nicht über dich gelacht.«

»Worüber dann?«

Worüber hab ich schon zu lachen?

Ich bin eine Verrückte, die sich als Polizistin ausgibt.

»Wie hast du es auf der Polizeischule nur durch den Übungsparcours für bewaffnete Durchsuchungen geschafft?«, fragte Wade zum tausendsten Mal. Hierbei wurde von den Rekruten verlangt, ein Gebäude nach bewaffneten Verbrechern zu durchsuchen. Paarweise, bei Nacht und mit Platzpatronen in ihren Pistolen. Verkleidete Polizeibeamte tauchten unerwartet auf. Manche mit Revolvern, andere in der Rolle von unschuldigen Zuschauern.

Micky zitterte, als sie daran zurückdachte.

»Ich weiß nicht«, sagte sie.

Nicht einmal Wade würde je herausfinden, dass sie es nur mit Hilfe von illegal erworbenem Valium und ihres Mantras, das sie während der gesamten dreißigminüti-

gen Tortur ständig wiederholt hatte, durch den Lehrgang hatte schaffen können.
Wade fuhr über die Kreuzung. Bürogebäude und Geschäfte grenzten an Parkplätze vor kleinen Einkaufspassagen. Auf der verzweifelten Suche nach Schatten schirmten die Fußgänger ihre Augen mit den Händen ab.
»Du hattest letzte Nacht wieder diesen Albtraum«, sagte Wade.
Verdammt.
Sie erinnerte sich am nächsten Morgen nicht mehr daran, wenn sie diese Träume hatte. Einzig der graue Schleier, durch den sie am nächsten Morgen alles wahrnahm, so als hätte die nächtliche Ruhe ihrem Körper nicht gut getan, ließ sie ahnen, dass irgendetwas nicht in Ordnung war.
»Tut mir Leid«, war alles, was sie herausbrachte.
»Ist schon gut. Ich hab dich in den Arm genommen, und du bist schließlich wieder eingeschlafen. Aber es ist beängstigend. Ich komme mir so verdammt nutzlos vor, wenn du diese Probleme hast.«
»Du bist nicht nutzlos«, antwortete sie und sah dabei aus dem Fenster. »Ich liebe dich.«
»Ich liebe dich auch«, sagte er und umkurvte vorsichtig einen einparkenden Truck. »Vielleicht sollten wir mal ein paar Tage rausfahren.«
»Wie sollen wir das machen?«
»Wir haben bald frei. Warum fahren wir nicht an den See? Das könnten wir nächste Woche tun.«
Es gefiel ihr sehr draußen am See. Eigentlich war es ein

künstlicher Weiher. Eine Gruppe begeisterter Angler, darunter ihr Onkel Jim, hatte das Land oben in East Texas gekauft, als es noch spottbillig war, und dort ihre eigene abgelegene Grube zum Angeln ausgehoben.

»Ich werde nie verstehen, warum du hier in Houston bleibst«, erklärte Wade. »Warum sagen wir nicht einfach ›Hol's der Teufel‹ und suchen uns einen Job auf irgendeinem Revier in der Provinz?«

»Das würdest du tun?«, fragte sie. Wade war für die Beförderung zum Detective vorgeschlagen. Das war es, was er sich immer gewünscht hatte, sein Ziel seit seiner Kindheit.

»Du würdest für mich aufs Land ziehen?«

»Auf der Stelle.«

»Du würdest es hassen und ich auch«, erklärte sie ihm.

»Warum würdest du es hassen?«

»Ich würde es hassen, weil du es hassen würdest. Ich würde es hassen, weil ich dann aufgegeben hätte.«

»Du willst also für den Rest deines Lebens so weiterleben, tapfer mit deinen Dämonen kämpfen und niemals zufrieden sein?«

»Zufriedenheit wird überbewertet.«

»Manchmal erinnerst du mich an eine deiner Buntglasarbeiten«, sagte Wade. Buntglas war Mickys Leidenschaft. Zwei ihrer Arbeiten hingen in einer Galerie der Stadt, und im Jahr zuvor hatte sie ein Stück für über tausend Dollar verkauft. »Du bist so schön, dass ich dich am liebsten irgendwo an einer Wand aufhängen würde.«

»Unbequem«, erwiderte Micky.

»Du weißt, was ich meine. Irgendwas in dir scheint einfach zerbrochen zu sein, und egal, was ich tue, ich kann's nicht reparieren.«

»Manche Sachen kann niemand reparieren.«

»Ich wünschte, du würdest irgendwann eine der abstrakten Arbeiten fertig stellen, die du angefangen hast.«

»Die abstrakten Arbeiten sind nicht gut.«

»Sie *sind* gut. Aber jedes Mal, wenn ein Bild anfängt interessant zu werden, machst du es schlecht und fängst wieder mit den alten Motiven an.«

»Den Leuten gefallen die alten Motive.«

»Aber was gefällt dir?«

»Es ist nur ein Hobby«, sagte sie.

Er trommelte mit den Fingerspitzen auf dem Lenkrad, und sie beobachtete, wie die Hitze aus dem Motorraum aufstieg und den Tag aufheizte.

Meine Vergangenheit kommt wieder hoch.

»Du bist nicht verantwortlich für das, was passiert ist«, sagte Wade.

Sie fuhren langsam auf eine weitere rote Ampel zu.

»Du scheinst jede davon zu erwischen«, stellte sie fest, deutete mit dem Kopf auf das Rotlicht und lächelte.

»Hast du's eilig?«

»Nicht, wenn du's nicht eilig hast.«

Reifen quietschten, und Hupen plärrten, und verängstigt aussehende Fahrer rasten über die Ampel, noch bevor sie umsprang. Wade reckte den Hals, um zu sehen, was der Grund für all diese Aufregung war. Als die Ampelanzeige umschlug, fuhr er langsam wieder an und schaute weiter nach hinten.

Der wie ein Schlachtschiff gebaute Truck war vier Wagen hinter ihnen und kam schnell auf die Kreuzung zu. Servolenkungen kreischten, als sich die Fahrer verzweifelt bemühten, ihm auszuweichen. Die Wagen, die nicht schnell genug waren, wurden von dem schweren Lkw einfach zur Seite geschoben. Funken flogen, und die Luft war erfüllt vom Klang knirschenden Metalls, vom Hupen, von lauten Flüchen und vom Gestank glühender Reifen.

»Er hält nicht an«, rief Micky, als sie die Mitte der Kreuzung erreichten.

Als der große Truck das letzte Auto aus dem Weg räumte, trat Wade das Gaspedal durch.

Micky sah mit offenem Mund, wie die Vorderfront des metallenen Monsters auf sie herabstieß. Der gewaltige Kühlergrill sah aus wie das Gesicht eines boshaft grinsenden Riesen, der es darauf abgesehen hatte, sie beide zu verschlingen. Der Aufprall war jäh und heftig.

Wade knallte mit dem Kopf an das Fenster der Fahrerseite, als die riesige Stoßstange in den Wagen krachte. Beide Airbags explodierten wirkungslos und verschwanden, während der Streifenwagen vom Boden gehoben wurde. Als der Wagen mit einem widerlichen Ächzen wieder auf der Fahrbahn aufschlug, wurde das Dach eingedrückt. Drei Reifen platzten, als das Gewicht des großen Lkws den Streifenwagen über die Bordsteinkante, quer über den Bürgersteig und auf den Parkplatz einer Oben-ohne-

Bar schob. Metall knirschte auf Asphalt. Der heulende Motor des Trucks und sein knirschendes Getriebe kamen zu dem chaotischen Lärm noch hinzu.
Wade sank auf das Lenkrad, während Micky verzweifelt zu begreifen versuchte, wo sie war und was sie tun sollte. Blut machte ihre Hände glitschig und brannte in ihren Augen. Sie wusste nicht, ob es ihres oder Wades Blut war. Aus seiner Nase, seinem Mund und seinem rechten Ohr tropfte Blut, aber sie konnte ihn nicht berühren. Ihre Hände gehorchten ihr nicht, und ihr Gehör und ihr Sehvermögen waren beeinträchtigt.
Ein weiterer harter Schlag, und der Wagen ruckte zur Seite.
Micky blinzelte, als sich ein kleiner Baum quer über die Motorhaube des Streifenwagens legte und dann verschwand.
Wade drehte sich zu ihr, Verwirrung in den Augen. Sein Kopf wackelte, aber er zerrte an seinem Pistolenhalfter.
Will er auf den Truck schießen?
Mit einer Hand, die so heftig zitterte, dass sie gegen das Fenster schlug, griff sie nach ihrer eigenen Pistole, einer kompakten Glock-Automatik. Sie konnte den ledernen Druckknopfverschluss des Halfters nicht öffnen.
»Bleib bei mir, Wade!«, rief Micky über den Lärm des Trucks hinweg.
Instinktiv zog sie mit einem Ruck die Pumpgun aus ihrem Gestell zwischen den Sitzen. Wades Augen waren glasig geworden, und es tropfte zu viel Blut von der Seite seines Kopfes.

Der Streifenwagen rammte zwei parkende Autos. Metall wurde knirschend zermahlen, als der Truck heruntergeschaltet wurde und sie über einen weiteren Bordstein auf den Gehweg vor der kleinen Einkaufspassage hob. Vor ihnen schrien Passanten und deuteten mit den Fingern auf sie, und Micky betete, dass sie sich weit genug von dem Irren fernhalten würden, der den Laster fuhr. Wer immer hinter dem Lenker des großen Sattelschleppers saß, würde sich nicht mit einer kurzen Attacke zufrieden geben.

»Bleib bei mir!«, rief sie, als das Wagenfenster platzte und die Scheibe an der Vorderfront der Baby Doll Topless Bar zerbrach und nach innen fiel.

Schreie und zersplitterndes Glas.

Ächzendes Metall und zerbröckelnder Beton.

Und dann waren sie plötzlich in einer Hölle gefangen, die nach einer Mischung aus Alkohol, Zigaretten, überreifen Hormonen, einer Klimaanlage und nach Geld stank. Reifen wühlten heißen Asphalt auf, und Keilriemen kreischten; der Streifenwagen fiel wieder herab und zitterte wie ein Hund, der sich nach einem kalten Bad schüttelt.

Der große Lkw wich langsam zurück, fuhr rückwärts über den Parkplatz. Micky tastete nach dem Mikrofon des Funkgeräts. Aber sie hielt mitten in der Bewegung inne, als der Truck knarrend stoppte. Einer seiner Scheinwerfer hing an einem dünnen schwarzen Kabel herunter. Der andere schien Micky lüsterne Blicke zuzuwerfen.

Wieder knirschte das Getriebe.
»O mein Gott«, flüsterte sie, als sie sah, dass der Truck vorwärts rollte.
Diesmal gab es kein Entkommen. Diesmal würden sie zwischen den sechs Tonnen des gepanzerten Trucks und der unnachgiebigen Masse des Betons zermahlen werden. Sie packte Wade an der Schulter seiner Uniform und zog ihn zu sich herüber. Sein volles Gewicht. Er fiel quer über sie und drückte ihr die Schrotflinte schmerzhaft gegen die Brust.
Der Truck schubste sie seitlich durch das Fenster der Bar und trieb Mickys Kopf in den Türrahmen. Vor ihren Augen blitzte es, und sie kämpfte dagegen an, bewusstlos zu werden.
Aber sie empfand keinen wirklichen Schmerz. Noch nicht.
Der Schmerz würde später kommen.
Falls sie überlebte.
Wieder war das Geräusch quietschender Reifen zu hören, als der Truck versuchte, sie durch das Gebäude zu schieben. Der Motor des Lasters heulte wütend auf, und der Streifenwagen schaukelte.
Wer zum Teufel fährt dieses Ding?
Wo bleiben die Cops?
Blut wärmte ihre Brust und den Bauch und bedeckte ihre Finger. Die Seite von Wades Kopf fühlte sich seltsam weich an, als ob er unter seiner blutigen Haut keinen Schädel hätte. Die Vorderseite ihrer Uniform war blutrot bespritzt.

Der Truck legte den Rückwärtsgang ein und schüttelte den Streifenwagen wieder ab.

Sie mussten raus aus dem Auto. Beim nächsten Mal würde der Laster den Streifenwagen zusammendrücken und sie beide zerquetschen wie überreife Melonen.

Micky tastete nach dem Türgriff.

Verklemmt.

Was für eine Überraschung.

Wades Gewicht und die Schrotflinte drückten sie gegen die Tür, und die Tür selbst war gewellt und verbogen und in den Überresten der Seitenwand verkeilt. Sie würde sie keinesfalls öffnen können. Sie warf einen Blick über die Schulter und starrte direkt in die Augen einer der Tänzerinnen.

Das Mädchen war dünn und blass und hatte unglaublich große Brüste. Selbst für einen unanständigen Abend in den Flitterwochen hatte sie eindeutig zu wenig an.

»Helfen Sie mir!«, keuchte Micky und versuchte, Wades Gewicht von sich zu schieben, damit sie sich im Sitz umdrehen konnte. Ein rasender Schmerz schoss ihr den Rücken hinauf.

Ich bin also verletzt.

»Helfen Sie mir! Los!«, schrie sie.

Es waren auch Gäste in der Bar, aber niemand traute sich vorwärts durch das Meer umgestürzter Tische und am Boden liegender Stühle. Das Mädchen kaute auf seiner Unterlippe, machte aber einen vorsichtigen Schritt, und das zertrümmerte Glas knackte unter ihren hochhackigen Schuhen.

Micky schaffte es, sich umzudrehen. Sie reichte dem Mädchen die Schrotflinte, und die Tänzerin verzog das Gesicht, legte das Gewehr aber behutsam in einer Nische ab und kam rasch zurück.

Micky warf einen Blick über die Schulter; der Truck fuhr noch immer rückwärts. Aber es blieben ihnen höchstens noch Sekunden. Sie streckte die Hände nach der Tänzerin aus und stieß sich ab.

Das Sicherheitsglas des Wagens hatte sich in unzählige harmlose kleine Kristalle aufgelöst, und als sie versuchte, sich durch das Autofenster zu schlängeln, brach ihr Oberkörper die letzten von ihnen weg. Das Fenster der Bar aber war in große Scherben zersplittert, die aussahen wie lange silberne Schwerter mit messerscharfen Schneiden und wie Dolchspitzen. Micky starrte auf eines der gemein gekrümmten tödlichen Glasstücke, das direkt auf ihr Herz deutete.

Skalpellglas.

Scharf genug, um mich in zwei Teile zu schneiden.

Zögernd griff die Tänzerin über das gefährliche Stück der kristallenen Trümmer hinweg. Sie umfasste Mickys Hände fest mit ihren weichen Handflächen und zog.

Gutes Mädchen.

Wenn ich fast draußen bin, muss ich mich nach links rollen.

Wenn ich absacke oder gerade nach unten falle, werde ich aufgespießt wie der Priester in Das Omen.

Micky betete, dass der Angriff aufgehört hatte. Dass dem geisteskranken oder betrunkenen Fahrer Zweifel gekommen waren oder dass er seine Strategie ändern würde. Aber sie stellte sich den Kerl hinter dem Lenker des Trucks vor, wie er schaltete und zermalmend anfuhr, schaltete und anfuhr, wieder und wieder in den Streifenwagen donnerte, bis dieser eine nicht wieder zu erkennende Masse aus zerquetschtem Metall war und Wade …

Was war mit ihm?

»Hol mich raus!«, brüllte sie.

»Ich versuch's ja!«, rief das Mädchen.

Mickys Knie schrammten über den Türrahmen, und Wade rutschte zwischen ihre Beine. Sie rollte sich nach links und fiel, Glas verstreuend, auf den Kachelboden. Das Mädchen fiel mit ihr. Micky holte tief Luft. Ihre Beine zitterten ebenso stark wie ihre Hände. Sie konnte bereits das fürchterliche Geräusch des Lkws hören, dessen Motor wieder aufheulte.

»Zurück!«, schrie Micky, stieß das Mädchen in die nächste Nische und raffte die Schrotflinte an sich. Sie drehte sich um in das schreckliche Licht der texanischen Sonne, die gleißend von der Windschutzscheibe des Trucks widergespiegelt wurde und in ihren Augen brannte.

Die Schrotflinte wog eine Tonne. Aber sie entsicherte sie und überprüfte automatisch die Kammer nach einer Patrone.

Noch bewegte der Lkw sich nicht.

Vielleicht hatte der Fahrer sie mit dem Gewehr gesehen und war in Panik.

Ausgeschlossen.
Er musste wissen, dass die Schrotflinte gegen die schwere Panzerung und die kugelsichere Scheibe seines Trucks nichts ausrichten konnte.
Die ersten Sirenen heulten. Es war Hilfe unterwegs.
»Kannst du aussteigen?«, rief sie Wade zu.
Er gab keine Antwort.
»Halte durch«, sagte sie. Sie griff in den Streifenwagen und strich sanft über sein vom Blut klebriges Haar.
Er lag zusammengesackt quer über dem Sitz.
Aber er atmete.
Sie legte die Schrotflinte auf die Motorhaube, als der Fahrer des Lkws wieder zu sich kam und den ersten Gang einlegte.
»Scheiße«, flüsterte sie.

Wollen Sie wissen, wie es weitergeht?
Dann lesen Sie:

Eiskalt

von Chandler McGrew

Knaur Taschenbuch Verlag